Ena Murray

Omnibus 39

Eensaam op Wegdraai
Verworpe silwer
Wag-'n-bietjiebos van die liefde

Jasmyn

EERSTE UITGAWE VAN:
Eensaam op Wegdraai: JP van der Walt, 1978
Verworpe silwer: JP van der Walt, 1983
Wag-'n-bietjiebos van die liefde: JP van der Walt, 1985
(oorspronklike titel was *Die mense van Keerboomstraat*)

Jasmyn
is 'n druknaam van NB-Uitgewers,
'n afdeling van Media24 Boeke (Edms) Beperk,
Heerengracht 40, Kaapstad
© Die skrywer 2013
Alle regte voorbehou

Omslagfoto: Gallo Images
Geset in 11.5 op 14 pt Sabon
Gedruk en gebind deur Paarl Media,
Jan van Riebeeck-rylaan 15,
Paarl, Suid-Afrika

Eerste uitgawe 2003

ISBN 978-0-624-06527-2
ISBN 978-0-624-06528-9 (epub)
ISBN 978-0-624-06529-6 (mobi)

Eensaam op Wegdraai

'n Skaduwee skuif oor Bokkie en Tokkie se sorgelose kaal-
voetlewe, waarin sokkerspel saam met die dorpseuns die
hoogtepunt van pret is. En die rede? Ontluikende vroulik-
heid . . . 'n vloekwoord en blykbaar 'n ongeneeslike siekte.
Dis veral juffrou Estelle Huizeman se arendsoog wat dié
dinge opmerk. Nog meer, daardie fyn oog bespeur ook
die manlikheid van hul wewenaar-pa en skoolhoof, Henk
Beukes.

Die tweeling besef gou hulle sal 'n blink plan moet smee
as hulle nie juffrou Huizeman as hul nuwe ma wil hê nie.
Want dis duidelik sy het haar visier ingestel op dié aan-
treklike wewenaar van Jagershoek. Die oplossing: hulle
soek eerder self 'n moeder so na hul hart. En die aange-
wese plek is *Soek en Vind*, tydskrifhoekie vir eensames.

So word *Eensaam op Wegdraai* geskep – eensame, aan-
treklike wewenaar van sewe en dertig, op soek na 'n vrou
wat raad kan gee met dertienjarige tweelingdogters.

Al wat Bokkie en Tokkie nou moet doen, is om uit al die
aansoeke die régte een te vind. Iemand wat 'n eie ma vir
hulle kan wees. Want só 'n vrou sal tog hul pa se hart ook
steel, of hoe?

Verworpe silwer

Op sy eerste huweliksnag fuif Louis Mocke saam met sy
vriende in die hotelkroeg. Was sy erfporsie tog die lok-
aas vir sy blitshuwelik met Santie Marais? Jaag sy broer,
Darius, net spoke op wanneer hy haar waarsku om haar
goed te vat en te loop?

Wanneer Dottie Willemse, Louis se eertydse liefde, terug-
keer met 'n seuntjie aan die hand, ruik Eloffsdal nog 'n

Mocke-skandaal waaroor hulle die mond kan uitspoel. Want Darius waarsku Louis: "As ek jou naby haar vang, breek ek jou nek."

Uit flardes skinderstories en dreigemente probeer Santie sin maak uit die Mocke-raaisel. Waar pas Tanja, Darius se gewese vrou, in? Wat het van haar en Ferdi, haar minnaar en Dottie se broer, geword? Wie is die pa van Dottie se kind? Sy ontken dat dit Louis is . . .

Maar voor Santie al die legkaartstukkies sorgvuldig inmekaar kan skuif, tref 'n ramp die Eloffdallers wat geen mens se lewe onaangeraak laat nie. Ook nie haar en Louis s'n nie . . .

Wag-'n-bietjiebos van die liefde

'n Nuwe geval in Keerboomstraat, H.A. van der Merwe, keer Lisbe Erwee se geordende bestaan as maatskaplike werker omver.

Hoekom groef daar soveel harde, bitter lyne op die man se gesig? Hoekom moes 'n jong ma sterf en tweelingseuntjies wees agterlaat?

Die wag-'n-bietjiebos by die voorhekkie van Helm se huis is vir hom simbool van sy lewe. Bid dat jou eie lewe nie in 'n wag-'n-bietjiebos vasgevang word nie, waarsku Helm vir Lisbe. 'n Mens het altyd raad vir ander totdat jou eie lewe skielik in die dorings van hoekoms en waaroms verstrengel raak.

Wanneer Lisbe op 'n dag self letterlik verstrik raak in daardie bos, word dit ook simbool van die vangtakke waaruit sy haar nie kan ontwar nie. Want êrens langs die pad het sy haar hart verloor. En nes Helm, weet sy nie hóé om te ontsnap uit die takke van die wag-'n-bietjiebos van die lewe nie.

Inhoud

Eensaam op Wegdraai

1

Hulle sit langs mekaar op hul pa se voorstoeptrappie.

As jy nie 'n inwoner van of ou bekende op Jagershoek is nie, kan jy as verbyganger nou tussen twee gedagtespore wik en weeg. Daar skort óf skielik iets met jou oë; óf, as jy miskien 'n skuldige gewete oor die vorige aand het, die voggies het nog nie klaar in jou sisteem gegis nie. Want jy sien steeds twee-twee goed waar net een moet wees.

Nie een van die twee spore waarop jou gedagtes huiwer en hink, sal egter in die kol wees nie. Want wat jy sien, sien jy regtig en in duidelike fokus: twee meisiekinders – die een presies soos die ander, die tweede 'n replika van die eerste, duplikaat van kop tot tone, vinkel en koljander, hoe jy dit ook al wil beskryf.

Soos die twee langs mekaar sit, geld 'n beskrywing van die een ook vir die ander: ligte hare in 'n stywe poniestert met 'n rekkie saamgevat, van voor 'n gordyntjiekop. Die fynbesnede gelaatstrekke is nie te skoon nie, want hulle het so 'n rukkie gelede saam met die dorpseuns op die oop kol aan die onderpunt van die straat sokker gespeel.

Van die skouers af tot by die kaal voete met die identiese tone – tot die skewe middeltoontjies aan die linkervoete kompleet – skraal, amper seunsagtig, totdat jy met 'n meer opmerksame oog die ontluikende vroulikheid voor jou sien.

En dis hierdie ontluikende vroulikheid wat vir die tweeling die oorsaak van baie ellende, kommer en ontsteltenis is. Ontluikende vroulikheid en . . . juffrou Estelle Huizeman.

Al hierdie onverwagse en onwelkome omwentelinge het sowat drie maande gelede begin. Tot daardie dag toe was hul lewetjies rustig, vol vreugde en vol gesonde onnutsigheid. Al kommer en hartseer wat hulle geken het, was dat tant An gaan raas omdat daar weer 'n knoop in die slag gebly het terwyl hulle saam met die seuns rugby gespeel het, of dat hul skoolwerk nie na wense gedoen is nie. Verder was dit 'n geluksalige, kommerlose bestaan. 'n Ware utopie.

Van hul eerste kinderjare onthou hulle nie veel nie. Vaag agter in die geheue van die twee blondekoppies is wel nog die herinnering aan iemand – iemand met lang, blonde hare, sagte blou oë en 'n pragtige glimlag: iemand vir wie hulle "Mamma" gesê het.

Hulle was maar net ses jaar oud toe Mamma van die toneel af verdwyn het. Hoewel hulle ook nog onthou van 'n groot hartseer destyds, 'n gesoek, 'n gehunker, het herinnering saam met kindersmart die afgelope jare vervaag.

Wat wel helder in hul herinneringsveld lê, is die afgelope paar jaar – en toe was dit net hulle, Pa en tant An in die groot huis met die twee stoepe, die hoë staandak en die houtveranda met die mooi sierkrulletjies.

Die kortaf pa het die plek ingeneem van die sagter pappa nadat tant An op 'n dag skielik haar verskyning in die huis gemaak het.

"Ek gaan vir julle pa sê" was 'n sinnetjie wat hulle van daardie dag af heel dikwels moes hoor, en só het Pappa toe maar sommer net Pa geword.

Tant An het deel van die huis geword, soos die meubels deel daarvan was. Sy was wel al oud – haar man lankal dood, soos sy die belangstellende tweeling aan die begin vertel het – maar sy was nietemin daar; die persoon wat gesorg het dat daar goeie, gesonde kos op die tafel verskyn, dat die tweeling se klere heel en in orde bly. Ook dat hulle elke aand bad, hul ore uitwas, en hul vingernaels soggens skoon is voordat hulle skool toe gaan.

Tant An het self nooit kinders gehad nie. Ná 'n paar powere pogings aan die begin het sy besluit solank die tweeling gevoed en geklee is, is haar deel van die groot opvoedingstaak afgehandel. Die res, die fynere puntjies van opvoeding, sou sy aan hul pa oorlaat.

Maar Pa, weliswaar baie lief vir sy identiese tweeling, het nie altyd tyd gehad om aandag aan die sensitiewe kwessies van vroulike opvoeding en afronding te gee nie. Hy was 'n baie besige man. Net voordat die tweeling vir die eerste keer skool toe moes gaan, is hy die hoofskap van Jagershoek se wankelende hoërskooltjie aangebied. Dit het op 'n sielkundig kritieke tydstip gebeur. Hy was nog 'n verslae man weens sy pragtige vrou se onverwagse heengaan tydens 'n operasie. Hy het met 'n tweeling van ses jaar oud gesit. Hy self was maar nog dertig. En boonop was dit twee meisietjies . . .

Hierdie nuwe betrekking sou weer rigting aan sy lewe gee. Hy het met mag en mening ingeklim in die groot taak om Jagershoek se skool van ondergang te red. Hy het geen moeite en tyd ontsien om die skool weer te probeer opbou nie, en ná sewe jaar het die sukses soos reën ná 'n sprinkaandroogte gevolg. Die skool het weer stewig op sy bene gestaan, daar was geen sprake dat dit sou kwyn of selfs van die toneel af verdwyn nie. Inteendeel. Omdat hy net die beste van sy personeel geëis het, en self so toegewyd was, het die skool wyd bekend geword en selfs kinders van ander dorpe begin trek.

Maar in hierdie opboustryd het die tweeling emosioneel verdwaal, byna weggeraak. Hulle is al hoe meer aan hulself oorgelaat. Hulle het gekom en gegaan soos hulle wou. Solank hul skoolwerk gedoen is en hul rapporte bevredigend was, was daar geen probleem by Pa nie. En solank hul ore en vingernaels soggens voor skool skoon is, was tant An tevrede. Dus, die afgelope sewe jaar was dit vir hulle 'n bestaan van saligheid soos min kinders geken het.

Wanneer daar op Jagershoek van Die Tweeling gepraat word, is dit duidelik met hoofletters. Daar is twee redes. Jagershoek het net een tweeling en hulle is beslis die wildste, slordigste en onnutsigste kinders op die dorp, of hul pa nou skoolhoof is of nie. Waar die predikant se kinders gewoonlik as die stoutste beskou word, was dit op Jagershoek die skoolhoof s'n. Nie dat enigiemand die pa of tant An daaroor verkwalik nie. Wat Henk Beukes vir hierdie skool gedoen het, sal hulle hom ewig dankbaar wees en daarom baie dinge oor die hoof sien, en tant An was al oor die sewentig. Ook nie dat Die Tweeling lelik stout was nie. Hulle het net die gawe besit om aan dinge te dink waaraan ander kinders nooit sou dink nie. Natuurlik omdat hulle te veel tyd gehad het waarin hulle hulself moes vermaak, het die Jagershoekers besef, en maar net die kop goedig geskud.

Die Tweeling het beslis 'n baie sagte plekkie in die hart van Jagershoek se mense gehad, ondanks al die kattekwaad, hul wildheid en die feit dat hulle middae 'n uur ná skool net nog aan die blonde poniesterte uitkenbaar was. Verder het hulle soos hul seunsmaats gelyk – T-hempies, klinknaelbroeke en kaalvoet.

Dit was die utopie waarin hulle gelewe het tot onlangs . . . totdat ene juffrou Estelle Huizeman nuut in hul pa se skoolpersoneel aangestel is en Die Tweeling se klasonderwyseres geword het, en totdat haar arendsoog die ontluikende vroulikheid raakgesien het.

Juffrou Estelle Huizeman het meer dinge raakgesien. Sy het gesien dat die tweeling 'n aantreklike pa het, en sy het tot die slotsom gekom dat sy net die ideale vrou vir hom sal wees. Nie dat sy die eerste was wat al tot daardie gevolgtrekking gekom het nie. O nee. Deur die jare het 'n hele paar welmenende dames gedink dit is hul plig om hom te hulp te snel met die opvoeding van die tweeling en hom te verlos van sy eensame wewenaarskap. Tot dusver het niemand nog juis sukses behaal nie. Nie dat daar iets geskort het met Henk Beukes nie. Nee. Hy is 'n doodnormale man.

Hy het wel al soms die afgelope sewe jaar die eensaamheid aan hom voel knaag, die verlange na 'n lewensmaat sterk in hom voel bruis. Maar dan het hy aan sy kinders gedink en wyslik besef dat dit 'n besondere vrou sal moet wees vir wie die tweeling as 'n ma sal aanvaar . . . en hier was op Jagershoek, met alle respek teenoor al die gawe, goeie, hubare dames, niemand besonders nie – nie besonders genoeg vir die tweeling nie, het hy instinktief geweet.

So het menige drome maar later verwater en verdwyn.

Maar juffrou Estelle Huizeman het besluit dat dit beslis nie kan kwaad doen om net te waag nie. Sy was al aan die verkeerde kant van dertig, en hoewel sy niks laat blyk het nie, het sy ligtelik paniekerig begin word oor die stand van sake. Maar sy het 'n ander taktiek as die ander uitgewerk. Die fout wat haar voorgangers gemaak het, was om Henk Beukes te openlik te toon waarop hulle afstuur. Sy sal 'n bietjie slimmer wees, meer subtiel te werk gaan. Sy sal met die tweeling begin en deur hulle die pad na sy hart vind.

'n Goeie, verstandige besluit, maar . . . sy het die tweeling onderskat.

Waar hulle aan hul insig kom, sou nie hulle, hul pa of die res van Jagershoek kon sê nie. Hulle het tog sonder ma grootgeword en by die seuns op die sokkerveld kon hulle dit beslis nie geleer het nie. Maar soms, tot menigeen se verbasing in die verlede, kon hulle 'n insig in sake openbaar wat baie al in 'n ongemaklike posisie geplaas het.

So het dit met die vorige aspirante gebeur. Die tweeling het sommer dwarsdeur hulle gesien, hul ideale raak opgesom en korte mette met hulle gemaak. Hulle het nie 'n ma nodig gehad nie, het hulle die mansoekers onomwonde laat verstaan en hulle baie duidelik aan die verstand gebring wat op hulle wag indien hul planne met Henk Beukes gaan

13

slaag. Henk het self soms nie geweet hoekom hierdie of daardie jong vrou, wat gister nog so oorvriendelik was, skielik koeler en stywer teenoor hom opgetree het nie.

Waar Jagershoek, tant An en selfs heimlik hul pa 'n ander mening gehad het, was dit by die tweeling 'n uitgemaakte saak: hulle het nie 'n ma nodig nie. Hulle kom baie goed sonder een klaar. Weliswaar is daar natuurlik voordele daaraan verbonde om 'n ma te hê. 'n Ma kan soetkoekies bak en pannekoek en sjokoladekoek en dies meer. Tant An was nie 'n bakster nie. Dit was die enigste leemte waaraan hulle kon dink waar hulle by 'n ma sou baat. Al gou het hulle met daardie leemte raad gekry.

Sonder dat dit ooit hul pa se ore bereik het, het hulle die baasbaksters van Jagershoek figuurlik gemerk en gereeld gesorg dat hulle daar 'n skimp of twee laat val wat onmiddellik die vroue, self ma's en met harte vol simpatie vir die twee arme wesies, aan die bak gesit het. Op daardie manier was daar op wonderbaarlike wyse altyd 'n koekie of twee in die skoolhoof se huis te vinde, al was daar nie 'n ma wat die blikke kon vul nie.

Dus, aldus Die Tweeling, het hulle g'n ma nodig gehad nie.

Juffrou Estelle Huizeman het egter beslis anders gedink.

Dis ongehoord dat meisies wat al amper dertien is nog saam met die seuns sokker speel en bome klim en, soos sy gister verneem het, oom Thys, wat 'n klein plasie net buite die dorp het, se hansvark bloots gery het totdat die dier aan 'n hartaanval dood is. En hul kleredrag! Dis iets afgrysliks! Buiten hul skooldrag het sy hulle nog nooit in iets anders as vuil klinknaelbroeke gesien nie. Buiten darem Sondae in die kerk. Dan het hulle rokke aan wat, te oordeel na die blinkgeskropte gesiggies, met die grootste onwilligheid gedra word. Ook net totdat hulle weer terug by die huis is. Meestal is hulle al half ontklee wanneer hulle die privaatheid van hul slaapkamer bereik, en word

14

die Sondagrokke met geen respek of ontsag sommer op die beddens neergebondel waar tant An dit maar weer kom optel en in die kas weghang tot volgende Sondag.

Nee, dit is hoog tyd dat Henk Beukes weer 'n vrou kry – ná sewe jaar sal hy darem seker beslis al 'n behoefte aan een hê, nie waar nie? En daardie tweeling moet vasgevat word. Hulle is soos twee wilde wegholperde, en iemand sal haar darem nou oor hul lot moet ontferm.

Hierdie lotsontferming begin een middag ná skool toe die tweeling gevra word om agter te bly. Hulle kyk vinnig na mekaar. Wat is dit nou weer? Om ná skool agter te bly kan net een ding beteken: moeilikheid.

Dit is egter 'n soort moeilikheid waarmee hulle nog nie tevore te doen gekry het nie.

Tot hul algehele verslaentheid moet hulle hoor dat hulle meisietjies is, en dat daar 'n verskil tussen meisietjies en seuntjies is – asof hulle dit nie self reeds weet nie. O ja, en dat fyne meisietjies nie saam met seuns sokker speel nie, en . . .

In twee paar identiese blou oë woed 'n storm waarvoor 'n walvis sou skrik. "Hoekom nie, juffrou?"

Juffrou Estelle Huizeman kruis haar hande netjies. "Wel, kinders, julle word tog nou meisies. Dit het julle seker al agtergekom, nie waar nie?" Haar blik gly betekenisvol langs die lyfies af, maar twee paar blou oë staar haar meteens stokonnosel aan. Sy frons liggies. "Julle het tog seker al agtergekom dat daar iets met jul liggame aan 't gebeur is? Daar is 'n andersheid deesdae, nie waar nie?"

Twee paar blou oë vernou en ontmoet mekaar vinnig, betekenisvol. Vir die eerste keer is daar direk verwys na dit waarvan hulle self al 'n hele rukkie bewus is, dat daar 'n skielike groei in hul seunsagtige gestaltetjies begin plaasvind het. Hulle het dit nog kwalik hardop teenoor hulself en mekaar erken, en vandag noem dié juffrou dit sommer

15

op die naam. "Daar is 'n ontluikende vroulikheid waarvan julle bewus moet wees, nie waar nie, Bokkie, Tokkie?"

Toe die tweeling 'n rukkie later langs mekaar terugstap huis toe, skril die stilte eintlik tussen hulle – iets wat selde gebeur. Maar vandag kolk hul gedagtes van die ding wat so reguit uit die donkerte geruk is . . . en die gevolge wat dit vir hulle gaan inhou.

In hul gedagtes het hulle die verskillende punte, soos wat juffrou Huizeman dit opgenoem het, afgetel: hul gemaklike ou klinknaelbroeke is van nou af taboe, geen sokkerspelery en boomklimmery meer saam met die seuns nie, hulle sal moet ophou om dit te doen, ophou om dat te doen. Al die lekker wat hulle geken het, sal nou prysgegee moet word omdat hulle, soos juffrou Huizeman dit gestel het, nou dametjies gaan word. Die "ontluikende vroulikheid" wat nou na buite begin bars, vereis dit. Wat 'n donker ding, wat 'n donker dag!

Die eerste keer in baie jare stap hulle die straat bedees af en bars nie die huis met die gewone gebokspring en lawaai binne nie. In hul slaapkamer sit – nie gooi nie – hulle hul tasse neer. Toe kyk die twee vir die eerste keer weer na mekaar, sien die "ontluikende vroulikheid" in mekaar raak . . . en in hulself. Beskuldiging flits in die twee paar blou oë.

Ontluikende vroulikheid.

Dit klink kompleet soos vloekwoorde, dink Tokkie. Dit klink soos 'n ongeneeslike siekte, dink Bokkie.

"Kan 'n mens nie 'n plan daarmee maak nie?"

"Hoe bedoel jy?"

"Ek bedoel, dit op 'n manier teruggooi na waar dit ook al vandaan kom of dan, ten minste, die groeiery stopsit."

En terwyl die tweeling daardie aand nugter wakker in hul beddens lê en planne prakseer hoe om hierdie "ontluikende vroulikheid" in die kiem te smoor, begin juffrou Estelle

16

haar tweede stap in die rigting tot haar doelwit in werking stel.

Henk Beukes voel ietwat verbaas toe hy sien wie sy besoeker is, maar hy nooi sy nuwe personeellid binne.

"Ek hoop nie jy sal my kwalik neem dat ek vanaand reguit met jou kom praat nie, meneer Beukes."

Hy glimlag gerusstellend. "Geensins nie, juffrou. Ek waardeer dit as my personeel reguit met my is. So verstaan ons mekaar. Is daar iets waarmee ek kan help, of iets wat jou pla?"

"Ek is baie gelukkig hier, meneer. Nee, dis nie oor my werk wat ek met jou wil praat nie."

"O?"

"Ja, jy sien . . . dis oor die tweeling."

Hy frons liggies. "Was hulle stout? Of doen hulle nie hul werk nie?"

"Nee. Ten minste, nie stouter as gewoonlik nie, en hoewel hulle meer aandag aan hul skoolwerk kan gee, is hulle intelligente kinders en kan hulle daarmee wegkom. Nee, dis oor iets heeltemal anders wat ek wil praat, wat ek onder jou aandag wil bring."

Hy bly liggies frons, maar laat geredelik hoor: "Goed, juffrou, laat ek hoor waaroor dit gaan."

En terwyl die nuwe juffrou Henk Beukes vertel wat met sy dogters aan 't gebeure is, iets wat hy geweet het hy die een of ander tyd sal moet begin verwag, maar tot op hierdie oomblik totaal onbewus van was, lê en prakseer die betrokke toekomstige dametjies die onheiligste brousels uit wat elke toordokter se toonnaels sou laat omkrul van jaloesie.

Die volgende dag stel hulle hul resep in werking. Die middag ná skool word daar allerhande kruie in die veld gepluk. Gewapen met 'n kartondoos vol van die bestanddele, sluip hulle tant An se kombuis binne toe sy dorp toe vertrek vir inkopies. Om die finale krag aan hierdie brousel te gee, word 'n stuk goor varkspek ook ingegooi. Daarna word die kokende mengsel kamer toe gedra. 'n Ou laken word in repe geskeur en toe begin die gedoktery in alle erns. Die duiwelspasta word dik aan die "ontluikende vroulikheid" gesmeer en dan styf met die lakenrepe toege-draai.

"Wie't vir jou gesê al hierdie gemors sal maak dat dié goed nie verder groei nie?" vra Bokkie taamlik skepties.

"Niemand nie. Ek het dit self uitgedink. Niks sal lus voel om verder te groei nadat sulke gemors 'n week lank op jou vasgestrêp was nie." Tokkie se stem klink baie oor-tuigend. "Trek nog stywer, man. Die goed moet styf wees sodat die sop kan intrek tot by die wortels."

"Waar hoor jy daar's wortels?" wil Bokkie weer weet terwyl sy die bevel gehoorsaam.

Weer is haar duplikaat vol meerderwaardige wysheid. "Natuurlik moet daar iewers wortels wees, aap. Elke ding wat groei, moet wortels hê, dan nie?"

Bokkie het nie meer teen hierdie logika iets te sê nie, maar wil darem onseker weet: "Hoekom moet ons 'n week lank met hierdie gemors rondloop? Hoe gaan ons bad?"

"Ons bad nie. Dis al."

Bokkie se blou oë rek. "Tant An sal mos . . ."

"Ag, man, jy's darem toe. Natuurlik gaan ons nog elke aand badkamer toe, en ons tap die bad vol water sodat hulle dit hoor, en ons mors die vloer nat en besmeer die handdoeke soos altyd, maar ons klim nie regtig in nie."

Bokkie bly egter skepties. "Ek weet darem nie, jong. Dit ruik nou al nie te waffers hier onder my neus nie. Ná 'n week sal 'n mens nie meer deur jou neus kan asemhaal nie."

"Hoe slegter dit ruik, hoe beter. Dit wys dan dat die mengsel sterk raak en sy werk doen. Haal deur jou mond asem as jy dit nie deur jou neus kan uithou nie."

Bokkie gaan sit moedeloos op haar bed. "Ek weet nie

vir wat moet die ou juffrou met ons bodder nie. Sy het niks met ons ontluikende vroulikheid uit te waai nie. Sy's nie ons ma nie."

"Hm. Sy sal dit graag wil word. Ek het haar al so deurgekyk. Sy's die ene glimlaggies as Pa naby is. En weet jy wat? Sy het gisteraand vir Pa kom kuier."

"Wat?"

"Ja. Ek het later opgestaan badkamer toe – jy het al geslaap – en toe hoor ek iemand by Pa in die studeerkamer, en toe kom sý daar uitgestap."

"Wat sou sy wou gehad het, dink jy?" vra Bokkie bekommerd. "Ons het mos ons skoolwerk gedoen."

"As dit iets oor ons skoolwerk was, sou Pa al gepraat het. Nee, jong, ek sê vir jou, hier is 'n ander slang in die gras. Hierdie skielike gebodder met ons is nie om dowe neute nie. Sy slyp haar tande vir Pa."

"Vir wat lol sy dan met ons?"

"Sy begin seker al oefen."

"Oefen? Vir wat?"

"Om ons ma te wees."

Bokkie se oë is rond van ontsteltenis. "Ek wil haar nie vir 'n ma hê nie. Sy is 'n ou gifangel wanneer sy kwaad word. En sy is 'n oujongnooi daarby."

"Ek voel soos jy, maar wat kan ons doen? As Pa dalk sinnigheid in haar kry . . ."

Henk Beukes lyk ietwat ongemaklik toe hy tant An daardie middag opsoek.

"Tante, daar is iets waaroor ek graag met tante wil gesels."

"Praat maar, Henk. Wat is dit?"

"Dis oor die tweeling, tante." Hy maak keel skoon. "Het tante miskien opgemerk dat hulle . . . wel, begin groot meisies word?"

Tant An glimlag effens. Henk sal regtig vir hom 'n nooi

19

moet kry. Hy word gans te selfbewus oor sekere dinge van die lewe.

"Ja, ek het, Henk, en ek wou dit al onder jou aandag bring, maar ek het gedink ek sal maar wag totdat jy dit self ophaal. Wat daarvan?"

Hy bloos effens en tant An se glimlag verdiep. Dis snaaks om hom so selfbewus te sien. Gewoonlik is hy 'n baie selfversekerde man. Maar dan, hy het sy vrou reeds sewe jaar gelede verloor en het seker al byna van daardie dinge vergeet. Wat hierdie huis nodig het, is 'n vrou en ma.

"Om die waarheid te sê . . . juffrou Huizeman het dit gisteraand eers onder my aandag gebring. Sy is die tweeling se klasonderwyseres."

"Ja, ek weet. O, sy het jou daarvan kom vertel?"

"Ja. Ag, tante weet hoe dit gaan. Hulle is heeldag onder my oë en hulle is nog sulke kinders . . . 'n Mens dink nie daaraan dat hulle al amper dertien is nie."

Tant An se oë is simpatiek. "Ek begryp, Henk. Dis ook vir my moeilik om te glo dat hulle een van die dae al jong dametjies sal wees."

"Ja, en daar lê die knoop. Sal hulle? Hulle word 'n bietjie wild groot, tante. Ek het seker nie my plig heeltemal teenoor hulle nagekom nie."

"Moenie verspot wees nie, Henk. Jy was nog altyd 'n goeie pa vir hulle."

"Tog, tante, is daar dinge waarin ek agterweë gebly het. En noudat hulle groot meisies word . . . Ons sal iets daaraan moet doen."

Die ou tante frons liggies. "Ja, ek verstaan wat jy bedoel, maar ek is al te oud daarvoor. Jy sal iemand jonger moet kry om die tweeling te tem."

"Natuurlik, tante. Jy weet hoe ek alles waardeer wat jy vir ons deur die jare gedoen het, en ek verwag ook nie dat jy daardie reusetaak moet aanpak nie. Daarom is ek so dankbaar dat juffrou Huizeman vorendag gekom het en haar hulp aangebied het. As tante dus nie omgee nie, sal sy van nou af die tweeling so 'n bietjie onder hande neem, hul klere koop en so meer. Tante gee nie om nie?"

"Glad nie, Henk. Ek is maar te dankbaar. Ek sal nog dankbaarder wees as jy my kom vertel dat jy weer 'n vrou in hierdie huis gaan inbring."

Hy glimlag net, skud sy kop. "Dit sal seker nie gou gebeur nie."

"Maar jy moet tog daaraan dink, Henk. Die tweeling het eintlik nou 'n ma nodig. Ek word oud, seun."

Hy knik, staan op. "Ek besef dit, tante. Miskien sal ek tog in die toekoms meer aandag daaraan moet gee, al is dit dan net ter wille van die tweeling. Dis waar. Meisies het op hierdie ouderdom 'n ma amper nodiger as 'n pa."

Tant An knik net, kyk hom glimlaggend agterna. En jy het 'n vrou nodig, sê sy woordeloos agterna. Sewe jaar is te 'n lang tyd om alleen te loop. Hy is so 'n goeie man. Maar of juffrou Huizeman die regte persoon is, sal ons maar eers moet sien.

Die tweeling maak dat hulle wegkom waar hulle net langs die agterdeur staan en afluister het. Hulle kyk mekaar met groot, ontstelde oë aan.

"Is tant An dan van haar trollie af om die ou mens nog verder in Pa se keel af te druk?" wil Bokkie opstandig weet, en Tokkie se oë vernou.

"Bokkie, ek sê vir jou, hier gaan 'n lollery kom. Ons sal 'n plan moet maak. Voordat Pa vir ons 'n ma soek, moet ons liewer self een soek."

"Maar waar? Waar kry 'n mens sommer los ma's?"

Tokkie glimlag meteens. "Ek weet! Kom! Ek weet presies waar!"

2

Die deur gaan oop op Tokkie se klop en Sannie Bester staan voor hulle.

Sy is net 'n paar maande ouer as die tweeling, maar 'n mens sal dit net glo as jy die geboortesertifikate langs mekaar sien. Want Sannie is 'n besonder ryp meisie vir haar dertien jaar; te ryp, soos juffrou Huizeman, wat ook haar klasonderwyseres is, haar kort en bondig opgesom het.

Tokkie bekyk haar klasmaat vandag met groter aandag en sy voel haar keel wil toetrek. Sannie se "ontluikende vroulikheid" het beslis darem seker al klaar ontluik, en as dit nie . . . Tokkie sluk. Hierdie gemors wat sy en Bokkie aan hulle gesmeer het, móét net werk. En as dit nie werk nie en die ontluiking duur voort totdat hulle soos Sannie lyk . . . Sy sal sowaar tant An se broodmes insteek.

"Ja?"

"Sannie, gee vir ons 'n paar van daardie tydskrifte wat jy altyd so lees, asseblief, jong."

"Watter tydskrifte?"

"Ag, man, van daardie wat jy altyd in die klas onder die skoolbank lees."

Sannie se oë rek verbaas. "Wat wil julle daarmee maak?"

"Dis ons saak. Ons wil dit net leen. Ons sal dit weer môre teruggee. Toe, man. Ek weet jy het stapels van hulle."

Sannie is nog onseker. Hierdie tydskrifte het haar al in groot moeilikheid laat beland. Sy is al 'n paar keer in die klas betrap dat sy, pleks van na die juffrou te luister, sit en "vrystories" lees, soos die ander kinders daarna verwys.

"Ek wil eers weet wat julle daarmee wil doen."

"Ons wil net 'n adres opsoek, dis al. Maar as jy nie wil nie . . . Los! Onthou net, as ek jou weer daardie goed in die klas skelmpies sien sit en lees, gaan ek vir juffrou sê . . ."

"Wag, ek sal gaan haal." 'n Paar tydskrifte word 'n oomblik later oorhandig. "Maar julle bring dit terug!"

Bokkie is nog steeds verbysterd en in die duister waar-
oor dit alles gaan toe hulle agter die vyelaning op hul erf
op die voor se wal gaan sit. Sy kon nog geen idee vorm in
watter rigting haar tweelingsuster se verstand hierdie keer
werk nie. Hulle wil 'n ma hê, een wat hulle self uitgesoek
het, maar wat hierdie soort tydskrif wat Sannie soos 'n
hongerige wolf verslind, daarmee te doen kan hê . . .

Daar gaan 'n lig vir haar op toe Tokkie die eerste tyd-
skrif op 'n plek oopvou.

"Hier! Hier is dit!"

Bokkie buk vooroor en lees met groot oë: "*SOEK EN
VIND! Ons hoekie vir eensames wat na liefde soek.*" Dan
frons sy en kyk vraend op. "Ek verstaan nog nie. Hoe gaan
dit help? Ons soek nie liefde nie. Ons soek 'n ma."

"Maar hier is hope ma's, man. Kan jy nie sien nie? Hier
is hope weduvroue en sulke goeters sonder man. Ons moet
hulle deurkyk en 'n paar uitsoek en dan vir hulle skryf."
Sy sien die onsekerheid in die ander se oë en sê kwaai:
"Kan jy aan 'n beter plan dink waar om 'n ma te kry?"

"Nee, ek . . ." Bokkie sluk. Idees het nog nooit by Tok-
kie ontbreek nie, maar die moeilikheid agterna ook nie.
Sy voel sommer aan hierdie ding gaan weer 'n onaange-
name nasleep hê. Maar soos Tokkie sê, watter ander plan
is daar? En daar sal moet plan gemaak word, en gou ook.
Die vorige kere het hulle nog nooit gehoor dat hul pa weer
'n huwelik oorweeg nie, maar hierdie keer . . .

"Maar hoe gaan jy vir hulle skryf? Jy kan mos nie som-
mer reguit sê ons soek 'n ma voordat Pa dalk met ou juf-
frou Huizeman trou nie! Pa sal ons vermoor!"

"Nee, natuurlik nie, aap. Ons skryf namens Pa."

"Namens Pa! Tokkie . . ."

"Luister eers klaar, man! Ons soek 'n paar uit wat re-
delik klink. Dan skryf ons namens Pa. Hulle sal dan terug-
skryf en so kan ons hulle leer ken en later net een uitsoek
wat die beste klink."

Bokkie sien egter baie probleme. "As die vroue terugskryf, kom die briewe mos na Pa toe."

"Ons onderskep dit voordat dit by Pa uitkom. Ons gaan haal gewoonlik altyd die pos. Dit sal nie moeilik wees nie." Tokkie, self maar nog onseker oor hierdie plan en nog glad nie seker hoe sy dit eintlik in werking moet stel nie, klink sommer ongeduldig. "Ag, kom ons kyk eers wat is hier te kry. Dan kan ons verder praat. Vat jy daardie boek. Ek sal solank hierdie een deurkyk."

"Goed. Kom ons kyk eers die kiekies deur. 'n Mens het darem dan 'n idee van hoe die vrou lyk." Bokkie kyk fronsend na die blad. "Hier is een. *I NEED YOU. 'n Vyftigjarige weduwee van* . . ."

"Moenie laf wees nie. Ons soek 'n ma, nie 'n ouma nie. Wag, hier's een. *GOUSBLOMMETJIE is 'n vyf en dertigjarige geskeide vroutjie met vier kinders en* . . ."

"Nee! Ons wil g'n boeties en sussies by hê nie. Net 'n ma! Hier is in elk geval ook nie slaapplek vir so baie mense in ons huis nie. Luister hier. *ROOILOKKIES is 'n dertigjarige dame met natuurlike rooi hare* . . ."

"Nee, dankie. Mense met rooi hare is altyd beduiweld. Wag, hier is 'n *LONELY LADY. 'n Regte dame, fyn opgevoed, gekul . . . kul . . . ti . . . veerd* – wat dit ook al mag beteken – *en* . . ."

"Los maar. Sy klink vir my te veel na ou juffrou Huizeman. Dit lyk my nie ons gaan maklik . . . *HAAS DAS, lief vir die mooi dinge in die lewe, mooi musiek, mooi boeke en mooi mans* . . ." Bokkie kyk op. "Is ons pa mooi?"

Tokkie frons. "Ek weet nie. Maar sy klink ook maar vir my te . . . stroperig. Hier is *TOPS AND BOTTOMS, 'n jong weduweetjie, massa honderd kilogram* . . ."

"G'n wonder sy is net tops en bottoms nie!" Hulle giggel en kyk mekaar dan ietwat moedeloos aan. "Dit lyk my nie ons gaan hier iets kry nie."

Tokkie sug. "Hier moet tog darem een tussen die bondel

wees wat 'n mens sal kan gebruik. Laat ons weer kyk. Hier is 'n *MADONNA, twintig jaar oud, ongetroud . . .*"

"Sy's te jonk. Jy moet onthou, Pa sal met die vroumens moet trou, en twintig is darem seker te jonk vir hom . . . of hoe?"

"Ons wil ook nie 'n ouma hê nie. Pa sal moet vat wat ons kan kry. Hy is ook nie meer so jonk dat hy kan kies en keur nie. *HOMPIE K'DOMPIE, 'n geskeide twee en dertigjarige dametjie, lief vir voëltjies en diertjies en blommetjies en . . .* O, heiden, nee, sy klink vertraag."

Dis 'n rukkie stil, 'n moedelose stilte, en dan is dit Bokkie wat weer 'n slag 'n blink plan kry. "Hoekom skryf ons nie self 'n advertensie nie?"

"Jy bedoel ons stuur Pa se naam in na hierdie hoekie?"

"Ja. Ons gebruik 'n skuilnaam. Niemand sal weet nie. Dan kan hulle mos skryf. Ons sal 'n groter keuse hê, dink ek."

"Sowaar! Ek dink dis net die ware Jakob! Gee aan daardie pen en papier. Nou toe. Watter skuilnaam sal ons vir Pa gebruik?"

"Hm. Wag. Laat ek sien . . . Hoe klink PA-SOEK-MA?"

"Nee. Dit klink simpel. Dit klink of Pa 'n ma vir homself soek. Nee, dit moet iets wees soos . . . e . . . Wag, hier sien ek 'n naam. Hoe klink EK HET JOU NODIG?"

Maar Bokkie skud haar kop. "Nee, dit klink te . . . sentimenteel. Ek dink ons moet die mees algemene een gebruik. EENSAAM."

"Maar elke tweede een is EENSAAM."

"Ons sit nog iets by. EENSAAM OP JAGERSHOEK . . ."

"Jy's laf! Die hele dorp sal weet en op hol wees. Ons kan nie ons dorp se naam insleep nie. Hope mense op Jagershoek lees hierdie goed, nie net Sannie nie. Nee, man, ons moet 'n ander naam soek. Wag. Kom ons gebruik Oumahulle se plaas se naam. Wegdraai. Wat van EENSAAM OP WEGDRAAI? Dit klink nie te oes nie."

"Ja. Dit klink goed. Pa is EENSAAM OP WEGDRAAI. Wat verder?"

Tokkie byt die pen se agterkant. "'n Eensame, aantreklike wewenaar van sewe en dertig met tweelingdogters soek na 'n ma . . ."

"Nee, jong, dis te openlik. Los die ma-deel uit. Dit skrik hulle naderhand af . . . soek na 'n dame wat hom met raad kan bystaan . . ."

". . . en wat kennis van tweelingdogters het . . ."

". . . wat begin ontluik . . ."

"Moenie stuitig wees nie, Bokkie! Jy klink nes juffrou Huizeman! Nee, wag . . . Wat kennis van dertienjarige tweelingdogters het. Wat nog?"

"Ons moet sê hoe oud sy moet wees. Pa is darem nie te sleg nie. Ons moenie vir hom 'n ou lelike ding kry nie."

"Ja. 'n Mens wil jou nie vir jou ma skaam nie. Goed. Kom ons sê dames tussen vyf en twintig en twee en dertig kan skryf. Goed?"

"Ja. En sy moet 'n kiekie stuur. Vollengte."

"Hoekom?"

"Van hulle kan miskien wat die gesig betref nie te onaardig lyk nie, maar ondertoe onmoontlik wees. Pa sal nie van 'n vet vrou hou nie."

"Goed. Vollengtefoto."

Toe hulle terugstap van die posbus af, is hulle stil. Hulle albei weet diep binne-in dat hulle nou iets aangevang het wat beslis nie Pa se goedkeuring sal wegdra nie. Hulle weet ook nog steeds nie presies hoe hulle hierdie ding enduit gaan voer nie. Maar dis nou te laat vir bedenkinge en tyd bring raad. Hulle sal maar elke probleem wat opduik, afhandel soos dit kom.

"Ons sal van nou af die pos darem goed moet dophou," laat Bokkie, klaar benoud, hoor. "As Pa skielik op 'n dag 'n swetterjoel briewe van vreemde vroue kry, kry hy 'n oorval."

"Ja. Ons velle sal waai," stem Tokkie saam. Miskien was hulle 'n bietjie te oorhaastig. Hulle het nie die ding goed deurdink nie. Maar daar is nie tyd nie!

Hulle kyk mekaar vinnig aan toe hulle weer die huis binnestap, en tant An hulle in kennis stel: "Juffrou Huizeman is in jul kamer."

"In ons kamer? Wat soek sy daar?"

"Sy kyk jul kaste deur. Jul pa het gesê sy sal van nou af jul klere haar verantwoordelikheid maak – en daarvoor is ek innig dankbaar. Toe, loop kamer toe. Sy sal seker iets te sê hê vir julle. Sy het byna 'n floute gekry toe sy jul kasdeure oopmaak. Ek het haar gesê dit lyk maar altyd soos 'n uitgeskropte hoendernes."

Hulle kyk haar beskuldigend aan, maar tant An verhard haar hart. Dit is hoog tyd dat iemand hierdie twee kortvat. Of juffrou Huizeman dit ooit sal regkry om van hulle dames te maak, wil sy nog sien. Maar al kan sy hulle ook net leer om netjieser te wees . . . Aarde, kyk hoe lyk hulle!

"Bokkie, wat staan soos 'n sweer daar in jou broek se agtersak?"

"Dis my tolle."

Tant An sug diep. "En hoeveel keer het ek jou nie al gesê die goed se punte steek gate in jou broek nie? Ag, loop tog kamer toe. Juffrou Huizeman sal vir julle regkry, hoop ek."

Sleepvoetend gehoorsaam hulle, en twee paar oë kyk vyandig rond toe hulle die kamer binnestap. Hul kaste staan hulle dolleeg en aangaap en die inhoud lê oor die hele kamer versprei.

'n Soet, sagte glimlaggie sprei oor die juffrou se gesig toe sy hulle gewaar, maar die staal onder daardie sagtheid is onmiskenbaar.

"Kom binne, tweetjies. Ons gaan nou kaste regpak. Ek het alles voor die voet uitgehaal! Ons kan reg van voor af begin. Eers wil ek julle wys hoe 'n mens klere reg opvou voordat jy dit in 'n kas wegpak. Kom staan hier langs my, julle albei."

"Wat is in hierdie boks?"

"Jy bedoel kartondoos? Dis 'n klomp goed wat ek in jul kaste gekry het wat ons later gaan verbrand. Dis nie goed wat in dametjies se klerekaste hoort nie."

Die tweeling buk gelyk. "Wat . . .? Maar dis ons goed hierdie!"

"Ek weet." Steeds die glimlag. "Dit was. Maar dametjies gebruik nie sulke goed nie . . ."

Tokkie trek iets tussen die ongelooflike variasie van rommel uit. "Dis my kettie, juffrou!"

"Dit gaan verbrand word, Tokkie. Dis seunsgoed daardie."

"Maar dis 'n sonde, juffrou! En al ons albasters! Kyk, hier is my mooi groot ghoen ook! Daar is nie 'n seun in die skool wat so 'n ghoen het nie . . ."

"Bokkie!" Die glimlag wil begin styf word. "Kom nou. Hier by die bed. Ek wys net een maal. Gee aandag, asseblief. Eers moet al die knope van die hemp vas wees, natuurlik."

Hulle skuifel nader, kyk bot op die demonstrasie af.

"Hoekom? Dit moet los wees as jy dit moet aantrek," brom Tokkie.

"Dis om dit netjies opgevou te kry. Dan lê jy dit só neer . . ." Toe die demonstrasie klaar is, word die hemp weer losgeskud. "Nou goed, Tokkie. Vou dit nou weer vir my op, asseblief."

Die man in die deur se effense geamuseerdheid verdwyn toe hy die uitdrukking op sy twee dogters se gesigte gewaar. Die bedenkinge in sy hart is weer helder op die voorgrond. Hy het sommer 'n voorgevoel gehad dat sy dogters nie hierdie nuwe fase in hul lewe maklik gaan aanvaar nie. Maar hulle sal moet. Nou eers sien hy werklik raak wat al 'n hele tydjie onder sy oë was. Sy hart trek effens saam. Hulle het gou grootgeword. Gister was hulle nog klein . . .

Hy onthou so goed toe hulle die eerste dag skool toe is
. . . Maar dit was sewe jaar gelede! besef hy amper met 'n
skok. Sewe jaar gelede al!

Hy kom nou binne en die vyandigheid in die twee paar
blou oë wat na hom opkyk, slaan hom op 'n teer plek.
Maar soms moet 'n ouer dinge doen wat nie aangenaam is
vir sy kinders nie, maar wat tot hul beswil strek.

Hy gaan sit op die een bed en hou sy hande uit. "Kom
hier, Bokkie, Tokkie." Hulle skuifel onwillig nader. "Luis-
ter mooi. Julle is nou vinnig aan die grootword. Eintlik is
julle glad nie meer klein nie." Hy sluk aan 'n lastige knop
wat skielik in sy keel gevorm het, gaan moedig voort:
"Eintlik is julle nou groot meisies. Juffrou Huizeman was
so gaaf om aan te bied om julle . . . e . . . te wys hoe om
groot meisies te wees."

Bokkie se lip bewe agterdogtig, en die blou oë kyk plei-
tend op. "Ek wil nie 'n groot meisie wees nie, Pa!"

Sy oë verteder verder. So vergroot die skuldgevoel in sy
hart. Sy kinders moes lankal 'n ma gehad het. Hulle het te
alleen en op eie stoom grootgeword.

" 'n Mens kan dit nie keer nie, Bokkie. Dis iets wat net
eenvoudig kom. Niks kan dit keer nie."

Tokkie kyk haar pa fronsend aan. "Is Pa seker?"

"Heeltemal seker, Tokkie. 'n Mens word groot en jy kan
dit nie keer nie. So word 'n mens ook oud, en jy kan dit
ook nie keer nie," sê hy met 'n skewe glimlaggie. Dis waar.
Die jare het ongemerk verbygegaan. Hy self is nie meer so
waffers jonk nie. Die beste jare snel vinnig ten einde. As
hy dan nog wil, of moet, vrou vat, sal hy nie langer kan
wag nie . . .

Hy maak keel skoon. "Ek hoop julle sal juffrou Huize-
man jul volle samewerking gee, want sy gaan iets baie
groots vir julle doen. Ek weet dis lekker om saam met die
seuns rugby te speel en om boom te klim en so meer. Maar
daar kom 'n tyd dat 'n mens dit nie meer kan doen nie. 'n

Mens moet dit dan net so aanvaar. Daardie stadium van julle is nou verby. Nou moet julle leer om meisietjies te wees, en juffrou Huizeman gaan julle help."

Hy glimlag bemoedigend na die twee somber gesiggies. "Ek weet ek gaan nog baie spog met my twee mooi dogters!" Hy staan op. "Solank ek en juffrou gaan tee drink, kan julle oefen hoe om 'n hemp reg op te vou. En as julle daardie kuns bemeester het, kan julle gerus my hemde ook netjies gaan opvou – teen vergoeding, natuurlik!"

Maar nie eens die vooruitsig dat daar êrens 'n moontlikheid van 'n ekstra geldjie op hulle wag as hulle 'n hemp netjies kan opvou, laat hulle enigsins blymoediger voel nie. Inteendeel.

Toe hulle alleen is, kyk Bokkie die ander grootoog aan. "Het jy gehoor? Pa sê niks keer dit nie. Ons kan maar hierdie gemors afhaal."

"Ag, man, Pa is 'n mansmens. Wat sal hy nou ook daarvan af weet? Toe, jong, vou op die hemp."

"Ek kan nie meer onthou nie. Probeer jy eerste."

En terwyl die tweeling staan en sweet met hemp opvou terwyl hulle honderd maal liewer saam met die seuns sou wou gaan sokker speel het, kyk juffrou Estelle Huizeman hul pa met haar soet glimlaggie aan.

"Moenie so bekommerd lyk nie, meneer! Die tweeling sal gou regkom. Jy het my woord daarvoor."

"O." Hy dwing 'n glimlag na sy mond. Sy ken nog nie die tweeling nie. "Wel, ek is seker hulle is in goeie hande. En terwyl ons in die toekoms baie met mekaar te doen gaan kry uit die aard van omstandighede, kan ons mekaar gerus minder formeel aanspreek wanneer ons buite die skool is. My naam is Henk."

Die soet glimlag verwyd. "Goed, Henk. Ek is Estelle. Dit sal miskien 'n minder gespanne atmosfeer skep. Ek wil so graag hê die tweeling moet my as 'n maat aanvaar, en nie heeldag onthou ek is hul juffrou nie."

Hy knik. Hy sal sy kant ook moet bring om dit vir almal makliker te maak. "Ja. Hoe lyk dit? Saterdagaand is hier mos 'n balletuitvoering. Sal dit nie goed wees as ons dit by die tweeling se . . . e . . . opvoedingsplan inwerk en almal saam daarna gaan kyk nie?"

"O, natuurlik! Dankie, dit sal wonderlik wees!"

Toe sy 'n rukkie later weer die kamer binnestap, is dit duidelik dat daar nie veel vordering gemaak is nie. Hulle kan die flits in haar oë sien – 'n flits wat hulle al goed in die klaskamer leer ken het – maar vandag bly die soet glimlaggie om juffrou se mond. "Ons kan maar weer môre verder probeer. Ek sal gou opvou en julle pak weg. Ons kan môremiddag weer verder gaan."

Hul oë flits 'n onuitgesproke boodskap na mekaar. Gaan dit dan nou elke middag se ellende wees? Juffrou Huizeman kyk op toe die tweeling geen aanstaltes maak om te beweeg nie. "Toe, toe, tweetjies. Wegpak. Ek is laat vir ete vanaand by die koshuis." Dan verdwyn haar glimlag effens. "Bokkie, wat . . . wat gaan met jou . . . broek aan?"

Twee blou oë rek onskuldig. "Nee, juffrou. Niks."

"Kom hier, Bokkie. Ek sê, kom hier!" Die juffrou stap self nader, en nou deins Bokkie terug en daar is 'n geskraap en geklingel. Die glimlag is nie meer so stewig om haar lippe nie en Henk Beukes kom ook vinnig nader.

Hy frons. "Bokkie, wat gaan hier aan? Wat raas so?" Hy klap op die agterstewetjie wat agterdogtig bulterig vertoon en absoluut niks met "ontluikende vroulikheid" te doen kan hê nie. "Wat het jy hier ingestop?"

Bokkie het nie 'n keuse nie. "Ons . . . ons albasters."

"Om liefdeswil, hoekom? Hoekom stop jy die goed daar in?"

"Juffrou . . . juffrou wil dit verbrand . . ."

Henk Beukes se frons verdiep en sy blik gaan na die ander tweeling. "Jy het ook iets by jou ingestop. Wat is dit, Tokkie?"

31

"My kettie . . . en die tolle en . . . Dis ons goed, Pa!"

Juffrou Huizeman het tyd genoeg gehad om haar gesig weer op die regte plooi te kry en sy laat vinnig hoor: "Maar ek het nie geweet julle is so lief vir jul goedjies nie, skatjies. Natuurlik kan julle dit maar hou as julle wil."

Die blou oë kyk haar stip aan. Haar deuntjie is skielik baie anders. Henk Beukes voel dat dinge 'n bietjie gespanne raak en sê vinnig: "Haal uit daardie goed uit jul klere en sit dit terug in die kartondoos. Niemand sal jul goed verbrand nie, maar jul klerekas is nie die regte bêreplek daarvoor nie. Dit kan in die buitekamer gehou word." Hy probeer op die onskuldige gesig langs hom af glimlag.

"Jy sal hulle maar eers baie moet verskoon, Estelle. Hulle het baie tyd nodig . . ."

"Natuurlik, Henk. Ek verstaan. Moenie jou kwel nie. Nou toe, tweetjies, alles terug in die kartondoos." By die deur draai sy om, haar glimlag breed, onheilspellend. "Môre gaan ons verder!"

Sy is nog skaars by die deur uit, toe die twee hulle begin uitskud.

"Tweetjies! Skatjies!" Tokkie trek haar geliefde kettie uit. "Sy laat 'n mens gril!"

"En het jy gehoor dis al Estelle en Henk? Ek sê vir jou, ons sal vinnig 'n ma moet kry of hier's groot moeilikheid!"

"As Pa hom net kan inhou totdat ons van daardie hoekie gehoor het . . . Watse koorsigheid is dit dan ook nou skielik met hom?"

Bokkie trek weer haar broek reg nadat alles uit is. "Hy is seker nou op sy derde wind."

"Op sy wat?" Tokkie kyk haar fronsend aan. "Watse ding is dit? Waar kom jy daaraan?"

"Ek weet self nie wat dit is nie, maar ek het nou die dag gehoor ou tant Sofie sê vir tant An die ou wewenaar wat nou by haar kuier, is nog glad nie so gedaan nie. Hy is nog op sy derde wind."

"O . . ." Tokkie knoop ook weer haar klinknaelbroek vas. "Wel, op watter wind Pa ook al is, moet dit hom nie nou begin pla nie, in elk geval nie met ou Huizeman nie. Kom. Kom ons gaan steek self hierdie goed weg. Daardie ou gifangel was vas van plan om ons goed te verbrand."

Toe hulle met die kartondoos verbykom buitekamer toe, kyk tant An op van die stoof, jammerte in haar oë, maar wetende dat sy haar nie durf inmeng nie. "Julle moet sommer voor aandete gaan bad. Jul Pa moet net ná aandete klaarmaak om na 'n vergadering te gaan."

Toe hulle klaar is in die badkamer, is daar niks aan die natgespatte vloer of die sopnat handdoeke wat tant An kan vertel daar is nie gebad nie. Sy sug maar by haarself en maak 'n bietjie aan die kant voordat Henk die badkamer moet gebruik. Soms kry sy die tweeling jammer, maar daar kom tye soos nou wat sy juffrou Huizeman alle seën en sukses toewens.

Dis aan etenstafel dat tant An skielik haar neus in die lug hou en snuif.

"Iets ruik nie lekker nie. Dis weer Broekies wat 'n muis ingedra het en dit net hier êrens laat lê het," beskuldig sy die groot, vet huiskat wat op sy bespreekte plek tussen die tweeling se stoelpote sit en wag vir sy snapsies van die tafel af.

Broekies knip net sy oë en kyk meerderwaardig eenkant toe. Die tweeling loer vinnig na mekaar, kyk dan blitsig op hul borde terug. Waar hulle ander kere gou hul geliefde kat verdedig, laat hulle hom vanaand skandelik in die steek.

Die volgende dag in die klaskamer wil dinge ook net lol. Almal kom agter dat iets vandag nie hier pluis is nie.

Juffrou Estelle Huizeman is ná pouse na die hoof se kantoor. "Ek wonder of daar nie miskien iets op die een of ander manier onder die klaskamer se vloer ingekom en toe daar doodgegaan het nie. Dis net in 'n sekere hoek van die klaskamer waar dit baie duidelik ruikbaar is – daar waar die tweeling is. Daar sal beslis ondersoek ingestel moet word."

Maar hoe die skoolhoof en die skoolopsigter ook al soek, kan hulle nêrens 'n plek, binne of buite, kry waar 'n dier onder die vloer van die klaskamer kon inkom nie. Hulle besluit om maar nog so 'n dag of twee kans te gee. As dit dan nie anders kan nie, sal die vloer eenvoudig opgebreek moet word.

April het skielik enkele warm dae voordat die winter in sy volle glorie begin. Teen die derde dag besluit die skoolhoof dat die hoek van die klaskamer se vloer maar opgebreek moet word.

Tant An besluit dat elke meubelstuk in die huis verskuif moet word. Daardie muis moet eenvoudig gevind word. Broekies lewe swaar. As hy dit waag om sy kop by die deur in te steek, word hy na buite verwilder. Dis net snags dat hy skelmpies deur die tweeling se kamervenster getel word. Maar ná twee nagte binnenshuis, besluit hy uit eie vrye wil dat dit verkiesliker is om buite te slaap, want nie eens meer die koel nagwind deur 'n wawyd oop venster wil 'n kat laat asem kry in daardie kamer nie.

Tant An se lugverfrisser gewaar dit. Sy is later heilig oortuig ou Peet Veldman verkoop halwe kannetjies aan haar, want soos wat dié goed darem op en gedaan raak in hierdie huis is ongelooflik.

Teen die derde dag is juffrou Estelle Huizeman saam met die skoolhoof en skoolopsigter dronkgeslaan. Die hele hoek van die klaskamer se vloer is opgebreek, maar niks kon gekry word nie. Maar die reuk bly hang in die lug, en nou moet Henk Beukes saam met sy personeellid stem: iets moet êrens onder hierdie klaskamer se vloer lê en ontbind. Die prikkeling in jou neusgate is 'n onomstootlike bewys.

"Ons sal maar oor die naweek kyk wat ons kan doen, Estelle. Dis gelukkig vandag Vrydag."

34

3

Die tweeling hou hulle deesdae taamlik eenkant en pouses staan hulle weer effens apart nadat hulle seker gemaak het watter kant die wind waai.

"Ons sal hierdie goed moet afhaal, jong," pleit die een. "Hulle gaan die hele skool opbreek en niks kry nie!"

"Kom ons hou nog tot môre uit. Ek moet sê, ek kan myself beswaarlik verdra. Dit ruik darem onmenslik sleg, veral as jy jou neus laat sak."

"Ek weet nie meer hoe dit is om deur my neus asem te haal nie! Ek het gesien Pa kyk vanoggend so na my oop mond."

Toe hulle daardie Vrydagaand aan tafel sit, klink tant An by wanhoop verby.

"Ek het nou hierdie huis van hoek tot kant deurgesoek. Hier is nie 'n meubelstuk wat ek en Mieta nie verskuif het nie, maar daardie muis kry ek nêrens nie."

Die hoof van die huis frons ergerlik, maar hy moet simpatie met tant An hê. Ook hier in sy eie huis ruik iets beslis nie lekker nie. Sy blik val op die tweeling wat net sit en peusel aan hul kos. Nie dat hulle nie honger is nie. Nee! Maar as 'n mens eet, moet jou mond tog die een of ander tyd toegaan en moet jy asem deur jou neus kry en daarvoor sien hulle nie meer kans nie. Die natuurlike kanale vir asemhaling is by hulle beslis taboe.

"Hoekom eet julle twee nie? En wat makeer julle om so onverfynd te kou? Maak toe jul monde as julle kou. Liewe aarde, julle is al groot meisies."

Tant An bekyk ook die tweeling met meer aandag. Dis waar. Hul eetlus is die afgelope dae nie wat dit altyd was nie.

"Hulle lyk blekerig, Henk. Wat makeer, kinders? Voel julle siek?"

Hulle is lus om eenparig "Ja!" daarop te antwoord,

maar skud dan eenparig die kop ontkennend. Maar hul pa is nie tevrede nie. Sy blik is skerp.

"Ek het al opgemerk dat hulle albei met oop monde asemhaal. Ek dink dokter Gerber moet na hul mangels kyk. Dis 'n teken van vergrote mangels, nie waar nie? Dan kan dit sommer eerskomende vakansie uitgehaal word."

Twee paar blou oë rek verskrik oop, flits vlugtig na mekaar, keer terug na hul pa en asof uit een mond kom dit gelyk: "Ons mangels makeer niks nie!"

"Maak dan jul monde toe en haal deur jul neuse asem soos normale mense!" Henk Beukes se stem klink streng, strenger as wat hy dit bedoel, maar hy is 'n bekommerde man sedert 'n paar dae gelede.

Hoe meer hy oor die saak dink, hoe duideliker lê die pad van plig voor hom – 'n pad waarvan hy tot dusver nog weggeskram het. Maar omstandighede en die beloop van die lewe het hom begin inhaal. Die tweeling se ontluikende vroulikheid het eindelik 'n stopteken op sy pad aangebring. Hy sal aan trou moet dink. Hy het sy plig in daardie opsig reeds te lank versuim. Sy dogters het 'n ma nodig.

Hy voel soos iemand wat in 'n rigting gedryf word waarin hy nie wil gaan nie. Hy kyk weer na sy twee dogters wat vanaand duidelik moeite ondervind om hul kos opgeëet te kry. Sy kommer verdiep. Hulle het gewoonlik 'n baie gesonde eetlus, maar hy dink nie daar skeel iets fisieks met hulle dat hulle skielik sonder eetlus is nie. Hy weet sy kinders voel vanaand in 'n mate soos hy – hulle word ook in 'n rigting gedwing waarin hulle nie wil gaan nie. Maar nie hy, of hulle, het juis 'n keuse nie. Hulle sal nou moet leer en aanvaar dat hulle meisies is wat aan die grootword is. En hy . . . hy sal moet aanvaar dat hy 'n vrou sal moet vat.

Die tweeling is dankbaar dat die aandete verby is en hulle maak spore kamer toe. Maar voordat hulle verdwyn, hoor hulle hul pa sê: "Ons gaan môreaand almal na 'n balletuitvoering toe. Juffrou Huizeman sal julle môreoggend kom haal om vir julle die regte klere vir die aand te koop. Julle sorg dat julle hier is wanneer sy kom."

Bokkie is sommer van voor af ontevrede. "Ek is g'n lus vir die ou balletstorie nie. Die dansery is mooi, maar die mense se klere sit te styf en hulle is te vol knoppe en bulte en dinge. En hul gesigte is altyd soos spoke s'n opgemaak."

"Dit sal nie help om te kerm nie, jong. Ons sal maar net moet gaan. Pa het nooit in die verlede so danig in sulke goed belanggestel nie. Dis weer ou Huizeman se dinge hierdie. En ons sal natuurlik moet rokke aantrek," sug Tokkie met die grootste misnoeë. "Nou kom. Ons moet liewer maar hierdie goed afkry van ons af voordat ons mangels nog onnodig uitgehaal word en die hele skool afgebreek word." Hulle glimlag teenoor mekaar. "Pa kry die aapstuipe as hy moet weet waar daardie reuk vandaan kom!"

Met goeie hoop begin Tokkie haar suster se verbande afdraai, en hoe verder sy vorder, hoe ondraagliker word dit om asem te haal.

Maar ondanks die goeie hoop en die stank – want met niks anders kan jy dit beskryf nie – kan duidelik gesien word dat die ontluiking hom geensins daardeur laat stopsit het nie. Die duiwelsmengsel het absoluut geen uitwerking gehad nie.

"Ek wonder as 'n mens dit baie styf vasdraai . . ." begin Bokkie met haar nuwe plan van aksie. "As dit nie ruimte het nie, kan dit mos nie groei nie. Jy weet, soos die Japannese vroue hul voete verbind om nie groot voete te hê nie."

"Dis nogal 'n idee. Ons sal dit Maandag op die proef stel. Môre moet ons mos gaan klere koop. Ou Huizeman kry 'n floute as sy op 'n spul verbande afkom."

Hulle oorleef darem die naweek met balletuitvoering en al, en teen Maandagoggend is tant An oortuig dat Broekies weer sy muis uitgedra het en op 'n wonderlike manier het die slegte reuk oor die naweek uit die klaskamer verdwyn.

Maandagmiddag het hulle weer 'n ekstra naskoolse klas in klere opvou, en dis met verligting dat hulle hul leermeesteres sien gaan. Toe word die deur goed toegedruk en hul tweede poging kom in werking.

Tokkie voel blou in die gesig toe Bokkie met haar klaar is. Sy kan kwalik asemhaal. Teen die volgende middag voel dit vir hulle hul longe sit soos 'n paar ekstra mangels in hul keel vas en weer is hulle verplig om deur hul monde asem te haal. Hulle begin ook bleek lyk en Henk begin oortuig raak dat daar wel iets met sy kinders se gesondheid skort. Hul monde bly oophang en hulle eet omtrent niks meer nie. Toe hy fyner kyk, sien hy dat hulle ook snaaks en stokkerig beweeg asof hulle 'n laaistok ingesluk het.

Werklik bekommerd roep hy Estelle se hulp in. "Daar skort iets groots met die tweeling. Ek dink hulle moet maar dokter toe."

"Ja, ek het opgemerk dat hulle die afgelope paar dae beslis nie hul gewone self is nie. Ek sal hulle neem, as jy wil."

Dis eers toe juffrou Huizeman met hulle voor die dokter se spreekkamer stilhou dat hulle hond se gedagte kry.

"Kom saam," is die kortaf bevel en hulle kyk haar met groot oë aan.

"Hoekom?"

Sy draai na hulle en nou is daar geen teken van die soetsappige glimlaggie waarmee sy die tweeling gewoonlik wil versmoor, veral wanneer Henk in die nabyheid is nie. "Kyk, dis tyd dat ons mekaar goed verstaan. Wanneer ek julle 'n bevel gee, word daar nie gevra hoekom nie. Julle doen dit net. Verstaan? Julle het gans te lank jul eie besluite geneem. Van nou af neem ek dit. Verstaan julle dit ook? Dokter Gerber moet kyk of daar iets met julle skort, maar ek dink ek weet wat julle kortkom," voeg sy dreigend by, en hulle moet haar maar gedwee volg.

Teen die end moet hulle hulle maar uittrek, en gelukkig laat die ontvangsdame hulle alleen. Dis 'n groot verligting om van die stywe lakenrepe ontslae te raak. Bokkie kyk wanhopig rond, op soek na 'n plek waar hulle dit kan wegsteek. Ten einde raad word dit onder die een punt van die mat ingebondel en 'n stoel daaroor getrek, waar die skoonmaakster dit die volgende oggend sal kry en nie die vaagste benul sal hê wat die betekenis van die lakenstukke is nie.

Toe hulle eindelik terug is in die motor, is die tweeling stil en is dit juffrou Estelle wat praat.

"Kyk, dokter sê daar skort absoluut niks met julle nie. Nes ek natuurlik vermoed het. Julle wil net aandag trek. Nou wil ek julle vooraf waarsku. Ek gaan geen twak verder van julle verdra nie. As julle my dogtertjies is . . ."

Tokkie kan dit nie meer verdra nie. "Ons is nie juffrou se dogtertjies nie, en ons sal dit nooit raak nie."

Bokkie wens in stilte dat hul pa nou die gawe juffrou Estelle kan sien. Hy sal onmiddellik van sy derde wind afgaan as hy nou in daardie blitsende oë moet kyk.

"Ek wil nie jou parmantigheid hê nie, dametjie. Jy praat nie weer so met my nie." Haar glimlag is glad nie mooi vir die tweeling nie. "Moenie so seker wees nie. Ek kan dalk nog jul ma word en . . . dan sal ons sien. Julle behoort in 'n kosskool gesit te word waar julle dissipline kan leer, en dit is presies wat gaan gebeur as . . ."

Sy swyg en met 'n laaste blitsende kyk skakel sy die motor aan. Die tweeling staar mekaar woordeloos aan. Hier is sommer 'n groot lollery aan die kom. Hul enigste hoop lê nou in SOEK EN VIND. Mag dit gebeur dat hulle gou sal vind, anders . . .

'n Hele klompie kilometer van Jagershoek af is daar 'n ander soort krisis aan die gang.

"As ek net iets kan kry, hoe gering ook al, waarin sy weer belangstelling sal toon," laat Thelma Kirsten teenoor haar man hoor terwyl haar blik na buite dwaal waar 'n vrou, onder 'n reisdeken toegemaak, belangeloos oor die pragtige tuin sit en uitstaar.

"Dit sal seker mettertyd regkom, my vrou," laat Bert hoor. "Jy moet onthou dat sy 'n geweldige skok en 'n ontsaglike verlies gehad het. Dit sal tyd verg om weer die lewensdrade saam te vat en opnuut te begin lewe."

"Nogtans, Bert. Sy is darem nou al twee maande uit die hospitaal en die ongeluk het al vier maande gelede gebeur. Sy moes in hierdie tyd tog al besef het sy sal moet aanvaar wat gebeur het en alleen vorentoe stap. Haar absolute belangeloosheid begin my eintlik paniekerig maak. Ek is bang dat sy haar verstand nog gaan verloor."

"Ag nee, kom nou, my vrou. Daarvoor is Lara 'n te intelligente en gebalanseerde mens. Hou maar moed. Op 'n dag gaan daar iets gebeur wat haar weer nuwe belangstelling in die lewe sal gee."

Sy vrou sug. "Ek hoop jy is reg, Bert. Ek hoop van harte jy is reg en dat dit gou sal gebeur." Sy tel 'n pak tydskrifte op. "Dis 'n klomp tydskrifte wat Lenie hier aangebring het. Ek sal dit vir haar gaan gee. Miskien blaai sy darem daarin."

"Ja. Ek moet gaan. Ek gaan laat wees vir die vergadering. Tot siens, skat."

Thelma kyk haar man agterna, en dan dwaal haar blik weer terug na die vrou in die tuinstoel. Haar oë verteder. Hoe sou sy gereageer het as sy Bert en die kinders op een dag, in een aaklige oomblik, verloor het? Sou sy die moed en die geloof gehad het om weer die lewe aan te pak . . . alleen?

Sy sug weer saggies en stap dan uit. "Hier is 'n paar tydskrifte om te lees, sus. Kan ek nie vir jou nog 'n koppie tee bring nie?"

Die bleek gesig draai skaars na haar, die oë leeg, amper leweloos.

"Nee, dankie."

"Nou maar goed. Ek gaan net gou na die kos kyk. Hier." Sy sit die tydskrifte op haar skoonsuster se skoot neer en sien hoe sy dit belangeloos optel.

Sy bid byna hardop toe sy terug in die kombuis is. Iets, iets moet gebeur wat Lara weer belangstelling in die lewe sal gee. Sy kan nie so voortgaan nie. Elke dag is haar blik net na binne gekeer, lewe sy alleen in 'n wêreld van herinnering en smart. Hulle wat haar liefhet, doen enigiets om dit vir haar makliker te maak, maar dis of alles, die hele lewe, ver buite haar verbystroom. Sy is net nie meer deel daarvan nie.

En buite, op die stoep, neem die bewende vingers die boonste tydskrif op, maar haar oë sien nie eens watter tydskrif dit is nie. Ook sy bid, bid met woordelose, stom lippe. Ook in haar lê die besef hier diep binne waar dit so dood en gevoelloos geword het: sy kan nie so voortgaan nie. Die een of ander dag sal sy moet opstaan, weer moet begin lewe. Want dis Daan en die tweeling wat op slag dood is. Sy lewe nog. Sy het alleen agtergebly ... en sy sal alleen moet voortlewe ... Die een of ander dag ... maar nie vandag nie. Nog nie vandag nie! Sy het nog nie die moed en die krag om alleen verder te stap nie. Sy wil nog net vandag sit en staar ... en staar ... Nog net vandag die lewe buite haar sien verbystroom ... Nog net vandag ...

Haar blik sak moeg af na die tydskrif. Met willose vingers blaai sy die een bladsy na die ander om, sonder om werklik te sien waarna sy kyk, sonder om enigiets in te neem. Sy blaai maar net ... omdat Thelma gesê het sy moet blaai.

Lank rus haar blik op die vetgedrukte woorde: *SOEK EN VIND*. Sy knip haar oë. Dit maak nie vir haar sin nie. Soek ... Soek ken sy. Nagte lank, dae lank soek sy na

41

hulle . . . en dan kom die oomblik dat die besef, daardie vreeslike besef tot haar deurdring – sy soek tevergeefs. Sy sal hulle nooit weer terugvind nie. Hulle is vir altyd weg. Vir ewig . . .

Sy kyk weer na die krul van die letters: *SOEK EN VIND*. Haar blik sak af, laer, al met die ry name af.

Vaag begin dit tot haar deurdring waarna sy kyk. Sy weet nou wat dit is. Baie tydskrifte het so 'n afdeling. In die verlede het sy altyd vinnig daaroor heen geblaai. Dit was nie vir haar nie. Haar lewe was vol. Sy was nie eensaam nie. Sy het 'n lewensmaat gehad. En daar was die tweeling . . .

Maar vandag is dit of die lang rye name haar oë vashou, vastrek op hulle. Nou is sy een van hulle . . . die eensames . . . dié wat alleen is . . . wat soek . . .

'n Bietjie meer lewe kom in die blou blik terwyl dit van die een lang ry na die ander gly. Sy het altyd so vinnig oor hierdie bladsye geblaai, nooit besef nie . . . nooit besef hoeveel eensame alleenmense daar is nie . . . Dis rye en rye vol van hulle . . . mense wat nie langer alleen wil stap nie . . . nie langer alleen kán stap nie . . .

Haar blik haak vas op 'n woord: tweeling. Sy frons effens. Iets van 'n tweeling . . .

Hier binne trek dit pynlik saam. Tweeling . . . Vlugtig verskyn twee gesiggies voor haar . . . dan konsentreer sy weer op die woorde voor haar . . . raad kan bystaan . . . tweelingdogters . . .

Die hande wat die tydskrif vashou, bewe merkbaar. Vir die eerste keer in baie maande is daar weer 'n glinstering van lewe, van bewustheid, in die blou oë. Êrens het iemand tweelingdogters . . . wat raad nodig het . . . Haar oë soek na die eerste deel. Eensame wewenaar soek raad. Hul ma is dus dood . . . Hulle het alleen agtergebly, soos sy alleen agtergebly het . . . Êrens is 'n tweeling wat iemand nodig het, soos sy iemand nodig het . . .

42

"Hier is jou tee."

Sy kyk vinnig op, en haar skoonsuster laat val byna die koppie tee uit haar hand. Wat sou gebeur het dat daardie oë skielik, ná soveel weke, weer lewe? "Lara . . .? Wat . . .? Het iets gebeur?"

"Thelma, kyk hier. Kyk wat staan hier. Wag, ek lees dit vir jou."

Thelma lyk steeds verward, selfs nou 'n bietjie verdwaas toe Lara se stem stil word. "Ek . . . verstaan nie . . ."

"Kan jy nie? Hier is 'n tweeling, tweelingdogters soos myne . . . soos wat ek gehad het . . . en hulle is sonder ma . . . hulle het 'n ma nodig. Dit spreek tog so duidelik uit die beriggie. Die pa vra raad, iemand wat hom kan help met sy tweelingdogters. Hulle is dertien, staan hier. Op die moeilikste stadium. Myne was maar . . . ses . . ."

Thelma se stem is waaksaam. "Jy bedoel . . . jy voel om vir die man te skryf?"

"Ek . . . weet nie . . . Ek . . . is nog so verward, maar . . ." Sy kyk op, haar oë pleitend. "Onder gewone omstandighede sou ek nooit droom om aan so 'n persoon te skryf nie. Ek bedoel, dis nie dat ek dink daar skort iets mee nie, maar . . . Hierdie geval is anders. Dis nie soos die ander nie."

Haar skoonsuster sit haar koppie tee neer en neem die tydskrif uit Lara se hande. Haar blik gaan vlugtig oor die beriggie. Dis nie presies soos al die ander nie, nie die gewone ding soos jy dit maar altyd in hierdie soort rubriek aantref nie. Maar tog . . . Eensame wewenaar . . . Dit kan iemand wees wat deur sy dogters vroue soos Lara in 'n situasie wil betrek. Hy stel darem nie net belang in die raad wat 'n gewillige dame hom kan gee nie. Hier staan dit tog duidelik. Dames tussen vyf en twintig en twee en dertig kan skryf. As hy net in raad belanggestel het, sou die ouderdom nie saak gemaak het nie. Sy sou dink hoe ouer 'n vrou, hoe meer ervare sal sy wees om hom met raad by

43

te staan. En hy wil 'n vollengtefoto hê. Dit word duidelik versoek.

Sy kyk onseker op, sien dat daar al weer minder lewe in die mooi oë is, sien dat daardie doodse belangeloosheid weer stadig in hulle terugkruip.

"Vergeet daarvan. Ek . . . ek het maar net gedink . . . dit kan nie kwaad doen om te skryf nie . . ."

"Nee, natuurlik kan dit nie, en ek dink dis 'n puik idee wat jy het, sus," laat Thelma teen haar beterwete vinnig hoor. Wat maak dit saak wat die man beoog? Vir die eerste keer in maande het Lara weer 'n opflikkering van belangstelling in iets buite haar eie smart getoon. Sy durf nie hierdie flou vlammetjie demp nie. Sy moet dit aanblaas. Sy het dan netnou nog in die kombuis gestaan en bid dat die Vader iets, enigiets moet stuur wat hierdie gebroke mens weer tot die lewe sal laat terugkeer . . . En hier is dit nou, hier voor haar op die wit bladsy met sy warboel swart letters. Daar kan nie juis iets hieruit voortspruit wat miskien later nuwe probleme kan meebring nie, want Lara se volle en enigste belangstelling in hierdie beriggie is net in die tweeling. Die pa van die tweeling is net 'n bysaak.

Sy spring op. Voordat alle belangstelling weer verdwyn, moet sy optree. "Ek gaan haal sommer dadelik die skryfblok. Dan skryf jy sommer nou aan hom."

Lara kyk weer op, onsekerheid in haar oë. "Dink jy . . . ek moet, Thel? Dit was maar net 'n impulsiewe gedagte . . . Miskien moet ek liewer nie . . ."

"Natuurlik moet jy." Sy sluk, bid in haar hart dat sy nie nou haar skoonsuster van die wal af in die sloot help nie. "Eintlik sal dit baie selfsugtig van jou wees as jy nie hierop reageer nie. Jy is die ideale persoon om die man te help. Jy het intieme kennis van tweelingdogters. Jy het self tweelingdogters . . . gehad. Dis mos ook nie oor die man wat jy skryf nie. Dis mos eintlik ter wille van die tweeling."

"Natuurlik, ja." Sy aarsel, kyk weer af op die tydskrif en sê dan: "Goed. Gaan haal die skryfblok."

Toe Bert later die middag van sy vergadering terugkeer, kan sy vrou nie wag om hom eenkant alleen te kry nie. Sy wink met die hand en wys deur die venster.

"Kyk daar."

"Wat maak sy? Dit lyk of sy skryf!" laat haar man verbaas hoor, en sy vrou lag, maar lyk steeds onseker.

"Ja. Al twee uur lank!" Sy vertel wat gebeur het, en eindig glimlaggend teenoor haar man se verbaasde gesig: "En daar sit sy nou al hoe lank en sukkel om die regte brief geskryf te kry. Ek het al die eerste klomp pogings gaan optel en weggegooi. Maar ek het een gehou om vir jou te wys. Kyk hier. Lees daar."

Bert neem die brief en lees hardop:

"Geagte Meneer, ek reageer op jou berig in die SOEK EN VIND-rubriek waarin jy raad vra in verband met jou tweelingdogters. Ek het besluit om aan jou te skryf, omdat ek self tweelingdogters gehad het en daarom miskien vir jou tot hulp kan wees. As jy aan my jou probleme skets, sal ek my bes doen om jou te help.

"My man en my dogters – hulle was ses jaar oud – is my onlangs ontneem in 'n motorongeluk. Ons was op pad om vakansie te gaan hou en ..."

Hier eindig die brief. Die laaste paar woorde is so onduidelik soos die ink in die papier ingevloei het, dat dit onleesbaar is. Bert kyk op in sy vrou se traangevulde oë en frons.

"Thelma, is dit die regte ding? 'n Mens weet nie altyd met wie jy te doen het in sulke rubrieke nie."

"Ek weet, en ek besef dit, maar ... Onder normale omstandighede sou Lara self nooit gedroom het om te skryf aan iemand wat so adverteer nie, maar dis 'n uitsonderlike geval met uitsonderlike omstandighede. Jy weet, ek het net 'n paar minute voordat sy op dié ding afgekom het, hier gestaan en bid en opreg gevra om hulp – dat Lara uit hierdie doodsheid kom. En net daarna, toe ek haar tee neem, toe kry ek haar daar, die oë weer vir die eerste keer lewendig en vol belangstelling. Ek staan en kyk nou al hoe lank vir haar en ek word al meer oortuig dat hierdie ding 'n antwoord op my gebed is. Besef jy nie hoeveel goed daaruit kan kom soos sy nou daar sit en skryf nie – deur net gedwing te word om die naakte feite swart op wit voor haar te stel nie? Jy weet dat 'n groot deel van haar nog nie Daan en die kinders se dood, die finaliteit daarvan, aanvaar het nie. 'n Deel van haar glo nog dat hierdie ding nie werklik gebeur het nie, dat dit maar net 'n nagmerrie is wat sal verbygaan. Jy weet self hoe sy snags in haar slaap na hulle roep . . . en dan daardie verskriklike, hartverskeurende snikke wanneer sy wakker word . . ."

Haar man knik. "Dis waar, ja. Die spesialis het ook gesê dat as sy net eers by daardie punt kan kom dat sy ten volle besef en aanvaar dat Daan en die kinders dood is . . ."

Sy blik dwaal weer na buite en dan glimlag hy. "Jy weet, skat, ek dink jy's reg. Sy word nou gedwing deur hierdie skrywery om dit met haar eie hand op papier neer te pen: die feit dat haar man en kinders dood is. Al kom dit dan ook niks verder as hierdie skrywery nie, gaan dit haar nog goed doen."

"Ja. Dis soos ek ook gedink het." Thelma sug saggies, vee met haar hand oor haar oë en kyk ook uit na die vroue-figuur buite in die tuin. "Maar my hart het al hoeveel keer vanmiddag vir haar opnuut gebloei, Bert. Met rukke het haar hele liggaam geruk van snikke asof 'n elektriese lading deur haar gegaan het."

"Ek weet, my vrou. Maar laat ons hoop dis genesende trane. Laat ons hoop dat die eensame wewenaar van Weg-draai die geneesmiddel vir haar wonde gevind het."

Lara voel uitgeput toe sy eindelik besluit dat hierdie een goed sal wees om weg te stuur. Sy sak terug teen die stoel-leuning en sluit haar oë. Die trane het droog geword op haar wange en daar is skielik 'n vreemde stilte in haar. Vir die eerste keer het sy dit werklik erken – die feit dat haar man en kinders dood is. Vir die eerste keer aanvaar sy daardie feit ten volle. Daan en Estertjie en Esmétjie sal sy nooit weer sien nie. Hulle is dood . . . soos hierdie man se vrou dood is . . . en die onbekende tweeling se ma dood is . . . En hulle moes vorentoe . . . soos sy sal moet vorentoe.

"Is jy klaar? Ek sal dit vir jou adresseer en pos as jy wil."

Sy oorhandig die skryfblok, maak haar oë stadig oop. "Dankie, Thel. Ek sal bly wees. Ek . . . voel moeg."

"Natuurlik. Jy het lank buite gesit. Kom, ek help jou huis toe en dan gaan rus jy eers 'n paar minute voor aand-ete. Ek sal sorg dat hierdie môre weggaan."

Haar man kyk haar vraend aan toe hy 'n rukkie later vanuit die tuin binnekom en haar in hul fotoalbum sien blaai. "En nou?"

"Ek soek 'n vollengtefoto van Lara. Dit moet saamgaan met dié brief. Sy het totaal daarvan vergeet, of sy het nie weer daaraan gedink dat die man vir 'n foto gevra het nie. Ek het gedink ek moet dit miskien los, maar aan die ander kant weer . . . 'n Foto sal dalk help dat hy weer terugskryf. Ek is bang as sy geen antwoord op haar brief kry nie, sak sy weer terug na waar sy was."

"Ja. Sit maar 'n foto by. Uit sy oogpunt gesien, weet hy ook nie met wie hy te doen het wanneer hy 'n reaksie terugkry nie. Ons hoop maar hy stuur met sy brief ook 'n foto van homself saam. Die uiterlike is bedrieglik, maar 'n mens kan darem 'n paar afleidings van 'n foto maak."

"Ja. Ek is lus en stuur 'n foto van Lara se tweeling saam. Dit kan nie kwaad doen nie. Wag, hier is twee pragtige foto's van haar en die kinders. Dis sowat 'n jaar gelede geneem."

Thelma sorg self dat die brief, geadresseer aan EENSAAM OP WEGDRAAI, p/a SOEK EN VIND, die volgende oggend gepos word. En toe sy terugstap van die rooi posbussie op die straathoek, hoop en bid sy maar dat hulle die regte ding gedoen het. Die tyd sal maar moet leer.

4

In die weke wat op hul doktersbesoek volg, gaan dit nie goed met die tweeling van Jagershoek nie. Die lewe het meteens baie ingewikkeld geword.

Hulle het nie weer pogings aangewend om die ontluiking van vroulikheid in hulle te keer nie, hoewel hulle heimlik diep in hul harte nog steeds op 'n wonderwerk bly hoop het. Want een ding het soos 'n paal bo water gestaan: hierdie ontluiking van hulle en hul pa se skielike belangstelling in juffrou Huizeman gaan hand aan hand. Dis net sedert daar snaakse tekens aan hul liggame begin kom het, dat hul pa skielik uit sy dop begin kruip en ook 'n meisie aangeskaf het, soos wat Sannie hulle te vertelle het.

"Ou Huizie is mos jul pa se meisie, sien ek. O, liewer julle as ek!"

Hulle het dit met mag en mening teen hul eie beterwete ontken en weerlê.

"Waar kom jy aan daardie kaf? Pa het nie 'n meisie nie. Hy het nog nooit een gehad nie."

"Hy het nou een! Sy boer daar by julle."

"Sy leer ons klere opvou."

Sannie het Tokkie openlik uitgelag. "O! Klere opvou?"

"Dis waar! Jy kan self ons kaste kom kyk," nooi Bokkie vererg.

"Dan is dit maar net dat sy julle solank oefen, dis al. Julle gaan les opsê as sy eers jul ma is, wag maar!"

48

Dis presies wat hulle ook dink, maar dis nie nodig dat Sannie hul vrese so leedvermakerig staan en uitblaker nie. Tokkie druk byna haar vinger in Sannie se oog. "Die moeilikheid met jou, Sannie Bester, is dat jy te veel vrystories lees. Ou Huizeman sal nooit ons ma word nie. Sy is g'n sy meisie nie. Hy het 'n ander meisie."

"O-ho? Wie nogal? Hier's nie iemand anders op Jagershoek . . ."

"Sy bly nie hier nie. Sy bly . . . vêêêêr . . ."

Bokkie snel haar tweelingsuster te hulp. "Ja, en ou Huizeman kan gaan slaap teen haar. Sy is pragtig . . . pragtig! En hulle gaan een van die dae trou, whê!"

Sannie staan en kyk hulle skepties aan. Skoolhoof se kinders of nie, maar sy weet darem ook al dat hierdie twee self goed kan jok as dit hulle pas.

"Ek glo julle nie. Ek sê vir julle, jul pa gaan met ou Huizeman trou en sy gaan jul ma word."

"Maar ek sê jou dan Pa het lankal 'n ander meisie . . ."

"Hoekom was sy nog nooit hier nie, hè? En hoe lyk sy? Kom wys my 'n kiekie van haar, dan sal ek julle glo."

Die tweeling loer vinnig na mekaar. Hier sal plan gemaak moet word. Bokkie steek weer haar ken uit. "Ons sal een van die dae 'n kiekie van haar vir jou kom wys . . ."

"En sy sal nog hier kom kuier ook; dan sal jy haar in lewende lywe sien."

Sannie spot openlik. "Goed, ek wag daarvoor. Maar intussen grawe ou Huizie haar stewig by jul pa in. Hy sê nog daardie ander kammakastige meisie af vir haar . . ."

"Hy sal dit nooit doen nie. Pa is . . ." Bokkie krap vinnig in haar geheue rond. Hoe sê die mense altyd wat daardie soort stories skryf? "Hy is hartstogtelik lief vir haar!"

Die tweeling is werklik bekommerd toe hulle wegstap. Dinge lyk regtig nie goed nie. Hulle weet dat dit nie net Sannie is wat dink dat Estelle Huizeman hul ma gaan word nie. Ander kinders het ook al in daardie rigting geskimp en gespot.

Verlede week het Tokkie, toe klein Koos de Klerk, alias Riempies, net in daardie rigting begin praat het, hom sommer met die vuis bygedam en 'n blou oog gegee.

Hul klasonderwyseres wou natuurlik onmiddellik ná pouse by Riempies weet waar kom hy aan daardie blou oog en Riempies het na een van die tweeling gewys.

"Sý't my so geslaan, juffrou."

Bokkie het opgestaan en saam met haar Tokkie. Hulle het uitdagend na Riempies gekyk. "Watter een van ons het jy gesê was dit?" wou Tokkie weet, en Riempies het magteloos van die een na die ander gekyk. Hoe moet hy weet wie van die twee dit was? Hulle lyk dan presies eenders! Maar een van hulle was dit.

Juffrou Huizeman se oë het op die tweeling geblits. "Julle is al weer besig met julle dinge, nè? Waar het jy gehoor dat groot meisies van dertien nog aan seuns slaan? Het ek nie . . .?" Sy het haar woorde onder beheer probeer kry. "Uit! Uit die klas! Gaan na die hoof se kantoor en wag daar!"

Henk Beukes frons diep toe hy na Estelle se opgewonde relaas luister.

"Werklik, Henk, jy sal iets moet doen! Dis darem verregaande dat sulke groot meisies nog met die vuis slaan soos . . . ek weet nie watse barbare nie! En natuurlik weier hulle soos altyd om te sê wie van hulle dit was. Ek stel voor dat hulle 'n slag deeglik vasgevat word! Hulle kort 'n pak slae."

Henk se frons het verdiep, hoewel daar diep agterin sy oë 'n glinstering skyn.

"Estelle, as ek aan dertienjarige meisies gaan begin slaan, gaan ek nie juis beter wees as hulle nie. Dit pas sekerlik vir my as groot man net so min om aan sulke groot meisies te slaan as wat dit vir hulle pas om met die vuis te slaan.

Ek maak my nie skuldig aan so iets nie. Waaroor het dit gegaan?"

"Ek weet nie. Ek kry niks uit hulle nie, nie eens uit Riempies nie."

"Hmm. Dit strek daardie meneertjie darem ook nie tot eer dat 'n meisie hom 'n blou oog gee nie. As ek hy was, sou ek liewer stilgebly het." Hy sien hoe sy haar bes doen om haar humeur te beteuel en sê vinnig: "Goed, ek sal die saak verder hanteer."

In sy kantoor het hy sy twee dogters eers peinsend aangekyk. Die liefde en jammerte in sy hart het hy met alle mag onderdruk. Dit is immers verregaande dat meisies van dertien nog met die kaal vuis onder seuns inspring . . . en dit nogal sý, die skoolhoof, se dogters.

"Waaroor was dit?"

Stilte.

"Wie het geslaan?"

Hy sug diep.

"Goed. Dis julle albei. Luister nou mooi vir my, tweeling. Ek kan nie sulke gedrag duld nie. As julle nie vir julle van nou af gaan gedra nie, sal julle my geen ander keuse laat as om vir julle plek in 'n ander skool te kry en julle kosskool toe te stuur nie."

Twee koppe het omhoog geruk en twee paar oë het hom verbysterd aangestaar. Kosskool . . . Daardie woord het hulle al tevore gehoor, en hulle weet presies waar hul pa aan hierdie vorm van dreigement kom. Twee koppe het weer gesak, en hul pa het weer probeer.

"Wat het Riempies gedoen of gesê wat sulke drastiese optrede volgens julle regverdig?" Sy gesig het verder verstreng toe daar steeds geen antwoord kom nie, en hy het opgestaan. "Goed. Julle kan maar gaan. Ek gaan julle nie straf nie. Juffrou Huizeman het voorgestel dat julle 'n slag goed deurgeloop moet word. Maar julle weet ek het nog nooit aan julle geslaan nie. Ek sal dit nie nou begin doen,

51

noudat julle al groot meisies is nie. As julle 'n ma gehad het, kon sy julle vandag die leviete voorgelees het. Maar nou . . . Gaan terug na jul klas en vra jul juffrou en vir Riempies om verskoning. Ja, ook vir Riempies! As julle dan nie wil sê waaroor dit gegaan het nie, kan ek net dink dat Riempies onskuldig aangerand is. En voordat julle enigiets in die toekoms doen, dink aan wat ek vandag gesê het. Ek gaan nie weer praat nie."

In die klas aangekom, het hulle soos twee soutpilare voor die juffrou gaan staan en om verskoning gevra, die vier blou oë stokstyf starend voor hulle uit. Toe het hulle na Riempies gestap, en albei het plegtig en mooi duidelik ook aan hom verskoning gevra.

"Ek is jammer dat ek jou oog blou geslaan het," het Bokkie in 'n helder stem gesê en toe fluisterend: "Volgende keer sal hy pers wees!"

"Ek is jammer dat ek jou oog blou geslaan het," het Tokkie ook weggespring en toe ook sissend: "Maar as jy dit weer waag, foeter ek jou weer!"

Dit is dus gelukkig vir Sannie dat die tweeling onder 'n donker wolk van dreigement loop, anders sou sy vandag nie so maklik met haar praatjies weggekom het nie. Al wat hulle kon doen, was om die versinsel van hul pa se ander meisie te gebruik.

"Jong, ons moes seker nie vir Sannie daardie storie vertel het nie. Sy is die grootste ou skinderbek in die skool. Sy gaan nou die hele wêreld vol loop en vertel van Pa se ander meisie en so aan. Dit kom nog netnou by ou Huizeman uit en dan is daar perde."

"Miskien sal dit goed wees as sy die storie hoor. Dit skrik haar dalk af."

"Daarvoor is sy te hardkoppig, die arme ou ding. Sy sal nie so maklik laat los nie. Nee, sy sal daarmee na Pa toe hardloop en dan braai ons."

"Ons het darem nie heeltemal gejok nie. Pa gaan mos

een van die dae 'n ander meisie hê en dan het ons mos nie gejok nie. Dit laat my dink . . . Ons het nog nie vandag gaan pos vra nie. Kom ons hardloop gou."

"Ek hoop van harte daar is iets vandag," laat Bokkie hoor en val in pas met haar suster. "Ek sal my nie so lank kan inhou nie, dan stuur Pa ons dalk regtig weg en dan, moet jy weet, is dit klaar met kees. Dan is daar niemand wat Pa van daardie ou ding se kloue kan red nie. As ons weer terugkom, is hulle klaar getroud."

"Wag so 'n bietjie. Hier is nog 'n pakkie ook vir julle; vir jul pa, ten minste. Teken net daar onderaan die strokie dat julle dit ontvang het."

Hulle kan hul opgewondenheid nie bedwing nie.

"Is dit hy?" wil Bokkie dringend weet toe hulle nog skaars by die poskantoordeur uit is.

"Ja, dis hy! Kyk: Afsender: SOEK EN VIND-klub. Kom gou, man. Ons gaan dit daar agter ou Jors se damwal op die mielieland oopmaak. Ons kan nie waag om dit huis toe te vat nie. Daardie ou Snuffelpot sal dit kry. Daar is mos nie meer 'n hoekie of gaatjie in hierdie huis waar sy nie haar ou lang neus insteek nie."

Die tien vingertjies bewe só van opgewondenheid dat hulle nie die tou loskry nie, en Tokkie sit sommer tande by. "Daar's hy! Nou kan ons . . . Goeiste Griet! Kyk al die briewe! Dis . . . honderde!"

Ook Bokkie kyk grootoog na die inhoud van die kartondoos. Dis stampvol briewe, almal geadresseer aan EENSAAM OP WEGDRAAI. "Ons gaan hulle nooit almal deurgelees kry nie!"

"Kom. Daar's werk! Begin jy in daardie hoek en ek begin hier."

Hulle skuif reg en begin met hul reusetaak om die honderde – wat teen die end vyftig blyk te wees – briewe deur te lees.

"Kyk hierdie een, Bokkie! Kyk! Dink sy werklik . . .?"

"Maar kyk hiér!"

Eerlank kraai hulle van die lag. Bokkie hou haar maag vas en Tokkie vee die lagtrane met die rugkant van haar hand weg. "Ek sal darem graag Pa se gesig wil sien as só 'n tannie hier by hom opdaag! Ons kan gerus . . ."

"Nee, wag, hou jou in, Tokkie," laat Bokkie waarskuwend hoor. "Ons het nie tyd vir grappies maak nie. Ons moet vandag nog 'n vrou vir Pa kry. Luister 'n bietjie hier. *Liewe man, ek is ook eensaam. Ek sal na jou toe kom en jou kom help met jou kindertjies. Ek het nie dogtertjies nie, net ses seuntjies. Ons sal 'n lieflike gesinnetjie uitmaak. Laat weet net jou adres . . .*"

"Liewe land, maar sy is haastig! Dink net, ses boeties! Hmpff! Wat dink sy? Dat ons 'n private kinderhuis wil oopmaak? Smyt dit eenkant. Ons kyk eers na die kiekies. As dit gangbaar lyk, lees ons die briewe, anders gooi ons dit daar op 'n hoop neer."

Dis 'n lang ruk stil en die hopie tussen hulle word onrusbarend groter. Dan sê Tokkie: "Hier is een wat op 'n manier kan gaan. Wag, ons lees die brief. *Liewe EENSAAM, die oomblik toe my oog op jou advertensie val, het daar iets met my hierbinne gebeur en ek het sommer geweet: hierdie man het my nodig! Liewe vriend, skryf gerus aan my al jou probleempies. Of kom sommer kuier en bring jou dogtertjies saam. Ek is lief vir kindertjies, blommetjies, sagte musiek, die maanlig oor die water, die blink sterre aan die hemel, strelende hande . . .*"

"O, eina, sy gee my 'n pyn! Nee, man, sit maar weg. Sy klink vir my net stuitig." Bokkie frons en lyk bekommerd. "Jy weet, dit lyk nie of ons vandag geholpe gaan raak nie. Ons is al amper klaar en daar was tot nou toe nie een waarvoor ek kans gesien het nie. Wat gaan ons doen as ons niks kry nie? Maar weer adverteer, in 'n ander tydskrif miskien?"

Tokkie frons ook. "Laat ons maar eers hierdie ander paar ook afhandel."

Met min hoop steek hulle maar weer die hande in die kartondoos en elkeen trek 'n brief uit. Tokkie gooi sommer net ná die eerste blik die brief en foto eenkant toe, en kyk op toe Bokkie 'n uitroep laat hoor.

"Tokkie, kyk hier! Kyk 'n bietjie hier! Ons het haar! Ek sê jou, dis net sy waarvoor ons gewag het!"

"Gee hier dat ek sien." Tokkie se blou blik gly krities oor die foto voor haar, en dan begin sy ook glimlag. "Sowaar! Sy is pragtig! Sy is net die een . . . Hier is nog 'n kiekie. Kyk, hier sit sy met twee dogtertjies en . . . dis sowaar ook 'n tweeling soos ons! Kyk, hulle lyk ook presies eenders! Hulle is net baie jonger. Waar's die brief? Lees dit hardop dat ons kan hoor."

Bokkie skuif opgewonde reg en begin lees: *"Geagte Meneer, ek het toevallig jou advertensie raakgesien en gewonder of ek nie miskien van hulp kan wees nie. Ek wil graag my hulp aanbied, omdat ek self ook tweelingdogters gehad het.*

"My man en die tweeling – twee dogtertjies van ses en die enigste wat ek gehad het – het my sowat vier maande gelede in 'n motorongeluk ontval. Ons was op pad om vakansie te gaan hou, en 'n groot vragmotor waarvan die remstelsel onklaar geraak het, het ons in 'n bergpas teen die afgrond afgedruk. My man en kinders is op slag dood en ek het maande lank in die hospitaal gelê. Ek is egter nou weer aan die aansterk. Ek kan nog nie gaan werk nie, want ek is nog maar swak, maar dit gee my genoeg tyd om goed oor enige probleem wat jy met jou dogters het, na te dink. Ek het die tyd tot my beskikking en ek sal baie graag tot jou en jou kinders se diens wil wees as jy daarvan gebruik wil maak. Indien jy besluit om aan my te skryf, sal ek graag 'n foto van die twee wil hê. Alle goeie wense aan jou en die tweeling. Van: Mevrou Lara Kirsten."

Dis 'n hele rukkie stil. Dan sê Bokkie. "Foei tog, dis aardig. Haar man en kinders, bedoel ek. Dis seker vreeslik om jou mense sommer so te verloor."

"Ja. Bokkie, ek hou van hierdie vrou. Hier is niks stuitigs in haar brief soos in so baie van die ander nie. 'n Mens kan duidelik in die meeste briewe lees hulle stel eintlik net in Pa belang, nie in ons nie. Maar hierdie vrou . . ."

"Ja, ek voel ook so. Ek dink nie ons hoef verder te soek nie. Sy sê nêrens hoe oud sy is nie, maar sy is nog mooi jonk volgens die kiekies. Ek dink dis heeltemal veilig om aan haar te skryf."

"Nou goed. Kom ons pak al die ander briewe terug en steek die kartondoos hier iewers weg totdat ons dit kan kom verbrand. Steek daardie brief goed weg. Ek kry die stuipe as ou Snuffelpot dit in die hande kry."

Maar die terugskryf is makliker gesê as gedaan. Daar is allerhande probleme.

"Ons kan nie waag om in ons eie handskrif aan haar te skryf nie. Sy sal sommer agterkom. Sy lyk nie onnosel vir my nie."

"Nee, ons sal aan iets anders moet dink . . ." Tokkie byt haar onderlip vas en dink hard. Sy het by Bokkie in haar bed kom klim en hulle lê nou fluisterend die volgende stap van optrede en beplan. "Ons sal dit moet tik."

"Ja, dis 'n goeie plan. Sy sal dan nie iets aan die handskrif kan agterkom nie. Maar daar is nog 'n ding – Pa se naam onderaan die brief. Dit word mos darem gewoonlik in eie handskrif gedoen, dan nie?"

"Ja, maar dis maklik. Pa het nie 'n te ingewikkelde handskrif nie. Ons kan sy handtekening namaak."

"Ja, maklik. Ons moet net 'n bietjie oefen. Nou goed, wat gaan ons vir haar skryf? Onthou, dis mos kastig Pa wat vir haar skryf, nie ons nie."

"Ja, dis maar moeilik. Ons sal eers goed daaroor moet dink."

"Ons moenie te lank wag voordat ons antwoord nie, Tokkie. Netnou stel die vrou nie meer belang as ons te lank draai nie."

"Ja, en sy is 'n mooi vrou. Netnou loop sy iemand raak voordat sy nog vir Pa gesien het en dan is dit neusie verby. Ons moet maar dadelik skryf. Gee aan die flitslig en waar is die pen en papier? Ons skryf dit eers neer en dan kan ons dit skelmpies op Pa se tikmasjien gaan tik. Hy moet môre-aand skoolraadsvergadering toe en tant An gaan gewoonlik vroeg slaap. Ons kan dit dan oortik en oormôre pos."

"Ons moet 'n kiekie van Pa in die hande kry. 'n Mooie. Dan stuur ons dit saam."

"Ja, en een van ons. Sy het mos gevra vir een van ons. Nou toe, sê wat."

"Geagte Mevrou, baie dankie vir jou brief . . ."

". . . wat ek hoog waardeer."

"Ja. Dit klink goed. Dis net soos Pa dit sou gestel het."

"Ja. Wat nog?"

Tokkie konsentreer hard. "My innige meegevoel met jou groot verlies. Dit moet 'n groot skok gewees het."

"Pragtig! Dis nes Pa dit sou sê! Gaan aan, Tokkie. Jy het die regte manier."

Tokkie skuif gemakliker. "Ek kan opreg met jou saam-voel, want ek moes my oorlede vrou ook so skielik aan die dood afgee."

"Goed. Goed." Bokkie skryf om by te hou, en voeg by: ". . . sewe jaar gelede."

"Ja. Haai, weet jy wat? Ons was net so oud soos haar tweeling toe ons ma dood is."

"Ja, dis waar. Ons skryf dit ook neer. Hulle was ook maar net ses toe my vrou oorlede is. Van toe af sorg my tante, tant An, in die huis. Sy is al oor die sewentig."

"Hm. Reg."

"Ek is skoolhoof hier op Jagershoek. Dit is in die Karoo."

"Ja, ons moet dit liewer bysê. Sy bly in die stad, sien ek. Sy weet dalk nie eens waar is Jagershoek nie. Ja?"

"Die tweeling word volgende maand dertien en is in standerd ses. Hulle is besig om te ontluik . . ."

"Sal ons dit bysit? Is dit nodig?"

"Miskien moet ons haar dit maar vertel. Hoe meer sy van ons weet, hoe beter."

"Nou goed . . . besig om te ontluik. Hulle voel nie gelukkig daaroor nie."

"Ja, skryf dit en sê ook: hulle wil liewer nog saam met die seuns sokker speel en bome klim, maar hier is 'n onderwyseres, juffrou Huizeman, wat dink hulle is al te groot vir daardie dinge en behoort nou rokke te dra en hulle soos dames te gedra."

"Ja, dan hoor ons wat dink sy daarvan. As sy terugskryf en sê sy stem met ou Huizeman saam, kan ons haar ook maar afskryf."

"Ja. Dis waar. Skryf neer: hulle is baie lief vir hul klinknaelbroeke en verpes rokke . . ."

"Nee, jong, wag. Pa sal nie daardie woorde gebruik nie. Wat sê hy altyd as hy nie van 'n ding hou nie? O ja! Hy het 'n hekel daaraan. Ons sê . . . en het 'n hekel aan rokke."

"Is dit nie vir eers genoeg nie? As sy hierop antwoord, kan ons al duidelik agterkom hoe sy oor dié dinge voel."

"Ja, ek dink dis seker al genoeg. Ons kan maar afsluit: dis maar net een van die baie probleempies in die huis. Daar is nog groter probleme, maar ek wil jou nie al met my eerste brief . . . e . . . toegooi nie. Pa is lief vir daardie toegooi-sêery, en so met dit bly hy werk uitdeel. Hy sou dit so gesê het, dink ek."

"Ja. Dit klink nes Pa. Nou goed. Sluit af: beste groete en ek wag om te hoor hoe jy oor die saak voel en wat jy my aanraai om te doen. En dan sy naam."

Die volgende dag in die skool is die tweeling besonder bedees, en hul klasonderwyseres kyk hulle agterdogtig aan. Hierdie skielike makheid vertrou sy glad nie. Of hulle het wel deeglik geskrik vir hul pa se dreigement. Aan die een kant is sy amper spyt om hulle skielik so voorbeeldig te sien. Dit sal haar beter pas as hulle liewer opgepak en weggestuur word kosskool toe.

Ook pouse is hulle skielik nie meer te sien tussen die bondel wat aan die speel is nie. Hulle sit eenkant onder 'n boom, elkeen met 'n pen in die hand. Langs hulle op die grond lê 'n stuk van 'n afgeskeurde brief met 'n handtekening daarop: Henk Beukes.

Bokkie se tong maak sulke slangkrulle by die hoek van haar mond uit soos sy konsentreer om daardie krul van Beukes reg te kry. "Ek weet ook nie vir wat moet Pa sy B so vol krulle maak nie. Is dit nodig?"

"Dis net een krul, maar ek kry daardie een draai nog net nie reg nie."

"Haai, julle, kom speel saam!"

Hulle kyk gesteurd op en skud die koppe en 'n ander stem sê hoorbaar: "Ag, los hulle. Hulle is deesdae so otherwhaais."

"Ons is g'n otherwhaais nie. Ons is besig."

"Waarmee?"

"Dis ons saak. Los ons uit."

"Kom ons speel. Hulle is vol groeipyne."

Tokkie frons vererg. "Deksels, daar lui die klok al weer en ek het nog nie daardie krul reg nie."

Op pad klaskamer toe kry Tokkie skielik 'n blink plan en stamp aan Bokkie. "Ek het dit nou!"

"Wat?" fluister Bokkie terug.

"Hoe om daardie naam presies soos Pa s'n te kry. Ons trek dit deur deurskynpapier af! Maklik!"

Die twee glimlag vir mekaar en trek dan weer hul gesigte sedig toe hulle die juffrou se blik op hulle gewaar. Toe maar, jong, vertel Tokkie haar stilswyend. Een van hierdie mooi dae gaan jy darem 'n ding sien! Wag maar!

Jy het verniet al jou lyf vetgesmeer vir ons pa. Weg is jy, pitjie, een van die dae! dink Bokkie vermakerig.

Daardie aand sluip hulle kaalvoet en in hul nagklere na hul pa se studeerkamer.

"Druk die deur goed toe, Bokkie. As tant An ons hier betrap . . ."

"Sy sal nie wakker word nie. Sy snork dat die aarde dreun en gewoonlik slaap sy met haar dowe oor bo. Maak gou, jong. Netnou kom Pa vroeër huis toe as gewoonlik."

Dis met een bewende voorvinger wat die belangrike brief getik word, en albei se hande voel sweterig toe dit eindelik klaar en uitgedruk is.

"Nou nog net vir die handtekening onderaan en dan kan ons dit gaan pos." Die aftrekpapier waarop Henk Beukes se handtekening afgeneem is, word onderaan die brief vasgedruk en dan met 'n skerp potlood oorgetrek. Die merke van die potlood lê baie helder in die papier toe sy dit oplig en dis kinderspeletjies om die pen daarlangs te trek.

"Mag, dit lyk kompleet asof dit hy is wat daar geteken het," spog Tokkie. Sy kan darem blink planne kry as dit moet!

"Ja, dit lyk goed. Kom nou, man. Tik die adres op die koevert dat ons hier kan uitkom."

Toe alles klaar is, voel Tokkie hoe gouer die brief in die posbus is, hoe beter en veiliger. Jagershoek se strate is teen hierdie tyd van die aand reeds stil en hulle bereik die posbus veilig en ongesiens en kom ook so ongesiens weer in hul kamer terug. Daar kyk hulle mekaar breed glimlaggend aan soos twee oorwinnaars.

"Dink jy Pa sal daardie foto van hom mis?"

"Nee, ek hoop nie so nie. Hy het jare laas in die album rondgeblaai."

Bokkie trek die beddegoed op. "Sjoe! As Pa ons moet betrap . . ."

"Hy sal ons nie kosskool toe stuur nie. Hy sal ons China of Rusland toe stuur," beaam Tokkie en trek dan haar skouers op. "Dit help nie om nou bang te word nie. Die brief is gepos."

Bokkie lig haar op haar elmboog op. "Maar, Tokkie, hoe het jy dan gedink moet ons die twee by mekaar uitkry? Dit kan mos nie gebeur sonder dat Pa uitvind wat ons gedoen het nie."

"Ja, ek weet, maar . . . ek weet nog nie. Op die een of ander manier moet ons hulle by mekaar kry. Maar eers later. Terloops, onthou dat ons môre die kiekie saamvat en vir Sannie wys."

5

Soos gewoonlik sit die twee skoonsusters buite op die stoep hul elfuurtee en drink, en Thelma merk op: "Die winter is aan die kom. 'n Mens kan al 'n byt in die luggie voel."

Lara knik. "Ja. Ek het al gevoel dat die sonnetjie nie meer dieselfde krag as 'n paar weke gelede het nie."

Vir 'n oomblik drink hulle in stilte, en Thelma merk op hoe die ander se oë telkens straataf dwaal. Sedert daardie brief gepos is, hou Lara die posbode fyn dop. Thelma kan elke keer die skaars bedekte spanning in die te skraal liggaam sien wanneer die posbode om die hoek kom en hul posbus nader. Elke keer kon sy ook die teleurstelling in die blou oë lees as daar dan niks is nie.

Ook nou sien sy hoe Lara na haar polshorlosie kyk. Dis duidelik wat sy dink. Die pos is laat vanoggend.

Sy voel 'n beklemming in haar saampak. Wat as daardie wewenaar van Wegdraai nie op Lara se brief antwoord nie? Dis belaglik om te dink dat 'n absolute vreemdeling se optrede so 'n invloed op 'n mens se lewe kan uitoefen, maar belaglik of nie, dis presies wat dit is. Sy weet nie wat hulle gaan doen as daardie man Lara nie antwoord nie.

Sedert daardie dag het daar 'n merkbare verandering ten goede by haar skoonsuster begin intree. Elke dag het sy stukkie vir stukkie meer tot die normale lewe teruggekeer. En hoewel Lara nie daaroor gepraat of daarna verwys het nie, het Thelma geweet: dis daardie advertensie, of hoe jy dit ook al noem, wat die keerpunt gebring het. Dis van daardie dag af dat Lara aanvaar het dat haar man en kinders dood is en dat sy alleen sal moet vorentoe. Maar dis ook van daardie dag af dat sy besef het ander het ook al die pad voor haar gestap en sy is nie alleen nie. Ander het al dieselfde vergruisende smart as sy ervaar . . . en anderkant uitgekom.

Sy sit haar koppie neer, kyk ook straat toe, sien nog geen teken van die posbode nie en draai direk na die ander vrou.

"Lara . . ."

"Ja?"

"Hoe voel jy deesdae? Ek bedoel nie liggaamlik nie, maar . . . binnekant?" Dis nie eintlik wat sy wou sê nie. Sy wou haar skoonsuster waarsku om nie haar hart so op hierdie nuwe korrespondent van haar te sit nie. Die man sou seker baie briewe ontvang het en het moontlik Lara se brief eenkant toe gegooi.

Lara staar nog 'n rukkie na die straat, en dan draai sy haar kop en glimlag. "Liewe Thel, moenie so bekommerd lyk nie! Dit gaan al heelwat beter, soos jy self sien. Ek dink ek moet vir my werk soek. Miskien is dit my ledigheid wat maak dat ek so lank neem om oor die ding te kom."

Thelma knik. Dis waar. Vir 'n gebroke hart is daar net een medisyne: harde werk. Maar Lara kon nie gouer gaan werk het nie, want hoewel haar beserings nie permanente skade berokken het nie, was dit 'n langsame pad na herstel. Sy is nou nog nie wat sy moet wees nie, maar liggaamlik skort daar eintlik niks met haar nie. Dis net haar gestel wat baie af is en wat tyd sal verg om reg te kom.

"Dis 'n goeie gedagte, maar ek dink jy is nog 'n bietjie te haastig daarmee. Jy gaan jou ooreis. Wag nog hierdie kwartaal en sterk eers heeltemal aan. Dan kan ons weer praat."

Weer glimlag Lara haar glimlaggie wat so seldsaam die afgelope maande gesien is, en die oë wat na Thelma keer, blink dankbaar. "Hoe sal ek jou en Bert ooit kan bedank of vergoed vir jul bystand die afgelope maande? Julle was so dierbaar vir my. As julle nie daar was nie . . ."

"Maar ons was daar, en dis hoofsaak," sê Thelma vinnig. "Lara, ek en Bert wil nie hê dat jy ooit alleen en eensaam moet voel nie. Bly hier by ons. Jy kan gaan werk sodra jy sterk genoeg voel, maar laat dit jou huis wees, asseblief! Ons wil nie hê jy moet alleen gaan bly nie."

Lara sug saggies en die hartseer glimlaggie huiwer nog in haar een mondhoek. Hulle bedoel dit so goed! Maar . . . Soms kan 'n mens op jou eensaamste wees tussen 'n klomp mense . . . selfs tussen jou dierbares. Het sy die waarheid hiervan dan nie leer ken nie?

Maande lank was sy omring van mense in die hospitaal – dierbare, goeie mense wat haar smart wou ligter maak. Maar nog nooit in haar lewe was sy eensamer as juis daar nie. Bert en Thelma het haar kom haal toe sy uit die hospitaal kon kom en haar hierheen gebring. En weer was sy omring van dierbares wat niks ontsien het om haar haar smart te help dra nie.

Maar saans wanneer die kamerdeur agter jou toegaan . . . en die huis stil word . . . is jy alleen . . . en weet jy dat hierdie eensaamheid maar net 'n verlenging is van die eensaamheid wat jy al die hele dag in jou saamdra. Ondanks al die liefde wat jy ontvang, weet jy dit vul nie

63

daardie bodemlose put van eensaamheid wat binne-in jou oopgeruk is nie. So spoel die gedagtes deur haar . . .

'n Weemoedige dankbaarheid vul haar in hierdie oomblik. Hoe dierbaar van Bert en Thelma om hul huis met haar te wil deel. Want hoe kosbaar is 'n huis nie, hoe wonderlik kosbaar is die klein kring van die huisgesin nie! Vandag eers besef sy hoe waardevol dit is; watter groot genade dit is om deel van 'n huisgesin te wees: die ma daarvan, of die pa, of een van die kinders.

Dis 'n sirkel wat God self getrek het, en hoe dierbaar en na aan die hart enigiemand anders ook al mag wees, pas niemand anders in hierdie volmaakte kring van die Skepper in nie. Nee. Hierdie kan nooit haar huis word nie, want dis Bert en Thelma en hul kinders s'n. Haar huis . . . Die oorbekende sametrekking van die hartspiere is meteens weer daar, en dit laat haar bleek en moeg. Sy het haar huis gehad. Al wat sy nou nodig het, is 'n woonplek – net 'n plek om te eet en te slaap en . . . te bestaan.

"Daar is die posbode nou. Ek gaan gou kyk," laat Thelma hoor en spring op, diep bekommerd. Lara het vir 'n oomblik weer so sleg gelyk. Sy het weer so bleek en belangeloos voorgekom.

Toe sy die koevert gewaar, ruk haar hart 'n oomblik. Dis geadresseer aan Lara en sy is oortuig dis die langverwagte brief!

"Lara! Lara, kyk hier! Dis hier!"

Thelma se opgewonde stem ruk haar uit haar somber bepeinsing en belangstelling flits in haar oë.

"Hoe weet jy dis . . .?"

"Dis 'n vreemde stempel en die adres is getik. Ek sweer dis van daardie wewenaar af. Maak oop!" Sy giggel amper soos 'n skoolmeisie. "Aardetjie, 'n mens sou sê dis mý brief!"

Lara gehoorsaam met bewende vingers en sy lees die kort briefie hardop voor. "Geteken: Henk Beukes." Sy laat

64

sak die brief en hulle kyk mekaar eers 'n rukkie stil aan terwyl hulle die inhoud 'n rukkie in hul gedagtes herkou.

Dan sak Thelma terug teen die kussing agter haar en laat reguit hoor: "Dank die Vader! Bert sal net so verlig wees."

Lara kyk haar vraend aan. "Waaroor?"

Thelma lag skuldig. "Liewe mens, jy weet nie watter spookbeelde ek en Bert al oor hierdie man opgetower het nie! Besef jy nie dat hy enigiets kon gewees het nie, van 'n ontsnapte bandiet tot 'n . . . wel, enigiets op aarde. Maar hy is 'n skoolhoof! Dit sê al baie, hoewel hy nie oorvloedig met besonderhede is nie. Eintlik praat hy net oor die tweeling."

"Dis waaroor hierdie korrespondensie gaan – die twee-ling."

"Ja, dis waar. Hy soek mos raad." Thelma frons. "Daar is darem iets snaaks ook aan die hele ding. As hy 'n skool-hoof is, behoort hy mos darem te weet hoe om kinders te hanteer en so aan. Dis vreemd dat hy iemand in só 'n rubriek sal soek wat hom met raad moet bystaan, is dit nie?"

Lara frons ook liggies en dink eers 'n bietjie. "Miskien – maar miskien ook nie. Hy is dalk baie besig en hy is 'n man. Hoewel dit algemeen aanvaar word dat 'n onder-wyser 'n kind se binnekant verstaan, is daar maar baie van hulle wat lelik kleitrap wanneer hulle met meisies van hierdie ouderdom te doen kry. Dis 'n baie moeilike sta-dium hierdie, en soos ek kan aflei, is dit nie sommer net 'n gewone tweeling hierdie nie. Hulle moes van sesjarige ouderdom af sonder 'n ma se invloed en leiding klaarkom, met net 'n ou tante van oor die sewentig wat na die huis-houding omsien. Daar sal probleme wees. Dit kan ek heel-temal begryp."

Thelma neem die briefie op en lees dit weer deur. Die man kon darem 'n bietjie meer van homself vertel het, voel sy. Maar soos Lara uitgewys het, die hele korrespondensie is as gevolg en ter wille van die tweeling. Die handtekening onderaan is sterk en stewig en stel haar gerus. Die bewoording is miskien 'n bietjie stokkerig en sonder verbeelding, maar dit kan 'n mens ook begryp. Dis 'n wildvreemde vrou aan wie die man skryf en aan wie hy sy probleme moet voorlê. Nee, oor die algemeen hou sy sommer van hierdie man.

"Is daar nie nog iets in die koevert nie? Laat ek kyk . . . Hier is nog twee foto's in! Kyk! Dis natuurlik die tweeling en hier is 'n foto van hom. Lara, maar dis 'n bak ou hierdie!" laat Thelma opgewonde hoor en maak sommer gebruik van haar kinders se woordeskat.

Lara kyk egter nie eens na die laaste foto nie. Dis die tweeling se foto wat sy gretig gryp. Haar gesig verstil. Lank rus haar blik op die twee identiese gesigte wat so vriendelik na haar glimlag. Dan sluit sy haar oë en die trane kruip stil onder haar ooglede uit.

"Lara . . . Ag nee, moenie . . ."

Sy skud haar kop, dwing die nat oë oop, pers die lippe saam. "Dis . . . dis maar net . . . Ek het maar net daaraan gedink dat ek so graag sou wou gesien het hoe Estertjie en Esmétjie op hierdie ouderdom sou gelyk het." Sy sluk, probeer dapper glimlag, dwing haar stem tot kalmte. "Dis twee oulike meisies, nè?"

"Ja. Hulle is baie oulik." Sy wil byvoeg dat die pa self baie oulik vertoon, maar besef dat dit nie nou van pas sal wees nie. Sy druk die foto van die tweeling en die brief weer terug in die koevert en laat die ander foto in haar roksak glip. Sy sal dit graag eers vir Bert wil wys sodat sy vrese ook gestil kan word. "Jy moet gou terugskryf. Dit klink asof daar nog baie ander probleme in die toekoms lê en wag."

"Ja. Ek sal sommer vanaand skryf."

Daardie aand, toe Lara haar na haar kamer terugtrek om die onbekende wewenaar met raad by te staan in die groot probleem van klinknaelbroeke en onwelkome ont-luiking, kan Thelma oopbars om haar man van die nuwe verwikkelinge te vertel. Sy wink met haar kop kamer se kant toe sodat die kinders, wat by die tafel hul skoolwerk sit en doen, nie iets moet agterkom nie. Bert reageer op die wenk en in die gang plaas hy sy arm om sy vrou se middel en kyk tergend op haar af.

"My skat, weet jy wanneer laas jy my so openlik kamer toe gelok het? Dit laat my weer tien jaar jonger voel!"

"Moenie laf wees nie, Bert! Daar is iets in die kamer wat ek jou wil wys."

Hy trek 'n teleurgestelde gesig. "O! Ek het gedink . . ."

"Ja, toe nou maar, jy! Gedra jou volgens jou jare, me-neer! Hou nou op met jou lawwigheid en kyk hier."

Bert se wenkbroue skiet omhoog toe hy die foto in sy hand neem. "En wie is hierdie meneer?"

"Dít, my skat, is Lara se wewenaar!"

"Lara se . . . wat?"

"Ag, man, die man aan wie sy geskryf het – dié een wat raad oor sy tweeling wil hê!"

"O!" Hy frons. "Dit kan enigiemand anders se foto ook wees."

Thelma kyk hom vies aan. "Hoekom sal hy so iets doen? Hy is 'n skoolhoof op 'n plek met die naam Jagershoek, êrens in die Karoo."

"So?"

"Ja, en Lara sit en skryf nou vir hom terug. Bert, dink jy nie . . .?"

"Stadig, stadig nou, skat. Moenie dat jou verbeelding weer met jou op loop sit nie."

"Ja, maar ek sê maar net . . . Ag, nou toe maar, ek sal niks sê nie, maar ek kan dink wat ek wil, kan ek nie?"

"Ja, my liefste vroutjie, jy kan, maar jy hou dit vir jou-self. Lara het geen belangstelling in hierdie man op sigself nie, maar bloot net in sy tweelingdogters."

"Ja, dit weet ek, maar op 'n dag gaan sy tog agterkom hulle het 'n pa." Sy kyk weer na die foto. "En 'n deksels aantreklike pa daarby."

Bert Kirsten kyk sy vrou met 'n glimlaggie aan. "Probeer jy my onrustig of jaloers maak?"

Sy lag na hom op, gooi haar arms om sy nek en druk hom teen haar vas. "Nee, my liefling, nie een van die twee nie. Ek sal jou nie verruil vir tien Henk Beukese nie . . ."

"Wie's Henk Beukes?"

"Hierdie wewenaar, natuurlik!" Dan raak haar gesig ernstig terwyl sy na hom opkyk. "Ek wil maar net graag hê dat Lara weer eendag geluk sal smaak. Sy was so 'n wonderlike vrou vir Daan en so 'n wonderlike ma. Dit sal 'n sonde wees as sy nooit weer trou nie."

"Dis waar, maar op die oomblik moet ons nie te haastig met haar wees nie, Thel. Laat die lewe sy gang gaan en self die patroon uitwerk. Lara is maar sewe en twintig. Dis onwaarskynlik dat sy vir die res van haar lewe alleen sal bly."

"Maar moontlik. Ek ken 'n hele paar aantreklike weduweetjies wat nooit weer getrou het nie."

"Dan is dit so beskik. Asseblief, Thelma, hou jou uit hierdie ding. Netnou kom daar allerhande komplikasies en dan het jy haar daarin gehelp. Wat sal wees, sal wees."

"Ja, maar ek glo nie daaraan om net altyd handjies gevou te sit en wag dat die lewe alles in jou skoot moet kom gooi nie. 'n Mens moet darem maar soms dinge so 'n bietjie . . . e . . . aanhelp."

"Nie in hierdie geval nie," sê haar man streng. "Los vir Lara en die tweeling en die Don Juan-wewenaar uit. As jy werklik so romanties voel, jy het 'n man, jy weet? Iemand wat jy deesdae net so 'n klein bietjie afskeep."

"O, Bert!" Sy nestel styf teen hom aan. "Dit was maar net omstandighede. Lara en . . ."

"Ek weet, my skat. Die lewe sal weer tot normaal terugvloei. Moet jy dit net nie probeer terugdruk nie!"

Die tweeling sou, as hulle hierdie gesprek kon hoor, volmondig met Thelma Kirsten saamgestem het. Om die lewe maar net sy gang te laat gaan, soos Bert Kirsten voorgestel het, kan baie probleme meebring, en soms kan dit al na die verkeerde kant toe wil lol, soos Tokkie dit stel. Dit het hulle die afgelope tyd wel deeglik agtergekom. Wat hulle nog sal besef, is dat 'n mens dit soms wil druk in die rigting waarin jy dit wil hê, en dan kan dit nog meer probleme afgee. Maar dit sal hulle eers heelwat later besef.

Al wat hulle nou weet, is dat hulle, soos Thelma Kirsten gesê het, nie net met gevoude handjies kan sit en toekyk dat die lewe, bedoelende hul pa en juffrou Huizeman, al wil lol na 'n kant toe waarvan hulle nie hou nie.

Dis deesdae 'n voldonge feit op Jagershoek dat die skoolhoof by die tweeling se klasonderwyseres sleep. Party mense voel teleurgesteld.

Om die een of ander rede is juffrou Estelle Huizeman nie baie gewild onder die res van die personeel of in die gemeenskap nie.

"Dis nie dat daar iets spesifieks met haar skort nie," skinder die ander onderwyseresse onder mekaar. "Sy het net 'n soort beter-as-jy-houding wat my nie aanstaan nie."

"Ja, en sy is glad nie meer 'n kuiken nie. Aan die ander kant weer sal dit Henk Beukes nie betaal of betaam om met 'n bloedjong dingetjie te gaan trou nie. Hy is al sewe en dertig en die tweeling is al amper dertien."

"Ja, dis waar, maar ek voel tog Henk Beukes kan beter doen. Hy het al die jare nooit tekens getoon dat hy belangstel om weer 'n vrou te vat nie en so beter kanse laat verbygaan. Nou gaan hy blykbaar vir Estelle Huizeman vat en ek sê vir jou, hy gaan nog lelik op sy eie neus vaskyk. Sy is glad nie so mak soos wat sy altyd voorkom wanneer hy naby is nie."

En daarmee stem die tweeling ook volmondig saam. Van daardie feit het hulle eerstehandse kennis, maar dis 'n kennis waarmee hulle niks kan maak nie. Hulle weet vooraf dat hul pa geen storiedraery duld nie.

Die tweeling lewe deesdae van die een posdag na die ander en toe die langverwagte brief kom, is dit vir hulle soos 'n skynende lig in stikduisternis.

Toe die brief klaar gelees is, is dit Bokkie wat eerste laat hoor: "Sy is net die ma vir ons! Tokkie, ons moet 'n plan maak dat sy en Pa by mekaar uitkom."

Tokkie stem volmondig saam. "Ja. Sy sê Pa half lekker op daardie een plek, nè? Lees dit weer."

"Ek dink jy bekommer jou verniet oor die klinknael-broeke en die feit dat jou dogters nie graag rokke dra nie. Ook omdat hulle dit nog geniet om saam met die seuns rugby te speel. Party dertienjarige meisies is ryper as ander. Jou twee dogters, soos ek kan aflei van jou brief en die foto – baie dankie, dis pragtig! – is nog kinders ondanks die 'ontluiking' wat al begin het! Wees dankbaar daarvoor! Ek dink elke ouer wat vandag nog sy kind op dertien 'n kind het, moet op sy knieë gaan. Die algemene neiging vandag is net die teenoorgestelde. My raad aan jou in hier-die opsig is, moenie jou kinders grootmense probeer maak voordat hulle gereed daarvoor is nie. Wees liewer dank-baar dat hulle net met die seuns wil rugby speel!"

"O, dis pragtig!" sug Tokkie in ekstase. "Ek wens ek kan hierdie brief onder ou Huizeman se neus indruk."

"Én Pa s'n! Hy is deesdae al amper net so erg soos sy! Maar ek weet al wat sy sal sê as ons dit durf waag om haar die brief te wys. Sy sal sê: wat weet daardie vrou? Ek is 'n opgeleide onderwyseres en sielkunde was een van my hoofvakke!" praat Bokkie hul klasonderwyseres na en Tokkie snuif.

"Ag, haar ou sielkunde! Wat weet boeke van kinders grootmaak af? Hierdie vrou het al self 'n tweeling gehad en ou gifappel het nog nie eens 'n man nie."

"Sy gaan een van die dae een hê as ons ons nie roer nie."

Bokkie kyk haar suster bekommerd aan. "Tokkie, wat gaan ons doen?"

Dis die groot vraag waarmee die tweeling deesdae loop en worstel, in so 'n mate dat selfs hul klasonderwyseres nie meer so maklik die geleentheid kry om hulle uit te trap nie. Om die waarheid te sê, die skoolhoof se ontembare tweeling is deesdae onnatuurlik getem.

Juffrou Estelle Huizeman gee aan haarself al die eer. Daardie twee het darem gou besef wie is baas en wat goed is vir hulle. As hulle só voortgaan, sal sy hulle darem skoolvakansies tuis kan verduur.

Maar ander mense merk ook hierdie skielike bedeesdheid op, en party wonder . . . ander is ietwat bekommerd.

Die seuns wonder wat deesdae met hul skrumskakel en agsteman skort. Maar dis nes meisies is. Oud voor hul tyd. Word nou kastig groot meisies en verbeel hulle nou hulle is van suiker gemaak en sal smelt as hulle in 'n skrum moet druk. Ag, hulle sal hulle maar uitlos van nou af. Maar dis darem deksels jammer. Hulle was twee staatmakers.

Vir tant An voel dit al asof daar deesdae iets weg is uit die huis. Wanneer sy dan gaan stilstaan en wonder wat dit is, besef sy dis die uitbundige lewenslus van die tweeling wat sy mis. Daar is nooit meer 'n gelag en geraas nie. Daar word nooit meer gehardloop, gesing of gestoei nie. Hul kamer is deesdae styf netjies. So ook hul kaste. Die badkamer word nou onberispelik agtergelaat. Elke ding het skielik sy plek in die skoolhoof se huis – maar, snaaks, dit gee nie juis veel plesier nie.

Tant An wil-wil dwing om met Henk hieroor te praat, maar dan los sy dit maar weer. Aan die begin, toe juffrou Huizeman die tweeling oorgeneem het, het sy gedink dis 'n goeie ding. Nou is sy nie meer so seker nie. Die tweeling is wel deesdae net so netjies as elke ander voorbeeldige dertienjarige meisie; hulle gedra hulle weliswaar deesdae byna

71

onberispelik, maar daar is geen vreugde nie. Hul grappies en poetse en selfs hul stoutigheid en slordigheid mis tant An.

Maar ook Henk Beukes kom agter dat sy huis nie meer die huis is wat hy geken het, en gelukkig in was nie. Ook hy kom agter dat daar iets uit die huis verdwyn het toe daar begin is om van sy dogters dametjies te maak. Party dae lyk hulle so anders vir hom as waaraan hy gewoond was dat hy amper soos 'n vreemdeling teenoor hulle voel. En waar hul geraas en gelag gedurig op die agtergrond was terwyl hy in sy studeerkamer besig is en dit hom soms geïrriteer het, is dit nou 'n swaar stilte wat oor alles toegesak het, só swaar dat hy al 'n paar keer van agter sy lessenaar opgestaan en vir tant An gaan vra het waar die tweeling is.

Dan kom die antwoord altyd: "Hulle is maar in hul kamer, Henk. Hoekom?"

"Nee. Nee, ek vra sommer, tante."

Dan stap hy fronsend terug en gaan sit weer agter sy lessenaar, sy werk vergete, die kommer op die voorgrond. Maar dis of hy nie meer deesdae die vrymoedigheid soos vroeër het om reguit en vertroulik met die tweeling te gesels nie, en sonder dat die tweeling weet, het hul pa ook al meer as een keer daardie "ontluikende vroulikheid", wat die oorsaak van alles is, in stilte verwens. As hulle net nie hoef groot te geraak het nie! As hulle maar sy rabbedoe-dogtertjies kon bly met die poniesterte, die klinknaelbroeke en die kaal voete!

Dan het hy homself probeer bemoedig. Hy sien sommer spoke. Daar skort niks met die tweeling nie. Hulle is maar net besig om groot te word, en hy sal dit maar moet aanvaar, soos Estelle aan hom uitgewys het. Sy het hom verseker dat hy hom verbeel dat die tweeling ongelukkig is. Dis maar alles groeipyne, en sy behoort seker beter te weet as hy. Sy is 'n vrou.

Intussen neem die korrespondensie met die onbekende

Lara Kirsten toe. Sy het hulle, natuurlik via hul pa, ook genooi om aan haar te skryf en hierdie keer het die skrywery baie makliker gegaan. En toe hulle eers begin vertel het, het alles sommer spontaan uitgeborrel. Net van juffrou Estelle het hulle nie 'n woord gerep nie.

"Pa sal seker nie hierdie week skryf nie. Ons het gesê ons sal vir tannie skryf," draai hulle die saak reg, sodat dit nie moet snaaks lyk as sy nie 'n brief van die wewenaar ontvang nie. "Ons verjaar oor veertien dae. Dan is ons vol dertien."

Lara glimlag toe sy dit lees. Die briefies wat sy al van hulle ontvang het, is so spontaan en kinderlik dat hierdie onbekende tweeling reeds diep in haar leë hart ingekruip het.

Thelma stel net so belang in elke brief wat daar aankom en kan nie wag om Lara eers kans te gee om eerste die briefies te lees nie.

"Die tweeling skryf hulle verjaar oor veertien dae en dan is hulle vol dertien," lig sy Thelma in. "Ek wonder of dit sal snaaks lyk as ek vir hulle geskenkies stuur."

"Natuurlik sal dit nie. Ek dink hulle sal dit vreeslik waardeer. Onthou, hulle het nie 'n ma wat vir hulle iets kan gee nie. Hul pa sal seker wel, maar dis nie dieselfde nie. Jy weet, Lara, hoe meer ek van hulle hoor en hulle deur die briewe beter leer ken, hoe meer pateties word hulle vir my. Kan jy jou voorstel hoe anders 'n kind se lewe is wat sonder 'n ma moet grootword? Jy weet, ek besef al meer, sedert dié tweeling op die toneel verskyn het, hoeveel mý ma vir my beteken het. Ek is self nou al 'n ma, maar haar waarde kan ek nou eers na reg waardeer."

Lara knik. "Dis waar. Eintlik weet hulle nie en besef hulle nie wat hulle mis nie, maar tog is die gemis daar. Hulle soek na iets, en hulle besef nie dis na 'n ma nie. Eienaardig dat die pa nog nie weer geskryf het nie. Of miskien dink hy dat die tweeling self beter hul probleme aan my sal kan voorlê as hy. Nietemin, hy tree tog vir my effens eienaardig op. In elk geval, hy is nie die een van belang nie. Dis die tweeling." Sy staan op. "Ek gaan sommer nou winkels toe." Dan glimlag sy. "Ek weet presies wat ek vir hulle gaan koop. Hulle skryf hulle gaan gewoonlik die lang skoolvakansie na hul ouma en oupa se plaas toe. Ek dink twee splinternuwe klinknaelbroeke sal dan uitstekend te pas kom!"

Terwyl Lara van die een winkel na die ander loop op soek na 'n spesifieke soort klinknaelbroek, besef sy self nie hoe sy begin verander het sedert sy daardie dag op die hulpgeroep van 'n wewenaar-pa geantwoord het nie. Daar het weer sin in haar lewe gekom. Sy het skielik weer iets om te doen. Sy is weer van belang vir iemand, vir 'n onbekende tweeling. Op 'n wonderlike, uitsonderlike wyse het God haar kinders in 'n mate weer aan haar teruggegee.

6

Twee dae voor die tweeling se dertiende verjaardag kom daar 'n pakkie vir hulle in die pos aan en baie opgewonde sluip hulle daarmee na hul kamer.

Elke oog rek soos 'n piering toe hulle die klinknaelbroeke met bypassende hempies uithaal en in die lug hou.

"Tokkie, is dit nie pragtig nie!" roep Bokkie in ekstase uit, en haar suster druk vinnig haar hand oor haar lippe.

"Sjuut, man! Nie so hard nie!" Weer streel die handjies oor die pragtige klere. "Dit lyk glad nie soos ons ou klinknaelbroeke wat ou Snuffelpot weggegooi het nie. Kyk hoe mooi is die rooi omboorsels."

"Ja, en dis op die broek se sakke en die hempies s'n. O, dis wonderlik, Tokkie! Tannie Lara gaan 'n lekker ma wees!"

By hulle bestaan daar nou geen twyfel meer dat hierdie tannie Lara hul nuwe ma gaan wees nie. Niemand, net niemand anders sal hulle bereid wees om te aanvaar nie. Juffrou Estelle se aandele sak met elke brief wat die afgelope weke hier aangekom het met rasse skrede. Nou, ná hierdie geskenke, het sy glad nie meer aandele nie.

"Hier is 'n briefie by. Sy skryf sy hoop dit pas en dat ons lekker daarmee op die plaas by Ouma en Oupa sal kuier." Bokkie kyk op. "Ek sal dit nooit hou tot daardie tyd nie. Kan ons dit nie gouer al aantrek nie?"

"Sodat ou Snuffelpot dit soos met ons ander oues weggee vir liefdadigheid? Dit sal die dag wees! Nee, jong, ons sal dit maar goed moet wegsteek totdat ons eers op die plaas is. Daar is sy tog nie by nie en Pa sal nie eens weet dis klinknaelbroeke hierdie nie. Dis te mooi."

"Ja. Ons sal seker maar moet wag tot dan, anders sal hulle ook wil weet waar kom ons hieraan en . . ." Bokkie lyk weer diep bekommerd, hoewel die handjie voortgaan om oor die mooi uitrusting te streel. "Tokkie, ons sal die een of ander dag iets moet doen! Hoe gaan tannie Lara ooit ons ma word as ons net altyd skryf en skryf? Pa weet nog nie eens van haar nie!"

Tokkie se vreugde is ook ietwat gedemp. Dit is 'n netelige probleem hierdie. Sy het al haar verstand voos gefynkam op soek na 'n plan, maar tot dusver wou hierdie briljante planmakerbrein net nie saamspeel nie. Hoe gemaak om vir tannie Lara en Pa by mekaar te kry? Nee, dit wou net nie kom nie.

"Hoekom dink jy nie 'n slag aan iets nie?"

Bokkie sug. "Ek het my al morsdood gedink. Kan 'n mens haar nie sommer reguit vra of sy nie maar met Pa wil trou nie?"

"Jy's laf! Al sê sy ook ja, wat van Pa? Dink jy hy sal sommer met 'n vrou gaan trou wat ons vir hom uit 'n tydskrif gekry het? Hy vermoor ons liewer!"

"Ons wys hom haar kiekie. Hy sal moet erken sy is baie mooier as ou juffrou Huizeman," verdedig Bokkie haar fantastiese plan.

"Nee, dit sal nie uitwerk nie. Ons sal aan iets anders moet dink. O, maggies, hier kom iemand met die gang af. Druk die goed onder die matrasse in en gaan sit daarop."

Dit word blitsig gedoen en toe die kamerdeur oopgaan, sit Henk Beukes se twee dogters hom doodluiters met onskuldige oë van hul beddens af en aankyk. Sy wenkbroue lig omhoog, dan frons hy.

"Wat sit julle so?" Hy weet hy tree verkeerd op, maar alles werk deesdae op sy senuwees. Dis tyd dat die wintervakansie kom dat hy 'n bietjie kan wegbreek. Miskien sal hy weer perspektief op die jagveld kry.

"Pa?"

"Ek vra hoekom sit julle so?"

"Sommer maar, Pa."

Hy kyk hulle stip aan. Die tweeling is darem beslis nie meer wat hulle was nie. "Hoekom gaan speel julle nie?"

"Ons sal ons rokke vuil mors, Pa."

Sy frons word dieper. "Maar het julle nie ou klere waarin julle kan speel nie?"

"Nee, Pa. Juffrou het ons ou broeke weggegee."

Henk is stil. Deksels! Miskien dryf Estelle hierdie dametjie-makery te ver.

Hy sug saggies, probeer sy geïrriteerdheid beheer. Dis glad nie meer deesdae so lekker in hierdie huis nie. Hy wens die tweeling wil grootword en klaarkry, as hulle dan nou moet grootword.

"Ek het julle kom vertel van ons wintervakansieplanne." Hulle kyk hom net stilswyend aan en vir die soveelste keer die afgelope tyd voel hy meteens ongemaklik voor sy twee dogters, iets wat tot nou toe 'n onbekende gewaarwording was. "Wil julle nie weet nie?"

"Ons gaan mos altyd na Ouma-hulle toe."

"Nie hierdie keer nie. Ek is genooi om saam in Suidwes te gaan jag vir die eerste tien dae van die vakansie."

"Ons gaan dan eers alleen plaas toe?"

"O nee. Ek gaan julle nie daar alleen loslaat nie. Julle sal binne twee dae jul bene of nekke breek. Nee, julle bly eers hier by tant An totdat ek terugkom."

Hulle kyk vinnig na mekaar, misnoeë duidelik op die gesiggies. Nog tien dae langer om te wag voordat hulle hul presente kan aantrek! Dis vreeslik!

"Ons gaan ook nie vir die laaste deel van die vakansie plaas toe nie; ten minste nie na Ouma-hulle toe nie." Twee paar blou oë draai na hom terug, en hy maak eers keel skoon. "Dis ook op 'n plaas, maar dis in 'n heeltemal ander streek. 'n Regte Bolandse wingerdplaas. Hoe klink dit?"

Hulle frons, kyk weer na mekaar, dan sê Tokkie reguit. "Goor."

Henk Beukes frons. Miskien oordryf Estelle tog nie. Sy dogters het nog baie te leer voordat hulle regtig dametjies sal wees.

"Jou taal, Tokkie!" berispe hy flou, sy oë ondersoekend. "Hoekom dink julle dit sal nie lekker wees nie?"

"Daar's net 'n spul ou druiwe. Daar's nie diere en perde en . . ."

"Miskien is daar. Hoe weet julle? Ek sal vir juffrou Estelle vra of daar is . . ." Hy swyg vinnig toe hy die skok-vonkies in hul oë sien flits en erken dan half lamlendig, soos dit in sy eie ore klink: "Juffrou se ouers bly daar. Sy het ons genooi om die laaste deel van die vakansie daar te kom kuier. Ek het gedink dit sal vir 'n verandering baie lekker wees."

Dat die tweeling beslis nie met hom saamstem nie, is so duidelik soos daglig.

"Hoekom wil julle nie gaan nie?"

Die gesiggies is bot, Bokkie se stem nog botter. "Ons wil na Ouma-hulle toe gaan, nie . . . daarheen nie."

Henk voel sy humeur weer aan die teuels pluk. Regtig, die tweeling maak dit ook nie vir hom makliker nie. Sy gesig verstreng. "Ons kan Desember weer na Ouma-hulle toe gaan. Nou gaan ons eers in die Boland kuier."

Bokkie is byna in trane. "Pa, ag, Pa, laat ons na Ouma-hulle toe gaan en dan gaan Pa alleen vir juffrou kuier . . ."

Tokkie draai soos 'n pikkende slang na haar suster. "Is jy dan mal, man?" sis sy en rek haar oë groot en betekenisvol, en Bokkie lyk soos 'n ballon wat geprik is. Dis waar, besef sy verslae. Dis te gevaarlik om Pa alleen daar te laat kuier.

"Ek het klaar die uitnodiging aanvaar en ek gaan dit nie nou weer terugtrek net omdat julle vol fiemies is nie." By die deur draai Henk weer terug. "Ek weet nie wat deesdae met julle aangaan nie, maar . . ." Sy stem raak weg toe hy teen die vier strak oë vaskyk en hy maak maar liewer dat hy wegkom.

Dis 'n hele rukkie stil in die slaapkamer nadat die deur agter hul pa toegegaan het, en dan bars Tokkie half in trane, half ergerlik los: "Dis 'n mooi grap om vir ons te vra wat makeer ons deesdae! Hy moet liewer vir homself daardie vraag vra."

Bokkie is ook duidelik ontstig. "Speel ons sokker saam met die seuns, is dit nie reg nie. Sit ons soos dametjies met gevoude handjies, dan is dit ook nie reg nie. Ek begin nou moeg raak vir hierdie spulletjie. Daar moet nou 'n end aan kom."

"Daar moet liewer 'n end aan kom, want weet jy wat dink ek?"

"Nee, wat?"

"Weet jy hoekom daar nou skielik op daardie Boland-se plaas gekuier moet word? Dis om ouers te vra, sê ek jou!"

"Ouers vra?" Bokkie lyk verbysterd asof sy nog nooit voorheen van so iets gehoor het nie.

Tokkie se trane van so ewe is vergete en sy verduidelik opgewonde: "Ja, man. Pa gaan ouers vra – ou Huizeman se ouers om met haar te trou."

"Tokkie! Nooit! Dit kan nie wees nie!"

"Ek sê vir jou dis net wat dit is! Hierdie gekuiery is nie om dowe neute nie. Hulle sien mekaar elke dag. Waarvoor moet daar dan nog in die vakansie ook saamgekuier word?"

Dis nou Bokkie se oë wat skielik begin blink. "Tokkie, ek sterf tien duisend dode as dit is soos jy sê dit is."

"Dit is so, en dit sal niks help om te wil doodgaan nie. Dit sal dit nie keer nie. Dink, man. Dink! Ons moet nou iets doen!"

"Ek het jou lankal gesê ons moet iets doen," verwyt Bokkie onredelik. "My verstand staan botstil. Ek kan nie . . ."

"Ek het dit! Ek het dit!" Tokkie spring op en draai 'n slag in die rondte. "Ons moet vir tannie Lara laat kom."

Bokkie frons. "Ja? Hoe?"

"Ons nooi haar om te kom kuier. Dis al. Daardie tien dae wat Pa weg is op jag."

"Wat sal dit aan die saak verander? Dan sien Pa haar tog nie, en as hy terugkom, moet ons nog altyd na daardie ou plaas toe."

"Nee, man. As Pa terugkom, sal hy tannie Lara mos hier kry en dan . . . en dan . . ."

"Ja? Wat dan?"

"Wel . . . e . . . en dan sal hy mos sien sy is beter en mooier as juffrou en dan sal hulle trou . . ."

Bokkie kyk haar skepties aan. Tokkie kan altyd 'n ding so lekker reg praat, maar . . . "En sê nou Pa kry nie sinnigheid vir tannie Lara nie? Sê nou maar . . .?"

"Ag, hou op met spoke sien, Bokkie! Natuurlik sal Pa sinnigheid in haar kry," sê Tokkie op só 'n toon wat geen twyfel laat nie, en te oordeel na haar gesigsuitdrukking, moet Henk Beukes liewer sinnigheid in die vreemde vrou kry of . . . Ja, of wat? vra Tokkie haarself af. Maar daar sluit sy haar gedagtes gerieflik vinnig af. Dis 'n probleem vir later. Nou moet hulle net sorg dat tannie Lara hier kom.

Toe Lara die dringende brief ontvang, voel sy half in 'n hoek gekeer en ook ietwat verward. Iets vertel haar dat dit nie net 'n blote vriendelike uitnodiging is om te kom kuier nie.

"Ek weet nie, Thel. Hier is iets wat my hinder. Jy weet dis nou weke dat ek laas van die pa self gehoor het. Eintlik het hy die hele korrespondensie ná sy tweede brief net so aan die tweeling oorgelaat. Hy het totaal van die toneel af verdwyn. Buiten daardie keer oor die klinknaelbroeke en die tweeling se rugbyspelery het hy nog nooit weer raad gevra nie."

Thel kyk ook fronsend op die brief in Lara se hande af. "Dit is eienaardig. En nou die uitnodiging van die tweeling om te kom kuier – solank hul pa gaan jag. Dis al asof die man nou aan die weghardloop is. Daar is beslis iets snaaks aan die gang."

"Uit die aard van die saak en om goeie maniere se onthalwe, behoort hý tog die uitnodiging aan my te rig. Hy weet tog dat ek nie net op die tweeling se uitnodiging kan gaan nie. Dit . . . word net nie gedoen nie," laat Lara bekommerd hoor. Dan glimlag sy. "Hulle is darem in ekstase oor die klere wat ek gestuur het. Ek is so bly. Hulle weet nie dat ek groter plesier daaruit gekry het om dit vir hulle te gaan uitsoek en koop as wat hulle moontlik kan hê om dit te dra nie!"

Haar oë is sag. "Dit sal seker vir ander mense verspot klink, maar jy weet, Thel, hierdie twee kinders het weer my lewe heelgemaak. Ek weet nie wat sou van my geword het as hulle nie op daardie tydstip op die toneel verskyn het nie. Hul briefies beteken vir my so baie, eintlik buitensporig baie, in ag geneem dat hulle totale vreemdelinkies

80

is, iemand anders se kinders. En tog, hulle het deel van my geword, Thel. Jy weet, ek begin my al verbeel dat hulle myne is; dat hulle maar net êrens op kosskool is en . . ."

Sy lyk verleë. "Ek klink nou seker, soos wat die tweeling dit sou stel, half van my trollie af!" Dan word haar gesig ernstig. "Maar as hulle nou weer skielik uit my lewe moet verdwyn, net so skielik as wat hulle daarin verskyn het . . . Ek sal hulle verskriklik mis, Thel!"

Thelma se oë is ook teer en begrypend. "Ek verstaan heeltemal, Lara. En jy is nie verspot om so oor hierdie twee kinders te voel nie, al het jy hulle nog nooit met 'n oog gesien nie. Ek is dan self versot op hulle." Sy lag. "En selfs Bert vra deesdae gereeld: 'Was daar nie 'n brief van die tweeling nie?'" Hulle lag saam. "Nee, hulle het al deel van ons geword. Familie. Dis ondenkbaar dat hulle nou sommer weer sal verdwyn. Dit sal voel asof daar weer dood in ons lewe gekom het."

Lara knik. "Ja. Dit sal so voel." Sy kyk haar skoonsuster vraend aan. "Wat dink jy moet ek doen – in verband met hierdie uitnodiging, bedoel ek?"

Thelma dink 'n rukkie, en dan klaar haar gesig op. "Hoekom nooi ons hulle nie om vir hierdie tyd by ons te kom kuier nie? Hul pa kan hulle dan hier kom haal, en dan leer ons mekaar 'n slag ken."

"Dis miskien die beste plan, as dit nie te veel moeite vir jou sal wees nie."

"Natuurlik nie! Skryf sommer dadelik vir hulle."

Maar hoe graag die tweeling ook al hierdie uitnodiging sou wou aanneem, is dit natuurlik buite die kwessie.

"Hoe kan ons verduidelik dat 'n wildvreemde vrou ons genooi het om by haar te kom kuier? Ons kan nie, Bokkie. Nee, sy moet eers hierheen kom."

"Ja, maar sy sê uitdruklik sy kan darem nie sommer kom sonder dat Pa haar nie ook genooi het nie, en hoe gaan ons dit bewerkstellig?"

81

"Dis maklik, onnosel! Ons skryf maar weer vir haar 'n briefie in Pa se naam en nooi haar," los Tokkie die probleem daar en dan op.

Bokkie bly die versigtige een – nie dat dit juis veel help met 'n suster soos Tokkie nie – maar sy sê darem tog: "Ek het nou die dag gehoor van die groter kinders sê dat 'n mens kan tronk toe gaan as jy iemand anders se naam gebruik of iemand anders se naam teken. Dis teen die wet!"

"Ag, man, dis mos nie iemand anders se naam nie. Dis mos Pa s'n!"

Natuurlik wen Tokkie weer en weer moet daar kopgekrap word hoe elke woord gestel moet word sodat tannie Lara kan glo dis Henk Beukes wat self die vriendelike uitnodiging tot haar rig.

Toe Lara hierdie briefie klaar gelees het, sit sy weer fronsend. Sy kan net die gevoel dat daar êrens iets skort, nie van haar afgeskud kry nie.

Die "Geagte Mevrou" is vir haar onnodig formeel, in ag geneem dat daar darem nou al 'n hele ruk 'n wakker korrespondensie tussen haar en die tweeling aan die gang is. Sy veronderstel tog dat hy soms ook van haar briewe aan sy dogters lees en op die hoogte is van die gevorderde vriendskapsverhouding wat daar teen hierdie tyd tussen haar en sy kinders bestaan.

Daar is ook iets styfs in die sinne waarin hy verduidelik dat dit nie vir die tweeling moontlik sal wees om by haar te kom kuier nie. Sy verskoning dat tant An nie alleen gelaat kan word nie, klink flou en onoortuigend. Hy sal dit "baie hoog waardeer" as sy haar weg sal oopsien om vir die tydjie dat hy weg is by die tweeling te kom kuier.

Hy sal dan met 'n "geruster hart" sy jagtog geniet. Daar word niks gesê van wat gaan gebeur wanneer hy terugkom van die jagtog nie – of sy dan maar kan aanhou kuier en of sy dan weer moet teruggaan nie. Ook, ter wille van goeie maniere, word daar nie gevra hoe sy op Jagershoek sal kom nie en of hy met haar vervoer kan help nie. Daar word ook glad nie voorgestel dat sy 'n dag of twee voordat die skole sluit, moet probeer kom, sodat hulle mekaar darem eers kan ontmoet voordat hy sy dogters in haar sorg agterlaat terwyl hy gaan jag nie. 'n Spesifieke datum, twee dae ná die skoolsluiting vir die kwartaal, word genoem as 'n geleë datum om haar te ontvang.

Sy is in die middel van die wêreld en kan nie tot 'n besluit kom nie. Dis Bert en Thelma wat haar later ompraat om maar te gaan.

"Ek erken die briefie klink snaaks, sonder dat 'n mens presies jou vinger daarop kan lê. Miskien is die man maar net baie teruggetrokke en selfbewus van geaardheid," stel Bert ter verduideliking voor, maar Lara skud haar kop.

"Vir 'n skoolhoof van 'n hoërskool? Nee, Bert, ek glo nie."

"Wel, ek dink die enigste manier om vas te stel wat werklik agter sy vreemde houding skuil, is om te gaan. Jy sal wel agterkom wat aangaan wanneer jy eers daar is. Buiten die tweeling is tant An mos ook daar wat jou darem sal kan inlig hoe 'n soort man dié Henk Beukes is," bring Thelma haar kant. "Hoe meer ek hieroor dink, hoe sterker voel ek jy moet gaan, sus. Ag, en laat die man wees soos hy wil, maar dit sal vir die tweeling baie beteken as jy gaan. Daaraan is geen twyfel nie. Hulle het jou behoorlik gesoebat in hul laaste briefie. Hulle sal verskriklik teleurgesteld wees as jy nie kom nie."

Lara sug en vou die brief op. "Goed. Ek dink jy is reg. Die enigste manier om vas te stel wat werklik aangaan, is om te gaan. Aan die een kant is ek ook maar bly hy sal nie daar wees nie. Dan het ek meer van die tweeling vir myself." Sy glimlag effens. "Ek is werklik selfsugtig oor daardie twee."

" 'n Mens kan so oor hulle voel. Uit hul briewe kom hulle

voor as twee oulike kinders," laat Bert begrypend hoor en hou maar sy bedenkinge vir homself. Hy voel nie gerus om sy skoonsuster te laat gaan na wildvreemde mense waar duidelik êrens 'n skroef los is nie. Lara het wel die afgelope weke weer teruggekeer na die mens wat sy was, maar hy sal nie wil sien dat sy so gou weer dalk met probleme en selfs hartseer te doen kry nie. En hartseer sal sy kry as dit enigsins die tweeling gaan raak. Sy het behoorlik gek geword oor daardie twee kinders.

Henk, 'n man wat deesdae met baie probleme in sy binneste worstel, kom nie agter dat hy die afgelope tyd nooit meer pos hoef te gaan uithaal nie. Die tweeling het dit reeds gedoen wanneer hy daaraan dink, en natuurlik totaal in die duister oor waarmee sy dogters besig is, vind hy dit nie vreemd nie.

Daar is ook geen gevaar dat hulle miskien 'n ander soort brief van hul pa sal oopmaak, wat nagevolge kan hê nie. Die handskrif op die koevert sal hulle teen hierdie tyd tussen duisende ander uitken.

Soos voorheen word die brief, hierdie keer geadresseer aan hul pa, dus sonder skaamte en skroom vinnig voor by Tokkie se skooljurk ingeprop voordat die res ewe doodluiters vir Pa na sy studeerkamer aangedra word.

Dan kan hulle nie gou genoeg in hul kamer kom nie, en hulle gryp mekaar vas en druk mekaar in louter vreugde toe die inhoud bekend is.

"Sy kom! Sy kom!" sing Bokkie sommer hardop sodat Tokkie haar 'n stewige pomp in die ribbes moet gee.

"Hou jou in, man!" Maar sy glimlag ook van oor tot oor. Sy kom! Van nou af gaan die poppe begin dans! Ou Snuffelpot kan maar koebaai sê vir Pa! Hul ma – dié een wat hulle self uitgesoek het – kom!

Daar tree meteens 'n merkbare verandering by die tweeling in, in só 'n mate dat hul pa selfs oor sy persoonlike probleme heen dit moet opmerk en tant An weer meer gerus begin voel. Skielik lag en koggel en sing en hardloop dit weer in die huis, en tant An glimlag. So ja! Só moet dit mos in 'n huis klink waar kinders is. Hierdie vreemde stilte van die afgelope tyd het al op haar senuwees begin werk. Maar nou . . . nou raas dit en gaan dit te kere soos voorheen.

Ook Henk lig meteens sy kop op waar hy agter sy lessenaar sit en werk. Dis sowaar die tweeling wat hier buite so raas! Hy staan op en stap na die venster en glimlag toe hy die twee se kaperjolle op die grasperk sien. Wanneer laas het hy hulle só sien speel? 'n Deernis en teerheid oorweldig hom terwyl hy 'n rukkie toekyk, en hy moet later lag. Dametjies of nie, maar vandag word daar skielik nie 'n flenter omgegee waar die rokke sit nie. Meestal wapper dit bo-oor die blonde koppe en dit kan hulle nie skeel wie in die straat verbyloop nie.

Henk Beukes is 'n bondel gemengde gevoelens terwyl hy na sy twee dogters staan en kyk. En die jare rol terug . . .

Die lewe was mooi. Daar was Marlene en die tweeling. Hy was pas aangestel as hoof van die hoërskool op Jagershoek. Hy het geweet dat daar 'n reusetaak op hom wag om hierdie skool weer op te bou, maar hy was nie bang daarvoor nie. Met 'n vrou soos Marlene aan sy sy het hy kans vir nog groter dinge gesien.

Maar toe skielik word sy siek, en binne twee dae nadat sy die eerste keer siek geword het, is sy op die operasietafel oorlede. Dit het so verskriklik vinnig gebeur.

Sy oë staar nou somber na die spelende tweeling buite. Daar was nie eens tyd om hulle voor te berei op die moontlikheid dat sy sou sterf nie. Marlene was jonk, nog altyd so gesond. Daar was nooit die vaagste gedagte aan sterf nie, nie eens toe hy daardie dag van die skool teruggekeer en sy vrou wit in die gesig by die huis aangetref het nie. Hy het haar dadelik dokter toe geneem en sy is onmiddellik in die hospitaal opgeneem vir waarneming. En nog het dit nie by hom opgekom dat dit só dodelik ernstig kon wees nie.

Sal hy ooit daardie oomblik vergeet toe hy moes hoor: "Jammer, meneer Beukes. Ons het gedoen wat ons kon, maar . . . jou vrou is gedurende die operasie oorlede." Daardie verstomming, verstilling, verstywing, verstrakking in hom op daardie oomblik. Toe het hy omgedraai, uitgestap en daar buite het die tweeling nog soet in die motor gesit en wag soos hulle beveel is. Twee dogtertjies van ses jaar . . . en hy moes hulle gaan vertel dat dié mamma wat altyd gelag het, wat altyd so vol liefde was, nooit weer sou terugkeer nie. Dat sy weg is . . . vir ewig.

Hy vee nou oor sy oë, sy mond strak en bleek. God alleen, en hulle wat daardie selfde pad al gestap het, weet wat op daardie oomblik binne-in jou gebeur. Dis of jy wegsak in 'n diep, diep kuil wat geen bodem het nie. Jy sak maar net al dieper af en jy probeer nie eens om te spartel om na bo te kom nie. Jy wíl afsak.

Daardie eerste dae ná Marlene se afsterwe . . . Vir 'n oomblik staan dit weer fel en helder voor hom. Die geweldige aanpassing by 'n moederlose huis, die soeke van sy kinders na daardie één persoon waarom 'n huis draai, en sy power pogings om die kinderhartseer te stil terwyl hyself binne vergruis was in eie, volwasse smart.

Aanvaarding het mettertyd gekom – baie gouer by sy kinders as by hom. Hoe dikwels het hy hulle dit beny; dat hulle, nog so klein, met kinderlike eenvoud geleer het om die finaliteit van die dood te aanvaar. Maar die Bybel sê mos dat jy soos 'n kind moet wees om die hemel te kan sien. Terwyl hy nog in die hel van smart en eensaamheid gedompel was, het die tweeling reeds weer die hemel begin sien. Hulle het Mamma nog onthou, maar daar was so baie dinge elke dag om hulle besig te hou, om die gemis al stiller te maak. Dit was nou hy wat saans na hul gebedjies geluister het, en met gemengde smart en verwondering na die kinderlike geloof geluister het.

"Pappa sê Mamma is in die hemel by Jesus. Sê vir haar groete, liewe Jesus, en sê vir haar ons was nie stout vandag nie."

'n Ander keer was dit weer die ander een wat gebid het: "Liewe Jesus, sê vir Mamma ek het vandag uit die boom geval en my knieë is heeltemal stukkend, maar Pappa het salfies aangesmeer en dis nie meer so seer nie."

So het hy dikwels gesit en luister na die boodskappies hemel toe; boodskappies vir Mamma.

Hy het hom ten volle aan sy nuwe taak toegewy, met die besef dat hy besig moet bly en dat hy hierdie taak nou alleen sal moet deurvoer. Marlene was nie meer daar om die stukrag agter hom te wees nie. En so het die jare ongemerk verbygerol – sewe jaar al.

En ongemerk ook het sy dogters grootgeword. Oor nog 'n paar kort jaartjies sal hulle uit die huis wees. Dan sal hy alleen wees . . . as hy nie nou die verstandige ding doen soos wat sy verstand hom vertel nie.

7

Die ongewone opgeruimdheid van die tweeling bly voortduur, ook tot ergernis van sommige mense. Hul klasonderwyseres kan dit net nie heeltemal begryp nie en is sommer agterdogtig.

Maar hoewel die tweeling skielik nie meer die ietwat bot, stil kinders van die afgelope tyd is nie, is hul lewenslus ook van só 'n aard dat hulle nie op iets verkeerds betrap word nie. Inteendeel. Hulle is deesdae baie vriendeliker teenoor hul juffrou en baie hulpvaardig in die klas.

"Wat gaan skielik met julle twee aan?" vra sy op 'n dag

geïrriteerd deur hierdie veranderde houding van die twee-ling, terwyl sy aanvoel dat daar iets agter skuil. Nog meer, sy het die nare gevoel dat dit eintlik teen haar gemik is, hoewel sy nie kan verklaar hoe en hoekom nie.

"Hoe bedoel juffrou nou?" wil Tokkie onskuldig weet, ewe vriendelik.

Estelle frons skerp. Sy kan net nie die gevoel afgeskud kry dat dié kinders eintlik besig is om nie met haar te lag nie, maar vír haar.

"Julle hou net eenvoudig nooit meer op met glimlag nie," antwoord sy vererg. "Dit lyk asof dit so vasgegroei het! Hier skuil iets agter, nè?"

Die tweeling het die gawe om soms regtig stokonnosel te lyk. Hul gesigte neem nou daardie uitdrukking aan wat hul klasonderwyseres al hardop wou laat uitgil.

"Hoe bedoel juffrou nou?" is dit weer Bokkie wat vra.

Hul juffrou se oë begin blits op die kenmerkende manier wat hulle al goed leer ken het. "Kyk, ek is nie onnosel nie. Daar is iets aan die gang met julle twee. Ek weet dit!"

Nou lyk hulle regtig deur die mis en Estelle Huizeman moet op haar tande byt. Die frustrerendste van alles is dat hulle niks doen sodat sy 'n vat op hulle kan kry nie. Soos nou. Hulle staar haar net soos twee imbesiele aan, en dan skielik breek daardie allesomsluitende, vriendelike glim-laggies weer deur.

Sy swaai weg van hulle en sê op 'n hoë, skril stemtoon wat duidelik verraai dat haar senuwees nie meer te waf-fers is nie: "Los die boeke en gaan maar huis toe. Julle kan môre verder regpak. Kom net onder my oë uit!"

"Goed, juffrou. Middag, juffrou."

"Tot siens, juffrou."

Sy word byna verswelg deur die afskeidsglimlaggies en sy sak kreunend agter die tafel op die stoel neer. Sy het nog altyd gewonder hoekom sy 'n onderwyseres geword het, want sy is glad nie erg lief vir kinders nie. Meestal irriteer hulle haar. Maar wat haar besiel het om haar visier op 'n wewenaar met 'n onhebbelike tweeling te stel, weet sy nie. Tog ken sy die antwoord. Benewens die feit dat die jare begin aanstap en die kanse op 'n huwelik al skraler word, is die betrokke wewenaar 'n baie aantreklike man en sal dit vir haar 'n persoonlike oorwinning wees as sý die een is wat hom ná soveel jare aangekeer kry.

As hy net nie hierdie tweeling gehad het nie!

Aan die veilige kant van die klaskamerdeur glimlag die twee breed teenoor mekaar. So ver gaan dit goed!

Dit was weer Tokkie wat met die wyse raad gekom het nadat hulle verseker was dat hulle tant Lara gaan kom.

"Hiervandaan af moet ons niks doen wat ons in die moeilikheid kan laat beland nie, Bokkie. Veral nie by Pa en ou Snuffelpot nie. Ons moet so gaaf teenoor haar wees soos ons moontlik kan, want ek kry stuipe as ons planne deur die mat val."

"Hoe kan dit deur die mat val? Tannie Lara het klaar laat weet dat sy daardie dag en datum hier sal aankom."

"Ja, ek is nie bekommerd oor haar nie. Maar die duiwel begin my nou wysmaak Pa kan dit maklik in sy kop kry om ou Huizeman te vra om hier by ons te bly solank hy gaan jag en dan gaan ons almal saam na haar plaas toe. Ons moet sorg dat daar nie met 'n speld op ons gedruk kan word nie. Pa, en sy, moet gerus wees om ons hier alleen by tant An te los."

Bokkie het hewig ontsteld gelyk by die gedagte aan die moontlikheid dat daar nou iets met hul planne skeef kan loop. "Ek kry meer as stuipe as ou Snuffelpot ons gaan oppas solank Pa gaan jag. Jy's reg, Tokkie. Ons sal ons moet gedra."

Van daardie oomblik af is daar nie twee voorbeeldiger, soeter, gawer, hulpvaardiger kinders in daardie skool as juis die skoolhoof se tweeling nie. Dis te goed om te glo, soos een van die personeellede opmerk, en hul klasonderwyseres stem stilswyend saam. Net . . . sy glo dit nie! Hier is 'n slang in die gras. Daarvan is sy seker.

Henk Beukes het egter nie daardie negatiewe gevoel oor die tweeling se veranderde houding nie. Hy verklaar dit weer heeltemal anders. Die tweeling het eindelik besef en aanvaar dat hulle nou groot meisies is en hulle dienooreenkomstig behoort te gedra. Hulle het eindelik dametjies geword!

Tokkie was glad nie verkeerd in haar voorgevoel dat hul pa met die gedagte gespeel het om Estelle te vra om hier 'n ogie te hou solank hy weg is nie. Hy was bekommerd om die tweeling vir tien dae net in die sorg van tant An te los. Hy weet maar te goed hoe maklik kom hulle by haar verby. Maar noudat dit tog duidelik blyk dat sy dogters eindelik verstandig geword het en hulle soos welopgevoede, volgroeide kinders kan gedra, sien hy af van daardie gedagte. Die tweeling sou nooit weet watter naelskraapse ontkoming hulle werklik gehad het nie.

Dis met die grootste verligting dat hulle hul klasonderwyseres groet voordat sy met vakansie huis toe vertrek, en Bokkie klap met haar palms teen haar wange toe Estelle se rooi motortjie om die hoek verdwyn.

"O, gorrel, ek sal nooit weer my gesig op sy regte plek terugkry nie!"

"Wat bedoel jy?"

"My kiewe is stokstyf van al die geglimlag, veral teenoor haar."

Tokkie lag en haak by haar tweelingsuster in. "Kom, jong! Sy's weg en as sy weer terugkom, het ons klaar 'n ma!"

Die volgende dag is Henk ook gereed om op sy jagtog te vertrek en hy roep die tweeling na sy studeerkamer, kyk hulle waarskuwend aan.

"Jul gedrag en optrede het die afgelope dae so verrassend verbeter dat ek voel ek kan met 'n geruste hart vertrek. Ek

90

hoop nie dat ek, wanneer ek terugkom, moet hoor dat die vertroue wat ek in julle gestel het, misplaas was nie. Ek wil niks hoor wanneer ek terugkom nie, hoor julle twee? Julle vang niks onverantwoordeliks aan solank ek weg is nie!"

"Nee, ons sal nie, Pa!"

"Natuurlik nie, Pa!"

"Nou goed. Solank ons mekaar verstaan." Hy kyk hulle onseker aan, en die eerste keer kry hy ook daardie gevoel waarmee hul klasonderwyseres al dae lank worstel: hulle het darem besonder vinnig verander. Soos handomkeer. Hy wonder of daar nie iets agter skuil nie. "Het julle toe weer nagedink oor die ander saak?"

"Watter saak, Pa?"

"Oor die feit dat ons die laaste gedeelte van die vakansie by juffrou Estelle-hulle gaan kuier. Het die gedagte darem al meer aanvaarbaar geword of . . .?"

"Ag, Pa, dit lê nog so vér in die toekoms." Tokkie glimlag hom breed toe. "Môre het sy eie paaie!"

Henk moet vinnig die glimlag agter sy hand verberg. Die tweeling het die afgelope tyd begin boeke lees – noudat hulle nie meer saam met die seuns sokker mag speel nie. Hy trek sy gesig op 'n sedige plooi.

"Dis waar, Tokkie. Môre het sy eie paaie. Dit lê nog ver in die toekoms – 'n hele tien dae ver. Goed. Ons praat weer wanneer ek terug is. Maar kyk dat jul goedjies reg en skoon is, sodat ons net kan pak wanneer ek terugkom."

Hulle waai vir hom tot siens totdat hy ook uit sig verdwyn en Bokkie wil weet: "Hoekom is grootmense so lief om te preek?"

"Dis omdat die meeste grootmense se mangels al uit is. Hul keelgate is te groot." Sy frons. "Hier kom die posbode aan. Dit lyk soos 'n telegram."

"Dis vir meneer Beukes," lig die posbode hulle in, en Bokkie kyk hom vererg aan.

"Ons kan ook lees, dankie. Gee hier. Ek sal teken." Toe

91

hy weg is, kyk hulle mekaar onseker aan. "Sal ons dit oop-skeur?"

"Dis al manier om vas te stel van wie af dit kom. Gee hier." Tokkie voeg die daad by die woord en tot hul groot-ste vreugde is dit van tannie Lara.

"Dis net om te sê sy sal môremiddag vieruur hier aan-kom. O, dis wonderlik om te dink sy is môremiddag hier-die tyd al hier!"

"Ja. Maar dit sou darem 'n geboddery afgegee het as daardie telegram vyf minute vroeër hier aangekom het! Dan sou Pa dit in die hande gekry het en dan . . ."

"Wel, dit het nie, so moenie koue rillings kry nie. Daar's nou 'n ander ding, Bokkie. Ons sal nou vir tant An moet vertel. Sy sal moet weet dat hier môre 'n vrou kom kuier."

"Ja, dis waar. Wat gaan ons haar vertel?"

"Dit sal ons goed moet bespreek. Kom ons gaan eers kamer toe."

Dis eers laat die middag dat hulle tant An in die kom-buis opsoek. Teen hierdie tyd sal hul pa al goed op pad wees jagveld toe en sal tant An, indien sy so iets in die kop mag kry, hom nie meer kan laat terugroep nie.

"Sjoe, dis koud buite," laat Tokkie hoor en kom maak haar hande warm by die stoof.

"Ja, dis sommer regtig koud buite," beaam Bokkie en voeg haar by haar suster. "Wat maak tante?"

Die ou tannie glimlag. "Souskluitjies – omdat julle twee sulke soet kinders die afgelope tyd was."

"Souskluitjies!" kom dit asof uit een mond. Dis hul ge-liefkoosde gereg.

"Toe, staan nou eers so 'n bietjie eenkant toe. Julle is in my pad," sê tant An, en die tweeling gee so 'n entjie pad, en Bokkie draai haar oë vir Tokkie. Sy moet nou begin praat!

Tokkie maak keel skoon, soek na haar sakdoek en gee skielik 'n uitroep.

"O, gonna-patat!"

"Wat is dit, kind? Moenie jou by die stoof verbrand nie," sê tant An vinnig, dadelik half senuweeagtig. Die tweeling het nog nooit alleen by haar gebly nie, en sy moes nog nooit die verantwoordelikheid vir hulle alleen dra nie.

"Nee, ek het nie gebrand nie. Dis hierdie telegram. Ek het skoon daarvan vergeet."

Tant An frons. "Watter telegram?"

"Hierdie een. Dit het gekom nadat Pa al weg was."

"Van wie af? Ek het nie nou my bril hier nie. Wat sê dit?"

"Dis van Pa se vriendin af."

"Vriendin?" Tant An lyk verward. "Maar juffrou Huizeman is gister maar weg . . . O, dis seker om te laat weet sy het veilig aangekom. Gaan sit dit in jou pa se studeerkamer neer."

"Nee, tante. Dis nie van haar nie," spring Bokkie ook nou by. "Dis van Pa se vriendin – se regte vriendin – af. Mevrou Kirsten."

Tant An laat die lepel waarmee sy doenig was, sak. "Ek het nog nooit van haar gehoor nie. Wie is sy?"

Tokkie sug. Tant An was seker nie danig slim op skool nie, dink sy by haarself en herhaal weer met nadruk: "Sy is Pa se vriendin – sy spesiale vriendin."

Tant An lyk nou net so stomonnosel soos die tweeling soms kan lyk, en Bokkie se gedagtetrant is min of meer dieselfde as haar suster s'n. Sy is darem bly sy was nie tant An se onderwyseres nie. "Weet tante nie wat dit is nie? Sy is Pa se meisie, met ander woorde."

Tant An kyk hulle beurtelings aan. Watter kaf praat die kinders . . .

"Jul Pa se . . . e . . . nooi? Ek weet dan nie van haar nie. Jul pa het nog nooit van haar gepraat nie . . ."

"Maar hy hoef mos nie vir tante van haar te vertel het nie. Dis mos sy persoonlike sake," laat Tokkie wysgerig hoor, en tant An se frons verdiep.

"Waar kom hy aan haar en hoe lank is dié ding al aan die gang?"

Hulle kyk vinnig na mekaar. Van nou af sal daar reg gejok moet word.

"Hulle ken mekaar al laaaaankal," laat Bokkie hoor, en Tokkie voeg by: "Ja, maaaaande al."

"Waar het hy aan haar gekom?"

"O, hulle het die een of ander tyd ontmoet . . . e . . . by vriende. E . . ."

"Een vakansie," vul Bokkie aan. "En daarna skryf hulle gereeld aan mekaar en . . ."

"Sy is baie mooi, tante. Baie mooi."

"Sy is 'n weduvrou . . ."

" 'n Weduwee, Tokkie!" Tant An is nog steeds half verward. Hoekom het Henk nooit iets van haar laat val nie? Dis tog seker nie 'n staatsgeheim dat hy 'n vriendin êrens het nie. En wat dan van juffrou Huizeman! "Waar bly sy?"

"In die stad. Sy het ook 'n tweeling gehad, nes ons. Maar hulle en haar man is in 'n motorongeluk dood. Dis vreeslik, nè, tante?"

"Ja. Ja, foei tog, dis aardig." Tant An skud haar kop. "My aardetjie, dat Henk die hele tyd 'n nooi het en niemand weet daarvan nie! Julle sê julle ken haar ook?"

"Ja, tante. Sy is . . . fantasties!"

"O, sy is vreeslik gaaf, tante. Tante sal môre sien."

"Hoe bedoel jy, ek sal môre sien?"

"Sy kom kuier, tante! Sy kom môre met die trein."

"Hiernatoe?"

"Ja. Sy kom vir ons kuier."

"Maar . . . maar jul pa is dan weg . . ."

"O, dit maak nie saak nie. Sy kuier solank by ons."

Tant An is van voor af verward. "Maar jul pa het niks gesê van 'n vrou wat hier sal kom kuier nie . . ."

"Hy weet nie, tante. Tannie Lara wou hom verras, maar . . . wel, nou sal sy maar by ons kuier."

"Maar, kinders, julle moet haar bel en sê jul pa is nie hier nie. Sy kan mos nie die hele ent pad kom en Henk is nie . . ."

"Die telegram het te laat gekom, tante. Haar trein het al 'n uur gelede vertrek. Sy is al op pad."

"Dis jammer . . ."

"Sy sal nie omgee nie. Sy is baie lief vir ons en ons vir haar. Sy sal lekker hier by ons kuier. Kan ons solank die gastekamer vir haar regkry, tante?"

"Ja. Ja, julle sal seker moet." Tant An skud haar kop. Hoe meer dae, hoe meer dinge. Vir wat kon Henk haar darem nie maar van haar vertel het nie? En al die tyd dink sy juffrou Huizeman is die een. "Gebruik die beste lakens en slope, kinders. En sit genoeg komberse op die bed."

"Ja, tante. Ons sal."

Die tweeling laat 'n nog steeds verwarde tant An in die kombuis agter en begin opgewonde met hul selfopgelegde taak. Nog nooit het hulle soveel aandag aan die opmaak van 'n bed bestee as vandag nie. Alles moet net honderd persent vir hul tannie Lara wees. Ironies genoeg bedank hulle nou hul klasonderwyseres wat hulle 'n honderd keer hul beddens laat aftrek en laat oor opmaak het.

Toe tant An hulle vir aandete roep, is hulle darem tevrede. Daar kort nog net blomme in die kamer, maar met dié het hulle reeds raad. Hulle sal vanaand van tant Babes se asters gaan gaps.

"Wil tante nie sien hoe lyk sy nie?" vra Bokkie tussen die souskluitjies deur, en tant An kyk haar weer fronsend aan. Sy het al die gevoel die kinders is besig met gekskeer.

"Ja, natuurlik. Ek sal haar graag wil sien, maar . . ."

"Pa het 'n foto van haar. Hy steek dit in sy lessenaar weg. Wag, ek gaan haal dit gou."

Toe Bokkie by die deur uit verdwyn, skud tant An haar kop weer. Hierdie vreeslike geheimsinnigheid kan sy net nie kleinkry nie. Dan is dit of daar meteens 'n lig vir haar opgaan. Seker nooit anders nie, dink sy en glimlag. Dié Henk is nie onnosel nie. Natuurlik kon hy nie wyd en syd bekend maak dat hy reeds 'n nooi het nie. Dan sou juffrou Huizeman hom nooit gehelp het met die tweeling nie, want dit was tog baie duidelik dat sy nie net uit blote belangstelling in die tweeling die reusetaak aangepak het om hulle 'n bietjie reg te skaaf nie. En nou is dit ook meteens glashelder vir die ou tannie hoekom Henk besluit het dat die tweeling 'n bietjie getem moes word. Dis natuurlik alles ter wille van die geheimsinnige nooi. Hy was natuurlik bang dat sy die hasepad sou kies as sy besef dat sy 'n wilde, onhebbelike tweeling op die koop toe kry as sy met Henk trou.

Maar die tweeling is deesdae baie skaflik en mak en geen vrou hoef meer bang te wees om aan Henk Beukes die jawoord te gee nie. Juffrou Huizeman gaan egter nie hiervan hou wanneer sy die waarheid agterkom nie, dink tant An effens bekommerd. Maar dis Henk se probleme daardie.

Om die waarheid te sê, tant An het al bedenkinge gehad oor hierdie juffrou. Diep in haar hart het sy gevoel dat sy nie die regte vrou vir Henk of die regte ma vir die tweeling sou wees nie. Maar sy het stilgebly. Dit was Henk se sake. En toe Henk die afgelope tyd al meer in die rigting begin praat van dat hy "seker maar sal moet trou, veral ter wille van die tweeling", het tant An maar net aangeneem dat juffrou Huizeman die een sal wees. Maar al die tyd het Henk ander planne gehad!

As die tweeling van hierdie vrou hou, dan moet sy gaaf wees, besluit die ou tannie. En toe Bokkie die foto triomfantlik voor haar neus druk, moet sy saamstem: sy is pragtig!

Sy glimlag breed vir die tweeling en hulle glimlag ewe breed terug. Sy het die hele deurmekaarspul ontrafel en alles is nou vir haar duidelik. Sy begin nou self opgewonde daarna uitsien om hierdie mooi nooi van Henk in lewende lywe te ontmoet. Hulle moet dit vir haar baie aangenaam hier maak, sodat sy nie te teleurgesteld sal wees omdat Henk nie hier is nie.

Toe dit goed donker is, sluip die tweeling stilletjies uit die huis nadat hulle seker gemaak het dat tant An al gereed is om te gaan slaap. Hulle nader die pragtige asters versigtig.

Ongelukkig vir hulle onthou tant Babes op daardie oomblik dat sy nog nie haar plantjies wat sy teen die ryp wil beskerm, toegemaak het vir die nag nie, en die onvermydelike gebeur.

Sy kyk die skoolhoof se tweeling verbaas aan en kyk dan af op die paar asters in elkeen se hand wat duidelik toon wat presies hier aan die gang is. Voordat die verbaasde vrou nog 'n woord kan uitkry, is dit Tokkie wat opgewonde begin verduidelik.

"Ag, tannie, moenie vir ons kwaad wees nie. Ons wou net so 'n paartjies pluk. Tannie sien, ons wil hê die huis moet mooi lyk môre, want Pa se meisie kom kuier en . . ."

"Ons wou nie regtig steel nie, tannie," val Bokkie ook weg. "Ons wou net so 'n paartjies in haar kamer sit en . . ."

Die vrou glimlag. Teen hierdie tyd ken almal al die tweeling. Hulle was die afgelope tyd redelik stil, maar dit sal mos darem nie die eerste keer wees dat hulle in haar asterakker of in haar vrugtetuin besoek aflê nie! Sy glimlag nou, maar tog fronsend. "Natuurlik kan julle maar 'n paar astertjies kry, kinders. As julle kom vra het, sou ek julle 'n hele arm vol gegee het." Die twee lyk skuldig en skaam. "Maar vir wie, sê julle, wil julle die blomme hê?"

"Vir . . . vir . . . Pa se meisie wat kom kuier, tannie."

"Jul pa se . . . meisie?" Die vrou lyk openlik ongelowig, en Bokkie verduidelik heftig.

"Dis waar, tannie. Pa se regte meisie kom kuier môre vir ons. Tannie sal haar nog sien."

"O." Sy klink nog steeds skepties. "Wie is dié meisie?"

"Dis tannie Lara, tannie. En sy gaan nog ons ma word. Tannie sal self sien."

"O." Hierdie keer klink sy oorbluf. Sy het nooit geweet Henk Beukes het 'n vaste meisie nie, en volgens die tweeling gaan hulle beslis trou. Sy glimlag nou en sê vriendelik: "Nou toe, kom ons pluk vir haar 'n bos van die mooiste asters. Wat sê julle is haar naam?"

"Tannie Lara Kirsten. Sy is vreeslik mooi, tannie."

"Hou julle van haar?" word daar tussen die blomme-plukkery deur gevis.

"O ja, tannie! Sy is vreeslik gaaf."

"Dan moet julle haar een oggend vir tee bring, hoor? Ek sal haar graag wil ontmoet en laat tuis voel aangesien sy ons skoolhoof se vrou gaan word. Jul pa het so baie vir ons skool gedoen."

"Goed, tannie. Ons sal, tannie. Baie dankie vir die blom-me, tannie. Ons . . . ons is jammer . . . Ons sal volgende keer kom klop en vra, ons belowe."

"Goed, kinders. En onthou nou om julle . . . e . . . aan-staande nuwe ma vir my te kom wys, hoor?"

"Waar draai jy so lank?" wil haar man weet toe sy weer binnekom, en tant Babes lag.

"Ek betrap toe netnou die tweeling hier in my asterak-ker," lig sy haar man in en vertel hom dan.

Hy skud ook maar net sy kop laggend. "Ai, dié tweeling darem! Maar wat dan van die juffrou wat so hard vlerk-sleep by Henk Beukes? Ek het gedink sy gaan hierdie slag die paal haal."

"Dit klink nie so volgens die tweeling nie. Ek het eers gedink dis sommer 'n storie wat hulle uit hul duim suig, maar hulle het tot die vrou se naam genoem. Dis ene me-vrou Lara Kirsten, en sy kom glo môre. Ek het hulle gesê hulle moet haar bring vir tee. Ek hoop hulle doen dit."

Haar man neem weer sy koerant op. "Wel, ek is bly

vir Henk Beukes se onthalwe dat hy weer gaan trou. Die tweeling het 'n ma nodig en hy is nog sommer 'n jong man. Hy moes lankal weer getrou het."

"Ja. Wag, ek wil tog net gou vir Martjie bel en hoor of sy hiervan weet. Dis die eerste woord wat ek vanaand hoor dat Henk Beukes 'n onbekende meisie het. Net gister nog het Martjie gesê hy sal maar seker met Estelle Huizeman trou. Daar wag vir haar 'n verrassing!"

En so, nog voordat die trein die klein stasie van Jagershoek binnestoom, weet 'n groot deel van die dorp al dat Henk Beukes se aanstaande vandag hier aankom. Nie dat jy hulle kan kwalik neem nie. Henk is 'n baie gewilde en geliefde persoon in die gemeenskap en dis met groot waardering dat hulle onthou hoe hy hul kwynende skool weer opgebou het. Almal het nog altyd gevoel hy behoort weer te trou, en nie net ter wille van die tweeling nie, maar ook van homself. Hy is so 'n gawe, goeie mens. Hy verdien om weer huweliksgeluk te smaak.

Heimlik is 'n hele klompie ook bly dat sy keuse dus nie Estelle Huizeman is nie. Dit wou al die afgelope tyd so begin lyk het, en hoewel hulle niks teen haar kon sê nie, het baie gevoel dat sy nie die regte vrou vir Henk sal wees nie. Hy is altyd so nederig, sonder enige aansit, en Estelle Huizeman is 'n dame, het hulle gevind, wat maar soms haar neus goed in die lug kon hou. Nee, een en almal wat die nuus verneem, is bly om te hoor dat Henk Beukes eindelik 'n keuse gedoen het en dat dit volgens sy dogters sommer 'n agtermekaar een is.

Toe hulle die vorige aand terug huis toe gestap het met die arms vol asters, het nie een van die twee so ver gedink dat wat hulle in groot nood kwytgeraak het, soos 'n veldbrand deur die dorp sou versprei nie. Nie dat hulle eintlik, as hulle moes weet hoe daar bespiegel word oor die jongste nuus van die dorp, veel sou omgegee het nie. By hulle is dit mos al lankal 'n uitgemaakte saak dat hul pa en tannie

Lara wel sal gaan trou. Al wat van hul planne nog afgehandel moet word, is die bymekaarbring van dié twee. En dit is reeds in wording. Daar kom die trein om die draai. Tannie Lara is reeds hier, hier op Jagershoek. Oor nou al minder as tien dae sal Pa van die jagtog af terugkom en dan . . . wel, dan is die saak afgehandel.

Die trein kom tot stilstand en twee paar gretige, sterreblinkende blou oë staar gretig, angstig soekend met die waens langs af. Elke oomblik nou . . .

"Daar's sy! Daar's sy! Daar is tannie Lara!"

8

Die tweeling storm vorentoe en kom dan voor die vrou tot stilstand waar sy hulle glimlaggend staan en inwag.

Hulle kyk na mekaar – die twee paar kinderoë vas en reguit, en Lara besef dat sy op hierdie oomblik aan die strengste toets onderwerp word. Sy word geweeg.

Sy, op haar beurt, kyk na die twee eenderse gesiggies hier voor haar, en dit krimp binne-in haar saam. Baie vlugtig verskyn daar twee ander eenderse gesiggies voor haar . . . Dan is dit of daar iets binne-in haar wyd oopmaak, en sy glimlag stralend.

Met kort gille van grenslose vreugde storm hulle in haar uitgestrekte arms in en sy druk die twee skraal lyfies teen haar vas, 'n arm om elkeen.

"O, tannie! Tannie!"

"O, tannie het gekom!"

"Stadig! Stadig! Julle verwurg my!" Sy maak haar laggend van die klouende arms los. "Ons moet eers my bagasie kry. Dan kan ons gesels."

"Ons sal dit neem, tannie. Oom Dries kan die ligter goedjies dra. Hy is al oud."

"Oom Dries?"

"Dis die oom met die taxi. Daar's hy. Hier, oom Dries! Hier's ons!"

Toe die ou oom hom by hulle aansluit, kyk hy nuuskierig na die mooi jong dame voor hom. Mag, maar sy is 'n beeld van 'n mens! "Dis tannie Lara, oom. En dis oom Dries, tannie."

Lara glimlag vriendelik. "Aangename kennis, oom Dries. Ek het darem nie te baie goed nie. Net twee koffers en nog een kleintjie."

Die tweeling gryp elkeen 'n groot koffer en oom Dries tel die kleiner een op. Toe hulle by die taxi kom, druk hulle Lara agterin en spring weerskante van haar in. Spontaan en kinderlik nestel hulle teen haar vas, en haar arms gaan werktuiglik om hulle.

Binne-in Lara Kirsten word dit vir die eerste keer werklik weer stil en rustig.

Vir die eerste keer voel sy weer dis die moeite werd om te lewe; besef sy dat daar tog nog baie mooi dinge in die lewe vir haar oorgebly het, ondanks haar groot verlies. Sy glimlag af in die bewonderende oë.

"Ek sien die klere pas toe darem," merk sy op en hulle glimlag ingenome.

"Ons het dit spesiaal vandag aangetrek! O, dis die mooiste, mooiste klere wat ons nog gehad het! Dankie, tannie!"

"Ja, baie dankie, tannie," beaam Bokkie ook en hulle druk van weerskante af op elke wang 'n soen.

"Ek is bly julle hou daarvan. Ek het toe vir my presies net so een gekoop."

Hul oë rek verras. "Tannie bedoel tannie het vir tannie self ook so 'n langbroek en hemp gekoop?"

"O ja! Dis mos nou hoog in die mode! En dis lekker klere as 'n mens sommer net wil ontspan."

Bokkie kry amper die piep van ingenomenheid. 'n Ma wat saam met hulle klinknaelbroeke gaan dra! O, heerlik!

Heerlik! Waar is ou Snuffelpot nou? Sy trek mos haar neus vir daardie soort kleredrag op. Sê mos dames dra nie sulke klere nie. Haar blik keer terug na die deftige vrou hier langs haar. Dit wys jou maar net. Sy weet net mooi niks. Tannie Lara lyk 'n groter dame as wat sy ooit kan hoop om te wees, en tannie Lara het vir haarself ook sulke klere gekoop soos wat sy vir hulle present gestuur het.

"Tannie, daar is net een ding voordat ons by die huis kom . . ." begin Tokkie half onseker.

"Wat is dit?"

Tokkie leun nader. Oom Dries is nou wel al meer as halfpad doof, maar darem. Baie geheimsinnig fluister sy hier teen Lara se oor: "Tannie, Pa het gesê ons moet vir tannie sê tannie moenie . . . moenie die mense vertel hoe . . . Pa en tannie mekaar leer ken het nie. Tannie weet mos – deur daardie hoekie-ding."

"So?" Lara kyk op haar af. "Hoekom nie?"

Bokkie luister van die ander kant af. "Hulle hoef nie te weet nie. Tannie moet nie eens vir tant An vertel nie, hoor, tannie? Ons het haar vertel tannie en Pa het mekaar by vriende ontmoet."

Lara knik en kan die geamuseerde glimlag nie keer nie. Sy glo goed dat die skoolhoof dit nie bekend sal wil hê dat hy ook eenkeer van daardie "hoekie-ding" gebruik ge- maak het nie! "Goed. Ek sal niemand sê nie. Ek belowe," sê sy plegtig, en die tweeling slaak elkeen 'n onhoorbare sug van verligting. Nou is alles veilig.

"Hier is ons, tannie. Daar staan tant An op die stoep."

Soos oom Dries, sê tant An stilswyend aan haarself toe die tweeling, so trots soos twee poue aan weerskante van Lara, die stoeptrap opstap en haar voorstel: Mag, maar Henk het vir hom 'n mooi vrou uitgesoek!

"Ek is so jammer Henk is nie nou hier nie, mevrou. Hy sal tog . . ."

"O, dis alles reg, tante. Ek gee glad nie om nie. Ek en die

tweeling gaan hierdie tydjie baie geniet." Sy glimlag gerusstellend. "Noem my sommer Lara, tante. Ek hoop u gee nie om dat ek u sommer dadelik tant An noem nie."

"Natuurlik nie, me . . . Lara. Ons is mos so te sê familie," lag die ou tante en Lara frons liggies, ontspan dan weer. Dis waar. Sy het tant An al so goed leer ken deur die tweeling se briewe dat hulle wel so goed soos familie is.

Dis die tweeling se voorreg om Lara haar kamer te gaan wys, en hulle lag bly toe sy dadelik die pragtige bos asters raaksien. "O, waar kry julle dit? Dis pragtig!"

"Ons het dit spesiaal vir tannie se kamer gaan st . . . e . . . gekry. Dis tannie Babes wat sulke mooi blomme het. Sy het ons sommer 'n arm vol gegee. Sy het gesê ons moet vir tannie bring om by haar tee te drink," verduidelik Bokkie.

Tokkie voeg by: "Ons moet gou daar gaan tee drink, hoor, tannie? Sy bak die lekkerste koeksisters van al Jagershoek se baasbaksters."

Lara lag en daar waar dit so lank koud en dood was, is dit meteens weer warm en polsend en lewendig. "Dan sal ons regtig moet gaan!" Sy draai na hulle. "Maar sê nou eers vir my wie is Tokkie en wie is Bokkie."

Hulle lag. "Ek is Tokkie en dis Bokkie, maar tannie sal nie onthou nie. Selfs tant An raak nog soms met ons deurmekaar en sy het ons so te sê grootgemaak."

Lara skud haar kop. "O nee. Ek sal onthou. Ek is gewoond daaraan om eenderse dogters uit mekaar te ken. Ek het mos self twee gehad." Weer voel Lara 'n verwondering in haar opstoot. Dit het nog altyd so intens seergemaak wanneer sy van haar kinders gepraat het. Maar nou . . . Dis nog seer, nog baie teer, maar . . . daardie verblindende, verterende pyn wat elke keer deur haar geskeur het, is hierdie keer nie daar nie. Sy kan selfs glimlag. "Moet dus nie dink julle sal my kan kul nie, hoor? Ek weet nou presies wie is Bokkie en wie is Tokkie. Wil julle my toets?"

Dit word 'n interessante speletjie en tot die tweeling se

verbystering het hierdie tannie van hulle inderdaad nie sommer net gepraat nie. Sy wys hulle elke keer reg uit, hoe hulle ook al omruil terwyl sy met haar rug na hulle staan. Hul bewondering bereik groot hoogtes. Hul nuwe ma is nie net mooi nie, sy is sommer baie slim ook, want net 'n baie slim mens kan hulle twee so dadelik van mekaar onderskei.

Dis die eerste ding wat tant An ook hoor toe hulle die kombuis binnekom om tee te drink. "Tant An, tannie Lara weet sowaar al wie is wie!"

"Ja, regtig, tant An. Ons het haar getoets!"

Tant An glimlag. "Kom sit, Lara. Jy kry meer reg as ek. Ek kon nog nooit heeltemal sê wie is wie nie."

"Dis eintlik baie maklik, tante. Ek sal u later sê hoe om hulle maklik te onderskei," sê sy tergend, maar daarmee is die tweeling nie tevrede nie.

"Ons wil ook weet. Ag, sê vir ons ook, asseblief!"

"Nou goed. Kom staan hier langs mekaar. Kyk, tante. Tokkie het 'n klein, fyn merkie bokant haar regteroog en Bokkie het nie. Sien, tante?"

"O, dis waar sy daardie tyd uit die boom geval het. 'n Stok het daar ingesteek," laat Bokkie hoor, en tant An skud haar kop.

"Nee wat, kind, my oë is al te sleg. Ek sal elke keer eers my bril moet gaan haal. Maar solank jy hulle net kan onderskei . . . Dit pas hulle soms baie goed dat niemand weet presies wie is wie nie."

"Wel, ek weet beslis wie is wie en hulle moenie dink hulle sal vir my om die bos kan lei nie."

Maar te oordeel na die tweeling se gelukkige gesiggies, gee hulle glad nie om nie.

Daardie aand spreek die tweeling hul bewondering telkens hardop uit terwyl hulle sit en toekyk hoe Lara haar klere uitpak en in die kas ophang.

"Dis baie mooier as ou Snuffelpot s'n," laat Tokkie hoor.

Lara vra, geamuseer oor al die byname wat sy al vanaand gehoor het: "Wie is ou Snuffelpot?"

"Dis . . . dis ons klasonderwyseres. Haar naam is eintlik Estelle Huizeman."

Lara trek haar wenkbroue op. "Dis darem nie 'n mooi manier om van 'n mens se juffrou te praat nie, Bokkie."

"Ja, maar tannie, sy . . . sy snuffel oral rond. Daar is nie 'n plekkie waar sy nie al gekrap het nie. In ons kaste . . ." Bokkie voel skielik Tokkie se waarskuwende blik op haar brand en sluk die res van die sin in.

"Ja? Wat van jul kaste?"

Tokkie dink vinnig. "Nee, sommer kaste in die klaskamer waar ons ou boeke bêre en so aan. Oe, tannie, dis darem 'n mooi rok daardie! Tannie moet eendag vir ons ook sulke mooi rokke koop."

Lara draai terug van die kas, haar oë tergend. "Ek het dan gedink julle kan nie rokke verdra nie en is net lief vir klinknaelbroeke."

Tokkie lag verleë. "Ja, maar as die rokke lyk soos tannie s'n . . . En die klinknaelbroeke wat tannie koop, is mooi. Dit lyk anders as die seunsbroeke wat ons altyd gedra het."

"En hoe kry tannie Lara tannie se hare so mooi? En waarmee was tannie hulle? Hulle blink soos . . . soos opgevryfde goud," vul Bokkie bewonderend aan, en Lara glimlag teer. Dis dingetjies wat meisies van hulle ouderdom al lankal by hul ma's geleer het, maar . . .

"Ons kan môre jul hare was, dan sal ek julle wys. Dis 'n spesiale soort sjampoe wat die hare voed en gesond hou. En dan blaasgolf ons jul hare nes myne."

"Blaasgolf?"

"Ja. Jy kam dit met 'n borsel terwyl dit nat is en terselfdertyd maak jy dit ook droog met 'n haardroër. Dan hang die punte so netjies omgekrul na onder. Ons sal miskien net so 'n bietjie aan jul hare moet knip om dit vorm te gee."

"O ja, tannie!"

Lara word byna ingesluk deur die twee glimlagte. "Oe, dis lekker om tannie hier te hê! Ag, tannie moet sommer laaaaank by ons kuier, toe, tannie?" word gesoebat.

Lara frons effens. Dis een van die dinge waaroor sy nie helderheid het nie. Hoe lank verwag hierdie kinders se pa moet sy hier kuier? Sy veronderstel totdat hy terugkom . . . of sou hy verkies dat sy voordat hy hier aankom weer weg moet wees?

Tant An kan nie anders as om op te merk hoe die tweeling die kuiergas aanhang en elke woord van haar indrink en elke beweging van haar bewonderend dophou nie. Die bietjie ontsteltenis wat nog in haar oorgebly het oor hierdie geheimsinnige vriendin van Henk, verlaat haar heeltemal. Daar bestaan geen twyfel nie. Die tweeling dink die son skyn uit haar uit, en hoe meer tant An haar sien en na haar luister, haar self ook dophou en sien hoe sy die tweeling beheer en heeltemal verower, weet sy dat sy nou maar met 'n geruste hart haar plek in die ouetehuis kan gaan bespreek.

Henk het hier 'n vrou uit een stuk. Enkele ure ná kennismaking weet sy dat Henk en die tweeling drie baie gelukkige mense is om Lara Kirsten deel van die gesin te kan maak. Nou kan tant An ook begryp hoekom Estelle Huizeman geen hond haaraf met hulle kon maak nie. Daar is net geen vergelyking tussen die twee vroue nie.

Toe die tweeling eindelik daardie aand oorreed word om te gaan bad en slaap – nadat die godin van volmaaktheid, in hul oë, van haar lekkerruikgoed in hul badwater gegooi en die tweeling vir die eerste keer die luuksheid van 'n borrelbad gesmaak het – sit tant An en die gas nog 'n kort rukkie en gesels.

Natuurlik kan tant An sterf van nuuskierigheid om die hele verhaal agter alles te hoor, maar sy voel darem ook aardig om sommer die vrou trompop te vra. Sy vis maar so verlangs uit en Lara dink eers goed na voordat sy antwoord, want sy wil onder geen omstandighede die baas van die huis in verleentheid bring nie. Daarom omseil sy baie vragies en wat sy wel vertel, laat tant An nie veel wyser word nie. Teen die end van die aand weet sy ook maar nog net soveel as wat sy aan die begin geweet het – dat hulle 'n paar maande gelede by vriende aan huis ontmoet het; dat hulle sedertdien korrespondeer en . . . dis al.

Natuurlik verwys tant An glad nie na die tweeling se praatjies dat daar al trouplanne in die vooruitsig is nie. Lara en Henk sal self die nuus aankondig wanneer hulle so voel. Maar tant An se hart is warm en gelukkig daardie aand toe sy gaan slaap. Lara Kirsten is 'n waardige opvolger vir Marlene. Henk is 'n baie gelukkige man om vir 'n tweede keer in sy lewe 'n vrou van daardie gehalte te kry.

En, foei tog, dink tant An met medelye. Sy is nog jonk, maar het ook al deur diep waters gegaan. Tant An het stil gesit en luister toe Lara haar van die ongeluk vertel het en al meer oortuig geraak dat Henk nie 'n pasliker lewensmaat vir hom kon uitsoek as hierdie vrou nie. Sy moes, nes hy, al 'n lewensmaat aan die dood afstaan. Dis 'n soort smart wat hulle albei ken, 'n paadjie wat albei al gestap het. En Lara het self ook tweelingdogters gehad. Die tweeling sal dus 'n ma kry wat tweelinge verstaan. Dat sy beslis weet hoe om hulle te hanteer, is ook seker. Nee. Die ou tannie het geen vrese hoegenaamd meer oor Henk en die tweeling se toekomsgeluk nie. Dis veilig in Lara Kirsten se hande.

In haar kamer lê Lara nog lank wakker en luister na die stilte om haar. Dis amper met verwondering dat sy terugdink aan haar gesprek met tant An. Dis die eerste keer dat sy so kalm oor die ongeluk en haar groot verlies kon praat. En terwyl sy daarvan vertel het, was dit met getemperde smart. Ook nou, terwyl sy haar dierbares weer in herinnering roep, is dit nie met daardie allesoorheersende, verskeurende pyn in haar nie. Ook nie met daardie wanhopige gevoel dat die lewe niks meer verder vir haar inhou of ooit sal kan inhou nie.

Nee. Weliswaar blink die trane in haar oë weer soos netnou toe sy tant An daarvan vertel het. Maar dis trane wat nie rol nie; trane wat opstoot uit 'n getemperde hartseer en 'n hart wat eindelik aanvaar en berus het. Hulle sal nooit vergeet word nie, en hulle sal altyd deel van haar bly – 'n mooi, soet, volmaakte herinnering in 'n spesiale hoekie van haar hart. En sy sal haar liewer nie meer in die toekoms blind staar teen die verlies van hulle nie, maar veel eerder met waardering en groot dankbaarheid die paar jaar koester wat sy bevoorreg was om hulle te kon hê.

Daar waar hulle nou is, het hulle haar nie meer nodig nie. Maar daar is ander wat haar nodig het, ander aan wie sy die warmte van haar hart kan gee. Dis in hierdie eerste nag in Henk Beukes se huis dat Lara 'n groot waarheid ontdek. Dikwels moet God jou dierbares se oë vir ewig sluit om joune oper te kry. 'n Mens is so geneig om selfsugtig te wees wanneer jy binne-in 'n gelukkige gesinskring staan.

Dis eers wanneer hierdie kring verbreek is dat jy die ander om jou raaksien wat jou ook nodig het, wat ook warmte en liefde en begrip soek. Lara besef in hierdie stil, nagtelike ure op Jagershoek dat 'n hart nooit só vol kan word dat daar nie meer plek is vir nog ander nie. 'n Hart is soos die hemel – dit kan nooit 'n punt van versadiging bereik nie. Ook kan dit nooit net met smart, hoe diep ook al, gevul word nie. Daar is altyd nog plek vir lewensblyheid en dankbaarheid.

En, wonderlik, vanaand in hierdie vreemde huis, ervaar sy vir die eerste keer nie daardie gevoel van alleenheid nie.

Dis met 'n dankbare hart dat sy eindelik omdraai en rustig aan die slaap raak.

Toe sy die volgende oggend haar oë oopmaak, kyk sy vas in twee paar blou oë wat aan weerskante van haar bed sit. Sy glimlag lui vir hulle en met kort gilletjies spring hulle aan weerskante van haar in. Dis nie lank nie, of tant An is verplig om te kom kyk wat die oorsaak van die rumoer is. Dis 'n gegil en gelag en gekielie van die ander wêreld toe sy met die koppie koffie in die deur verskyn, en weer word haar hart warm. Hoe gelukkig lyk die kinders tog! Dis of daar sedert gister 'n lig binne-in hulle aangesteek is.

Die res van die oggend word bestee aan hare knip en was en ook tant An moet haar tevredenheid en ingenomenheid hardop laat hoor.

"Maar julle lyk dan nou gans anders, kinders! Soos regte dametjies!"

Terwyl die woord dametjies in die verlede hul nekhare laat rys het, glimlag die twee nou van oor tot oor, baie duidelik hoogs ingenome met die gedaanteverwisseling wat hulle ondergaan het. Hulle is dan glad mooi!

"Oe, ek wens Pa kan ons nou sien! Hy sal ons g'n herken nie!"

"En daardie ou . . . e . . ." Tokkie glimlag soet na Lara op. "En ons klasonderwyseres! Sy sal nooit glo dis ons hierdie nie!"

"O ja, ek het amper vergeet. Mevrou Van Wyk het gebel om te verneem of jy al aangekom het en gesê ons moet vanmiddag by haar kom tee drink. Maar julle drie moet maar gaan. Ek wil tog nie my storie vanmiddag oor die radio mis nie. Dit staan nou end se kant toe."

"Dis die tannie wat die mooi asters het," lig Bokkie in, en Lara glimlag.

"O ja! Dié een wat ook die lekkerste koeksisters hier bak!"

"Ja! Ons gaan, tannie, nè, tannie?"

"Ek sal moet gaan dankie sê vir die pragtige asters. Ja, ons gaan. Kom ons gaan kyk wat ons gaan aantrek."

Al huppelende langs Lara gaan hulle die gang af en tant An skud haar kop. Ai, dis sommer of die huis skielik heeltemal anders is, voller en lewendiger. Sy klik haar tong. Henk moes ook nou net hier gewees het. Maar toe maar . . . Oor 'n paar dae kom hy terug.

Babes van Wyk kyk verras na die aantreklike en smaakvol geklede dame voor haar toe sy haar voordeur oopmaak. Dan gaan haar blik na die twee gesigte wat skouerhoogte aan weerskante van die vreemde jong vrou staan, en sy moet nog 'n slag kyk voordat sy die tweeling herken. Haar verbasing en bewondering is openlik en eg.

"Maar ek het julle byna nie herken nie, julle twee japsnoete! Kyk hoe pragtig lyk julle! En waar kom julle aan daardie pragtige stelle langbroeke en hemde? Dis beslis nie hier gekoop nie."

Die tweeling glimlag weer van oor tot oor. "Dis tannie Lara wat dit vir ons met ons verjaardag gestuur het, tannie. En dis sy wat ons hare geknip en só gemaak het."

Babes van Wyk se blik keer terug na haar gas en hulle glimlag teenoor mekaar. "Dis wonderlik wat die een mens so maklik kan regkry terwyl die ander vergeefs probeer. Estelle Huizeman probeer nou al vir maande van hierdie twee iets maak, en hier kom jy en kry dit in een dag reg. En dit nogal met hul volle samewerking! Gee jy om as ek vir jou sommer Lara sê?"

"Nee, glad nie. Maar . . . hoe bedoel . . .?" Die waarskuwing in die tweeling se oë weerhou haar om verder op die saak in te gaan. Sy draai haar woorde vinnig om. "Ek wou nog baie dankie sê vir die pragtige asters in my kamer."

Hierdie keer draai die tweeling hul volle blik weer na die gasvrou, en terwyl die monde besig bly met die koeksisters, pleit die oë openlik. Die bankbestuurder se vrou glimlag gerusstellend. "Die tweeling wou so graag blomme vir jou kamer gehad het. Hier is nog baie. Ek sal môre of so weer vir jou 'n klomp stuur."

Die tweeling kyk mekaar verlig aan, en Lara maak asof sy niks agtergekom het nie.

"Gaan jy nog 'n hele rukkie hier kuier, Lara?"

"Dis nog nie seker hoe lank nie. Dit hang alles af . . ."

Babes van Wyk glimlag en knik. Natuurlik. Sy verstaan. Henk Beukes moet eers terugkom en dan sal hulle natuur-lik die finale reëlings vir die troue begin tref.

"Jy moet in elk geval weer kom kuier voordat jy terug-gaan. Ons is almal so bly om jou hier te hê." Weer voel sy die volle gloed van die tweeling se blou oë op haar en weer glimlag sy begrypend. Nee. Sy sal nie verraai dat die tweeling hul monde verbygepraat het nie! " 'n Nuwe gesig is altyd baie welkom op Jagershoek. Ons is maar 'n klein klompie hier."

"U is baie vriendelik, mevrou. Baie dankie. Ek sal seker-lik weer kom. Nou sal ons moet gaan voordat daardie bak koeksisters regtig alles op is!"

Babes van Wyk lag goedig. "Ag, laat hulle maar eet. Die arme goedjies het nie 'n ma gehad wat vir hulle sulke lek-kernye kon bak nie. Wag so 'n oomblikkie. Ek gaan kry net 'n bakkie, dan sit ek die res vir julle daarin om saam te neem."

Toe hulle weg is, glip Babes gou agterom na die bank. "Sy het toe gekom!" kondig sy aan en haar man en die res van die bankpersoneel luister met belangstelling. "Estelle Huizeman kan gaan slaap teen haar! En julle moet daardie tweeling sien!"

Onbewus daarvan dat sy die onderwerp van bespreking op die dorp geraak het, stap Lara en die tweeling terug huis toe. Die tweeling is twee tevrede mensies met mae knuppeldik van die heerlikste koeksisters en harte vol van die wete dat tannie Babes, en so sal ook die res van die dorp, ook van hul tannie Lara hou. Nee wat, hulle gaan sommer almal van nou af lekker hier saambly. Daar is net geen probleme meer nie.

Tant An het ook intussen haar stories oor die radio klaar geluister en sy en tant Sofie, haar buurvrou, staan sommer oor die draad tussen die twee erwe en gesels.

"Nee, mens, ek sê jou, ek weet self nie van wanneer af dié vryery aan die gang is nie. Sy is net so geheimsinnig. Laat niks blyk nie. En Henk het natuurlik die tweeling die dood voor oë gesweer as hulle hieroor uit hul beurt praat. Maar dat sy darem 'n agtermekaar vrou is, is seker. Henk is self 'n agtermekaar man, maar hy kan sy ou skoene agternagooi om haar te kry. En so 'n liewe mens! Nee, vrou, ek weet glad nie wanneer die trouery sal plaasvind nie, maar seker darem nie meer oor lank nie. Hy praat al 'n hele rukkie in daardie rigting, maar ek wis mos niks van hierdie vrou af nie. Dog hy praat van juffrou Huizeman."

"Maar, An, vir wat sal die man dan nooit eens haar naam vir jou genoem het nie? As sy dan so 'n pragtige mens is, hoekom wou hy haar half wegsteek, soos dit lyk?"

"Ag, Sofie, moet nou nie weer stertjies aansit nie! Hoekom sou hy haar wou wegsteek? Jy is laf. Elke man sal trots wees om Lara as nooi te hê. Nee, man, dis maar nes Henk is. So ken ek hom al die jare wat ek hier by hulle bly. Praat mos nie. Hy is mos nie 'n man wat met sy hart op sy mou rondloop nie. Nee. Hou maar alles diep binne homself."

"Ja, dis waar. Ek onthou nog soos die dag van gister hoe hy daar langs sy oorle vrou se ope graf gestaan het. Doodstil en wasbleek. Foei tog, ek is bly hy het nou weer 'n lewensmaat gekry. Die twee arme wesies sal nou ook weer 'n ma hê."

So gaan die gesels die hele dorp deur en almal stem heelhartig met tant Sofie saam: dis goed dat Henk Beukes weer 'n lewensmaat gaan kry, en die twee wesies 'n ma.

112

Toe hulle tuis kom, keer Lara die tweeling in hul slaapkamer vas. Daar is 'n ligte fronsie tussen haar wenkbroue.

"Ek wil net graag duidelikheid oor 'n sekere puntjie kry, julle twee. Mevrou Van Wyk het vir my iets snaaks kwytgeraak. Wat het sy bedoel dat juffrou Huizeman al maande lank probeer om van julle iets te maak? Wat presies is juffrou Huizeman van julle?"

"Ons klasonderwyseres, tannie. Ons het mos . . ."

"Dis nie wat ek bedoel nie. Is sy en jul pa baie goed bevriend?"

9

Die tweeling kyk mekaar vinnig aan, dan weer terug na haar, en elke oog rek omtrent soos 'n piering.

"Tannie . . . tannie bedoel of sy Pa se meisie is?"

Lara glimlag effens. "Wel, ja, 'n mens kan dit seker so ook stel."

"Ou Snuffelpot Pa se meisie? Oe, tannie, nooit in der ewigheid nie!"

"Nee, nooit nie, tannie!"

Lara frons weer. "Hoekom is so 'n gedagte vir julle so vreeslik onmoontlik? Dit kan tog seker wees, nie waar nie?"

"Nee, tannie, dit kan nooit wees nie!" laat Tokkie heftig hoor. "Sy is 'n oujongnooi . . ."

"Wat maak dit saak?"

"Maar sy is al stokoud!" laat Bokkie hoor, en Lara kyk hulle skerp aan. Iets vertel haar hier is iets nie so pluis nie. Die tweeling keer te heftig.

"Hoe oud is stokoud, Bokkie? Is sy al naby tagtig?"

"Nee, darem nou nie so stokoud nie, maar . . . al oor die dertig."

113

Lara kan die huiwering van 'n glimlag nie keer nie. "Werklik al so oud? Maar darem nie te oud vir jul pa nie, of hoe? Hoe oud is hy?"

"Sewe en dertig," word dit onwillig erken.

"Nou ja." Sy sien die gesiggies bot word, en sy wil eers die ondervraging staak. Maar aan die ander kant moet sy weet hoe die vurk in die hef steek. Sy oortree dalk op 'n ander vrou se terrein. Hierdie gedagte het eers vanmiddag ná die besoek aan die bankbestuurder se vrou by haar opgekom, en dit ontstel haar. Sy het nog net nooit vroeër aan daardie moontlikheid gedink nie. 'n Man wat om hulp soek op so 'n manier soos waarvan hy gebruik gemaak het, sal dit nie doen as hy 'n goeie vriendin het nie. Dan is sy mos die aangewese persoon om hom te help. Daarom het dit nog nooit by haar opgekom dat Henk Beukes miskien 'n nooi het nie. Maar nou . . .

"Bokkie, Tokkie, moenie vir my goed staan en wegsteek nie." Haar stem is nou streng en dra soveel gesag dat die tweeling agterkom dat hulle darem ook nie met hierdie gawe tannie sal kan maak soos hulle wil nie. "Ek kan natuurlik vir tant An ook gaan vra, maar ek het gedink ons vertrou mekaar en daarom sal ek liewer vir julle vra. Is juffrou Huizeman jul pa se spesiale vriendin of nie? Antwoord my!"

"Nee, tannie. Regtig, tannie! Dis nie so nie!"

"Ja-nee, regtig, tannie. Sy is nie Pa se meisie nie. Sy sal dit graag wil wees, maar sy is nié!"

"So? En hoe weet julle sy is nie?"

"Ons weet mos! Ons kan mos sien! Hulle vry nooit nie en . . ."

"Tokkie! Loer jy tog nie jou pa af nie?"

"Nee, tannie! Haai, nooit nie!" Tokkie lyk opreg geskok, maar Lara is nie gekul nie. Sy stap liewer van daardie punt af.

"Neem hy haar gereeld uit?"

114

Daarop kan hulle eerlik antwoord. Henk Beukes is nie 'n man wat baie aktief aan die sosiale geleenthede van die dorp deelneem nie.

"So nou en dan – en dan is ons meestal by. Pa gaan omtrent nêrens sonder ons nie." Die tweeling is opreg bekommerd. Dinge mag nie nou skeefloop nie!

"Regtig, tannie hoef nie bang te wees dat tannie in iemand anders se slaai krap nie. Pa het nog nooit 'n nooi op Jagershoek gehad nie. Tannie is die eerste . . ."

Lara kyk Bokkie weer skerp aan. "Wat bedoel jy – die eerste? Ek is nie jul pa se nooi nie! Ons ken mekaar nie eens nie!"

"Nee! Nee! Natuurlik, ja! Ek het dit nie só bedoel nie!" keer Bokkie vinnig en kyk benoud na haar suster. Mag, wat lol tannie Lara dan nou al verkeerde kant toe!

"Nee, tannie, sy bedoel maar net . . . e . . . net so min as wat tannie en Pa al iets met mekaar te doen gehad het, net so min het hy met enige ander vroumens te doen gehad," keer Tokkie glad.

"Tannie sien, ons het begin . . . e . . . groei . . . grootword . . . Ag, tannie weet mos wat ek bedoel. En toe het Pa dit maar goed gedink dat ou . . . e . . . juffrou Huizeman ons 'n bietjie help . . . e . . . tannie weet nou wat ek bedoel, nè? Ons het mos nou nie 'n ma wat ons van al die goeters kan vertel en wys nie en toe . . . toe help sy ons maar net 'n bietjie, tannie weet. Maar daar was nooit 'n gevryery . . . e . . . ag, ek bedoel 'n geslepery tussen hulle nie. Regtig nie, tannie!"

Lara kan teen wil en dank nie meer haar lag inhou nie. Sy skud maar net haar kop.

"Wat het sy toe alles vir julle geleer?"

"Hoe om 'n hemp te vou . . . Oe, tannie, dit was iets ysliks! Ons het dae en dae met een ou hemp gesukkel. En toe was dit hoe om 'n bed reg op te maak en ons moes begin rokke dra . . ."

"Ja, tannie kan in ons kaste kyk. Lelike ou goed. Ons hou niks daarvan nie. Kyk hier!"

Tokkie begin klere uit die kaste pluk en Lara moet stilswyend met hulle saamstem. Dis nie lelike klere nie, maar miskien tog te volwasse vir die tweeling wat eintlik nog maar hart en siel bloot net twee kinders is.

"Tannie sou vir ons baie mooier goed gekoop het," sê Bokkie met oortuiging en Tokkie beaam: "Ja. Die klere wat tannie vir ons koop, sal ons dra. Maar hierdie goed . . ."

'n Rukkie later kry hulle die kans om tant An alleen in die kombuis in die hande te kry. Hulle gaan staan styf aan weerskante van haar, elke oog groot van bekommernis. Tant An sal sowaar moet help!

"Tant An, tant Babes het vanmiddag uit haar beurt gepraat en nou dink tannie Lara ou juffrou Huizeman is Pa se meisie. Sy sal vir tant An ook daarna vra en dan moet tant An vir haar sê dit is nie so nie, hoor, tant An?"

"Ja, asseblief tog, tant An! Pa gaan kwaad wees as daar nou moeilikheid tussen hom en tannie Lara kom. Tant An moet haar vir seker sê daar is nie so iets nie!"

Tant An klik haar tong vererg. Ai, die mense kan darem soms dinge sê waaroor hulle nie nadink nie. Tant An het vir 'n oomblik totaal vergeet dat sy, soos die res van die dorp, ook vas geglo het Estelle Huizeman is Henk se nooi en dat hy eendag seker maar met haar sal trou. Noudat Lara op die toneel verskyn het, is daar egter nie meer sprake van so 'n moontlikheid nie. En natuurlik sal Henk baie kwaad wees as daar nou moeilikheid tussen hom en hierdie lieflike mens moet kom en dit oor ongegronde skinderstories!

"Natuurlik, kinders. Ek sal haar sê dis twak. Juffrou Huizeman het julle mos maar net so 'n bietjie touwys gemaak. Dit was mos maar al."

"Presies, tante! Maar dit lyk nie of sy ons glo nie."

"Nee, dit lyk kompleet of sy nou wil glo dat Pa 'n verhouding agter haar rug met ou Huizeman gehad het. Daar was mos nooit so iets nie! Pa sal mos nooit na 'n ander vrou kyk as hy vir tannie Lara kan kry nie, nè?"

"Natuurlik nie!" beaam tant An met oortuiging. "Hy sal nie reg wys in sy kop wees nie. Toe maar, kinders. Ek sal haar gerusstel. Moenie bekommerd wees nie."

Toe Lara daardie aand, nadat die tweeling nog onwilliger as die vorige aand bed toe is, die saak versigtig ophaal, is sy nie bewus daarvan dat tant An vir haar gereed is nie.

"Ek verstaan van die tweeling dat hul klasonderwyseres hulle die afgelope tyd 'n bietjie gehelp het, ek bedoel nou met klere koop en dies meer."

"Ja, kind, sy het, want ek is tog al te gedaan vir daardie dinge en Henk weet natuurlik niks daarvan af nie. Toe moes hy haar maar vra of sy nie die kinders 'n bietjie leiding sal gee nie."

"O." Lara aarsel, vra dan versigtig: "Was dit maar al? Ek het gedink dis miskien omdat hy . . . hulle . . . wel, hoe sal ek sê . . .?"

"Ag nee, wat, Laratjie, dit was regtig al. Hy het haar so 'n paar keer uitgeneem konserte toe en so aan, maar dit was maar net om darem sy dankbaarheid te toon. En die tweeling was meestal saam. Nee wat, my kind. In al die jare vandat sy vrou oorlede is, het Henk nog nooit werklik belangstelling in enige vrou getoon nie. Hy werk hom byna dood en as hy 'n kansie kry, gaan speel hy tennis en verder het hy sy kinders. Nie dat daar nie al baie was wat hul uiterste bes gedoen het om hom weer hok te slaan nie," lag tant An. "Hy is mos darem 'n oulike man. Soms het hy al 'n meisie êrens heen saamgevra, want dis ook nie lekker om altyd alleen na 'n plek te gaan nie. Maar wat, hulle het gou genoeg agtergekom hulle sal maar op 'n ander plek man moet gaan soek. Nee, wat, hartjie. Wie jou ook al vertel dat daar iets tussen Henk en juffrou Huizeman is of was, praat deur sy nek. Ek verseker jou daar is nie so iets nie."

"O." Lara se stem klink openlik verlig en sy erken ook: "Ek was net bang dat ek dalk kom indring . . . Ek wil tog nie moeilikheid maak nie of . . ."

"Ek verstaan, Laratjie, en natuurlik hoef jy nie bang te wees nie. Henk sal nooit na 'n ander vrou kyk nie. Nou wag, ek gaan maak eers vir ons 'n bietjie tee voordat ons gaan slaap."

"Nee, wag, tante. Sit nou rustig en dan gaan maak ek vir ons tee."

Tant An kyk haar liefdevol agterna totdat sy in die kombuis verdwyn. Wat 'n liewe kind! Ag, sy is darem so dankbaar dat Henk weer so 'n vrou raakgeloop het! In die kombuis frons Lara liggies by haarself terwyl sy in 'n dwaal die tee maak. Dié Henk Beukes word vir haar by die dag 'n geheimsinniger en, in alle eerlikheid, onverstaanbaarder mens. Die man se vrou is al sewe jaar gelede dood, en tant An het so absoluut seker van haar saak geklink toe sy netnou gesê het hy sal nooit weer na 'n ander vrou kyk nie. Dis eintlik onnatuurlik. Al het hy ook sy vrou hoe liefgehad, is sy dood en hy bly 'n man van vlees en bloed. Die lewe gaan voort.

Haar hande raak stil op die teepot. Maar dit geld seker ook vir haar. Daan is dood en die lewe gaan voort. Vir die eerste keer dink sy daaraan dat daar miskien êrens vorentoe weer 'n lewensmaat wag. Henk Beukes het sy werk en sy kinders waarin hy hom kan uitlewe. Maar sy? Sy het niks oorgehou nie.

Vir die eerste keer begin sy werklik aan die mens Henk Beukes dink. Tot nou toe was hy net 'n skadubeeld agter die tweeling. Hy is hul pa, maar hy het nog nooit gestalte by haar aangeneem nie.

Eintlik was hy net 'n abstrakte soort begrip vir haar. Haar frons verdiep, maar vergeefs probeer sy sy gesig helder voor haar oproep volgens die foto wat hy vir haar gestuur het. Om die waarheid te sê, sy het kwalik daarna gekyk voordat sy dit vir Thelma gegee het. Sy het net oë en belangstelling vir die tweeling se foto gehad. Sy onthou nou Thelma het gesê dat hy 'n aantreklike man is, of so iets, maar sy het geen aandag gegee nie. Nou is sy jammer daaroor, want sy voel meteens nuuskierig oor hierdie man.

Ingedagte begin sy haar tee drink. In elk geval, dit maak ook nie saak nie. Sý het tog geen persoonlike belangstelling in hom nie, dus . . . Sy glimlag. Juffrou Huizeman is welkom. Net . . . Sy frons weer. Hoe gaan dit haar verhouding met die tweeling raak as hul pa weer 'n vrou vat? Dit het vir haar ondenkbaar geword, veral noudat sy hulle persoonlik leer ken het, dat hulle weer uit haar lewe moet verdwyn.

Eers daardie aand, toe tant An al amper aan die slaap is, onthou sy dat Henk, voordat hy weg is, gepraat het dat hy en die tweeling die laaste deel van die vakansie by juffrou Huizeman op haar ouers se plaas gaan kuier. Tant An frons verward. Dan ontspan sy weer. Ag, sy het hom seker maar verkeerd verstaan. Wat sal hy by juffrou Huizeman gaan kuier as hy so te sê op trou staan met die lieflike Lara? Nee, sy moet hom verkeerd verstaan het.

Die volgende dag toe die tweeling Lara die dorp gaan wys en so pronkerig soos twee poue saam met haar deur Jagershoek se strate stap en sien hoe die mense hul koppe draai, gewaar hulle ook vir Sannie Bester. Die twee kyk na mekaar en toe Sannie reg oorkant hulle kom, laat Tokkie skielik baie vriendelik hoor: "Hallo, Sannie! Hou jy nog lekker vakansie?"

Sannie gaan staan en dan begin haar oë rek. Sowaar! Dis die vrou van die kiekie wat die tweeling daardie dag vir haar by die skool kom wys het! Dan was dit al die tyd waar! Sy het gedink hulle maak sommer 'n storie op, maar . . .

"Ja, dankie. Hoe hou julle vakansie?"

"Tog te lekker! Jy sien mos, tannie Lara kuier by ons."

Toe Sannie verby is, draai Tokkie haar kop na agter en betrap haar dat sy ook weer omkyk. Met heerlike leedvermaak steek sy vir haar tong uit. So ja! Sy wou hulle mos nie daardie dag glo nie! Nou sien sy met haar eie oë!

So kring die stories oor die skoolhoof se "meisie" al verder deur die dorp uit.

"Ek het toe vandag meneer Beukes se aanstaande gesien. Sy en die tweeling het gaan stap. Sy is vir jou mooi, hoor! Wonder darem waar kom hy so skielik aan haar?"

"Man, ek verstaan nou dis glad nie so skielik as wat dit wil lyk nie. Sannie, jy weet, Sannie Bester van ou Floors, het glo vir Aaltjie en Jopie vertel die tweeling het eendag, al lank terug, vir haar 'n kiekie van die vrou by die skool gewys en gesê dit gaan hul ma word. Maar Sannie sê sy het hulle nie geglo nie. Gedink dis maar weer een van die tweeling se dinge. En toe loop sy hulle vandag in die straat raak en Sannie sweer dis dieselfde vrou as die een van die kiekie. Dus gaan hierdie vryery al maande lank aan. Ons het maar net nie daarvan geweet nie."

"En Estelle Huizeman ook nie! Arme ding! Sy het haar tande só geslyp vir Henk Beukes."

"Ja-nee, al haar moeite verniet!"

Toe Lara en die tweeling weer tuis kom, sit die dominee se vrou en die skoolraadsekretaris se vrou by tant An in die sitkamer. Natuurlik is Lara glad nie bewus daarvan dat hierdie besoek net om haar ontwil, én die dames se nuuskierigheid, afgelê word nie. Sy dink maar hulle het vir tant An kom besoek.

Sy word voorgestel en die dominee se vrou vra glimlaggend, haar oë goedkeurend: "Dink jy jy sal jou op so 'n klein plekkie kan aanpas, mevrou? Ek verstaan jy is van die stad."

"Ja, maar ek is lief vir die platteland," beantwoord Lara

die vraag sonder dat daar 'n gedagte by haar is dat die vraag met bybedoelings gestel is. "Ek dink nogal ek sal daarvan hou om op so 'n plekkie te bly. Dis persoonliker as die stad. Die mense is almal so vriendelik hier."

"Ek is bly jy vind dit so," laat die ander vrou tevrede hoor. "Dit hang maar van jouself af hoe 'n plek vir jou is. Dis die mense wat die plek maak."

Toe die twee waardige vroue vertrek, knik hulle vir mekaar. Hul eerste verbasing toe hulle ook die groot nuus van die dorp verneem het, het nou plek gemaak vir ingenomenheid. Henk Beukes het 'n goeie keuse gedoen. Mevrou Kirsten sal beslis 'n aanwins vir die dorp wees.

"Die feit dat sy 'n onderwyseres was, tel ook baie in haar guns. 'n Mens kan haar in die toekoms nodig kry. Henk Beukes moes hom soms al mal soek na 'n plaasvervanger wanneer daar van sy onderwyseresse siek word of die een of ander krisis opduik. Nou kan hy sommer in die toekoms sy vrou inspan as dit nodig is."

"Ja. Dis waar. Verder lyk sy vir my 'n baie bruikbare mens."

Steeds salig onbewus daarvan dat die hele Jagershoek heel ingenome met haar is, geniet Lara elke oomblik van haar kuiertjie en word die tweeling by die dag al dierbaarder vir haar. Soms, wanneer sy snags wakker lê en oor die dag se gebeure en veral oor al die sêgoed van die tweeling lê en nadink, voel sy haar keel trek toe. As sy hulle maar net met haar kon saamneem wanneer sy weer weggaan. Dis natuurlik buite die kwessie, weet sy. Henk Beukes sal nooit sy kinders vir haar gee nie.

Sy het al selfs met die gedagte begin speel om vas te stel of hier nie miskien 'n oop betrekking vir haar in die skool is nie. Die een of ander tyd sal sy weer moet begin skoolhou, nie soseer om die salaris nie, maar wel om haar besig te hou. Sy het nou heeltemal herstel en besef dat sy iets sal moet kry om te doen, anders gaan die alleenheid en ledigheid haar opvreet, veral wanneer sy weer weg is van die tweeling. As sy dan hier 'n betrekking kan kry, hoef sy nie van die tweeling af te sien nie. Maar of dit wenslik en verstandig sal wees, is 'n ander vraag.

Al vertel tant An ook al hoe dat Henk Beukes nooit weer na 'n vrou sal kyk nie, is die moontlikheid dat hy wel tog eendag weer sal trou glad nie uitgesluit nie. Dan sal dit nie reg van haar wees om die tweeling te geheg aan haar te maak nie. Dit kan probleme meebring wanneer hul pa 'n ander vrou in die huis bring. Die tweeling het eintlik al reeds te vas aan haar gegroei.

Om dan nog hier te bly en onderwys te gee, kan komplikasies met die tweeling meebring wanneer so iets die dag gebeur. Kommer begin aan haar knaag en ook 'n effense gevoel van ongemak.

Sy is wel hier op die tweeling en hul pa se uitnodiging, en tog begin sy wonder of sy liewer nie moes gekom het nie. Daar is hierdie vakansie bande tussen haar en die tweeling, selfs ook tussen haar en tant An, gesmee wat nie sonder hartseer en trane verbreek sal kan word nie. Sonder dat sy dit bedoel of ooit daaraan gedink het, het sy miskien daardie dag toe sy besluit het om op die beriggie te reageer, 'n nuwe hartseer vir haar geskep.

Sy wens sy het Henk Beukes al ontmoet en hom persoonlik leer ken. Dan sou sy nou geweet het wat haar te doen staan. Maar hy is nog net so 'n vae, onbekende beeld vir haar soos daardie dag toe sy die eerste briefie van hom gekry het. Sy voel ook nie daarna om die tweeling of tant An meer reguit oor hom uit te vra nie. Dit sal dalk lyk asof sy 'n ongewone belangstelling in die tweeling se pa toon en miskien 'n wanindruk wek. Sy sterf van skaamte as die mense moet dink haar belangstelling en liefde vir die tweeling is geveins en dat dit nie gaan om die hondjie nie, maar om die halsbandjie.

Soos die dae verbygaan, begin Lara se ongemak oor 'n ander saak ook toeneem. Wanneer moet sy weer vertrek? Tant An en die tweeling praat nie eens in daardie rigting nie, en dit wil voorkom asof hulle dit net aanvaar dat sy bly totdat die baas van die huis terug is.

Maar wat sou hy verkies? Oor daardie vraag het sy glad nie sekerheid nie. Die feit dat hy haar so 'n besliste datum van aankoms gegee het – twee dae nadat hy reeds vertrek het – laat haar voel hy is nie oorgretig om haar persoonlik te ontmoet nie. Hoekom nie, is vir haar ewe duister. Behalwe miskien as hy bang is sy sal haar belangstelling in die tweeling na hom verplaas.

Lara besef sy is onredelik, maar sy kan dit nie verhelp om haar ietwat te vererg by hierdie gedagte nie. As dit miskien die rede agter sy onverklaarbare optrede is, sal sy hom sommer uit die staanspoor gerusstel sodra hulle mekaar van aangesig tot aangesig ontmoet. Sy is regtig nie op man soek uit nie.

Dan moet sy vir haarself glimlag. Sy loop hierdie deel van die storie darem seker nou 'n bietjie vooruit. Sy sal maar moet wag en kyk wat gebeur. Aan die een kant sou sy die tweeling se pa darem graag persoonlik wou ontmoet. Sy moet erken, haar nuuskierigheid is ietwat gaande gemaak. Almal op Jagershoek, so ver sy kom, besing sy goeie hoedanighede, om van tant An nie te praat nie. Soms kan sy kwalik glo dat dit dieselfde mens moet wees wat aan haar daardie stywe en oninteressante briefies geskryf het.

Sy frons. En daar is nog iets wat haar geweldig begin pla. Hoe meer sy van die man hoor, hoe ongelooliker word dit vir haar dat hy hom tot so 'n rubriek sou wend vir hulp. Dit strook net nie met die man se karakter, soos wat sy van hom gehoor het nie. Almal wat hier kom of by wie sy kom, vertel maar net altyd hoe wonderlik Henk Beukes die skool weer opgebou het; watter doelgerigte mens hy is; hoe hy sy ding kan doen.

Sal so 'n man dan werklik na 'n "hoekie" skryf waar daar eintlik na vriende gesoek word terwyl hy 'n hele dorp se mense het by wie hy met vrymoedigheid om raad kan gaan aanklop . . . en terwyl hy 'n juffrou Huizeman het wat oorgretig sy kinders onder hande wil neem en inderdaad geneem het? voeg sy as nagedagte by.

Lara hoor die telefoon lui en hoe een van die tweeling studeerkamer toe hardloop. Sy staan op om die stukkie breiwerk waarmee sy besig is in haar kamer te gaan haal, toe iets in die stemmetjie haar in haar spore tot stilstand bring.

"Nee, juffrou, ons het nog niks van hom gehoor nie."

"Nee, dit gaan goed, juffrou."

"E . . . nee, ons is nie baie alleen nie, juffrou. Ons het kuiermense."

"Nee, sommer 'n tannie wat hier kuier."

"Ja . . . e . . . soort van familie."

"Nee, sommer verlangs, juffrou."

"Nee, ek weet nie, juffrou."

"Pa sal seker so oor drie dae huis toe kom, juffrou."

"Goed, juffrou. Ek sal hom sê. Tot siens, juffrou."

Tokkie wip soos sy skrik toe sy omdraai en Lara in die deur sien staan.

"Wie was dit, Tokkie?"

"O . . . o, sommer iemand wat wou hoor of Pa al terug is, tannie."

Lara glimlag effens. "Juffrou Huizeman miskien?"

Tokkie frons, en moet dan maar erken: Ai, tannie Lara is ook gans te slim. 'n Mens kan haar nie om die bos lei nie. "Ja, tannie."

"En wie is die verlangse familie wat by julle kuier? Ek het haar nog nie ontmoet nie." Tokkie skop die mat se hoek en laat haar kop sak. "Tokkie, dis nie mooi om leuens te vertel nie."

"Maar . . . maar tannie voel tog al soos familie!" ver-

124

weer sy, en Lara kan haar gesigsuitdrukking net met groot moeite neutraal en egalig hou.

"Maar hoe 'n ding voel en hoe dit werklik is, is twee verskillende goed, Tokkie."

"Ja, tannie."

Lara se blik rus teer op die geboë koppie, en dan val haar oog op die lessenaar. Sy was nog nie vroeër in hierdie vertrek nie. Sy stap nou nader, tel die portret op wat op 'n staandertjie op die een hoek staan.

"Was dit jou mammie?"

"Ja, tannie."

"Sy was baie mooi."

"Tannie is ook baie mooi."

Lara glimlag en sit die geraamde foto weer terug op sy plek, kyk in die kinderoë af. Die vrou op die foto het vir Henk Beukes deur die jare 'n werklikheid gebly; sodat hy nog nooit weer iemand in haar plek gestel het nie. Maar vir sy kinders . . . vir hulle is sy vandag net 'n mooi gesig op papier. Besef Henk Beukes dit?

Lara slaan haar arm om die skraal skouertjies, haar oë peinsend. Daar is ook vir haar hierin 'n les te leer. 'n Mens moenie saam met die dooies probeer voortlewe nie, hoe dierbaar hulle in die lewe ook al vir jou was. 'n Mens moenie iets lewend probeer hou wat God self laat sterf het nie. Dis verkeerd. Dis miskien selfs sondig. Om te onthou en om lewend te hou, is twee verskillende goed. Die les wat sy Tokkie netnou geleer het, moet sy self ook leer. Hoe 'n ding voel en hoe dit is, is dikwels twee verskillende dinge.

Daan en haar kinders is dood. So bestem volgens 'n Godswil en volgens 'n Godsplan. In dieselfde Plan is dit ook volmaak uitgewerk hoekom sy nie saam met hulle daardie dag gesterf het nie. Vir haar as mens, en as gelowige, is dit sekerlik ook nie bedoel om die Man wat daardie Plan opgetrek het, om 'n verduideliking te vra nie.

Sy trek Tokkie saam met haar by die deur uit en trek dit saggies, maar doelgerig, agter haar toe.

Dis met 'n nuwe, wonderlike stilte in haar dat Lara daardie aand kniel. Sy het iets hier op Jagershoek kom leer wat sy vir die res van haar lewe sal onthou. Sy lewe nog, en daarom moet sy voortgaan om te lewe – voluit, met oorgawe en dankbaarheid.

Lara besef dat sy die keerpunt bereik het. Hiervandaan sal sy vorentoe kan gaan, al is dit ook alleen.

Daan en haar kinders sal altyd hier diep binne-in haar in tere herinnering lê, maar God het bedoel dat sy nog deel van die lewe in al sy volheid moet wees, anders sou sy saam met haar dierbares gesterf het. Daar sal weer vreugde en geluk in haar lewe kom, dit weet sy nou vas en seker. Sy gaan nie dieselfde fout begaan as Henk Beukes, soos sy vermoed, nie – om vas te kleef aan dit wat so finaal verby is.

Laat daardie nag kom 'n motor voor die deur tot stilstand en tant An hoor half deur die slaap die klop aan haar kamervenster.

"Tant An, dis ek – Henk. Maak asseblief vir my oop."

Haar gesig is stralend toe die voordeur oopswaai en sy hom innig groet. Hy glimlag op haar af. "Jammer ek pla so laat in die nag."

"Ag, dis niks nie, seun. Dis wonderlik om jou terug te hê! Jy weet nie watter heerlike verrassing ons vir jou het nie!"

10

"So?" Henk glimlag. "Die tweeling was seker onbesproke soet die hele tyd!"

"Dit ook!" lag tant An. "Maar dis iets veel, veel aangenamers!"

Henk kyk die ou tante effens fronsend aan. Tant An lyk werklik opgewonde! Hy skud sy kop. "Nee, ek kan nie dink wat . . ."

"Later. Hier staan ons in die koue gang en gesels. Ek gaan maak gou eers vir jou koffie. Wil jy nie ook iets eet nie?"

"Nee dankie, tante. Maar 'n koppie koffie sal ek nou opreg kan waardeer. Ek laai solank af."

"Het jy die bokke saamgebring?"

"Nee. Maans en Hetta was so vriendelik om aan te bied om dit vir my daar te bewerk en die biltong by hulle droog te maak. Ek het tog nie plek hier nie."

"Ja, dit was regtig gaaf van hulle. Nou toe. Bring jou goedjies solank in. Jy is vroeër terug as wat ons verwag het."

"Ja, ek . . . het maar huis toe gekom, gedink julle is so alleen hier en ek was bekommerd dat die tweeling te veel vir tante sou wees."

Weer lag tant An breed. "O nee! Soeter kinders sou jy nêrens op die aardbol gekry het nie."

Tant An verdwyn in die kombuis en Henk frons nou regtig verward. Dit strook nie met die tweeling soos hý hulle ken nie. Hy trek sy skouers filosofies op en stap terug na die motor om sy bagasie te kry. Hy is in elk geval dankbaar om sulke goeie nuus te verneem. Hy het min of meer verwag om minstens die huis se dak van die mure af te kry wanneer hy hier aankom.

Hy dra sy bagasie na sy kamer en stap dan deur studeerkamer toe, krap deur die opgestapelde pos op die lessenaar. Niks van groot belang nie. Tant An kom binne met die koffie en weer kyk hy teen haar breë glimlag vas. Wat gaan hier aan?

Hy neem die koppie koffie en kyk op. "Nou goed. Laat ek hoor watter wonderwerk het hier plaasgevind solank ek weg was."

Net buitekant die deur in die gang, kyk sy dogters me-
kaar grootoog en half hulpeloos aan. Hulle het netnou
wakker geword en Tokkie het by die venster gaan loer.

"Dis Pa!" het sy aangekondig, en Bokkie was skielik
heeltemal wakker.

"Pa?" Soos blits was sy langs Tokkie. "Maar . . . wat
kom soek hy nou al hier? Hy moet eers oor twee dae kom!
Ons moet nog eers vir . . ."

"Wel, hy is nou hier en . . ." Tokkie het gesluk. "Bokkie,
vanaand gaan ons bars!"

"Jy sê dit!" Bokkie het haar suster benoud aangekyk.
"Wat gaan ons doen?"

Maar vanaand wil Tokkie se verstand ook nie werk nie.
Dit het, nes Bokkie s'n, botstil gaan staan. Toe eindelik:
"Ons sal vir Pa moet gaan vertel voordat . . . voordat tan-
nie Lara dalk wakker word en verskyn. Hy kry 'n oorval
as hy skielik 'n vreemde vrou voor hom in haar nagklere
sien en hoor dis sy meisie."

"Pa gaan ons doodmaak," het Bokkie met oortuiging
laat hoor en haar suster het een honderd persent saamge-
stem. Vanaand is die aand . . .

"Kom, jong. Dit sal nie help om hier te bly staan nie.
Ons moet hom sommer nou gaan vertel."

Tant An het voor hulle by die studeerkamer in verdwyn
met die koffie en hulle het geluidloos op kaal voete in hul
pajamas stilletjies nader gesluip.

Hulle hou hul asems op, die oë soos pierings, toe hulle
hul pa se vraag hoor. Nou gaan die bom bars.

"Kan jy glad nie raai nie, Henk?" hou tant An die spele-
tjie vol en dis duidelik dat sy dit baie geniet om die verras-
sing tot op die laaste oomblik geheim te hou.

Henk frons ietwat vererg. Dis laat in die nag en hy is
moeg. Watse lawwigheid is dit vanaand met die ou tannie?
Kan sy nie sê wat sy wil sê en klaarkry nie? Sy oë kyk haar
skerp, ongeduldig aan. Die ou mens staan behoorlik en

gril van lekkerkry hier voor hom. Wat . . . "Nee, tante. Ek kan regtig nie dink nie."

Tant An trek haar asem in. "Sy het kom kuier!"

Hy knip sy oë. "Sy?"

"Ja! Sy!"

'n Kort stiltetjie, en ook die tweeling gril waar hulle styf teen die muur gedruk staan, maar gans en al nie van lekkerkry nie.

"Wie is . . . sy?"

"Maar Henk? Sý! Nou moet jy kan regraai!"

"Tante . . ." Hy sug. Hy moenie sy humeur met die ou mens verloor nie. "Tante, sê nou asseblief vir my wie is sy!"

"Maar . . ." Tant An se glimlag verwater effens. Haar blik val op die lessenaar en die oë begin weer vonkel. My aarde, sy het dit nog nooit opgemerk nie! Wanneer sou Henk die foto's omgeruil het? Sy tel die geraamde foto op en hou dit triomfantlik voor sy neus. "Sy, man!"

Henk knip weer sy oë. Die bekende gesig waaraan hy so gewoond is om vanuit die vergulde raampie na hom te glimlag, het 'n totale verandering ondergaan. Hy knip sy oë weer . . . kyk weer. Dis nie meer Marlene wat vir hom glimlag nie. Dis . . . 'n wildvreemde vroumens!

Tokkie loer versigtig om die deurkosyn, sien die algehele verwarring op haar pa se gesig terwyl hy na die foto staar. Sy ruk terug.

"Hoe het tannie Lara se kiekie daar gekom?" fluistervra sy dringend.

Bokkie se kop sak. "Ek . . . ek het dit daarin gesit. Ek het gedink dis . . .dis 'n goeie idee . . ."

"Simpel! Pa lyk of hy kan beswyk!"

Henk vee oor sy oë. "Tante, wie is dit hierdie?"

Tant An lag hom openlik uit. "Ag, toe nou, Henk! Dis nie nodig om dit langer so weg te steek nie! Sy kuier al langer as 'n week hier by ons!"

"Sy?" en hy wys na die vreemde gesig in die fotoraam voor hom.

"Natuurlik! Laratjie! Nou weet jy wat die groot verrassing is! Sy slaap natuurlik nou, maar sy sal seker nie omgee as jy haar gaan groet nie. Sy het seker al vreeslik uitgesien na jou terugkoms. Toe, gaan groet haar, Henk!"

Dis Bokkie se beurt om versigtig om die deurkosyn te loer en haar hart ruk in haar keel vas. 'n Onheilspellende frons het tussen Pa se wenkbroue ingeskiet. Nou begin die poppe dans!

"Tant An, dis 'n bietjie laat in die nag vir sulke ... e ... grappies. Wat presies is hier aan die gang? Wie is hierdie vroumens? En waarvoor slaap sy hier in my huis en ... vir wat moet ek haar gaan groet?"

Dis nou weer tant An se beurt om haar oë verward te knip. Dan kyk sy die groot man vererg aan. Dat Henk nou so kinderagtig kan wees! Hoekom die lieflike Lara langer wil wegsteek? Liewe land, hy behoort so trots soos 'n pou te wees!

"Maar, Henk, ek ... ek begryp jou nie! Waarvoor wil jy voorgee ...?"

'n Geluid by die deur laat hulle albei omdraai en daar staan die tweeling langs mekaar, die oë groot en rond. Henk bekyk hulle fronsend.

"Kom groet julle nie? Naand, Bokkie. Naand, Tokkie."

"Nn ... naand, Pa. Ja, Pa."

Bokkie kom nader en hou haar gesiggie omhoog en Henk soen die bewende lippies fronsend. Ook Tokkie lyk eerder asof sy 'n slang bekruip toe sy nader kom en Henk voel die verwarring in hom toeneem. Wat is hier aan die gang?

Hy hou die foto voor hulle. "Miskien sal julle my 'n eenvoudige, reguit antwoord op 'n eenvoudige, reguit vraag kan verskaf. Wie is dit hierdie?"

Bokkie stamp aan Tokkie en Tokkie stamp aan Bokkie.

Hul pa se frons vertel hulle dat sy geduld sy perke begin nader.

"Maar, my magtie, verstaan julle nie eens Afrikaans vanaand nie? Wie is dit hierdie?"

"Ja, Pa. Ons . . . verstaan . . . Dis . . . tannie Lara, Pa."

Hy sit die foto neer en vou sy arms oor sy bors. "En wie is tannie Lara?"

"Dis . . . sommer 'n tannie . . ." Sy sien die flits in haar pa se oë, en Bokkie voeg dadelik by: "Haar van is Kirsten."

Haar pa knik. Die drukking op sy stembande is onuithoudbaar, maar hy doen sy bes om sy stem laag en kalm te hou. "Ons vorder. Haar naam is Lara Kirsten. Waar kom sy vandaan?"

"Van Kaapstad af, natuurlik! Liewe land, Henk, maar dit behoort jy tog self te weet!" laat tant An vererg hoor.

Vir die eerste keer spreek hy die ou tannie nie op sy gewone beleefde toon aan nie. Sy oë blits ook op haar. "Dit kom my voor daar is heelwat dinge waarvan ek behoort te weet en waarvan ek totaal onbewus is, ja! Bly asseblief stil. Ek praat nou met die tweeling." Hy ignoreer die verontwaardigde ou dame en draai weer na sy dogters. "Hoe het sy hier gekom?"

"Met die trein."

Sy lippe pers saam. "Ek bedoel, hoe het dit gebeur dat sy hier kom kuier het?"

"Ons . . . ons het haar genooi, Pa."

"O? Julle? En van wanneer af ken julle haar?"

"Al . . . al baie maande, Pa."

"Werklik? Waar het julle haar leer ken?" Stilte, en tant An soek na 'n stoel. Dit begin nou eindelik tot haar deurdring dat hier 'n groot skroef los is. Henk probeer nie net snaaks wees nie. Haar keel wil ook begin toetrek. En sy het gedink hulle het die soetste kinders geword! Waarmee was hierdie twee onhebbelike goed weer besig? "Ek het gevra, Tokkie. Antwoord my!"

131

"Pa, Pa sien, ons . . . o, ons het ge . . . gekorrespondeer met haar."

"Hm. Ek sien, ja. Hoe het die korrespondensie begin?"

"O . . . e . . ." Tokkie gee Bokkie 'n stamp met die elmboog in die ribbes. Nee a, dis nou weer haar beurt!

"Nee, Pa, ons . . ."

"Ja, Bokkie?"

Sy kyk haar suster verwytend aan. Dit was in die eerste plek Tokkie se idee. Nou moet sý staan en verduidelik!

"Nee, Pa, sien, ons het na 'n tydskrif geskryf . . ."

" 'n Tydskrif?"

"Ja, Pa. Na een van daardie . . . e . . . hoekies."

"Hoekies? Watse hoekies? Waarvan praat jy, Bokkie?"

Hierdie keer kry Tokkie weer 'n hou in die ribbes, en sy is verplig om oor te neem: "Daardie hoekies waar mense mense soek om aan te skryf, Pa."

Dis of Henk Beukes se verstand gedurende die jagtog ietwat verroes het. Alles werk stadig vanaand. "Bedoel julle daardie rubriek waar mense hul name instuur, beskryf hoe hulle lyk en waarvan hulle hou en dan vra vir korrespondente?"

"Ja, Pa."

Henk Beukes vind dat hy ook skielik 'n stoel se steun nodig het en sak agter die lessenaar neer. Hier agter teen sy nek voel hy die hare begin rys, maar hy hou 'n ysterhand aan die teuels.

"Wat het julle in die beskrywing gevra?"

"Vir 'n tannie om aan te skryf oor ons probleme."

"O. Jul probleme, sê julle. Ek is hier. Tant An is hier. Juffrou Estelle is hier. Die hele dorp is hier. Maar julle moet by wildvreemde vroumense raad soek." Twee groottone staan en skop die mat. "Het julle so min vertroue in my?"

"Dis nie dit nie, Pa." Bokkie kyk ongelukkig op. "Tant An is al oud en Pa is 'n man en juffrou . . . juffrou Huizeman . . ."

"Ja?"

Tokkie lig ook haar kop op. Hulle is al so diep in die moeilikheid dat nog 'n bietjie meer seker nie juis verskil sal maak nie. "Ons hou nie van juffrou Huizeman nie, Pa!"

Henk is 'n oomblik stil. Hy vra ná 'n kort kuggie: "Wat laat julle dink hierdie . . . e . . . tannie Lara sal julle kan help?"

"Maar sy kan, Pa! Sy het ook 'n tweeling gehad, nes ons. Ons hou van haar!"

"Ons is lief vir haar!" beaam Bokkie met nadruk, en Henk kyk magteloos vraend na tant An.

"Sy ís 'n baie oulike vrou, Henk. Dis nie weg te redeneer nie. Die tweeling aanbid haar en ek . . . ek hou ook vreeslik baie van haar. So ook die mense wat sy hier al ontmoet het. Almal is baie ingenome met haar."

"So?" Sy stem klink openlik skepties, en tant An kan hom nie kwalik neem nie. Dit lyk darem 'n bietjie vreemd. Die ou tante frons. Tog voel sy dat hier êrens nog 'n kinkel in die kabel is waarvan hulle nie bewus is nie. Lara Kirsten is beslis nie 'n goedkoop vrou nie. Inteendeel.

Henk draai weer na sy kinders. "Julle sê julle het haar toe genooi om hier te kom kuier." Hy knik. "En sy is nog hier?"

"Ja, Pa."

"Hoe lank gaan sy nog hier kuier?" Hulle kyk hom met groot, onskuldige oë aan en hy frons weer. "Het julle vergeet ons sou oormôre Boland toe vertrek het? Ons het juffrou Huizeman belowe . . ." Hy swyg toe die twee koppies weer sak en die twee groottone weer met geweld die arme mat kasty. Hy sug. O ja. Hulle het mos gesê hulle hou niks van Estelle nie. Hulle was van die begin af onwillig om daar te gaan kuier. En toe kom hulle op hierdie briljante plan om iemand te nooi om hier te kom kuier, en natuurlik jaag jy nie jou kuiergas wat hier is op jou persoonlike uitnodiging weg nie. Baie oulik!

133

"Dan sal ek maar alleen moet ry."

"Henk! Nee, maar sal dit nie ongeskik lyk nie?" wil tant An ook ontsteld weet.

Henk glimlag grimmig. "Ek sien nie hoekom dit so sal lyk nie, tante. Die dame het vir die tweeling kom kuier, nie vir my nie."

"Ja, maar . . ." Bokkie pomp Tokkie dringend in die ribbes. Nou sal sy aan iets móét dink – en gou ook!

Tokkie is meteens smoorkwaad. A nee a! Nou wil Pa wegry agter ou Snuffelpot aan, en dit ná al die moeite wat hulle gehad het om tannie Lara hier te kry!

"Pa kan dit nie doen nie!"

"O nie? Hoekom nie?"

"Pa is nie nou regverdig nie. Ons moes in die verlede maar Pa se ou meisies verdra en verduur, en al ou . . . ou Snuffelpot se kaf opeet omdat Pá van haar hou. Nou wil Pa nie eens 'n paar dae saam met iemand van wie óns hou, kuier nie."

"Tokkie, met wie praat jy?"

"Ja, maar Pa, dis waar, is dit nie? Pa wil ons dwing om 'n hele veertien dae by ou . . ."

"Jy noem jou klasonderwyseres nie weer name nie, Tokkie!"

"Nou ja, dan by . . . e . . . juffrou Huizeman te gaan kuier, maar Pa is nie bereid om 'n paar dae saam met óns kuiergas deur te bring nie."

Tant An bedek haar glimlag vinnig en gooi ook 'n stuiwer in die armbeurs: "Dis nogal waar, weet jy, Henk?"

"Hou tante asseblief uit hierdie saak uit!" Henk se mond gaan weer oop en dan klap hy dit toe. Hy kyk van die een na die ander. Die tweeling, sowel as tant An, se oë rus beskuldigend op hom. Dis drie teen een, besef hy maar te duidelik. "Kyk, ons los nou eers hierdie saak net hier. Ons kan môre verder praat. Dis al lank ná middernag, en ek is moeg."

Tant An staan dadelik op. "Ja, ek dink ook so. Toe, julle twee, dadelik bed toe. Julle gaan nog 'n dodelike verkoue kry met jul kaal voete, en dan sukkel ek weer met julle! Toe! Toe! Toe!" jaag tant An hulle aan en knipoog vir hulle, sodat die twee dadelik spore maak.

"Nou maar, Henkie, ek sê ook maar geruste nag."

"Tante, net 'n oomblik. Wat het die tweeling gesê toe die vrou hier aangekom het? Ek bedoel, hoe het hulle verduidelik? Watse storie het tante heel aan die begin gehad van . . .?"

"Ag, seun, ek weet nou self nie meer nie. My brein swem nou. Dis al te laat in die nag. Laat ons maar liewer môre verder die saak uitpluis. Ek weet nie nou meer wat is wat nie. Nag, Henk. Slaap gerus," en tant An is self heel flink vir haar jare by die deur uit.

Tant An druk die kamerdeur goed agter haar toe en kyk kwaai na die twee wat haar elkeen in haar eie bed met groot oë sit en aankyk.

"Julle twee maaifoedies, wat het julle aangevang? Weet julle dat ons dik in die gemors sit?" vra tant An reguit en hulle kan net stom knik. Dis dikker as dik, dink hulle met kommer.

"Hier ken jul pa nie eens die vrou nie en die hele dorp dink al sy is sy aanstaande! O, heiden, ek kry koue rillings as ek net dink iemand moet iets in daardie rigting teenoor hom laat val! Hy sal ons vermorsel! En Laratjie self . . ."

"Sy weet niks hiervan af nie, tante! Regtig nie! Sy weet nie die mense dink sy is Pa se meisie nie!" keer Tokkie vinnig, en tant An dink 'n bietjie, knik dan.

"Dis waar! Sý het nooit so iets gesê of selfs net in so 'n rigting geskimp nie. Dis júlle wat hierdie gedagte aan die gang gesit het! O, liewe landjie, en ek, soos 'n aap wat nooit sal leer nie, hol toe ook met die idee weg!"

"Maar dis 'n goeie idee, nè, tante? Stry? Dit sal wonderlik wees as sy Pa se meisie kan word en later ons ma, sal dit nie?" wil Bokkie oorredend weet, en tant An gooi haar hande in die lug.

"Kind, bly tog stil! Moenie verder daarvan praat nie! Ek kan aan niks anders dink as wat jul pa sal kwytraak as hy hierdie storie hoor nie! Wag, ek gaan slaap maar eers." Sy skuifel aan deur toe. "O, aardetjie, ons gaan dit nie oorleef nie!"

"Ons gaan dit nie oorleef nie," beaam Tokkie die volgende oggend voordat hulle dit waag om uit hul kamer te voorskyn te kom.

"Tokkie, onthou jy jy het gesê as Pa net eers vir tannie Lara kan sien, sal alles sommer vanself regkom. Nou, hy het haar nog nie gesien nie," probeer Bokkie haarself en die bekommerde Tokkie moed inpraat.

Maar Tokkie het die laagwatermerk bereik. "Ek weet nie meer so mooi nie, jong. Pa se oë is ook nie wat dit moet wees nie, want wat hy darem in ou Snuffelpot sien . . . O . . . e . . . môre, Pa."

"Môre, Pa."

"Môre."

Hulle kyk vinnig na mekaar. Dit lyk nie asof Pa juis goed geslaap het nie. Hulle trek hul stoele uit en gaan so stil soos muisies hul plekke vir ontbyt inneem. Tant An neem ook ewe stil plaas. Henk kyk om die tafel, trek sy wenkbroue op.

"Moet ons vir jul gas wag?"

"O . . . e . . . sy slaap seker nog. Ons . . . ons gaan haar gewoonlik soggens wakker maak, maar vanoggend . . ."

'n Stem by die deur breek Bokkie se sin af en die koppe draai gelyk. "Jammer. Is ek laat? My wekkertjies het my nie vanoggend kom wek nie. O!" Sy kom nader gestap, glimlag vriendelik en hou 'n hand uit. "Ek het nie geweet jy is terug nie. Aangename kennis, meneer Beukes."

Henk vergeet 'n oomblik om op te staan. Hy sit en staar

na die visioen in ligblou voor hom, en Bokkie se gretige stem ruk hom uit sy verdwasing.

"Pa, dis tannie Lara!"

Hy kom vinnig orent, neem die uitgestrekte hand en kyk nog steeds half ongelowig op haar af. Verlede nag het hy vir hom die vreeslikste skrikbeelde opgetower van hoe die vrou wat sy dogters deur 'n tydskrif raakgeloop het, sou lyk. Hy het totaal vergeet van die foto. Hy het koue rillings gekry wanneer hy daaraan gedink het watter gevolge sy dogters se onbesonne optrede kan inhou. 'n Mens raak dalk nooit weer van die vrou ontslae nie!

"Dis . . . aangenaam . . . e . . ."

Sy trek haar hand uit syne. "Noem my gerus Lara. Môre, tant An. Môre, julle twee." Sy neem haar plek kalm en versekerd tussen die tweeling in, en kyk Henk Beukes dan vas in die oë. "Jy kan maar bid."

Haar hande word aan weerskante deur dié van die tweeling stewig vasgevat en die drie koppe buig eerbiedig. Tant An loer vlugtig na die hoof van die tafel en maak dan ook haar oë vinnig toe sodat hy nie miskien die plesier daarin raaksien nie. Tokkie se een oog gaan weer oop en sy loer skuins na bo.

"Hier, Pa. Hier's my hand," sê sy dan en Henk ruk sy blik weg van waar dit nog steeds op die geboë, blonde hoof gerus het.

"Hm? O, ja, ja. Laat ons bid."

Henk Beukes is 'n baie stil man aan tafel en dis eintlik die tweeling en hul gas wat die gesprek aan die gang hou. Toe hulle opstaan, herinner Bokkie haar: "Tannie het belowe tannie sal vanoggend saam met ons gaan tennis speel."

"O ja. Ek onthou. Maar eers as ons kamers netjies aan die kant is en ons nie vir tant An met iets in die huis kan help nie."

Tant An glimlag goedig. Of die tweeling haar nou uit 'n tydskrif gekry het of nie, sy is 'n liewe kind. "Nee wat, gaan geniet julle die tydjie. Hier is alles onder beheer, dankie."

Henk kyk sy dogters en die vrou agterna en wens hy kon dieselfde sê. Maar niks was nog ooit so buite beheer as sy huis op hierdie oomblik nie. Hy voel behoorlik 'n vyfde wiel aan die wa, en dit in sy eie huis!

Toe hulle uit is, leun tant An nader en waag dit om saggies te vra: "Wat dink jý van haar, Henk?"

Hy frons. "Die uiterlike is soms baie misleidend, tante."

Tant An stem sedig saam. "Ja, dit is nogal so, maar die uiterlike tel darem ook baie, nie waar nie? En Lara se uiterlike . . . Dáárop kan jy niks teë hê nie, of hoe?"

Henk bly haar liewer 'n antwoord skuldig en maak dat hy terug in sy studeerkamer kom. Maar tot daar het die vreemde vrou ingedring. Hy tel die foto fronsend op, en tant An huiwer eers in die deur. Dan kom sy nader.

"Henk, jy moenie vir die kinders kwaad wees omdat hulle Marlene se foto uitgehaal het en hierdie een daarin gesit het nie." Hy kyk op en sy skraap haar moed bymekaar. "Hulle het nie besef dat hulle jou miskien daardeur sou seermaak nie, seun. Miskien moet jy dit as 'n . . . les beskou."

" 'n . . . Les?"

"Ja, Henk. Jy moet onthou dat hulle baie klein was toe Marlene weg is. 'n Kind kan nie so lank soos 'n grootmens onthou nie. Dis nie dat hulle haar seker al heeltemal vergeet het nie, maar . . . vir hulle het die lewe voortgegaan, my seun. Hulle is kinders wat nie met die . . . dooies kan saamlewe nie, nie met 'n ma in 'n raam nie, Henk. Hulle soek een van vlees en bloed soos hulle. En sewe jaar is lank . . . té lank vir 'n kind."

Hy sug diep en laat sy blik weer sak, sit dan die foto van die vreemde vrou weer op die lessenaar neer. "Dis seker waar, tante. Ja, dit ís waar. Ek weet. Ek besef dit al geruime tyd."

"Goed, my kind. O, wat ek eintlik wou kom sê het . . . Jy sal seker maar vir juffrou Huizeman moet bel en sê om julle nie meer te verwag nie . . . of hoe?"

Hy knik weer. "Ja, ek sal seker moet. Dankie dat tante my daaraan herinner het. Ek . . . sou dit vergeet het."

Tant An sou minder tevrede en gerus gevoel het as sy moes weet wat aan 't gebeure is op die dorp toe Henk later dié oggend 'n paar draaie maak.

"A, Henk, jy is terug! Vroeër terug as wat verwag is, nè?" Oom Chris Gertsenbach skud hom hartlik aan die arm. "Nie dat dit snaaks is nie! Met só 'n nooi . . . En hoeveel bokke het jy toe platgetrek?"

'n Rukkie later loop hy mevrou Dominee, soos sy alombekend staan, by die poskantoor raak. "Dis gaaf om jou weer te sien, Henk. Dan is jy terug! Lara en die tweeling was seker verheug om jou te sien. Maar ons het darem goed na haar gekyk solank jy weg was!"

Ná nog 'n paar gesprekke van hierdie aard vlug Henk weer terug huis toe. Daar gaan hy peinsend agter sy lessenaar sit. Toe Lara en die tweeling laggend van die tennis terugkeer, staan hy op en kyk met 'n strak gesig deur die venster na die drie paar welgevormde bene in die kort tennisrokkies. Dan maak hy die deur oop. "Tweeling, kom eers 'n bietjie hier!"

11

Lara kom ook tot stilstand en kyk hom ondersoekend aan. Die man lyk werklik ontstig.

Die tweeling druk meteens stywer teen haar vas en sy waag dit om te vra: "Skort . . . daar iets?"

Hy grinnik grimmig. "Ja, beslis!"

139

Sy frons ook nou. "Wat is die probleem?"

Hy staan opsy. "Ek dink julle al drié moet maar binne-kom, want dit gaan jou ook aan, mevrou."

Lara trek haar wenkbroue op, kyk dan vlugtig op die tweeling af. Hul gesiggies vertel haar dat hulle 'n goeie vermoede het waaroor dit alles gaan.

Toe die deur agter hulle toegaan, verdwyn die tweeling weer amper heeltemal agter haar.

"Mevrou Kirsten, jy is miskien nie bewus van die feit nie, maar die hele dorp – die héle dorp," herhaal hy met nadruk, "is onder die indruk dat ek en jy klaar op trou staan."

"Wa . . .? Wat?" Lara se oë rek soos die tweeling s'n so dikwels rek. "Meneer Beukes, jy maak seker 'n grap . . ."

"Glad nie, mevrou Kirsten. Inteendeel. Ek het op hierdie oomblik nie 'n druppel humorsin in my oor nie. Ek verse-ker jou dis waar. Jy is glo my . . . meisie."

"Maar dis . . . dis belaglik . . . verspot! Waar kom die mense aan sulke . . . sulke ongelooflike snert?" wil sy ver-bysterd weet, en Henk Beukes se frons word nog onheil-spellender.

Sy blik dwaal weer vlugtig oor haar, van die kroontjie waar haar hare, nes die tweeling s'n, gerieflikheidshalwe vir die tennis in 'n poniestert saamgevat is, af langs die skraal maar goedgeboude lyfie, nog laer af tot waar die kort tennisrokkie se soom eindig. Dan kyk hy haar vererg in die oë.

Hy het geen idee hoe oud die vrou is nie, maar op die oomblik lyk sy kwalik tien jaar ouer as die tweeling. Hy weet hy lyk seker vir haar al oud en gedaan, maar dis nie nodig om só verbysterd daaroor te wees nie! Hy is glad nie so 'n slegte vangs vir Jagershoek nie, kan hy haar ver-seker.

"Presies, mevrou. Dis belaglik, verspot en ongelooflik . . . maar waar . . . ongelukkig. Ek dink die tweeling sal

140

ons kan vertel waar die mense aan hierdie . . . hierdie ongelooflike snert kom, nie waar nie?"

Sy stem is gevaarlik bedaard en Lara kyk hom fronsend aan. "Jy bedoel tog nie dis húlle wat . . . wat hierdie storie versprei het nie? Hulle sal nie so iets doen nie!"

"Sal hulle nie? Jy ken my dogters nog maar swak, mevrou Kirsten. Laat ek jou vertel, jy ken hulle glad nie. Daar is niks waarvoor hulle nie kans sal sien nie. Bokkie! Tokkie! Kom uit daar agter julle . . . vriendin se rokspante!" Toe lui die telefoon meteens en hy gryp die gehoorbuis met 'n ongeduldige hand.

"Deksels! Ja, wat is dit? Wie praat? . . . O! E . . . ekskuus, Estelle. Ek was . . . ingedagte . . . Ja, ja, ek is terug . . . Gisteraand . . . Nee, goed . . . Ja, dis nou 'n bietjie moeilik . . . Nee, ek bedoel, ek wou jou al bel . . . e . . . Ek bedoel, ek moes al gebel het. Estelle, ek dink nie jy moet ons meer verwag nie . . . Nee, hier is nie siekte nie . . . Nee, dis nie dit nie. Ons het kuiergaste . . . Ja, ja, ek weet ek het belowe ons sal kom . . . Estelle, ek kan tog nie die mense sommer wegjaag nie!"

Lara gee 'n tree nader, en haar blou oë flits ergerlik. "Jy hoef nie om my ontwil hier te bly nie. Ek gaan môre terug . . ."

Hy gee haar net 'n kyk en moet dan weer sy aandag aan die telefoon wy. "Ekskuus? Wie dit is? Dis . . . verlangs familie . . . e . . ."

Hoewel sy haar bloedig vir die man vererg het, kan Lara ook nie help om geamuseer te voel nie. Sy het nog nooit 'n man so ongemaklik gesien nie!

Die tweeling trek haar terug en fluister dringend: "Asseblief, tannie, moenie sê tannie sal môre weggaan nie!"

"Asseblief, tannie, ons wil nie daar gaan kuier nie! Tannie moet hier by ons bly."

"Asseblief, tannie, help ons!"

Sy skud haar kop hulpeloos. Die smeking in die ogies is

so intens. Sy fluister terug terwyl Henk nog steeds sy suk-kelende gesprek oor die telefoon voer: "Maar jul pa wil graag gaan. Hoekom gaan hy dan nie alleen nie?"

"Nee!" Tokkie se fluisterstemmetjie is glad hees van ontsteltenis. "Nee, tannie verstaan nie! Pa moet ook hier bly! Netnou vra hy die ou juffrou om te trou en ons wil haar nie vir 'n ma hê nie!"

"Ek loop weg as dit gebeur!" kondig Bokkie fluisterend maar beslis dreigend van die ander kant af aan.

"Maar, Bokkie, as jul pa haar wil hê . . . Julle sal dit net moet aanvaar!" fluister Lara bekommerd terug.

"Ons sal nie, tannie! Dan kom bly ons by tannie. Tannie is mos lief vir ons, nè, tannie?"

"Ja, maar . . . julle is in die eerste plek jul pa se kinders . . ."

"Nie dan meer nie. Dan kom bly ons by tannie en is tan-nie se kinders."

Lara kyk hulle magteloos aan en druk hulle dan teen haar vas. Liewe land, wat 'n moeilike situasie! En sy is doodonskuldig kniediep hierin!

Die gehoorbuis word taamlik hard op die mikkie neer-geplak en drie paar oë keer weer versigtig na Henk Beukes se gesig terug. Nou lyk hy regtig soos 'n volbloed onweers-wolk.

"Om terug te kom na wat ons bespreek . . . Waar was ons?"

Dis duidelik dat hy half die strekking verloor het, en Lara help hom kalm reg: "O, daar waar ons nou agterge-kom het die dorp se mense dink ek en jy staan op trou."

"O ja. Nou . . ." Hy vryf sy handpalms teen mekaar en kom 'n bietjie nader, en weer kruip die tweeling so styf moontlik onder die beskermende sirkel van hul tannie Lara se arms in. "Wie was die segsman of segsmanne van hierdie leuens?"

Stilte.

142

Hy kom nog nader en die drie gee soos een mens 'n tree terug.

"Meneer Beukes . . . Henk . . ."

"Mevrou, sal jy my en my kinders 'n oomblik alleen laat . . . asseblief?"

"Pa! Pappa, asseblief . . . ons is jammer, maar . . . maar ons wil so graag vir tannie Lara as 'n ma hê!"

"Wat? Tokkie, is jy van jou sinne . . .?"

"Asseblief, Pappa! Ons wil nie vir juffrou Huizeman vir 'n ma hê nie! Ons wil vir tannie Lara hê!"

Henk se oë vernou. "So? Julle twee het toe so besluit en ek en mevrou Kirsten moet net daarby inval, nè? Waar kom julle aan hierdie vermetelheid om vir my 'n vrou te soek?"

Lara besef sy moet vinnig keer. "Meneer Beukes, ek dink jy verstaan die hele saak verkeerd. Hulle het beslis nie vir jou 'n vrou gesoek nie. Hulle het maar net vir hulle 'n ma gesoek."

"Ag so?" Sy oë blink sarkasties in hare. "Ek is blykbaar heelwat stadiger van begrip as jy én die tweeling. Verduidelik asseblief aan my wat die verskil is? As hierdie kinders 'n ma vir hulle gekies het, is ek seker veronderstel om darem met haar te trou, of hoe, mevrou Kirsten? Of sal ons dan maar net saamleef?"

Lara se oë blits terug, maar sy behou haar kalmte. "Sarkasme sal ons nêrens bring nie, meneer Beukes. Sodra jy weer jou selfbeheersing terug het en weer nugter kan dink, kan ons die saak verder bespreek. Jy is nou te opgewonde om dit in perspektief te sien. Kom, kinders."

Sy draai om en met 'n kind nog onder elke blad stap sy met hulle by die deur uit en Henk Beukes staar haar verbysterd en woedend agterna. So 'n . . . dekselse vroumens! Wat verwag sy anders as dat hy opgewonde sal wees? Verwag sy werklik dat hy dit doodkalm sal aanvaar dat sy dogters vir hom 'n vrou uitsoek? Verwag sy werklik . . .?

143

Dan neem sy gesig 'n peinsende uitdrukking aan en 'n onwillige glimlaggie begin in sy een mondhoek ruk. Mag, maar daardie paar oë van haar kan self ook goed blits! Dan frons hy weer. Waar kom sy aan die reg om hom in sy eie huis so uit die hoogte te behandel asof hy 'n onbeheerste seuntjie is?

Dan grinnik hy weer. Hy moet die tweeling darem dit toegee – daar skort niks met hul smaak nie. Hy kan verstaan dat sy dogters haar graag vir 'n ma sou wil hê. Sy sal elke meisiekind eer aandoen. Selfs in 'n kort tennisrokkie en met 'n poniestert lyk sy . . . ja, glad nie onaardig nie. Hy frons effens. Estelle het snaakse bene in 'n tennisrok. Dis of hulle so wil knopperig wees . . . Hy weet ook nie hoe nie . . .

Hy ruk sy gedagtes tot orde, trek weer sy mond verbete saam. Hoe dit ook al sy, hy voel nogtans soos die grootste gek van die eeu. Die hele dorp dink hy staan op trou en hy hoor eers vanoggend daarvan . . . en dit met 'n vrou op wie hy eers vanoggend vir die eerste keer in sy lewe 'n oog gelê het! Nee a! Nou het die tweeling darem te ver gegaan. Hy sal hulle wel die een of ander tyd alleen in die hande kry, mevrou Lara Kirsten ten spyt. Om nogal vir hom te kom vertel hy het nie selfbeheersing nie!

Hoewel Lara haar baie kalm en ten volle in beheer van die onmoontlike situasie voorgedoen het, is sy bekommerd en voel self ook soos 'n gek. Die tweeling leer 'n ander kant van haar ken toe sy hulle in hul kamer inmarsjeer en die deur agter haar toedruk.

Haar gesig is so streng soos wat hulle dit nog nie gesien het nie.

"Nou wil ek die waarheid weet. Het julle vir die mense vertel ek en jul pa het trouplanne? En geen om-die-bosspringery verder nie, hoor? My hande jeuk."

"Ons . . . ons het dit nie so reguit gesê nie. Ons het net

144

gesê tannie is . . . Pa se meisie," erken Tokkie dan openlik en begin weer huil.

Bokkie probeer ook deur die trane: "Ons het nie bedoel om tannie of Pa seer te maak nie! Maar ons wil so graag hê tannie en Pa moet trou. Ons wil so graag vir tannie vir 'n ma hê!"

Lara voel haar hart warm word, maar sy doen haar bes om nog streng te klink. "Ek en jul pa ken mekaar nie eens nie! Julle kan mos nie verwag dat ons sommer net moet trou net omdat julle my vir 'n ma wil hê nie. Ek en jul pa het tog seker ook seggenskap in die saak, nie waar nie?" Sy sug en probeer weer. " 'n Mens moet lief wees vir iemand as jy met haar of met hom gaan trou, Tokkie, Bokkie. 'n Mens moet van mekaar hou."

"Maar tannie hou mos van Pa, nie waar nie? Hy lyk maar vandag so kwaai. Hy is eintlik vreeslik gaaf. Tannie sal nog baie van hom hou as tannie net lank genoeg hier kuier . . ."

"En tannie sal ook nog lief word vir hom, tannie sal sien! Ons is vreeslik lief vir hom! Almal op Jagershoek hou van hom. Tannie kan hulle gaan vra!"

Lara lag hulpeloos. Nee, dit sal nie help nie. Niks sal die tweeling van hierdie idee laat afsien nie.

"Daar is een ding wat julle onmiddellik moet gaan regstel. Ek dink jul pa dink ek sit agter hierdie hele ding . . . dat ek julle opgesteek het om so iets te verkondig, en dit is nie waar nie. Julle gaan nou dadelik vir hom sê dat ek niks van hierdie planne van julle geweet het nie, verstaan?"

"Ons sal, tannie. Ons sal sommer nou gaan. Maar . . . dan gaan tannie nie sommer weg nie, nè?"

"Bokkie, ek moet tog die een of ander tyd weer teruggaan. Ek kuier al lank hier en ek dink dis tyd . . ."

"Nee, tannie, asseblief! Tannie en Pa moet mekaar dan nou eers leer ken!"

"En wat sal die mense sê as Pa se . . . as tannie sommer nou dadelik weggaan?"

Lara frons. Dis waar! As sy nou skielik van die toneel af verdwyn, gaan dit baie besprekings en bespiegelinge tot gevolg hê. Sy sal weg wees, maar Henk Beukes sal in 'n groot verleentheid wees!

"Sien, tannie! Tannie sal nie nou kan weggaan nie!" sê Tokkie en glimlag deur haar trane.

Lara kyk haar kwaai aan. "Julle was regtig baie, baie stout. Ek moes jul pa laat begaan het om julle lekker sleg te sê. Toe, gaan sê hom ek het niks met hierdie ding te doen nie! Dadelik!"

Lara voel bewerig toe sy in die kombuis kom en 'n koppie tee by tant An gaan bedel. "Ek voel regtig baie ontsteld oor die tweeling se dinge," erken sy openlik. "Ek weet nie wat hulle besiel het nie . . ."

"Ag, kind, jy moenie te kwaad vir hulle wees nie. Jy weet, ek erken openlik, ek is regtig baie teleurgesteld dat dit nie die waarheid is nie."

"Maar, tante!"

"Ons het lief vir jou geword, Laratjie. Ek het jou al so duidelik in die rol as vrou en ma in hierdie huis gesien dat ek my nou net nie kan verbeel of wil aanvaar dat dit nie so gaan wees nie."

Lara sug en gaan sit met haar koppie tee by die kombuistafel. "Regtig, tant An, u is amper net so erg soos die tweeling! Henk is verlief op 'n ander meisie . . ."

"Maar is hy?" Tant An glimlag in die kwaai oë af. "Ek is nie so seker daarvan nie."

"Tant An, hy wil by haar gaan kuier." Haar oë vernou. "Dit laat my mos dink . . . U moes mos geweet het van hierdie kuiery, nie waar nie?"

Tant An rek haar oë onskuldig op egte tweelingwyse. "Nee, kind, ek weet niks daarvan af nie. Hy het seker maar net gevoel dat hy die tweeling 'n bietjie moet wegneem ter-

146

wyl hulle nou die eerste deel van die vakansie by die huis gaan bly. Ek is seker dis al," sê sy met groot oortuiging. Sy voeg onskuldig by: "Ek het oor die saak nagedink, en die enigste oplossing nou is dat julle maar eers die storie so laat aangaan totdat dit vanself doodloop. Henk sal darem soos 'n baie groot gek lyk as hy nou aan elkeen moet gaan verduidelik dat dit nie so is nie, nè?"

En terwyl tant An in die kombuis haar deeltjie bydra om die tweeling se droom verwesenlik te probeer kry, doen hulle hul bes by hul pa.

'n Heelwat kalmer Henk kyk op toe die tweeling skoorvoetend in die deur verskyn.

"Pa, kan ons met Pa praat, asseblief?"

"Ons wil iets vir Pa vertel, Pa, asseblief."

"Ja, kom binne en maak toe die deur."

"Pa, Pa moet regtig nie dink tannie Lara het iets met hierdie . . . hierdie stories te doen nie. Sy het regtig niks daarvan geweet nie," begin Tokkie verduidelik en om krag by te sit, voeg Bokkie by: "Regtig, Pa. Dis nou die waarheid."

Henk knik. "Ja, ek sal dit so aanvaar. Sy kom my darem nie voor as 'n vrou wat haarself só sal verneder nie." Sy gesig is ernstig. "Maar besef julle nou in watter moeilike posisie julle haar ook gestel het? Hoe gaan ons weer hierdie stories doodkry?"

"Pa, tannie Lara wil weggaan."

"Pa, Pa kan haar mos nie nou laat weggaan nie, nè, Pa? Wat sal die mense sê?"

Hy frons kwaai. Deksels, dis waar! Sy gaan sowaar nie maak dat sy wegkom en hom alleen hier los om al die verduidelikings te doen nie! Sy is darem ook nie heeltemal onskuldig nie. Dis haar skuld dat die tweeling so lief vir haar geword het! Sy sal haar deel ook moet bydra!

"Nee. Sy sal nie nou kan weggaan nie. Ons sal eers 'n

147

plan moet kry," hoor die tweeling tot hul grootste verligting en vreugde. "Sy het sonder my medewete hierheen gekom, maar sy sal sowaar nie sonder my toestemming nou weggaan nie. Sy is saam met my in hierdie ding."

Bokkie stamp aan Tokkie en vra dan huiwerig. "Jong, moet ons nie maar vir Pa alles vertel nie?"

Henk kyk sy dogters ontsteld aan. "Wat . . . wat bedoel jy, Bokkie, is daar dan nog?" Hy staan vinnig op en kom reg voor die tweeling staan. "Kyk hier, moenie dat ek weer my selfbeheersing verloor soos julle tannie Lara gesê het nie. Wat is daar wat ek nog nie weet nie? Uit daarmee! Dadelik!"

Tokkie lek oor haar lippe. "Dis . . . dis 'n laaaaang storie, Pa . . ."

"So?" Henk sluk en kyk hulle onrustig aan, sy stem kortaf. "Kom ons sit hier op die bank en nou vertel julle my alles. Alles, verstaan julle?"

Tokkie kyk na Bokkie. "Vertel jy maar."

Bokkie frons kwaai. "Nee, wag, jongie. Dit was jou plan daardie!"

"Maar dit was jy wat gesê het ons moet Pa se naam instuur toe ons nie iemand kon kry nie!" verweer Tokkie heftig, en Henk voel 'n beklemming oor hom toesak. Sy naam ingestuur . . . Waarnatoe?

"Luister, julle twee. Dis nou genoeg, hoor! Tokkie, vertel!"

"Pa, sien, die . . . ding het so gewerk . . ." begin Tokkie bang, en algaande, met baie tussenwerpsels, ontplooi die hele verhaal voor Henk Beukes sodat hy net sy dogters stom kan sit en aankyk. Hy kan sy eie ore nie glo nie, en twee paar blou oë hou hom onrustig dop.

"Julle sê . . ." Hy maak eers keel skoon. "Julle sê julle het in my naam toe briewe aan tannie Lara geskryf en . . ." Hy skud sy kop. "Maar sy moes tog iets agtergekom het!"

Tokkie waag dit om trots te glimlag. "Nee, Pa, sy het

nie. Ons het Pa se handtekening onderaan die briewe ge-
sit."

"Hoe het julle dít reggekry?" vra hy, steeds te verbys-
terd om kwaad te word.

Weer is dit Tokkie wat trots verduidelik. "O, dis baie
maklik, Pa! Ons het Pa se handtekening deur die deur-
skynpapier afgetrek. Wag, ek sal Pa wys . . ."

"Ja, toe maar. Ek weet presies wat jy bedoel. Ek weet
hoe dit gedoen word."

Bokkie begin voel Tokkie loop darem nou met al die eer
vir hul briljante plan weg, en sê vinnig: "Sy weet ook nie
dat Pa niks geweet het van haar koms nie. Sy dink Pa het
haar genooi om te kom kuier."

"Hoe?" Henk knip sy oë.

"Ons het haar eerste genooi, en toe skryf sy terug sy kan
nie sommer kom as Pa nie ook sê sy kan kom nie, en toe
skryf ons weer 'n brief in Pa se naam en nooi haar en ons
teken toe weer Pa se naam met die deurskynpapier onder-
aan en . . . toe kom sy!"

"Ek . . . sien." Henk kyk sy twee dogters beurtelings
aan. Een ding is seker. Hy het nie twee onnosel kinders nie!
Hulle is eintlik briljant! Om aan so 'n plan te dink en dit
deur te voer en vir so lank alles geheim te hou sonder om
betrap te word . . .

"En tant An glo toe alles wat julle vir haar vertel?"

"Ja, Pa!"

Hy is eers weer 'n rukkie stil, kyk hulle dan weer on-
rustig aan. "Wat het julle alles in daardie advertensie,
sal ek dit maar noem, kwytgeraak? Wat het julle daarin
gesê?"

"Dat Pa 'n eensame wewenaar is met dertienjarige twee-
lingdogters en dat Pa raad soek met hul probleme en . . ."

"En graag wil korrespondeer met iemand wat kennis
het van tweelingdogters en . . . Ja, dit was maar al."

"Al, sê julle?" Hy grinnik vir die eerste keer openlik.

"En wat was my skuilnaam altemit? Julle het darem seker 'n skuilnaam gebruik?" vra hy vinnig, en hulle knik.

"Natuurlik, ja! Almal moet skuilname hê."

"O, dank die gode daarvoor!" Hy sluit sy oë 'n oomblik, vra dan weer, hierdie keer openlik nuuskierig: "Nou, wat was my skuilnaam?"

"Pa, sien, ons het so geredeneer – ons kan nie Jagershoek gebruik nie; dan sal almal mos weet dis Pa wat geadverteer het. Dis net Pa wat 'n tweeling hier het."

Weer dank Henk die gode inniglik. "Juis, my kind. Dit was baie bedagsaam van julle. Baie dankie."

Bokkie giggel. Hulle moes Pa al lankal alles vertel het. Hy is 'n regte ou sport. Oe, tannie Lara gaan nog baie lief vir hom word! "Ons het Pa toe maar genoem EENSAAM OP WEGDRAAI."

"EENSAAM . . . OP . . . WEGDRAAI . . ."

"Ja. Dis oulik, nè, Pa?"

"Baie oulik," beaam hy.

"Pa sou nooit aan so 'n oulike naam kon dink nie, nè, Pa?"

"Nee. Nee, ek . . . sou nie. EENSAAM . . . OP . . . WEG . . ." Dan kan hy dit nie meer hou nie, en tot die tweeling se verbystering begin hul pa lag . . . en hy lag . . . en hulle begin onseker saamgiggel . . . en hy lag harder . . . al harder . . . Die tweeling lag nou kliphard saam . . . en hy skater!

In die kombuis kyk tant An en Lara mekaar verbaas aan.

"Wat . . . Is dit nie die tweeling wat so huil nie?"

"Nee . . . e . . . Dit klink my meer . . . Dis 'n gelag! Hoor daar! Hulle klink half histeries!"

Die twee vroue staan verbaas en luister, en selfs toe Henk hulle gewaar, is hy nie in staat om op te hou nie. Die tweeling bedaar effens toe hulle die twee vroue gewaar, en Lara vra verdwaas: "Wat . . . gaan met hom aan?"

"Hy . . . lag, tannie!"

"Dit kan ek sien, Tokkie! Waaroor lag hy so?"

"E . . . ek weet ook self nie eintlik nie, tannie."

Lara vererg haar. "Waaroor het julle twee dan so gelag? Ons kon julle ook tot in die kombuis hoor."

"E . . . sommer maar, tannie!" Sy giggel weer. "Sommer van lekkerkry!"

Henk wend 'n merkbare poging aan om homself weer onder beheer te kry, en moet sy sakdoek gebruik voordat hy kan sê, maar nog steeds met 'n breë glimlag om sy lippe: "Verskoon my, asseblief." Sy oë terg meteens. "Ek het blykbaar al weer my selfbeheersing verloor. Ek is jammer."

"E . . ." Hy ontmoet die tweeling se groot oë en sê dan sedig: "Nee, dit was sommer net 'n grappie tussen my en my dogters. Ek dink nie jy sal dit so waardeer nie," en weer moet hy sukkel om sy lippe stil te hou.

Lara kyk hulle agterdogtig aan, maar sy word niks verder wys uit die drie paar oë wat onskuldig in hare terugkyk nie.

Dan glimlag sy ook. "Ek is in elk geval bly om te sien hier is nie moord gepleeg nie. Tokkie, Bokkie, julle moet nog kom bad. Julle het nog altyd jul tennisklere aan."

"Net so 'n oomblik, asseblief. Hulle sal nou kom bad, mevrou. Ons het nog net so 'n klein sakie om te bespreek." Hy glimlag vriendelik. "As julle ons nog net so 'n oomblikkie alleen sal laat, asseblief?"

Lara en tant An het geen keuse as om om te draai nie en die deur word weer agter hulle toegemaak. Die tweeling hou hom onrustig dop. Hy kom tot by hulle en neem elkeen aan die arm. "Julle kort elkeen wragtie 'n ordentlike straf, nie waar nie?" Die koppies hang, en hy glimlag fyn. "Maar as julle my iets plegtig belowe, sal ek julle hierdie keer oorsien."

"Ja, Pa!"

Hy laat sy stem sak. "Julle vertel nie vir tannie Lara dat

151

dit nie ek was wat daardie briewe aan haar geskryf het nie, hoor julle?" Hulle kyk hom verward aan en hy vervolg: "Dis nie nodig dat sy hoef te weet nie, is dit? Dit sal haar net verleë laat voel, en dan sal sy dadelik spore maak. En sy kan mos nie nou weggaan nie, nè? Julle het dan soveel moeite gedoen en . . . ek het julle tannie Lara dan nog nie eens behoorlik leer ken nie! Belowe julle?"

Twee paar blou oë kyk mekaar ongelowig aan en skiet dan terug na hul pa se glimlaggende gesig en hy knipoog vir hulle. Met uitroepies van vreugde val hulle hom om die nek en verwurg hom byna.

"Ons sal niks sê nie! Ons belowe!" fluister Tokkie geheimsinnig hier in sy oor en aan die ander kant beaam Bokkie: "Nooit!"

Toe hulle uit is, gaan sit Henk agter sy lessenaar en kyk lank na die foto in die goue raampie op die hoek van die lessenaar. Sy het nog nie opgemerk dat haar foto op sy lessenaar staan nie! Dan glimlag hy weer, skud sy kop. EENSAAM OP WEGDRAAI! Slim kinders, syne!

12

Lara kyk op toe Henk in die sitkamer verskyn. Sy kan nie help om op te merk dat Thelma heeltemal gelyk gehad het toe sy gesê het die tweeling het 'n baie aantreklike pa nie. Sy laat haar ooglede vinnig val toe hy haar opsommende blik betrap, en hy glimlag effens.

"Mevrou Kirsten, kan ek jou 'n oomblik spreek, asseblief?" Sy kyk weer op en sy gesig is heeltemal ernstig. "In die studeerkamer, asseblief."

Hy bied haar baie formeel 'n stoel aan en gaan dan self agter sy lessenaar sit, en sy vingers draai ongeërg die foto met sy rugkant na haar.

"Mevrou, ek wil heel eerste verskoning maak vir die tweeling en hul gedrag. Ek is regtig jammer dat hulle jou in so 'n situasie betrek het." Hy aarsel, kyk dan reguit op. "Ek het dit daardie tyd so waardeer dat jy op my hulpgeroep geantwoord het. Jy het seker al gewonder hoekom ek van so 'n metode gebruik gemaak het, nie waar nie?"

Sy knik. "Wel, ja, ek het eintlik."

"Jy sien, hier is eintlik niemand op Jagershoek wat my werklik met hulle kon help nie. Tweelinge, en veral identiese tweelinge, is nie sommer net twee kinders nie. Hulle is eintlik twee halwes – of dan, 'n geheel in twee halwes, as jy sal verstaan wat ek bedoel."

"Ja, ek weet. Ek het self twee gehad. Hulle is nie presies soos die gewone kind nie."

"Ja. Wel, toe bereik hulle ook die moeilike jare van puberteit en ek het net gevoel ek moet êrens vandaan hulp of dan leiding kry met hulle. Al is ek 'n skoolhoof, is ek 'n man. Selfs al my kennis en ervaring van en met kinders help 'n man dan nie altyd in so 'n situasie nie."

Sy kyk hom vas in die oë. "Wat van hul klasonderwyseres?"

Sy blik sak vlugtig. "Ja, wel, sy het probeer help so goed sy kon, glo ek, maar . . . dit was nie juis 'n sukses nie." Hy frons liggies. Tog het die tweeling wonderbaarlik verander en verbeter die afgelope tyd. Nou weet hy hoekom. "Dis sedert jy op die toneel verskyn het dat die tweeling duidelik tekens van vordering begin toon het. Ek sal jou altyd baie dankbaar daarvoor bly."

Lara glimlag effens, erken dan: "Eintlik het hulle vir my baie meer gedoen as ek vir hulle. Hulle het my weer nuwe belangstelling in die lewe gegee ná my man en kinders se dood."

"Ja, ek begryp. Ek wou nog my simpatie aan jou oordra . . ."

"Maar jy het al."

"O?"

"Ja. In jou eerste brief aan my. Onthou jy nie?"

"E . . . e . . . ja, dis waar. Dit het my net 'n oomblik ont-
gaan. Wel, mevrou, daar is nou weer 'n ander probleem."
Hy glimlag, lyk amper soos 'n verleë skoolseun. "Dis nou
ek wat hierdie keer 'n probleem het. Hierdie stories wat
nou op die dorp rondgaan . . . Om dit te gaan ontken, is
buite die kwessie. Dan moet 'n mens verduidelik wat ge-
beur het en . . . dit sal 'n bietjie moeilik wees en ons albei
in die verleentheid stel. Ek het gedink die beste is om dit
maar so te laat deurgaan en mettertyd kan dit 'n natuur-
like dood sterf. Hoe minder 'n mens jou aan stories steur,
hoe beter."

Lara dink 'n bietjie na. Die vraag is net wat juffrou Hui-
zeman gaan sê en dink as die stories haar ore bereik. En
hoor, sal sy dit. Maar dis sy probleem. Hy sal seker die
regte ding aan haar verduidelik wanneer sy van vakansie
terugkom. Dit gaan egter weer probleme vir die tweeling
skep, besef sy bekommerd. Maar amper soos die tweeling
destyds, besluit sy om maar die probleme af te handel soos
dit kom.

Hy onderbreek haar gedagtegang. "Ek dink ook nie dis
wenslik in die lig van omstandighede dat jy dadelik ver-
trek nie. Dit sal snaaks lyk as jy nou padgee sodra ek tuis
kom."

"Miskien, maar aan die ander kant weer . . . Hoe langer
ek bly, hoe vaster gaan die mense glo dat . . ."

"Ons op trou staan of dan ten minste 'n vaste verhou-
ding het? Ja, maar hulle sal tien maal meer praat as jy nou
weer sommer van die toneel af verdwyn. Ek weet ek het
nie die reg om dit te vra nie, maar sal jy nie maar asseblief
nog 'n rukkie hier kuier nie?"

Lara is in die middel van die wêreld. "Maar jy wou . . .
self nog gaan kuier het," sê sy en kry 'n ligte kleur.

"Om geen ander rede as om die kinders ook 'n bietjie

weg te kry nie," jok hy glad en onwetend so reg na tant An se woorde.

"O. Is jy seker?"

"Heeltemal seker." Hy sus sy gewete dat dit miskien nie aan die begin so was nie, maar dinge het beslis sedert gister onherkenbaar verander.

"Nou goed dan. Ek sal bly totdat die skole moet begin," sê Lara, en hy knik dankbaar.

"Baie dankie. Ek waardeer dit. Werklik." Hy staan op, kyk haar met 'n fyn glimlaggie aan. "En, terwyl ons nou in die oog van die wêreld 'n verhouding het, my naam is Henk."

Sy glimlag ook onwillekeurig. Die tweeling mag baie na hul oorlede ma lyk, maar hulle het hul oorredingsvermoë beslis van hul pa geërf! Sy glimlag geamuseer. Sal Thelma darem nie hierdie storie geniet nie!

Sy is onbewus daarvan dat hy haar deeglik beskou en kyk op toe hy ook glimlaggend vra: "Mag ek weet wat jou so amuseer?"

Sy sprei haar hande oop en lag saggies. "Ek het sommer net gewonder wat my mense hiervan sou sê as hulle moes weet!"

Daar is 'n ondersoekende blik in sy oë. "Het jy . . . spesiale mense? Ek bedoel, 'n spesiale vriend miskien wat ontevrede sal wees . . ."

"O nee! Ek het eintlik aan my skoonsuster gedink. Thel sal haar morsdood lag as sy nou hier moes gewees het!"

"In daardie geval dink ek ons moet haar voorbeeld volg en liewer die humor in die hele ding sien. Daar is beslis genoeg noudat ek so dink!"

Hulle lag klink saam op en die tweeling gril behoorlik van lekkerkry toe dit hul ore in die kombuis bereik.

"Tant An, alles gaan nog regkom, tante sal sien!" voorspel Tokkie met blink oë.

Tant An moet saam glimlag, maar kyk hulle tog nietemin streng aan. "Nie dat julle dit verdien nie, hoor? Soveel leuens en dinge wat julle darem uitgedink het! Ek wonder wat jul tannie Lara sal sê as sy moet uitvind."

Hul oë rek rond van ontsteltenis. "Maar sy mag nie, nooit nie! Pa het ons die dood voor oë gestel as ons haar ooit laat uitvind!"

"Regtig?" Tant An kyk hulle met belangstelling aan.

Bokkie beaam ook: "Dis waar, tante. Tante moet haar tog nooit laat agterkom nie, hoor? Pa wil nie hê sy moet weet nie."

Tant An glimlag fyn, en toe Henk en Lara oomblikke later binnekom, weet sy, soos die tweeling, dat alles nog gaan regkom.

"Ek sal nog kuier tot die end van die vakansie," sê Lara en kyk die tweeling waarskuwend aan. "Maar net om nie jul pa in 'n groot verleentheid te stel nie! Verstaan julle twee dit duidelik?"

"Ja, tannie."

"Natuurlik, tannie."

Die stemmetjies klink buitengewoon gelate, en Lara voel eintlik verbaas dat hulle hulle so daarby neerlê. Ook tant An kry 'n agterdogtige kyk toe sy ewe getroos sê: "Ag, ons waardeer dit vreeslik, Laratjie. Dis dierbaar van jou. Baie dankie, kind."

Wat sy nie weet nie, is dat die baas van die huis agter haar met 'n breë, stout glimlag staan en dat hy gerusstellend vir hulle oor haar skouer oogknip. Maar toe hy weer in haar gesigsveld kom, is sy gesig so sedig soos wat 'n mens dit van 'n waardige skoolhoof sou verwag. Ook sý stem klink waarskuwend.

"En van nou af, juffroutjies, los julle my privaat sake uit, én die van tannie Lara, verstaan? Ek is heeltemal mans genoeg om vir myself 'n vrou te kry, goed?"

Lara voel meteens gerus ná sy streng woorde en gaan sit om haar koppie tee van tant An te ontvang. Maar die tweeling is flink van begrip en verstaan honderd persent hoe hul pa se verstand nou werk. Die koppe knik gehoorsaam, maar dan draai dit weg van Lara en twee blou oë knip openlik terug, tot groot vermaak van tant An wat die hele spulletjie met 'n geamuseerde glimlag sit en beskou. Daar is ook openlike goedkeuring in haar oë te lees toe sy en Henk se oë vlugtig ontmoet.

Toe hy hulle daardie middag vertel dat hulle saam met hom kan uitry na oom Joors en tant Stella op die plaas Buffelspoort, kan dit nie hoër of laer nie, maar hul "present"-klere moet aangetrek word. Ter wille van hulle, trek Lara dan ook haar klere wat soos hulle s'n lyk aan. Sy moet ook weer die tweeling se hare soos haar eie haarstyl kam. Toe die drie skielik voor Henk verskyn, is daar meer as verbasing in sy oë te lees. Ook tant An glimlag ingenome.

"Nou lyk julle soos 'n drieling!" laat hy goedkeurend hoor.

Lara sê onseker, haar oë op Henk: "Ek kan iets anders gaan aantrek, as jy dink . . ."

"Onder geen omstandighede nie. Jy . . . julle lyk pragtig," keer hy dadelik en sê tergend aan tant An: "Ek het darem drie mooi vroumense, nè, tante?" Sy blik gaan na die tweeling. "Waar kom julle aan daardie oulike goed wat julle aanhet?"

Bokkie se oë knip wild na hom. "Maar dis mos ons verjaardagklere wat tannie Lara vir ons gestuur het, Pa weet mos?"

"O! O ja! Maar . . . e . . . daar is nog iets anders aan julle . . ."

"Dis ons hare!" lag Tokkie spoggerig. "Kyk! Dit lyk nes tannie Lara s'n. Hou Pa daarvan?"

"Dis . . . pragtig!" Sy blik dwaal weer onwillekeurig oor die middelste gestalte en hy herhaal met nadruk: "Alles is

157

sommer net pragtig! Nou toe, kom! Ek wil vandag met my vroumense gaan spog. Kom ons ry."

Lara neem gedwee haar plek voor in die motor in en die tweeling bondel opgewonde agterin. Hul monde is nie vir 'n oomblik stil nie. Hulle vertel van alles wat op die mooi plaas van die Luttigs is en vandag luister Lara met 'n halwe oor.

Dit is verspot van haar hart om skielik te bokspring, en dit oor 'n blote beleefde kompliment. Sy verbaas haar vir haarself. Daar was 'n tyd dat sy nie gedink het haar hart sal ooit weer bokspring nie, maar . . . Haar oë vernou effens. Hierdie vakansie sal nou vinnig verby moet gaan. Dis of dinge al meer buite beheer raak.

Sy geniet die middag by die gawe Luttigs baie, maar voel tog ook ongemaklik. Dis duidelik dat hulle en Henk groot vriende is en sy is bewus daarvan dat sy goed deurgekyk word. Die stories van die dorp het natuurlik ook al deur die distrik versprei.

Toe die tante hulle groet en haar vriendelik nooi om so dikwels as wat sy lus het vir hulle in die toekoms te kom kuier, voel Lara dis haar plig om die ou dame reg te help.

"Ek gaan weer oor 'n week terug, tante. Maar baie dankie vir die uitnodiging."

Tant Stella frons verward en kyk na Henk. "Maar . . . bly sy dan nie nou sommer hier nie? Hoekom . . .?"

"O, tante, niks is eintlik nog gefinaliseer nie, verstaan? Ons sal maar nog sien hoe dinge uitwerk. Maar natuurlik sal julle haar weer sien."

Toe hulle in die motor is en vertrek, kyk sy hom beskuldigend aan.

"Dis nie die manier om die praatjies stop te sit nie!"

Hy kyk onskuldig terug. "As ek gesê het, ja, jy gaan eers terug, sou sy met 'n klomp vrae begin het. Nou weet sy ons is nog besig om ons planne te maak, en dit sal dus nie help om uit te vra nie."

Sy bly maar verder stil en kyk bekommerd voor haar uit. Sy moes nooit ingestem het om langer te bly nie. Met elke dag wat verbygaan, gaan sy haar aan groter hartseer blootstel, weet sy nou. Sy gaan baie, baie swaar van die tweeling afskeid neem. Sy sal hulle nooit vergeet nie. En hul pa is ook nie meer net die vae beeld op die agtergrond nie. Nee. Hy het skielik 'n baie belangrike plek begin inneem. Sy sal hom ook nie meer so maklik op die agtergrond van haar gedagtes kan skuif nie.

Lara voel verslae. Kan dit wees dat haar hart, wat byna nege maande gelede so op een slag vergruis is, nou weer opgewonde kan klop? Sy het Daan tog nie vergeet nie! Maar Daan is dood en Henk Beukes sit hier langs haar – aantreklik, lewend, 'n ernstige man, maar wat ook 'n stout glimlag kan hê en van wie die oë soms tergend kan vonkel en iets eienaardigs aan haar hart doen; 'n man wie se aanraking, toe hy haar netnou in die motor gehelp het, 'n bekende tinteling deur haar laat gaan het – 'n tinteling wat sy nie gedink het sy ooit weer sou ervaar nie.

In die dae wat volg, pak die onrus al groter in Lara saam, maar sy doen haar bes om niemand iets daarvan te laat agterkom nie. As sy skielik nie meer so gelukkig voel nie, is dit egter net die teenoorgestelde met die res gesteld.

Henk Beukes vind dat hy vir die eerste keer in sy lewe wens dat 'n skoolvakansie nié moet verbygaan nie. Nog nooit was sy huis so 'n lekker plek as nou nie. Hy het sy kinders nog nooit so gelukkig gesien nie. Hy self het ook nog nooit so tuis gevoel nie.

Dis of die ou huis self 'n verandering ondergaan het. Daar is nou oral blomme wat 'n warmte en huislikheid aan die ou vertrekke gee wat dit nog nooit gehad het nie. Saans, nadat die tweeling en tant An gaan slaap het, wend hy hom nie soos altyd maar tot sy lessenaar nie, maar bly nou rustig ontspan in die sitkamer, kastig besig met sy koerant, maar telkens loer hy na die vrou wat haar doenig hou met 'n stukkie herstelwerk aan een van die tweeling se klere.

Aan die begin wou sy ook sommer saans na haar kamer verdwyn wanneer tant An en die tweeling bedwaarts keer, maar hy het gou 'n stokkie daarvoor gesteek.

"Jy gaan tog ook nie nou al slaap nie," het hy geprotesteer, en Lara het weer daardie tinteling deur haar voel gaan, maar dit met mag onderdruk.

Hy is maar net eensaam, dis al, het sy haarself wysgemaak, maar tog gedwee teruggekeer na haar stoel. Omdat sy skielik senuweeagtig alleen in sy teenwoordigheid gevoel het, het sy maar 'n stukkie naaldwerk gaan soek om haar mee besig te hou, en van toe af het dit elke aand die instelling geword dat hulle nog 'n rukkie saam vertoef totdat sy weer vir hulle tee maak voordat hulle gaan slaap.

Hulle is natuurlik heeltemal onbewus daarvan dat die tweeling nie om dowe neute nou saans so soet gaan bad en slaap nie. Ook nie dat tant An streng bevele gekry het dat sy nie saans te laat in die sitkamer mag sit nie. Natuurlik is hulle ook heeltemal onkundig oor die feit dat hulle met arendsoë bespied word, en dat daar twee diep teleurgestelde kinders is wat later maar gaan slaap.

"Hulle sit net daar!" vererg Bokkie haar elke aand opnuut. "Wat vir 'n vryer is Pa ook? Sit net daar met sy ou koerant!"

Tokkie is ook sommer vies. Hulle moes alles vir hom doen, en nou is hy te vrotsig vir die romantiese dinge. "Pa weet seker nie meer hoe om te vry nie. Ons ma is al jare dood."

"Ja, maar tannie Lara se man is nog nie so lank dood nie. Sy behoort darem nog te onthou."

"Man, moenie simpel wees nie. Sy kan mos nie eerste begin vry nie. Die man moet mos eerste begin," laat Tokkie soos 'n egte kenner op daardie gebied hoor, maar Bokkie wil niks weet nie. Die vakansie is al amper om en Pa het nog niks uitgevoer gekry nie.

"Nou, as hy dan te vrot is om te begin, moet sy! Vir wat gaan sit sy nie sommer een aand op sy skoot nie?"

"Jy's laf, Bokkie! Tannie Lara sal nooit so iets doen nie. Sy is nie van ou Snuffelpot se soort nie."

"Van ou Snuffelpot gepraat . . . Oor 'n paar dae is sy hier, en dan is Pa en tannie Lara nog nie eens verloof nie! Tokkie, ons sal hulle moet help!"

"Hoe bedoel jy help?"

"Vir Pa en tannie Lara dat hulle kan begin vry en ver-loof raak. Daar is nog net 'n paar dae oor!"

"Maar hoe? Hoe kry 'n mens hulle aan die gang? Ek weet nie hoe vry 'n mens nie. Weet jy?"

"Natuurlik nie, maar . . . Ek sal jou sê! Sannie sal weet! Sy het al honderde van daardie vrystories gelees. Sy sal ons kan vertel."

"Dit sal nie deug nie, jong. Sy sal wil weet hoekom ons wil weet. Maar daar is seker nie iets vreesliks aan nie. In die flieks is dit mos maar net 'n gesoenery en . . . so aan. Dis tog baie simpel. Pa kan darem seker nog dit doen."

"Maar hy doen dit dan nie! Sou die tyd vir sy derde wind al verby wees, dink jy?"

"Hoe moet ek weet? Ek weet niks van winde af nie, nie van dié soort wat ou tant Sofie se wewenaar het nie, in elk geval."

Bokkie is regtig bekommerd. "Ek wonder of daar nog 'n vierde wind is . . . Ek gaan môre vir tant Sofie vra."

"Wat sal dit help? Pa weet blykbaar nie hoe om dit te gebruik nie." Tokkie sug en klim terug in die bed. "Daar gaan hulle al weer slaap en hy het nog 'n aand vermors! Ag nee, wat, Pa speel darem nie nou fêrplie nie. Ons het alles vir hom gedoen. Al wat hy moet doen, is nou net vat . . . en hy vat nie!"

Dus is dit nie net Lara wat bekommerd is nie, hoewel

ook die tweeling en tant An hul kommer goed wegsteek. Toe daar nog net drie dae oor is voordat die skole weer moet begin, is die tweeling desperaat. Toe Lara aan tafel daarvan praat dat sy haar treinkaartjie sal moet gaan bespreek, is hulle gou met hul hulpvaardigheid byderhand.

"Ons sal dit vir tannie gaan kry," laat Tokkie vinnig hoor en Bokkie help: "Tannie kan dit maar vir ons gee. Ons sal gou hardloop."

Sonder enige agterdog ontvang Lara later die toegeplakte koevert waarin sy duidelik iets kan voel. "Ons het dit toegeplak in die koevert sodat tannie dit nie dalk verloor nie," verduidelik Bokkie en Tokkie sê vinnig: "Wag, ek sit dit hier in tannie se handsak. Nou is dit veilig."

Lara sou beslis iets agtergekom het, was dit nie dat haar aandag die afgelope dae meer na binne gekeer was nie. Dáár is dit deesdae so 'n warboel van botsende emosies dat sy kwalik meer iets om haar opmerk.

Ook Henk Beukes kom blykbaar nie agter dat sy dogters se optrede meteens koeler teenoor hom geraak het nie. Hy is 'n man wat deesdae met diep gedagtes rondloop. Hy maan homself tot kalmte. 'n Haastige hond verbrand sy mond, sê die spreekwoord. Oorhaastigheid kan dalk meebring dat hy haar gaan afskrik en dan verloor. Hy moet in gedagte hou dat Lara haar man nog nie so lank gelede verloor het nie. Hy moet versigtig te werk gaan.

Maar van hierdie moeilike situasie waarin hul pa verkeer, weet die tweeling niks nie. Toe die telefoon dan ook weer 'n slag lui en Tokkie dit beantwoord, besluit sy dat dit nou tyd is om iets te doen.

"Nee, juffrou, sy is nog altyd hier . . . Nee, juffrou, eintlik het ons vir juffrou gejok. Sy is nie verlangs familie nie . . . Nee, juffrou, sy gaan nog familie word . . . Ek bedoel Pa gaan met haar trou, juffrou . . . Ja, juffrou. Trou. Juffrou weet mos . . . tróú . . . Nee, sommer nog in hierdie kwartaal, juffrou. So gou as wat dit gereël kan word . . .

Nee, juffrou, ek jok nie. Juffrou kan maar enige mens op Jagershoek bel. Almal weet al daarvan . . . Sjoe! Hoe smyt sy die telefoon in my oor neer!"

Bokkie kyk haar met groot oë aan. "Tokkie, Pa gaan jou braai!"

Tokkie frons vererg en lig haar ken uitdagend. "Aag, watwou! Hy kan nie eens vry nie!"

Daardie middag is Henk Beukes verbysterd toe hy die gehoorbuis van die telefoon niksvermoedend optel en 'n ysige stem in sy oor weerklink. Hy sit en luister verslae na die tirade.

". . . en moenie vir my sê dit is nie so nie! Ek het 'n paar mense op Jagershoek gebel en hulle almal vertel net een storie."

Henk frons skerp en kry eindelik 'n woord in: "Wel, Estelle, as die hele Jagershoek dit vertel . . ."

Hy moet eers weer stilbly en luister en keer dan vinnig: "Nee, Estelle. Wag net so 'n oomblikkie. Ek het nooit . . ." Weer sterf sy stem weg en die vier toehoorders in die sitkamer kyk mekaar met groot oë aan. Die studeerkamerdeur is nie toe nie en Henk praat redelik hard. Hulle kan elke woord hoor.

"Estelle, ek dink ons moet liewer hierdie gesprek staak. Dis nie 'n saak wat ek bereid is om oor die telefoon te bespreek nie . . ." Stilte.

"Net 'n oomblik, asseblief! Jy dwing my om dit oor die telefoon te sê. Ek het jou nooit aanleiding gegee om te dink . . ." Stilte.

"As jy en Jagershoek meer daarin gelees het as wat ek daarmee bedoel het, is ek jammer, maar . . ." Stilte.

"Luister, jy is nou onredelik. Ek sê weer, ek is jammer as . . . Wat? Maar jy kan dit nie doen nie!" Stilte.

"Estelle, wees om liefdeswil redelik! Die skole begin oor twee dae! Waar moet ek nou 'n onderwyseres kry vir . . .?" Stilte.

"Ek het jou nie vir die gek gehou nie!" Stilte.

"Maar my magtie, jy kan mos nie sommer net bel en sê jy kom nie weer terug nie! Jy moet 'n grondige rede . . ." Stilte.

"Nou goed dan, juffrou Huizeman. As dit jou houding is . . ." Stilte.

"Dankie. Ek sal heel waarskynlik! Ek het nie jou toestemming nodig om haar te vra nie!" Stilte.

Dan volg 'n harde geluid soos die gehoorbuis op die mikkie van die telefoon neergestamp word.

'n Fronsende Henk verskyn in die deur en Lara kyk hom bekommerd aan.

"Henk, as ek aan haar verduidelik . . ."

Hy skud sy kop. "Dit sal nie help nie. Sy is van die duiwel besete. Ek gee nie 'n flenter om dat sy vies is nie, maar waar moet ek nou 'n leerkrag vandaan kry?"

Die tweeling het mekaar al blou gesit en knyp van skone vreugde, en dis Bokkie wat nou dadelik 'n plan aan die hand doen.

"Maar dis maklik, Pa. Tannie Lara kan skoolhou."

"Nee, ek . . ."

"Ja, dis nie 'n probleem nie, Pa," val Tokkie geesdriftig weg. "Sy het juis gesê sy sal vir haar 'n pos moet soek. Is mos so, nè, tannie?"

"Ja, maar . . ."

"Werklik, Lara?" Tant An se gesig helder op. "Maar dis wonderlik! Dan ís daar geen probleem nie!"

"Maar, tante . . ."

"Dit sal wonderlik wees as jy jou weg so sal kan oopsien, Lara. Ek sit werklik in die middel van die wêreld. Daar is net niemand anders aan wie ek kan dink om te vra nie."

"Maar, Henk . . ."

"Ek begryp jou goed lê natuurlik in die stad, maar ons moet maar dadelik bel en jou skoonsuster vra om dit aan te stuur. Ek sal die inspekteur ook moet bel."

"En jy bly natuurlik net hier by ons. Dis glad nie nodig dat jy in die koshuis moet gaan loseer nie. Nee wat, jy bly net hier."

"Natuurlik, tante. Daar is nie sprake dat sy koshuis toe sal gaan nie. Deksels, maar die vroumens het my 'n lelike streep getrek! Wat makeer haar? Daar was nooit iets tussen ons nie!" Hy betrap Lara se blik op hom en hy draai hulpsoekend na die ander: "Daar was mos nie, nè? Julle kan mos getuig dat daar nooit iets ernstigs tussen my en Estelle Huizeman was nie."

"Nee, natuurlik was daar nie, Pa. Ons weet. Pa het nooit eens 'n bietjie met haar gevry nie!" beaam Tokkie heelhartig.

Haar pa frons 'n oomblik kwaai, en tant An se lag verbreek die skielike spanning. Henk kry 'n effense kleur en kyk dan glimlaggend na Lara wat onwillekeurig ook moet glimlag. "Jy sien? My dogters is my getuies. Daar was nooit sprake van iets meer as vriendskap tussen my en haar nie."

"Maar die hele dorp . . . en sy . . . het anders gedink," sê sy stil, en hy sprei sy hande oop.

"Dit kan ek tog sekerlik nie help nie? Ek kan mos nie help vir wat in ander mense se koppe aangaan nie, kan ek?" Hy kyk weer hulpsoekend na die tweeling en dié laat hom nie in die steek nie.

"Nee, natuurlik nie, Pa!"

Lara lag ook maar saam, maar sê dan ernstig: "Daardie deel het in elk geval niks met my te doen nie. Ek besef jou penarie, Henk, maar ek sal jou regtig nie kan help nie. Asseblief, verstaan tog! My treinkaartjie is dan al gekoop!"

"Nee, dit is nie, tannie. Ons het dit nie gekoop nie. Tannie het nie plek op die trein oormôre nie." Bokkie glimlag kordaat. "Dis sommer 'n kaal ou stukkie papier wat in die koevert is. Ek sal nou tannie se geld gaan haal."

Henk lyk glad nie ontsteld oor sy kinders se oneerlikheid nie. Inteendeel. Dit hinder hom glad nie. Hy glimlag breed. Hy het regtig slim kinders!

13

Lara frons kwaai. "Ek dink regtig dis tyd dat jy jou dog-ters 'n slag goed onder hande neem, Henk."

Hy trek sy gesig sedig. "Ek stem met jou saam, Lara, maar dis 'n bietjie moeilik vir my as man. Hulle is darem al so te sê groot meisies. Sal jy nie maar bly en my sommer met hulle ook help nie?"

"Ag ja, toe, tannie!"

Sy bly kwaai lyk. "Dit sal glad nie so 'n saligheid wees soos wat julle dink nie, hoor? Ek is 'n kwaai onderwyse-res."

"Dis alles reg, tannie. Ons is gewoond aan kwaai onder-wyseresse," antwoord Tokkie glimlaggend, geensins ont-steld oor die dreigement nie.

Tant An skud haar kop. "Gee tog maar in, Laratjie. Ons het jou so nodig hier. Bly nou maar hier by ons, asse-blief."

Lara sug en gee dan maar toe. "Dan net totdat jy ie-mand anders gekry het, Henk. Jy begin dadelik na iemand anders soek."

Hy knik, sug in sy hart. "Dit belowe ek jou. Baie dankie, Lara." Sy blik gaan vlugtig na die tweeling wat duidelik toon wat hulle van hierdie nuwe verwikkelinge dink, en hy trek weer sy gesig op 'n streng plooi. "En julle twee dametjies gaan haal nou dadelik tannie Lara se geld wat sy vir die treinkaartjie gegee het. Julle behoort julle te skaam! Sulke oneerlikheid!"

"Maar, Pa, ons was nie van plan om die geld vir onsself te hou nie!" verdedig Tokkie verontwaardig.

"Dit sê ek nie, maar dis oneerlik om so iets te doen! Kom! Gaan haal dit!" en hy jaag hulle by die vertrek uit, maar in die gang vou hy die twee skraal lyfies skielik teen hom vas. "Julle twee bielies! Vat daardie geld maar vir julle en kom haal hier by my om vir tannie Lara terug te gee."

Die tweeling se oë rek verbaas. "Pa, Pa bedoel ons kan alles vir ons vat?"

"Ja, hoewel ons mekaar duidelik moet verstaan. As ek julle weer op so iets betrap, kry julle iets anders, nie geld nie. Ek hok julle vir 'n maand. Goed? Maar hierdie keer sal ek julle oorsien. Ek wens net ek het geweet wie vir Estelle van my trouplanne vertel het. Dan gee ek daardie een ook 'n geskenk!"

"Dan kan Pa maar gee. Dit was ek."

"Jy? Tokkie!"

"Dis waar, Pa. Sy't gebel en toe vertel ek haar Pa het gejok, tannie Lara is g'n familie nie, sy moet nog familie word. En toe sê ek haar Pa gaan nog in hierdie kwartaal met haar trou – dis nou met tannie Lara en dat . . ."

"Tokkie!" Henk skud sy kop, kyk sy dogter half bekommerd aan. Werklik, hulle kan 'n ding verskriklik lekker met die mond draai soos hulle hom wil hê!

"Maar dis mos waar, hè, Pa? Julle gaan tog mos trou."

"Nie as dit van Pa afhang nie," laat Bokkie ontevrede hoor. Deksels, hoekom het sy nie eerste daaraan gedink om ou Snuffelpot van die trouery te vertel nie? Tokkie is haar ook altyd een voor.

"En wat bedoel jy daarmee?" wil hy streng weet, en Bokkie kyk hom kordaat in die oë.

"Pa het nie genoeg wind daarvoor nie."

"Wa . . .?" Henk kyk sy ander dogter verdwaas aan. "Wat . . . wat bedoel jy?" vra hy dan versigtig.

"Ou tant Sofie hier langsaan se ou wewenaar het darem nog 'n derde wind, maar dit lyk my Pa het g'n stuk wind meer in Pa oor nie."

167

Henk kyk haar verontwaardig aan. "En waar kom jy daaraan dat ek minder wind in my oorhet as ou Klaas Wehmeyer?"

"Dit lyk so! Pa sit net elke aand en koerant lees. Pleks dat Pa tannie Lara begin aankeer!"

"Bokkie, maar . . ."

"Pa, sy bedoel Pa sal darem nou moet begin vry as Pa nog hierdie kwartaal wil trou," help Tokkie ook verduidelik. "Sien, Pa, 'n mens moet glo darem eers 'n bietjie vry voordat 'n mens kan gaan trou. Sannie Bester sê so. Pa het seker al vergeet, maar dis soos dit gedoen word."

"O!"

"Ja. Pa moet sommer die koerant neergooi en dan . . . dan . . ."

Henk druk hulle by hul kamerdeur in en trek dit dan weer styf agter hom toe. Hy wink na 'n bed.

"Kom ons sit hier en bespreek die saak deeglik. Nou toe, Bokkie. Jy wou vertel hoe ek moet maak. Ek gooi die koerant neer. En dan?"

Bokkie kyk hulpsoekend na Tokkie. "Toe, jong. Wat dan?"

"E . . . hoe moet ek weet? Jy was aan die vertel hoe Pa moet maak!"

Henk voel hy kan oopbreek van binne, maar hou sy gesig met 'n bomenslike poging ernstig. "Nou maar toe nou, julle! Julle sal moet aan 'n plan dink. Wat moet ek doen om net eers te begin? Sien, die begin is so swaar." Hy laat sy stem sak. "Laat ek julle 'n geheimpie vertel. Ek het meer as genoeg wind vir hierdie sakie. Om die waarheid te sê, loop ek deesdae so en sweef oor die aarde, maar . . ."

Hulle kyk hul pa met blink oë aan. "Regtig, Pa?"

"Haai, regtig, Pa?"

"Ja, regtig. Maar ek sal nou maar aan julle erken. Ek weet net nie hoe om te begin nie! Ek is so bang sy vererg haar vir my en sy vat haar goed en loop."

"Sy sal nie, Pa. Ek sê vir Pa, sy sal nie!"

"Pa, ek dink sy sweef self al lankal, maar sy wag natuurlik vir Pa en Pa kan nie begin nie. Nee, Pa sal moet 'n plan maak."

"Maar hoe?" Daar het wel deeglik nou ook erns in sy stem ingesluip. Deksels, as die tweeling maar net weet hoe hy al agter daardie koerant planne gesit en maak het om "te begin", soos hulle sê. Maar elke keer het hy dit maar weer verwerp. Hulle ken mekaar nog so kort.

Nie dat daar by hom meer enigsins twyfel bestaan nie. Van daardie oomblik af dat sy hom so meerderwaardig uit die hoogte aangespreek het, het hy geweet: ek het vir háár gewag, en vir háár wil ek hê, en nie net omdat die tweeling haar vir my uitgesoek het nie.

Bokkie kyk hom openlik ergerlik aan. "Maar Pa het tog seker darem die een of ander tyd in Pa se lewe al gevry? Wat het Pa toe gedoen?"

Hy maak keel skoon, dink 'n bietjie. "Wel, Bokkie, ek kan onthou wat ek gedoen het, maar ek kan nie onthou hoe ek begin het nie. Die begin is die probleem, verstaan jy?"

"O, gorrel, en waar gaan ons dít uitvind?" sug Tokkie moedeloos.

"Man, as ons haar net eers in Pa se arms kan kry . . ." begin Bokkie en kyk haar pa vraend aan. "Hè, Pa? As ons haar eers net dáár kry, dan sal Pa mos weet hoe om aan te gaan, of hoe?"

Henk se hand bewe terwyl dit oor sy mond verbyskuif. "Ja, ek dink darem so, my kind. Ek kan darem min of meer onthou hoe dan verder."

Bokkie kyk na Tokkie. "Nou ja, jong, dan moet ons net eenvoudig aan iets dink wat haar in Pa se arms sal indryf. Wag 'n bietjie! Wag so 'n bietjie!"

"Ja? Ja, Bokkie?"

Bokkie kyk in haar pa se gretige oë vas, aarsel en sê dan reguit: "Hoeveel is dit vir Pa werd?"

"Wat bedoel jy?"

"Ek bedoel . . . net soveel as wat Pa vir Tokkie gaan gee omdat sy vir ou Snuffelpot van Pa se trouplanne vertel het?"

Henk trek sy asem in en knik dan. "Goed. Ooreengekom. Nou wat?"

Bokkie glimlag. "Nee, Pa hoef nie daarvan te weet nie, anders gee Pa naderhand die hele ding weg."

Sy geamuseerdheid verdwyn effens. Vir hierdie twee moet 'n mens nie te veel tou gee nie. Hulle kan aan die onmoontlikste dinge dink. Hy voel meteens onrustig. Miskien het hy die grap te ver gedryf.

"Bokkie, julle gaan nie onmoontlike goed aanvang nie!"

"Wat bedoel Pa met onmoontlik? Pa wil dan hê ons moet Pa help!"

"Ek bedoel eintlik onverantwoordelike goed. Sê my, wat is jul meesterplan?"

"Pa sal vanaand sien."

"Bokkie! Ek wil nou weet!"

"Ons moet die hele plan nog uitwerk, Pa!"

"Ja, maar ek wil daarvan weet voordat julle dit in werking stel, hoor?"

"Goed, Pa."

"Wanneer betaal Pa ons?"

"Betaal?"

"Ja, natuurlik. Vir my oor ek ou Snuffelpot uit die pad gekry het en vir Bokkie om Pa te help begin. Pa het mos gesê . . ."

"Ja. Ja! Maar ek wil eers sien of Bokkie se plan gaan werk. Ek gaan nie vir goed betaal wat nie uitwerk nie."

"Dit sal uitwerk," laat Bokkie verontwaardig hoor.

"Nou ja, goed dan. Ek sal julle môre jul geld gee as alles goed verloop." Hy staan op. "Maar as julle gaan nonsens aanjaag en maak dat sy weggaan . . . dan kry ek julle!"

waarsku hy. Toe die deur agter hom toegaan, laat Tokkie verontwaardig hoor.

"Dink 'n bietjie! Wonder wat sou hy sonder ons gedoen het? Was dit nie vir ons nie, sou hy nooit eens vir tannie Lara leer ken het nie." Sy skuif nader. "Nou toe, man. Vertel! Wat gaan ons doen?"

Bokkie lag en spring op. "Kom, ek gaan wys jou!"

'n Rukkie later kyk Tokkie haar suster met blink oë aan. "Jou, wragtie, dis net die ding! Bokkie, dis sommer 'n bak plan van jou!"

"Ek het ook so gedink! As dit haar darem nie binne 'n minuut binne-in Pa se arms het nie, eet ek my hoed op!"

"En as dit nie help nie, stel ons die ander plan in werking. Maar ek dink ons sal net die een nodig kry."

'n Rukkie later kry die tweeling hul pa alleen eenkant. "Pa moet nou eers vir tannie Lara wegvat. Gaan stap met haar of so iets."

"Hoekom?"

"Ons het die sitkamer 'n rukkie nodig."

Henk kyk hulle onseker aan. Aan die begin kon hy dit nie weerstaan om die tweeling 'n bietjie te terg nie. Maar later het dit heeltemal buite beheer geraak.

"Luister, julle twee, ek dink ons moet die hele ding liewer los."

"Nooit as te nimmer nie, Pa!"

"A nee a! Pa kan mos nie nou so wil maak nie! Ons het die hele middag aan ons plan gewerk!"

"Wat is die plan?"

"Nee, Pa hoef nie te weet nie."

Henk begin nou regtig bekommerd raak. "Luister, julle. Ek het maar net vanmiddag gespeel. Ek het nie regtig bedoel . . ."

Die verontwaardiging en ontsteltenis op die twee gesigte bring hom tot swye. Tokkie is sommer boos.

"Wil Pa of wil Pa nie?"

171

"Met tannie Lara trou of nie?"

"Ja, ek wil. Regtig, ek wil, maar julle is te haastig! Tannie Lara ken my nog te swak. Sy sal nie . . ."

"Sy sal Pa nooit leer ken as Pa elke aand agter die koerant wegkruip nie," sê Tokkie en hy gooi sy hande in die lug.

"Nou maar goed, goed. Ek sal nie weer nie. Maar los nou eers vir my en tannie Lara doodstil uit. Julle gaan my hele saak by haar verbrou met jul oorhaastigheid."

Die tweeling kyk hom vererg agterna, dan na mekaar en dan knik hulle geheimsinnig vir mekaar. Pa praat van goed waarvan hy niks weet nie. Hulle sal hom wys hy is verkeerd.

Henk kry Lara in die kombuis waar sy tant An help met die aandete en hy voel die ongeduld ook in hom roer. Is dit werklik te gou? vra hy homself af.

Lara kyk op, betrap sy peinsende blik op haar en voel hoe 'n blos oor haar wange spoel.

Dan praat hy langs haar: "Kom ons gaan stap 'n entjie. Daar is nog genoeg tyd vir tafel dek."

Tant An help ook dadelik. "Ja, toe, kind. Gaan trek net vir jou warm genoeg aan. Die tweeling kan verder kom help."

Lara aarsel. Sy wil liewer nie te veel alleen met Henk wees nie.

"Gaan hulle nie saamstap nie?"

"Nee, hulle is doenig met skoolboeke en so aan." Hy sien die aarseling in haar en sy moed sak in sy skoene. Sy wil nie alleen met hom wees nie. Die tweeling is verkeerd. Lara voel nie oor hom soos wat hy oor haar voel nie. Maar hy gee voor dat hy niks agtergekom het nie. "Toe! Gaan trek gou vir jou 'n warm langbroek en trui aan. Ek wag."

Hulle stap flink in die skerp winterluggie en bereik weldra die buitewyke van die dorp. Daar begin hulle die koppie teen die westekant van die dorp uitklim en Henk hou sy hand na haar uit om haar te help. Toe hulle bo kom, gaan sit hulle effens uitasem op twee plat klippe naby mekaar en kyk na die sonsondergang.

"Dis pragtig. Ek het eers hier in die Karoo kom leer hoe om 'n sonsondergang te waardeer. In die stad sien 'n mens dit so selde."

"Ja. Dis waar." Hy draai sy kop in haar rigting. "Jy is nie eintlik hart en siel 'n stadsmens nie, is jy, Lara?"

Sy glimlag. "Nee, nie eintlik nie."

"Jy dink dus jy sal jou hier op Jagershoek kan aanpas?"

"Wel, ja, as ek moet. Maar ek is mos maar tydelik hier."

"Dit kan permanent wees as jy wil."

Sy kyk vlugtig na hom, dan vinnig weg, frons. "Nee, ek sal liewer teruggaan."

Hy aarsel. "Die tweeling gaan jou vreeslik mis."

"Ja. Ek sal hulle ook baie mis."

"Dis nie nodig dat julle ooit weer van mekaar afskeid hoef te neem nie." Toe sy nie antwoord nie, kyk hy reguit na haar, sy mond vasberade. "Lara, sal jy asseblief met my trou?"

Sy kyk nie na hom nie, hou haar blik op die kwynende kleure teen die westerkim. "Dankie, Henk, maar . . . nee."

"Lara . . ."

"Asseblief, Henk. Moenie dat ons daarop ingaan nie."

Hy kyk op sy hande af, glimlag grimmig. En die tweeling is so seker! Sy stem is ietwat grof. "Het jy hom te lief gehad om ooit iemand anders in sy plek te wil of kan stel?"

Sy draai haar kop weg, haar stem gedemp. "Dis nie . . . 'n geval dat ek nooit iemand anders in Daan se plek sal kan stel nie. Dis net . . ."

Hy knik, probeer dit vir haar makliker maak, haar verleentheid spaar. "Ek begryp. Dis seker nog te gou na sy dood. Hoe lank is dit nou?"

"Nege maande."

"Maar eendag . . ." Hy swyg weer, probeer weer: "Kan ek jou eendag weer vra?"

Sy skud haar kop. "Nee, Henk. Asseblief, moenie . . ." Sy staan vinnig op. "Ons moet teruggaan. Dit word vinnig donker."

"Ja."

Hulle daal in stilte die rantjie af. In Henk Beukes is daar 'n diepe teleurstelling. Sy was so beslis omtrent die saak. Dis nee . . . en klaar. Maar hoe gaan hy dit vir die tweeling verduidelik? En hoe gaan hulle dit ooit aanvaar?

En langs hom loop Lara met haar eie hartseer. Hy het haar maar net gevra omdat sy kinders haar so graag vir 'n ma wil hê, nie om homself nie. En so lief as wat sy die tweeling ook al het, kan sy nie met hul pa trou net ter wille van hulle nie, want sy het nie net die tweeling liefgekry nie . . .

By die huis aangekom, soek Henk dadelik sy dogters op en tref hulle in 'n staat van opgewondenheid in hul kamer aan.

"Luister, ek wil net vir julle kom sê dat watter planne julle ook al in die mou voer, julle liewer daarvan moet afsien. Tannie Lara sal nie met my trou nie. Ek, en julle, moet dit liewer aanvaar."

"Wie sê so?"

"Sy self. Ek het haar vanaand, toe ons gaan stap het, gevra om met my te trou en haar antwoord was beslis nee. Nie nou nie, en ook nie later nie."

"Ek glo dit nie!"

"Ek ook nie!"

Hy sug en probeer sy eie teleurstelling so goed moontlik wegsteek. "Dit is so. Asseblief, los die saak nou net hier. Dit gaan haar net in verleentheid bring en verwilder as ons hiermee gaan volhou. Hoe lief ons haar ook al het, mag ons ons nie aan haar opdring nie. Sy is baie lief vir julle.

174

Sy het dit self gesê. Maar dit volg dan nie vanselfsprekend dat sy ook lief vir my is nie. Ons kan haar nie dwing of van haar verwag om met my te trou as sy nie so oor my voel nie. Julle is darem al groot genoeg om dit te begryp, nie waar nie?"

Henk draai dadelik om en stap weg en die tweeling kyk mekaar verbysterd aan. Dit kan nie wees nie! Dit kan net nie wees dat alles nou sommer in duie stort nie!

Bokkie begin sommer huil, maar Tokkie, hoewel die ogies ook blink, laat vasberade hoor: "Ek sal dit nie so los nie! Ek sê jou, ek sal nie!"

"Wat kan jy doen? As tannie Lara nie met Pa wil trou nie . . ."

"Moenie simpel wees nie, man! Vir wat sal sy nie met Pa wil trou nie? Natuurlik wil sy!"

"Maar jy het dan gehoor Pa sê hy het haar gevra en sy wil nie!" huil Bokkie.

"Aag, dis . . . dis sommer maar . . . Baiekeer sê 'n vrou nee en dan bedoel sy eintlik ja."

Bokkie se trane droog effens op. "O? Waar hoor jy dit?"

"In daardie storieboek wat ek laas gelees het. Die meisiekind wou sterf oor die man, maar sy sê toe ook nee toe hy haar vra, want sy het gedink hy vra haar net om haar erfplaas in die hande te kry. Natuurlik was dit nie so nie, want al die tyd was hy 'n skatryk man – sy het dit net nie geweet nie."

"O." Bokkie frons, kyk weer met nuwe hoop op. "Wat gaan jy nou doen?"

"Wat ons van plan was om te doen."

"Pa het gesê ons moet dit laat staan, Tokkie . . ."

"Man, wat Pa sê en wat hy voel, is twee goed. Hy's nes tannie Lara. Sê die een ding en bedoel eintlik die ander." Sy kyk haar suster kwaai aan. "Goed. As jy nie wil saamspeel nie, sal ek alleen – maar onthou net, dan kry ek die betaling, nè?"

"Nee, natuurlik speel ek saam! Jy gaan nie alles inpalm nie!"

Vanaand se prosedure is niks anders as die vorige aande s'n nie. 'n Rukkie ná aandete gaan die tweeling weer soet bad en kom dan nagsê. Dan gaan tant An ook kamer toe. Toe Lara ook skielik wil opstaan, keer Henk vinnig, die ongelukkigheid diep agter in sy oë versteek.

"Ag, nee, Lara! Ons sit mos nog gewoonlik 'n rukkie. Hoekom wil jy dan nou kamer toe vlug?"

Sy frons en doen haar bes om haar ongemak weg te steek. "Ek . . . ek vlug nie kamer toe nie. Daar is . . . daar is goedjies wat ek daar wil doen, dis al."

"Só dringend dat dit juis vanaand gedoen móét word?" Hy staan op en druk haar saggies in haar stoel terug. "Ek hoop nie dit wat ek daar op die rantjie gevra het, gaan nou tussen ons staan nie. Ons kan mos darem vriende wees, kan ons nie?"

Haar kop sak. Sy moes nooit hierheen gekom het nie! Sy moes nooit op daardie brief gereageer het nie! Sy moes haar nooit laat ompraat het om langer te kuier nie! Sy moes nooit ingestem het om hom uit sy penarie te help nie, en nooit, nooit moes sy haar daarby neergelê het om hier by hulle te loseer nie!

Hy kyk bekommerd op haar af. Het hy met sy oorhaastigheid haar nou heeltemal wild vir hom gemaak?

"Lara . . ."

Sy kyk moedig op, glimlag. "Natuurlik is ons vriende, Henk! Waar kom jy aan die idee dat . . .? Gaan sit en lees jou koerant soos altyd," sê sy dan amper streng en buk af om maar weer die breiwerkie waarmee sy besig is, op te tel.

Henk aarsel nog en dit lyk vir die tweeling of hy nog iets wil sê. Maar dan draai hy gehoorsaam om en gaan weer sit, neem sy koerant lusteloos op en staar na die onderstebo letters voor hom sonder om dit regtig raak te sien. Die tweeling is reg. Hy het al vergeet hoe om . . . om sulke dinge aan te voer, dink hy met wrange humor teen homself gemik.

In die gang kyk Bokkie vir Tokkie glimlaggend aan en fluister: "Kyk, Pa lees sy koerant onderstebo!"

"Ek het gesien!" Hulle giggel in die vuis en dan loer Tokkie weer versigtig om die deurkosyn. "Hulle sit nou reg. Ons kan maar begin."

Nie een van die twee grootmense wat so in somber stilte elkeen met sy eie gedagtes besig is, sien dadelik die groot, harige spinnekop op die mat nie. Dis eers toe Lara iets teen haar enkel voel kielie, dat sy ingedagte afbuk en . . . dit wil wegvee toe sy met 'n skok tot die hede teruggeroep word.

Sy gee 'n gil wat die dak laat lig, soos Tokkie later met volle oortuiging vertel het, en die volgende oomblik is sy in Henk Beukes se arms.

"Lara! Wat . . .? Wat is dit?" wil hy ontsteld weet terwyl sy arms haar gerusstellend vashou.

"Daar! Daar! By die stoel se poot . . . O, hier kom dit!"

Sy gooi haar arms om sy nek en druk haar gesig styf teen sy bors vas en Henk Beukes se greep versterk terwyl sy oë bekommerd vinnig oor die vloer soek. Dan gewaar hy dit – 'n aaklige, harige, buitensporige groot spinnekop wat aangekruie kom oor die mat reg op hulle af. Hy wil net tot aksie oorgaan toe hy dieper frons en stip kyk. Maar watse swart draad sleep agter dit aan?

'n Lig gaan meteens vir hom op en sy blik volg die dun draadjie en eindig dan waar hy teen die twee breë glim-lagte en twee paar vonkelende blou oë vaskyk. Twee paar arms swaai wild in die lug rond en hy lyk verward. Dan gaan daar weer 'n lig vir hom op. Hy knik sy kop skaars merkbaar en sy arms gaan nog 'n bietjie stywer om die bewende gestalte.

177

"Staan net stil, Lara. Laat ek net eers sien waar die ding is . . ."

Sy wil haar losmaak uit sy omhelsing, maar die tweeling beduie wild en Henk gehoorsaam die bevele met graagte. Sy arms trek nog stywer en hy kyk in die ontstelde gesiggie hier by hom af.

"Henk! Los my! Die spinnekop . . . Soek die spinne-kop!"

"Hy's by die deur uit. Ek sal hom netnou kry. Lara . . ."

"Henk!" Sy begin sukkel om los te kom, en kyk hom kwaad aan. "Wat makeer jou? Die spinnekop! Dis 'n le-like, liederlike ding!"

"Ek weet, my liefling. Ek het hom gesien, maar hy sal jou niks maak nie. Hy's weg. Lara . . ." Dan druk hy haar weer styf teen hom vas, sy stem skor, die tweeling in die gangdeur 'n oomblik vergete. "Ek het jou so lief! Is daar werklik geen kans vir my nie?"

"Henk!" Sy lig haar kop van sy bors op en kyk hom verslae aan. "Maar jy . . . jy het niks gesê . . . Henk, maar jy het vanmiddag niks van liefde gepraat nie!"

"Het ek nie? Maar . . . ek het jou gevra om met my te trou!"

"Ja, maar . . . ek het gedink dis . . . dis net om die twee-ling se ontwil . . ."

Hy glimlag op haar af en nou is dit nie meer nodig om die sluiers voor sy oë te hou nie. "As ek 'n vrou wou trou net ter wille van my kinders, kon ek jare gelede al getroud gewees het. Maar ek het gewag . . . vir jou . . . Trou met my, asseblief, liefste. Jy sal leer om my ook lief te kry soos wat jy my kinders liefhet."

Sy glimlag na hom op, sit weer haar arms om sy nek. "Dit sal nie nodig wees nie, Henk. Ek het lankal die twee-ling én hul pa lief!"

Onbeskaamd sit die tweeling en toekyk en hul oë begin rek en rek.

Bokkie stamp aan Tokkie.

"Jislaaik! Kyk 'n bietjie daar! En ons het gedink Pa weet nie hoe nie!"

Tokkie grinnik van oor tot oor, skuif haar gemakliker reg. "Hy't mos gesê hy weet hoe; hy weet net nie hoe om te begin nie! Oe, dit lyk nogal lekker!"

"Kinders, watse geskree . . .?"

Tant An, kolossaal in haar wye flennienagrok, se stem sterf weg en sy kyk verbysterd na die toneel voor hulle. Dan glimlag sy ingenome. "Maar jy! Kyk 'n bietjie!"

Henk druk weer Lara se kop styf teen hom vas en glimlag fyn in hul rigting, knip dan 'n oog en laat weer sy kop sak en dan wys sy een hand baie duidelik: skoert!

Tokkie steek die rubbermuis in haar pajamasak in en hulle staan teësinnig op. Die muis was toe nie eens nodig nie! Dis toe tant An wil omdraai om ook weer stilletjies terug te sluip na haar kamer dat sy byna op die groot spinnekop trap. 'n Onaardse gil skeur deur die huis en Lara ruk in Henk se arms.

"Henk! Die spinnekop! Dit het tant An beet!"

Maar Henk Beukes lyk glad nie ontsteld nie. "Die tweeling sal dit kry. Vergeet daarvan," mompel hy en buig dan weer sy kop.

Verworpe silwer

1

Hoe nader hulle aan Eloffsdal kom, hoe stiller word dit in die motor. Santie kyk skuins na haar splinternuwe man. Hy gesels nie meer vrolik nie, en die ongeërgdheid wat so deel van hom is, is skielik nie meer so opmerklik nie. Inteendeel. Hy lyk vreemd gespanne.

Sy kyk uit oor die vaal vlaktes van hierdie barre deel van die land. Hulle noem dit Koup. Selfs sy, wat nou vir die eerste keer in hierdie deel kom, kan sien dat dit bitter droog is. Vir haar lyk dit asof daar net klippe op die hardgebakte aarde oor is vir die skape om te vreet.

Sy probeer die skielike spanning wat in die atmosfeer gesluip het, uit die weg ruim.

"Dit lyk vreeslik droog."

"Ja. Hier is plase wat tot drie jaar laas reën gehad het. Die boere hierlangs kry swaar."

Weer volg 'n eienaardige stilte en dan soek haar hand na sy knie. "Wat makeer, Louis?" Sy sien hom huiwer, en voel meteens vertwyfeld. Tot dusver was daar nog nie tyd om te dink nie. Van die oomblik dat sy en Louis mekaar ontmoet het, was dit vir haar asof sy haar op 'n mallemeule bevind. Haar blik sak af na haar ringvinger waar 'n skitterblink troupand maar pas vanoggend sy ereplek ingeneem het.

Dan kyk sy op en vra reguit op haar ongekunstelde manier wat verraai hoe jonk sy is – nie net in jare nie, maar ook in lewenservaring: "Is daar iets wat ek moet weet voordat ons op Eloffsdal aankom? Jy het my eintlik nog niks van jouself vertel nie, weet jy? Net dat jy 'n boer is."

Hy ry skielik stadiger en sy haal verlig asem. Dis 'n pragtige rooi sportmotor en baie indrukwekkend, maar sy het heimlik gesit en asem ophou oor die snelheid waarteen hy ry. Toe sy dit 'n rukkie gelede gewaag het om 'n opmerking daaroor te maak, was sy antwoord op sy bekende, ongeergde manier: "Ek kan nie sit en kruie op die pad nie."

"Maar . . . hulle sal jou vang! Jy ry baie vinniger as wat toelaatbaar is."

"Dan betaal ek maar as dit gebeur."

Sy het geswyg, vir die eerste keer begin wonder hoe ryk die Mockes van Eloffsdal werklik is. Nie dat dit enigsins 'n oorweging was toe hy haar gevra het om met hom te trou nie. Sy het kwalik in daardie rigting gedink. Louis het in die vier weke wat sy hom nou ken, kwistig met geld gewerk. Sy sportmotor getuig ook van duur smaak. Hier agter in haar kop het sy 'n vae prentjie van 'n ouer broer en, soos Louis dit ewe vaag gestel het, 'n "paar sakeondernemings" wat deur die twee broers behartig word. Maar die prentjie is baie onvolledig. Vir die eerste keer dring dit regtig tot haar deur dat sy op pad is na 'n wildvreemde plek saam met so te sê 'n wildvreemdeling.

"Vertel my meer van jou broer. Sy naam is Darius, het jy gesê?"

"Ja. Hy is vyf jaar ouer as ek. Ek hoop nie jy sal omgee nie, maar ons sal eers by hom in die huis moet woon, of ons sal in die hotel moet bly. Ja, miskien moet ons maar dadelik oortrek hotel toe."

Sy frons verward. "Hoekom? Jy het mos gesê jou broer is nie getroud nie en dat julle die huis deel. As jou broer nie omgee dat . . ."

"Dis juis die ding, Santie. Ek moet jou waarsku. Darius is 'n . . . moeilike mens om mee klaar te kom."

Dis nou sý wat aarsel voordat sy sê: "Laat ons maar eers kyk hoe dit gaan. Het hy . . . het hy kwaad geklink toe jy hom van ons troue vertel het?"

"Ek kon hom nie in die hande kry nie, en ek wou nie die nuus dat ons getroud is via Sannie Nel by die motorhawe aan hom oordra nie. Die hele Eloffsdal sal dit weet nog voordat hy die boodskap kry. Nee. Ek het haar toe maar net gesê sy moet vir Darius sê ek kom vandag terug."

"Maar dink jy hy sal ontevrede wees? Miskien moes ons eers gewag . . ."

"Twak. Ek is nie meer 'n kind nie. Ek gaan beslis nie eers vir hom toestemming vra voordat ek trou nie."

Sy kyk onseker na die ontevrede gesig langs haar, draai dan haar oë vinnig weg. Sy hoef darem nie te veel ervaring en mensekennis te hê om agter te kom dat die twee broers nie altyd te goed met mekaar oor die weg kom nie. Daar is nou beslis bedenkinge in haar hart oor die vinnige stap wat hulle vanoggend gedoen het. Sy voel skuldig ook. Dis net die twee broers. Dis nie reg of mooi dat hulle sommer gaan trou het sonder dat die ouer broer eers vooraf in kennis gestel is nie. Die regte ding sou eintlik gewees het om Darius eers te kom ontmoet en dan te trou. Maar toe sy dit eenkeer flou geopper het, was Louis baie beslis teen so 'n voorstel gekant.

"Darius is nie my baas nie, Santie. Ek is al vier en twin-tig."

Sy kom agter dat Louis nie graag verder oor sy broer wil praat nie, swyg maar liewer en wens dat die lang, warm pad na Eloffsdal moet eindig . . .

Haar wens word binne 'n paar minute vervul. Hulle kom oor 'n hoogte en dan lê die dorp voor hulle. Die naam Eloffsdal is met witgekalkte klippe op die oorkantste rant-jie uitgespel. Louis ry stadiger toe hulle afdaal na die brug wat soos 'n voordeurmatjie vir die dorp dien. Haar blik beweeg heen en weer van die een kant van die breë teer-straat, wat duidelik die hoofstraat is, na die ander kant en sy lees op 'n motorhawe se muur: *Darius Motors.* Aan die ander kant lees sy *Darius se Kafee* en 'n entjie verder

185

af *Darius Kleinhandel*. Net voordat hulle uit die teerstraat wegswenk, sien sy op die hoek *Darius Hardeware*.

Hulle hou voor 'n nuwe huis bo teen die rant stil waar 'n mens die hele dorp en die dal waaraan die dorp se naam ontleen is, kan sien. Nie dat dit 'n indrukwekkende uitsig is nie, beslis nie vir haar wat haar lewe lank aan die Boland en sy natuurskoon gewoond is nie. Vir haar, met Kaapstad se agtergrond, lyk dit maar na 'n klein knoetsie huisies wat al langs die hoofstraat en enigste teerpad gerangskik is totdat die straat weer aansluit by die snelweg wat na die Noorde lei.

Die groot, wit brug waaroor hulle so pas gery het, is 'n uitstaande baken van die omgewing. Sy probeer die rivier se kronkelende gang deur die ysterklipkoppies en plat aarde volg, maar verloor dit, want in hierdie wêreld, geknel deur 'n jare lange droogte, kan dit kwalik 'n rivier genoem word . . . eerder 'n dorre sandsloot wat saamsmelt met die ewe dorre aarde waaraan dit grens.

'n Mens kan amper wonder waarom so 'n groot, lang brug oor so 'n smal slootjie gebou is. Sy kyk hoër, waar 'n vaal dynserigheid aarde en hemel verenig, en voel asof sy 'n oomblik 'n glimp in die ewigheid kry.

Net Bet is in die kombuis te vinde, en haar oë peul byna uit hul kasse toe sy hoor wie die vreemde vrou is wat kleinmeneer vandag hier aangebring het.

"Ai, grootmeneer gaan kwaad wees," sê sy onomwonde, en Louis kyk haar vererg aan.

"Niemand het jou opinie gevra nie, Bet. Kyk dat sy tee kry en sorg dat ek . . . ons asseblief vanaand ordentlike kos kry."

"O, asof kleinmeneer nie altyd ordentlike kos uit Bet se kombuis kry nie!"

"Ek gaan gou af dorp toe," sê hy aan Santie. "Bet sal toesien dat jy geholpe raak met alles."

Santie knik net en sien hom uitstap. Ja, hoe gouer Darius

van hul troue weet, hoe beter. Die huishulp se spontane opmerking het die onrus in haar verdiep.

Bet stap met haar stewige honderd kilogram voor en sê oor haar skouer: "Ek sal julle twee seker in die gastekamer met die dubbelbed moet sit."

Santie verberg 'n glimlag. Dis duidelik dat Bet al jare hier die septer swaai. Sy volg haar die kamer in en kyk met 'n ander soort bedenking na die dubbelbed. Sy merk dat Bet na haar kyk, voel hoe sy begin rooi word en sê haastig: "Waar het kleinmeneer gewoonlik geslaap?"

"Hierso. 'n Entjie verder die gang af, die kamer met die buitedeur. Sodat hy snags wanneer hy so laat inkom nie vir grootmeneer steur nie."

Santie se blik dwaal vinnig deur die kamer. Sy sien dat daar plek is vir nog 'n enkelbed en sê vinnig: "Ek dink ons bly net hier. As ons miskien net nog 'n enkelbed hier kan inkry . . ."

Sy swyg toe sy Bet se hewige frons sien. "O, jy is van vandag se mense wat nie meer glo aan die dubbelbed nie. Laat ek nou vir jou vertel, kleinjuffrou, dis vandat die dubbelbed uit die mode geraak het dat dinge skeef begin loop het. Dis vandat mans en vroue nie meer saamslaap nie, dat hulle ook nie kan saamloop nie. Ek sê nog – as grootmeneer 'n dubbelbed in hul kamer gehad het, het daar nie moeilikheid gekom nie. Maar nee, dis mos toe mode daardie tyd ook – witgeverfde slaapkamermeubels met twee enkelbeddens. Dis tóé dat dinge skeefgeloop het." Bet klik haar tong, skud dan maar haar skouers en vervolg: "Nie dat ek dink 'n dubbelbed gaan veel vir jou en kleinmeneer help nie. Dit gaan meer as 'n dubbelbed kos om . . ."

Haar skeptiese woorde word kort afgebreek toe daar 'n beweging by die deur is, en albei vroue draai om. 'n Man staan in die deur, en dis vir niemand nodig om Sanet te vertel dat dit Darius Mocke is wat voor haar staan nie.

Dis 'n oomblik baie stil, en dis Bet wat ná 'n vinnige

blik na die twee gesigte laat hoor: "Grootmeneer, die klein-
meneer het al weer 'n vreeslike ding gaan aanvang."

"Is hy terug?"

"Ja, hy't netnou hier aangekom met . . . hierdie meisie-
kind, en hy sê hy het vanoggend met haar getrou en . . ."

"Hy het wat?"

Santie sluk. Dis belaglik dat sy met haar mond vol tande
staan en Bet moet verduidelik. Sy voel die oë op haar en
haar mond gaan oop.

"Dis heeltemal reg, me . . . e . . . Ons is vanoggend ge-
troud. Ek is Santie." Sy gee 'n tree vorentoe, steek haar
hand uit soos 'n goed opgevoede kind. "Aange-"

"Laat ons alleen, Bet."

Bet gehoorsaam dadelik, en Santie doen haar bes om die
bejammerende blik in haar donker oë mis te kyk. Sy laat
terselfdertyd haar hand terugval na haar sy. Intuïtief trek
sy haar skouers meer vierkantig.

"Ek wil net baie seker maak dat ek reg gehoor het. Is jy
en my broer, Louis, getroud?"

"Ja."

"Wanneer?"

"Van . . . vanoggend."

"Waar?"

"In die Kaap . . . voor die landdros in Bell-"

"Hoe lank ken julle mekaar?"

"Vier weke."

"Waar en by wie het julle mekaar ontmoet?"

"Ons het mekaar . . . mekaar op die strand leer ken. Ek
. . . ek het oor . . . oor sy voete gestruikel . . ." Dit klink
vreeslik!

"En toe ken julle mekaar goed genoeg om te trou. Jy vind
toe in vier weke alles uit wat nodig is – dat Louis Mocke
glad nie 'n slegte finansiële vangs sal wees nie en . . ."

"Dis nie waar nie!" Die protes kom spontaan oor haar
lippe, maar die mond voor haar smaal.

"Moet my net nie probeer wysmaak jy weet nie dat hy, sodra hy trou, sy erfenis ontvang nie, en moet my net nie probeer vertel dat jy . . ."

"Ek is nie van plan om jou enigiets te vertel of te probeer wysmaak nie," hoor sy haarself tot haar eie verbasing sê. Die man self lyk verbaas oor haar bravade, en sy volg dit vinnig op solank sy nog moedig genoeg voel: "Louis is vier en twintig, sekerlik oud genoeg om self te besluit wanneer hy wil trou. Ek is jammer dat jy hierdie houding inneem, maar ons ís getroud en . . ."

"Hoe oud is jy?"

"Twintig."

"En jy het jou ouers se toestemming vir hierdie huwelik?"

"Nee, want hulle is albei dood, maar ek het my tante s'n by wie ek grootgeword het."

"Wat is jou van?"

"My van wás Marais."

"Wat het jy tot nou gedoen?"

"Ek was 'n tikster by 'n prokureursfirma."

"Waar het jy gewoon?"

Sy pers haar lippe 'n oomblik saam. "By my tante in 'n skakelhuisie, want ons is arm mense." Sy kyk uitdagend terug. "Maar my tante het my grootgemaak met die idee dat 'n mens jou nie hoef te skaam omdat jy arm is nie. Die feit dat ek met 'n ryk erfgenaam getrou het, is vir my nuus, of jy dit wil glo of nie. Dít was nie my rede hoekom ek met jou broer getrou het nie. Ek het hom . . ."

"Spaar my dit, asseblief. Ek het nie tyd vir sentimentele twak nie. Die stukkie nuus wat ek jou netnou vertel het, is maar 'n gedeelte van baie, dit kan ek jou verseker. Ek het heelwat ander nuus vir jou, en dis nie so aangenaam soos die eerste brokkie nie. Jy het met 'n deurbringer, 'n luiaard, 'n dronklap, 'n bakleier, 'n niksswerd en 'n swakkeling gaan trou. Jy sal dit gou genoeg agterkom. As ek

189

jou raad verskuldig is, maak dat jy hier wegkom voordat dit aand word." Tot haar verbystering gooi hy 'n rol note voor haar op die bed neer. "Daar. Ons het 'n stasie hier. Ek sal 'n motor stuur om jou te kom haal."

Hy draai in sy spore om en stap weg.

Sy gaan bewend op die bed sit, haar oë vasgenael op die rol note. Sy kan nie glo dat dit gebeur, regtig gebeur het nie! Dit kan nie wees dat sy summier weggejaag is nie! Dit kan nie wees dat hy die waarheid gepraat het nie!

Dis nie soos sy Louis leer ken het nie! Tog . . . Bet het ook netnou dinge gesuggereer . . . Maar Bet is duidelik 'n bewonderaar van grootmeneer.

'n Skinkbord verskyn in haar gesigsveld, en sy kyk on-willig op, skaam om in die huishulp se oë te kyk. Maar sy kyk op, sien die verwagte simpatie in Bet se oë, en sy voel haar hart krimp.

"Ai, kleinjuffrou, jy moes nooit hierdie perd opgesaal het nie. Dis 'n wilde perd wat jou gaan afgooi, en jy gaan seerkry. Hierdie kleinmeneer . . . hy is nie mak nie . . ."

Sy kyk die ou mens byna desperaat aan. "Maar ons is klaar getroud, Bet! Ek kan mos nie sommer nou net loop . . . soos grootmeneer sê nie!"

"Ek het gedink hy sou dit sê. Ja, ek weet nou nie . . . Getroud is getroud. Maar liewer nou loop as later. Kom drink maar jou teetjies. Ou Bet sien sommer ou Bet sal nog baie teetjies vir jou moet aandra. Ai tog! Ai tog!"

Toe Bet al tongklappend terug kombuis toe is, sit Santie steeds radeloos. As Louis net wou huis toe kom . . . Waar is hy? Hy het voorgegee hy gaan sy broer oor hul huwelik inlig, maar blykbaar het hy nie. Sy ruk haar reg. Sy durf nie toelaat dat daar agterdog in haar hart teenoor haar man gesaai word nie. Hy is natuurlik dorp toe met daardie doel, maar hy en Darius moes mekaar misgeloop het. Louis is nie wat sy broer hom van beskuldig nie. Sy glo dit nie!

Van die eerste oomblik dat hulle ontmoet het, was hy

190

wonderlik. Sy onthou hul ontmoeting. Tot op daardie oomblik was haar lewe redelik saai en eentonig. Sy het nie gejok toe sy gesê het sy was 'n tikster by 'n prokureursfirma nie. Maar dit was 'n jaar gelede. Toe val tant Alie en breek haar heup en word 'n invalide. Sy moes haar werk bedank om na haar voog tuis om te sien. Hulle het hul bes gedoen om haar by 'n ouetehuis in te kry, maar daar was ellelange waglyste by elke plek waar hulle aangeklop het. Tant Alie is nie regtig só arm nie, maar die ou tante was nog altyd baie versigtig met geld, wetende dat sy na haarself moet omsien. En dan was daar Santie en dié se toekoms waaraan gedink moes word. In vergelyking met die Mockes, of dan Darius Mocke, sal die Marais's van die skakelhuisie seker as finansieel ondergemiddeld beskou kan word. Maar daar was genoeg sodat Santie die afgelope jaar na haar tante kon omsien en haar tuis verpleeg, totdat sy sowat twee maande gelede eindelik plek in 'n ouetehuis gekry het.

Santie was besig met 'n welverdiende vakansie voordat sy weer aansoek om werk sou doen toe sy daardie dag op die strand oor Louis Mocke se voete gestruikel het. Sy het juis diep ingedagte geloop en dink aan die jaar wat verby is. Sy is baie lief vir tant Alie en sou enigiets vir haar doen, maar haar lewe was die afgelope jaar in 'n baie klein sirkeltjie vasgevang. Omdat sy nooit wou uitgaan en tant Alie alleen laat nie, het sy haar vriende verloor. Later was dit net sy en haar tante en die eentonige roetine van elke dag. Maar skielik was sy weer vry om jonk te wees en met haar lewe voort te gaan . . . en toe struikel sy.

Sy het verleë om verskoning gevra, toegelaat dat hy haar ophelp en toe het hy vir haar 'n roomys gekoop by die roomyskarretjie wat verbygekom het en haar vertel dat roomys baie goed is vir skok! Die eerste keer in 'n lang tyd het sy haar weer in vrolike, jong geselskap bevind, en sy het spontaan gereageer, soos 'n blom wat lank dors gely en skielik weer water geproe het.

191

Dáár het dit begin. Natuurlik het hy gevra wie sy is en hoeveel kêrels sy het, en laggend en onbekommerd het sy hom alles vertel. En natuurlik het hy haar daardie aand uitgeneem . . . was sy die eerste keer in 'n lange jaar weer uit, ook nie sommer net na 'n padkafee toe nie. Nee. Sy het soos 'n prinses gevoel in daardie duur eetplek en soos 'n koningin toe sy saam met hom oor die dansvloer ge- sweef het.

Van toe af was hulle elke dag saam – en elke aand. Elke dag het sy haar voorgeneem dat sy daardie dag aansoek om werk sou doen . . . en daardie dag het nes die voriges onbenut verbygegaan. Drie dae gelede het sy die oggend baie ernstig vir hom gesê dat sy hom daardie dag nie wou sien nie, want sy wou die prokureursfirma waar sy tevore gewerk het, besoek en hoor of hulle haar nie weer sou terugneem nie.

"Hoekom wil jy werk soek? Jy het mos werk," het hy gesê.

"Wat bedoel jy? Jy weet mos ek het nie . . ."

"As my vrou sal jy baie werk hê, glo my."

Sy het hom vraend aangekyk. "Jy bedoel . . ."

"Ja. Ek sal die een of ander tyd moet teruggaan. Daardie ouboet van my kan seker nou al slange vang omdat ek so lank kuier. Maar dis jóú skuld. As ek jou nie ontmoet het nie, sou ek seker al terug gewees het. Maar ek is lus en vat jou saam met my. Nou toe, juffrou Marais, wat sê jy? Wil jy saam met my gaan as my vrou, of wil jy liewer in die prokureur se kantoor gaan werk?"

Haar hart het vinniger geklop. Natuurlik het sy geweet hierdie wonderlike dae kon nie vir ewig aanhou nie. Louis sou die een of ander tyd weer moes weggaan, en sy sou al- leen moes agterbly . . .

Tant Alie was bekommerd oor die skielikheid van alles en oor die feit dat Santie so ver van haar af sou weggaan, maar Louis het haar verseker dat Eloffsdal ook 'n ouetehuis het en dat hy dit sal regkry om haar sommer gou daarheen oorgeplaas te laat kry. Met hierdie belofte het hy toestemming gekry om met Santie te trou en haar weg te neem.

Maar hier sit sy nou met 'n bondel note en 'n wagtende motor daar buite om haar stasie toe te neem sodat sy kan teruggaan van waar sy gekom het . . .

Bet verskyn grootoog in die deur. "Die man hier buite sê hy moet jou stasie toe kom vat. Grootmeneer het so gesê."

Sy kyk op, sê met oënskynlike beslistheid en selfver-sekerdheid wat sy geensins voel nie: "Dankie, Bet, maar gaan sê maar vir die man dit sal nie nodig wees nie."

"Jy gaan nie weg nie?"

Sy pers haar lippe saam. "Nee. Ek bly."

Sy volg Bet die gang af, draai regs af by die voorportaal na wat vir haar deur die oop deur soos 'n studeerkamer lyk. Sy stap na die lessenaar, neem 'n koevert uit 'n rak-kie, sit die rol note ongetel daarin, plak dit toe en skryf daarop: *Jammer, meneer Mocke, maar daar is dinge wat selfs nie eens met geld ongedaan gemaak kan word nie. Een daarvan is my huwelik.*

Die res van die dag is dit 'n gewoel en gewerskaf in die groot huis teen die heuweltjie. Bet laat haar maar die omwenteling in haar huishouding, soos sy dit duidelik be-skou, welgeval. Dit sal tog maar net vir 'n rukkie wees, is haar oorwoë mening.

'n Enkelbed vanuit 'n ander gastekamer word in Louis se kamer ingedra. Daarna begin sy uitpak, nadat plek in die ingeboude kas gemaak is vir haar paar goedjies. 'n Bruid het seker nog nooit só 'n skamele uitset gehad nie, dink sy meewarig terwyl sy in 'n beknopte ruimtetjie langs Louis se klomp klere haar paar rokkies ophang. Sy het egter so min klere nodig gehad in die tyd toe sy tant Alie opgepas het, en hoewel tant Alie haar 'n klompie geld in

193

die hand gestop het sodat sy vir haar die nodige kon koop vir haar huwelik, het sy dit liewer gespaar en net 'n mooi rok gekoop om in te trou.

Sy probeer haar eie gedagtes ontwyk, maar sy weet: diep in haar hart was dit nie haar spaarsin wat haar gedryf het om nie alles te bestee nie. 'n Mens kan geld dringend nodig kry, en dan moet sy 'n paar rand hê . . . Sy bedwing haar gedagtes. Sy is maar vanoggend getroud en behoort haar te skaam dat sy reeds voorsorg tref vir 'n dag wanneer sy hiervandaan sal moet padgee. Dis nou 'n manier om 'n huwelik te begin, betig sy haarself streng. Dis al Bet se donker voorspellings, en natuurlik ook die kwade saad wat Louis se broer gesaai het. Sy durf nie toelaat dat sy deur hulle beïnvloed word nie. Sy en Louis staan aan die begin van hul huwelik en 'n huwelik, is sy geleer, is iets wat hou tot die dood. Haar kennetjie druk vorentoe. Dit sal sy aan Bet en haar grootmeneer bewys.

Sy frons liggies. Louis het nooit veel oor sy broer te vertel gehad nie, maar van Bet se praatjies kon sy aflei dat Darius Mocke eens getroud was en dat sy huwelik misluk het. Is dit waarom hy nie aan "sentimentele twak" glo nie? En is dít wat hom so 'n streng, ongenaakbare houding teenoor die lewe en sy medemens, selfs sy eie bloedbroer, laat inneem? Is ontnugtering en verbittering die oorsaak dat hy so skepties na die lewe en sy broer se huwelik kyk?

As dit die geval is, moet sy Darius Mocke bejammer en het sy geen rede om hom te vrees nie. Dan, te meer, moet sy aan hom bewys dat 'n huwelik kán slaag.

Toe die kamer eindelik na haar sin is, stap sy uit en gaan pluk 'n paar rose. Dit laat die kamer soveel geselliger en huisliker vertoon. Dan neem sy nog 'n potjie en rangskik 'n paar roosknoppe daarin vir die lessenaar in die studeerkamer, en sy wonder watter jaar laas hier blomme in die huis was.

Bet vertel haar dat die mansmense nooit middae huis toe kom vir ete nie, maar dat hulle saans hul hoofmaaltyd geniet. Dis gewoonlik ook maar net die grootbaas van die huis wat aan tafel sit. Louis, lei Santie af, is selde saans tuis. En ook begryplik, dink sy. Hy is 'n jong mens, en hy sal aangenamer geselskap gaan soek as dié van sy broer wat blykbaar altyd krities teenoor hom staan.

Sy besef sy sal Bet baie taktvol moet benader. Sy swaai nou al so lank die septer hier en sal seker nie genoeë neem met die inmengery van 'n vreemde vrou nie.

"Gee jy om as ek 'n nagereggie vir vanaand se ete maak? Dis een waarvan kleinmeneer baie hou," sê sy.

Bet frons. "Grootmeneer eet nooit poeding nie . . ."

Santie besef sy sal haar man nou moet staan. Sy bevind haar in 'n moeilike situasie. Dit is Darius se huis, en Bet is Darius se huishoudster. Maar sy is nou deel van hierdie huishouding, en Bet sal maar net aan haar ook 'n hoekie moet afstaan.

"Ek wil dit vir kleinmeneer maak. Ek weet hy eet dit graag."

Bet skud haar skouers. Laat die kleinjuffrou maar aangaan. Sy sal sien haar moeites is tevergeefs. As sy darem dink 'n trouring verander 'n man oornag, is daar nog baie vir haar om te leer. Nietemin, 'n nagereggie sal nie sleg smaak nie.

Santie ondersoek ook die res van die huis, en vind dit netjies, baie goed gemeubileer, maar styf en koud. Sy sou graag op 'n paar plekke die meubels wou verskuif en veranderings aanbring wat dit baie huisliker en warmer sal laat lyk, maar laat dit liewer daar. Sy is met Louis getroud, nie met Darius nie.

Dan gaan stap sy deur die tuin. Daar is oorwegend roosbome en struike. In hierdie harde wêreld van droogte, waterskaarste en 'n skroeiende son is 'n fyntuin seker moeilik om in stand te hou. Sy laat weer haar blik oor die dorp onderkant haar dwaal. Louis bly lank weg . . . Hy moes natuurlik sommer onmiddellik inval toe hy sy gesig gewys het. Hy het mos lank genoeg vakansie gehou, het die ouer broer seker geredeneer.

Dit word vyfuur . . . halfses . . . Sy kyk opgewonde deur die venster toe sy 'n motor hoor, trek haar dadelik terug toe sy sien dis nie Louis s'n nie. Sy gaan sit opgeskeep met haarself op die een bed se kant, voel vererg dat sy nie die moed het om uit te stap en haar swaer kalm en selfversekerd te groet nie. Maar miskien moet sy hom eers kans gee dat hy by sy lessenaar kom . . .

As Louis net wou kom . . . Ten spyte van haar vasberadenheid om Darius Mocke nie toe te laat om haar te intimideer nie, voel sy senuagtig om alleen in sy geselskap te wees.

Sy voel die spanningsknop op die krop van haar maag. Elke oomblik verwag sy dat Bet haar sal kom roep.

Dan staan sy vinnig op. Dis nou twak. Sy is nie 'n kind nie. Sy is 'n getroude vrou.

Kop omhoog stap sy in die gang uit, reguit op die studeerkamer af. Hy sit en werk by sy lessenaar, en sy kom in die deur tot stilstand.

"Goeienaand."

Hy kyk op, sy gesig en oë onpeilbaar. Sy sluk. Hy kan ten minste beleef wees.

"Wanneer verwag jy Louis tuis?"

"Wanneer ek hom sien."

Sy voel haar humeur opvlam. Hy is byna openlik onbeskof teenoor haar. Sy kyk hom koel aan. "Het jy hom soveel werk gegee dat hy nie eens die eerste aand wat hy getroud is op 'n redelike tyd huis toe kan kom nie?" Dis nie wat sy wou sê nie. Sy wil 'n konfrontasie met hierdie man tot elke prys vermy. Maar sy is ook net 'n mens, en sy hele houding lok woorde uit haar mond wat sy nie bedoel om te uiter nie.

196

"Ek het jou man vandag nog nie met 'n oog gesien nie, mevrou Mocke; laat staan nog hom in die werk kon steek."

Sy kyk hom openlik ongelowig aan, en hy staan stadig van agter die lessenaar op. "Wanneer, of liewer ás jy hom vanaand te sien kry, vra hom gerus. Sê vir Bet sy moet opskep."

2

Santie kyk hom ontsteld aan. Behalwe die nagereg wat sy gemaak het, het sy moeite met die tafel gedoen, en dit sien heel feestelik daar uit. Bet het die spulletjie uit die kombuisdeur staan en beskou, maar wonder bo wonder niks gesê nie. Ná 'n bietjie rondsoek het Santie 'n mooi kanttafeldoek in die buffet se laai gekry. Sy het, in 'n vlaag van dapperheid, van die beste borde uitgehaal en ook die silwerkandelaar van die buffet afgehaal en in die middel van die tafel gesit. Sy het die servette in 'n mooi patroontjie gevou, die messegoed blink gepoleer en 'n lang, smal bak met 'n lae roosrangskikking aan die een kant neergesit. Toe het sy van die fyn langsteelglase afgehaal en een by elke gedekte plek neergesit. Dis háár huweliksmaal, en sy gaan nie deur 'n knorrige man daaruit verkul word nie.

"Wag ons nie vir Louis nie?"

"Jý kan as jy wil, maar ek hou nie van koue kos nie, en ek hou nie daarvan om ná middernag te eet nie."

Sy kan haar nie meer bedwing nie. "O, jy is . . . gemeen, Darius Mocke! Ek is siek en sat vir al jou suggesties! Ek wag vir my man."

Hy draai by die deur terug. "Ek suggereer niks nie. Ek het vanoggend bloot feite gestel. Ek noem nou weer 'n feit.

197

Jy kan van geluk spreek as jy voor twaalfuur vannag kan eet . . . ás daar ooit geëet gaan word. Ek raai jou aan om saam met my te kom eet as jy kos wil hê."

"Nee dankie, ek . . ."

"Het jy al vandag geëet?"

"Nee, maar . . ." Vanoggend was sy te opgewonde om te eet. Vanmiddag het sy net 'n koppie tee gedrink . . . en sy voel skielik baie honger. Bet se braaiboud met gebakte aartappeltjies het al vroeg vanmiddag haar eetlus begin aanwakker. Sy het nog nooit 'n hele skaapboud so heerlik bruingebraai in 'n ysterpot gesien nie, laat staan nog geproe. Maar . . .

'n Hand tussen haar blaaie stoot haar die gang in. "Hou op kinderagtig wees en laat ons gaan eet."

"Maar Louis . . ."

"En ék is siek en sat van die ge-Louis-Louis!" val hy haar snedig in die rede. "Jou Louis dink nie nou aan kos nie. Hy is besig om sy troue saam met sy maters in die hotel se kroeg te vier. Hy sal miskien eers wanneer die kroeg vanaand toemaak, onthou daar is 'n vrou ook in die huweliksprentjie."

"Dis nie . . . Jy jok! Louis sal nie . . ."

"Sy motor staan al van vroeg vanmiddag af voor die hotel geparkeer."

Sy kyk hom met groot oë aan. "Dit kan nie wees nie!"

"Daar is baie dinge wat nie kan of behoort te wees nie maar wat tog so is, mevrou Mocke. Dit is een van hulle dié en jy . . . Waarheen gaan jy?"

Sy kyk hom woedend aan, so kwaad soos sy nog nooit in haar lewe was nie. Hoe oud dink hy is sy? Om haar te wil kom wysmaak dat Louis op hul eerste huweliksaand met sy maters sit en fuif in 'n hotelkroeg!

"Ek gaan hotel toe . . ."

"Moenie belaglik wees nie!"

"Hoekom nie? Jy sê dan Louis sit in die kroeg en drink.

198

Of is jy dalk bang ek sal agterkom dis 'n spul infame leuens? Jy . . ."

"Jy kom eet. Jy gaan nêrens heen nie."

"Verskoon my, maar jy het die kat aan die stert beet, swaer. Ek is met Louis getroud, nie met jou nie, en daarom het ek nie nodig om bevele . . ."

"Staak dit!" Bet laat amper die stomende kastrol in die kombuis val. Hier begin dit! Sy't mos gesê die duiwel gaan van nou af hier los wees! "Jy gaan nie hotel toe nie, om die eenvoudige rede dat dit 'n klein dorpie is en dat die hele storie môreoggend vóór sonop in elke huis smaaklik opgedis sal word met hoeveel duisend stertjies en aanhangsels daarby. Eloffsdal het al meer as genoeg hul monde uit te spoel gehad oor die Mockes." Sy oë pen haar teen die vloer vas. "Dit was jóú keuse om te bly. Nou moet jy maar die gevolge daarvan dra. Bet! Is die kos op die tafel?"

"Ja, my grootmeneer."

"Kom." Hy kyk haar weer stip aan, en sy stem klink dreigend: "En moenie dat ek jou tafel toe moet dra nie!"

Sy stap soos iemand wat 'n sinverdowende hou oor die kop gekry het voor hom uit, trek 'n stoel uit en gaan sit, kyk strak voor haar op die tafel, maar sien niks van al die mooi dinge raak nie.

Hy bly 'n oomblik huiwer in die deur, sien alles met een oogopslag raak . . . en agter die stywe ruggie vertrek sy mond 'n oomblik in 'n wrede grynslag. Daar is iets ironies in sy oë toe hy na 'n ingeboude hoekkas stap en 'n bottel wyn uithaal en oopmaak. Deur dowwe oë sien sy sy hand, sien sy hoe hy die glase vul. Dan sien sy sy hand 'n vuurhoutjie trek, flikker die vyf kerse in die silwerkandelaar die een ná die ander voor haar aan. Die skerp, elektriese lig word uitgedoof . . . en die silwereetgerei skitter in die dowwe lig, wat tog nie flou genoeg is om die blink streep op haar wang te verberg nie.

Desperaat klou sy vas aan haar selfrespek. Sy sal nie huil

199

nie! Sy sal hierdie man nie wys hoe ontsteld en seergemaak sy regtig is nie! Sy kyk stip voor haar, maar daardie hand verskyn weer voor haar en die flikkerende kersvlamme. 'n Bord met 'n heerlike, fyn gekerfde stuk braaiboud en twee bakaartappeltjies word voor haar neergesit. Dan kom die hand weer, skep dit eiegeregtig van die bykosse in sodat haar bord goed gevul is toe hy klaar is. Selfs haar klein-bordjie word met slaai gevul. Dan is die hand weer daar, hou dit hierdie keer sy glas na hare uit en sy hoor hom sê: "Ek weet ek is 'n baie swak plaasvervanger . . . maar ek is beter as niks. Laat ons drink op . . . die toekoms . . . wat dit ook al mag inhou."

Die hand met die glas bly in haar gesigsveld totdat sy eindelik haar hand uitsteek en haar eie glas neem. Hul glase raak teen mekaar, en sy kyk op, en bo-oor die rand ontmoet hul oë. Hulle begin in stilte eet. Hoewel sy aan-vanklik swaar sluk, begin dit al makliker gaan, en die glas wyn help om die ergste spanning in haar te verlig. Toe hy skielik normaal en baie doodgewoon begin gesels, voel sy die spanning nog verder afneem.

"Is dit die eerste keer dat jy in hierdie geweste kom?"

"Ja. Ek was nog nooit verder as Kaapstad nie," erken sy met kinderlike eerlikheid.

"Dis jammer dat jou eerste indruk so swak moet wees. As hierdie wêreld sy reën op die regte tyd kry, lyk dit amper soos 'n tweede Namakwaland in blommetyd. Dis veral die verskillende kleure vygies wat dan kleur verskaf. Nou sien jy hom op sy swakste. Ons het baie lanklaas reën gehad."

"So het ek opgemerk. Ek het my verstom oor die groot brug wat julle hier oor so 'n smal slootjie het."

"Jy sal jou verbaas hoe lyk daardie selfde slootjie wan-neer ons ons bekende donderstorms kry. Dan loop die ou droë slootjie maklik die volle breedte van die brug."

"Ek kan dit kwalik glo."

"Dis nietemin waar. En gewoonlik gebeur dit veral nadat die reën so lank weggebly het. Dan kom dit weer asof die hemele wil oopskeur. Jy sal dit nog sien gebeur. Die een of ander tyd moet dit weer reën."

So tussen die gesels deur word nie net die borde leeg nie, maar hoor Darius Mocke alles wat hy wil hoor van die vrou wat sy broer so skielik hier aangebring het en lees hy meer tussen die reëls as wat sy vermoed.

Toe Bet die borde wegneem en 'n bak nagereg voor Santie neersit, gaan die baas van die huis se wenkbroue verbaas omhoog. "Dit was 'n lekker ete, dankie, Bet. Jy het jouself oortref vanaand. En tot nagereg ook. Ek het nie eens geweet jy kan nagereg maak nie."

"Dis nie ek nie, grootmeneer. Dis die kleinjuffrou."

Santie voel verleë onder sy blik en sê vinnig: "Jy hoef nie te eet nie. Bet sê jy eet nie poeding nie."

"Beslis eet ek poeding wanneer ek kry, maar ek kry nooit nie. Skep gerus in, dankie."

Toe hy sy bakkie vir nog 'n skeppie uithou, voel sy haar hart warm word. Hy is ten minste mens genoeg dat sy dit miskien sal regkry om sy hart in die toekoms met nagereg sag te maak! Maar sy moet erken – hy was eintlik baie gaaf gedurende die ete.

"Sal jy koffie drink?"

"Dankie, ja. Ek sal vir ons 'n likeurtjie daarby skink, en dan gaan geniet ons dit op die stoep." Hy glimlag skeef – die eerste glimlag wat sy by hom sien. "Ja, ons weet van sulke dinge hier op Eloffsdal. Ons is darem nie heeltemal agterlik nie!"

Sy lag en besef nie dis haar eerste lag sedert sy haar voete op Eloffsdal gesit het nie. "Dis die stadsjapie wat agterlik is. Ek ken nie sulke goed soos likeur saam met koffie nie."

"Dan is dit my voorreg om die eerste een vir jou te skink en jou te vertel hoe 'n mens 'n likeur reg drink. Ek neem dit solank stoep toe."

201

"Ek bring nóú die koffie."

Dis 'n lieflike aand, en hier bo teen die rantjie roer 'n luggie wat welkome lafenis bring. Die liggies van Eloffsdal skyn aan hul voete, maar daar is geen rumoer soos sy in die stad gewoond is nie. Dis 'n natuurstilte met net 'n gesellige kriekie hier iewers naby in die tuin, en hulle geniet hul koffie en likeur in stilte. Maar nou is die stilte nie gespanne en vol onderstrominge nie. Dis soos 'n salwende balsem op gemoedere wat onstuimig was.

Skuins voor hulle sien sy die flikkerende lig van die dorp se enigste hotel, maar sy swaai haar blik vinnig weg, kyk liewer na die skemerende vlaktes anderkant die wit brug: 'n oop, wye, kaal wêreld wat vir die vreemdeling lelik is, maar in hierdie aandskemering 'n misterieuse skoonheid uitstraal.

Dis 'n rukkie later dat hy die stilte verbreek, en selfs sy stem is gedemp asof hy teësinnig is om die stilte te versteur.

"Ek dink jy moet nou gaan bad en gaan rus. Dit was 'n lang dag vir jou."

Sy weet dis goeie raad. Dit was 'n lang dag. Daar is nie sin in om langer hier op die stoep te sit en wag nie.

Tog voel dit vir haar sy moet hierdie oomblikke van stilte so lank moontlik uitrek . . . want hulle gaan skaars wees . . . Sy staan gehoorsaam op, begin die koppies inmekaar skuif. Hy is ook op sy voete, neem die likeurglasies en sit dit op die skinkbord.

"Ek sal dit inneem. Santie . . ."

In die skemerlig kyk sy weerloos na hom op. Sy stem is weer gedemp, afsydiger as netnou. "Belowe my een ding. Jy sal jou nie laat ompraat om in die hotel te gaan bly nie. Julle bly hier."

Sy sluk swaar. "Maar as dit . . . ontwrigting vir jou gaan bring . . ."

"Dit sal nie. Ek is al te oud en gesout daarteen. Dit is die enigste plek op Eloffsdal waar jy kan bly." Sy hande vou skielik om haar skouerknoppe. Sy stemtoon het verdiep. "Ek is jammer ek moes instaan vir my broer, maar . . . dit was 'n aangename aand vir my. Dankie." Hy buk onverwags af, en sy voel sy lippe 'n oomblik teen haar voorkop druk. "Goeienag. En as jy my nodig mag kry . . . My kamer is die tweede deur regs in die gang af."

Met oop oë lê Santie 'n ruk later in die donker en luister. Dis 'n byna geluidlose Karoonag. Dis baie stil . . . en baie donker.

Hy het vroeër in die aand gesê hy is beter as niks nie. Hoe dankbaar is sy dat hy vanaand hier was, dat sy nie alleen in die vreemde op haar man moes sit en wag nie. En terwyl sy roerloos lê en wag dat haar man op hul eerste huweliksnag moet huis toe kom, is dit 'n troosvolle wete dat sy nie alleen in hierdie groot, donker huis is nie. 'n Entjie verder af in die gang is daar nog iemand wat saam met haar in die donker asemhaal, iemand op wie sy haar kan beroep as . . . as dit nodig is . . .

Maar sy begaan 'n fout as sy dink dat Darius Mocke gaan slaap het. Toe 'n motor se ligte eindelik vanuit die dorp die rantjie opstraal, tree hy uit die donkerte.

Toe die motor stilhou, gryp 'n vuis die wit trouhemp van Louis voor die bors in 'n bondel vas en word hy so te sê uit die motor gesleep. Die vuishou tref hom teen die ken en laat hom agteruitsteier, sodat hy na die motor moet gryp om sy balans te behou.

"Ek weet nie of jy 'n vuishou werd is en of ek liewer op jou moet spuug nie."

"Stadig nou, ouboet. Dis nie regtig só erg nie."

Santie ruk haar asem in waar sy by die venster staan. Sy het ook die motor gehoor, wou net uitgaan toe sy die twee broers gewaar en sien hoe een se vuis deur die lug swaai. In die lig van die stoeplig kan sy sien hoe die ouer

broer oor die jongere troon . . . en haar hart begin pyn. Die
Louis met wie sy vanoggend getrou het, herken sy skaars.
Sy baadjie is los en sy das is af. Sy hare is effens deurme-
kaar en hy lyk vreemd.

En hy sê dis nie só erg nie . . . Dis nie só erg as 'n man
sy bruid op hul eerste huweliksaand alleen laat en liewer
saam met sy maats gaan fuif nie. Nee, dis nie só erg as die
bruidegom half dronk by sy bruid aankom nadat hy haar
die hele dag alleen gelaat het nie . . .

"Jy weet tog hoe gaan dit, Darius. Die nuus is soos 'n
veldbrand deur die dorp, en Jan en Awie-hulle het dit te
hore gekom. Dit kon nie hoër of laer nie, ek moes eers 'n
ietsie saam met hulle gaan drink . . ."

" 'n Ietsie van vyfuur vanmiddag af tot amper midder-
nag? En die res van die dag het jy jou lyf skaars gehou so-
dat jou vrou eers die ergste van jou moes afweer. Ek moes
van 'n wildvreemde vrou hoor dat my broer vanoggend
getroud is. Jy is en bly 'n papperd, en nou skuil jy nog
agter 'n skone kind se rokke. Maar ek sal jou daaragter
uithaal, my boetie. Jy dink jy is grootman genoeg om te
gaan trou het. Van môre af sal jy jou soos een gedra, of ek
breek jou nek, verstaan jy?"

"Jy moenie dink jy bluf my nie, Darius. Jy skop 'n vrees-
like bohaai op om die aandag af te trek van die eintlike
ding. Dis reg. Van môre af sal ons mekaar begin verstaan
en sakies in die reine bring. Tot dusver moes ek mos soos
een van jou werknemers met 'n simpel salarissie deurkom
en van jou bevele ontvang. Maar van môre af is ons gelykes,
my ouboet. Van môre af is ek net soveel baas soos jy . . .
en ek wil my deel hê . . . in harde kontant, verstaan jy?"

"Ek ken die bepalings van die testament beter as jy. Ons
kan môre verder oor besigheid gesels. Maar vanaand, sê ek
vir jou, gesels ons oor die feit dat jy nou 'n getroude man is
met 'n vrou teenoor wie jy 'n verantwoordelikheid het."

"Los jy my vrou uit. Ek sal self vir haar sorg."

"Soos vandag? Haar heeldag en die helfte van die nag alleen laat en dan dronk by die huis kom? Is dít hoe jy in die toekoms vir jou vrou gaan sorg?"

"Ek is nie dronk nie, en ek het reeds erken dinge het 'n bietjie hand uitgeruk, maar na die duiwel met jou, man! Wie is jy om vir my te kom sê hoe ek my vrou moet behandel? Wat het van joune geword? Waar is . . .?"

"Staak dit!" Haar stem klink vreemd streng op, en albei mans swaai om. Sy staan daar in haar nagklere voor hulle, en weer sê die stemmetjie bedaard maar onteenseglik beslis: "Dis genoeg. Dis ná middernag. Kom, Louis."

Dis doodstil in die kamer solank Louis uittrek en gereed maak vir die nag. Sy lê doodstil in haar bed, staar na niks. Dan buk hy oor haar en sy draai haar gesig werktuiglik weg van sy asem. Hy kom vinnig orent, en sy hoor hom vloek.

"Aag, nou gaan jý dan ook na die duiwel. 'n Mens sou sweer ek het 'n moord gepleeg."

Hy klim in sy bed, die lig gaan dood, en byna dadelik hoor sy hoe hy liggies begin snork.

Sy draai op haar sy, haar rug na hom en staar met droë oë in die nag. Nee, nie 'n moord in die gewone sin van die woord nie. Maar daar is baie soorte moorde wat 'n mens kan pleeg sonder om direk iemand se lewe te neem. Soos wanneer jy iemand se ideale, iemand se vertroue, iemand se geloof vermoor . . .

Dis baie vroeg die volgende oggend, toe die oggendster nog blink aan die oop hemel hang, dat die laken van haar afgetrek word. Sy word uit 'n onrustige slaap gewek, hoor haar naam op sy lippe. Haar arms gaan spontaan om hom en dan onthou sy . . . Sy verstyf instinktief, maar die man kom dit blykbaar nie agter nie. Sy wil hom eers wegdruk, maar sy drif en krag is groter as hare, en teen die end aanvaar sy die onvermydelike met 'n dooie gelatenheid. Sy het haar dit so heeltemal anders voorgestel . . . so heeltemal anders . . . Soos so baie van haar genote, word Santie in een nag 'n vrou . . . 'n ontnugterde vrou. Verby is die jong-meisiedae met die ideale en drome. Toe hy haar eindelik alleen laat, is sy 'n vrou wat met strak oë na die realiteite van die lewe kyk.

Haar blik is ontwykend toe hy weer die kamer binne-kom van die badkamer af.

"Jy kan maar nog 'n bietjie bly lê. Dis nie nodig dat jy soggens saam met my moet opstaan nie. Bet sorg vir ont-byt."

Sy wil sê sy is gewoond vroeg opstaan, maar sy gryp na hierdie vergunning. Sy sien nie kans om vanoggend aan ta-fel te verskyn nie . . . Sy kan Darius Mocke nie vanoggend in die oë kyk nie. Dit voel vir haar asof alles wat daar te wete is oor die veelbewoë nag oor haar geskryf staan . . . en Darius se skerp oë sal alles raaksien.

Sy klim terug in die bed. "Dankie. Ek dink ek gaan nog so 'n bietjie lê."

Sy hand is skielik onder haar ken; sy word verplig om in sy oë op te kyk . . . en skielik lyk hy weer soos die Louis wat sy geken het.

"Luister, Santie, ek is jammer oor gisteraand. Dit was verkeerd van my. Ek moes nie dat Jan-hulle my omgepraat het nie. Wel, ek . . . ek is jammer. Alles nou weer reg?"

Wat kan sy anders doen as knik, wat anders as om met bewende lippe sy soen te ontvang? Wat anders kan 'n vrou doen as om ná erkenning van skuld te vergewe . . . tot die volgende keer?

Sy val terug teen die kussing toe die kamerdeur agter hom toegaan, knyp haar oë styf toe om die trane terug te pers wat eers in hierdie oggend ná 'n lang nag te voorskyn kom en kreun saggies soos 'n dier wat gewond is. Sy stuit die snikke met haar gebalde vuis teen haar lippe en roep woordeloos: Ag, liewe Heer, help my! Help ons!

In die dae wat volg, lyk dit egter asof Louis se swak gedrag van daardie eerste dag 'n geïsoleerde geval was. In alle eerlikheid moet Santie erken dat hy van sy kant sy bes doen om te vergoed daarvoor, en as daar iets haper aan die jonggetroudes se verhouding, moet sy ook in alle eerlikheid erken dat dit van haar kant af kom.

Sy verag haarself dat sy nie meer met die ou vertroue na hom kan opsien nie en dat sy daardie eerste dag en nag se gebeure nie heeltemal uit haar geheue kan verdryf nie. Sy durf nie toelaat dat een misstap tussen haar en haar man staan en 'n wig tussen hulle indryf nie. Sy doen haar bes om te vergeet wat verby is en slaag blykbaar goed genoeg daarin, want Louis toon geen teken dat daar iets met hul huwelik skort nie.

As die verhouding tussen die jonggetroudes oënskynlik heeltemal herstel is, is dit beslis nie die geval met dié tussen die twee broers nie. Dit verswak verder by die dag, in so 'n mate dat Louis, veertien dae nadat Santie op Eloffsdal aangekom het, met die voorstel kom dat hulle liewer na die hotel moet trek.

"Ek is nie van plan om op Eloffsdal te bly nie. Sodra ek my erfenis gekry het, gaan ons skoert. Ek is siek vir hierdie kleindorpie-mentaliteit. Ons sal dus net tydelik in die hotel wees."

Santie voel iets in haar styftrek. Daardie eerste aand flits voor haar verby. Sy kan dit nie help nie. Sy het sedert daardie aand 'n intuïtiewe weersin in Eloffsdal se enigste hotel, en nou wil Louis 'n onbepaalde tyd daar gaan woon. Sy onthou ook dat Darius so iets verwag het. Hy het haar daardie eerste aand al daarteen gewaarsku. Hy het toe al verwag dat Louis met so 'n voorstel sou kom, en hier is dit nou.

Sy soek desperaat na 'n grondige rede om dit te weerstaan, terwyl sy weer eens skuldig voel. Dis nie te sê dat as hulle in die hotel woon, hy hom weer in die kroeg te buite sal gaan nie. En tog . . . tog weet sy net hulle kan nie in die hotel gaan woon nie. Liewer nie . . .

Louis was wonderlik die afgelope twee weke. Weliswaar was hulle selde saans tuis. Hy het haar geneem om sy vriende te ontmoet, en hoewel daar onder hulle wel diegene is van wie sy nie so baie gehou het nie, was daar ook genoeg van wie sy dadelik gehou het. En almal was baie gaaf en gasvry soos net 'n boeregemeenskap kan wees. Ook is daar drankies gedrink, maar Louis het matigheid voor oë gehou, en daar was werklik geen rede vir die onrus wat in haar hart agtergebly het nie.

Darius het nooit saam met hulle uitgegaan nie. Hy is blykbaar nie 'n baie sosiale mens nie. Mense het wel met die grootste respek van hom gepraat, het sy agtergekom, maar hy is 'n eenkantmens, soos Bet dit 'n slag gestel het. Hy verkies blykbaar om saans tuis te bly en tot laatnag aan die onderneming se boeke te werk.

Santie het soms skuldig gevoel wanneer hulle die aand laat inkom en sy hom nog oor die lessenaar gebuig sien. Louis het gepraat dat hy nou net soveel baas is as Darius, maar dit is onteenseglik so dat Darius die man is wat die leeueaandeel op sy skouers dra.

Die verhouding tussen haar en haar swaer is dié van uiterste beleefdheid teenoor mekaar. Sy kan nou kwalik glo dat hy daardie aand so amper gemoedelik met haar gesels het, haar selfs op die voorkop gesoen het.

Deesdae gesels hulle net met mekaar as dit noodsaaklik is, en dis selde meer as om aan tafel iets vir mekaar aan te gee . . .

Een aand besluit sy dat sy vir hom koffie sal gaan maak voordat sy en Louis gaan slaap. Soos altyd gebruik hulle die buitedeur wanneer hulle saans inkom, maar op pad badkamer toe het sy die studeerkamerlig steeds sien brand.

Sy sit die koffie langs hom neer. Hy kyk op, sy gesig geslote. "Dankie, dit was nie nodig om moeite te doen nie."

"Dis geen moeite nie. Jy werk saans baie laat."

Hy sit terug, vee moeg oor sy oë. "Ja. Ek het geen keuse nie." Hy staan op, neem sy koffie en gaan staan by die venster, kyk uit op die nagtoneel. "As dit net wil reën . . ."

"Ja. Oral waar ons kom, kla die mense maar. Hulle kry swaar."

"Ja. Almal kry swaar; die besighede ook. Die mense moet bly lewe, al reën dit nie. Hulle moet eet en drink en goed hê om mee te werk, al bly die reën weg. En jy kan nie vir 'n man nee sê omdat hy nog vir jou skuld nie, want jy weet hy sal betaal as hy het, maar hy het nie. Jy weet hy sal jou eendag betaal wanneer die reën gekom het en hy weer 'n inkomste het, maar intussen moet jy hom dra." Hy sluk sy koffie weg, gee die koppie aan haar terug. "Dis dinge wat jou man nie verstaan nie. Dankie. Dit was lekker."

Sy neem die koppie, kyk bekommerd na hom op. "Jy bedoel . . . Louis se erfenis waarop hy aandring?"

"Ja. As ek hom nou sy deel moet uitbetaal soos hy aandring, moet ek die mense in die middel van 'n knellende droogte dagvaar. Hoe anders kan ek hom in harde kontant betaal soos hy verlang? En watter sin is daarin om mense te dagvaar wat jy weet jou nie kan betaal nie? Al wat sal gebeur, is dat mense bankrot sal raak, maar die geld sal jy nie kry nie. Ek sal van die ondernemings moet verkoop, en wie sal dit koop? Teen watter prys? Solank dit só droog is . . ." Hy sug, gaan weer agter die lessenaar sit. "Jammer. Ek het nie bedoel om jou hiermee te belas nie."

Sy frons. "Ek is bly jy het my gesê. Ek het geen idee hoe sake regtig staan nie. Ek sal met Louis praat. Daar is tog seker nie dringende haas nie. Ons moet eers wag dat dit reën . . ."

"En 'n hele ruk daarna. Dit reën nie geld nie. Die boere moet eers op die been kom en dan . . . Vergeet daarvan. Louis luister nooit na rede nie. Hy sal ook nie hierdie keer nie."

Sy kyk hom ongelukkig aan. "Ek sal met hom praat. Hy sal nie onredelik wees nie."

Daar is 'n grimmige glimlag om sy mondhoeke toe hy na haar opkyk.

"Jy dink omdat dit veertien dae goed gegaan het, dit so sal voortgaan. Moenie jouself bluf nie, Santie. Dit is net 'n verposing."

Sy swaai vinnig om. O, sy kan hom amper haat wanneer hy só van sy broer praat! En sy haat haarself dat sy hier diep in haar hart wonder of hy nie reg is nie!

Toe sy in die kamer kom, slaap Louis reeds.

3

Santie weier toe Louis die volgende dag sê hulle moet oortrek hotel toe. Haar hart sak in haar skoene toe sy sy gesigsuitdrukking sien. Hy lyk soos 'n koppige kleuter wat nie sy sin kan kry nie. Haar eie gesigsuitdrukking word vasberade. Kom wat wil, sy gaan nie in Eloffsdal se hotel woon nie.

"Jy het blykbaar baie geheg aan jou swaer geraak."

Sy trek haar asem in, kyk hom geskok aan. Sy suggestie is so verregaande en onwaar dat sy 'n oomblik sprakeloos is. Sy voel 'n kilheid in haar.

"Jou insinuasie is so veragtelik dat ek nie eens daarop gaan reageer nie."

"Watter ander rede kan daar dan wees dat jy nie uit jou swaer se huis wil padgee nie?"

"Louis, asseblief, moet my nie diep in jou teleurstel nie. Hier kan ek darem nog iets in die huis of die kombuis of die tuin doen, maar wat moet ek dáár doen?"

"Jy kan vir jou werk kry."

"Waar? Jy weet so goed soos ek dat werksgeleenthede

210

op Eloffsdal so te sê nul is. Die paar wat daar miskien is, raap die plaasvroue nou op vir 'n ekstra inkomstetjie. Ek sal gemeen voel om 'n betrekking te vul wat deur een van hulle beter benut kan word terwyl dit so droog is. Ons het hierdie inkomste nie nodig nie; nie so nodig soos hulle nie."

Sy frons, aarsel, gaan dan vasberade voort. Sy kan hierdie sakie ook net sowel nou ophaal. "Dit bring my by iets anders . . . Jy sal dwaas wees om nou aan te dring op 'n gelyke verdeling van die boedel. Hier is 'n droogte, Louis. Daar is nie geld nie. Die boere het nie geld om hul rekenings te betaal nie en . . ."

"Daarmee het ek vrede. Wie het vir Darius gesê hy moet hulle goed op skuld gee? Nie ek nie. Ek het hom lankal gesê hy sal nog saam met die boere bankrot raak . . ."

"Van die mense na wie jy verwys, is van jou grootste vriende, Louis," sê sy terwyl sy haar bes doen om kalm te bly en die teleurstelling in hom hier diep in haar te ignoreer.

"As geld in die gedrang kom, het geen mens vriende nie. Elkeen sorg vandag vir homself."

"Nee, net jý. Daar is ander wat gelukkig nog menslikheid en Christelike naasteliefde in hulle oorhet om nie soos 'n aasvoël te wil toesak wanneer omstandighede buite hul beheer ander mense op die grond gedwing het nie."

"Soos my goeie broer, Darius, byvoorbeeld."

"Ja!" Haar gedwonge kalmte begin wyk. "Hy het darem nog genoeg hart in hom oor sodat hy nie wil trap op mense wat reeds in die stof lê nie."

"Ek sien." Sy stem is vol sarkasme. "Die saak is ernstiger as wat ek besef het."

"Wat bedoel jy?"

"Jou bewondering vir my broer. En ek lei af dat hy by jou gekla het . . ."

"Hy het nie gekla nie! Hy het net die ware situasie geskets en ek kan self dinge sien en vir myself dink. Maar jý kan blykbaar nie verder dink as wat jou neus lank is nie! Besef jy dan nie dat jy soveel minder gaan kry as wanneer jy eers wag totdat dit gereën het en Darius die skuld kan invorder nie?"

Hy lag kortaf, smalend. "Ek sien hy het jou net vertel wat hy wou. Die bepaling in die testament lui dat ek óf volle vennoot word saam met hom, óf 'n gestipuleerde kontantbedrag moet binne 'n jaar aan my uitbetaal word. Ek verkies die kontantbedrag. Daar word geen melding gemaak van droogtes en skuld nie. Dis Darius se probleme en het niks met my te doen nie. Oor 'n jaar wil ek my geld hê en klaar, en ek gee nie om waar hy dit uitkrap nie, al moet hy die hele spul verkoop om my uit te betaal. Dis myne! Ek is geregtig daarop!"

Geregtig daarop . . . Dis op die punt van haar tong om hom te vra hoeveel hy bygedra het tot dit wat die Mockes hier op Eloffsdal vermag het, maar sy swyg. Sy kan die pyn van teleurstelling en ontnugtering nie langer ignoreer nie.

"Jy sal regtig toelaat dat jou eie broer tot niet gaan solank jy net kry waarop jy glo jy geregtig is? En wat van hom? Is hý nie ook op iets geregtig nie? Of het al hierdie goed sommer net in sy skoot geval? Wie het saam met jou pa gewerk om dit tot stand te bring?"

"O ja! Nee, hier is beslis 'n beswadderingsveldtog teen my aan die gang; ek sien . . ."

"Nee. Jy sien verkeerd. Maar as die skoen jou pas, moet jy dit aantrek, my man. Daar is nog iets. Watter losies betaal ons vir Darius en wat sal die hotel ons kos? En ek wil weet wat jou maandelikse inkomste is tot tyd en wyl jy jou groot fortuin erf."

"Wat het dit met jóú te doen?"

"Ek is jou vrou. Ek moet weet binne watter perke ons kan beweeg. Nie dat ek enigsins daarin belangstel om te weet hoe groot jou erfporsie gaan wees nie. Ek wil dit nie weet nie. Nou toe. Wat betaal ons vir . . .?"

"As jy weier om hotel toe te gaan, moet jy maar self sien waar jy die losiesgeld vir Darius vandaan haal. Ek sal hom nie 'n sent betaal nie."

"Jy bedoel . . .? Louis, bedoel jy ons bly verniet hier? Het jy al die jare verniet hier by jou broer in sy huis gewoon en sy kos . . ."

"My salaris is soveel soos wat hy een van sy werktuigkundiges betaal. Vir mý, sy bróér! Daarom betaal ek geen losies nie, en ek sal ook nie . . ."

Weer is dit op die punt van haar tong om te vra of hy soveel werk as die werktuigkundiges lewer, maar sy sê net afgemete: "Hierdie saak moet reggestel word. Ons gaan nie verniet hier woon nie. Ek lê nie op ander mense se nekke nie . . ."

"Dis nie nodig as jy in die hotel . . ."

"Ek gaan nie in die hotel woon nie, Louis. Dis finaal. Dan gaan sit ek liewer in 'n tent in die woonwaparkie."

Sy mond trek weer lelik. "Dis blykbaar wat by jou pas, ja."

Sy verbleek merkbaar, haar stem is baie sag: "Jy het my nie op straat opgetel nie, Louis. Ons huisie waaruit ek kom, is eenvoudig, maar ordentlik, en nog nooit het ek en tant Alie enige mense in die oë gekyk vir ons daaglikse behoeftes nie."

"Ja, toe maar. Julle trotse armblankes maak my so siek." Hy draai om, duidelik op pad uit, en sy sien hom gaan met 'n seer hart en met die wete dat sy getrou het met 'n man wat sy nie geken het nie.

Daar is kommer in haar hart. Die pas afgelope gesprek het vir haar 'n lelike kleur aangeneem. Haar gesonde verstand sê vir haar dat sy Louis se laakbare insinuasies moet behandel met die minagting wat dit verdien, maar sy kan dit nie so maklik afgeskud kry nie. Feit bly – moet sy met

213

pynlike selfondersoek erken – dat daar miskien tog waar-
heid in steek. Sy kan dit nie ontken nie. Sy het 'n nare
gewoonte om die twee broers met mekaar te vergelyk, 'n
gevaarlike gewoonte vir bestendigheid in elke huwelik.
Skuldig moet sy aan haarself erken dat Louis altyd die
swakste daarvan afkom.

En miskien hét Darius iets te doen met haar teësinnig-
heid om na die hotel te verhuis. Maar nie in die sin wat
Louis gesuggereer het nie. Dit is eerder dat sy die sekuriteit
onder Darius se dak vind wat sy weet sy nie in die hotel
sal hê nie. Daar gaan sy weerloos wees – erken Santie haar
donker vermoede – as daar herhalings van daardie eer-
ste aand gaan wees. Die feit dat hy die een of ander tyd
tog moet terugkom huis toe, is miskien een van die redes
waarom daar nou veertien dae van vrede verbygegaan het.
Maar met net 'n gang tussen sy blyplek en die kroeg en
wagtende maats . . .

Maar julle kan nie vir ewig onder Darius se dak bly nie,
vertel 'n stemmetjie haar, en sy deins daarvan weg, draai
'n dowe oor. Al bly julle die hele jaar nog by hom, sal julle
die een of ander tyd moet weggaan, hou die stemmetjie
koppig vol.

Santie stap vinnig deur toe toe sy 'n motor hoor stilhou,
en ironies, op hierdie oomblik speel Bet se draagbare ra-
dio'tjie in die kombuis *One day at a time, Lord, one day at
a time* . . . en volg die woorde van die liedjie haar die gang
af na die voordeur.

"Ek wil met jou praat, asseblief, as jy tyd het."

"Seker. Kom binne."

Hulle staan teenoor mekaar in sy studeerkamer; sy gesig
geslote, hare skaam maar vasberade. "Ek het vandag eers
vasgestel dat ons nie losies aan jou betaal nie. Jy moet my
asseblief sê wat ons jou maandeliks moet betaal." Weer
brand Louis se woorde deur haar, skroei dit in 'n seer hart
in. Nietemin, liewer dan 'n trotse armblanke as . . .

214

"Daar is nie sprake van nie. Dit was nog altyd Louis se huis ook."

"Maar dis eintlik joune ... en jý betaal die koste van die huishouding. Ek kan nie ..."

"Santie, moenie aan onnodige dinge krap nie. Julle bly hier. Dis uit en gedaan."

"Net as ons losies aan jou kan betaal, anders ... anders laat jy my geen keuse nie as om tot Louis se voorstel in te stem en in die hotel te gaan bly."

Sy oë trek vinnig saam. "Ek verstaan. Goed. Ek sal jul losies sommer van sy maandelikse tjek aftrek."

"Nee. Ek is jonk, Darius, maar nie onnosel nie. Ek loseer nie vir 'n klompie rand 'n maand by jou nie. Ons kom ooreen op 'n bedrag, en ek sal dit self elke maand vir jou kom gee."

Sy mond neem die bekende streng lyne aan. "Jy is nie onnosel nie, maar baie koppig."

Vir die eerste keer trek die jong mond wrang, verraai die mondhoeke 'n bitterheid. "Nee, nie koppig nie. Maar party armblankes is uitermate trots, al kan hulle dit miskien die minste bekostig. Maar jy sien, dis soms al wat hulle het – hul trots. Ek betaal jou 'n redelike losies vir my en Louis se verblyf hier of ons trek uit."

"Jý betaal?"

"Ek bedoel óns betaal."

Sy maak weer vinnig sommetjies in haar kop. Daardie neseier van tant Alie sal dan uiters drie, vier maande hou. Wat dan? Een dag op 'n keer ... In hierdie geval een maand op 'n keer.

Hy lyk skielik ongeduldig, sê ook kortaf toe hy met sy pak boeke om die lessenaar stap: "Betaal dan maar wat jy dink as jy dan so vasbeslote is. Dis vir my om 't ewe."

"Goed dan. Ek sal 'n bietjie rondvra wat mense vir losies hier op Eloffsdal betaal." Sy sien hom die eerste boek oopmaak en sê verskonend: "Ek is jammer om soveel van

215

jou tyd in beslag te neem, maar daar is nog 'n ander sakie, asseblief."

Hy sit sy pen neer, kyk op, sy stem onpersoonlik. "Ja?"

"Dis in verband met my tante. Louis . . . Louis het haar belowe dat hy sal probeer om vir haar plek in Eloffsdal se ouetehuis te kry."

Sy het nie nodig om verder te verduidelik nie. Hy verstaan. En Louis het, ten spyte daarvan dat sy hom al hoeveel keer aan hierdie belofte herinner het, nog nie 'n vinger gelig om dit na te kom nie. "Sy vra in elke brief wanneer sy kan kom."

"Wil jy haar graag hier hê?"

Die somber oë verhelder. Om iemand van haar eie hier op Eloffsdal te hê . . . Om haar hartseer en ontnugtering en wanhoop teen daardie moederlike ou bors uit te snik . . . hoewel sy weet dat sy dit nie regtig sal doen nie. Sy sal die dierbare ou mens nie ontstel nie. Sy sal voorgee dat alles wonderlik goed gaan. Maar haar nabyheid sal 'n vertroosting wees.

"Baie graag. Sy is selfonderhoudend. Sy sal dus nie 'n las vir enigiemand wees nie."

"Wie het van 'n las gepraat? In godesnaam, Santie . . ." Hy ruk hom reg, sê dan net kortaf: "Ek sal werk maak daarvan."

"Dankie." Hul oë ontmoet 'n lang oomblik, albei bewus daarvan dat daar baie ongesê is tussen hulle – dinge wat liewer ongesê moet bly.

Santie lê en luister toe Louis in die laat ure van die nag by die buitedeur inkom. Sy gee voor sy slaap, het reeds vroegtydig haar gesig na die muur gedraai. Sy kan aan sy voetstappe hoor hulle is onseker. Daar is 'n suur walm in die kamer wat sy nooit geken het nie, maar deesdae al beter leer ken, en dan is daar die gesnork van 'n man wat onder bedwelming slaap.

Verder af in die gang lê nog iemand en luister totdat die dowwe klanke vanuit 'n ander kamer hom bereik. Maar soos Santie slaap hy nie dadelik nie, lê en staar hy ook maar die nag in en wonder . . .

Die volgende oggend is daar geen verskoning vir die vorige nag se gebeure soos die eerste keer nie. In stil, bot swye sien sy hom gaan sonder ontbyt. Daar word nie aan die ontbyttafel gepraat nie, nie voordat die man opstaan en sy stoel terugstoot nie.

Sy stem is styf asof hy dit nie wil sê nie, maar verplig voel. "Daar is dinge in die lewe wat 'n mens verplig is om in die oë te kyk. Die grootste fout wat ons almal maak, is om dinge wat onveranderbaar is, te wil verander. Dit geld vir mense ook."

Dan draai hy om en stap uit.

Sy dwaal daardie dag deur die huis. Dan is sy binne, dan buite. Bet bekyk haar maar so, verstaan baie meer as wat sy besef. Sy kan nie ná net veertien dae tou opgooi nie. Dis ongehoord! Hul huwelik het nog nie eens 'n kans gehad nie! Of was dit nie dít wat Darius by haar wou tuisbring nie?

Wou hy haar maar net laat verstaan dat Louis is soos hy is, en sy nie moet hoop of glo dat sy hom ooit sal verander nie? Wou hy haar eintlik vertel dat sy voor dié keuse staan – om haar man te aanvaar soos hy is en te leer om daarmee saam te lewe of pad te gee? Hoe kan sy ná twee weke padgee? Maar sien sy kans om die res van haar lewe so voort te gaan, later miskien haar kinders saam met hom groot te maak, só saam met hom oud te word, nooit te weet wat om te verwag nie, nooit te weet of hy die aand huis toe kom, nooit seker te wees nie . . .

Maar Louis is nog jonk. Hy kan nog verander. Hy kan nog verantwoordelikheid leer. Hy sal nog bestendig word. Tog . . . Eendag het sy 'n artikel gelees: die vrou wat met 'n man trou met die gedagte dat sy hom ná die huwelik sal verander, is 'n dwaas.

217

Die ironie van die saak is dat sy nie met so 'n gedagte getrou het nie. Die fout wat sy gemaak het, was om met 'n man te gaan trou wat sy nie geken het nie. Sy was te jonk om te kon oordeel. Sy moes daaraan gedink het dat 'n Louis wat met vakansie is, en 'n Louis in sy tuisomgewing by sy verantwoordelikhede dalk twee verskillende mense kan wees.

Skuldig onthou sy nou dat tant Alie met oumenswysheid taktvol hierdie dinge aan haar uitgewys het, maar sy het nie eens daaraan aandag gegee nie. Sy was te verlief, te verblind deur dit wat reg voor haar oë was, om verder te kyk en te dink. Verder het die feit dat tant Alie, jare lank haar enigste anker en sekuriteit, haar nou gaan verlaat en sy alleen gaan agterbly, meegehelp dat sy 'n oorhaastige besluit geneem het.

Dit kom as 'n skok tot Santie dat sy reeds so ver gevorder het, dat sy, al is dit dan net teenoor haarself, erken dat sy oorhaastig was. Maar dit verander niks aan die feite nie. Feit bly dat sy wel met Louis Mocke getroud is, en dat sy ten minste ter wille van haar gewete 'n poging moet aanwend om hierdie huwelik te laat slaag. Maar hoe?

Deur die minste te wees, besef sy toe hy daardie middag onverwags huis toe kom. Hoop vlam in haar hart op. Miskien pla sy gewete hom en is dít hoekom hy gekom het. Sy sal die minste wees en hom tegemoetgaan, meer as halfpad tegemoet.

Sy hardloop met die trap af, gooi haar arms om sy nek. Daar is skielik trane in haar oë. Die Here sal hulle help om iets moois van hul huwelik te maak.

Hy lyk effens onkant betrap en vra verbaas: "Wat gaan aan?"

"Hoekom moet daar juis iets aangaan? Ek is net bly om jou te sien. O, Louis . . ."

"Ek is haastig, Santie. Ek het net gou 'n paar stukkies klere kom haal. Ek moet Kaap toe."

Sy kyk hom verbaas aan. "Om te wat?"

"'n Onderdeel gaan haal waarvoor ons nie kan wag nie."

Haar oë blink. "Ek kan seker saamgaan, kan ek nie? Ek kan solank vir tant Alie . . ."

"Nee, ek kom sommer dadelik terug. Hulle wag vir die onderdeel. Daar is nie tyd vir 'n gekuiery nie."

"O . . ." Sy kyk hom teleurgesteld aan. "Sal jy 'n kansie kry om net by haar aan te gaan?"

"Nee."

Sy trippel agter hom aan. "Asseblief, Louis. Laat ek net gou vir haar 'n pakkie opmaak. Ons het sulke lekker drui-we gekry by . . ."

"Santie, hou op kerm. Ek sê mos daar is nie tyd nie. Ek ry in elk geval ook met 'n groot vragmotor. Ek kan nie oral met die ding rondry nie."

Sy is stil, staan en kyk net hoe hy ekstra klere en nag-klere in 'n tas prop, kry dan 'n skewe soen en hoor hoe hy haastig in die gang afstap, luister hoe hy met skreeuende bande weer vertrek. Hy kom dadelik terug, maar het tog ekstra klere en nagklere saamgeneem . . .

Sy draai om. Sy moenie dat die duiwel haar weer dinge wysmaak nie! Daar kan iets voorval. Soos wat? Wel, die onderdeel kan dalk nie dadelik gereed wees nie, en dan moet hy tot môre wag. Of hy kan teëspoed kry. Dis net verstandig om ekstra klere saam te neem. Maar 'n hemp en 'n das? Wel, as hy miskien moet oornag, moet hy tog in 'n hotel oorbly, en dan moet hy ordentlik aangetrek wees, nie waar nie?

Daar is 'n skerp frons tussen Darius se wenkbroue toe hy die namiddag huis toe kom.

"Wou jy toe nie saam Kaap toe nie? Ek het gedink dis 'n gulde geleentheid vir jou om weer jou tante te sien. Ter-loops, ek het met dominee Brand gepraat. Hy sê die oue-

219

tehuis se komitee sit oormôre. Hy dink daar is plek. Hy sal jou die nodige vorms laat kry, en jy moet dit intussen invul. Sodra hulle die vorms ontvang het, sal jou tante kan kom, klink dit vir my."

Haar oë verhelder. "O, baie dankie, Darius. Dis wonderlik!"

Hy kyk haar stip aan. "Hoekom wou jy nie saamgaan Kaap toe nie?"

Sy sluk en slaan haar oë neer. "Ag, dit was so oorhaastig . . . 'n Ander keer liewer."

Sy mond trek weer wreed toe hy die nattigheid in die ooghoeke sien, en hy sê amper bars: "Jy leer vinnig."

"Wat bedoel jy?"

"Dié soort beskermingsleuens . . ."

"Ek weet nie wat jy bedoel nie."

"Twak! Jy weet so goed soos ek. Hy wou jou nie saamneem nie. Ek moes dit geweet het."

Spontaan trek sy die skouertjies agteroor, kyk moedig op. "Ek kan nie sien . . ."

"Nee, ek ook nie. Ek kan ook nie sien hoekom ek my moeg maak nie. Ek moes hom nie gestuur het nie. Ek stuur hom nie gewoonlik nie, want hy bly altyd twee of drie dae weg. Maar ek het gedink dis 'n geleentheid vir jou om by jou tante te kom." Hy grynslag. "Al wat nou gebeur, is dat hy net weer drie dae ekstra verlof het."

Sy probeer teen haar beterwete met hom redeneer. "Jy is nou onregverdig. Hy het gesê julle is haastig vir die onderdeel. Hy sal seker vannag . . ."

"Ek sal jou wed vir alles wat ek besit dat hy beslis nie vannag al gaan terug wees nie. Ek ken my broer, Santie."

Sy sluk swaar. "Ek kan nie so oorhaastig gereed wees . . ."

"Ek het vanoggend vir hom gesê hy moet Kaap toe en dat hy jou moes bel en sê om reg te maak. Hy is eers elfuur weg. Maar hy het jou nie gebel nie, het hy?"

"Nee." Wat help dit om langer voor te gee? Sy kan voor die res van die wêreld toneelspeel, maar nie voor hierdie man nie.

Dit klink na 'n gedempte kragwoord wat deur sy stywe lippe ontsnap, en dan gooi hy skielik die pakkie waarmee hy in sy hand staan, langs haar op die tafeltjie neer. "Daar."

Verblind deur trane en verleentheid en hartseer kyk sy daarop af en vra gedemp: "Wat is dit?"

Sy stem klink ironies: "Dis 'n presentjie vir 'n dogtertjie wat soet by die huis bly."

Sy hoor die studeerkamerdeur agter hom toeklap. Sy tel die pakkie met bewende hande op en sukkel met die omhulsel. Dan kom die inhoud te voorskyn: twee biddende koperhande, gemonteer op hout, en daaronder, in kopersierskrif:

God, grand me the serenity to accept the things I cannot change,
   Courage to change the things I can,
   And wisdom to know the difference.

Santie draai om, stap kamer toe, kyk onseker na die muur bokant haar bed. Sal sy . . .? Dan stap sy na die spieëltafel, trek 'n laai oop, bêre haar geskenk onder haar klere weg . . . die geskenk van haar swaer . . . En dan, sonder om aan haarself te verklaar hoekom, sak sy op haar bed neer en huil.

In die kombuis sing Bet 'n liedjie wat in die versoekprogram uitgesaai word. Kleinmeneer is weg met 'n tas, kleinjuffrou lê in haar kamer en huil soos 'n kind, en grootmeneer sit agter sy lessenaar en kom nie eens agter die boek voor hom is onderstebo nie. O, hier gaan 'n boddery kom. "Oh, help me make it through the niiiight," sing sy kopskuddend saam.

221

Santie vind, soos tevore, dat Darius se voorspellings altyd reg is. Natuurlik laat sy daardie nag verniet die buitedeur ongesluit. Skemermôre is die ander bed in haar kamer steeds leeg.

Ontbyt saam met haar swaer is 'n swygsame spanning wat sy moet deurworstel. Elke oomblik verwag sy daardie: Ek het jou mos gesê . . . Toe sy die stilte nie meer kan verduur of haar eier afgesluk kry nie, sê sy sag: "Ek moet nog dankie sê vir my geskenkie. Dis . . . baie mooi."

Hy kyk haar die eerste keer direk aan. "Dis nie veronderstel om net mooi te wees nie . . . of het jy net die biddende hande raakgesien?"

Haar keelspiere werk. "Nee. Die . . . woorde is ook . . . baie mooi."

Hy kyk haar stip aan. "En waar, Santie. En waar. Daar ís 'n verskil." Sy kan net weerloos knik en hy vervolg: "En wanneer 'n mens die wysheid ontvang het om te weet of dit in jou vermoë is om die ding waarmee jy worstel te verander of nie, dan moet jy nie verder tyd mors nie. Dit help nie om tyd te mors op iets wat jy weet futiel is nie. Daar is geen sin in nie. Dis dwaasheid om kosbare jare van jou lewe te mors op iets wat jy reeds van die begin af weet nooit sal of kan werk nie."

Haar oë pleit skielik. "Darius, ons is maar twee weke getroud." Dit klink ongelooflik in haar eie ore. Maar net twee weke . . .

"Twee weke te lank," is sy bondige, brutale antwoord. "Jy moes daardie eerste dag al gegaan het soos ek jou gesê het. Jy kan nog . . ."

"Nee! Ek . . . ek kan nie gaan voordat ek nie eens probeer het nie . . ."

"Wat? Wát probeer het? 'n Sukses maak van 'n huwelik wat jy voor jou siel wéét nooit kan slaag nie? Hoekom tyd daarop mors terwyl jy dit weet, Santie?"

"Hoekom wil jy my so graag weg hê?"

Hy kyk haar strak aan. "Dit het niks met mý te doen nie. Dis . . ."

"Dis hoekom ek jou houding nie heeltemal verstaan nie. Mý huwelik gaan jou nie aan nie." Dis omdat sy so verskriklik seerkry dat sy wil terugslaan. "As jy dan regtig omgee, sal jy probeer help, nie hinder nie. En ek vind jou 'n uiters dislojale broer. Jy dink net altyd die swakste van Louis. Goed. Hy het nie verlede nag huis toe gekom nie, net soos jy voorspel het. Maar wie sê vir jou . . ."

Die telefoon skril en hy staan op. 'n Paar oomblikke later keer hy terug van die studeerkamer af.

"Dit was Louis. Die vragmotor het gebreek. Hy moet wag totdat die motorhawe dit kan regkry. Hy stuur intussen die onderdeel met 'n geleentheid deur." Hul oë ontmoet, en sy mond trek sinies. "Dit kan die waarheid wees . . . en ook nie."

"Jy is die agterdogtigste mens . . ."

"Jou onnosele klein gek, dink jy dis die eerste keer dat die vragmotor gerieflik breek wanneer dit juis Louis is wat daarmee stad toe is? Daar is gereeld soos klokslag 'n verskoning om 'n dag of twee in die stad te versuim."

Sy spring op met blitsende oë. "Hy moet jou tog 'n strokie toon van die motorhawe wat die vragmotor moet regmaak."

"Wat hy altyd verloor of uit die goedheid van sy hart uit sy eie sak betaal. Jy praat van my lojaliteit, of dan gebrek daaraan. Joune, verseker ek jou, is misplaas, want Louis self het nie 'n greintjie daarvan in hom nie. Moenie dink hy sit soet in sy hotelkamer vanaand nie. As jy dít dink, is jy meer as naïef."

"Ek wil niks meer hoor nie."

Sy hand teen haar arm hou haar terug. "Goed. Ek sien my pogings om jou betyds tot jou sinne te probeer bring, word nie waardeer nie. Ek sal van nou af my mond hou. Net nog dit – jou man stuur groete."

223

Hy stap uit, en sy voel skielik alleen. En dis nie aan haar man wat sy in hierdie nag lê en dink nie. Dis aan sy broer, Darius, wat sy dink, en sy wonder wat van haar gaan word as hy hom nou regtig van haar onttrek het.

4

Saterdagnag is die tweede nag van Louis se afwesigheid. Santie besef sy hoop verniet dat hy die naweek huis toe sal kom. Motorhawens is Saterdae toe. As die vragmotor teen Vrydagmiddag nog nie herstel is nie, sal dit dan eers Maandag kan klaarkom. Andersins sou hy tog sekerlik Vrydagnag of Saterdagoggend vroeg teruggekom het. Die feit dat hy ook nog nie weer gebel het nie, kyk sy doelbewus mis. Wat kan hy meer sê as dat die vragmotor nog nie herstel is nie?

Sy het al totaal vergeet van die uitnodiging wat hulle ontvang het toe Darius dit Saterdagmiddag ophaal. Die afgelope twee dae het hulle min vir mekaar te sê gehad.

"Jy moet omtrent halfagt gereed wees." Hy sien haar verwarring en vervolg ietwat ongeduldig. "Die Morkels se braai vanaand. Jy het tog seker nie daarvan vergeet nie?"

"Ja, ek het. Maar ek gaan nie. Jy hoef nie vir my te wag nie."

"Ek is bevrees jy sal moet saamgaan. Dis die een geleentheid wat ons nie kan mis nie."

Sy kyk hom ietwat verbaas aan. Hy gaan selde uit. "Dan moet jý maar gaan. Ek is nie in die luim vir partytjies nie."

"Ek sal moet gaan, want Chris Morkel is my grootste kliënt. Dit sal 'n klap in sy gesig wees as ek nie met sy verjaarsdag daar is nie."

"Dit verstaan ek. Gaan gerus."

Hy frons diep. "Ek gaan jou nie op 'n Saterdagaand alleen hier teen die bult laat nie. Bet het die naweek vry en al wat leef en beef sal op Witaar wees."

"Ek is nie bang nie. Ek sal die huis sluit . . ."

"Jy verstaan nie, Santie. Jy gaan saam, uit en gedaan."

"Ek . . ."

"Halfagt. Dit duur amper 'n driekwartier om op Witaar te kom."

Daar is groot onsekerheid in Santie toe sy in haar kamer kom. Natuurlik gaan sy nie saam nie. Sy gaan nie na partytjies toe sonder haar man nie. Dan is die duiwel weer by: Dink jy hý gaan op hierdie Saterdagaand in 'n hotelkamer sit?

Dis nie net wat Darius gesuggereer het nie. Sy onthou dat sy vriende al vroeër grappenderwys verwys het na sy naweke in die Kaap. Sy het maar saamgelag, want dit was veronderstel om net 'n goedige geterg te wees, maar sy het tog gewonder . . .

Dit gaan egter ook nie net om wat Louis vanaand doen of nie doen nie. Sy voel onseker oor die wysheid daarvan om vanaand saam met haar swaer na die bekende boer se partytjie te gaan. Sy het in die paar dae wat sy hier is en saam met Louis die dorp en distrik se mense leer ken het, ook al in aanraking gekom met die kleindorpie-mentaliteit. Op so 'n klein dorpie soos Eloffsdal, het sy gou agtergekom, weet almal alles van almal af en soms meer. Dit sal haar glad nie verbaas as Eloffsdal reeds weet dat dit nie so voor die wind met die Mocke-huwelik gaan nie. En om nou alleen met haar swaer daar aan te kom . . .

Sy het egter nie 'n keuse nie. Om kwart oor sewe loop hy haar in die gang van die badkamer af raak. Hy het sy kamerjapon aan en sy het nog haar oggendrokkie aan.

"Jy sal moet spring. Jy het net 'n kwartier tyd."

"Darius . . . Dink jy dis wys dat ons . . . ons saam gaan?"

225

Sy sien die frons tussen sy oë verdiep, en sy antwoord is kortaf: "Dit sal ons maar eers ná vanaand weet. Maar of hulle skinder of nie, ek gaan jou nie alleen hier laat bly nie. Gaan trek jou aan."

Dis met filosofiese gelatenheid dat sy langs hom in die motor inskuif, stiptelik betyds. Hy kyk haar skuins aan en sê droog: "Jy is in meer as een opsig 'n merkwaardige dame."

"Bedoelende?"

"Jy is die eerste vrou wat ek ken wat kan bad, aantrek en haar gesig inkleur in vyftien minute."

Sy moet maar glimlag. Darius weet nie dat sy nie veel van 'n keuse het wanneer sy voor haar kas staan en moet besluit wat om aan te trek nie. Dis die een of die ander. En haar gesig kleur sy maar baie effens in, soos hy dit noem. Grimeermiddels kos duur, en dis een ding waaraan tant Alie haar maar kort gehou het. Duiwelsdinge, het sy dit altyd genoem. Om 'n lipstiffie oor die lippe te trek gaan blitsig.

Dis ná 'n rukkie van stilte dat hy skielik vra: "Hoekom dink jy mense sal snaaks dink as ek en jy vanaand alleen daar aankom? Ons sal mos sê Louis is in die Kaap."

"Ja, ek weet, maar . . . Eloffsdal is 'n klein plekkie."

"O, dan het jy dit ook al agtergekom."

"Ja, beslis. Ek luister maar so. Daar is darem 'n paar baie giftige tonge op hierdie dorp en in hierdie distrik."

"Dit kan jy weer sê. Ek veronderstel van hulle het dit sekerlik al hul plig geag om jou in te lig oor die Mockes se familieskandale."

Sy kyk hom vinnig aan en frons. "Nee. Niemand het . . ."

"Kom nou, Santie. Jy hoef nie my gevoelens in ag te neem nie. Ek het nie meer sulke goed nie."

Sy kyk terug na die grondpad voor hulle. Sy hou nie van hom wanneer hy op daardie trant praat nie. "Niemand

226

het nog ooit iets van jou vir my vertel nie, en dis die waarheid."

"Werklik? Dis gewoonlik van die eerste sappige stories wat hulle nuwe intrekkers te vertel het. Maar hulle sal nog; dalk nog vanaand."

Sy blik hom vererg aan. "Ek stel nie belang in skandale van wie ook al nie." Sy kyk weer weg, en nou is daar in haar stem dieselfde tikkie bitterheid wat sy nie graag in syne hoor nie. "Ek is te hard besig om te keer dat Eloffsdal nog 'n skandaal het om hul monde oor uit te spoel."

Skielik voel sy sy vingers oor hare skuif, voel sy hoe dit hare druk, en spontaan krul hare daaromheen. Net 'n oomblik. Dan maak sy haar hand los, en hy neem syne onmiddellik weg.

Sy kan raai waaroor die skandaal of skandale gaan. Dit moet te doen hê met sy gewese vrou. Ten spyte van wat sy so pas gesê het, is sy mens genoeg om te wonder wat presies gebeur het. Vreemd, maar sy het Louis nie eens daarna uitgevra nie, en hy het self ook nog nie iets gesê nie. Net daardie eerste aand toe die broers rusie gehad het en Louis verwys het na Darius se vrou, en toe het dit so 'n geweldige reaksie van hom ontlok dat sy net betyds gekeer het dat Louis nog 'n vuishou kry. En tog sê hy hy het nie meer gevoelens nie . . .

Sy glimlag meewarig in die skemerlig in die motor. Hy wens maar hy het nie gevoelens gehad nie, maar hy het. Hy het selfs meer as wat hy besef, en selfs meer as wat sekere ander mense het. Die feit dat stories oor hom en sy gewese vrou ná soveel jare – sy vermoed dit moet al 'n paar jaar wees – nog soveel bitterheid in hom kan ontketen, is bewys genoeg van hoe diep seer dit destyds gemaak het. En sy is seker dat, ten spyte van sy sogenaamde gevoelloosheid, hy nie sy vrou ná veertien dae van getroude lewe alleen by die huis sou gelaat het en 'n naweek in die Kaap gaan deurbring het nie. Vanaand is bewys genoeg daarvan.

Liewer dan miskien 'n skinderveldtog op Eloffsdal op tou sit as om haar alleen by die huis te laat.

Niemand is egter te verbaas om hulle alleen op Witaar te sien aankom nie, en dit word nogal 'n baie aangename aand. Die groot braaivleisvure brand langsaan die reusewolskuur wat vir hierdie aand gereed gemaak is vir die jolyt. Binne is kafbale teen die mure met komberse toegegooi en dien as sitplekke. Eenkant in 'n hoek is 'n kroeg ingerig en in die ander hoek is 'n klein orkes, want daar gaan beslis geskoffel word ook.

Dis die eerste keer dat Santie op so 'n boereverjaarsdag kom, en ná 'n rukkie begin sy ontspan en geniet die joligheid. Daar heers 'n vrolike, ontspanne gees wat aansteeklik is. Sy kyk ietwat verbaas toe. Almal is deur die lang droogte vasgevang, maar vanaand het hulle bymekaargetrek, en vir 'n rukkie vergeet hulle die drooggebakte aarde, maer skape, Landbanklenings en skuld.

Sy sê dit onderlangs vir Darius wat vir haar 'n heerlike skaapribbetjie warm van die rooster af gebring het, en hy knik.

"Ja, dis al manier om in hierdie harde wêreld te oorleef, om jou balans te behou. As van die jonger manne hulle vanaand selfs miskien 'n bietjie te buite gaan, kan 'n mens hulle vergewe. Dit kos hare op die tande om in hierdie geweste vas te skop en deur te druk."

Hy kyk haar met 'n glimlag aan. "Jou hele gesig blink! Dit smaak darem anders as die vleis waaraan jy in die stad gewoond was, nè? Dis natuurlik die kruiebossies wat die vleis hierdie besonderse smaak en geur gee. Nie dat daar op die oomblik veel bossies oor is vir die skaap om te vreet nie. Maar Chris het so 'n strepie reën gekry en hierdie skaap kom van daardie veld af. Nog 'n stukkie?"

Sy lyk skuldig. "Dit lyk so vraatsugtig om al van die rooster af te begin eet terwyl hulle nog nie klaar is nie."

"O, maar ek help braai, en die braaier het spesiale voorregte. Kom saam, dan kom eet jy sommer nog 'n stukkie langs die vuur."

"Goed. Ek kom. Ek wil net gou die ergste vet van my gesig afkry." Sy stap na die hoek waar die dames se kleed-kamer duidelik aangetoon is. Terwyl sy besig is om haar gesig met 'n sneesdoekie skoon te kry, hoor sy skielik stemme voor die deur.

"Dis beset. Ons sal moet wag."

"Ja. Ek sien vanaand vir die eerste keer Louis Mocke se vrou. Sy lyk my maar 'n bietjie valerig vir hom. Louis het 'n halwe Amasone nodig om hom in beheer te hou."

"Ja-nee. Sannie of Santie of wat haar naam ook al is, is te lig vir hom. Sy is ook nog bitter jonk, en hy het klaar met sy streke begin. Is al weer weg Kaap toe die naweek, en sy vrou hoog en droog by die huis gelos vir ouboet om op te pas," sê die ander.

"Sowaar? Ek wou sê ek gewaar hom nêrens nie. Maar hy moet darem oppas. Netnou vry ouboet sy vrou af. Da-rius is al lank sonder een, en hy kan hom maar hou soos hy wil, hy bly 'n mens en nog 'n mansmens op die koop toe. Haai, Rita, dit laat my mos nou dink . . . Weet jy wie kom terug Eloffsdal toe?"

"Nee, mens, wie?"

"Dottie Willemse."

"Wat? Dáárdie Dottie . . .?"

"Dáárdie Dottie. Die einste. Jy weet mos . . ."

Santie is reeds klaar, maar het nie die moed om te voor-skyn te kom nie. Sy wens die twee skinderbekke wil eers padgee om haar 'n kans te gee om ongesiens hier uit te kom. Maar hulle is blykbaar besig met 'n lang, sappige storie oor . . . Teen wil en dank vang haar oor 'n naam.

"Jy weet mos Darius het toe die vryery net daar verbied, en Dottie is saam met haar broer hier weg, en niemand het mos ooit weer van hulle gehoor nie."

"Ja, ek onthou. Hemel, mens, dit was mos of 'n aard-

229

skudding Eloffsdal getref het. Dis mos toe dat ou Mocke 'n hartaanval gekry het, en hy is ook mos sommer dood. En daar sit Darius sonder vrou en Louis sonder meisie. Jy sê sy kom weer terug? Om wat te kom maak? Louis is klaar getroud. Nie dat dít veel sê nie. As dáárdie huwelik gaan hou, eet ek al my ou man se kafbale op. Dink jy sy wil kom moeilikheid maak? Maar hoekom dan nie eerder teruggekom vóór Louis . . ."

"Nee, man. Bart sê sy het al lankal aansoek gedoen by die bank, maar sy wou net hier op Eloffsdal werk – geen ander plek nie. Hoofkantoor het laat weet dat sy 'n oorplasing vra sodra hier 'n pos beskikbaar is. Sy het glo in die bank in . . . e . . . ag, vrou, 'n plekkie nie ver van Johannesburg nie, dink ek . . . gewerk, of werk nog steeds daar, ja. Toe kom die ding mos nou van Klara en daar gaan 'n plek oop. Nou ja, nou kom sy. Moet die end van die maand hier inval. Dis oor 'n week."

"O, genadetjie, Eloffsdal gaan weer 'n interessante plek word in die nabye toekoms," lag die ander. "Ek wonder wat maak Darius as hy hoor Dottie kom terug. Sal weer ou herinneringe opwek wat nie te aangenaam vir hom gaan wees nie. Maar noudat jy van Klara praat . . . Dís darem nou ook weer 'n ander storie dáárdie. Nig Ellie bly mos net so skuins oorkant hulle, jy weet mos? Nou, mens, sy vertel . . ."

Die stem breek stomp af toe die deur skielik oopswaai. Gesluierde oë kyk hulle vlugtig, beurtelings aan, en dan stap die skraal gestaltetjie woordeloos by hulle verby. Die twee vroue kyk mekaar grootoog aan.

"O, hond, Rita . . ."

"Ag, nonsies. Ons het mos nie gelieg nie. Dis mos alles die waarheid wat ons gepraat het. En miskien is dit goed dat sy gehoor het. Nou is sy ten minste vooraf gewaarsku teen Dottie Willemse – arme ding. Toe, mens, gaan in en kry klaar. Ek . . ."

Santie gaan staan langs Darius en kyk na sy ontspanne, laggende gesig. Hy lyk so anders, soveel jonger vanaand. Dis asof hy ook, nes sy boerevriende, die sorge van die lewe 'n rukkie van sy skouers afgegooi het. Ook maar goed, want vorentoe . . . vorentoe wag daar 'n Dottie Willemse se ou seermaak-herinneringe. En nie net vir hom nie. Blykbaar nie net vir hom nie . . .

Dis met 'n skok dat sy besef dat sy skielik oorkant die vuur 'n bekende gestalte gewaar. Uiterste verbasing is in haar oë toe sy haar man se blik oor die vuur ontmoet, en sy stoot Darius se hand voor haar mond weg waar hy besig is om 'n happie braaivleis wat hy met sy knipmes afgekerf het vir haar te voer.

"Daar is Louis."

Sy glimlag verstrak saam met sy hand en die twee broers se oë ontmoet ook. Dan draai Louis weg, verdwyn in die skuur in . . . en dis nou swaer en skoonsuster se oë wat ontmoet.

Darius se stem is baie kortaf: "Vergeet dit. As hy hom kinderagtig wil hou . . ."

Sy draai om, voel skielik asof sy die stil, donker Karoonag wil invlug, maar haar voete dra haar egter skuur toe op soek na haar man.

"Hallo, Louis. Ek is bly jy kon nog 'n draai kom maak."

Hy draai met die glas in sy hand na haar om, wend geen poging aan om haar te groet nie. "Dit het nie netnou so gelyk nie. Ek moes blykbaar liewer weggebly het sodat . . ."

"Asseblief, Louis. Nie . . ."

"Hoekom nie? As julle nie omgee om voor al hierdie mense te kere te gaan nie, hoekom sal ek . . .?"

Sy swaai weg, soek blindelings na waar haar handsakkie en stola lê.

'n Hand op haar arm hou haar terug, en 'n stem sê gedemp: "As jy die duiwel regtig wil loslaat, moet jy nou hier padgee. Maak asof niks gebeur het nie. Kom ons dans."

"Nee . . ."

Maar 'n stewige arm is reeds om haar middellyf en trek haar die dansbaan op. Hy glimlag op haar af, maar sy stem sis deur sy lippe: "Moet in godesnaam nie so openlik adverteer wat gebeur nie. Lag en gesels. Die mense kyk. As jy anders optree, gaan jy regtig agterdog saai." Hy stuur haar om 'n draai dat sy aan hom moet vashou, sien vlugtig oor sy skouer hoe Louis vinnig sy rug op die baan keer en sy glas uithou vir nog.

"Darius, asseblief . . ."

"Ons het niks om oor skuldig of skaam te voel nie, magtig! Waarvoor moet ons nou soos skelms hier wegsluip asof ons op heter daad op iets ongeoorloofs betrap is? Ons bly hier tot die end, en ek gaan jou ook nie met hom laat terugry nie. Hy sal jou verongeluk."

"Hy makeer niks . . ."

"Nie op die oomblik nie, maar hy gaan binnekort. Dis sy derde dop vandat hy dáár gaan staan het."

"Darius, asseblief, jy veroorsaak net groter moeilikheid deur . . ."

"Glimlag, Santie! Jy lyk asof jy die doodsengel voor jou sien."

Sy laat sak haar kop, kyk stip voor teen sy hemp vas. O, hoekom, hóékom gebeur sulke dinge? Hoekom kon Louis nie vanaand net 'n uur vroeër by die huis opgedaag het nie? Hoekom moes sy juis net op daardie oomblik toe hy hier opdaag langs Darius gestaan en 'n stukkie vleis uit sy hand ontvang het? Hoekom kon hy nie liewer verskyn het toe sy vasgekeer in die toilet gesit het met twee skindertannies wat baie oor hom te sê gehad het voor die deur nie? Hoekom juis . . .?

In die verbydans vang haar oog dié van die bankbestuurder se vrou, sien die ogies wat heen en weer van hulle na die kroeg flits . . . en haar maag maak 'n draai. Wat sy dink, is 'n ope boek. Rita Beyers het snuf in die neus dat

232

daar vanaand 'n drama hier onder haar neus aan die gang is . . . en daardie ogies mis niks. Skielik, vanuit 'n onbekende bron, kry Santie die krag om haar vas in die oë te kyk en, tot die vrou se ongeloof en verbystering, haar 'n breë glimlag te gee.

"Dis my meisie," hoor sy goedkeurend hier bokant haar kop. "As jy wil gaan lê voor Eloffsdal se skindertannies, gaan hulle jou in die stof wegtrap. Dit geld natuurlik vir ander mense ook. Mag ek as 'n gesoute ou sondaar wat al die jare met hierdie mense en hierdie soort ding saamlewe vir jou 'n bietjie raad gee?"

Sy kyk na hom op, hou die aangeplakte glimlag om haar lippe. "Laat ek hoor. Ek erken rondborstig, ek is in die middel van die wêreld oor hoe om hierdie situasie te hanteer."

"Solank jou gewete skoon is, Santie, gaan jy jou gewone gang en bly net jouself. En dit geld nie net teenoor Rita Beyers en haar trawante nie. Dit geld ook vir jou man."

Santie kyk na die hoek. Louis toon geen belangstelling in wat agter sy rug aangaan nie. Hy stel net belang in die glas in sy hand.

"Dis moeilike raad."

"Maar die enigste, as jy nie wil krepeer en tot niet gaan en jou siel uit jou liggaam uitgemergel wil hê nie. Moenie toelaat dat enigiemand jou aftrek nie. Niemand nie."

Haar glimlaggie word effens sinies. "Dis groot woorde daardie. Ek weet nie of ek dapper genoeg vir hulle is nie."

"Dit gaan nie oor dapperheid nie, Santie. Dit gaan oor 'n skoon gewete. Louis se optrede vanaand . . . spruit uit 'n skuldige gewete. 'n Mens is altyd geneig om 'n ander aan jou eie standaarde te meet. Dis 'n ware ou spreekwoord wat sê dat hy wat agter die deur staan, altyd maat soek."

Sy kyk hom met kommer in die oë aan. "Maar hy het teruggekom, Darius. Dis Saterdagaand en hy is hier."

"Ek erken dit is 'n wonderwerk op sigself, maar moet jou nie laat mislei nie. Ek sal . . ."

233

'n Hand op haar voorarm bring hulle tot stilstand. Louis se glimlag en oë is uitdagend.

"Dis nou my beurt." Hy sien haar aarsel en sy mond smaal breër. "Of moet ek eers vir my bróér vra of ek met mý vrou mag dans?"

Sy voel Darius intuïtief verstyf en is terselfdertyd bewus van die onderlangse blikke van die omstanders. Dan kyk sy op in haar man se oë terwyl sy haar van Darius se omarming onttrek. 'n Skoon gewete, het hy gesê. En hare is skoon.

"Ek dans nie met 'n man wat my moontlik kan laat val nie."

"O so? Menende nou natuurlik ek . . ."

"Is dronk. Ja, jy is, en daarom dans ek nie met jou nie."

Sy draai om, hoor dan haar gasheer van die aand se stem vrolik hier langs haar opklink.

"A, maar ons twee het nog nie vanaand gedans nie! Dit kan ek nie toelaat nie. Mag ek, Louis?"

Louis se mond trek lelik, en hy sê hardop vir almal wat naby genoeg is en wil hoor: "Vra my broer. Hy het meer seggenskap as ek."

Chris Morkel se arm gaan vinnig om haar, en hy dwing haar met 'n paar vinnige passe weg van die kroeg af, en agter sy rug gryp een van die boere Darius vinnig vas.

"Stadig nou, vriend. Dis dit nie werd nie. Kom. Kom, ek wil met jou gesels oor daardie trekker . . ."

Louis se vriend Awie buig nader aan hom en sê onderlangs: "Moenie moeilikheid soek nie, maat."

"Wie? Ek moeilikheid soek? Waar kom jy daaraan? Maar kom sê jy nou vir my, Awie, hoe sal jy voel as jy by die huis kom en jou vrou . . ."

"Suutjies, Louis, man. Die hele wêreld hoor . . ."

"Die hele wêreld weet en sien mos. Hulle kan maar hoor ook."

"Twak, man. Hou jou mond en vat nog 'n dop. Hier."

Rita Beyers trek haar bankbestuurderman aan die arm. "Pa, ek dink ons moet liewer huis toe gaan. Jy weet ek is nie 'n mens vir moleste nie. Jy is bankbestuurder en . . ."

Awie Cloete kyk vererg oor sy skouer. "Jy hoef nie bang te wees nie, mevrou die bankbestuurder. Die enigste moles wat jy vanaand hier gaan sien, is die een wat jy in die spieël sien wanneer jy jou neus gaan poeier."

Louis stik in sy drank, en sy vriend moet hom hard tussen die blaaie klap. "Hemel, Awie, is jy mal? Môre word al jou krediet by die bank ingetrek."

Maar Awie Cloete lag onbekommerd. Niks gaan vanaand sy vrolikheid demp nie. "Hy sal dit nie waag nie, want dan is hy so bankrot soos ek!"

Met haar kop trots omhoog worstel Santie die res van die aand deur. Darius en Louis kom nie weer naby haar nie, maar gelukkig het die jonger garde agtergekom dat sy heel goed kan dans, en dit ontbreek haar nie aan dansmaats nie. Met 'n breë glimlag en 'n seer hart doen sy maar mee.

Sy weet egter dat die kritieke oomblik nog voorlê – die oomblik van vertrek. Maar genadiglik word 'n tweede skouspel haar gespaar. Awie het, met die wysheid van 'n drinkebroer, besluit dat sy vriend vanaand liewer heeltemal moet omdop as om half gedrink te wil huis toe gaan. Baie lojaal help hy en 'n ander drinkebroer hul ou maat in sy motor, en dan skuif Awie self agter die wiel in. Daar is nie ander genade nie. Sy vrou moet maar op haar eentjie terug huis toe piekel. Nou ja, dis ook nou nie die eerste keer dat dit sal gebeur nie.

"Waar is Louis?"

"Awie neem hom huis toe. Kom."

Dis baie stil op pad terug dorp toe. Die stilte word net een keer verbreek.

"Moet my dit net nie aandoen om oor daardie sot te wil sit en huil nie!" sê Darius.

235

Die res van die pad is haar onderlip deur haar voortande vasgevang en staar die oë oorlopensvol na die twee blink strepe voor haar.

By die voordeur hou sy stem haar weer terug. "Ek wil jou aanraai om in 'n ander kamer te gaan slaap en jou deur te sluit, want as ek nog een keer vanaand uitgelok word, slaan ek hom so pap dat 'n dokter hom môre aanmekaar sal moet sit. Selfs broerskap het perke."

Dis omdat sy daardie nag alleen en verlore in die groot dubbelbed in die ander gastekamer omtrent nie 'n oog toe-maak nie dat Santie die volgende oggend totaal verslaap.

Sy word ru uit haar slaap gewek deur harde stemme wat van êrens uit die huis opklink.

Die twee broers staan teenoor mekaar in die eetkamer terwyl Bet, hande saamgeslaan in die kombuis, die spulle-tjie bekyk. Vanmôre is die duiwel met al sy trawante in hierdie huis los. Sy het die naweek vry gehad, maar het net ingekom om vir haar 'n koffietjie te kom kry. Gedagtig dat sy dan net sowel maar vir die huismense ook koffie kan bring, het sy op die deurmekaarspul afgekom. Kleinme-neer lê ten volle geklee in die kamer, grootmeneer lyk of hy nooit geslaap het nie en staan in die skemeroggend op die voorstoep met sy oë doer gunter op die vlaktes gerig, en die kleinjuffrou bly agter 'n geslote deur in die dub-belkamer. Bet weet sommer hier was weer groot nonsies gisteraand.

Louis kan nie presies onthou wat alles die vorige aand gebeur het nie, maar hy weet daar was weer die een of ander moles. Wat hy wel onthou, is dat hy by die huis gekom het en Santie saam met Darius was. Hy verwyt homself nou dat hy nie by sy oorspronklike plan gehou het en maar die naweek in die Kaap deurgebring het nie. Maar toe begin hy mos skielik 'n bietjie gewete ontwikkel, onthou hy darem dat hy nou getroud is en ook maar nog net 'n paar weke en dat hy darem seker nie heeltemal reg met Santie maak nie. Toe kom hy maar terug . . .

"Ek het vir die herstel van die vragmotor uit mý sak betaal."

"As jy wag dat ek moet dankie sê, gaan jy lank wag. In die eerste plek glo ek nie dit was ooit stukkend nie, en in die tweede plek moes ek jou al soveel keer uit die skuld help en uit die tronk hou –"

"Dis die minste wat jy kan doen vir die salarissie wat jy . . ."

"Jy is nie eens 'n kwart daarvan werd nie. En jy, Louis Mocke, sal self nie eens 'n sent werd wees as jy ooit weer sê wat jy gisteraand gesê het nie. Dis my finale waarskuwing. En nog iets. Dottie Willemse kom terug Eloffsdal toe. As ek jou naby haar vang, breek ek jou nek, verstaan jy my?"

5

In die kombuis gryp Bet se vingers na haar mond. Juffrou Dottie kom terug! O goeiste genadetjie toggie, asof hier nie al genoeg moeilikheid is nie! En wat makeer die grootmeneer tog om vir kleinmeneer te sê hy mag nie soontoe gaan nie? Hy weet mos kleinmeneer is nes 'n kind. Sê vir hom moenie, en jy sê sa!

"Jy moet ophou vir my behandel asof ek nog 'n kind is, Darius."

"Ek sal – sodra jy bewys jy is 'n grootmens."

Louis grynslag. "Eers wou jy my kop afbyt omdat ek gaan trou het, en nou het jy jouself aangestel as die groot bewaarder van my huwelik."

"Dat ek vir jou sê dat jy in geen opsig kontak met Dottie moet maak nie, het niks te doen met die feit dat jy 'n getroude man is nie, en jy weet dit. En wat jou laakbare suggesties oor my en jou vrou betref, wil ek net dit vir jou sê. As dit weer moet gebeur en jy daardeur aan Eloffsdal iets gaan gee om oor te praat, sal ék hulle iets gee waaroor hulle in jare nie uitgepraat sal raak nie."

Santie se gesig het 'n maskeragtige uitdrukking aangeneem toe Louis 'n paar sekondes later woedend die kamer inbars. Hy kyk na haar met smeulende oë terwyl sy 'n rok uit die kas haal.

"Waar was jy verlede nag? Jy het nie hier geslaap nie."

Haar ooglede lig en met die beste wil ter wêreld kan sy nie die veragting uit haar oë weer nie. "Wat jy eintlik bedoel, is of ek verlede nag by jou broer geslaap het? Die antwoord is nee. Ek het in die dubbelbed in die ander kamer geslaap. My deur was gesluit, nie teen jou broer nie, maar teen my eie man."

"Santie, moenie my soek nie!"

"En jy, Louis Mocke, moet nooit, net nooit weer insinueer wat jy gisteraand ten aanhore van 'n skare mense gedoen het nie."

Dis tog of hy effens skaam lyk. "O, goed, ek is jammer. Maar ek weet nie hoekom julle twee so 'n bohaai daaroor maak nie. Die mense sal mos weet dis . . . dis maar die drank wat gepraat het. Kry klaar. Ons ry 'n bietjie uit na Awie-hulle toe vir die dag."

"Waarmee? Awie is met jou motor weg nadat hy jou huis toe moes bring."

"Hy't seker maar in hul tuishuis gaan slaap. Hy sou nie weer die ent uitgery het plaas toe nie."

Santie sug. Dis een van die vreemde dinge wat sy op Eloffsdal leer ken het – die tuishuise, soos die boere dit noem. Baie het huise op die dorp wat hulle net gebruik vir naweke wanneer hulle dorp toe kom of vir Sondae om in oor te bly vir kerkgeleenthede. Van die plase lê ver van die dorp af, daarom het hulle huisies op die dorp waar hulle kan tuis gaan eerder as om in die hotel te bly. Ja, Awie het seker in hul tuishuis gaan slaap.

"Ek gaan kerk toe vanoggend. Ons kan ná kerk . . ."

"Ek is nie in die bui vir kerk nie. Ons ry nou. Ek wil wegkom uit hierdie dorp. Dit maak my siek."

Sy kyk hom stil aan. Sy wonder of hy ooit in die bui vir kerk gaan kom. Maar sy . . . sy het vanoggend 'n dringende behoefte om kerk toe te gaan. Êrens moet sy raad en hulp vandaan kry. Die afgelope paar aande, voel dit vir haar, bid sy teen 'n muur vas.

"Louis, ek gaan eers kerk toe. Dan . . ."

"Dan bly jy. Ek gaan my nie deur jou ook laat rondfoeter nie. Dis erg genoeg dat Darius my rondbeveel asof ek ses jaar oud is."

Hy storm die kamer uit, en deur die venster sien sy hoe hy met haastige, kwaai treë die afstand vat dorp toe op pad na Awie en sy motor. Met bewende vingers trek sy haar rok se ritssluiter oop en gooi dit oor haar kop.

Sy sien Darius 'n rukkie later met 'n donker pak in sy motor klim en ry. Sy roep hom nie terug nie. Sy wil Eloffsdal nie nog meer gee om oor te praat as wat hulle ná gisteraand het nie. As sy vanmôre weer alleen saam met haar swaer by die kerk opdaag, sal dit die skindertonge net verder olie. Nee. Sy stap maar liewer die lang ent. Die oefening sal haar in elk geval goed doen, en dis 'n mooi oggend . . .

Soos 'n skaam meisietjie soek Santie in die heel agterste kerkbank vir haar 'n plekkie uit, probeer die vele koppe wat in haar rigting draai, nie raaksien nie. Dis maar die Ellofsdallers se gewoonte om vreemde gesigte in die kerk goed deur te kyk; dis nie oor gisteraand se dinge nie, vertel sy haarself. Sy buig haar kop, sluit haar oë.

Here . . . Here, asseblief, maak vir my 'n pad oop vorentoe, want ek en my man dryf al verder van mekaar weg in plaas dat ons nader aan mekaar kom. Maar diep in haar voel sy sy bid tevergeefs.

Toe sy haar kop weer oplig, kom daar 'n ligtekopvrou met 'n seuntjie aan die hand by die deur in. 'n Mooi vrou. Sy kyk haar belangstellend aan. Sy kan nie onthou dat sy al daardie gesig hier op Eloffsdal gesien het nie.

Dan word haar aandag getrek deur 'n roering onder die gemeente. Omtrent elke kop voor haar is ook in die rigting van die deur gekeer, en baie opmerklik word talle blikke vinnig met mekaar gewissel. Daar klink selfs 'n sagte gefluister op, en hier en daar word openlik aan 'n skouer gestamp om die aandag op die vrou in die deur te vestig.

Santie frons liggies en kyk weer terug na die vreemdeling. Sy staan daar en sy moet opgemerk het watter beroering haar verskyning onder die gemeente veroorsaak het. Haar blik dwaal koel oor hulle en daar verskyn 'n klein, uitdagende glimlaggie op haar lippe. Met die seuntjie aan die hand, stap sy die paadjie af en skuif by 'n bank in.

Soos Santie vermoed het, is Darius onder die kerkraadslede, en sien sy hom in die diakenbank inskuif. Hy lyk besonder aantreklik in die donker pak. Dan vestig sy haar aandag op die prediker.

"Ons lees vanmôre uit Jeremia hoofstuk ses vanaf vers sestien tot dertig: 'So spreek die Here: Staan op die weë, en kyk en vra na die ou paaie, waar tog die goeie weg is, en wandel daarin; en julle sal rus vind vir julle siel. Maar hulle het gesê: Ons wil daarin nie wandel nie.'" Haar gedagtes skop vas. Die ou paaie . . . En dan hoor sy 'n ander stem: Moenie jou van enigiemand laat aftrek nie . . .

Sy gee weer aandag: "'Luister na die geluid van die basuin. Maar hulle het geantwoord: Ons wil nie luister nie.'" Gaan jou gang en bly jouself, het hy gesê. Dis die enigste manier. Die enigste . . . "'Daarom, so sê die Here: Kyk, Ek gooi struikelblokke voor hierdie volk waaroor

240

hulle sal struikel . . . Hulle is almal die oproerigstes van die oproeriges wat omgaan met kwaadsprekery . . . Die blaas-balk blaas hard; die lood is deur die vuur verteer; tever-geefs hou hulle aan met smelt, maar die slegtes word nie afgeskei nie. Hulle word genoem: Verworpe silwer, want die Here het hulle verwerp.'"

Sy blik dwaal oor die gemeente. "Is dit wat ons geword het, gemeente van Eloffsdal – verworpe silwer? Uit die prentjies wat so pas vir ons in die voorafgaande verse ge-skilder is, wil dit al bekend voorkom, nie waar nie? Hier waar staan dat Hy struikelblokke sal gooi waaroor daar gestruikel sal word . . . Is dit nie wat met Eloffsdal gebeur het en reeds aan 't gebeur is nie? Die geweldige groot strui-kelblok van 'n knellende droogte wat mense laat struikel . . . en val. En herken ons as Eloffsdallers onsself nie in die oproerigheid en kwaadsprekery wat hier geskilder word nie? Blaas die blaasbalk nie al baie lank hard op ons nie, dermate dat dit vir ons voel asof die vuur ons kan verteer, maar . . . is dit nie tevergeefs nie? Het hierdie vuur ons al gesuiwer? Of is die goeie én slegte maar nog steeds saam in ons? Hoe lank bak die vuur van God se son al op 'n droë aarde neer . . . maar die slegte word nie afgeskei nie? Het ons verworpe silwer geword? Dan is daar maar net een raad, een uitweg, een genade wat vir ons oorbly: laat ons vra na die ou paaie, waar tog die goeie weg is, en wandel daarin . . . en ons sal rus vind vir ons siele. Amen."

Toe hy haar in die agterste ry gewaar, verdiep die frons tussen sy oë en ontmoet hul blik vlugtig toe sy haar kol-lektegeld ingooi. Die oog is diep na binne gekeer toe sy oomblikke later die terugtog aanpak. Dis al wat sy kan doen – vashou aan die ou paaie soos sy geleer is deur tant Alie toe haar ouers dit nie meer kon doen nie. Sy begin die skotige opdraand stadig vat. Maar dit sal moeilik gaan. Dis moeilik om vas te hou aan die ou paaie wanneer jy 'n man het wat op vreemde paaie wandel. Maar dis al manier waarop sy rus vir haar siel sal vind – haar siel wat die afgelope tyd so diep verontrus is.

"Kom klim in." Sy gehoorsaam en hy trek weer weg. "Ek is jammer. Ek het nie geweet jy gaan ook kerk toe nie . . ."

"Ek wou stap."

"Waar is Louis?"

"Uit na Awie-hulle toe vir die dag." Sy vra vinnig, bang dat hy dieper daarop wil ingaan: "Daar was vanoggend 'n vrou in die kerk, 'n blondine . . . met 'n seuntjie van . . . e . . . ek skat so vyf, ses by haar. Sy het in die middelblok gesit. Ek ken haar gesig nie. Wie is sy?"

Hy is eers 'n oomblik stil. "Dis ene juffrou Willemse. Sy kom werk hier in die bank."

"En . . . en die kind?"

"Ek weet nie. Ek wonder self . . ."

Sy sluk. Sy móét meer weet.

"Is sy 'n ou Eloffsdaller?"

"Ja. Sy is ses jaar gelede hier weg."

Sy aarsel. Sy kan duidelik hoor dat hy nie verder oor hierdie onderwerp wil praat nie.

"Dan is sy seker intussen getroud. Die kind, bedoel ek."

"Moontlik."

Maar sy weet die man hier langs haar maak dieselfde sommetjie as sy en kry dieselfde antwoord. Die seuntjie kan nie jonger as vyf jaar wees nie. En as sy ses jaar gelede hier weg is . . . Was dit meer die kind by haar as sy self wat die opskudding in die kerk veroorsaak het? Dis nie net sy en Darius wat kan somme maak op Eloffsdal nie.

Ella, Awie se vrou, wag op hulle toe hulle die huis bereik. "Awie het my gestuur om jou te kom haal." Sy kyk skuins op na Darius. "Jy is ook welkom om te kom."

"Nee dankie," is die verwagte antwoord. "Ek is op pad in 'n ander rigting, dankie."

"Goed dan. Santie, trek jou gemaklik aan. Ons braai sommer 'n stukkie vleis Sondagmiddae."

242

Santie voel ongemaklik. "Het jy tog nie die hele ent pad van die plaas af ingekom net om my te kom haal nie, Ella? Dit was onnodig . . ."

"Kaf, man. Wat sal jy die hele Sondag hier alleen sit en maak? Toe, gaan trek gou uit. Ek wag vir jou."

Darius en die jong vroutjie se oë ontmoet toe Santie vinnig by die deur in verdwyn. Dan skud Ella haar kop. "Arme ding. Dit was 'n fout."

Hy knik. "Ja. Nes joune."

Sy glimlag meewarig. "Daar is darem kompensasie. Ek het my twee kinders en, gee die duiwel wat hom toekom, Awie drink te veel, maar hy word nooit aggressief nie."

"Hm, 'n groot kompensasie. Ella, Santie gaan 'n vriendin hier op Eloffsdal nog bitter nodig kry."

"Ek sal vir haar doen wat ek kan. Sy is nog so bitter jonk en dom. Maar 'n mens leer gou . . . baie gou . . ."

Op pad plaas toe kyk Santie die vrou agter die wiel onseker aan. Sy wil nie die indruk wek dat sy agteraf dinge wil uitvis nie, maar dit het 'n dringende behoefte by haar geword om meer van Dottie Willemse te weet en hoe sy destyds in Eloffsdal se prentjie ingepas het, veral in dié van die Mockes. Sy begin met 'n lang ompad.

"Daar was vanoggend 'n vreemde gesig in die kerk. 'n Mooi vrou. Blond en lank. Sy is glo ene Dottie Willemse wat vroeër hier gebly het."

"Ja?" Ella werp haar 'n vinnige, belangstellende blik toe, lag dan kortaf. "Wonder wat kom soek sy nóú hier."

"Sy kom werk hier – in die bank."

"Wat?" Ella lyk eerlik verbaas en ontsteld.

Dan vra sy: "Wie is Dottie Willemse?"

Ella kyk haar onseker aan, kyk dan vinnig terug na die pad voor haar. "Ken jy nie die storie nie?"

"Nee. Ek ken geen storie nie. Maar daar is een, is daar nie?"

Ella sug, knik dan. "Ja, Santie, daar is – en 'n taamlik grote ook. Ek weet nie of ek jou dit moet vertel nie. Dis die Mockes se plig om jou oor die destydse dinge in te lig."

"Maar die Mockes vertel my niks. Asseblief, Ella. Ek voel kompleet asof ek bedreig word, maar op watter manier, weet ek self nie."

"Ja, jy kan miskien so voel, hoewel ek ook nie seker is nie. Hulle was albei nog baie jonk toe hulle destyds 'n verhouding gehad het."

"Jy bedoel nou Dottie en Louis?"

"Ja. Dit was Louis se eerste jaar ná matriek en Dottie was toe in matriek."

'n Klein seunsgesiggie flits voor haar geestesoog verby en sy vra: "Wat het toe gebeur?"

"Die verhaal draai nie eintlik om Dottie en Louis nie, Santie. Dis eintlik . . . Darius se verhaal."

"O . . ."

"Jy weet darem seker hy was voorheen getroud?"

"Ja."

"Wel, dit was eintlik Dottie se broer wat moeilikheid tussen Darius en Tanja gebring het. Hoewel ek jou eerlik moet sê my opinie was altyd dat hulle nie gelukkig getroud was nie. Maar as 'n mens só redeneer – wie is?"

Santie kyk haar nuwe vriendin bekommerd aan. Ella is 'n baie oulike vroutjie en sy en Awie het twee pragtige dogtertjies. Dit sal jammer wees as hierdie huwelik ook op die rotse moet beland. Ella glimlag skeef verskonend.

"Jammer. Ek bedoel dit nie so erg nie. Ek en ou Awie leef goed saam. Dis net soms . . . Nou ja, wag, ons praat oor die Mockes en die Willemses. Jy sien, Dottie en haar broer, Ferdi Willemse, het op 'n dag skielik hier op Eloffsdal verskyn. Hy het glo hierheen verhuis op aanbeveling van sy dokter. Hulle het iewers van die kus af gekom, en hy het aan 'n borskwaal gely en moes na 'n droë klimaat verhuis. Hulle het in die hotel ingetrek, en Dottie het hier

244

begin skoolgaan. Daar het 'n verhouding tussen haar en Louis ontstaan en op daardie manier het Tanja en Ferdi mekaar leer ken. Ferdi was glo 'n oujongkêrel wat geleef het van die opbrengs van 'n plaas wat hy êrens gehad en verkoop het. Op 'n dag, toe Eloffsdal én Darius hul oë uit-vee, is daar toe net so 'n klipharde vryery tussen Ferdi en Tanja aan die gang soos tussen die jonger twee. Ten min-ste, Eloffsdal het lank voor Darius daarvan geweet. Darius het dit eers agtergekom toe hy op 'n dag by die huis kom en sy vrou verdwyn het."

"Nee!"

"Ja. Maar nou moet ek jou sê, Santie, Darius is nie on-skuldig aan wat gebeur het nie. Vrou, ek sê nou vir jou dinge . . ."

"Dit sal nie verder gaan nie, beloof ek."

"Nou ja, destyds het Darius baie hard gewerk. Nie dat hy dit nie vandag nog doen nie, maar hy was byna fanaties. Ou Mocke, dis nou Darius en Louis se pa, het uitgeboer, en hy het op skuld die motorhawe op Eloffsdal gekoop om weer 'n begin te maak. Dit was nie van slegtigheid dat oom Piet bankrot geraak het nie. Daar was ook weer 'n lang-durige droogte, en hy kon nie langer kop bo water hou nie. Wel, Darius het saam met sy pa in die onderneming ingegaan. Kort daarna het hulle die ou Jood se winkeltjie bygekoop, en 'n rukkie later die kafee. Darius het hom byna doodgewerk, want oom Piet was al te oud om veel by te dra. Louis was toe nog op skool. Tanja het niks van haar man gehad nie, en sy was daardie soort vrou wat baie aandag moes kry. Sy het gehou van aandag. Sy het glad nie by Darius of Eloffsdal gepas nie. Sy was beslis nie soos ek wat maar opdons en aankarring nie – kry ek aandag, goed en wel, en kry ek dit nie, nou ja, dan gaan ek maar my gang. Een dag is ek en Awie in pas, en 'n week lank uit pas met mekaar, maar . . . Wag, ek dwaal nou weer af. Tanja het hier kom onderwys gee, en dis hoe sy op Eloffsdal beland het. Seker gedink die Mockes swem in die geld met al die ondernemings wat hulle hier het en nie besef daar moet bitter hard gewerk word daarvoor nie."

Santie kyk met somber oë voor haar in die pad. En nou eis Louis die helfte daarvan; hy is geregtig daarop, soos hy beweer, maar dis 'n ander man se sweet wat dit tot stand gebring het, 'n ander man se huwelik wat daarvoor opge-offer is.

"Wel, Tanja het skielik oornag van Eloffsdal af verdwyn en Ferdi Willemse ook. Hulle is skynbaar saam hier weg. Dottie het toe in die skoolkoshuis ingewoon. Darius het onmiddellik 'n einde aan die verhouding tussen Dottie en Louis gemaak, en Dottie het nie weer ná die skoolvakansie teruggekeer nie. Ou oom Piet het 'n hartaanval oor al hier-die dinge gekry en is 'n dag of twee later oorlede."

Ella swaai by die grenshek in na hul plaas toe. "Dis die storie, Santie. Sedertdien is daar nooit weer iets van Tanja of die Willemses gehoor nie, tot jy nou vir my sê Dottie is terug op Eloffsdal, en sy gaan hier werk."

"Daar is 'n kind by haar . . . Pasop! Jy ry teen die hek vas!"

"Genade! 'n Kind?"

Santie knik, kyk haar vriendin uitdrukkingloos aan. "Ja, 'n seuntjie van so vyf jaar oud, skat ek."

Ella bring die motor tot stilstand, kyk die ander fron-send en openlik bekommerd aan. "Hoe lyk die kind?"

Santie se mond trek. "Jy bedoel eintlik na wie lyk die kind? Op 'n druppel water soos die ma – as Dottie Willem-se die ma is."

Maar as Santie en die hele Eloffsdal onmiddellike drama verwag het, is hulle teleurgesteld. Behalwe dat Eloffsdal weet van haar teenwoordigheid, sien hulle Dottie Willemse byna nooit. Wanneer jy by die bank instap, sien jy haar blonde kop daar agter oor haar werk gebuig, en wag jy tevergeefs dat sy moet opkyk en jou gewaar en dalk eien daar voor die toonbank.

Sy gaan tuis in die dorp se losieshuis en die ander loseerders kry niks meer reg as om haar aan etenstafel te sien en beleef gegroet te word nie. Hul pogings om haar in hul kringetjie in te trek, maak geen indruk op haar nie.

Dis 'n uiters besadigde, ingetoë, in haarself gekeerde Dottie Willemse wat na Eloffsdal teruggekeer het, beslis die teenoorgestelde van die jong skoolmeisie wat ses jaar gelede dikwels die dorp saam met Louis Mocke op horings geneem het – tot groot ergernis van menige inwoner wanneer sy wydsbeen saam met Louis op sy motorfiets stof in die strate opgejaag en, skandelik, Saterdagaande saam met hom in die hotel gaan dans het – sy, 'n skoolmeisie!

Maar aan al die preke van die skoolhoof en predikant, en aan al die geskinder oor haar roekeloosheid, het Dottie haar destyds min gesteur. Sy het net haar gang gegaan. En vandag gee Dottie blykbaar net so min om wat Eloffsdal oor haar te fluister en selfs hardop te sê het.

Die feit dat sy met 'n kind aan die hand na Eloffsdal teruggekeer het en dat een van die Willemses al weer die klein dorpie tot in sy fondamente aan die skud het, steur haar blykbaar glad nie.

Sy steek Petie, soos hulle hoor die kind se naam is, geensins weg nie en hy, met die onskuld van 'n kind, geniet die vryheid van 'n klein dorpie nadat hy nog altyd net die ingeperktheid van 'n stadswoonstelletjie geken het.

Binne 'n paar dae word hy 'n regte klein straatlopertjie, gesels met almal wat verbykom, speel met wie ook al met hom wil saamspeel, en kyk die fronsende Eloffsdallers vas in die oë met kinderlike welwillendheid in sy groot, blou oë.

En niemand, niemand, ook nie eens tant Goggie van die losieshuis nie, waag dit om reguit te vra of dit nou haar kind is nie, want Petie, tot al die nuuskieriges se ergernis,

247

noem Dottie sommer op haar voornaam. Maar, kontroleer tant Goggie op die tjek vir die maand se losies, sy teken nog haar van as Willemse. Dus . . . juffrou is sy nog . . .

En Petie, toe tant Goggie hom op 'n dag, by nuuskierigheid se perke verbygedryf, by die kombuistafel met 'n groot stuk sjokoladekoek wil omkoop vir meer volledige inligting, vertel pront sy name is Petrus Johannes Willemse. Dottie? Nee, hy weet nie van sy ma nie. Dottie is Dottie . . . en kan hy nog 'n stuk koek kry, asseblief?

So gaan veertien dae verby waarin Eloffsdal aan die gis en wonder is en niemand wyser word nie, ook nie Santie nie. Al wat sy wyser word, is dat sy met 'n verlore stryd besig is wat haar huwelik betref.

Louis is nou elke aand uithuisig, en toe sy broer een aand gaan ondersoek instel waar hy sy aande deurbring, vind hy hom in die kroeg. Darius draai stil in die deur om en verdwyn ongesiens. Dan liewer die hotel se kroeg as tant Goggie se losieshuis wat besoek word.

Die twee jonggetroudes kan ook amper nie meer 'n paar woorde wissel sonder om rusie te maak nie. Santie voel dis haar plig om weer met Louis te probeer praat oor hierdie erfenis van hom waarop hy so aandring.

"Louis, jy behoort te weet hoe dit voel en jy behoort te verstaan in watter posisie die boere hulle bevind. Hoe kan jy verwag dat Darius hulle net eenvoudig moet dagvaar? Jou eie pa was op 'n keer in dieselfde posisie as waarin hulle hulle nou bevind."

"En hy het bankrot geraak, ja. Hoekom moet ek nou die hart hê vir 'n ander?"

"Omdat jy weet hoe dit voel om teen die natuur te verloor."

"Jy skerm nie vir die boere nie, Santie. Watter erg kan jy aan hulle hê? Jy het maar nou die dag hier aangekom. Jy skerm vir Darius."

En dis waar. Ook waar. In haar hart weet sy sy skerm ook

vir Darius. Dit druis teen haar regverdigheidsin in dat hy, wat so hard gewerk het en alles tot stand gebring het, nou die helfte daarvan net so aan sy broer moet oorgee . . . 'n broer wat niks bygedra het nie, vandag nog nie bydra nie. Sy weet intuïtief dat, as Louis die dag daardie geld kry, hy dit binne 'n kort tyd gaan uitmors – en wat dan?

Soos altyd, loop hierdie gesprek op 'n dooie punt uit.

Daar is egter een ligstraal. Dominee Brand laat weet haar dat tant Alie maar kan kom; hulle het nou plek vir haar in die ouetehuis. Dis Darius, wat vir besigheid Kaap toe moet gaan, wat haar per motor Eloffsdal toe bring.

Wat alles op die lang pad van die Kaap af tot op Eloffs-dal gesê word, sal net hulle twee weet, maar daar is innige deernis en jammerte in tant Alie se oë vir hierdie susters-kind van haar wat soos 'n eie bloedkind is toe hulle mekaar op die stoeptrap ontmoet. Met 'n kruk onder die een arm en Darius se stewige steun aan die ander kant, ontvang sy die huilende Santie teen haar bors, en bokant die geboë koppie ontmoet twee paar oë vlugtig.

"Toe nou maar, kind. Het jy dan só verlang?"

Santie vee verleë sommer met die rugkant van haar hand die trane van haar wange af en besef nie hoe bitter jonk sy lyk nie.

"O, natuurlik het ek! Dis wonderlik om tannie weer te sien! Baie, baie dankie, Darius, dat jy haar gebring het."

"Dit was 'n plesier. Sy eet natuurlik eers vanmiddag hier by ons; daarna sal ek haar oorneem na die ouetehuis toe. Daar is seker geen haas nie."

Net die feit dat tant Alie nie vra waar Louis is nie, selfs nie eens hoe dit met hom gaan nie, laat Santie vermoed haar tante is op pad hierheen ingelig oor die ware toestand van haar huwelik. Eers voel sy bitter ongemaklik en selfs ontevrede met Darius. Dan besef sy dis miskien beter dat tant Alie maar die waarheid ken. Sy is nie gewoond daar-aan om 'n vals front voor te hou nie, en veral voor hierdie dierbare ou oë wat haar so goed ken, sou dit moeilik gaan om oortuigend toneel te speel. Maar dit maak seer . . .

En tant Alie luister maar stil terwyl Santie haar baie van Eloffsdal en haar nuwe tuiste te vertel het. Dat sy min oor Louis te sê het, gaan sonder aanmerking verby. Dat sy baie van Darius praat, gaan ook sonder kommentaar verby. As die ou dame in 'n heelwat peinsender gemoedstemming is as toe sy hier aangekom het, is dit net sy alleen wat daarvan weet.

En waaraan tant Alie so diep sit en dink terwyl sy die middag haar blik ver oor die vaal vlaktes laat dwaal voordat sy weer met behulp van Darius en die kruk na die motor aanstap om na die ouetehuis te gaan, weet nie een van die twee nie . . .

Nog 'n gesig is stil en onpeilbaar toe Dottie Willemse haar kamerdeur oopmaak en die man voor haar sien staan.

"Middag, Dottie."

"Middag, Louis."

Hy lyk skielik ongemaklik en frons. Dis nie meer die jong skoolmeisie van ses jaar gelede wat hier voor hom staan nie. "Hoe gaan dit?"

"Goed dankie. En met jou?"

"O . . . e . . . so-so."

Hulle kyk na mekaar, en hy frons weer. "Kan ek 'n oomblik inkom?"

"Dis my slaapkamer. Dan moet ons sitkamer . . ."

"Nee dankie. Waar ou tant Goggie elke woord om die hoek staan en afluister? Kom ons gaan ry dan liewer 'n entjie."

Vir die eerste keer kom daar uitdrukking op haar gesig, trek haar lippe asof in 'n effense glimlag . . . of 'n grynslag. "Jy het niks verander nie."

"Wat bedoel jy?"

"Eers doen en dan dink. En jy gee steeds nie 'n flenter om wat Eloffsdal te sê het nie."

250

Sy onderlip druk uit soos sy dit onthou. "Nee, dit kan my nie skeel wat hierdie ou spul skinder nie. Ek wil met jou praat."

"Waaroor?"

"Hoekom jy destyds hier weg is en nooit weer iets van jou laat hoor het nie en . . ."

"En?"

Hy kyk vererg in die gang af waar ou tant Goggie skielik baie ontydig op 'n Woensdagmiddag dit nodig vind om die hoederak af te stof. "Kom ons ry."

Sy aarsel net 'n oomblik. Dan trek sy die deur agter haar toe en stap die gang af, huiwer by tant Goggie. "As Petie terugkom, sê vir hom ek het net 'n entjie saam met Louis gaan ry, ek is nou terug, asseblief, tannie."

Die ou tante knik net, maar haar stywe gesig en veroordelende oë vertel genoeg. Met 'n fyn glimlaggie stap Dottie in die gang af by die voordeur uit, en Louis hou vir haar die motor se deur oop.

Santie en Darius het eers gesorg dat tant Alie uitgepak en ingeburger is in haar nuwe tuiste voordat hulle teruggaan. Op pad hou hy by die kafee stil om sigarette te koop, en Santie se blik dwaal na die oorkant van die straat waar tant Goggie se losieshuis is. Sy moet nog vasstel wat losies op Eloffsdal bedra. Sy kan dit net sowel nou doen.

Tant Goggie kan aan net een rede dink hoekom Louis se jong vroutjie juis vanmiddag by haar voordeur instap.

"Hulle is nie hier nie. Het gaan ry. Jy sal jou man moet oppas, mevroutjie. Sy het net om een rede na Eloffsdal teruggekom, en dis om jou man af te vat. Daardie soort vrou moet jy dadelik kortvat. Moet haar nie eers genoeg vatkans gee nie, want dan is dit verby. Loop haar trompop en vertel haar waar Dawid die wortels begrawe het. Luister nou wat 'n ou mens wat die lewe ken vir jou vertel."

6

Soos Ella gesê het, leer 'n mens gou. Santie leer ook gou. Toe sy by die motor terugkom waar Darius reeds op haar wag, vertel haar gesig hom niks van wat pas in tant Goggie se losieshuis gebeur het nie.

"Jammer. Wag jy al lank?"

Sy oë is skerp. "Nee. Wat het jy daar gaan maak?" is die reguit vraag, en sy kyk ewe reguit terug.

"Van die losies gaan hoor. Ek sal dit vir jou gee sodra ons by die huis kom. Die maand is verby."

Is dit net 'n maand? wonder sy.

Sy stem klink styf. "Ek het jou gesê . . ."

"En ek het jou gesê, Darius, dat dit die enigste voorwaarde is waarop ek en Louis by jou kan bly."

Hy kyk skuins na haar, dan woordeloos voor hom na die straat. Sy is beslis nie meer die jong, naïewe kind wat 'n maand gelede op Eloffsdal aangekom het nie. Sy het ongetwyfeld in hierdie maand 'n paar lessies geleer wat haar ouer en wyser gemaak het . . . en trotser.

Dis met hierdie trots waarin sy in tweestryd is toe sy eindelik die privaatheid van haar kamer bereik. Om tant Goggie se raad te volg gaan baie van haar trots verg. Om na 'n vreemde vrou te stap en haar te soebat om jou man uit te los . . . Behalwe dat sy spontaan hiervoor terugdeins, vind sy ook 'n onwilligheid in haar, en dit ontstel haar.

As sy Louis regtig liefhet, as sy dit regtig ernstig met haar huwelik bedoel, sal niks te veel vir haar trots wees om te verduur nie. Sy behoort bereid te wees om op haar knieë te gaan as dit van haar geverg word. Dit kan nie wees dat sy ná 'n korte maand nie omgee nie.

Dít was 'n groter skok vir haar as die nuus wat tant Goggie so ongevraag verklap het – die ongeërgdheid in haar toe dit tot haar deurgedring het wat tant Goggie haar vertel het, dat Louis met Dottie Willemse gaan ry het, dat haar man vir Dottie kom opsoek het en dat nie eens sy broer se dreigement hom daarvan weerhou het nie. Sy het in verslae stilte na die ou tante gestaan en luister en amper die ou mens verder geskok deur te sê dat dit haar nie kan skeel as haar man by Dottie Willemse kuier nie.

Wat gaan sy daaromtrent doen? Sy skram weer weg. Sy hoef nie iets te doen nie. Daar is baie vroue wie se mans verhoudings met ander vroue het wat besluit om voor te gee dat hulle van geen sout of water weet nie. Dis een manier om so 'n situasie te hanteer. Daardie vroue vestig hul hoop op die tyd – dat die tyd die probleem waarmee hulle nie raad het nie, vir hulle sal oplos.

Sy kan dit ook doen. Die een of ander tyd sal Dottie Willemse moeg word om vir 'n ander vrou se man in 'n losieshuiskamer te sit en wag. Die een of ander tyd wil elke vrou meer van 'n verhouding hê as gesteelde uurtjies saam.

Feit bly – die vrou met die huweliksertifikaat word deur die samelewing en norme van vandag nog beskerm. Dis ook daardie vrou wat die simpatie het, en die ander kry die veroordeling. Dottie Willemse sal moeg word daarvoor, ja.

Maar hoeveel skade word intussen aangerig? Soveel dat dit miskien onherstelbaar sal wees?

Die groot vraag is net dit: Sal sy, Santie, nog belangstel in die flenters van haar huwelik wanneer die dag aanbreek dat Dottie Willemse besef sy het die mooiste jare van haar lewe en haar kanse op 'n goeie huwelik onherstelbaar vermors?

En dan . . . As Darius hiervan moet weet . . . Daar is reeds soveel moeilikheid en misverstande tussen die twee broers. Tot elke prys wil sy voorkom dat daar iets leliks gebeur . . . en daar gaan iets leliks gebeur as Darius moet weet Louis kuier by Dottie Willemse. Sy weet dit. En sy wil nie hê Darius moet weer in 'n skandaal betrokke raak nie; nie om haar onthalwe nie. Hy was lank genoeg die onskuldige party in 'n lydende rol in die verlede.

253

Santie sien die pad van plig voor haar. As dit dan om geen ander rede is nie, is dit haar plig om met Dottie Willemse te gaan praat net om 'n tragedie te voorkom tussen twee broers. Om met Louis te probeer praat, weet sy vooraf, sal asem mors wees. Nee, die inisiatief sal van Dottie se kant moet kom.

Dis met 'n vreemde kalmte in haar dat Santie 'n paar dae later aan Dottie Willemse se kamerdeur klop. Natuurlik het tant Goggie haar gewaar en met 'n bemoedigende kloppie op die skouer en 'n goedkeurende kyk in die oë haar gewys watter kamer Dottie s'n is. Sy bly in die agtergrond huiwer toe die deur oopswaai.

Twee vroue se oë ontmoet, albei gesigte uitdrukkingloos.

"Goeiemiddag. Mag ek jou 'n oomblik spreek, asseblief?" vra Santie.

Oor haar skouer kyk Dottie 'n oomblik vas in tant Goggie se glinsterende oë. Dan staan sy opsy. "Sekerlik. Kom binne."

Die deur gaan toe en tant Goggie draai teleurgesteld om. Sy sal haar siel gee om te weet wat daar binne aangaan. Sy sal maar hier in die omtrek bly. 'n Mens weet nooit. Netnou raak hulle nog handgemeen, en Louis se vroutjie is juis klein en maer . . .

Maar dié moet Dottie Willemse weet – hierdie ou vrou slaan nog 'n dooie hou met 'n vuis as dit moet. Die dae toe ou Koos nog geleef het, het hy groot respek vir sy vrou se voorarmhou gehad. Wou toe mos ook op 'n dag stuitig raak met 'n oujongnooi-onderwyseres wat hier kom loseer het. A nee a! Skielik baie hups wanneer dié vroumens in die omtrek is . . . maar wanneer sý hom 'n werkie gee, skielik weer vol mankemente.

Nee, toe sien sy hom maar reg, maar voordat sy nog by die juffrou kon uitkom, is dié ore in die nek hier weg en stuur toe mos iemand anders om haar klere te kom haal. Ja-nee, sy, Goggie Koekemoer, laat nie met haar bodder nie.

"Ek is Santie Mocke."

"Ek weet." Dottie draai weg, wys met 'n hand. "Sit."

"Dankie." Santie gaan sit, laat haar blik 'n oomblik sak. Sy is baie kalm. Vir haar is hierdie besoek aan Dottie Wil-lemse 'n selfopgelegde taak wat sy kom uitvoer, en sy weet presies wat sy vir hierdie vrou wil sê. Die feit dat Dottie se oë rooi gehuil is, behoort dit eintlik makliker te maak.

"Wel, mevrou Mocke?" vra Dottie.

Sy kyk weer op, en die blik in haar oë verander. Sy sien skielik voor haar nie 'n wêreldwyse, geharde vrou of, soos tant Goggie dit pront sou stel, 'n listige mannevanger nie, maar 'n meisie omtrent haar eie ouderdom, en hoewel sy hard probeer om baie selfversekerd en uitdagend voor te kom, is sy dit allermins.

"Hoekom het jy gehuil?" Dis nie wat sy wou vra nie. Natuurlik nie. Dit gaan haar nie aan as Dottie Willemse huil nie.

Dottie lyk ook verbaas en onkant betrap, en die blou oë vul skielik opnuut met trane. Sy draai haar kop vinnig weg. "Niks waaraan jy iets kan doen nie, mevrou Mocke. Behalwe as jy Eloffsdal kan verander – en dit kan jy nie."

Die blink verdwyn, en die oë verhard. "Ek huil oor . . . Petie . . . en die onregverdigheid en wreedheid van mense . . . maar dit het niks te doen met wat jy vir my kom sê het nie, het dit? Jy het my kom sê ek moet jou man uitlos, nie waar nie?"

Santie kyk haar peinsend aan. "Is mense lelik met hom?"

Dottie sug diep, swaai haar hand in 'n magtelose halfsir-kel, haar oë weggekeer. "Ek het dit natuurlik verwag. Ek ken mos vir Eloffsdal. Gelukkig is hy nog 'n bietjie klein om sommer agter te kom wanneer mense hom afjak of te na kom. Hy is so liefdevol en vertrou almal. Maar . . ."

Sy kyk op. "Wat sê 'n mens vir 'n kind wanneer hy jou kom vra wat bedoel mense wanneer hulle vir hom sê hy is 'n optelkind? Hoe verduidelik 'n mens dit aan hom?"

Santie trek haar asem in. "Jy bedoel hier is mense wat vir hom in sy gesig . . .?"

"Hy het al meer as een afjak gekry, maar dis mevrou Beyers, die bankbestuurder se vrou, wat hom vandag reguit in sy gesig 'n optelkind genoem en hom daar by hulle weggejaag het. Jy sien, Petie het haar seuntjie by die kafee raakgeloop en is toe saam met hom huis toe. Toe kom sy ma terug uit die dorp en sien wie speel by haar kind. En toe jaag sy hom weg. Haar kind speel nie met optelkinders nie."

"Dis vreeslik."

Dottie kyk Santie vas aan. "Moenie dat hierdie storietjie jou enigsins beïnvloed in wat jy kom sê het nie. Ek soek nie simpatie nie. Mevrou Beyers kan my al die name noem wat sy in 'n woordeboek kan naslaan, maar ek gebruik nie 'n kind vir my eie doeleindes, of om agter te skuil nie. Petie het niks te doen met die saak tussen jou en my nie."

Santie kyk ewe vas terug, vra dan die groot vraag kalm en reguit: "Het hy nie, Dottie?"

Hul oë ontmoet 'n lang oomblik, en dan sê Dottie ewe kalm: "Nee, Petie is nié Louis se kind nie."

Santie aarsel. Sy was so seker, so heeltemal oortuig dat hy wel is. En nou . . . "Hoekom het jy dan hierheen teruggekom?"

"Daar is 'n paar redes. Ek het gedink ek wil Petie nie in 'n stad grootmaak nie. Ek het Eloffsdal onthou soos ek hom wou onthou – met sy vryheid en oop ruimtes waar 'n kind kan rondloop en kom en gaan in veiligheid. Ek het vergeet hoe klein Eloffsdal se siel is; dat daar vir 'n seuntjie soos Petie nie plek in hierdie wêreld van ruimtes sal wees nie, dat die son hier net op mense soos Rita Beyers mag skyn . . . nie op mense soos ek en Petie nie. En dan, natuurlik, het ek teruggekom om Louis."

Die oë blink uitdagend. "Ek het nie geweet hy is getroud nie, nie voordat ek hier aangekom het nie. Jul troue was baie skielik, was dit nie?"

"Ja."

"Dit maak in elk geval geen verskil nie. Miskien sou ek nogtans hierheen gekom het, al het ek geweet hy is intussen getroud. Ek was baie jonk – agttien – toe ek en Louis . . . toe ek sotlik verlief op hom geraak het. En noudat ek hom weer gesien het . . . Ek is nog steeds verlief op jou man, mevrou Mocke. Jy moet dit liewer weet."

Dis 'n lang oomblik stil. Dan sê Santie: "Beteken dit dat jy my reguit sê dat jy van plan is om my man af te neem?"

"Ja. Of laat ons dit liewer só stel – ek gaan probeer. Nou kan jy nie sê ek is agterbaks nie. Jy weet nou. Boonop het jy 'n baie groot voorsprong bo my. Jy dra sy ring, en jy het al die tant Goggies en Dariusse aan jou kant. Ek het geen geheime wapen waarmee ek gaan veg nie. Ek het jou reeds die versekering gegee dat Petie nie in die stryd gebruik sal word nie. Al wapen wat ek het, is my liefde vir Louis . . . en die vaste oortuiging in my dat ek die vrou vir hom is, en nie jy nie."

Haar mond trek effens meewarig. "Jy dink seker ek is skreiend vermetel. Miskien is ek. Of miskien is ek net heeltemal eerlik. Ek ken Louis Mocke. Ek ken al sy foute, en daar is 'n hele paar. Maar ek glo nog dat daar eendag iets van Louis kan word met die regte vrou aan sy sy – en dis ek, nie jy nie. Julle is nog skaars 'n maand getroud, en dit gaan ellendig met jul huwelik, nie waar nie? Toe maar, jy hoef nie te antwoord nie. Ek weet. Maar laat ek dit vir jou sê – dit sou so gegaan het al het ek nie teruggekom Eloffsdal toe nie."

Santie staan op. Daar is geen nodigheid om langer te bly

nie. Haar besoekie is verby. "Daar is net een ding, Dottie
. . . wat jý liewer ook moet weet. Jy én Louis gaan baie
groot probleme met Darius hê."

"Ek weet. Hy is nie 'n man wat kan vergewe en vergeet
nie. Hy is nie 'n man wat ooit sal erken dat hy ook gefou-
teer het nie; dat hy ook skuld het aan wat destyds gebeur
het nie. Die grote Darius Mocke! As hy maar net weet
hoe erg hy teen homself gefouteer het! Maar ons laat dit
daar. Voordat jy gaan . . . As ek die dag skielik as wenner
aangewys word in hierdie saak, onthou dan net ek was
heeltemal eerlik en openlik met jou en dat ek geen vuil spel
ingespan het om Louis te kry nie. Ek kon baie maklik vir
Petie gebruik het. In der waarheid maak dit my saak nog
swakker, selfs by Louis, nie waar nie? As hy my die dag bo
jou verkies, moet jy net onthou dat hy eers bo-oor 'n ander
man se kind, soos hy dit stel, moes geklim het. En dit gaan
veel vir Louis Mocke sê. Hy is 'n man wat nog altyd net
geneem het, ontvang het."

Santie kyk die ander ernstig aan. "Jy bedoel . . . hy sal
jou met jou kind moet aanvaar?"

"Baie beslis, en ook sonder dat hy sal weet wie Petie se
pa is. Ek sal vir niemand, nie eens vir hom, ooit vertel wie
Petie se pa werklik is nie. Jy sien dus dat jy miskien verniet
bekommerd is. Dit gaan baie van Louis verg om my met
'n ander man se kind te aanvaar . . . te veel, miskien. Of
miskien sal hy tog . . . Jy sien, Santie, dis eintlik nie in my
of jou hande nie. Dit lê alles by Louis."

Sy knik stadig. Ja. So gestel, is dit net Louis self wat hel-
derheid kan bring. Daar is geen sin in vir twee vroue om
te baklei oor 'n man nie. Dis die man wat moet besluit vir
wie hy werklik lief is en wie hy wil hê.

Sy stap deur toe, draai effens terug. "Tot siens, Dottie.
En . . . dankie dat jy so reguit en eerlik was. Ek waardeer
dit."

Toe sy in die gang afstap, sien sy tant Goggie skaars raak.

Hoe verbysterend dit ook al mag klink, sy hou van Dottie Willemse. As hulle onder ander omstandighede ontmoet het, kon hulle selfs goeie vriendinne geword het.

Behalwe dat sy amper brutaal reguit is, is sy 'n meisie met moed, erken Santie in haar hart, want dit moet baie moed gekos het om hierheen te kom, om die hele Eloffsdal met 'n kind aan die hand aan te durf.

En meer nog . . . om Louis Mocke se liefde voor so 'n geweldige toets te stel. Sy besef die wysheid van Dottie se stelling. Vir haar, Santie, is daar niks anders as om stil te sit en wag vir wat die toekoms ook al mag inhou nie . . .

Die vreemde kalmte wat haar skielik in Dottie Willemse se kamer vervul het, bly Santie in die volgende dae by. Is dit omdat sy skielik grootgeword het, of is dit omdat sy reeds diep in haar hart weet wie as wenner uit hierdie stryd gaan tree, soos Dottie dit gestel het? wonder sy meewarig.

Hoe dit ook al sy, die geknaag hier diep binne-in haar het meteens verstil sedert haar besoek aan die losieshuis, en daar vind so 'n verandering in haar plaas dat dit op-merklik is.

Tant Alie kyk na haar in stille verbasing, en ook met 'n tikkie weemoed. Die jong meisie, Santie, is vir altyd weg. Voor haar sit 'n jong maar volwasse vrou. En Bet in die kombuis kan haar verwonder aan kleinjuffrou wat haar rustelose rondlopery staak en op besliste en beheerste wyse baas van die huishouding word. Bet weet self nie hoe en presies wanneer dit gebeur het nie, maar meteens het die huis teen die bult weer 'n vrou in beheer.

Ook die baas van die huis kom die verandering agter, en dikwels kan hy haar fronsend aankyk asof hierdie skielike beheerstheid en amper doodse kalmte hom irriteer. Dik-wels lyk dit asof hy iets wil vra of kwytraak, maar dan daarvan afsien. Iets in die gesluierde oë waarsku hom dat daar selfs vir die mees welmenende swaer perke is. Dis

259

miskien net haar man self wat nie dadelik die verandering agterkom nie. Daarvoor sien hy haar te min, is hy te veel uithuisig.

Nie dat Louis Mocke nie skuldig voel oor die chaos waarin sy jong huwelik verval het nie. Santie is 'n liewe, dierbare ou meisietjie, en sy was 'n gawe maatjie toe hy destyds in die Kaap vakansie gehou het. Die werklike rede hoekom hy so skielik met haar getrou het, ken hy so goed soos sy broer – om sy erfporsie in die hande te kry.

Hy het nooit regtig met aandag gedink aan hoe hulle lewe saam vorentoe sou wees nie. Dit sou vanself uitwerk, het hy vaag geglo. Miskien sou hy later bestendiger raak. Maar toe keer Dottie terug na Eloffsdal . . . Hy het van haar af probeer wegbly. Hy het self besef, sonder dat sy broer hoef te gedreig het, dat dit beter sou wees. Maar al manier waarop hy dit kon regkry, was om sy toevlug tot die kroeg en sy maats te neem; totdat hy nou die dag weer voor tant Goggie se losieshuis verbygery het . . . en die motor tot stilstand gebring het.

In die daaropvolgende twee weke het selfs sy drinke-broers bekommerd begin raak. Dis asof Louis skielik daarop uit was om homself tot niet te drink. Awie het probeer praat, maar vergeefs.

Intussen kon Santie sien dat die plofbare verhouding tussen die twee broers tot 'n klimaks ontwikkel. Die ont-ploffing sal plaasvind dié dag wanneer Darius uitvind dat Louis nou gereeld vir Dottie Willemse met sy op-skuld-sportmotor oplaai.

Daar is net een manier waarop sy dit kan verhoed of af-weer – en sy doen dit een aand toe sy weer alleen op die stoep sit en oor die donker Eloffsdal uitkyk en hy skielik in die voordeur vanuit die studeerkamer verskyn waar hy maar elke aand met die onderneming se boeke sit en worstel.

Hy kom staan 'n entjie van haar af teen 'n pilaar, sy blik ook op die wye ruimtes voor hulle.

"Sien jy daarvoor kans dat dit die res van jou lewe só voortgaan?" Sy stem is kortaf: "Kan enige vrou só 'n soort lewe aanhou verduur?"

"Dit sal nie vir altyd so voortgaan nie." Haar stem het weer daardie kalmte wat hom deesdae so irriteer. Soms voel hy lus en gryp haar aan die skouers en skud haar.

Sy stem is nou openlik bars en in die sterk donker kan sy sien hoe daar eers driftig aan die sigaret getrek word: "Genugtig, moet my net nie kom wysmaak dat jy nog steeds die idilliese prentjie voor jou het van hoe jy Louis gaan verander nie!"

Sy is 'n oomblik stil. Het sy? As dit gebeur dat sy haar man gaan behou ... het sy nog die geloof dat hy die een of ander tyd ten goede sal verander?

Sy onthou wat Dottie daardie dag gevra het, of liewer, die stelling wat sy gemaak het. Is sy die regte vrou vir Louis – of is Dottie?

"Ek wil jou iets sê, Darius."

"Ek hoop van harte dis dat jy eindelik tot jou sinne gekom het en 'n einde aan hierdie klug gaan maak."

"Ja, dit is min of meer waarop dit neerkom, maar op 'n ander manier as wat jy dink."

"O?"

"Ek gaan Louis die kans gee om self te kies."

"Wat te kies?"

"Wie hy wil hê – vir my of Dottie Willemse."

"Santie . . ."

"Wag eers. Laat ek klaar praat. Jy sien, Darius, ek is nie van plan om te baklei oor my man nie. Ek is te trots daarvoor." In die donker weet hy dat sy meewarig glimlag. "Dis al wat ek besit – my armblanketrots, soos Louis dit noem. Maar dis ook meer as dit. Daar is geen sin daarin vir 'n vrou om met 'n man saam te lewe terwyl hy na iemand anders hunker nie. Só sal 'n mens nooit huweliksgeluk kan vind nie."

Die man is stil uit suiwere verwondering en verbasing. Is dit die jong kind van sowat twee maande gelede wat vanaand só praat? Hoe gou het sy van kind na vrou gevorder! Die amper oumensstemmetjie bereik hom weer vanuit die donker.

"Louis is op die oomblik 'n baie verwarde mens. Ek kan hom jammer kry. Net hy self kan hierdie chaos uitsorteer, en ek gaan hom die kans gee. Ek kan nie vir hom sê vir wie hy moet lief wees nie, so min . . . so min as wat jý dit destyds kon doen."

Dis baie stil op die stoep. "Louis kuier by Dottie met my toestemming. Het jy gehoor, Darius? Mét my toestemming. En as ek, as sy vrou, niks daarop teë het nie, durf jy of enigiemand op Eloffsdal nie inmeng nie."

"Jy is van jou sinne beroof! Jy het jou man toestemming gegee om vir 'n ander vrou, vir 'n . . ."

"Stadig, Darius. Jy het geen reg om 'n ander name te noem nie. Niemand het nie. Die feit dat Dottie Willemse met 'n kind aan die hand na Eloffsdal teruggekeer het, beteken nie noodwendig dat sy dít is wat jy haar wou noem nie. Jy ken nie die verhaal nie . . ."

"Ek ken nie die verhaal nie! Grote genugtig! Ek ken hom soos my eie! Ek . . ."

"Nee, Darius. Ons dink ons ken mekaar se stories. Ons kyk teen feite vas – en ons vergeet dat daar agter elke feit 'n lang verhaal, baie hoekoms en waaroms is. En daar is altyd twee kante aan 'n storie. Altyd."

"O, werklik? Ek neem aan jy verwys nou na mý verhaal?" Sy stem is kouer as wat sy dit nog ooit gehoor het. Sy sug saggies. Sy wil nie nou 'n rusie hê nie, veral nie met Darius nie.

"Nee. Ek het eintlik verwys na Dottie se kant."

"Ja? Gaan voort."

"Goed dan. Tanja het ook haar kant van die verhaal gehad, het sy nie?"

"O ja. Beslis. Sy wou net mooi aantrek en plesier hê en aandag kry. En terwyl haar man hom doodswoeg om al daardie dinge vir haar te gee, het sy . . ." Hy draai weg, skiet die sigaretstompie in die roosbedding. "Dis nie mý verhaal wat nou ter sake is nie. Dis 'n ou verhaal. Afgehandel. Dis jý wat nog getroud is en jou man na 'n ander vrou toe stuur . . ."

"Dis die enigste manier."

"Nee. Jy kan hom los dat hy in sy eie sop braai."

"Ja. Maar dan sal ek nooit weet of ek die res van my lewe 'n skoon gewete kan hê nie. Nou – dit klink vreeslik om dit te sê – gaan die onus op hom rus. Kies hy Dottie openlik, kan ek met 'n skoon gewete padgee. Die keuse sal syne wees."

"En as hy jóú dalk op die ou end kies? Wat dan, Santie? Gaan jy hom waaragtig terugvat?"

"Ja, Darius, want dan is dit so bestem." Sy staan op. Sy voel moeg. Die afgelope twee maande het hoë eise gestel, het haar geestelike krag uitgemergel. "Darius, geen vrou kan 'n man oppas nie. Hoe keer 'n vrou 'n man as hy wíl rondloop? Dreigemente en afpersing? Dit maak hom net skelm en agterbaks, maar hy sal nie ophou nie. As Louis na Dottie toe wil gaan, sal hy gaan, en nie eens die feit dat sy nek in die proses gebreek kan word, sal hom daar weghou nie. Laat Louis in vrede, asseblief. Laat hy en die tyd hierdie ding self uitsorteer."

Daar is onwillige bewondering in sy stem. "Waar kom jy aan alles wat jy vanaand hier praat? Wie het jou hierdie raad gegee? Ella? Of was dit tant Alie?"

"Nie een van die twee nie. 'n Mens . . . 'n mens kry wysheid as jy opreg daarom vra. Dis al."

In haar kamer lê sy haar palm 'n oomblik op die swart Boek op die bedkassie langs haar bed. Dit was tog tant Alie wat, uit die wysheid van die gryse ouderdom, haar die pad gewys het. Nog nooit het sy en tant Alie oor Louis se probleem gesels nie. Dit was nie nodig nie. Daar was net die stille begrip.

En toe, nou die dag, net voordat sy geloop het, het tant Alie haar hand geneem en diep in haar oë gekyk.

"Santie, jy weet mos waar om raad en hulp te soek, nie waar nie, my kind?" Sy het stil op die ou gerimpelde gelaat afgekyk, en vir die eerste keer het die ou dame trane in die moedige oë sien blink. "Dis al plek waar 'n mens die regte raad kry. En as jy in opregtheid daarna soek, sal Hy jou dit gee. Soek dit net op die regte plek en bid om wysheid. Dis nie altyd maklike raad wat Hy gee nie, my kind. Dit moet jy ook onthou. Maar vir hulle wat glo en moedig genoeg is om dit te volg, is dit altyd die beste."

Haar mond bewe effens. Ja. Dis nie altyd maklike raad nie, en die dinge wat sy vanaand daar op die stoep gesê het, is wysheid waarvoor daar baie nagte gebid is; insig en begrip wat nie met verwyte aan haar man verkry is nie, maar deur ure op die knieë te worstel. Dit het trane gekos om die situasie te aanvaar soos dit is, om feite onder oë te sien. Want Dottie Willemse het haar nie oortuig nie. Sy glo haar wanneer sy sê dat sy nie vir Petie as wapen sal gebruik nie, maar sy glo haar nie wanneer sy sê Petie is nie Louis se kind nie.

Maar omdat sy net mens is, het dit haar lank geneem om met onbevooroordeelde oë na die ander vrou te kyk en Dottie Willemse se moed raak te sien en te respekteer. 'n Kind bly die sterkste wapen waarmee 'n vrou kan veg – maar dis nie net die Santies wat hul trots het nie. Die Dotties het ook hul trots – en hierdie Dottie gaan sonder daardie wapen veg om die liefde van die man wat sy liefhet. Meer nog. Daardeur gee sy haarself 'n groot agterstand, want soos sy tereg gesê het, sal Louis oor 'n ander man se kind moet klim voordat hy haar kies. 'n Geweldige toets vir elke man, ook vir Louis – en as sy keuse dan steeds Dottie Willemse bly, dan kan sy nie anders as om terug te staan nie.

264

Met stil oë kyk sy na die dwalende man buite in die tuin. Hy lyk pateties alleen. Hy kom altyd so sterk voor, en tog weet sy dat hy op hierdie oomblik klein en verlore voel. En dit is goed. Dis nodig dat 'n mens soms klein en verlore is, want dan besef jy hoe afhanklik jy werklik is.

Sy wil so graag nou na hom toe uitgaan, net sy hand neem, hom net laat verstaan dat sy weet dat ook hy 'n stryd het, 'n stryd teen ou letsels aan sy manlike trots, teen ou wonde waarvan die rowe so maklik vanaand nog afgekrap kon word. Maar sy laat hom alleen, draai terug en gaan lê.

Wanneer die Meesterhand die blaasbalk hard laat blaas, moet Hy liewer alleen gelaat word met sy groot taak, anders vind die noodsaaklike skeiding miskien nie plaas nie en is die resultaat op die ou einde miskien verworpe silwer.

Sy lê haar hand op haar buik. Ek sal ook nie mý kind in die stryd gebruik nie, Dottie . . . Wanneer Louis sy keuse doen, moet dit wees tussen twee vroue, nie tussen twee kinders nie . . . want hoe kies 'n pa tussen sy eie vlees en bloed?

7

Natuurlik gons Eloffsdal in die weke wat volg.

Tant Goggie het eerste die vure aangesteek en rondvertel van dáárdie dag toe Louis Mocke se vrou Dottie in haar kamer kom slegsê het. Dit was 'n aardigheid om na te luister. En Dottie se oë was dik gehuil toe Santie Mocke eindelik woedend die gang af gestap het voordeur toe, maar watwou! Dit het alles niks gehelp nie.

Dottie dink verniet dat sy vir Goggie Koekemoer 'n rat voor die oë kan draai. Gaan stap mos nou skielik saans vir oefening. Hmpff! Snaaks dat sy nou net die nodige oefening in die rigting van die gruisgat agter die koppie kan kry. Intussen word haar kind wild groot, heeldag op straat, en saans moet Goggie kyk dat hy kos kry wanneer sy ma uit is "vir oefening". Dat Darius Mocke darem nie iets aan hierdie onheiligheid kan doen nie!

Maar dis nog 'n ding waaroor Eloffsdal se mense hulle verwonder – dat Darius Mocke so siende blind is vir hierdie gekuiery van Louis by Dottie. Almal het gedink daar gaan 'n moord op Eloffsdal gepleeg word en nou, teleurstellend, sit en wag almal verniet daarop.

Ook Louis is verbaas en weet nie wat om te dink nie. Darius moes al die praatjies gehoor het. Maar Darius sien hom deesdae skaars raak en, nog meer verbasend, laat hom kom en gaan sonder dat hy 'n woord te sê het. Nie dat hy omgee wat sy broer of die hele Eloffsdal dink of dalk kan doen nie. Daarvoor het hy te veel om sy gedagtes mee besig te hou. Vandat Dottie Willemse weer haar verskyning hier gemaak het, het hy geen rus of duurte vir sy siel nie. As sy net nie so geheimsinnig oor daardie kind van haar was nie! Maar Dottie weier om te sê wie Petie se pa is.

"Ek weet hy is nie myne nie. Maar hoekom wil jy nie vir my sê wie sy pa is nie? Ek sê mos, Dottie, dit maak geen verskil aan my nie."

"As dit geen verskil maak nie, kan ek nie sien hoekom jy moet weet nie." Sy kyk hom uitdagend aan. "Jy aanvaar my met Petie of jy los my uit."

Hy kyk haar vas aan. "Jy weet ek kan jou nie uitlos nie."

Sy swaai haar blik weg, kyk teen die vaal kante van die gruisgat vas. "Ons kan nie vir ewig so voortgaan nie, Louis. Eloffsdal dreun al soos hulle skinder. Dat Darius . . ."

"Na die duiwel met Darius! En met Eloffsdal!"

Sy kyk terug. "Dis maklik vir jou om so te sê, maar nie vir my nie, want Petie ly daaronder. Ek verstaan daar is selfs mense wat my by die welsyn wil aankla. Ek gaan Petie verloor, en dit kan ek nie toelaat nie. Dan moet ek liewer weer weg."

"Jy gaan nie weer weg nie."

"Dit hang van jou af, Louis. Maar ek kan Petie nie verloor nie. Ek is . . . al wat hy het. As ek moet kies tussen jou en Petie . . . dan moet dit Petie wees."

Hy vloek gedemp. "Goed, ek verstaan dit. Ek verwag nie dat jy jou kind vir my moet opoffer nie, maar . . . Magtig, Dottie, jy moet my tyd gee."

"Ek kan nie sien hoekom nie. Dis óf ek, óf Santie. Jy moet net kies. Ek gaan jou nie weer hier by die gruisgat kom ontmoet nie, en jy bly ook weg van my af by die losieshuis. Wanneer jy klaar besluit het, weet jy waar om my te kry." Sy maak die motordeur oop. "Ek bedoel dit, Louis."

"Dottie . . ." Hy gryp haar aan die skouers vas, swaai haar om en sy mond kom amper ru op hare neer. "Ek het jou lief," fluister hy skor, en sy druk hom 'n oomblik hard teen haar vas, maak haar dan beslis uit sy omhelsing los. Sy kom ook al 'n ver pad in haar jong lewe en sy weet om lief te hê is nie genoeg nie. Gesteelde uurtjies in die gruisgat agter die koppie bokant Eloffsdal is nie wat sy wil hê nie, want daar is 'n kind aan wie sy ook moet dink.

Soos dit maar altyd gaan, in watter gruisgat jy ook al jou dinge doen wat jy wil hê die wêreld nie moet sien nie, is dit haas 'n saak van onmoontlikheid om op 'n klein plekkie soos Eloffsdal enigiets in die geheim te doen. Al is dit nou maar net oom Jopie, die veldwagter, wat na die dorp se meentgrond moet kyk en die lyndraad ondersoek, maar iemand sien jou.

"Dis skandalig, sê ek vir jou!" is 'n diep geskokte en ontstoke tant Goggie weer aan die woord. "Ou Jopie sê heller oordag, ek sê jou hy sê heller oordag toe die son wie weet waar bokant ons koppe brand, toe sit hulle daar in 'n gruisgat en beklou mekaar! Hulle wag nie eens dat die nag eers oor hul ontugtighede 'n sluier trek nie! As jy nie nou 'n stop aan hierdie onheiligheid sit nie, gaan ek die kantoor in die Kaap bel dat die welsyn hier kom ondersoek instel. Sy is nie die naam moeder werd nie!"

"Ek sal 'n stop daaraan sit, tant Goggie – en nie net dááraan nie. Ook aan al die lasterlike tonge wat so baie dinge oor ander te sê het en so dikwels hul eie onheilighede en ontugtighede vergeet."

Tant Goggie trek haar tot haar volle lengtetjie uit, lyk amper so breed as wat sy lank is. "Op wie skimp jy altemit? Wat kan jy van Goggie Koekemoer sê?"

"Net dat sy 'n baie giftige tong het en baie graag stories versprei."

"Dis geen stories nie! Gaan vra vir ou Jo-"

"Ek hoop net oom Jopie sal bereid wees om wat hy in die gruisgat gesien het saam met sy twee getuies in 'n hof te herhaal."

Tant Goggie se oë lê koeëlrond in haar ronde gesiggie. "O, nou wil jy ons hof toe vat oor die waarheid?"

Hy lyk skielik moeg, vee oor sy oë. Geduld . . . "Ek wens ek het geweet wat die waarheid is. Wat is die waarheid?"

"Ou Jopie sal nie so iets uit sy duim suig nie! Hy sit elke Sondagoggend in die ouderlingsbank en . . ."

"Ja, dis waar. En tante twee banke agter hom. En so sit ek in die diakenbank, Louis se vrou heel agter in die kerk en Dottie Willemse in die middelblok met haar optelkind langs haar. En bring dit ons nader aan die waarheid of die hemel?"

"Hoe nou?"

"Toe maar, tant Goggie. Ons laat dit maar daar. Gaan sê vir oom Jopie ek neem kennis van wat hy in die gruisgat gesien het, soos ek kennis geneem het waar hy gekuier het toe tant Hellie in die Kaapse hospitaal gelê het."

Die ogies knip vinnig, word waaksaam. "En waar was dit altemit?"

"Miskien kan tante my sê. Maar neem tante nou asseblief kennis: dit kan my nie skeel waar en met wie my broer helder oordag sit en vry nie. Verstaan tante? Vir my part kan hy dit op die kerkplein om eenuur die middag ook doen. Dit traak my nie!"

"Moenie op my skree nie, Darius Mocke! Ek het dit net goed bedoel, gevoel dis jou broederlike plig . . . Maar ek verstaan. Dit pas jou dat jou broer rondloop, nè?"

Sy stem is skielik gevaarlik sag. "Presies wat bedoel tante daarmee?"

"Nee, ek meen maar te sê . . ." Tant Goggie begin versigtig deur se kant toe retireer.

"Moet liewer nie sê wat u meen nie, tant Goggie, want dit kan gebeur dat ek die verkeerde mens op Eloffsdal sal vermoor. Trap hier uit!"

Natuurlik is 'n tweede veldbrand hiermee aangesteek. Maar dit kan Darius Mocke nie skeel nie. Hy stap reg op die swaaideure van die dorpskroeg af, stamp hulle oop. 'n Stilte daal oor die drinkers neer. Oom Thys, die kroegman, sit die glas in sy hand versigtig neer. Vandag is hier pêre.

"Wat de . . ."

Louis kry nie kans om sy sin te voltooi nie. Hy word aan sy kraag agteroor geruk. Terselfdertyd tref sy broer se vuis hom. En weer. En weer . . .

"In hemelsnaam, Darius, jy sal hom doodslaan! Is jy besete?"

Awie kyk hulpsoekend rond, maar die ander manne is openlik teësinnig om hulle in te meng. Darius Mocke het liederlike vuiste wanneer hy kwaad genoeg is, en hy is op hierdie oomblik soos 'n demoon.

Louis se bebloede gesig word van die grond af opgelig. "Jou plek is nie hier of in die gruisgat of in ou Goggie se losieshuis nie! Ek sal jou wys waar jou plek is!"

269

'n Finale hou laat Louis se kop eenkant toe kantel en hy verslap. Met gemak, krag gebore uit 'n grenslose woede, word hy van die grond af opgetel en oor 'n skouer gegooi, en dan stap Darius Mocke met sy slap vrag die kroeg uit.

Haar oë rek wyd in die wasbleek gesiggie toe sy hom in die kamerdeur sien verskyn. Dan word die steeds bewustelose Louis op 'n bed neergegooi, en 'n stem wat vibreer van kwalik ingehoue emosie sê: "Daar is jou man."

Die veragting in sy stem slaan haar tussen die oë: "Wat . . .?"

"Ek het dit gedoen. Jy is kastig so trots, te trots om oor 'n man te baklei, maar jy gee nie om as hy helder oordag met straatvroue in die gruisgat gesien word, of dat die dorp jou naam op onbehoorlike wyse aan myne koppel nie! Jy sit hier teen die bult en wegkruip en word net elke dag maerder en heiliger, en dis ek wat daar onder in die dorp in die semels moet rol sodat die varke aan my kan kou!"

Sy harde voetstappe dawer soos kanonskote in haar ore, en oomblikke later skrik tant Goggie haar boeglam toe dieselfde harde voetstappe in haar losieshuis se gang af dawer. 'n Harde klop aan 'n deur laat die ander loseerders belangstellend opkyk. Dit lok tant Goggie na haar deur, sommerso in haar lang flennienagrok, net betyds om die groot gestalte by 'n deur te sien ingaan. Dit klap agter hom toe. Tant Goggie kou senuagtig aan haar middelvinger se nael. Wie gaan sy ontbied – die polisie of die dominee?

"Jy sorg dat jy padgee uit Eloffsdal, jy en jou . . . kind."

Sy slaan haar arms om die seuntjie wat wakker geword het van die harde geklop aan die deur, kyk die man vas in die oë.

"Dis nie ses jaar gelede nie, Darius Mocke, toe jy my hier van Eloffsdal af weggewerk het nie. Ek is nie meer 'n skoolmeisie nie."

"Nee. 'n Mens kan jou nou 'n ander naam noem, ja. Maar jy gaan hier padgee, of . . ."

"Of?"

Sy blik sak af na die kind op haar skoot, kyk vas in die groot blou oë wat verward en half bevrees na die vreemde, kwaai oom opkyk, sien hoe haar arms instinktief stywer om die skraal lyfie span.

"Of ek sal toesien dat hy weggeneem word van jou af."

"Jy sal dit nie waag nie!" Haar stem is skor. "Dis my . . ."

"En 'n Mocke. Ons kan altyd hoor wie die hof besluit wie aan hom die beste huis en versorging kan gee – jy of die Mockes."

"Die Mockes!"

"Ja, ons. Want Louis Mocke gaan van nou af fyn in sy spoor moet trap as hy nie sy gesig elke aand tot 'n pappery gemoker wil hê nie. En dan is sy vrou nog daar – én ek. En met Eloffsdal se getuies van onbehoorlike gedrag in die dorp se gruisgat . . . Ek sal self met jou bestuurder gaan praat en reël vir 'n oorplasing so gou moontlik. Intussen . . . Moet dit nie weer waag nie!"

Tant Goggie voel asof die doodsengel haar klaar aan- raak toe 'n hand van agter haar rug oor haar skouer kom en die gehoorbuis van die telefoon uit haar hand neem en terug op die mik sit.

"Dit sal nie vanaand al nodig wees nie, tant Goggie. Ek het my moordplanne 'n bietjie gewysig – tot later."

Soveel het Eloffsdal in 'n lang tyd nie gehad om oor te gesels nie. Dit was nog laas met die Mockes se eerste skan- daal dat die tonge so oortyd gewerk het. En nou is dit weer die Mockes wat vir sulke aangename ure van bespiegeling en gissings sorg.

Ja, hy het hom vir dood daar uit die kroeg gedra. En dis nou al 'n paar dae dat Louis nêrens te sien is nie. Party mense sê hy is by Awie-hulle op die plaas, want hy is te

271

skaam om in die dorp te kom. Sy gesig lyk glo naar. Maar 'n mens wonder tog . . . Dit kan moord ook wees.

Tant Goggie sê hy hét twee keer van moord gepraat. Ja. Die eerste keer het hy gesê hy gaan iemand vermoor of so iets. Die tweede keer het hy gesê hy het sy moordplanne gewysig – tot later.

Maar hulle sê Louis het naar gelyk daardie aand. Die dokter moes ontbied word. Kon hom nie bykry nie. Dis nou Bet wat vertel. Sy sê Louis se vrou het haar kom wakker klop. Sy het vreeslik gehuil en gesê sy kry nie vir Louis by nie; dit lyk of hy dood is. Toe't Bet die dokter ontbied en toe sy weer in die kamer kom, lê Louis se vrou daar op die grond voor die bed. Toe die dokter daar aankom, moes hy met man én vrou hospitaal toe jaag na die buurdorp. Awie het Louis toe by die hospitaal kom haal en uitgeneem na hom toe, en die vroutjie is nog altyd in die hospitaal. Het toe haar baba verloor . . . Ja, mens, niemand het geweet nie, maar die arme ding was al die tyd swanger ook. Nee, glo net so aan die begin, maar sy het erg aan skok gely en is glo baie swak.

Ja-nee, die duiwel het darem heeltemal die oorhand oor die Mockes.

Maar hulle sê tog toe Darius hoor wat aangaan, het hy na die buurdorp gejaag. Natuurlik skuldige gewete. 'n Bietjie laat daarvoor. Maar hulle sê hy het die hele tyd langs Santie se bed gesit en haar hand vasgehou. Die dokter kon hom nie eens daar wegkry nie. Nou wonder 'n mens . . . Dit kan bloot net 'n skuldgevoel wees, of . . . daar kan dalk al die tyd tog iets steek in die stories dat daar iets tussen Darius en sy skoonsuster ontwikkel het en dat dít eintlik die rede is hoekom Louis die laaste tyd so baie drink.

En nou? Nee, nou sal 'n mens maar moet sien . . . Daar sal natuurlik 'n saak kom; dis seker. Maar of dit nou een van aanranding of een van poging tot moord sal wees, weet 'n mens nie nou al nie. Dit behoort natuurlik minstens een van poging tot moord te wees, want hy het tog uitdruklik van moord gepraat . . .

Ja, dis darem nou regtig Gomorra hier op Eloffsdal. Santie Nel wat voor by die motorhawe se toonbank werk, sê die dominee was klaar by Darius, maar voordat hy nog 'n woord kon sê, het Darius hom voorgespring en sy bedanking as kerkraadslid ingedien. Ook nie meer as reg nie. As daar nou al vuisslaners en moordenaars in jou kerk se voorgestoeltes sit . . .

Toe sy eindelik uit die donker put van pyn en bedwelming na bo kom, is dit Darius se gesig wat sy sien. Hy leun vinnig nader.

"Hoe voel jy?"

"Niks."

"Santie . . ." Sy lê en kyk hom net aan en merk terloops op dat daar reeds grys tussen die dag oue stoppelbaard op sy ken is. Hy lyk sleg. "Santie, ek . . . is so jammer. Ek sou enigiets wou gee dat dit nie gebeur het nie."

Die stil, groot oë swenk eindelik weg. "Dit was nie jou skuld nie. Ek het op die matjie gegly en geval toe . . ."

"Ek is tog indirek verantwoordelik. Vergewe my, asseblief. Ek het nie geweet dat jy . . ."

"Sou dit regtig 'n verskil gemaak het, Darius?"

Hy laat sak sy kop. Nee, dit sou nie. Dit sou miskien sy woede net nog erger afmetings laat aanneem het.

"Hoe gaan dit met Louis?" vra sy.

"Sy gesig is nog geswel en seer, natuurlik, en sy een rib is af, maar verder makeer hy niks. Hy is by Awie-hulle op die plaas."

Sy sluit haar oë en hoor net sy stem dof en ver: "Wanneer jy hier uitkom, gaan jy en Louis 'n lang tyd vakansie hou. Julle kan oorsee gaan as julle wil. Ek het julle nog nie 'n huweliksgeskenk gegee nie. En wanneer julle dan terugkom . . . Ek sal intussen sorg dat ek Louis se erfporsie vir hom gereed het. Santie . . . hoor jy my?"

"Ek hoor jou, Darius, maar . . . Waar is tant Alie?"

"Moet ek haar vir jou gaan haal?"

"Asseblief."

"Goed. Ek gaan haal haar dadelik." Sy voel sy warm asem teen haar voorkop, die lippe wat 'n lang oomblik teen haar vel lê. Maar sy hou haar oë gesluit, hoor hom net weer fluister: "Ek is so bitter jammer, Santie . . ."

Sy kry nog 'n besoeker . . . en hul oë ontmoet 'n lang oomblik voordat die swanger stilte verbreek word.

"Kom nader, Dottie."

Twee hande gly spontaan inmekaar, druk mekaar pynlik hard. "Santie . . . sal jy my glo wanneer ek jou sê ek is opreg jammer?"

Sy kyk op in die oë bokant haar. Die vrou wat haar man wil afneem, sê sy is opreg jammer dat sy haar baba verloor het . . .

"Ja, Dottie. Ek glo jou . . . regtig."

"Hoekom het jy my nie gesê nie . . . daarvan vertel nie?"

Die weggesonke oë kyk stil terug. "Jy het nie jou kind as wapen gebruik nie. Ek wou ook nie myne gebruik nie."

Dottie draai haar kop vinnig sywaarts, byt haar onderlip 'n oomblik hard vas. "Ek gaan weg, Santie. Jy het niks meer van my te vrese nie."

"Is dit Darius wat jou . . .?"

"Nee. Ek moes nooit gekom het nie. Dit was 'n fout."

"Nee. Jy moes. Ek is bly jy het. Ek is bly ek het jou leer ken."

Ongeloof lê in die ander se oë, en haar stem bewe nou merkbaar: "Jy is 'n beter mens as ek."

"Nee. Hoe weet ek hoe ek sou opgetree het as ek in jou posisie was?"

"Santie . . . Moenie! Jy . . . jy maak my skaam!"

Die een hand druk die ander weer styf vas. "Moenie weggaan nie, Dottie."

"Wat?" Dis nou verbystering wat in die oë lê wat op haar neerkyk.

"Ek bedoel dit – eerlik."

Dis 'n hulpelose, traanvolle laggie wat die ander laat hoor. "Werklik, Santie! Jy is te goed om waar te wees!"

"Nee, dis maar net . . . 'n gevoel wat ek het . . . dat jy moet bly. Louis het nog tyd nodig . . ."

"Nee, Santie. Nee. Louis is met jóú getroud en sy plig en verantwoordelikheid is teenoor jou, nie teenoor my nie."

"En wat van Petie?"

"Petie . . . Hy het geen verantwoordelikheid teenoor Petie nie, Santie. Petie is mý verantwoordelikheid, nét myne." Haar oë kyk vas terug in die ander vrou s'n. "Ek herhaal – hy is nié Louis se kind nie. Jy moet dit glo, want dit is so!"

"Wie s'n dan? Asseblief, Dottie, sê my! Ek sal vir niemand sê nie!"

"Ek kan nie, Santie. Ek kan nooit vir enigiemand sê nie, want as ek moet sê, gaan ek Petie verloor en . . . vandat hy die eerste lewenslig aanskou het, was hy myne. Ek kan hom nie afstaan nie."

"Selfs nie eens vir Louis nie?"

"Nee. Selfs nie eens vir Louis nie. Jy sal nie verstaan nie . . ."

Santie se blik sak. Sal sy nie? Kan sy nie? Sy wat self 'n korte paar wekies 'n lewe onder haar hart gedra het? Weet sy dan nie hoe jy ten koste van jouself vir daardie lewe sal veg nie?

"Dan is hy regtig nie Louis se kind nie? Jy sê dit nie maar net . . .?"

"Nee, Santie. Ek het jou dit tog reeds gesê vóór al hierdie dinge gebeur het." Weer kyk twee paar oë diep in mekaar.

275

"Ek het vandag hierheen gekom om jou te sê hoe vreeslik jammer ek is dat jy jou kind deur my verloor het . . ."

"Nee."

"Ja. Dit sou nie gebeur het as ek nie Eloffsdal toe teruggekom het nie. Maar ek verseker jou dat ek hier sal weggaan, en julle sal nooit weer van my hoor nie."

"Nee! Nee, Dottie! Dis nie wat ek wil hê nie! Asseblief, as jy dan moet gaan, belowe my jy sal my laat weet waar jy is?"

"Maar hoekom? Ek het geen rol verder in jou en Louis se toekoms te speel nie, Santie. Ek sê mos . . ."

"Jý sê, ja, maar . . . Iemand anders rig ons voetstappe, Dottie. 'n Mens weet nooit . . . Ek kan jou dalk in die toekoms nodig kry."

"Vir mý nodig kry? Waarvoor?"

"Ek weet self nie op hierdie oomblik nie. Ek sê mos dis net 'n gevoel wat ek het dat ons twee nie heeltemal kontak moet verloor nie. Asseblief, belowe my dat jy my sal laat weet waar jy is en hoe dit met julle gaan wanneer jy weg is?"

"As jy regtig ernstig is . . . Goed dan. Ek sal jou laat weet." Sy buk skielik af, en vir die tweede keer ontvang Santie se voorkop 'n innige soen. "Tot siens, Santie. Ek weet nie hoe gou my oorplasing sal deurkom nie, maar dit behoort gou te wees. In Johannesburg soek hulle gedurig personeel."

Santie kyk haar bekommerd aan. "Petie gaan hom moeilik in 'n stad aanpas. Sy lewe was so vry op Eloffsdal."

"Ja. Dit gaan vir hom swaar wees om weer in 'n woonstelletjie ingehok te wees, maar . . ."

Sy glimlag deur skielike trane. "Maar ek het besluit dat ek my toekoms totaal gaan oorlaat aan daardie Iemand van wie jy netnou gepraat het en wie ek glo ook my en Petie se voetstappe sal rig. As daar dan iets goeds uit my koms na Eloffsdal gebore is, is dit dít."

Sy glimlag skeef. "Ek het daardie eerste oggend kerk toe gegaan bloot net om die Eloffsdallers se gesigte te sien wanneer ek skielik weer in hul midde verskyn, én dan nog met 'n kind aan die hand. Dis nie dat ek kerk toe wou gaan nie. Ek was jare laas in die kerk. Daardie oggend het die dominee gepraat oor verworpe silwer."

Santie knik. "Ek onthou. Dit was ook my eerste kerkdiens op Eloffsdal."

"En vanoggend . . . toe ek gehoor het wat alles verlede nag gebeur het . . . dat een broer 'n ander byna doodgeslaan het . . . en dat jy jou babatjie verloor het . . . het ek besef ek is die kwade element op Eloffsdal wat maak dat hier verworpe silwer is, dat die goeie nie van die slegte geskei kan word nie . . ."

"Nee, Dottie."

"Jy weet dit is so, Santie, en ek erken dit eerlik. Ek het jou daardie dag toe jy my by die losieshuis kom besoek het, gesê ek glo ek is die regte vrou vir Louis, en nie jy nie. Nou weet ek ek was verkeerd. Met 'n vrou soos jy gaan die goeie in Louis eendag seëvier. Dit kan nie anders nie, want jy is goed. En ons albei weet dis 'n vrou wat 'n man opbou of aftakel. Dis 'n man se vrou wat óf die goeie óf die slegte in hom uitbring. Jy kan net die goeie in Louis uitbring. Hou net moed, Santie. Moenie tou opgooi nie. En bly net jouself soos jy vandag is. Moenie dat Louis jou aftrek nie, maar trek jý hom op.

"En Darius . . . Hy is 'n goeie man. Hy het sy tekortkominge soos elkeen van ons. Hy is nie volmaak nie. En wat gisteraand gebeur het, was ook my skuld. Jy moet jou invloed by Louis gebruik om nie 'n klag teen sy broer te lê nie, Santie, want dis alles my skuld."

Sy tree terug. "Ek moet nou gaan." Haar oë is skielik vol deernis. "Jy is die een mens van wie ek swaar afskeid neem op Eloffsdal. Ek wens ons kon onder ander omstandighede tot siens sê."

Die ander paar oë blink ook. "Ek is bly dis net tot siens, Dottie. Ek weet sommer net ons gaan mekaar vorentoe weer sien. Sê groete vir klein Petie. Ek sou hom so graag beter wou leer ken het."

Sy lê baie stil terwyl die gedagtes in haar kolk. Iemand anders het ook al vir haar gesê: *Bly net jouself. Moenie toelaat dat iemand anders jou aftrek nie* ... As Dottie dan weggaan, is dit so bestem dat haar en Louis se huwelik moet voortgaan ...

Dis Ella wat 'n paar oomblikke later oor haar buk. "Santie, jy moet Louis regtig verskoon dat hy nog nie hierheen gekom het nie, maar sy gesig lyk naar vandag."

Santie knik. Ja, hy sal skaam wees om met so 'n gesig voor mense te verskyn. "Dis alles reg, Ella. Ek verstaan."

Ella kyk haar teer aan. "Maar hy stuur baie liefde en jy moet hom asseblief vergewe. Hy het nie bedoel om jou seer te maak nie."

Net 'n oomblik huiwer haar blik voor dié van haar besoeker. Ja, dit word nooit bedoel nie. Meestal maak mense mekaar onnadenkend en in selfsug seer.

"Hy bedoel dit regtig, Santie. Hy voel vreeslik sleg oor jul baba ... Hy sê hy het nie geweet jy ..."

"Ek was self nog nie honderd persent seker nie, Ella. Ek wou volgende week dokter toe gaan, maar ek het eintlik geweet dit is so. Sê vir hom ... sê vir hom ek verlang na hom en daar is niks om te vergewe nie. Ek hoop sy gesig kom gou reg, en ek verstaan dat hy nie nou na my toe kan kom nie."

Eers toe tant Alie en sy alleen is, kan Santie werklik die opgedamde trane en smart van 'n volwasse vrou teen die ou bors uitsnik. En dis eers toe die dam leeggeloop het en sy uitgeput teen die kussings terugval en haar seer oë toemaak dat tant Alie sê wat sy voel gesê moet word.

"Daar is altyd pyn wanneer loutering plaasvind, my kind, en dis nie vir my of vir jou om self te bepaal hoeveel pyn vir ons nodig is om ons te louter nie." Sy kyk Santie bekommerd aan. Santie is so 'n mooi mens – innerlik én uiterlik. Maar is sy sterk genoeg om ongeskonde anderkant uit te kom?

Maar wie is sy wat in die aandgloor van haar lewe is en reeds met hande gevou sit en wag vir die dood om vir 'n jong mens aan die begin van haar lewe te sê dat haar huwelik nie die moeite werd is om mee voort te gaan nie? Wat weet sy van die Plan van die Meester – sy wat aan die einde van haar lewe net met verwondering kan terugkyk na so baie dinge in haar eie lewe wat eens so sinneloos vir haar was en wat vandag tog soveel sin het? Ook hierdie hartseer ervaring van Santie mag eendag sin hê . . . en haar huwelik sinvol maak . . .

Dis weer Darius wat haar die volgende oggend huis toe kom haal. Dis stil tussen hulle op pad terug Eloffsdal toe. Wat is daar om te sê? Al wat oorgebly het, is om maar weer vorentoe te gaan. Vorentoe . . .

Hy draai om nadat hy haar tassie in haar kamer neergesit het. "Ella sal jou vanmiddag kom haal en jou plaas toe neem." Sy knik net. Sy het ophou dink. Soos ander vir haar besluit, is dit goed.

"Santie . . . Jy onthou wat ek gesê het in die hospitaal? Dat jy en Louis 'n rukkie kan weggaan? Bespreek die saak met hom." Hy kyk haar skerp aan. "Jy . . . jy wil nog met jou huwelik voortgaan, nie waar nie?"

Sy kyk weg. Sy móét.

Sy oë vernou. "Santie, daar is iets wat ek jou wil sê, maar . . . ek sal dit waardeer as dit net tussen ons twee bly asseblief. Dis in verband met . . . Dottie Willemse se kind." Sy kyk weer na hom. "Dis . . . dis nie Louis se kind nie." Sy staan woordeloos, bewegingloos. "Dis myne . . ."

Hy swaai van haar af weg, kyk strak deur die venster na buite, maar sy weet hy sien niks raak nie, nes sy op hierdie

279

oomblik van niks anders bewus is as die man voor haar nie.

"Niemand weet nie. Louis . . . Louis mag nooit weet nie." Hy kyk eindelik weer na haar. "Ek gaan jou nie die besonderhede vertel nie. Dis nie nou meer van belang nie. Maar nou weet jy dat jou en Louis se lewe saam weer skoon van voor af kan begin, sonder . . . sleepsels van gister. Dottie gaan weg. Wanneer julle van jul vakansie af terugkom, sal sy nie meer op Eloffsdal wees nie."

8

Sy kom voor Louis tot stilstand. Sy gesig lyk regtig haglik. Net die een oog kyk deur 'n skrefie na haar. Die res is opgeswel en rooi en pers en blou.

Sy is vreeslik maer, merk hy nou eers op. En bleek en klein . . .

"Santie . . ."

"Louis . . ."

Hul omhelsing is versigtig – want sy een ribbetjie is ook nog af – maar innig . . . die innigste wat nog tussen hulle plaasgevind het. En dan, tot haar grootste verbasing, sien sy die opgeswelde gesig potsierlik trek en 'n traan by die een oog uitbiggel.

"Ek is so jammer oor . . . die baba . . . ons baba . . ."

Sy knik, streel sy agterkop met haar hand. "Dit moes seker maar gebeur het, Louis."

"Maar dit was mý kind . . . Jy het my nie vertel nie . . ."

"Ek wou eers seker maak, wou volgende week dokter toe . . ." Sy neem sy hand, trek hom op die bed neer. "Louis, Darius het voorgestel dat ek en jy nou eers gaan vakansie hou. Hy sal daarvoor betaal. Dis sy trougeskenk aan ons. Louis . . . asseblief, Louis, laat ons liewer alles

280

vergeet wat gebeur het! Dis verby en . . . niks kan ons baba weer terugbring nie! Louis, asseblief!"

"Kyk hoe lyk ek, Santie! Verwag jy . . .?"

"Ja. Ter wille van my, Louis! Asseblief, ek kan nie meer veel verduur nie . . ."

"Moenie huil nie." Hy trek haar weer versigtig teen hom vas. Arme kind. Sy het ook nog nie juis veel van 'n huwelik gehad nie, en dís nie Darius se skuld nie. "Goed. Ons . . . vergeet dan maar alles en . . . Waarheen wil jy gaan?"

So sit en wag Eloffsdal tevergeefs op die groot hofsaak wat hulle te wagte was. Maar daar is tog ook diegene wat verlig asemhaal.

Santie en Louis kuier nog 'n week by Awie-hulle om sy gesig te laat herstel sodat hy weer in die openbaar kan verskyn sonder om aandag te trek. Ook Awie en Ella is verlig toe hulle hoor dat Louis afgesien het van sy plan om sy broer tot by bankrot te dagvaar.

Awie aarsel voordat hy sê wat hy lankal lus voel om vir sy vriend te sê: "Ek is bly julle gaan 'n bietjie weg, ou maat. Dit sal Santie ook die wêreld se goed doen. Ek wou sê, maat, jy het 'n goeie vrou gekry. Jy moet haar waardeer."

Hy sien dat Louis hom vinnig aankyk, en hy knik en glimlag effens. "Ja, ek weet. Ek het ook 'n goeie vrou ge-kry en ek waardeer haar nie. Ek is 'n mooi een om vir jou te sit en preek. Ek weet. Maar ek meen maar . . . Miskien is dit goed dat hierdie ding gebeur het. Dit was 'n les vir ons almal. Ek gaan in die toekoms 'n bietjie rem probeer aandraai. Ek gaan nie meer in die week inkom dorp toe nie, en as ek naweke inkom, gaan ek my vrou en kinders saambring. Dit help nie om te huil wanneer een eers dood is nie. Ons twee was tot dusver nie juis goeie mans vir ons vroue nie. Ek sal nie sê ek gaan dit regkry om nou een te word nie, maar ek gaan probeer. En, Louis, ou maat, vergeet van . . . ander vroumense. Dit werk nie. Dit werk nooit nie. Jou kind kon miskien nog vandag daar gewees

281

het as jy . . . Goed. Goed. Ek het klaar gepraat. Ek wou nog net dit sê . . . Dottie Willemse het 'n oorplasing na Johannesburg gekry, hoor ek. Sy moet volgende maand anderkant begin. Ou Louis, bly weg daar."

"Ons sal mekaar seker nie weer sien nie, Awie. Ek en Santie vertrek môreoggend."

"Gaaf, maat, gaaf. Geniet nou die vakansie, en wanneer julle terugkom . . . Ons begin weer almal van voor af en onthou, ek en Ella is altyd hier."

"Dankie, ou Awie. Jy was nog altyd 'n gawe maat."

"Ja. Ongelukkig nie altyd 'n goeie een nie. Maar ons gaan weer saam vorentoe en . . . dinge sal reg uitwerk. Ons gaan sorg daarvoor. As . . ." Sy oë soek in die blou lug rond. "As dit net wil reën . . ."

Dis 'n oomblik baie stil toe Santie en Louis vir Darius in die sitkamer raakloop. Die twee broers se oë ontmoet. Santie hou haar asem op. Maar dan buk Darius net en sit 'n koevert op die koffietafeltjie neer.

"Dáár is kontant, en die res is bankgewaarborgde tjeks. Ek hoop dit sal julle deursien. Bel maar as julle dalk nog nodig kry." Dan stap hy deur studeerkamer toe . . .

Vroeg die volgende oggend stap hy saam met hulle op die stoep uit toe hulle gereed is om te vertrek. Hy buk af en soen Santie op die voorkop.

"Tot siens. Rus goed uit."

"Dankie, Darius."

'n Hand word vir die eerste keer uitgehou. Stadig, onwillig, maar tog kom die ander een dan nader. Ook die stem is bitter onwillig: "Dankie . . . vir die geld en . . ."

"Geniet dit. Daar is geen haas nie. Ek verwag julle wanneer ek julle sien."

Santie geniet die Tuinroete waarlangs hulle reis terdeë, en niks verraai die vreemde doodsheid in haar nie. Snaaks, dit was nie daar van die begin af nie. Totdat dit tot haar deurgedring het dat sy haar baba verloor het, was daar die felste pyn in haar hart wat sy nog ooit ervaar het. Maar hierdie vreemde doodsheid het ingetree toe sy tuis gekom het, daardie dag toe Darius haar vertel het wie Petie se werklike pa is.

Sy kon dit nie glo nie. Sy kan dit vandag nog nie regtig glo nie. En tog . . . Baie dinge het vir haar soveel duideliker geword sedert sy dit weet. Die jare lange vete tussen die twee broers, twee broers wat mekaar maar net nie kan vind nie, en Darius se woorde daardie dag dat hy Louis verbied het om enige kontak met Dottie Willemse te hê en dat dit niks te doen het met die feit dat Louis nou 'n getroude man is nie. Was dit al die tyd jaloesie wat so gepraat het? Het hy gevoel dat Dottie syne was, al wou hy dit nie bekend maak dat sy die ma van sy kind is nie?

Darius . . .

Dis asof haar verstand gaan stilstaan. Sy onthou sy verskriklike woede toe hy gehoor het van die geheime ontmoetings tussen sy broer en Dottie . . . Dit was nie woede oor die feit dat Louis sy vrou gekul het nie. Dit was naakte jaloesie! Of was dit vrees . . . vrees dat sy groot geheim geopenbaar sal word, vrees dat hy eindelik tot verantwoording geroep sou word, nie net deur sy broer nie, maar deur 'n hele gemeenskap oor die onreg wat hy teenoor 'n jong skoolmeisie en 'n kind gepleeg het? Was hy bang dat die feite eindelik aan die lig sou kom, dat Eloffsdal sou uitvind dat hulle al die jare die verkeerde man veroordeel het, dat Tanja Mocke nie die sondaar was nie, maar Darius Mocke – die man voor in die kerkbank, die gerespekteerde leier van hul klein samelewing?

O nee! Dit kan nie waar wees nie! Sy skram elke keer weg van wat sy in haar hart ontdek: dat sy sonder veel emosie kon aanvaar dat Petie Louis se kind is, maar dat die feit dat hy Darius s'n is, haar dood laat voel. Ja, dit is

283

so. Sy kon aanvaar dat Petie haar man se kind is . . . maar sy kan nie aanvaar dat hy Darius s'n is nie! Sy kon aanvaar dat sy met 'n swakkeling getrou het. Sy kan net nie aanvaar dat Darius een is nie! Sy kon selfs met 'n vreemde kalmte aanvaar dat haar man geheime ontmoetings met 'n ander vrou het, hom dit selfs openlik toelaat; maar haar verstand wil die feit dat Darius eens ook meer as net 'n kennis van Dottie Willemse was, nie verwerk nie! Sy kan nie glo dat hy gemeen, agterbaks en vals is nie. Daardie dinge kon sy van Louis glo, maar nie van Darius nie.

Maar dis die waarheid. Dottie se weiering om selfs aan háár te vertel wie Petie se werklike pa is, is nou te verstane. Dis ook te verstane waarom sy gesê het dat sy Petie sou verloor as sy nou sê wie die pa was. As dit bekend moet word dat hy Petie se pa is, is daar geen rede waarom hy nie daarop sal aandring om sy kind te kry nie. Die ware feite word verswyg om die gerespekteerde prentjie van Darius Mocke aan die wêreld voor te hou, om die beeld van Darius Mocke – soos dit aan Eloffsdal voorgehou word – nie te skaad nie. Dáárom erken hy nie sy eie kind nie, staan hy stilswyend en luister as Eloffsdal sy seun 'n optelkind noem, beledig hy selfs die ma van sy kind . . .

Nee, sy weet nie hoe sy na Eloffsdal kan terugkeer en Darius Mocke in die oë kyk, weer by hom in die huis woon terwyl sy nou alles weet nie. Sy begin die dag van terugkeer vrees . . .

En Dottie Willemse vrees die dag van haar vertrek . . . Eloffsdal hou baie min mooi herinneringe vir haar in. Eloffsdal het haar nog altyd veroordeel – destyds toe sy wydsbeen en jonk en onervare saam met Louis op sy motorfiets deur die strate gejaag het, en noudat sy met 'n kind aan die hand teruggekeer het.

En tog . . . Al is sy die verstoteling op hierdie dorp, die swartskaap van die gemeenskap, ervaar sy nie hier die grenslose, ondraaglike eensaamheid wat sy weet in die

284

stad weer op haar wag nie. Hier kan sy, wanneer die mure haar begin vasdruk, uitstap en in die oop ruimtes om die dorp weer gaan asemskep.

En al ry die goeie inwoners van Eloffsdal neus in die lug by haar verby, al kyk die ordentlike mense van die klein gemeenskappie anderpad wanneer hulle haar miskien op pad teëkom, groet iemand haar tog op haar terugpad, al is dit dan ook net Koos wat vir tant Goggie groente in die losieshuis se tuin kweek.

En al maak Eloffsdal asof hulle haar nie raaksien nie, weet sy van beter. Al gee die gemeenskap voor dat daar nie so 'n mens soos 'n Dottie Willemse tussen hulle woon en lewe nie, weet hulle van haar. En dit bring 'n sekuriteit vir haar mee wat die stad haar nie kan bied nie.

En dan is daar Petie . . . die klein seuntjie wat tog ongemerk in die dorpenaars se harte kruip. Al word daar rondgeloer of iemand nie kyk nie, word daar tog dikwels 'n lekkertjie in sy hand geprop . . . of word hy geroep waar hy op 'n sypaadjie speel om eers gou 'n koeldrankie en 'n gemmerkoekie te kom geniet. En al kyk tant Goggie sy ma veroordelend aan, word Petie tog gereeld geroep wanneer daar koek gebak word . . .

Ongemerk het Petie gedurende die paar weke wat verby is Eloffsdal se kind geword, almal se kind geword. Dit is omtrent net die bankbestuurder se vrou wie se hart nie versag het teenoor die optelkind wat so skielik in hul midde verskyn het nie.

Sy sal die stuipe kry as sy kon weet hoeveel keer haar klein André wegsluip om met die seuntjie met die kaal voete en die deurmekaar kuif te gaan speel. Petie se maer gestaltetjie het 'n bekende een in Eloffsdal se strate geword, soos 'n rondloperbrakkie wat van een straat na die ander dwaal en hom oral tuis maak waar hy 'n glimlag kry. Om hom nou weer op 'n balkonnetjie bo in die besoedelde lug van Johannesburg te gaan inhok . . .

285

As Darius Mocke wéér vanaand amok maak, gaan hy hom vasloop, besluit tant Goggie toe sy die bekende gestalte skielik in haar losieshuisgang sien verskyn. Sy sal summier die polisie bel. Hy hoort agter tralies, dis waar hy hoort. Maar so gaan dit op Eloffsdal. As jy ryk genoeg is, kom jy mos niks oor nie. Nee, dan kan jy maar moor en te kere gaan nes jy wil. Dis soos sy Eloffsdal al die jare ken.

"Ja, meneer Mocke, wat kan ek vir jou doen?"

Darius hou sy gesig ernstig. Haar formele aanspreek-vorm vertel hom presies wat is wat. "Goeiemiddag, me-vrou Koekemoer. Mag ek juffrou Willemse asseblief spreek . . . in die sitkamer, natuurlik?"

"Sy is nie hier nie. Sy het gaan stap."

"Kan tante my sê in watter rigting?"

Tant Goggie se oë blink. Sy gaan 'n lekker hou inkry. "Nie in die gruisgat se rigting nie."

"Tant Goggie . . . op 'n dag gaan tante my net te ver dryf."

"Moenie jy vir my staan en dreig nie, Darius Mocke! Ek het klaar uitgevind – dis teen die wet om te dreig. Ek kan jou laat vang!"

"Hier is ek." Sy het agter hulle in die gang verskyn. "Jy wou my spreek?"

"Ja, maar . . ." Hy blik na die belangstellende ogies wat heen en weer flits. "Nie waar luistervinke is nie. Kan ons 'n entjie gaan ry?"

"Ja, maar . . . Sal tante . . .?"

"Ja, toe maar, ek is gewoond na jou arme bloedjie om-sien terwyl jy met die Mockes rinkink. Ek sal kyk dat hy kos kry en bad. Wat van die arme dingetjie moet word as hy net aan jou genade . . ."

"Kom."

Dis bo-op die koppie waar hulle op Eloffsdal kan afkyk waar hy stilhou. Dis so lank stil dat sy die stilte verbreek.

"Jy wou my spreek oor iets."

286

"Ja. Ek wil weet of jy genoeg het om . . . om die kind na behore te versorg."

Sy hou haar oë stip daar op die gesigseinder waar – vir die eerste keer in 'n baie lang tyd – 'n teken van weerlig is. "Ja."

"Net jou salaris?"

"Nee. Ek het 'n bietjie geërf ook."

"Ek wil jou 'n maandelikse bedrag gee. Ek sal reël . . ."

"Nee dankie. Ek kom reg."

"Ek sal nietemin reël. Jy kan dit dan vir hom spaar as jy nie . . ."

"Petie kan sonder die Mockes se geld klaarkom."

"Jy mag nie toelaat dat jou trots in die pad van 'n kind se toekoms staan nie."

'n Harde lag bars oor haar lippe. "Jý sê dit vir my? Jý?"

Hy frons skerp. "Ek weet nie wat jy bedoel nie. Wat . . .?"

"Nee, jy sal nie weet nie . . . maar as jy kon weet, sou jy besef hoe . . . hoe skreeusnaaks dit is."

"Jy praat onsin. Waarop sinspeel jy?"

"Op niks. Is daar iets anders waaroor jy met my wou praat?"

"Nee. Dit was net oor . . ."

"Petie. Die kind het 'n naam. Dis Petie. Petrus Johannes."

"Dottie . . . Ons dra almal skuld aan gister. Ek ook. Ek weet. Maar ek is bereid om die verantwoordelikheid wat die Mockes teenoor Petie het, op my skouers te neem."

Haar mond smaal bitter. "Hoe grootmoedig tog van jou, Darius Mocke – maar jy word nie gevra nie en sal ook nie toegelaat word nie. Hou jou geld. Ek of Petie sal nie aan daardie geld raak nie, want . . ."

"Want?"

"Dit het reeds genoeg mense vernietig."

"Ek verstaan nie."

"Nie?"

"As jy verwys na Tanja . . . Ek erken my aandeel in die mislukking van ons huwelik. Ek het haar seker destyds verwaarloos toe ek so baie tyd aan die onderneming bestee het. Aan die ander kant . . ."

". . . het jy tog gewerk vir jul toekoms saam, om iets vir julle op te bou. Ja, ek weet."

Hy kyk haar vinnig aan, klink verbaas. "Ja. Dit is so. Ons was bankrot, Dottie. Ons moes van onder af begin en Pa . . ."

"Ek weet, Darius. Ek was nie sarkasties nie. Ek verstaan jou kant van die storie soos ek Tanja se kant verstaan het. En eintlik moes julle nooit getrou het nie. Julle het nooit by mekaar gepas nie."

"Ja. Dit ook. Ek erken . . ."

"Hoekom grawe ons vandag ou koeie uit die sloot?"

Hy steek 'n sigaret op, hou ook een na haar uit. "Ek weet nie. Ek het nie bedoel om my optrede van jare gelede teenoor jou te probeer verontskuldig nie."

"Ek weet." Sy sug saggies. "Is daar nog iets? Dit word laat. Netnou het ons weer die dorp op horings."

"Hoe gaan dit met . . . Tanja?"

Dis 'n oomblik stil. "Goed."

Hy is ook eers 'n oomblik stil. "Sy . . . is versorg?"

"Ja. Ja, sy is goed versorg en dit gaan goed met haar."

Hy knik, buig oor om die motor aan te skakel, en sy kyk hom aan. "Gaan jy my nie vra om nooit weer my voete op Eloffsdal te sit nie?"

Hy kyk haar vas in die oë. "Is dit nodig?"

"Nee. Nee, dis nie nodig nie. Eloffsdal sal my . . . en Petie nooit weer sien nie. Die Mockes van Eloffsdal ook nie. Dis 'n belofte."

Voordat sy voor die losieshuis uitklim, klink sy stem weer op. "Jy weet waar om my te kry as jy . . . as Petie my mag nodig kry in die toekoms."

"Ja, maar ek sal bid dat dit nooit nodig sal wees nie. Tot siens, Darius."

"Tot siens, Dottie."

Dit gaan besonder goed die eerste veertien dae van hul vakansie. Louis is weer die Louis wat sy die eerste keer in die Kaap leer ken het. Dis met die aanvang van die derde week dat hy weer begin drink. Santie voel asof haar hart in haar omslaan.

Hy is reeds besig met sy vyfde drankie toe sy meteens vorentoe tree en dit uit sy hand neem.

"Kan ons dit nie liewer uitpraat nie, Louis?"

Hy kyk haar eers verbaas, dan vererg aan. Sy het reeds gebad en is gereed vir die nag, maar Louis lyk nog geensins van plan om hom te begin uittrek waar hy skuins op die een bed na die televisieprogram lê en kyk nie.

"Wat bedoel jy? En gee my drankie . . ."

"Nee." Sy sit dit bo-op die televisiestel neer, draai beslis na hom terug. "Jy het al probeer om dit weg te drink, en dit het nie gehelp nie."

"Ek weet nie waarvan jy praat nie."

"Ek praat van die ding wat jou na drank laat gryp, Louis. Wat wil jy probeer vergeet?"

"Santie, moenie . . ."

Sy staan bleek en gespanne maar beslis voor hom. "Nee, Louis. Dis jy wat nie moet weghardloop nie. Ons lewe lê voor ons. Ons moet liewer nou vasstel presies waar ons met mekaar en ons huwelik staan. Dis nie 'n alledaagse probleem wat jy probeer wegdrink nie, nè? Dis Dottie . . ."

"Ek weier om oor Dottie te praat!"

"Omdat jy nog vir haar lief is, Louis?" Sy glimlag, skud haar kop, kyk hom met deernis aan. "Ek weet jy is nog lief vir haar, soos sy vir jou ook nog lief is."

Sy gryp die drankie voor sy hand weg. "Nee, Louis. Laat ons hierdie ding nugter benader. Jy hoef nie so skuldig te lyk nie. Ek is nie vir jou kwaad nie. 'n Mens kan nie help as jy vir iemand lief is nie. Dis daar . . . en jy kan niks daaraan doen nie."

Hy kyk haar verbaas aan. "Bedoel jy wat jy sê?"

"Ja. En so min as wat 'n mens kan keer vir die liefde, so min kan jy jouself dwing om iemand lief te hê."

Man en vrou se oë ontmoet 'n lang oomblik in stilte. "Wat wil jy eintlik vir my sê, Santie?"

"Dat jy nie nodig het om jou verlange na Dottie te probeer wegdrink nie, Louis. Jy kan na haar toe gaan . . . met my seënbede."

Hy kyk haar verbysterd aan. "Jy bedoel . . . jy sal my . . .?"

"Ja. Daar is vir my geen sin daarin om voort te gaan met 'n huwelik wat nie kan werk nie – nie terwyl daar 'n ander suksesvolle huweliksband gesmee kan word nie. Ek glo jy en Dottie sal baie gelukkig saam wees."

Sy glimlag weer en hou nou sy drankie na hom uit, maar hy skud sy kop en gaan sit weer op die bed, en sy sit die glas weer op die televisiestel neer. Dan gaan sit sy oorkant hom op die ander bed.

"En nie een van julle twee hoef skuldig oor my te voel nie. Ek was net verlief, Louis. Ek het jou nie regtig lief nie. Ek is jammer . . ."

"Santie!" Hy gryp haar hande vas. "Is dit waar wat jy sê? Jy is so 'n goeie mens. Jy sê nie sommer net . . ."

"Nee." Sy lag in sy gesig op. "Só goed is ek regtig nie. Jy ís lief vir Dottie, is jy nie, my man?"

Dan knik hy, erken hy dit, en sy sien Louis Mocke vir die eerste keer regtig verleë. "Ja, Santie. Ek het daarteen probeer stry . . ."

"Ek weet." Sy gee sy hand 'n drukkie.

"Maar veral toe ek haar weer gesien het . . . Ek het vir myself gesê ek is van my sinne af, ek het 'n goeie vrou. Jy . . . jy was nog altyd 'n goeie vrou, Santie. Te goed . . . te goed vir my. En sy het nog 'n kind ook . . . en ek wéét dit is nie my kind nie, maar . . . dit het nie saak gemaak nie." Hy glimlag vir haar, lyk half verbysterd. "Jy sê . . .?"

"Ek sê!" Sy knik en glimlag terug. "Ek hoop . . . nee, ek weet julle sal baie gelukkig wees. Ek weet dit nou. Dottie Willemse is die vrou vir jou. Ek kan dit nooit vir jou wees nie."

Dottie, my liewe vriendin, Louis het die groot toets geslaag. Hy het bo-oor 'n ander man se kind na jou toe geklim. Hy het jou waarlik lief. Dit refrein soos 'n jubeling in Santie se hart.

"Maar sy is teen hierdie tyd al weg van Eloffsdal af. Waar gaan ek haar in die hande kry?"

"Dis maklik. Deur die bank."

"Dis waar, ja." Hy lag weer. "Dis of my verstand nie wil dink nie! Maar daar is nog Darius . . ."

"Laat hom aan my oor."

"Hy sal Dottie nooit aanvaar nie. Nie dat ek my daardeur sal laat keer nie . . ."

"Nee, Louis, nee. Begin hierdie keer reg. As 'n huwelik verkeerd begin, is dit baie moeilik om hom reg te hou. Laat jou begin reg wees. Laat Darius aan my oor."

"Maar hoe . . .?"

Sy vou haar hande. "Ons begin by die begin. Eerstens het ons nie nodig om langer vakansie te hou nie. Ek dink Darius het dit agter in sy kop gehad dat dit ons wittebrood dié sou wees, en aangesien ons nie wil wittebrood hou nie . . ."

Louis skud sy kop, lyk weer verleë. "Dit klink so vreeslik! Dit voel nou amper vir my dis onbehoorlik dat ek by jou in die kamer slaap!"

Sy lag ook ietwat selfbewus. Sy verstaan. Sy voel ook amper so. Dis skielik kompleet vir haar of sy net met 'n goeie vriend 'n kamer vir die nag deel!

"Niks keer ons om terug te gaan nie. Intussen kan ons

Dottie opspoor en . . . die egskeiding aanhangig maak." Sy swyg. Vir haar was die woord egskeiding nog altyd soos 'n vloekwoord. En nou gebruik sy dit so maklik en in verband met haarself! Wat dit nog erger maak, is dat sy so kalm van haar eie egskeiding praat, en dit ná net 'n paar maande se getroude lewe!

Sy glimlag nou ietwat meewarig teenoor haarself. Hoe maklik oordeel die mens tog! Ook sy. In die verlede het daar nog altyd vir haar 'n soort stigma gekleef aan 'n geskeide persoon. Hier agter in haar kop het sy geglo dat daar êrens fout met so iemand is. En nou gaan sy self skei, self 'n geskeide vrou wees, en sy is nog so jonk. En sy weet dis nie van slegtigheid nie, ook nie omdat sy 'n slegte man gekry het nie. Die feit is net dat twee jong mense oorhaastig gaan trou en later besef het dit was 'n fout – hulle pas nie by mekaar nie. Hulle het mekaar ook nie regtig lief nie. Daar is geen sin in om die pad dan saam te probeer loop nie, want in dié proses sal hulle mekaar eerder vernietig as opbou. En terwyl daar nog nie 'n kind is nie . . .

Sy móés op daardie matjie gly en val, en die lewe in haar verloor. Vandag, vanaand, besef sy eers dit wat haar grootste smart tot hiertoe was, dit waaroor sy bitter trane van hartseer en opstand gehuil het, was eintlik groot genade, want Hy het geweet wat vorentoe wag . . . en sy nie.

"Santie! Kyk! Hoor daar!"

Sy kyk vinnig na die televisieskerm, en asof versteen luister hulle na wat die nuusleser sê. Eloffsdal is so te sê weggevee deur 'n watermassa! Talle het verdrink. Talle word nog vermis. Die hele dorp is amper gelykgemaak met die grond of onder berge slik begrawe. Daar is geen telefoonverbinding met die dorp of distrik nie. Familie en vriende van die inwoners van Eloffsdal word vriendelik gevra om nie na die dorp toe te stroom nie, want padverbindings is in 'n haglike toestand. Niemand behalwe Eloffsdallers sal na dié gebied deurgelaat word nie. Flitsberigte sal van tyd tot tyd uitgesaai word sodra meer inligting deursypel. 'n Noodtoestand is afgekondig.

9

Terwyl Santie oorhaastig ingepak het, het Louis hul rekening gaan betaal en na die buurdorp se polisiekantoor probeer deurkom. Tevergeefs. Die telefoonverbinding daarheen was natuurlik, sedert die ramp Eloffsdal getref het, hopeloos oorlaai.

Vir albei is dit asof die vinnige sportmotor in hierdie nag oor die kilometers kruip. Die nag is ekstra swart en die nagure ekstra lank. Die motorradio speel pal, en elke dan en wan kom daar 'n flitsberig: helikopters van die weermag het al 'n paar mense opgepik waar hulle op eilande vasgekeer was. Eilande . . . Eilande in 'n wêreld wat sy as bar en droog onthou . . . 'n Paar lyke is gevind, vasgespoel teen drade en verstrengel in takke. Ander is onder slik uitgegrawe . . . Dan snel die motor weer voort. Daar volg nog 'n flitsberig. Net die fondamente van die ouetehuis staan nog.

"Santie . . ."

Wat kan hy meer doen as om sy een hand van die stuurwiel af te neem en net oor hare te lê. Daar is niks om te sê nie.

"Tant Alie . . . Louis, dit kan mos nie wees nie? Waar . . .? Hulle is seker betyds verwyder . . . die ou mense . . ."

"Ja, natuurlik." Maar sy hart krimp. Daar was nie tyd of waarskuwing vir Eloffsdal nie. Die nuus wat reeds deurgesypel het, vertel die verhaal van 'n dorp wat onverhoeds deur 'n watermonster oorval is.

Nee, dink Santie, tant Alie is natuurlik veilig. Darius sou haar onthou en gaan haal het. Hy sou haar na hom toe geneem het, en daar bo teen die bult sou hulle heeltemal veilig wees. Natuurlik.

En langs haar sit Louis met vingers wit oor die stuurwiel gespan terwyl hy vinnig ry. Die losieshuis lê baie laag, gelyk met die brug. Maar sy het mos 'n motortjie . . . Sy kon seker wegkom, die bult uit, sy en haar kind . . .

Hy voel 'n hand op sy been en weer knel sy vingers styf inmekaar. "Louis, Dottie . . . en klein Petie . . ."

"Ek weet, maar haar motortjie staan mos altyd voor die losieshuis in die straat. Hulle kon net uithardloop en inspring. Hulle is . . . ek is seker hulle is veilig."

"Ja. Ja, natuurlik. En . . . en sy sou vir tant Goggie ook saamgeneem het."

"Ja, natuurlik."

Stilte . . . en vrolike musiek oor die radio . . . en gedagtes wat jou wil mal maak. Wie is dit dan wat verdrink het as dit nie een van hul dierbares was nie? Hoekom sou húl dierbares betyds veiligheid kon bereik het en nie ander s'n nie? Wie se lyke is al gekry? En wie is nog vermis?

'n Padblokkade voor hulle. "Jammer, meneer, jy kan nie verder hier nie. Niemand word deurgelaat . . . Louis! O, dis jy? Jong, dis 'n vreeslike ding wat hier gebeur het."

"Kan ek deurgaan?"

"Ja. Ja, natuurlik, maar ry baie versigtig. Die pad is hopeloos. Dis vreeslik, Louis, jong . . ."

Dis toe hulle oor die bult kom met die eerste daglig teen die vaal rantjies voor hulle, dat hy die rem vasskop. Hulle kan net sit . . . en kyk . . . en kyk . . .

Hulle gryp mekaar se hande vas.

"Liewe . . .! Hier is dan . . . dan . . . omtrent niks van die dorp oor nie!"

"Louis . . . O, Louis . . . Dis nie . . . dit kan nie waar wees nie! Hier is dan nie meer 'n Eloffsdal nie! Ry! Ry!"

Hy trek weer weg, hul oë verdwaas starend, dwalend om hulle, voor hulle . . . Hulle soek . . . soek na bekende bakens . . . en daar is niks . . . niks . . . behalwe nat aarde en modder . . .

Dan skop hy weer die rem vas, is terselfdertyd uit die motor en Santie sien hoe hulle na mekaar toe hardloop, hoe hy haar vasgryp teen hom, hoor hoe sy gil en skree.

"Louis! Louis! My kind is weg! Hy is weg! Ek kry hom nêrens nie! Ag, Here, help my! Help asseblief! Petie . . . Ek weet nie waar Petie is nie! Louis, help my! Help my om na hom te soek!"

"Dottie . . ."

Dan gryp sy Santie vas. "Hy is weg, Santie! Ek kon hom nie kry nie! Tant Goggie het my vasgehou! Sy wou my nie na my kind laat soek nie! Hy is weg . . . weg . . ."

"Toe nou maar. Toe nou maar . . ." Sy kyk op teen die bult en haar hart voel swak van dankbaarheid in haar. Die huis teen die bult staan nog.

"O, julle het gekom. O, mense, dis 'n vreeslikheid! O, die liewe Heer weet alleen! Hierdie vrou moes ons vashou. Sy wou in die stroom inspring. Hy's weg. Seker soos al die ander . . . en Darius ook . . ."

"Darius!"

"Ja. Hy is ook nie hier nie. Hy is laas gesien by die brug . . . hy en ou Jopie . . . ook weg . . . net weg . . . en die hele ou spul van die ouetehuis ook . . . Net ses is betyds weggeneem, in die matrone se ou karretjie . . . en toe hulle wou teruggaan om die ander te gaan haal, toe was daar nie meer 'n ouetehuis nie . . . net die fondamente . . . 'Die regverdiges het saam met die onregverdiges omgekom.' "

"Tant Goggie sê . . . die ou mense van die ouetehuis het wegge . . . wegge . . ." Haar blik skiet op na Dottie se gesig. "My tant Alie . . . is sy . . . een van die ses wat gered is? Weet jy, Dottie, of . . .?"

"Nee, Santie. Sy was van dié wat agtergebly het. Sy het glo vir die ander gesê hulle kon maar eers almal gaan, sy was nie bekommerd nie, die Here sal vir haar sorg."

"Toe spoel sy weg." Santie skud haar kop heen en weer. Geen menslike verstand kan so iets binne 'n paar minute verwerk nie. Tant Alie, en hout, en pleister, en sement en dakteëls . . . Tant Alie het in kolkende bruin stormwater verdrink . . . of versmoor onder dik, taai slik – háár tant Alie . . . en sy weet nie eens waar om na haar te gaan soek, waar om te begin soek nie . . .

En Darius is ook weg . . . Laas by die brug gesien – die lang, wit brug wat vir haar aan die begin so onnodig groot en lank oor so 'n smal, droë sandslootjie gelyk het; die brug wat verspot klein en nietig gelyk het teen die hemelhoë wal van water wat op hom afgedruis het. Sy draai in die rondte soos 'n skaap wat domsiek maal. Daar is nie meer 'n straat waar tant Goggie se losieshuis gestaan het nie. Daar is geen strate meer nie . . . Nêrens is daar 'n losieshuis te sien of 'n winkel, of 'n kafee of . . . Daar is niks . . . niks waar die dorp se sakesentrum eers was nie. Waar gelyktes was, is skielik bulte en hoogtes, staan sy bo-op 'n huis se dak . . . Here, is dit 'n nagmerrie? Dit kán mos nie werklikheid wees nie!

Verslae, stil, stom doen hulle wat hul hand vind om te doen. Die oues van dae en die kinders wat van Eloffsdal oorgebly het, word opgeneem na Darius Mocke se huis teen die bult waar 'n geskokte en huilende Bet hulle saam met Santie en Dottie versorg en huisves. Louis gooi skouer aan die wiel saam met die oorblywende mans en die weermagmanne om dinge te begin organiseer. En hulle begin grawe . . . soek . . . Die helikopters bring elke dag voorrade, menslike hulp, gereddes vanaf koppies en afgesnyde plase, vasgekeerdes tussen riviere wat ver buite hul grense strek.

Ella en haar twee kleintjies word ook afgelaai, gered vanaf hul plaas waar hulle vier dae lank vasgekeer gesit het.

"Louis! Louis, waar is Awie? Hy was daardie dag dorp

toe. Hy was hier, want hy het my nog uit die dorp gebel om te hoor van iets op die kruidenierslysie wat ek hom gegee het. Waar . . .?"

"Hy is nie hier nie, Ella . . ."

"Nie . . .? Louis . . ."

Hy kan haar maar net teen hom vastrek en saam met haar huil. Sy ou maat . . .

Santie neem haar hand en druk haar innig teen haar vas terwyl Dottie stil die twee kleintjies by haar oorneem.

"Hy was nog nooit weer dorp toe nie, Santie. En hy het omtrent niks by die huis gedrink nie. Hy het gesê hy het tot inkeer gekom, dat dit dwaas is om jou lewe só met drank te verwoes. Hy was dierbaar daardie veertien dae. En toe . . . toe raak daar goedjies in die huis op en ek . . . ék het vir hom gesê hy moet ingaan om dit te kry. Ek en die kinders het gebly, want die kleintjie was effens knieserig.

"Maar voordat hy gery het, het hy nog so voor my kom staan en gesê: 'Ella, jy hoef nie bang te wees dat ek by die kroeg sal aangaan nie. Ek kom reguit huis toe. Toets my vandag. As ek nie dadelik terugkom nie, hoef jy nooit weer vir my of in my te glo nie.' En toe is hy weg . . ."

Santie kan maar net haar hande styf in hare vashou . . . en luister terwyl 'n oorvol hart oorloop. "Ons het nie 'n watwonderse lewe saam gehad nie. Ons het baie gebaklei en ons was nie baie gelukkig nie. Maar . . . as die Here ons hierdie kans gegee het . . . Ek glo Awie het regtig bedoel om te verander. En al het ons ook hoe saamgelewe, was hy my man . . . en die pa van my twee kinders . . . O, Santie, ek weet nie hoe ek sonder Awie gaan lewe nie! Die baie kere wat hy so weggebly het van die huis af, soms 'n hele nag . . . maar ek het altyd geweet hy sou weer die een of ander tyd terugkom . . . Maar nou . . . Hy gaan nooit weer terugkom nie, Santie, nooit weer nie!"

Gaan Darius ook nooit weer terugkom nie? Elke heli-kopter wat dreun, bring die hoop . . . en laat dit vir die duisendste keer weer sterf . . . As 'n mens net kon weet . . .

En dan kan smart ook bitter maak . . . en wreed . . .

"As jóú kind my kind nie altyd van die huis af weggelok het nie, sou hy vandag nog gelewe het!"

"Mevrou Beyers . . ."

"Nee, moenie my stilmaak nie! Dit is die waarheid! Dit is vandat hierdie vrou met haar optelkind op Eloffsdal aangekom het dat alles op die dorp begin skeefloop het . . ."

"Hou jou mond, Rita Beyers. Jy praat deur jou nek. Was dit klein Petie wat die reën laat val het?" Tant Goggie se oë blits.

"Nee, maar . . ."

"Vrou! Vrou, hy lewe! Chris Morkel van Witaar het hom nou hier aangebring! Ons Andrétjie lewe! Kyk!"

Bart Beyers gee op hierdie oomblik nie om dat almal sien hoe die trane oor sy wange stroom nie. Sy kind lewe! Dis al wat belangrik is.

Stotterend van dankbaarheid vertel hy die storie terwyl Rita Beyers haar enigste kind styf vashou.

"André vertel hy en hierdie vrou se seuntjie . . ."

"Dottie!"

". . . het saamgespeel en toe was daar skielik net water om hulle. Hulle het teen 'n boom vasgedryf en aan 'n tak vasgeklou. Toe begin die tak afskeur, en die ander seuntjie skree toe vir hom hulle is te swaar vir die een tak, maar hy kan swem en sal los . . . Juffrou . . . Ek is jammer . . . Jou seuntjie het my kind se lewe gered. As hy nie gelos het nie, sou die tak seker afgeskeur en hulle albei verdrink het. Die kleintjie het natuurlik nie besef hoe sterk die water se trek was nie . . ."

Santie sit haar arm om Dottie se skouers. "Kom. Gaan lê eers 'n bietjie. Ek bring vir jou tee. Sal jy ook tee drink, meneer Beyers?"

"Ja, dankie." Hy vertel verder aan sy vrou: "Hulle was aan die oorkant van die sloot, en Chris Morkel het hom twee dae gelede daar in die boom gekry, huis toe geneem, maar kon eers vandag deurkom tot hier. O, ek kan die Here nie genoeg dank nie. . ."

"Ja. Maar wat van klein Petie?" Tant Goggie se oë rus kliphard op die hurkende vrou by haar kind. "Die liewe Heer het groot huis skoongemaak onder ons, maar ek verstaan nie heeltemal sy manier van doen nie. Daar is baie goeies wat uitgevee is . . . en baie slegtes het agtergebly."

"Tant Goggie . . ."

"Nee wag, dis nou weer my beurt. En toe red die optelkind jóú kind se lewe! Ja, Rita Beyers, só sluk 'n mens jou eie woorde swaar terug. Mag jy wurre aan joune . . ."

"Tant Goggie! Dis nou genoeg! Kom help my asseblief hier."

"Ja, maar, Santietjie, ou Petietjie . . . Ek sien hom nog met sy ou maer beentjies en vuil gesiggie . . . nes 'n ou rondloperbrakkie . . . Ag, foei tog, ek mis hom só . . ."

Santie sluk swaar. "Ek weet, tante. Ons sal hom almal mis." Sy kyk na die seuntjie wat steeds styf teen Rita Beyers se bors vasgehou word. "Maar ons sal hom nooit vergeet nie. Kom. Gaan sit asseblief so 'n bietjie by Dottie terwyl ek tee maak."

"Hier kom weer 'n helikopter. Dit kom sit sommer hier voor die huis . . ."

Almal storm na buite, ook Dottie wat uit die kamer bars. Miskien . . . Ag, liewe Heer, miskien was daar nog 'n tak verder aan in die stroom waaraan ou Petietjie kon vashou . . . Miskien . . . dink Santie biddend terwyl hulle in ongeduld moet staan en wag dat die weermaghelikopter land, miskien, liewe Heer, is dit nou Darius wat terugkom . . .

Agter haar staan Ella met haar twee kindertjies aan die

hand, en dis asof haar oë 'n gat in daardie helikopter wil kyk. Liewe Heer, miskien . . . miskien is dit Awie wat tog iewers lewend uitgespoel het en nou opgepik is . . .

Dan gaan die deur oop en 'n man klim uit.

Hy is onherkenbaar van modder en slik van kop tot tone. Santie se hart klop vinniger. Daardie groot gestalte . . .

Hy hou 'n ewe besmeerde gestaltetjie in sy arms vas, staan net daar en wieg op sy bene asof die ligte vraggie wat hy voor hom vashou te swaar vir hom is.

Santie hoor 'n vrou gil.

"Petie! Dis Petie!"

Dottie val teen die besmeerde gestalte vas, en Louis moet vinnig nader tree om sy broer te steun.

"Petie!"

"Hy is dood, Dottie." Sy stem is stil, swaar. "Ek het hom in die veld opgetel. Hy was . . . dood . . ."

Santie staar na die toneeltjie voor haar deur 'n mis van trane en 'n bors wat pyn van ingehoue snikke. Sonder dat hulle dit weet, vat sy en Ella hande. Die twee Mocke-broers in 'n sirkel saam met Dottie Willemse, hul arms weerskante om haar . . . en klein Petie in die middel . . .

Dan val Dottie met kind en al in Louis se arms, en Santie en Ella haas vorentoe.

"Santie . . ."

Hy gryp haar teen hom vas en haar gesig druk in die taai modder teen sy bors vas.

"Darius . . . Jy is terug . . . Ag dankie, Here!"

Sy arms maak haar seer, maar sy hou aan hom vas, besef nie dat haar vingernaels strepe oor sy modderbeplakte rug trek nie.

Ella haak aan die ander kant by hom in, en die twee vroue lei hom die huis in na die badkamer.

"Ek sal dat Louis jou kom help."

Hy gaan sit op die bad se rand, trek iets uit sy broeksak.

Dit lyk soos 'n vuil stuk lap. Maar daar is 'n patroontjie op . . . 'n patroontjie wat Santie onmiddellik eien . . . en die bloed stol in haar are. Tant Alie was so lief vir hierdie rokkie van haar . . .

"Is dit . . . al?"

Hy knik net. Ja. Die res was nêrens te sien nie. Net die stukkie lap wat aan 'n bos vasgesit het . . . Dit was al wat hy kon huis toe bring.

Santie draai vinnig om, en Ella kyk pleitend in die man se rooi oë. "Jy het nie . . . jy het nie dalk . . . dalk vir . . .?"

Weer skud hy sy kop. "Nee. Net . . . jou naam was in die modder geskryf."

"My naam?"

"Ja. ELLA. Dit was in die modder geskryf . . . maar van hom kon ek niks sien nie. Die stroom . . . die stroom moes hom weer gevat het. Hy het miskien probeer om op 'n plek deur te kom en toe . . ."

Hande neem Ella weg en Louis stap haastig binne. Twee broers se oë ontmoet, en dan gooi die jonger een sy arms om die besmeerde gestalte.

"Ek is so dankbaar jy is terug, ouboet. Kom. Kom ons kry jou skoon, en dan gaan eet en rus jy."

Klein Petie word bo-op die hoogste kop begrawe wat op die verwoesting onder afkyk.

"Daar waar dit ruim en oop is. Hy sal nie daar geknel voel nie," het Dottie gesê. By die graf was dit vir niemand snaaks dat dit Louis Mocke was wat Dottie ondersteun het nie. En dit was Darius se sterk arms wat tant Goggie ondersteun het . . . 'n tant Goggie wat oor die rondloper-brakkie gehuil het asof dit haar eie kleinkind is wat sy in die deurweekte Karoo-aarde moes weglê.

Almal wat nog lewend is op Eloffsdal is om die graf geskaar, waar die diens ook gehou word, want die kerk kon nog nie skoon- en reggemaak word nie. Maar dit is nie dominee Brand wat die diens hou nie. Die herder het saam met die groot deel van sy kudde gegaan. Maar die vreemde predikant het gehoor en sy versie ooreenkomstig gevind: *Niemand het groter liefde as hy wat sy lewe vir sy naaste gee nie.*

Die Beyerse is ook hier – al drie. Dis André wat die groot, duur krans aan Dottie oorhandig, en dis Dottie wat self sê dat daardie krans bo-op die kissie saam met Petie na onder moet gaan.

En dis eers by die geopende graf waar 'n klein, wit kissie ondertoe sak, dat Rita Beyers werklik besef wat gebeur het. Hier langs haar staan haar kind, lewend en gesond. Dis die ander vrou s'n wat afsak in die skoot van die aarde . . . vir altyd . . .

"Sal jy my asseblief vergewe? Asseblief? Ek smeek jou!"

En vir Eloffsdal wat in hierdie dae al soveel drama beleef het, so deurdrenk van smart, maar ook grootsheid daarin ervaar het, is dit weer nie vreemd om te sien hoe die bankbestuurder se vrou en Dottie Willemse mekaar omhels en saamhuil nie, want in die teenwoordigheid van soveel grootsheid wat in so 'n klein, maer gestaltetjie vasgelê was, kan daar nie plek vir kleinlikheid wees nie.

Bart Beyers sluk ook swaar en sê dan: "Die hoofkantoor het laat weet dat jy 'n maand betaalde verlof kry, juffrou Willemse. Moet dus nie bekommerd wees dat jy oor 'n week al in Johannesburg moet begin nie."

"Baie dankie, meneer Beyers. Ek . . . is dankbaar. Ek sou nie nou so gou van Eloffsdal wou weggaan nie. Ek . . . sal graag nog hier wil help . . ."

"Ja. Jy was 'n groot steunpilaar in hierdie dae. Ons is almal dankbaar daarvoor."

In die dae wat volg, werk mense sy aan sy met diegene wat hulle in die verlede skaars wou raaksien. Saamgebind deur een ramp en een groot smart word die Eloffsdallers geleer om mekaar se hande te neem, mekaar te dra, leer die Eloffsdallers die groot les van afhanklikheid van mekaar, besef hulle dat hulle net deur saamstaan en saamtreur hierdie verskriklike tragedie wat hulle getref het, sal kan verwerk.

Te midde van soveel smart en gebroke harte om hulle, word persoonlike gevoelens op die agtergrond geskuif. Daar is eers die dood van dierbares en vriende wat verwerk moet word voordat daar aan die lewe vorentoe aandag gegee kan word.

Min van Eloffsdal dink – of laat hulself toe om te dink – aan die dag van môre. Hulle leer om van dag tot dag te lewe, want, soos die Boek sê, elke dag het in hierdie dae genoeg aan sy eie kwaad.

Elke dag bring sy eie probleme en smart mee. Elke dag word daar lyke uit die berge van slik opgediep deur die groot stootskrapers. Elke dag kom daar doodgewaandes op Eloffsdal aan wat op wonderbaarlike wyse aan die dood ontkom het. Elke dag is daar tydings van lyke, herkenbaar én onherkenbaar, wat op die woeste pad van die stormwater na die see uitspoel en vasspoel. Elke dag is daar net genoeg genade vir daardie dag.

Ook Santie en Louis besef dis nie nou die tyd om oor egskeidings te praat nie. Nou is die tyd om te doen wat jou hand vind om te doen. En, ironies, juis in hierdie dae en onder hierdie omstandighede leer mense mekaar eers werklik ken. Nou eers, onder moeilike omstandighede en met smart en dood as daaglikse metgesel, begin die harte van die Eloffsdallers tot mekaar spreek.

Met stil oë sien Santie dit daagliks om haar gebeur, ondervind sy soos die ander Eloffsdallers dat die band van samehorigheid daagliks sterker word, sien sy mooi vriendskappe ontluik, ook tussen mense wat eens as vyande van mekaar bestempel kon word, ook tussen Darius en Dottie.

303

Darius word die groot steunpilaar van die Eloffsdallers in hierdie dae. Oud en jonk kom na hom vir raad en hulp. En langs hom, sy aan sy, staan 'n tweede steunpilaar – Dottie Willemse. "Vra vir Dottie . . ." is woorde wat baie gehoor word.

Maar ook Santie self, en Louis, word mense op wie Eloffsdal staatmaak. Een van die Mocke-broers is maar altyd byderhand. En Santie en Dottie is twee engele wat van die een tent na die ander gaan in die tentedorp wat skielik op die vaal koppie verrys het.

Stadig, smartvol, begin die lewe weer patroon aanneem.

Eindelik kan daar weer aan die toekoms gedink word, moet daar weer oor die dag van môre besin word.

Die groot vraag begin vir menigeen eindelik vaste gestalte aanneem: Hoe nou vir die pad vorentoe?

Die stootskrapers het reeds opgehou met die tevergeefse taak om al die huise oop te grawe, en die berge slik weg te voer. Hulle wat nog daaronder lê, word liefs daar gelaat. Teen hierdie tyd sal hulle al met die stof van die aarde verenig wees. En hulle wat vermis is . . . Die riviere het reeds afgeloop. Niemand sal nou meer êrens vasgekeer sit nie. Hulle wat nie teruggekom het nie, sal nooit weer terugkom nie.

"Het jy al gedink . . . wat jy gaan doen, Ella?" vra Santie.

"Nee. Ek weet ek moet begin dink. Ek sal nie op die plaas bly nie. Maar ek kan ook nie dink ek moet dit verkoop nie. Awie . . . was geheg aan sy stukkie aarde. Miskien moet ek dit net verhuur. Ek weet ook nie. Ek het net twee dogters. Daar sal nie 'n seun wees wat eendag kan teruggaan nie." Sy kyk op haar beurt na Santie. "Wat gaan julle doen? En Darius?"

"Ons het nog nie gepraat nie. Ek dink Louis sal werk vir hom gaan soek. Darius . . . Hy is só deel van Eloffsdal . . . Ek kan my nie Eloffsdal sonder hom voorstel nie."

"Ja, dis waar. Ek hoop hy sien sy weg oop om hier te bly. Maar dis net sy motorhawe wat staan. Hy sal van voor af moet begin."

"Hy sal. Hy het dit een keer tevore gedoen. Darius kan dit weer doen."

Hy het haar die koppie sien uitstap met die roosknop wat sy in sy tuin gepluk het. Hy volg haar op 'n afstand, gee haar genoeg tyd by die graffie voordat hy nader kom en sy hom gewaar.

Sy staan op, en hy kom langs haar staan. Saam kyk hulle oor die nou vreemde toneel voor hulle af.

"Ek kan maar net nie daaraan gewoond raak nie. Ek kan maar net nie glo dat ek nooit weer vir Eloffsdal so sal sien soos ek hom al die jare geken het nie," sê Darius.

Dottie knik. "Ja. Wanneer ek weg is, weet ek, sal ek die óú Eloffsdal voor my sien wanneer ek terugdink; nie hierdie ene nie."

Hy kyk skuins na haar, dan af na die enkele roosknop in die vasie voor hul voete. "Móét jy weggaan?" Sy kyk vraend op, en hy lig sy oë. "Sy graffie is hier."

"Ja, maar . . . 'n mens kan nie met die dooies saamlewe nie. 'n Mens moet aanstap teen wil en dank."

"Dit is so. Maar dis makliker . . . as jy iemand aan jou sy het." Haar blik rus nou vol op hom terwyl syne oor die ver-woesting voor hulle dwaal. "Ek moet ook weer begin, maar . . . dis of ek hierdie keer nie weer soveel moed het nie."

"Jy mag nie so praat nie, Darius. Jy was nog altyd sterk. Jy moet die voorbeeld stel, die slap hande van Eloffsdal inspireer om weer te begin opbou. As jý so praat . . ."

"Ek is net 'n mens, Dottie. Ek moes al een keer tevore van voor af begin. Ek het hard gewerk . . . baie hard en . . . in die proses baie gewen, maar ook baie verloor. Ek sal weer baie hard moet werk, maar ek sien nie kans om dit weer alleen te doen nie. Ek moet iemand aan my sy hê, iemand wat saam met my sal werk, iemand wat sal verstaan dat ek hard moet werk. Sal jy met my trou?"

"Wat?" Haar oë verstar.

Hy kyk anderpad. "Jy verstaan. Toe ons een keer tevore op hierdie selfde koppie gesit het, het jy laat blyk jy is 'n vrou wat sal verstaan as haar man nie so baie tyd aan haar kan afstaan nie omdat hy vir die toekoms werk. Jy is alleen, gaan bitter alleen in Johannesburg wees, en ek . . . gaan bitter alleen wees op die murasie van Eloffsdal. Louis en Santie sal seker weggaan. Hy sal moet gaan werk soek, want daar is van sy erfporsie niks oor nie. Hoe deel 'n mens 'n halwe motorhawe?"

En skielik blink Dottie se oë, rus hulle vol deernis op hierdie groot, sterk man wat vandag tog tekens van swakheid en moedeloosheid toon, tekens dat hy ook van 'n ander afhanklik kan wees vir die nodige moed en dryfkrag om uit niks weer iets te bou.

"Darius, jy sal regkom. 'n Mens trou nie maar net sommer . . ."

"Dottie, ons hoef nie vir mekaar dinge voor te gee wat nie so is nie. Maar ons is twee grootmense vandag. Ons is die afgelope tyd deur baie dinge saam. Ek . . . ek het geleer om jou te respekteer, selfs te bewonder. My oordeel van jou was verkeerd. Ek vra om verskoning. En ek vra jou om met my te trou. Dis nie nodig om gou te besluit nie. Die tyd het al so lank nou vir Eloffsdal en ons almal gaan stilstaan. Daar is geen haas nie. Ek kan wag."

Verslae sak haar blik af na die graffie aan haar voete toe hy vinnig die koppie begin afloop. Darius Mocke het vir haar, vir Dottie Willemse, gevra om met hom te trou!

En daar onder in die dorp kyk man en vrou, nou al hoe lank net in naam man en vrou, mekaar in die oë.

"Ons sal aan die toekoms moet begin aandag gee, Santie. Ek moet weggaan. Ek moet gaan werk soek. En ons twee . . ."

"Ja. Ons sal dinge na 'n punt moet bring. Die lewe moet voortgaan. Maar ek wil eers met Dottie praat."

Hy knik. "Ek sal bly wees as jy dit sal doen. Ek wou nog nie so kort ná Petie se dood nie. Dottie weet ek het haar lief. Dis nie nodig dat ek dit weer vir haar moet sê nie. Vertel jy haar dat ons gaan skei."

10

Die twee vroue wat, veral in hierdie dae, boesemvriendinne geword het, is op pad die bult uit vanaf die tentedorp nadat hulle en tant Goggie hul deel in die groot, gesamentlike kombuis gedoen het.

"Jy lyk baie diep ingedagte," sê Santie.

"Ja, ek is. My gedagtes dwaal ver vanaand." Dottie glimlag skeef, kyk op na die huis teen die bult. "Die weë van die Here is wonderlik, Santie; só wonderlik dat die mens se verstand dit nooit sal kan verstaan nie."

"Wat laat jou dit vanaand sê, my liewe vriendin?"

Dottie gaan staan. "Ek dink nie jy sal my glo as ek jou vertel nie. Ek kan dit self nog nie glo dat ek hom reg gehoor het nie. Maar hy het dit tog twee keer gevra."

"Wie is hy, en wat het hy gevra?"

"Darius . . . Darius het my gevra om met hom te trou."

Santie kom tot stilstand, kan die ander vrou net stom staan en aankyk. Darius het . . . Darius het vir Dottie gevra om met hom te trou! Dottie sien die absolute verbystering in die ander se oë, lag effens en knik.

"Ek weet. Ek kon ook nie my eie ore glo nie. Maar . . . noudat dit tog begin registreer het by my, is dit tog nie so vreeslik snaaks of vreemd nie. Ek en Darius . . . ons kom al eintlik 'n lang pad saam. En daar is baie dinge wat ons van gister af aan mekaar bind. Die dood neem nie herinneringe saam met hom graf toe nie. Dit bly agter, en so lank die verstand kan onthou, was ek en Darius op 'n vreemde manier gebonde aan mekaar. Miskien . . . miskien het hy toe maar besluit dat ons dan maar net sowel vorentoe kan saamstap, leer om met die dinge van gister saam te leef, in plaas om daarvan te probeer weghardloop . . . want niemand kry dit ooit reg om regtig van gister weg te kom nie."

Santie loop en luister stil na haar, terwyl sy met haar eie gedagtes worstel. Sy en Louis het dinge te veel as vanselfsprekend aanvaar. Hulle het sonder meer aanvaar dat, wanneer hul egskeiding deur is, Dottie daar sal wees en saam met Louis vorentoe sal gaan. Maar geen mens kan 'n ander se lewe vir hom lei nie. Geen mens kan vir 'n ander sy toekomspad aandui nie.

Sy weet Dottie het Louis lief. Maar Dottie kom ook al 'n lang pad in haar jong lewe, en op só 'n soort pad leer 'n mens baie lesse, verkry jy groter wysheid as die een wat maar net 'n reguit pad sonder kronkelweë geken het. Jy word volwasse genoeg op só 'n soort pad om te weet dis nie altyd wys om na die hart te luister nie. Jy leer om verstand by te sit, gesonde verstand wat vir jou 'n nugter oordeel kan gee oor die verlangens van die hart wat sonder verstand kies en liefhet. Jy leer om nie net aan vandag en sy vervlietende geluk en genot te dink nie. Nee, jy weeg die dinge van vandag op teen die baie en lang jare wat voorlê . . . en dis dan wat die skaal na die verstand se kant toe swaarder trek.

Ook Darius is 'n man met gesonde verstand. Die feit dat hy Dottie gevra het om sy nuwe lewensmaat te word, getuig daarvan, want Dottie Willemse sal vir 'n man 'n aanwins as vrou wees. Dit weet Santie, en Darius en elke Eloffsdaller wat oë het om te sien, kon dit in die afgelope weke raaksien. Soos Dottie tereg gesê het, sy en Darius was reeds gebonde aan mekaar, en as klein Petie in sy lewe nie dié twee wat hom verwek het, by mekaar kon bring nie, kan hy dit ná sy dood doen.

Sy het daardie dag na die groot, modderbesmeerde man met die ewe besmeerde lykie in sy arms gestaan en kyk en gewonder wat op daardie oomblik werklik in die vaderhart omgaan. Toe Petie geleef het, het hy kwalik getoon dat hy van sy bestaan bewus was. Hy was onnatuurlik ongeërg teenoor die feit dat daar 'n klein kaalvoetseuntjie in Eloffs-dal se strate rondloop wat bloed van sy bloed en vlees van sy vlees is. Maar noudat hy nie meer op Eloffsdal se straat-hoeke speel en soms 'n lekkertjie uit 'n vreemde hand ont-vang nie, nou eers besef Darius Mocke wat hy verloor het.

'n Mens besef mos eers wat iemand vir jou beteken wan-neer jy hom of haar verloor. Al het hy bo-oor die blonde-koppie gekyk wanneer hy in die straat verbygery en voor-gegee het dat hy hom nie eens raaksien nie, het hy geweet hy was dáár. Maar nou mis hy hom soos almal wat op Eloffsdal oorgebly het. Nee, nee, dis nie regtig vreemd dat Darius vir Dottie gevra het om met hom te trou nie.

Dan ook moet twee mense soms deur verre en vreemde omswerwinge gaan voordat hulle mekaar vind. In hierdie dae wat verby is, het Darius en Dottie in noue kontak met mekaar saamgelewe en saamgewerk en mekaar beter leer ken. In die verre verlede het hulle in 'n oomblik van dwaas-heid 'n lewe saam verwek, maar eers die afgelope tyd op 'n Eloffsdal wat omtrent nie meer bestaan nie, het hulle mekaar regtig leer ken. Wie sê dat, deur al hierdie berge van slik en smart, die liefdesblom nie in albei harte begin ontkiem en groei het nie? Nie die wilde, redelose, besitlike, selfsugtige liefde wat die jong hart geken en aan vasgeklou het toe dit vir Louis gegroei en geblom het nie, maar die bestendiger, betroubaarder plantjie wat die storms van die lewe beter sal kan trotseer en die probleme van die lewe beter sal kan hanteer.

"Wanneer gee jy hom sy antwoord, of het jy al?"

Dottie skud haar kop. "Ek was te verslae om iets te kon sê, en hy het gesê daar is geen haas nie. Ek kan soveel tyd gebruik soos wat ek nodig het om daaroor te dink. Maar ek is reeds besig om dit gunstig te oorweeg."

Sy glimlag skeef. "Ek weet dat Darius 'n baie goeie man vir sy vrou sal wees. Hy het ook sy lesse geleer. Maar buitendien . . . ek wil nie meer hier weggaan nie. Dis nie net die graffie wat my hier hou nie. Ek het lief geword vir Eloffsdal . . . en wat daarvan oor is. En vir die Eloffsdallers. Selfs vir tant Goggie en Rita Beyers!"

Santie knik begrypend. "Ek verstaan. Jy het deel van ons geword."

Dottie kyk haar aan. "Ons? Dan voel jy ook so. Maar ek verstaan jy en Louis gaan weg, nie waar nie?"

Santie draai haar kop weg, kyk terug oor die toneel aan haar voete. Ja, hulle moet weg. Louis moet gaan werk soek en sy . . . sy moet ook vir haar 'n ander, nuwe lewe buite Eloffsdal se grense gaan uitkap. En hulle gaan dit nie saam doen nie. Sy frons. Is dit nou die regte tyd om vir Dottie van haar en Louis se planne te vertel? Is dit nodig om vir haar te vertel dat sy en Louis gaan skei?

"Wat is dit, Santie? Jy lyk skielik so . . . so bekommerd en selfs ongelukkig. Is dit omdat jy van Eloffsdal af moet weggaan? Ek kan dit verstaan."

Santie sug saggies, haar blink oë versluier. Dis wonderlik hoe vinnig die hart verknog kan raak. 'n Paar maande gelede het sy skaars geweet van 'n plekkie met die naam Eloffsdal. Hierdie paar maande wat verby is, voel vir haar soos 'n hele leeftyd.

Ja, sy gaan swaar van Eloffsdal afskeid neem, want sy weet sy sal nooit weer hierheen terugkom nie. Sy mag nie, want hier lê ook baie van haar begrawe. Ook vir haar gaan hier grafte agterbly, al is dit nie grafte waarop 'n mens kransies kan kom neerlê nie. Maar soos Dottie gesê het, solank sy asemhaal, sal sy onthou . . .

310

Sy laat tant Alie hier agter. Êrens in hierdie wêreld se modderaarde wat eerlank weer stof sal wees, rus iemand wat vir haar oneindig baie beteken het. Maar hier bly ook 'n graf agter van jongmeisiedae wat vir altyd verby is. Hier bly ook die graf agter van baie illusies en drome wat 'n on-ervare kind gehad het toe sy die eerste keer oor die koppie gery en Eloffsdal voor haar sien lê het.

Sy gaan 'n meer volwasse, ryper, meer ervare vrou hier weg . . . maar sy sal Eloffsdal nooit vergeet nie. Die tant Goggies, die Ritas, die Awies en Ellas, 'n kaalvoetseuntjie en 'n modderbesmeerde man met iets soos glassplinters in sy oë . . . Dis die dinge wat sy nooit sal vergeet nie, wat sy met haar sal saamneem.

"Wat makeer, Santie? Hoekom is jy hartseer?"

"Afskeid is altyd swaar. Ek sal vreeslik swaar weggaan."

Maar Dottie Willemse se oog het geleer om dieper as die oppervlak te kyk. "Is dit al rede hoekom jy huil?"

Santie vee vinnig oor haar wange. "Nee," erken sy dan sag. "Daar is ook ander dinge . . . maar dis dinge wat 'n mens kan leer om mee saam te lewe, soos jy gesê het."

Vorentoe, waar sy êrens weer gevestig raak, sal sy ook leer om haar te berus in die gedagte dat Darius en Dottie hier saam op Eloffsdal gelukkig werk en dinge opbou. Die tyd sal die seerkry hier diep binne-in temper sodat sy selfs later opreg dankbaar sal wees dat Darius eindelik geluk gevind het, want sy glo hy sal dit by Dottie vind.

Maar langs haar vertolk haar vriendin haar trane ver-keerd, want so min ken ons die harte van hulle wat selfs baie na aan ons is.

"Santie, jy moet Louis nog 'n kans gee. Ek glo vas hy sal nou verander. Niemand hier sal ooit weer dieselfde wees as vóór die ramp nie. Louis ook nie. Ook hy sal, soos ons almal wat hier oorgebly het, besef dat die lewe te onseker en te kort is om daarmee te speel, dat die tyd min is – min-der as wat ons miskien besef. Ek glo vas dat hy nou bestendiger, meer verantwoordelik gaan raak. Ons het almal geleer dat die voorregte wat ons van die Vader ontvang en so vanselfsprekend aanvaar as ons reg, genade is . . . en genade wat Hy elke oomblik van ons kan wegneem as ons dit nie waardeer en oppas nie. Ek dink nie daar is een Eloffsdaller, Louis inkluis, wat hom of haar in hierdie tyd nie al die vraag afgevra het nie: 'Hoekom het die Vader juis vir mý gespaar? Hoekom het ek nie ook verdrink nie?' Louis sou homself daardie vraag ook al afgevra het, Santie, en hy is intelligent genoeg om by die regte antwoord uit te kom."

"En dit is?"

"Dat Hy uit sy goedheid aan ons wat oorgebly het nog 'n kans gee om van ons lewe iets te maak wat die moeite werd is, 'n kans wat nie een van ons verdien nie, want wat was en is ons beter as hulle wat nie daardie kans gegun is nie? Wat is ek beter as klein Petie dat ek moes agterbly en hy moes gaan? Jy moet net vertrou, Santie. Jy en Louis gaan nog 'n mooi toekoms saam hê."

Sy klink vol selfvertroue toe sy dit sê, maar sy klink nie meer so toe sy Darius daardie aand doelbewus opsoek nie. Hy kyk haar afwagtend aan, maar sy skud haar kop ontkennend.

"Nee. Dis nie waaroor ek met jou wou praat nie. As jy nie omgee nie, wil ek . . . nog 'n bietjie tyd hê, asseblief."

"Natuurlik. Ek het mos gesê. Kom sit. Waarmee kan ek help?"

"Ek weet nie of jy kan help nie, maar ek voel net om met jou daaroor te praat. Dit gaan oor Santie."

"Santie?" Sy blik verskerp onmiddellik. "Wat van haar?"

Dottie frons ook. "Ek voel onrustig oor haar."

"Hoekom? Is sy siek?"

"Nee . . . e . . . Dis iets anders. Darius, Santie is diep in haar hart verskriklik ongelukkig. Ek weet dit net. Ek voel dit net aan. Ons het groot vriendinne geword, en as sy nie eens teenoor my wil uitpraat nie . . . Daar is 'n groot skroef los."

Sy gesig is ook nou baie ernstig. "Ek is magteloos om iets vir haar te doen, Dottie. Sy is my broer se vrou. Louis moet . . ."

"Dis miskien juis dáár waar die probleem lê. Ek is so bang Santie het haar vertroue en geloof in Louis vir altyd verloor."

Sy blik is baie reguit. "Maar jý glo nog altyd in hom." Hy kyk haar stip aan. "Jy het hom nog lief, het jy nie?"

"Dis nie ter sake nie . . ."

"Eerlikheid is altyd ter sake, Dottie, veral eerlikheid teenoor jouself. Jy hoef nie so selfbewus en skuldig te lyk nie. Dit maak geen verskil aan my huweliksaanbod as jy nog vir my broer lief is nie. Ek het jou daardie dag reeds gesê dat ons nie valse fronte vir mekaar hoef voor te hou nie. Ek het jou ook nie gevra om met my te trou omdat ek jou liefhet nie. Jy weet dit."

Sy knik. "Ja, ek weet dit. Hoekom het jy my gevra?"

"Ek het jou dit reeds gesê. Ek glo ons is twee volwasse mense wat met wedersydse respek en agting 'n goeie huwelik kan opbou. Ons is albei alleen. Ons kan net sowel saamstap."

"Of saam weghardloop."

"Wat bedoel jy?"

"Ek dink jy weet wat ek bedoel. Ek dink nie dis nodig om dit vir jou uit te spel nie, en ek weet nie of jou voorstel gaan werk nie, Darius. Louis is jou broer . . . en Santie is sy vrou. Ons gaan in kontak met mekaar bly, al gaan werk Louis op 'n ander plek soos sy plan is."

"Maar ons is tog grootmense, Dottie."

"Maar nietemin ook net mense, Darius. Swak, feilbare mense. Ek dink ek gaan eers ná my vakansie terug bank toe."

"Jy bedoel weg? Johannesburg toe?"

313

"Ja. Ja, ek moet dit doen. Ek moet eers wegkom van Eloffsdal af. Ek moet eers wegkom en perspektief kry. Hier is ek te na aan alles, lyk alles nou te verwarrend. Miskien, as ek ver is, in Johannesburg, sal ek 'n patroon kan uitmaak. Ek sal jou uit Johannesburg my antwoord laat weet. Intussen . . . iemand moet Santie help."

"Ek kan nie. Ek het jou reeds gesê . . ."

"Wil jy nie, Darius?"

"Dis 'n onregverdige beskuldiging, Dottie. Ek het nog altyd net gehelp waar ek kon. Nie altyd op die regte manier nie, maar . . . ek sal nie 'n vinger lig om hul huwelik te verongeluk nie."

"En ook nie 'n vinger lig om dit te help behou nie."

Hy kry 'n skewe laggie. "Ek sien ek gaan 'n baie reguit vrou kry."

"Ja. Ek hoop ek kry 'n ewe reguit man. En, Darius, soms is dit goed om jou hart te ondersoek wanneer jy vir 'n ander preek. Ek waardeer dit dat jy eerlikheid so hoog stel. Ek hoop net jy het die moed om ook altyd eerlik teenoor jouself te wees."

Santie het allerhande verskonings om aan te voer toe Louis haar vra of sy al met Dottie gesels en haar vertel het van hul komende egskeiding. Bekommerd probeer sy ook keer dat Louis nie self met Dottie praat nie. Louis moet eers ver van Eloffsdal af wees voordat hy hoor sy broer het haar 'n huweliksaanbod gedoen. Hy moet glad nie naby Dottie of Darius wees wanneer hy die nuus verneem dat Dottie dit aanvaar het nie, want vir Santie is dit reeds 'n uitgemaakte saak dat Dottie Darius se huweliksaanbod gaan aanvaar.

Sy wil dit vermy dat daar weer iets leliks tussen die twee broers insluip. Soos sy in die toekoms dinge gaan hê om te verwerk, gaan Louis dit ook hê. Sy is nie seker dat Louis die afgelope weke só volwasse geword het dat hy so iets sonder meer sal kan verwerk nie, ten spyte van Dottie se geloof dat Louis 'n ander mens gaan wees. Nee, hy moet eers weg van Eloffsdal af wees voordat hy hoor dat sy broer gaan trou met die vrou wat hy al so lankal liefhet en hoop om binnekort syne te maak.

Sy voel haar hart in meegevoel na haar man uitgaan. Louis het baie verander sedert die ramp Eloffsdal getref het. Met die regte vrou aan sy sy, glo sy ook dat hy in die toekoms bestendig en verantwoordelik sal raak, soos Dottie voorspel het. Maar as hy nóú 'n terugslag kry . . . Die tweede dwaling sal groter wees as die eerste.

Gelukkig doen Dottie ook moeite om uit Louis se pad te bly in die dae wat kom. Ook sy besef dat dit nie verstandig sal wees om Louis van sy broer se huweliksaanbod aan haar te vertel nie . . . altans, nie nou al nie . . . Sy sou Santie ook nie daarvan vertel het as dit nie was dat sy vermoed dat Santie ongelukkig is omdat sy weet dat haar man op Dottie verlief is nie.

As daar een mens is aan wie Dottie geen kwaad wil doen of gedoen wil hê nie, dan is dit Santie. Nog nooit in haar lewe het sy 'n mens teëgekom vir wie sy groter respek koester as juis vir hierdie jong vrou nie.

En nog nooit het sy geluk vir iemand anders so begeer as vir Santie Mocke nie. Sy verdien om 'n goeie man te hê en gelukkig te wees. En as die genade wil, kan Louis vir haar 'n goeie man wees van nou af. Die dae toe sy Santie se man vir haarself wou toe-eien, is lankal verby.

Maar dis een ding om vir Louis te sê dat sy nie droom om van nou af ooit meer as 'n goeie vriendin vir hom en sy vrou te wees nie, en glad iets anders om hom te vertel dat sy sy skoonsuster gaan word. Ook sy besef dat Louis miskien nie in hierdie stadium so iets sal kan verwerk nie. Ook sy besluit om te wag en te sien wat die toekoms op-lewer . . .

Intussen besef Louis Mocke ook dat hy nou nie meer so

nodig is op Eloffsdal nie. Dinge is, sover moontlik, weer onder beheer en georganiseer. Die lewe begin weer 'n normale patroon aanneem. Hy moet gaan werk soek, want daar is 'n toekoms wat wag . . . 'n toekoms saam met Dottie. En Dottie het al swaar genoeg in haar jong lewe gehad. Vir Dottie sal hy sy vingers deurwerk.

Maar hoe dikwels staan 'n mens die oggend op, en jy weet nie watter onverwagse draai jou lewenspad daardie dag gaan maak nie. Jou planne is vir daardie dag, selfs ook vir die toekoms, uitgewerk. Jy sien die pad voor jou ooplê. En dan . . . onverwags, sonder waarskuwing, swaai die pad skielik weg van die gebaande weg wat jý beplan het.

Van alle mense is dit Ella wat op daardie dag skielik 'n nuwe draai aan meer as een Eloffsdaller se lewenspad gee.

"Santie, ek wil eers met jou praat en hoor hoe jý voel voordat ek met Louis praat," begin sy. "Ek verstaan ook Louis sal moet gaan werk soek. Het hy al iets gekry?"

Santie skud haar kop. "Nee. Hy het nog nie regtig gesoek nie, hoewel hy al 'n paar aanbiedinge gekry het waarin hy eintlik nie belangstel nie. Dis alles werk met kantoorure en binnemuurs, en jy weet Louis hou nie van vier mure nie."

"Ja, ek weet. Daarom het ek gedink . . . Santie, hoe sal julle daarvan hou om te boer?"

"Te boer? Liewe mens, ons het nie geld om . . ."

"Maar as julle 'n plaas teen 'n baie redelike huur kan kry?"

"Jy bedoel . . .?"

"Ja. Ek praat van Awie se plaas – ons plaas. Ek en my twee kleintjies sal tog nie daar bly nie, maar ek wil ook nie graag die grond uit my hande laat gaan nie. Ek gaan van volgende kwartaal af weer onderwys gee, hier op Eloffsdal. Ek trek dorp toe, sommer na ons tuishuisie toe. Gelukkig is hy teen 'n effense bult geleë en het die vloedwater hom nie te veel beskadig nie. Ek gaan die minimum met my saambring dorp toe, want jy weet hoe klein die ou huisie is. Dis tog net ek en die twee kleintjies. Julle kan sommer die huis met meubels gebruik, dan het julle ook nie die ekstra koste om nou al te moet meubels koop nie . . ."

"Stadig, Ella. Jy het, lyk dit my, alles al klaar uitgewerk, maar . . ."

Ella lyk half skuldig. "Om die waarheid te sê, ja. Ek wil nie hê julle, jy en Louis, moet heeltemal weggaan van ons af nie, Santie. Louis en Awie was boesemvriende. Ek weet Awie sou, as hy kon, ook alles gedoen het om Louis op Eloffsdal te hou. Hy sou ook verkies het dat sy ou vriend sy grond oorneem. En jy . . . ek wil nie jou vriendskap verloor nie, Santie. Jy het die afgelope tyd vir my so oneindig baie beteken. As dit nie vir jou bemoediging en onderskraging was nie, weet ek nie hoe ek deur hierdie vreeslike tyd sou gekom het nie. Asseblief, bly hier."

"Ten koste van jou en jou kinders . . ."

"Nee! Ons kan prokureur toe gaan, en Louis en die prokureur kan 'n redelike huur beding. Ek en my kinders kan van my salaris lewe. Ek het nie nodig om 'n sent van die huur te neem nie. Dit kan net so gebruik word om die skuld op die plaas te delg. Maar intussen het julle 'n heenkome en bied dit vir Louis miskien 'n vastrapplek. Asseblief, Santie. Praat met Louis hieroor, en laat my so gou moontlik weet."

Santie voel in die middel van die wêreld. Sy besef Louis sal nie maklik weer so 'n kans kry nie. Sy glo ook dat hy 'n sukses daarvan sal maak. Hy was nog altyd lief vir 'n plaas en sou seker vandag geboer het as sy pa nie destyds bankrot geraak het nie. Maar met die oog op ander moontlike gebeure wat sekerlik in die toekoms gaan plaasvind, is dit geen bewys dat hy suksesvol in Eloffsdal se distrik kan boer nie. Dit wil ook amper lyk asof alles en almal deesdae meewerk om die planne vir 'n egskeiding onuitvoerbaar te maak. Een van die redes hoekom Ella hierdie

317

aanbod doen, is ook om haar hier te hou . . . en sy kan nie bly nie.

En dan tref iets anders haar. Miskien is dit tog so bestem dat Ella juis op hierdie tydstip vir Louis so 'n wonderlike aanbod maak. Miskien is dit so bestem dat Louis op sy ou vriend se plaas sal gaan boer, nie net na sy gewese vriend se boerdery omsien nie, maar ook na sy weduwee en twee kinders. Santie wil haar gedagtegang keer, voel skuldig daaroor, maar deesdae is haar gedagtes soos onbeheerbare wilde perde. Hulle neem net hul loop waarheen hulle wil.

Eintlik sal Ella en Louis ook goed by mekaar pas, begin sy redeneer. Ella ken vir Louis. Sy verstaan hom. Hulle is al jare lank vriende. En wanneer Louis alleen op die plaas is en Darius en Dottie hier op Eloffsdal, weet sy, sal Ella 'n lojale vriendin vir Louis wees, sal sy hom kan dra en help deur die moeilike tyd van aanpassing en aanvaarding dat Dottie vir hom verlore is. En miskien, dan, sal Louis doen wat Dottie nou doen – nugtere verstand bysit en besef wat hy aan Ella het . . .

En wat van jouself? Jy is so begaan oor ander se geluk, dat alles vir al die ander goed en mooi en gelukkig sal uitwerk, maar wat van jouself? Wat hou die toekoms vir jouself in? Waarheen gaan jy? Wat gaan jý van jou lewe vorentoe maak?

Maar wanneer hierdie gedagtes by haar opkom, kry sy dit tog reg om die teuels styf in te ruk en hulle af te skud. Môre lê vir haar baie ver. Iewers sal sy ook haar plekkie vind. Dis nie nou van soveel belang nie. Dis Louis en Darius wat sy met 'n geruste hart hier wil agterlaat, wat sy met 'n geruste hart wil onthou wanneer sy eendag êrens weer 'n rusplek vir haar voet gevind het – die een omdat hy 'n goeie, gewaardeerde vriend geword het; die ander omdat hy die man is wat sy werklik liefgekry het . . .

Daarom kan Santie met deernis luister toe Darius skielik op 'n dag vir sy broer by haar begin pleit. Onwillekeurig roep sy op hierdie oomblik daardie eerste dag van aankoms in haar geheue op. Toe was sy raad net die teenoorgestelde. Vandag pleit hy by haar om vir Louis nog 'n kans te gee. Ja. Maar daar het baie water onder die lang, wit brug van Eloffsdal deur gevloei tussen toe en tans, tussen daardie dag en vandag. Daardie dag was sy geskok en ontsteld, 'n kind wat nog moes grootword. Vandag is sy 'n vrou en daarom verstaan sy, veroordeel sy nie en is sy nie verbaas of geskok nie. Darius pleit vir sy broer se huwelik, want sy huwelik met Dottie sal veilig wees solank Louis met Santie getroud is. Of sy dink sy verstaan . . .

Maar niks wat Darius en Dottie of wie ook al sê, sal haar oortuig dat haar plekkie hier op Eloffsdal tussen die Mockes is nie. Die rolletjie wat sy moes speel in Eloffsdal se geskiedenis en in die Mockes se lewe, is afgerond en afgehandel. Dis tyd vir haar om te gaan.

"Ek dink jy ly aan vertraagde skok. Jy moet 'n bietjie weggaan, gaan vakansie hou. Kom dan terug en jy sal weer moed hê, Santie."

Sy gryp daarna. "Ja. Ek dink ek moet 'n rukkie lank weggaan." Maar ek sal nie weer terugkom nie, Darius, sê sy stil vir haarself.

11

"Ek het toe met Santie gepraat, maar ek het nie meer sukses as jy behaal nie." Dottie kyk hom vinnig aan en hy vervolg fronsend: "Maar jy is reg. Daar skort iets met Santie. Dis miskien vertraagde skok dat sy so . . . stil en sonder belangstelling is. Ek het haar aangeraai om 'n rukkie weg te gaan, vakansie te gaan hou."

Dottie lyk weer diep bekommerd. Dan was dit nie haar verbeelding nie. Darius het ook opgemerk dat iets met Santie skort.

"Jy is miskien reg. Ons ly seker maar almal in 'n mate aan vertraagde skok. Sy was só aan die gang dat al die dinge en tant Alie se grusame dood haar nou eers ten volle tref. Jy weet . . . ek dink nou aan iets . . ."

"Ja?"

"Ek dink ek moet haar saam met my Johannesburg toe neem. Ek moet nou weliswaar bedags werk, maar ek sal haar darem in die oog hou, en ons sal middae ná werk en saans darem by mekaar wees. Wat sal sy alleen in die Kaap gaan maak? Sy het my self gesê sy het nie juis vriende daar nie. En dit sal net weer ou herinneringe aan tant Alie oopkrap. Ek voel nie gerus oor haar nie, Darius. Ek sou nie daarvan hou dat sy nou alleen na 'n plek gaan nie, en Louis is so vuur en vlam oor Ella se aanbod dat hy nie nou hier sal weggaan nie. Hy is glo al klaar meer op die plaas as op die dorp."

"Ja. Louis is 'n ander mens. Hy is soggens ligdag al weg plaas toe, en saans kom hy eers lank ná donker tuis. Ek kan myself skop dat ek nie versiende genoeg oor my broer was nie, weet jy. Ek wou Louis indruk in 'n patroon waar hy nie gepas het nie. Hy is nie 'n sakeman nie. Hy is 'n boer. As ek dit net eerder besef het, kon baie misverstande tussen ons vermy gewees het. Ek kon hom miskien aan 'n grondjie gehelp het . . ."

Dottie glimlag en haar oë is onverwags sag. "Moenie jou oor die verlede verwyt nie, Darius. Ons is maar almal mense, en min van ons is altyd versiende genoeg."

Hy kyk haar ernstig aan. "Maar ek het so baie foute, onnodige foute, begaan, Dottie. Ek sien dit maar vandag eers in. En die meeste kan ek nie meer regstel nie. Ek begin by Tanja . . ."

"Vergeet van Tanja, Darius. Dit het niemand nog ooit

êrens gebring om aanmekaar op ou foute te hamer nie. En Tanja was nie 'n fout soos jý dit insien nie. Julle moes nooit getrou het nie."

"Ja, ek weet, maar ek dra nietemin ook skuld aan alles wat gebeur het. Jy sê sy en . . . jou broer is gelukkig? Dit gaan goed met hulle?"

"Dit gaan goed met hulle."

Hy sug saggies. "En dan is daar nog . . . Petie . . ."

Sy neem sy hand. "Darius, jy moet ook van Petie vergeet. Hy is dood, en gister is dood. 'n Mens val en struikel as jy aanmekaar oor jou skouer agtertoe kyk."

"Maar ek kon iets vir hom gedoen het toe hy nog geleef het . . ."

Sy draai haar kop weg. "Troos jou daaraan, Darius, dat klein Petie volkome gelukkig was in die kort jaartjies wat hy geleef het. 'n Mens mis nie iets wat jy nie geken het nie. Hy het so min geken dat hy nie veel gemis het nie. Hy was 'n gelukkige ou seuntjie. Ek is net dankbaar dat hy die laaste stukkie van sy lewe hier op Eloffsdal deurgebring het, dat hy kon loop en speel en hardloop soos hy wou, waar hy wou, wanneer hy wou. Hy was 'n gelukkige, tevrede ou rondloperbrakkie, soos tant Goggie hom genoem het."

Dis 'n lang oomblik stil. "Wat sê jy van my plan – dat ek Santie saam met my neem?"

"Ek dink dis 'n goeie voorstel. Ek sal ook meer gerus voel oor haar as ek weet sy is by jou."

"Ek sal baie mooi na haar kyk, Darius. Ek belowe. Jy hoef nie bang te wees nie . . ."

"Ek vertrou jou volkome, Dottie. Jy is die enigste een in wie se sorg ek haar werklik met 'n geruste hart sal afstaan." Hul oë vind mekaar weer. "Sal ons altyd só eerlik met mekaar wees, asseblief?"

"Dis die enigste manier waarop ek en jy sal kan saamleef, net in absolute eerlikheid, teenoor onsself en mekaar."

Maar Santie skop teë. Hoe goed dit ook al bedoel is,

kan sy nie saam met Dottie gaan nie. Maar toe Louis hom ook by die ander twee skaar, en Ella, ook baie bekommerd oor haar vriendin wat so moeg en bleek en maer lyk, haar gewig ook aan die ander kant ingooi, moet sy maar die aftog blaas. Dit maak ook nie saak nie. Sy kan net sowel in Johannesburg verdwyn as in die Kaap. Dis vir haar om 't ewe waar sy weer 'n nuwe begin moet maak.

"Dottie . . ."

"Louis?"

"Ek is só besig die afgelope tyd dat ek nie kans kry om by jou 'n draai te maak nie. Maar ons twee moet nog vorentoe gesels sodra . . . sodra dinge opgeklaar is."

Dottie vra nie watter dinge opgeklaar moet word nie. Hoe minder daar tussen haar en Louis gesels word, hoe beter.

"Kyk mooi na Santie. Sy lyk nie vir my goed nie." Dottie knik net. Hoe ironies kan die lewe wees? Toe Santie as 'n jong, verliefde, idealistiese jong bruidjie na Eloffsdal gekom het, het haar man haar skaars raakgesien. Noudat sy deesdae so bleek en lusteloos en kragteloos lyk, nou sien hy haar raak en is hy bekommerd. Die ironie sou vir Dottie nog groter gewees het as sy die werklike toedrag van sake kon weet.

"Dottie . . ."

"Nee, Louis, moenie dat ons verder iets sê nie. Ek dink ons het almal eers 'n tyd nodig waarin ons dinge in die regte perspektief moet kry."

"Maar dit kan niks aan feite verander nie – feite soos dat ek jou liefhet."

"Nee. Nee, dit kan seker niks aan feite verander nie, Louis, maar wel ons benadering tot en hantering van daardie feite. Ons het al almal genoeg seergekry."

"Ja, dis waar. Ons het genoeg seergekry en self ook seergemaak. Dit moet anders wees van nou af."

Haar oë verinnig. Louis . . . Die blaasbalk het ook by

Louis sy werk gedoen. Dit het nie tevergeefs hard geblaas nie, glo sy.

"Ja, Louis, dit moet van nou af anders wees. Dit gáán anders wees. Ek glo dit."

En in die kamer wat hulle deel, maar nie as man en vrou nie, kyk Louis af op die skraal gesiggie en omvou hy dit met sy handpalms. "Santie, hoe skaam is ek vir wat ek jou aangedoen het. Ek is so jammer, ou meisietjie. Baie dankie vir . . . alles."

"Ek sê ook dankie, Louis. Mag dit goed gaan . . . net altyd goed gaan vorentoe."

Hy druk haar 'n oomblik hard teen hom vas. Hy voel op hierdie oomblik aan dat hy iets baie kosbaars verloor, iets wat van groot waarde is en 'n kort rukkie in sy besit was, maar wat nooit werklik aan hom behoort het nie. Tog voel hy skielik vreemd hartseer in die wete dat Santie vandag vir goed uit sy lewe gaan verdwyn.

"Jy sê die prokureur in die Kaap sê die . . . die egskeiding sal oor 'n maand afgehandel wees?"

"Nee, vroeër. Ons is hoër op die rol gesit of so iets. Oor veertien dae ongeveer. Ek sal jou laat weet."

"Tot siens, Louis."

Sy kom voor hom staan, kyk in sy onpeilbare, ernstige oë op. "Tot siens, Darius. Dankie . . . dankie tot hiertoe."

Hy buk af en sy lippe druk 'n oomblik teen haar voorkop vas. "Gaan rus goed uit, kleintjie." Vir Dottie sê hy toe hy die tasse in die kattebak inpak: "Miskien moet jy dat 'n dokter haar 'n slag goed ondersoek. Laat hy die rekening vir my stuur."

"Ek sal so maak, as ek haar natuurlik daartoe kan oorreed. Daardie klein mensie kan uiters koppig wees as sy wil." Sy hou haar hand na hom uit en hy neem dit. Tot dusver het hulle mekaar nog nooit eens gesoen nie, sy huweliksaanbod ten spyt. Ook nou groet hulle soos goeie vriende. "Tot siens, Darius. En pas jouself ook maar goed op. Jy lyk ook nie te watwonders die afgelope tyd nie. Jy het gewig verloor."

Toe hulle afdaal na die dorp voordat sy regs swenk, in die teenoorgestelde rigting waar die wit brug lê, kyk sy vlugtig na die ronde koppie bokant Eloffsdal. Tot siens, ou klein seuntjie. Miskien sien ons mekaar weer . . . miskien nie . . . Haar hart krimp ineen.

In die woonstelletjie wat Dottie gelukkig 'n maand lank van 'n vriendin kon kry solank dié met verlof is, neem die lewe ook 'n vaste patroon. Dottie vertrek soggens werk toe, en dan eers staan Santie tydsaam op en begin die woonstelletjie aan die kant maak.

Terwyl Dottie onder die indruk verkeer dat Santie haar dae deurbring met lees en sommer net lui is, soek Santie egter werk, sorg sy dat sy smiddae betyds terug is om 'n lekker ete vir hulle te kook. En oor Eloffsdal en sy mense word selde gesels. Dis asof albei vroue besluit het om so min moontlik van Eloffsdal en die gebeure op te haal solank albei daardie dinge in die hart moet verwerk. Nie dat Santie nog iets het om te verwerk nie. Eloffsdal word vir haar finaal iets van die verlede toe Louis bel en sê die egskeiding is daardie dag gefinaliseer. Toe sy die telefoon neersit, staan sy lank doodstil, haar gedagtes 'n onstuimige maalkolk. Ek is nou 'n geskeide vrou. 'n Geskeide vrou . . .

Daardie aand bel Darius en sy hoor Dottie praat.

"Nee, ek het nog nie. Dit lyk my nie dis nodig nie. Sy begin gewig aansit en lyk nie meer so bleek en moeg nie. Ek sal weer probeer om haar oor te haal om dokter toe te gaan. Nee. Ek is nog nie gereed daarvoor nie. Ek sal jou laat weet sodra ek sekerheid en helderheid gekry het. Ek is bly om te hoor dit gaan goed met jou en Louis. Sê groete, ook vir Ella en tant Goggie en Rita en almal wat jy sien. Ja.

Ek verlang Eloffsdal toe. Natuurlik verlang sy ook. Dankie vir die bel, Darius. Tot siens."

Santie kyk haar fronsend aan toe sy van die portaal af inkom.

"Dottie, hoekom hou jy Darius aan 'n lyntjie? Jy weet tog jy gaan met hom trou."

Dottie gaan sit tydsaam, vou haar hande om haar knie. "O? Ek weet glad nie daarvan nie."

Santie frons, lyk ietwat vererg. "Hy het jou gevra . . ."

"Maar dis nie te sê ons gaan trou nie, Santie. Op Eloffsdal het ek gedink dis miskien 'n goeie idee. Nou is ek nie meer so seker nie."

"Ek het begin dink jy . . . julle het mekaar begin liefkry."

Dottie glimlag. "Nie in die sin waarin jý dit sien nie. Dis meer waardering vir mekaar. Maar is dit genoeg om 'n huwelik op te bou? Ek glo nog steeds dat liefde die belangrikste is in 'n huwelik. Die ander is ook nodig en noodsaaklik om dit te laat slaag, maar liefde moet daar wees. Dis soos koek bak. Jy moet bakpoeier en suiker en 'n knippie sout en eiers en dies meer ook hê om 'n spogkoek uit die oond te laat kom, maar sonder meel kan jy niks doen nie."

Santie glimlag, sê dan droog: "Jy laat dit maklik klink . . . soos koek bak."

Dottie kyk haar teer aan. "Maar ons albei weet dis nie koek bak nie."

"Nee. Dis beslis nie koek bak nie. Met nét meel kan 'n mens óók nie koek bak nie."

"Maar wanneer jy eers net die meel het, kan jy altyd die ander bykry, want 'n mens het reeds die hoofbestanddeel."

"Maar as Darius genoeg meel vir julle albei het . . ."

Dottie kyk haar fronsend aan. "Santie . . . Santie, verkeer jy onder die indruk dat Darius my liefhet en my dáárom gevra het om met hom te trou?"

" 'n Mens leer soms om iemand lief te kry, veral . . . veral as julle op 'n besondere wyse aan mekaar gebonde is . . . soos julle twee."

"Bedoelende?"

Santie kyk ook nou die ander skerp aan. Sy weet nie hoekom Dottie skielik so skerm nie. "Ek praat van Petie . . . en jy weet dit."

"Petie . . . Ja, sy gedagtenis sal altyd 'n band tussen my en Darius bly, maar hy is geen faktor hoegenaamd in wat nou tussen my en Darius is of kan wees nie."

"Ek weet nie hoe jy so kan praat nie." Haar stem klink bot en moeg. "Jou kind bly jou kind."

Dottie se oë vernou verder. "En dit beteken?"

Santie se oë blits effens. "Dis nie nodig om jou onnosel te hou nie, Dottie. Ek weet alles. Ek kan net nie verstaan hoekom jy dit so moeilik vir jouself en vir Darius maak nie. Eintlik ook vir Louis, al weet hy nog nie van jou en Darius nie. Jy sal die een of ander dag moet besluit wie jy wil hê – die man wat jy liefhet, of die pa van jou kind."

Dottie buig vooroor. "Ekskuus? Wie is die man wat ek liefhet en wie is die pa van my kind?"

"O, Dottie . . ."

"O, Santie, hoe mislei is jy tog! My liewe maatjie, dink jy regtig . . .?"

"Ek dink dit nie, Dottie. Ek weet dit. Jy het Louis nog lief, soos hy vir jou het, maar jy voel vir Darius jammer, want hy was en sal altyd Petie se pa bly."

Dottie sit terug, haar oë rond. "Hoe't jy geweet? Ek bedoel nou, dat Darius Petie se . . ."

"Hy het my dit self vertel."

"Wát? Wanneer?"

"Jy hoef my nie so ongelowig aan te kyk nie! Die dag . . . die dag toe ek my baba verloor het . . . Hy het my toe gesê ek moet vergeet dat Louis die pa van jou kind is. Dit is nie so nie. Hý is Petie se pa."

326

Hulle sit mekaar 'n ruk net en aankyk en dan sê Santie dringend: "Dottie, asseblief, moenie met Darius speel nie. Nee, ekskuus, dis nie wat ek bedoel nie. Jy sal nie met hom speel nie, maar . . . jy moet hom nie seermaak nie. Jy moet nou besluit, want Louis wag ook . . ."

"Louis wag ook! Santie, Louis is jou man . . ."

"Nee, hy is nie. Van vandag af is hy nie meer nie."

"Santie . . ."

"Ons egskeiding is vandag gefinaliseer. Ek en Louis is nie meer getroud nie."

"Santie! Santie, wat vertel . . ."

"Hy het vanoggend gebel en my gesê. Daarom sê ek, Dottie, jy sal nou moet kies."

"Maar ek wil nie . . . ek bedoel, ek wil nie tussen Darius en jou man kies nie. Santie, het jy dit vir mý gedoen? O, jou klein dwaas, het jy van Louis gaan skei . . ."

"Ons het saam besluit om te skei, Dottie. Ons het mekaar nie lief nie." Haar mond trek. "Jy sien, ons het nie genoeg meel tussen ons nie."

"Jy het soveel liefde in jou, Santie-mens. Jou hart bevat genoeg liefde . . ."

"Nee, Dottie. Louis het vir my 'n goeie vriend, of 'n soort broer, geword nadat die eerste jongmeisieverliefd-heid oorgewaai het."

"Ek glo jou nie, Santie!"

"Jy moet, want dis die waarheid. Ek het Louis nie lief nie. Ek het hom nooit regtig liefgehad nie. Ek het dit net te laat besef. Dottie, dis waar! Dink jy regtig dat ek my man, as ek hom regtig vreeslik liefgehad het, so maklik op 'n skinkbord vir jou of 'n ander vrou kon aanbied soos wat ek gedoen het? Ek is nie 'n heilige of 'n engel nie! Ek is 'n doodgewone mens!

"My liewe vriendin, jy sal aan my geen kwaad doen as jy vandag vir my sê dat jy Louis gekies het nie. Trouens, ek sal ter wille van Louis baie dankbaar en baie bly wees, want hy het jou regtig lief, Dottie. Die feit dat Petie nie vir hom saak gemaak het nie, dat hy, soos jy dit gestel het, bo-oor 'n ander man se kind na jou geklim het, wys my hoe opreg sy gevoel vir jou werklik is, maar . . ."

"Maar . . .?"

"Ek wil net nie hê Darius moet in die proses seerkry nie, Dottie."

"Ek sien." Dottie knik, kyk vir die eerste keer weg, 'n oomblik op haar hande af. Dan kyk sy weer op. "Nee, Santie, Darius sal nie seerkry nie. Weet hy . . . weet hy van jul egskeiding?"

"Nee. Niemand weet nie. Jy is die eerste. Daar was geen sin in om iemand te vertel nie. Jy en Darius was besig met jul planne en . . . Waaroor lag jy, Dottie?"

Dottie skud haar kop magteloos. "Ek weet nie of ek lag of huil nie, Santie. Jy het hierdie ding te skielik geopper. Jy en Louis is geskei en . . ."

"Ja?"

"En jy sweer dat jy so min lief is vir Louis as hy vir jou?"

"Ja." Sy glimlag effens skuldig. "Ek het al selfs sover gegaan om hom in my gedagtes met Ella te laat trou as hy jou dan nie kan kry nie."

"Wat!"

"Ja. Hoekom nie? As jy met Darius trou, bly net sy oor wat ek weet vir Louis 'n goeie vrou sal wees – die regte vrou. En terwyl hy nou vir haar op die plaas gaan boer, sal dinge eintlik ideaal uitwerk. Ek dink nog steeds dis 'n wonderlike ingewing van my."

Dottie kan haar net weer sit en aankyk, haar kop skud. "As ek nie beter geweet het nie, sou ek oortuig gewees het jy het jou bont varkie verloor. Om te hoor hoe jy daar sit en jou man uitdeel aan . . ."

Santie moet ook lag. "Dis waar. Dit klink vreeslik. Dit klink so . . . onchristelik selfs." Die oë word ernstig. "Maar dit is nie, Dottie. Ek weet net dat ek nie die regte vrou vir Louis is nie. Jy is, maar as hy jou nie kan kry nie, sal ook Ella 'n beter vrou vir hom wees as ek. En Louis het juis nou die regte vrou nodig. Jy sal daarmee seker saamstem."

"O beslis. Hy is nou op 'n kruispunt. Dis vir hom en sy toekoms ontsettend belangrik dat hy nou die regte maat aan sy sy sal hê wat hom die nodige aanmoediging, onderskraging en, sonder dat hy dit agterkom, ook die regte leiding sal gee."

Sy soek na 'n sigaret. "Maar jy verbaas my vandag verby perke, jou klein skelm. Jy het die afgelope tyd soos 'n witgewaste spokie op Eloffsdal gelyk omdat jy snags wakker gelê en vir ons almal mans en vroue gesoek het, die hele Eloffsdal met mekaar laat trou het en . . ."

"Net nie tant Goggie nie!" lag Santie verleë. "Noudat oom Jopie nie meer daar is nie . . . As Darius net 'n bietjie ouer was, het ek hom met haar laat trou! Voor die oorstroming het hulle soos kat en hond baklei, maar sedertdien mag niemand aan Darius raak nie. Laat iemand net iets van Darius sê, dan kry hy met tant Goggie te doen."

Dottie lag ook hartlik. "Ja, dis waar. Dis wonderlik hoe hierdie ramp mense se gevoelens verander het. Maar moenie dat ons van die punt afdwaal nie. Ek is nog nie met jou klaar nie. Sê my 'n bietjie . . . Terwyl jy nou vir ons almal gelukkig getroud gekry het, en vir ons almal 'n toekoms van maanskyn en rose uitgewerk het . . . wat van jouself? Waar pas jý in?"

Santie se blik sak effens skuldig. "Nêrens nie. Ek pas nêrens in nie." Sy kyk weer na haar vriendin. "Ek was eintlik nog altyd oorbodig in die prentjie en nou neem ek myself weg daaruit."

"O?"

"Ja. Ek is reeds besig om vir my werk te soek. Ek gaan natuurlik nie terug Eloffsdal toe nie. Om wat daar te gaan maak?"

Dis Dottie wat nou vinnig afkyk, haar gesig ernstig. Dis weer Santie wat die kort stilte verbreek.

"Wel, Dottie, op wie het jy besluit? Jy moet tog al teen hierdie tyd weet wie . . ."

"Santie . . . Santie, kindjie, moenie verder met my sukkel nie. Ek doen my bes om my in te hou en nie vir jou kwaad te word nie . . ."

"Kwaad te word? Waaroor?" Santie lyk totaal verbaas, en skielik kyk Dottie haar vas aan, en tot haar verbystering besef sy dat Dottie regtig kwaad is.

"Waaroor? Jou vermetele klein aap! Waar kry jy die reg om mooi liefdesverhaaltjies vir ander mense voor te skryf en dan te verwag hulle moet presies so optree soos jy dit vir hulle uitgewerk het?"

"Dottie!"

"Ja, moenie my sit en Dottie nie! Ek is lus en vat jou vas en skud jou totdat jou tande klap! Klaar op papier uitgewerk: Darius trou met Dottie. Louis trou met Ella. Hemel op aarde! Waar kom jý vandaan om vir my te kom voorskryf met wie ek moet trou?"

"Ek het nie . . ."

"En vir Darius?"

"Ek het jou gevra . . ."

"En sommer vir Ella opgekommandeer om jou man wat jy weggegooi het, te vat?"

"Dottie! Dis . . ."

"O, bly stil! Ek kan jou gerus iets aandoen! Hoekom het jy my nie al daardie dag in die hospitaal vertel wat Darius jou vertel het nie – dat hy Petie se pa is?"

"Maar ek het nie gedink dat . . ."

"Jy het nie daaraan gedink om my dit te vertel nie! Die moeilikheid met jou, Santie Mocke, is dat jy te veel dink. Jy moet liewer ophou dink, want dis gevaarlik as jy begin dink."

"Dottie!" Santie is nou ook op haar voete, wil ook haar

humeur begin verloor, hoewel sy diep seergemaak voel. "Ek is jammer as jy só daaroor voel. Ek het dit goed bedoel. Ek sal maar . . ."

"Weghardloop? Oor my dooie liggaam! Jy het hierdie dinge begin, en nou sal jy dit enduit deursien."

"Watter dinge?"

"Hierdie getrouery en dinge. Jy het twee skemas uitgewerk. Nommer een: ek trou met Darius en Louis met Ella. Nommer twee: ek en Louis trou en . . . moet Darius en Ella dan trou?"

"Dis nie snaaks nie."

"Nee. Lyk dit vir jou of ek histeries aan die lag is? O, moet nou net nie begin huil nie, want ek het nog lank nie klaar baklei nie. Wat is jou planne met Darius en Ella as ek vir Louis kies?"

Santie kyk vinnig weg, sluk hard aan die trane. "Ek het dan geen planne vir hulle nie," erken sy en voel soos 'n skaap. Miskien het Dottie rede om so kwaad te wees. Wie is sy om vir ander mense voor te skryf? Maar sy het net gedink . . .

"O nie? Gee jy om as ek die tema verder voer? Ek het planne – beslis vir een van hulle groot planne."

"Wat bedoel jy?"

"Dis my saak. Jy het my nie ingelig toe jy besig was om alles so mooi uit te werk nie, en ek gaan jóú ook nie inlig nie."

Santie gaan weer sit. "Ek is jammer. Doen maar wat jy wil."

Dottie beduie met haar hande. "En nou wil ek jou weer teen my vasdruk, jou dierbare bobbejaan! O, Santie, daardie liefdevolle hartjie van jou sal my nog tot raserny dryf. Dink jy dan nooit aan jouself nie? Ek is jammer ek het so te kere gegaan. Maar as ek net dink wat jy my, vir ons almal, kon gespaar het as jy net jou mond oopgemaak en gepraat het . . ."

"Wat? Ek verstaan nie waarop jy sinspeel nie. Wat moes ek gesê het? Dat Darius my vertel het hy is Petie se pa? Wat maak dit saak?"

"Wat maak dit sáák? Genugtig, dis waarom alles omtrent draai!"

"Om Petie?"

"Nee. Om . . . Laat staan. Jy sal nie verstaan nie." Haar oë trek saam. "Ek dink dis tyd dat ek jou die hele verhaal vertel."

"Watter verhaal?"

"Die Mocke-Willemse-verhaal."

"Ella het . . ."

"Ella kon jou net vertel wat die hele Eloffsdal weet . . . en soos dit maar altyd gaan, dink Eloffsdal hulle ken die hele verhaal, maar hulle ken dit nie. Nie eens Louis en Darius ken die hele verhaal nie. Dis net ek."

"Petie se verhaal?"

Haar oë kyk stip. "Jy het Petie op jou brein. Sê my, Santie, eerlik nou, toe Darius jou vertel het hý is Petie se pa – wat het jy gevoel, hier in jou hart ervaar? Nee, moenie wegkyk nie. Kyk in my oë en vertel my eerlik. Ek sal nie sleg voel nie. En wat het jy gevoel toe jy gedink het Louis is die pa?"

"Ek . . . ek kon verstaan dat jy en Louis . . . Julle was jonk en julle was baie verlief."

"Goed. En Darius? Toe jy hoor Darius is die pa?" Santie kan haar net stom sit en aankyk en dis Dottie wat sê: "Jy was geskok en diep teleurgesteld, nie waar nie? Jy kon dit nie verwerk kry nie. Jy kan dit vandag nog nie hier in jou hart verwerk kry nie, en daarom kon jy besluit, of moes jy besluit dat ek en Darius gaan trou."

Santie vee oor haar oë en skud haar kop. "Jammer, Dottie. Ek verstaan niks waarvan jy praat nie. Die oorstroming moes my verstandelik vertraag het . . ."

Daar is skielik 'n tere glimlag om die ander se lippe. "Toe

332

maar, maatjie. Ek verstaan. Ek besef nou dat ek onredelik was toe ek vir jou kwaad geword het omdat jy nie jou mond oopgemaak en gepraat het nie. Ek is aan dieselfde nalatigheid skuldig – in baie groter mate. Ek moes lankal mý mond oopgemaak en gepraat het."

"Waaroor?"

"Gaan maak jou reg. Ons gaan 'n oomblik uit."

"Waarheen?"

"Moenie so baie vrae vra nie, Santie. Maak soos ek sê. Ons gaan gou 'n entjie ry."

Toe Santie die kamer in verdwyn, glip Dottie by die voorportaal in en tel die telefoon se gehoorbuis op. Die handsentraletjie op Eloffsdal gaan nou weer 'n sappige stukkie nuus oppik, maar Dottie Willemse gee nie om nie. Hulle sal wel die een of ander tyd moet hoor dat Louis en Santie Mocke geskei is en dat Louis binnekort met Dottie Willemse gaan trou. Maar eers moet sy Darius bel . . . hom laat weet die meel vir die koek wat hulle gedink het om saam te bak, is te min . . .

Santie laat haar amper soos 'n slaapwandelaar deur Dottie lei. Sy klim in Dottie se motortjie sonder om verder vrae te vra. Sy sien maar hulle ry in 'n rigting, draai later by groot hekke in waar hoë blou draad die terrein afkamp van die res van die wêreld. Sy dink nie eens hoekom dié plek waarheen Dottie haar vandag neem met sulke hoë draad omhein is nie. Sy het besluit om haar vriendin se raad te volg. Sy het ophou dink.

Dis eers toe hulle langs 'n bed tot stilstand kom, dat dit werklik tot haar deurdring dat hulle hulle in 'n hospitaal bevind – of so lyk dit altans. Sy kyk om haar rond, dan af na die bed en die vrou voor haar in die bed, en dan kyk sy vraend na Dottie.

"Die verhaal van Petie wat jou so vreeslik hinder, begin hier, Santie."

"Watter . . . plek is dit hierdie?"

"Dis 'n inrigting vir sielsiekes of verstandelik gestremdes, hoe jy dit ook al wil noem. En dit . . . dit is Tanja . . . Darius se eerste vrou . . . en Petie se ma."

12

"Petie se . . .?" Santie se oë rek geskok, en Dottie knik.

Dan buk sy af, druk 'n tere soen op die uitdrukkinglose gesig. "Sy weet nie eens ons is hier nie. Sy lê al meer as vyf jaar so . . . weet nie dat sy mens is nie . . ."

"O, Dottie . . ."

"Hulle was in 'n motorongeluk . . . sy en my broer . . . My broer is op slag dood en Tanja het breinskade opgedoen. Sy is hierheen gebring, en hier is klein Petie ook gebore. Hier het ek hom kom haal . . ."

"Dottie!"

"Kom ons gaan maar. Ek sal jou die res van die verhaal op pad terug vertel." By die deur huiwer sy. "Hoe gaan dit met haar, suster?"

"Soos altyd maar. Goed. Sy is gesond."

Dottie knik. "Ek sal weer kom. Sy het niks nodig nie?"

"Nee. Sy het alles wat sy moet hê."

"Tot siens, suster."

Santie stap soos in 'n droom in die lang gang af. Darius se vrou . . . Petie se ma . . . se bloedma . . . die vrou wat hom in die lewe gebring het sonder dat sy daarvan geweet het . . . 'n Asemhalende pop sonder verstand . . . En dit gaan goed met haar. Sy het niks nodig nie. Sy het alles wat sy moet hê. Genade . . .

"Ek hoef seker nie die eerste deel van die verhaal te vertel nie. Dié ken jy, want dis die deel wat Eloffsdal ken. Hoe my broer en Tanja saam weg is van Eloffsdal af . . ."

334

"Ja."

"Hulle was skaars weg of Tanja het agtergekom sy was swanger. Dit was nie my broer se kind nie." Dis 'n oomblikkie stil in die motor. "Dit was 'n groot skok vir haar sowel as my broer. Albei het besef sy moes na Darius teruggaan. Tanja het met Darius kontak gemaak, gevra of sy kon terugkom . . . en hy het geweier."

"Geweier!"

"Ja, maar sy het hom nie vertel sy was swanger nie. Dit was my broer wat gesê het sy moes hom eers nie daarvan vertel nie."

"Hoekom nie? Was hy bang hy sou dink . . .?"

"Miskien dit ook, maar eintlik . . . Ferdi was baie lief vir Tanja, Santie. Hy was 'n oujongkêrel, en Tanja was werklik die enigste vrou wat hy ooit liefgehad het. Nee, sy rede was dat hy wou seker wees dat Darius Tanja sou terugneem omdat hy haar nog liefhet, en nie omdat hy verplig sou voel nie. Dis die enigste voorwaarde waarop hy bereid was om Tanja aan Darius terug te gee. Dan sou hy terugstaan. Maar Darius was vreeslik verbitterd. Toe sy hom bel en sê sy het 'n fout gemaak en of sy maar kon terugkom, het hy summier geweier. Hy het haar reguit gesê hy wou haar nie terughê nie. Hy het reeds die egskeiding aanhangig gemaak."

Dottie vee vlugtig oor haar wang en Santie laat haar kop sak. O, hoe 'n gemors kan 'n mens nie van sy of haar lewe maak nie!

"Hulle – dis nou Tanja en Ferdi – het net gewag dat haar egskeiding deurkom, en dan sou hulle trou. Toe vind die ongeluk plaas. 'n Groot vragmotor se remstelsel het in die Du Toitskloofpas onklaar geraak en trompop teen hulle gebots. Ferdi is op slag dood en Tanja . . . sy is verstandelik en geestelik ook op slag dood. Net haar liggaam het die ongeluk oorleef . . . en die kind wat sy gedra het. Hulle was juis op pad terug na die Boland waar Ferdi weer 'n plasie wou koop. Tanja is hierheen gebring, en hier het ek haar gereeld kom besoek. Hier het ek klein Petie ook kom haal. Gelukkig het Tanja reeds vroeër 'n soort testament opgestel waarin sy my en Ferdi as haar kind se voogde aangestel het as iets met haar sou gebeur. Sy het miskien die geboorte in gedagte gehad; natuurlik nie aan 'n ongeluk gedink nie. Ek was Petie se wettige voog, en ek het hom by my geneem."

"Maar hoekom hom aan die wêreld as jou kind voorhou, Dottie?"

"Nie aan die wêreld nie, Santie. Net aan Eloffsdal. Daar was 'n rede. Ek wou nie hê Petie moes in 'n klein, beknopte woonstelletjie met 'n klein balkonnetjie in die hart van Johannesburg grootword nie. Ek het baie aan Eloffsdal teruggedink, hoe ruim en oop dit daar is. Hoe lekker ou Petietjie daar sou kon speel en vry wees, en veilig. Terloops, hy het natuurlik sy oupa Mocke se name gekry. Maar ek was bang om terug te gaan na Eloffsdal, bang dat Darius sy kind sou wegneem van my af. Die egskeiding was pas gefinaliseer toe Tanja-hulle verongeluk het. Maar as Darius moes weet dat Petie sy eie bloed en vlees was, sou hy hom wou hê. Dis nie dat ek Petie nie vir hom sou gegee het nie, Santie. Ek was vreeslik lief vir Petie. As jy 'n pap babatjie neem en grootmaak, word hy jou eie. Petie was soos my eie seuntjie. Dit sou vir my baie swaar wees om hom vir Darius terug te gee, maar ek sou dit doen, as ek net seker kon wees dat Darius die kind werklik volkome as sy eie sou aanvaar, vir hom lief sou wees en hom nie net wou hê omdat hy gevoel het dis syne en dit hoort so nie. Toe het ek 'n plan gekry. Ek sou teruggaan Eloffsdal toe en eers sake deurkyk. As Darius nog so verbitterd was soos destyds, miskien in 'n harde, ongenaakbare mens verander het, sou ek hom nie eens vertel dat Petie sy eie kind was nie."

Santie kyk haar verward aan. "Maar . . ."

"Nee, my liewe Santie. Darius het nie geweet Petie was sy kind nie. Hy weet dit vandag nog nie."

"Maar, Dottie, daar in die hospitaal . . ."

"Nee, Santie. Hy het jou daardie dag gesê dat hy Petie se pa is sonder dat hy die vaagste benul gehad het hy praat die waarheid. Darius is tot vandag toe oortuig daarvan dat Petie my en Louis se kind was. Hy het jou die leuen, wat nie 'n leuen was nie, vertel omdat hy jou jammer gekry het omdat jy jou eie babatjie verloor het en omdat hy jou wou gerusstel, want hy het geweet dat jý ook geglo het dat Petie my en Louis se kind was."

Santie is verbysterd. "Jy sê Darius het so 'n vreeslike leuen aan my vertel net omdat hy my . . ."

"Dis al rede wat daar kan wees, Santie, want Darius het nooit geweet Petie was sy kind nie, ook nie eens daardie dag toe . . . toe hy met die lykie in sy arms uit die helikopter geklim het nie. Hy weet nie dis sy eie kind se graffie wat op die koppie bokant Eloffsdal lê nie."

Sy bring die motor tot stilstand en hulle klim uit, stap stilswyend langs mekaar na die hysbak, staan stil na mekaar en kyk toe die woonstel se voordeur agter hulle toegaan. "Ek weet ek kan veroordeel word omdat ek hierdie feit tot vandag toe verswyg het. Maar probeer verstaan, Santie. Ek het Petie baie liefgehad. Hy was vir my maar my eie seuntjie. En Darius was aan die begin, toe ons op Eloffsdal gekom het . . . Jy weet self wat sy houding was."

Santie knik. "Ek weet. Ek veroordeel jou glad nie, Dottie. Jy het so opgetree om Petie se beswil. Maar dit moet baie moed gekos het om te besluit om na Eloffsdal terug te kom en voor te gee hy was jou kind, veral met die oog op Louis . . ."

"Ja. Ek het daardie oggend, die eerste oggend in die kerk, byna weggehardloop. Ek kon die oordeel en veroordeling van die Eloffsdallers byna tasbaar aanvoel. En toe kry ek nog 'n skok. Ek moes hoor Louis was pas getroud. Ek er-

ken, hy was een van die redes wat my na Eloffsdal laat te-
rugkom het. Destyds is ons verhouding sommer stomp deur
Darius kortgeknip, maar ek kon Louis nie vergeet nie."

Sy sug saggies, stap deur kombuis toe. "Die res van die
verhaal ken jy so goed soos ek. Ek gaan nou eers vir ons
tee maak."

Maar dis nie die einde van die verhaal nie, dink Santie
toe sy deurstap sitkamer toe en by die venster gaan staan,
afkyk op die bewegende mensdom daar ver onder. So het
elkeen sy verhaal. Ook vir hierdie verhaal moet die slot
nog geskryf word. Van die karakters in hierdie verhaal
gaan 'n gelukkige einde tegemoet. Van die ander . . . sal
seker maar hul pad vorentoe 'n alleenpad vind . . .

Die res van die dag is albei stil. Daar is so baie om hul
gedagtes mee besig te hou. Dis teen die aand dat Dottie
vra: "Santie, ek het 'n vreeslike stryd in myself oor Petie
– of ek Darius moet vertel of nie. Hy weet nie eens dat hy
die pa van 'n kind is . . . was nie. Dis seker sy reg om te
weet, maar . . ."

Santie skud haar kop. "Nee, Dottie, ek dink nie jy moet
nie. Daar is geen sin in nie. Klein Petie is dood. Tanja is
ook dood. Gister is verby. Ek dink Darius het genoeg om
te dra sonder om dít ook nog op hom af te laai. Maar mis-
kien moet jy Louis vertel. Hy behoort te weet . . . te weet
dat Petie nie jóú kind was nie."

"Ja, ja, ek sal vir Louis vertel. Dankie, Santie. Ek is bly
jy dink dis beter dat Darius nooit weet nie."

"Dan het jy eindelik gekies?"

Dottie glimlag. "Ja. Ja, ek het gekies. Daar was eintlik
nooit regtig 'n keuse nie. 'n Mens het lief – of jy het nie lief
nie. Dis al."

Santie is reeds in haar kamer daardie aand, gereed om bed
toe te gaan, toe sy die voordeurklokkie hoor. Dis seker

maar een van Dottie se vriende wat gehoor het sy is terug in die stad. Sy klim in die bed.

Dottie staar die man in die deur aan.

"Louis! Hoe kom jy so gou hier?"

"Ek het reguit van die telefoon af geloop en in die motor gaan klim. Naand, Dottie."

"Naand, Louis."

Dan neem hy haar in sy arms, trek haar teen hom vas, en sy sluit haar oë toe hy sag teen haar wang fluister: "Dit was 'n lang pad wat ons moes kom, my skat."

"Ja. Dit was 'n lang pad, Louis." Sy kyk na hom op. "Weet Darius dat jy hierheen gekom het?"

"Ja. Ek het hom gesê ek wil Johannesburg toe, en hy het gesê ek moet ry. Hy verkeer natuurlik onder die indruk dat ek na Santie toe gekom het. Ek het hom nie vertel ek en Santie is geskei nie, soos jy gevra het. Maar ek moet hom dit die een of ander tyd vertel, Dottie. Ek wil so gou moontlik met jou trou, en ek is nie van plan om skaam of agterbaks daaromtrent te wees nie."

"Nee, natuurlik nie, Louis, maar ek het my rede hoe-kom ek jou oor die telefoon gevra het om Darius eers nie daarvan te vertel nie. Kom in. Ons gaan nie die hele tyd hier staan en gesels nie, en jy is seker honger. Laat ek eers vir jou iets te ete kry."

Sy druk die kombuisdeur agter hulle toe en terwyl sy iets begin voorberei, word baie dinge tussen hierdie twee men-se opgeklaar – soos wie Petie se pa was . . . en wie sy ma is. Louis sit stom en luister, skud dan sy kop in verdwasing.

"Natuurlik! Ek was absoluut stompsinnig onnosel! Nou is dit so duidelik soos daglig vir my. Ek moes twee en twee bymekaar kon sit. Die kleintjie trek ook sterk op Tanja, of het altans."

"Ja. Ek was self verbaas dat veral jy en Darius nie agter die waarheid kon kom nie. Petie het sy ma se fyner gelaats-trekke geërf."

339

"Ja. Ek sien dit nou duidelik voor my. En verder . . . Ek het mos geweet hy is nie myne nie. Dottie, ek is jammer dat ek jou so sonder meer . . . e . . . verdink het van . . . Ag, jy weet wat ek wil sê."

Sy knik en glimlag, en nou hoef sy nie meer haar hart uit haar oë te probeer weghou nie. "Ek is bly jy het, Louis. Want nou weet ek dat jy my regtig liefhet. Jy moet my liefhê as jy geglo het Petie was my eie kind en dit het nie saak gemaak vir jou nie."

"Dit het nie, Dottie. Ek sou Petie as my eie aanvaar het. En toe was hy al die tyd Darius s'n . . ."

"Santie sê hy moet nooit weet nie. Sy sê daar is nie sin in dat hy dit nou hoor nie."

"Ek stem saam, my skat. My ouboet het genoeg seergekry."

Sy glimlag weer, dankbaar. Louis en Darius het eindelik werklik die afgelope tyd broers geword. Wat Louis nie weet nie, is dat daar ook iets vir hom weerhou gaan word. Hy sal nooit weet dat Darius haar gevra het om met hom te trou nie. Dit sal ook nie sin hê nie.

Sy sit sy kos voor hom neer en gaan aan die ander kant van die tafel sit. "Louis, terwyl jy eet, is daar iets wat ek jou moet vertel. Dis in verband met Santie . . ."

Santie is die volgende oggend verbaas toe sy uit haar kamer te voorskyn kom en Louis se bekende gestalte op die balkon gewaar. 'n Oomblik het haar hart geruk, toe draai hy om.

Vanuit die kombuisdeur beskou Dottie hul ontmoeting stil, en die laaste onrus in haar bedaar. Louis en Santie groet mekaar en is bly om mekaar te sien soos ou vriende . . . en niks meer nie.

"Dottie het mooi na jou gekyk. Jy het 'n bietjie gewig aangesit, sien ek, en jy het darem weer 'n kleurtjie in jou wange."

"Jy lyk ook goed. Bruingebrand en baie fiks. Die plaaslewe doen jou goed, sien ek. Hoe . . . hoe gaan dit met Darius?"

"Goed. Hy het die motorhawe weer aan die gang en die nuwe winkel word al gebou. Werk hom byna dood. Maar dis mos maar my ouboet daardie. Wanneer hy eers skouer aan die wiel gesit het . . ."

En Louis oordryf nie. Ten einde raad het tant Goggie haar maar as Darius Mocke se persoonlike bewaarder aangestel, en as dit nie vir haar was nie, sou Darius miskien regtig al op 'n dag in sy spore neergesak het. Maar tant Goggie sorg dat Darius ten minste een keer op 'n dag 'n ordentlike ete uit haar opslaankafeetjie kry. Want soos die res van Eloffsdal, het ook tant Goggie besluit om nie van Eloffsdal af weg te gaan nie. Hulle sal weer begin, weer opbou. Eendag sal Eloffsdal weer Eloffsdal wees. Dit gaan nie van die landkaart af verdwyn nie.

Darius het maar met 'n halwe oor geluister wanneer sy met hom raas as hy sonder 'n trui in die koue wind is. Soms het die ou mens hom geïrriteer, maar dan het hy weer onthou wat tant Goggie vir Eloffsdal in die moeilike dae beteken het en haar maar vergewe. Dit was darem iemand wat omgegee het.

Niemand op Eloffsdal sou kon raai dat ook Darius Mocke alleen en verlate kan voel nie. Niemand het daaraan gedink dat hy nie so hard werk net om weer 'n begin te maak, om weer op te bou wat verwoes is nie, maar dat 'n mens soms hard werk om van jouself weg te vlug.

Maar daar kom ure dat jy noodgedwonge die werk moet staak . . . en dis dan wanneer die gedagtes, die eensaamheid, die futiliteit van jou lewe en strewe jou oorweldig. Dis dan wanneer die mure van die huis teen die bult nader aan jou skuif, jou wil vasknel en jy na buite vlug, uit na die oop ruimtes . . . en 'n kindergraffie op een van die koppies . . . Snaaks dat hy 'n soort troos kry op daardie plek, 'n gevoel dat hy nie meer so alleen is as wat hy eers daar was nie . . .

Maar in die verre Johannesburg weet Santie nie van sy nagte lange gedwaal op Eloffsdal se koppies nie. En as hierdie ronddwalery van hom nou eers hier in Dottie se woonstel vir Louis begin sin kry, wys hy dit nie.

Santie kry glad nie snuf in die neus dat daar miskien 'n komplot teen haar gesmee word nie toe Dottie later die oggend sê: "Santie, ek en Louis wil jou 'n baie groot guns vra."

"Ja?"

Dottie kyk onseker na Louis. "Louis, dis . . . dis baie gevra . . . Ek het nie die moed nie . . ."

Santie kyk hulle beurtelings vraend aan. "Wat is dit? Kan ek help?"

Louis lyk ook skuldig en verleë. "Dottie is reg. Dis vermetel van ons om dit van jou te verwag. Maar ons weet nie hoe nie . . ."

"In hemelsnaam, praat klaar! Ek kan self oordeel of dit te veel gevra is of nie. Wat wil julle hê moet ek doen?"

Dottie begin aarselend verduidelik: "Jy sien, Santie, ek en Louis het gevoel dit sal . . . dit sal nie mooi of reg van ons wees as ons Darius sommer per telefoon of selfs per brief laat weet ons . . . ons gaan trou nie. Ons behoort hom dit persoonlik te sê, maar . . ."

Haar stem sterf weg en die twee vroue se oë ontmoet, en Santie knik. Sy verstaan. Dottie het haar gesê dat sy Louis nie vertel het van Darius se huweliksaanbod nie, en sy het saamgestem. Nee, dit sal wreed wees om sommer oor die telefoon te sê sy huweliksaanbod word nie aanvaar nie, want sy gaan met sy broer trou.

Louis erken selfbewus: "Jy sien, Santie, ek het hom nog nie van ons egskeiding vertel nie. Dit sal 'n dubbele skok vir hom wees as hy moet hoor ons is nie net intussen geskei nie, maar dat ek byna dadelik met Dottie gaan trou. Soos jy weet, keur hy Dottie nie goed nie, of hy het altans nie."

"Hy sal nie nou meer beswaar teen haar hê nie, Louis. Ek weet dit." Sy aarsel. Dit gaan baie van haar verg om terug te gaan Eloffsdal toe om Darius in te lig oor al die nuwe verwikkelinge. En tog is sy ook bly om 'n verskoning te hê om nog net een keer terug te gaan. "Ek sal gaan en hom vertel."

"Sal jy, Santie? Ek weet dis baie gevra . . ." sê Dottie.

Santie glimlag. "Ek doen dit graag vir jou en Louis. Julle moet reg begin, en julle moet gelukkig wees, Dottie."

Louis staan op. "Ek gaan hoor of daar vir jou plek op die eerste trein is wat weer Eloffsdal se kant toe gaan."

"Santie . . . Ek het Darius ook nie vertel van Tanja en wat met haar gebeur het nie. Hy is onder die indruk dat sy en Ferdi doodgelukkig getroud is. Ek laat dit aan jou oor om te besluit of jy hom wil vertel. Anders sal ek hom vertel wanneer ek terug op Eloffsdal is."

Santie knik. "As die geleentheid hom voordoen, sal ek hom vertel."

Louis en Dottie waai totdat sy uit sig is, en dan draai hulle om en begin terugstap motor toe.

"Ek hoop nou net dinge werk uit soos ons beplan. 'n Mens kan nooit weet met Darius en Santie nie."

"Ons kan niks meer doen as om Santie op Eloffsdal terug te kry nie, my skat." Hy skud sy kop. "Ek kan nog nie regtig glo dit is soos jy my vertel het nie."

Dottie glimlag. "Wel, laat ons maar kyk wat gebeur. Die een helfte van Santie se tema het toe waar geword. Dalk word mý helfte ook waar."

"Waarvan praat jy?"

Sy lag, skuif langs hom in, buig oor en soen hom vlugtig. "Sal jou later vertel. Ry nou eers terug woonstel toe dat ek vir Darius kan laat weet hy moet Santie môrenag op die stasie kry. Die trein kom op 'n onmoontlike uur van die nag daar aan."

Louis frons. "Ek het nie dááraan gedink nie. Hoe gaan jy aan hom verduidelik waarom Santie met die trein terugkom en ek nog hier sit?"

Dottie glimlag. "Laat dit aan my oor. En onthou – oor drie dae trou ons."

"Wat van jou werk? Moet jy nie eers 'n maand . . .?"

"Ek het my bedanking ingedien toe ek hier begin het. Ek is byna klaar met my kennisgewingmaand."

"Het jy geweet jy gaan terugkom Eloffsdal toe?"

"Ja, Louis. Ek het geweet. Noem dit maar vroulike intuïsie!"

'n Rukkie later word sy deurgeskakel na tant Goggie. Darius is uit, vertel tant Goggie. Die sentrale weet ook al dat tant Goggie nou so te sê Darius se privaat sekretaresse geword het. Tant Goggie weet altyd waar almal hulle bevind.

"O, dis jy, Dottie? Nee, kind, ek sal 'n boodskap vir hom neem. 'n Mens kan hom nie nou bel nie."

"Goed dan, tant Goggie. Sê vir Darius ek stuur vir hom iets met die trein aan waarvoor hy al lank wag. Sê vir hom ek stuur dit vir hom met al my goeie wense dat dit hom groot geluk sal bring."

"Nou goed, kind, ek sal hom sê. Wat is dit? Iets vir die bouery?"

"Nee, tante. Sommer 'n persoonlike geskenkie. Sê vir hom dit kom met oormôreoggend se trein van die Noorde af. Hy moet sorg dat hy op die stasie is en dit gaan haal."

Tant Goggie vra later nuuskierig vir Darius: "Nou wat sal dit wees, dink jy? Sy sê dis iets waarvoor jy al lank wag, en sy hoop dit bring vir jou baie geluk."

"Nee, tant Goggie, ek het geen benul nie. Ons sal maar sien wat dit is wanneer dit hier aankom. Oormôreoggend se trein? Dit kom omtrent vieruur die oggend hier aan."

Ella stap tant Goggie se kafeetjie binne.

"Het jy al iets van Louis gehoor?" wil Darius van haar weet.

"Nee, niks. Hy het my net gesê hy moet dringend vir 'n paar dae Johannesburg toe, maar Johannes-hulle weet wat om op die plaas te doen solank hy weg is. Ek neem aan hy is na Santie toe. Dink jy daar kan iets skort met Santie?"

"Ek weet nie. Ek hoor niks van hulle nie. Maar Dottie sal laat weet as daar iets ernstigs skort. Sy het belowe."

Toe die kondukteur aan die kompartementdeur klop, is Santie reeds wakker en gereed om op Eloffsdal se stasietjie af te klim. Noudat sy al nader aan Eloffsdal kom, word sy al hoe senuweeagtiger. Hoe gaan sy vir Darius vertel dat Dottie met sy broer gaan trou? Wie sê Dottie het gelyk gehad toe sy gesê het Darius het haar nie gevra om met hom te trou omdat hy haar liefhet nie? Wat weet die een wat in die ander se hart omgaan? Gelukkig weet niemand wat in háár hart omgaan nie . . .

Sy klim af toe die trein stilhou, ontvang haar tas by die kondukteur. Dis amper halfvyf in die oggend. Die passasiers en die hele Eloffsdal slaap nog.

" 'n Pakkie? Nee, hier het nie iets vir Mocke aangekom nie. Nee, ek is seker, meneer . . ."

Sy draai om en tegelykertyd draai hy ook om . . . en hulle eien mekaar in die lig van die perronlamp. Dan staan hy voor haar.

"Santie . . . Dit is jy?"

"Ja." Sy glimlag bewerig. "Môre, Darius."

Daar is 'n hewige frons tussen sy oë toe hy haar tas neem en haar dan na sy motor lei.

Hulle praat nie op pad huis toe nie. Hy vra nie eens wat sy hierdie tyd van die nag op Eloffsdal kom soek nie . . . en dit alleen . . . Hy lei haar reguit na die studeerkamer, sit die tas eenkant neer en vra dan op die man af: "Waar is

345

jou man? Waar is Louis? Hoekom kom jy alleen hier aan met die trein?"

Sy sluk eers. "Dottie . . ."

"Dottie! Wat van Dottie?"

"Sy het my gestuur . . . Ek bedoel . . ."

"Dottie het jou gestuur?"

"Ja. Eintlik het sy en Louis my gevra . . . Nee, ek het aangebied om te kom . . ."

"Kom sit." Sy voel hoe sy op 'n stoel neergedruk word. Hy gaan staan voor die venster skuins na haar gekeer en kyk uit oor die nagtelike toneel voor hom. "Ek luister."

"Darius . . . Ek moet jou eers iets vertel . . . Ek en Louis . . . ons is geskei." Sy vervolg vinnig: "Jy was reg . . . daardie eerste dag toe ek hier aangekom het . . . Ek en Louis moes nooit getrou het nie. Ons was nooit vir mekaar bedoel nie. Louis en Dottie . . . hulle hoort by mekaar. Ek is jammer, Darius . . ."

"Waaroor?"

"As ek jou miskien seermaak . . ."

"Dink jy jy maak my seer deur my te vertel jy en Louis is geskei en dat my broer met Dottie Willemse gaan trou?"

Sy is verplig om na hom op te kyk. "Maak dit nie seer nie?"

Sy gesig begin van die strengheid verloor, ontspan geleidelik. "Nee. Ek verseker jou ek kry nie seer nie. Goed, ek was eerlik. Antwoord jý nou eerlik. Maak dit jóú seer?"

"Vir my? Dat Louis en Dottie gaan trou? Nee. Nee, ek is so bly vir hul part . . ."

"Vergeet 'n slag van ander mense se part. Dink 'n slag aan jouself. Maak dit seer dat Louis nie meer jou man is nie en Dottie s'n gaan word?"

"Nee. Nee, regtig nie. Ek het Louis nooit liefgehad nie. Daar is nog iets wat ek ook graag wil weet, asseblief."

"Ja?"

"Hoekom . . . hoekom het jy my vertel Petie . . . Petie was jóú kind?"

Hy kyk weer by die venster uit.

"Moet ek daarop antwoord?"

"Jy het gesê ons moet eerlik wees. Hoekom, Darius? Was dit net om my te laat glo dat hy nie Louis se kind was nie?"

Hy antwoord nie dadelik nie. Toe sê hy sag: "Die eerste keer toe ek jou gesien het, het ek gedink jy is die pragtigste vrou wat my oë nog aanskou het. Ek wou jou beskerm. Ek wou nie hê iets moes jou ooit breek nie. Niks moes jou ooit seermaak nie. Maar jy was my broer se bruid – en ek het geweet langs daardie pad sou jy seerkry. Daarna het ek besef – daardie dag in die hospitaal toe jy jou babatjie verloor het – ek is selfsugtig. As jy Louis dan liefhet, lê jou geluk by hom, en ek was bereid om enigiets te doen om jou huwelik te help red. Ek het gesien hoe jy alles in die stryd gewerp het om van jou huwelik 'n sukses te maak. Ek het besef dat jy Louis baie lief moes hê. En nou . . . nou sê jy vir my . . ."

"Dis die waarheid, Darius. Destyds het ek alles ingewerp om van my huwelik 'n sukses te maak, want ek is so grootgemaak. 'n Huwelik is iets heiligs. Dis vir altyd. Maar as daar nie liefde is nie . . . en daar was nie; nie van my óf Louis se kant nie. Louis het dit besef toe hy Dottie weer gesien het."

"En jy? Wanneer het jy besef dat jy hom nooit liefgehad het nie?"

Sy ontwyk sy oë. "Ek het grootgeword hierdie maande op Eloffsdal. Alles wat gebeur het . . ."

"Het net die ramp jou so wys gemaak?"

"Nee. Ander dinge ook."

"Soos? Hoe weet jy vanoggend soos jy daar sit dat jy Louis nie waarlik liefgehad het nie, Santie?" Sy bly stil en dan hoor sy hom beveel: "Kom hiernatoe. Kom staan hier by die venster."

Sy gehoorsaam en skuif langs hom in, en sy voel sy een arm om haar gaan. "Ek het ook voorheen 'n vrou gehad, Santie. Ek weet egter vandag eers wat ware liefde werklik beteken. Jy sal alles opoffer, enigiets doen om die ander persoon gelukkig te maak. Tanja wou destyds terugkom. Ek wou haar nie terugneem nie. Ek weet vandag dat ek haar nooit werklik kon liefgehad het nie, want . . . want as dit jý was . . . ek sou jou teruggeneem het . . . Nie eens my trots sou my daarvan weerhou het nie." Sy voel sy lippe teen haar voorkop.

Die telefoon skril en met sy arm stewig om haar geslaan, beweeg hulle saam na die lessenaar.

"Môre, Dottie. Ja. Ja, ek het die pakkie gaan haal. Baie dankie daarvoor. Dis die grootste geskenk wat ek nog ooit gekry het. Wanneer kom jy en Louis huis toe? Goed. Ek en Santie wag vir julle. Geniet die wittebrood."

Hy sit die gehoorbuis op die mik neer, en sy arm trek haar weer na die venster . . . en saam kyk hulle na die eerste oggendgloor teen die verre rantjies en teen die koppie oorkant . . . Net vlugtig sien Santie die klein bultjie teen die oorkantste koppie, en dan verdwyn dit voor haar toe Darius se kop oor haar buig.

Wag-'n-bietjiebos van die liefde

1

"A, Lisbe! Dis goed om jou weer op kantoor te sien!" Die ouer vrou se gesig toon duidelik dat sy bedoel wat sy sê en Lisbe kry nog 'n klapsoen ook.

Lisbe glimlag. "Het dit só rof gegaan?"

Madelyn Reynecke glimlag suur. "Gaan dit ooit anders as rof? Ek sê jou, ek sien uit na mý verlof en om die leisels in jou hande te plaas. Hoe was jou vakansie?"

"Heerlik, dankie, maar ek is bly om terug te wees. Glo dit as jy wil, maar ek het begin verlang!"

"Lisbe! Nou jok jy skaamteloos!" Dan lag die maatskaplike werker begrypend. "Nee, ek weet, wanneer die vakansie sy einde nader, begin 'n mens mos wonder hoe dit met almal gaan en of daar nuwe gevalle bygekom het. Ek erken die mense maak my soms só kwaad dat ek hulle iets kan aandoen, maar my werk verruil ek nie."

Lisbe knik. "Ek ook nie. En soos ek vanoggend voel, kan ek berge versit en wonderwerke laat gebeur. Ek sien selfs kans vir ons dierbare Sieberhagens!"

Hulle lag saam in warm begrip en wedersydse respek. Hulle werk al vyf jaar lank saam en Madelyn weet dat sy vandag met 'n geruste hart kan vertrek. Die Sieberhagens is 'n ou kopseer wat Lisbe sal kan hanteer. En selfs die geval wat gedurende haar afwesigheid bygekom het, sal die jong meisie nie afskrik nie.

Die ouer vrou kyk Lisbe nou ernstig aan. "Die ou gevalle is nog almal hier. Daar is net een nuwe geval."

Lisbe kyk haar belangstellend aan. "Ja?"

Madelyn tel 'n lêer op, hou dit na haar toe uit. "Hier is die lêer. Daar is maar baie min besonderhede beskikbaar. Dis nuwe intrekkers. Niemand weet iets van die man af nie en hy is nie gretig om te gesels nie."

Lisbe vou die lêer oop. *H.A. van der Merwe, Keerboom-straat.* Sy kyk vraend op.

"Dis 'n man met twee kinders . . . tweelingseuns van agt jaar oud."

"Waar is die ma?"

"Niemand weet nie, en soos ek sê, die pa het niks te vertel nie."

Lisbe knik begrypend. Dis niks nuuts nie. Sy het al telkemale te staan gekom voor 'n muur van vyandige swye. Mettertyd vind jy êrens 'n swak plekkie in die oënskynlik ondeurdringbare pantser, bereik jy tog die kern. Vir 'n buitestander lyk dit soos hardkoppige hardgebaktheid, 'n geval waaraan daar geen salf te smeer is nie. Lisbe se ervaring het haar egter geleer dat dit selfbeskerming is teen verdere slae en seer wat die lewe nog mag uitdeel. Ook meneer H.A. van der Merwe sal 'n swak plekkie in sy mondering hê.

"Hoe het dié geval onder jou aandag gekom?"

"Ene juffrou Van der Mescht het opgelet dat die kinders onversorg skool toe kom. Sy het toe besoek gaan aflê en haar teen 'n baie aggressiewe pa, wat redelik hoog in die takke was, vasgeloop. Sy is soos 'n hond weggejaag. 'n Lot wat my ook te beurt geval het."

Lisbe frons. Die ou storie . . . drank. " 'n Alkoholis?"

"Ek is nie seker nie. Die tweede keer was hy heeltemal nugter, geskeer en skoon, selfs netjies geklee, maar ewe aggressief. Hy het my op 'n baie bytende toon beveel om my neus uit sy sake te hou, en gesê dat ek by die verkeerde adres is. Hy en sy kinders is nié 'n maatskaplike geval nie. Hy is in staat om vir sy kinders te sorg en hy is beslis nie hulpbehoewend nie."

"Is hy nie?"

"Dit lyk nie so nie. Hy bly wel in 'n huurhuis, maar ek was verras oor die meubels."

"Dan was jy al in die huis?"

"O, nee, maar van wat ek kon sien so van die voordeur se drumpel af, moet ons vriend iets besit . . . of dalk in die verlede goed geleef het. Op die oomblik werk hy nie en, soos hy my prontuit verseker het, soek hy ook nie werk nie. 'n Mens weet nie hoe lank die neseier wat hy oënskynlik het, nog gaan hou nie."

"Hy kan nie te oud wees as hy 'n tweeling van agt jaar oud het nie. Ek neem aan dit is sy eie kinders?"

"Ja, dis sy eie. Ek skat hom so middel dertig, maar hy kom ouer voor."

Lisbe frons. "Waarvandaan kom hy?"

"Van die Witwatersrand af . . . en jy kry niks meer uit hom uit nie."

"En niemand hier rond ken hom of weet iets van hom af nie?"

"Nee. En hy meng hom ook met niemand nie."

"Hmm." Dit klink asof meneer Van der Merwe 'n moeilike kalant gaan wees, maar Lisbe skrik nie. "Die kinders . . . wat vertel hulle?"

"Ek het nog nie tyd, of sal ek liewer sê, geleentheid gehad om by hulle iets te probeer uitvind nie. Hy het my openlik gewaarsku dat ek van sy kinders af moet wegbly. 'n Onderhoud met die kinders is dus buite die kwessie." Sy knik bemoedigend vir Lisbe. "Ek laat dit aan jou oor, hoewel ek twyfel of hulle ons iets van belang sal kan vertel. 'n Seun van agt stel maar min in die detail van sy omstandighede belang. Solank sy maag vol is en hy kan speel en kom en gaan soos hy wil, is hy tevrede."

Lisbe frons skerper. Dis gevaarlik vir 'n kind van agt om te kan kom en gaan soos hy wil. "Wat sê die juffrou . . . hoe is hul gedrag?"

"Goed, behalwe dat hulle in die veertien dae wat hulle in die skool is, al in 'n paar gevegte op die skoolterrein betrokke was."

"Wat heel normaal kan wees vir gesonde, lewenslustige seuns van agt jaar oud."

Die ouer vrou glimlag vir die verwerende noot in Lisbe se stem. Lisbe is 'n koelkop, iets wat baie in haar guns tel in hierdie beroep van hulle. Sy het die gawe om 'n balans te behou. Sy sal wel raad weet met meneer Van der Merwe.

"Dit is so. Eintlik is daar nie veel verskil tussen Keerboomstraat se agtjariges en die elite se agtjariges nie. Wel, Lisbe, ek laat meneer Van der Merwe en sy tweeling in jou sorg. Alle sukses."

Lisbe glimlag. " 'n Verkeerde woordkeuse, mevrou, maar ek sal my bes doen. Is daar enige verwikkelinge met ons ander gevalle?"

"Nee. Elsie het nog 'n pak slae van haar dierbare Jan gekry, en natuurlik is die blou kolle op haar lyf en gesig as gevolg van haar voet wat gegly en haar toe laat val het."

Lisbe swyg. Dit het die Sieberhagens se lewenspatroon geword: die vrou word gereeld deur haar man mishandel, maar weier om dit te erken.

Later die dag staan Lisbe voor Elsie in die deur van die huisie waarin sy en haar man en vyf kinders woon. Die kneusplekke lê nog duidelik op haar gesig. Vir die soveelste keer voel Lisbe die magteloosheid in haar opstu. In die soort werk wat sy doen, het sy geleer dat 'n mens net dié kan help wat gehelp wil word. Elsie Sieberhagen is een van dié wat hulp weier.

Is dit 'n laaste greintjie trots wat Elsie laat vasklou aan die onsinnige storie dat sy elke keer geval het wanneer haar gesig en liggaam vol blou kolle is? Maar kan daar nog trots in hierdie lewensmoeë, tenger liggaam oor wees? Of is dit liefde wat haar laat weier om 'n klag van aanranding teen haar bullebakman te lê? Is dit moontlik dat liefde werklik geen grens of perke ken nie? Is dit moontlik dat liefde nog kan seëvier wanneer alles binne-in jou verbrysel is? Of is dit maar dat jy later soos 'n stom, redelose donkie word wat gewoond geraak het aan die pak op die rug, aan die sweephoue oor die lyf en die uitgetrapte paadjie van blote bestaan? Dat die wil om een tree buite daardie gebaande paadjie te gee, saam met al die ander ideale gesterf het? Wat laat 'n vrou voortgaan met dié soort lewe wat Elsie Sieberhagen lei?

"Dag, Elsie."

"Dag, juffrou."

Sy staan opsy sodat Lisbe kan binnekom, want ook die besoeke van die maatskaplike werkers word met dieselfde gelatenheid as al die ander dinge verduur.

"Ek sien jy het weer geval."

"Ja, juffrou." Haar oë is neergeslaan, die leuen kom skaamteloos oor haar lippe.

Lisbe laat dit maar daar. "Hoe gaan dit met die kinders?"

"Goed, juffrou."

Lisbe staan op. Dit gaan altyd goed, want hulle weet nie van beter nie. "Werk Jan nog by die munisipaliteit?"

"Ja, juffrou."

Wel, dis darem iets om voor dankbaar te wees, al kom skaars 'n kwart van sy salaris na die gesin toe. Die res gaan belê hy baie getrou by die drankwinkel. Nou ja . . .

Lisbe stap aan deur toe, kyk af op die armsalige vroutjie, en dit skok haar opnuut om te weet dat Elsie net so oud soos sy is. Haar geloof vertel haar dat daar ook sin in Elsie Sieberhagen se skynbaar futiele, sinlose lewe moet wees, maar . . . Sy sluit haar gedagtes. In hierdie werk vra jy nie hoekom en waarom nie. Jy doen net, al weet jy dat jou pogings dikwels tevergeefs is.

Skielik is daar 'n stryd in haar teen die negatiewe wat

haar wil oorweldig. Net vanoggend nog het sy met soveel geesdrif van wonderwerke gepraat. Skielik is daar niks meer daarvan oor nie. Drie jaar lank gaan sy al met vakansie en laat sy die Sieberhagens agter; met nuwe planne en geloof in wonderwerke keer sy terug . . . en wanneer sy weer met vakansie gaan, is die Sieberhagens nog altyd daar en het niks verander nie. Eintlik laat sy hulle elke keer slegter agter . . . met nog 'n mond om te voed, nog 'n liggaampie om te klee, nog 'n mensie oor wie se toekoms sy haar bekommer en oor wie se lewe sy vergeefs probeer om die ouers te laat besin.

Soos haar senior gesê het, voel dit skielik vir haar of sy Elsie liggaamlike leed kan aandoen. Sy stry teen die drang om Elsie aan die skouers te gryp en die skraal gestalte te skud totdat haar tande op mekaar klap en daar miskien, ag, net miskien, 'n nuwe denkrigting in die moeë verstand ingeskud is.

Sy wil dit uitskree: Hoekom, Elsie? Hoekom het jy nie verder gaan leer nie? Hoekom het jy jou voor jou tyd by grootmensdinge ingelaat? Hoekom het jy met Jan Sieberhagen weggeloop? Hoekom drink jy nie gereeld jou pil nie? Hoekom bring jy elke jaar nog 'n arme kind in die wêreld wat jy saam met jou in die ellende dompel? Hoekom gaan gee jy nie vir Jan aan by die polisie wanneer hy jou moeë liggaam met sy vuiste en sy wellus verniel nie? Hoekom, Elsie? Hoekom? Hoekom!

Onverrigter sake stap Lisbe weg, en die hoekoms agtervolg haar.

Hoekom het meneer H.A. van der Merwe hierheen verhuis? Hoekom is daar nie 'n ma vir sy kinders nie? Hoekom is hy so aggressief? En hoekom, terwyl hy werkloos is en daglank niks het om te doen nie, haal hy nie hierdie yslike wag-'n-bietjiebos by die voorhekkie uit nie? Hoekom . . .?

Daar is geen antwoord toe sy klop nie. Sy staan besluiteloos, stap dan om na die agterdeur. Dit staan oop en haar hand is halfpad uitgesteek om weer aan te klop, toe sy sy oë ontmoet. Haar hand val terug.

Hy sit roerloos langs die kombuistafel en die stoppelbaard verberg nie die lelike, bitter lyne op sy gesig nie.

"Goeiemiddag." Sy kry geen antwoord nie. "Ek het aan die voordeur geklop . . ."

"Ek het gehoor."

Sy sluk. "Ek is juffrou Erwee."

Weer kry sy geen reaksie nie. Hy wend nie eens 'n poging aan om op te staan nie.

"Mag ek binnekom?"

"Nee."

Sy trek haar asem in, val dan saaklik weg: "Meneer Van der Merwe, ek . . ."

"Jy is by die verkeerde adres, juffrou. Ek weet nie na wie of na wat jy soek nie, maar hiér het jy niks verloor nie."

Geduld, o geduld . . . "Meneer, dit sal nie help om . . ."

"Blykbaar nie, party mense se velle is baie dik." Hy staan skielik voor haar en sy skroeiende blik laat die vlamme op haar wange uitslaan. "Verskoon my." Die volgende oomblik word die agterdeur in haar gesig toegedruk sodat sy 'n tree moet terugstaan om te keer dat haar neus in die slag bly. Baie duidelik hoor sy hoe die deur gesluit word.

Sy is stom. Weliswaar is dit nie ongewoon om haar teen vyandigheid vas te loop nie, maar die vermetele onbeskoftheid waarmee sy vandag te doen kry, is die ergste wat sy nog ervaar het. Die maatskaplike werker word gewoonlik met gedwonge beleefdheid behandel. Almal weet jou verslag kan hul hele bestaan beïnvloed; die gang van hul lewe en toekoms hang daarvan af. Wat jy skryf oor hul gedrag en huislike omstandighede, bepaal hul lot én die van hul kinders. Daarom, al voel hulle lus om jou weg te jaag, nooi hulle jou maar binne en sit 'n allerbeste voetjie voor, want elke gebaar, elke woord word later op skrif gestel. Maar meneer H.A. van der Merwe weet hierdie dinge blykbaar nie – of as hy weet, kan dit hom nie 'n bloue duit skeel nie.

Koppig verseg sy om hierdie eerste rondte te verloor. Die kinders se juffrou het probeer, mevrou Reynecke het probeer, en elke keer het hy die beste daarvan afgekom. Dis nou vervlaks of hy dit hierdie keer weer gaan regkry. Sy lig haar ken.

"Nou goed dan, meneer Van der Merwe," spreek sy die agterdeur aan. "As jy verkies dat ons deur die deur moet gesels . . . Ek is 'n maatskaplike werker indien jy dit nie reeds weet nie."

'n Doodse stilte begroet hierdie aankondiging.

"Jy het onder ons aandag gekom omdat jou kinders verwaarloos is. Daar word nie na behore vir hulle gesorg nie."

Dít behoort hom te ruk, maar sy wag tevergeefs op reaksie van agter die gegrendelde agterdeur. Lisbe frons ontevrede.

"En jy is werkloos, nie waar nie?"

Nog is daar geen boe of ba nie.

"Dis die welsyn se plig om ondersoek in te stel ter wille van die kinders. As jy dan nie vir jou kinders omgee nie, óns gee om. Ons . . ."

Uit die hoek van haar oog sien sy 'n beweging by die heining. 'n Ou tuinier loer grootogig na haar. Lisbe draai haar kop vinnig terug.

"Ons wil net vasstel of die kinders behoorlik versorg word. As jy niks het om weg te steek nie, hoekom is jy dan bang om op 'n paar eenvoudige vrae te antwoord?"

Sy skuif haar gewig na die ander been. Haar oog vang weer vlugtig 'n beweging by die heining. Ou tant Fênie het op haar agterstoepie verskyn, krullers in die hare. Sy vergaap haar, saam met haar ou tuinhulp, aan die petalje by die agterdeur.

Lisbe maak keel skoon. "Ek wil net weet of jy finansieel in staat is om jou kinders te versorg. Antwoord my!"

"Apools, wat de duiwel gaan daar aan?" hoor sy tant Fênie skril vra.

Apools se antwoord is duidelik hoorbaar: "Nee, ek verstaan ook nie. Die vrou staan en gesels met die deur. Miskien is sy nie reg in die kop nie."

Sy voel nog die warm gloed op haar wange toe sy agter die stuurwiel inskuif.

Toe Lisbe haar kantoor bereik, sit sy eers 'n hele ruk stil agter die lessenaar. Opstandig skryf sy in die lêer voor haar dat sy vandag besoek aan meneer H.A. van der Merwe, Keerboomstraat, gebring het en dat dit op 'n volslae mislukking uitgeloop het. Die feit dat dieselfde op die boonste reël in Madelyn Reynecke se handskrif staan, troos haar nie.

Daar is natuurlik 'n maklike manier . . . om die hulp van die predikant in te roep. 'n Mens kan dalk die moed hê om die deur in 'n jong meisie se gesig toe te druk, maar nie in 'n waardige predikant s'n nie. Maar sy besluit teen hierdie opsie. Dis mos darem nie die eerste keer dat sy met 'n ongemanierde mansmens te doen kry nie!

Maar hierdie een is so 'n bietjie anders as die Jan Sieberhagens wat tot dusver haar pad gekruis het. Met meneer Van der Merwe het sy die gevoel gekry dat sy presies is wat hy haar so onomwonde laat verstaan het sy is: 'n dikvellige, bemoeisieke vroumens. In plaas daarvan dat hý die gevoel moes kry dat sy daar is om leiding te gee, het sý die gevoel gekry dat sy haar neus insteek waar dit nie hoort nie. Sy wou hóm laat verstaan dat sy daar is om hulp te verleen aan iemand wat hulp nodig het, maar hy het háár laat voel dat sy 'n oorlas is en dat haar belangstelling in die Van der Merwes van Keerboomstraat totaal misplaas is.

En natuurlik is dit nie! Die paar feite wat wel beskikbaar is, vertel tog duidelik dat die geval hul aandag verg.

359

Sy tik die feite af: Hulle bly in Keerboomstraat, en dit sê al baie. Keerboomstraat is een van die probleemstrate van hierdie dorp. Dis nie net 'n kopseer vir die welsyn nie, maar dikwels ook vir die polisie. Indien meneer H.A. van der Merwe nie 'n welsyngeval wil wees nie, moet hy nie in 'n vervalle ou huis in Keerboomstraat woon nie. Die feit dat hy wel daar bly en duidelik nie omgee of 'n wag-'n-bietjiebos die voorhekkie toegroei en hoe die res van die werf lyk nie, vertel ook sy eie storie. Die feit dat sy kinders nie altyd skoon en versorg skool toe gaan nie, wys nog 'n vinger. En die feit dat hy laatmiddag nog ongeskeer en werkloos in die huis is, voltooi tog die prentjie. 'n Baie bekende prentjie vir Lisbe.

As sy net meer feite kan kry! Met so min feite tot haar beskikking is dit haas onmoontlik om by die takke aan die Rand te probeer uitvind of hulle ene meneer H.A. van der Merwe op lêer gehad het.

Intuïtief voel sy aan dat hierdie man eers onlangs in sy toestand van verval en agteruitgang beland het. Sy aggressiewe houding verraai dat hy nie daaraan gewoond is dat mense hom konfronteer nie. Die gewone gevalle is gewoond daaraan; beantwoord gelate die vrae wat gestel word, of lieg daaroor, maar hulle antwoord. Die meubels in die huis vertel dat hy eens op 'n hoër trappie as Keerboomstraat was. Dit sal nie die eerste keer wees dat die pendule van die een uiterste na die ander geswaai het nie.

Maar wat kon gebeur het? Het die afwesigheid van 'n vrou iets daarmee te doen? Is sy dood . . . of is hulle ge-skei? Die antwoorde op dié vrae sal sy op 'n ander plek moet vind, want meneer Van der Merwe sal dit beslis nie verstrek nie.

Lisbe se motor staan die volgende middag voor die skool-hek toe die skool uitkom. Sy voel skuldig en wil liewer nie dink wat die pa sal kwytraak as hy hiervan moet uitvind nie.

Die twee seuntjies kyk haar woordeloos aan, en Lisbe begin ongemaklik raak onder hul direkte blik. Dis so goed of die twee paar oë sê: Jy weet goed ons pa sal niks hiervan hou nie!

Sy kug. "Hallo."

Hulle staar haar aan, kompleet nes hul pa die vorige dag.

"Ek het gewonder of julle nie wil saamry nie."

Die ogies kyk net terug.

Sy probeer weer, dié keer met 'n breë glimlag. "Ek ry in Keerboomstraat se rigting . . ." Dis nie regtig 'n leuen nie, stry sy met haar gewete. Sy was van plan . . .

Sy maak die deur oop. "Kom, klim in." Die twee standbeeldjies bly bewegingloos. "Wil julle nie saamry nie?"

"Ons mag nie by vreemde mense in die motor klim nie."

Sy knik. "Dis reg, ja, maar ek . . . ek is nie regtig vreemd nie. Ek . . . e . . . het al jul pa ontmoet."

"Veral nie tannies nie," voeg die ander een by. "Pa sê daar is tannies op hierdie dorp wat ons wil kom rondf-"

"Jy mag nie daardie woord sê nie!"

"Pa het dit dan gesê!"

"Ja, maar jý mag dit nie sê nie. Dis woorde vir grootmense sê Pa."

Twee paar oë keer terug na die tannie voor hulle en vra woordeloos: Is tannie miskien een van hulle?

Lisbe sluk. "Ek verseker julle ek wil julle nie rond . . . e . . . beveel nie. Ek het maar net gedink . . . op pad Keerboomstraat toe is daar 'n kafee op die hoek wat baie lekker roomys verkoop."

"Ons weet. Daar is draairoomys met sjokolade binne-in en 'n kersie bo-op en neute . . ." Daar is beslis nou belangstelling. Lisbe glimlag verlig. 'n Roomys maak baie deure oop. Sy hoop monde ook.

"Dis waarvan ek praat. Ek het gewonder of julle nie saam met my een wil gaan eet nie. Dis nie lekker om alleen daar te gaan sit nie."

Hulle kyk mekaar vlugtig aan. Pa het gesê hulle mag by niemand in die motor klim nie, maar hy het niks van roomys gepraat nie . . .

Die een kry 'n blink gedagte. "Goed, ons kry tannie by die kafee. Kom, Hansie!"

Hulle spring soos een man weg en Lisbe kyk hulle half vererg, half geamuseer agterna. Hulle sal nie in haar motor ry nie, maar die roomys wat sy koop, sal hulle eet!

Op pad kafee toe begin haar gewete haar sterk aankla. Sy hou nie van omkopery nie, maar wat anders moet sy doen? Sy móét net meer inligting oor die Van der Merwes bekom.

Die twee wag haar uitasem by die kafee se deur in. Hulle het die afstand in rekordtyd afgelê.

"Maggies, maar julle kan darem vinnig hardloop. Julle is saam met my hier."

Hulle glimlag vir haar. "Ons was bang tannie is soos alle ander vroumense," sê Hansie.

"O? Hoe is alle ander vroumense?"

"On . . . on . . ."

"Onbetroubaar," help sy broer hom.

"O ja? Wie sê so?" Natuurlik is dit 'n dom vraag.

"Pa sê so! Pa sê vroumense is álmal so . . . Hulle sal nou vir jou iets belowe en netnou weet hulle niks daarvan af nie." Dadelik is daar weer agterdog in die ogies en sy word onmiddellik aan haar belofte herinner: "Tannie het vir ons 'n roomys beloof."

"Ja, ja, natuurlik het ek en natuurlik gaan julle dit kry. Kom ons gaan sit." Onder twee paar wakende oë gee sy die bestelling: "Drie groot draairoomyse met sjokolade binne-in en kersies en neute bo-op, asseblief." Sy glimlag in die gesiggies af. "Tevrede?"

Met sugte van verligting word daar teruggesit. "Is tannie 'n vroumens?" vra Hansie in alle erns.

Sy kyk hom verbaas aan. "Wel, ja, ek is, sover ek weet. Hoekom?"

"Tannie is nie beduiweld nie, en Pa sê alle vroumense is befo-"

"Hansie, jy sê nie weer daardie woord nie!" word hy betyds gemaan.

Hansie kyk sy broer vererg aan: "Man, ek wou sê van die duiwel besete. Hy het nog gisteraand gesê dit lyk vir hom hierdie dorp se vroumense is van die duiwel besete."

Lisbe kry dit reg om haar gesig niksseggend te hou. Hy's 'n mooi een om te praat! Sy sluk haar ergernis af, glimlag gerusstellend. "Nee, ek verseker jou, Hansie, ek is nie van die duiwel besete nie. En wat is jou naam?" wend sy haar tot die ander een. Sy het immers nie roomys vir hulle gekoop om op húl vrae te antwoord nie. Sy het self 'n klompie te stel, en sy sal haar moet roer. Die tweeling eet deur die roomys soos sywurms deur moerbeiblare.

"Pietie," kom dit tussen 'n hap roomys deur.

"Hansie en Pietie. Hm, dan is julle eintlik Johannes en Pieter."

"Haai, hoe weet tannie dit? Sy is slim, nè, Pietie?"

Pietie kyk haar fronsend aan. Sy is 'n vroumens en sy is nie veronderstel om slim te wees nie. Pa sê vroumense het net genoeg verstand om so ver as hul neuse lank is te dink . . . en hierdie tannie se neus is glad nie lank nie. Haar neus is korterig met so 'n wippuntjie.

"Waar het julle gebly voordat julle hierheen gekom het?" kom die ongeërgde vraag terwyl sy 'n lekkie van haar roomys neem.

"Ver!" swaai die een armpie.

"Hoe ver?"

"Ver, ver hiervandaan."

"Wat is die plek se naam?"

363

"Dis 'n snaakse naam."

"Het julle lank daar gebly?"

"Net kort."

"Het jul ma toe ook nog by julle gebly?"

"Nee. Sy het in ons eerste huis by ons gebly."

"Waar is sy nou?"

"Ons weet nie. Pa sê hy twyfel of sy is waar sy graag wil wees."

Lisbe frons. Dit klink ingewikkeld. "Dan is sy nie dood nie?"

"Ja, sy is dood."

"Maar jy sê dan . . ." Sy swyg vinnig. Daardie man! Daardie man! Hoe durf hy sulke goed oor sy oorlede vrou teenoor die kinders kwytraak! "Is sy al lankal dood?"

"Ja, 'n hele ruk al."

"En julle drie bly nou maar so alleen?"

"Ja."

"Watse werk het jul pa gedoen voordat julle hierheen gekom het?"

"So 'n ander werk . . . Hy het 'n wit jas gedra."

" 'n Wit jas? Het hy in 'n slaghuis gewerk?" Hulle kyk haar half onnosel aan en sy sien dat hul belangstelling begin verflou. Hul roomyse is op. Sy deel hare vinnig vir die twee, probeer dan weer: "Wie kook vir julle kos by die huis?"

"Pa, maar meestal sny ons sommer blikkies oop. Pa sê dan is daar tog nie kastrolle om te was nie."

Natuurlik, ja! En hy dink twee groeiende seuns kan daarop grootword! "Jul pa . . . e . . . slaan hy julle baie?"

"Hy foeter ons goed wanneer hy . . ." Die stemmetjie draal weg en die antwoord word deur 'n ander stem voltooi.

"Ja, juffrou Erwee, hul pa foeter hulle goed, maar net wanneer hulle dit verdien, of hoe, seuns?"

Twee koppies knik en sak vooroor terwyl Lisbe se kop omhoog ruk. Sy herken hom amper nie. Hy is geskeer en

netjies geklee, maar sy oë is nog net so afkeurend soos gis-
ter . . . en hulle skiet vuur op haar en die twee seuns. Die
blos wat op haar wange uitslaan, verraai dat sy weet sy is
op heter daad betrap. Maar dan ruk sy haar reg, ontmoet
sy sy blik parmantig.

"Ek wonder of jy altyd in 'n toestand is om te weet of jy
regverdig straf uitdeel of nie."

"En jy is die engel van regverdigheid wat daaroor sal
kan oordeel. Goed, dan kom jy vandag saam huis toe."

Sy word summier aan die pols geneem en opgetrek. Net
'n knik van hul pa se kop laat die tweeling soos springhase
reageer. Rooi in die gesig betaal sy die nuuskierige man ag-
ter die toonbank . . . natuurlik bied hý nie aan om te betaal
nie . . . en dan word sy by die kafee uitgedruk.

Die tweeling kry hul bevele: "Wanneer ons by die huis
stilhou, moet julle reeds daar wees." Sy word aangedruk
na haar motor toe, agter die stuurwiel ingeprop en onge-
nooid vou hy hom dubbel langs haar op die passasiersit-
plek. "Toe, juffrou, jy weet waar die huis met die wag-'n-
bietjiebos staan."

Sy skakel die motortjie aan, kyk stip voor haar. "Me-
neer Van der Merwe, jy moet verstaan . . ."

"Spaar jou asem tot by die huis . . . en moenie so ruk-
kerig wegtrek nie!"

"Hoekom bestuur jy dan nie?" vra sy opstandig.

"Ek mag nie bestuur nie." Hy ontmoet haar blik, en sê
reguit: "Heeltemal korrek, juffrou Erwee. Ek het my lisen-
sie verloor weens dronkbestuur."

Sy kyk vinnig terug straat toe. Sy weet sy waag baie. "Is
dit hoe jou vrou dood is?"

Dis stil, selfs toe sy al die motor voor die huis tot stil-
stand gebring het. Eindelik moet sy haar kop draai, teen
sy bleek gesig vaskyk. Dan kry sy haar antwoord: "Daar is
baie mense wat vandag nog daaroor wonder."

"Waaroor wonder hulle?"

"Of ek iets met my vrou se dood te doen gehad het. Klim uit."

2

"Toe . . . toe, klim nou uit – of wag jy vir 'n wonderteken uit die hemel?" Dis 'n bevel en sy moet gehoorsaam.

Hulle ontmoet die tweeling by die voordeur.

"Stap in."

Sy volg die tweeling die huis binne en voel kompleet of sy ook agt jaar oud is.

Net binne die deur kom sy tot stilstand en kyk verwonderd om haar rond. Dit is alles behalwe wat sy verwag het. Sy bevind haar in 'n netjiese sit-eet-kamer. Dis amper styf van netheid. Die meubels is van goeie gehalte – kort wel 'n bietjie opvryf. Die mat is afgeleef, en die tafeldoek oor die eetkamertafel is duidelik vanoggend uit 'n kas gehaal. Maar verder . . .

Sy sien die spot in sy oë toe sy van die gedekte tafel af opkyk.

Dis Hansie wat uit sy beurt praat en aan sy verbasing uiting gee: "Jislaaik, maar dit lyk mooi hier vandag! Hoe't Pa dit reggekry?"

Dis nou haar beurt om spottend na hom te kyk, en dit gee haar genoegdoening om te sien dat daar sowaar 'n effense kleurtjie by sy hempskraag verskyn. Hansie, jou dierbare kind!

"Jy het blykbaar vandag gaste verwag," murmel sy.

Sy antwoord is kortaf: "Ek ontvang nie gaste nie, juffrou, soos jy self weet." Hy kyk kwaai na die tweeling. "Gaan sit op jul plekke. Ek bring die kos."

"Kos!" Die tweeling klink asof hul pa hulle 'n arseennagereg aanbied.

"Ja, kós, dis wat 'n mens hierdie tyd van die dag eet . . . nie 'n berg roomys nie."

Hul oë draai ontsteld na die tannie, en sy lyk skuldig en verleë. Natuurlik het hy gelyk! Natuurlik gaan 'n kind middae ná skool reguit huis toe om te gaan eet . . . en gaan sit nie en ginnegaap met 'n vreemde tannie oor 'n berg roomys in 'n kafee nie! Maar sy het nooit sover gedink toe sy die twee . . .

"Ek is jammer, meneer Van der Merwe. Ek het gefouteer. Dit was onnadenkend van my. Ek is bevrees die tweeling sal nie nou 'n bord kos kan behartig nie, en dis alles my skuld."

"Ja, jý is die sondaar en ek sal seker van onregverdigheid beskuldig word as ek sê dat die tweeling ook straf verdien omdat hulle ongehoorsaam was aan my opdrag dat hulle direk ná skool huis toe moet kom."

Die stelling "óók straf verdien" stem haar onrustig. Sy sluk. Sy is nou verspot. Die man kan haar tog nie saam met die tweeling pak gee nie! Sy kyk versigtig op. Of kan hy dalk? Hy lyk baie, baie vasberade. Haar blik sak vinnig af na die twee paar pleitende oë regs van haar. Op stuk van sake is dit alles die tannie se skuld! As sy nie met hulle by die skoolhek kom lol het nie, sou hulle nie nou hier gestaan en kriewelrig oor hul sitvlakke gevoel het nie.

"Hulle wás ongehoorsaam." Sy kyk vererg op. "Maar hulle is tog net kinders! Is jy nooit as kind verlei deur 'n roomys nie?"

Hy kyk in haar flitsende oë af. "Dan erken jy dat jy 'n swak invloed op my kinders het? Dat jy my kinders verlei tot ongehoorsaamheid? Ek hoop die verslae wat jy skryf, juffrou Erwee, is pynlik eerlik."

Voordat sy aan iets kan dink om te sê terwyl sy hom in ontstelde ongeloof aanstaar, vervolg hy met 'n sarkasme wat 'n drang in haar ontketen om die man warmplek toe te stuur: "My seuns is verlei deur 'n vroumens . . ." Hy

367

kyk na die twee. "Dit sal nie die laaste keer wees nie, maar dis my vaderlike plig om hulle sommer vandag te laat verstaan dat 'n mens soms gestraf word vir dade waarvoor jy nie verantwoordelik is nie."

Sy kyk hom nou behoorlik stomend aan. Vaderlike plig se voet! En as hy hom besope drink – soos mevrou Reynecke hom hier gekry het – waar is sy vaderlike plig dan?

"Jy gaan hulle nie slaan nie!" bars sy los en tree verdedigend en uitdagend voor die twee in.

"Nee, juffrou. Ek gaan beslis nie my kinders slaan terwyl jý die skuldige is nie. Maar hulle gaan gestraf word oor hul ongehoorsaamheid." Hy kyk oor haar skouer. "Gaan sit by die tafel."

Hulle gehoorsaam verlig. Dit was darem so op 'n nippertjie na!

Hul pa draai om en verdwyn by 'n deur in. Lisbe bly hoog en droog staan, nie seker of sy moet loop en of sy moet sit nie.

Oomblikke later kom hul pa weer binne, plaas twee borde gekookte kos voor elk van die seuns en stap weer uit. Die tweeling se oë draai hulpsoekend na haar. Sy kyk magteloos na hulle. Dit lyk na . . . e . . . vleis, as daardie swarterige hompe vleis is . . . en pampoen en . . . daardie wit goed is seker veronderstel om rys te wees. Al herkenbare gereg op die spyskaart is die ertjies, duidelik uit 'n blik opgewarm, en aartappels nog in die skil.

Pa kom binne met sy bord kos, sit dit op die tafel neer en gaan sit dan self sonder om te wys dat hy van haar bewus is. Hy klop op die tafel en rammel 'n gebed af.

Hy tel sy mes en vurk op. "Julle kan maar eet," en val dan self weg.

Die tweeling begin met 'n versigtige ontdekkingstog, maar hul pa val met mening weg en Lisbe staar hom aan. Honger is die beste kok, sê hulle . . . en hierdie man is honger.

368

Lisbe verplaas haar gewig na die ander been. Sy begin voel asof sy deel is van die meubels. Is sy veronderstel om te loop of wat?

"Toe, Pietie, hou op krap in jou kos. Eet! Pa het dit self gekook. Dis lekker, nè?"

"Ja, Pa." Maar die ogies dop wit in hul kasse om. Genade, hy begin naar voel . . .

Lisbe lees die tekens reg. Kyk, dis nou kindermishandeling hierdie! Hy gaan die kinders sowaar daardie brousel indwing totdat hulle opgooi! Het die man dan nie 'n hart nie?

"Meneer Van der Merwe, dis nie snaaks nie! Die kinders gaan siek word van . . . van daardie . . . brousel . . ."

Hy skuif sy leë bord opsy, kyk ysig op. "Insinueer jy dalk dat ek my kinders wil vergewe?"

"Vergewe?"

"Vergiftig dan."

"Nee, natuurlik nie! Dis net . . ."

Hy stoot sy stoel agteruit, wys met die kop: "Julle twee kan maar kamer toe gaan en met jul skoolwerk begin."

Die seuns laat hulle nie twee keer nooi nie en verdwyn in die gang af.

"Kom sit, juffrou."

"Ek dink ek sal liewer gaan . . ."

"Kom sit, juffrou." Dis 'n bevel en sy bevind haar op Pietie se stoel, reg voor Pietie se bord. Die bord word so effens nader gestoot. "Oortuig jouself dat daar niks met die kos skort nie."

Haar stemtoon ewenaar nou syne. "Jy is kinderagtig. Ek het geensins geïnsinueer dat daar iets met die kos skort nie."

"Eet dit dan," beveel hy.

Lisbe kyk misnoeg na die bord kos voor haar. "Ek is nie honger nie . . . dankie."

"Dis jammer. Die tweeling is ook nie honger nie, maar

369

iemand gaan daardie kos eet. Ek het nie verniet die hele oggend voor die stoof gestaan nie. Dan moet die tweeling maar al die oorskiet opeet." Dit lyk of hy sommer die daad by die woord wil voeg.

Lisbe keer vinnig: "Nee! Nee . . . e . . . ek sal dit eet."

Hy knik styf en kyk veelbetekenend na die mes en vurk. Sy tel dit op. Die vleis is erg verbrand en sy swoeg aan die bitter koutjie in haar mond. Eindelik sak dit genadiglik af en sy knip haar oë vinnig. Sjoe! En daar wag nog 'n groot stuk! Die suiker is oordadig oor die pampoen gebruik. Dit help darem vir die bitter wat die vleis nagelaat het. Met elke skep van die vurk, sprei die ryspap uit en maak maar net weer die bord vol. Sy gaan dit nie oorleef nie . . .

Sy weet nie hoe sy dit regkry nie – suiwer koppigheid om hom nie weer die beste daarvan te laat afkom nie – maar sy oorwin al die onheile op die bord voor haar. Sy besef dat indien sy die kos nie opeet nie, hy sy sadisme op sy kinders gaan uithaal . . . arme bloedjies. En dit ís suiwer sadisme om te verwag dat enige mens hierdie sogenaamde kos moet afsluk.

Ietwat blekerig stoot Lisbe die leë bord tot reg onder sy neus. "Dankie, meneer Van der Merwe. Ek sal beslis onthou om dit in my verslag te skryf."

"Dis baie gaaf van jou, juffrou." Hy buk vorentoe en skielik staan Hansie se bord kos voor haar. "Terwyl jy dit so geniet het . . . Die mense van Keerboomstraat kan nie bekostig om kos te mors nie, weet jy?"

Sy weet haar oë word glasig. Oor haar dooie liggaam . . . "Ja, dit was nog altyd vir my onverstaanbaar. Daar is selde genoeg geld vir kos, maar vir ander gebruike is daar altyd genoeg. Dis 'n eienskap van Keerboomstraat."

"Ander gebruike? O! Ek begryp. Natuurlik, ja. By so 'n genoeglike ete moet 'n mens 'n drankie geniet. Verskoon my swak maniere!"

"Nee! Natuurlik wil ek nie drank hê nie!" O, as sy haar sonde nie ontsien nie!

"Is jy seker? Daar is, hoor? Jy kan kies en keur, maar as jy net die kos verkies . . ." en weer kyk hy af na die mes en vurk.

Sy kners amper hoorbaar op haar tande. Sy is vas van plan om wanneer sy hier wegry, reguit polisie toe te gaan en hierdie . . . hierdie sadis te gaan aankla vir geestelike en liggaamlike mishandeling.

Dan gryp sy die bord voor haar en spring op, loop om hom na die ander kant van die tafel, krap die helfte van Hansie se kos in Pietie se leë bord, loop weer om hom terug na haar stoel toe en plak die een bord voor hom neer.

"Ek sou sê dis regverdig, meneer Van der Merwe." Sy tel die mes en vurk op, druk 'n vurk vol kos in haar mond en begin kou. Sy knyp haar oë onwillekeurig toe. Dan maak sy haar oë oop, beduie met die vurk en sê met 'n mond wat half vol is: "Toe, eet!"

"Ek dink ek sal vir my 'n drankie inskink."

"O nee! Jy sal nie! Jy gaan dit nie met behulp van drank afsluk nie! Jy gaan dit sluk soos ek dit moet sluk!"

Hy kyk fronsend na sy porsie, steek dan driftig met sy vurk na die amper verkoolde stukkie vleis sodat dié wegskiet oor die tafeldoek en hoorbaar op die vloer beland.

"Wat makeer, meneer Van der Merwe? Skort daar iets met jou kos?"

Sy lippe pers saam. "Die grap het ver genoeg gevorder."

Die aartappel is halfpad na haar mond. "Grap? Grap! Noem jy dit 'n gráp om hierdie kos te eet? Dan het jy 'n verwronge sin vir humor. Dit, meneer Van der Merwe, is louter lyding!"

Dan, tot haar grootste ongeloof en verbystering begin hy lag. En hy lag nie net nie – hy gooi sy kop agteroor en skaterlag, agter uit sy keel uit.

"Jou gemene . . . gemene bees!" Die aartappel wat netnou nog aan haar vurk was, word in sy oop mond geprop en demp die haatlike oorwinningsgeluid. Sy spring op, buite haarself van vernedering en woede. En om die kroon te span, kan sy die trane nie meer keer nie. "Jy is . . . jy is . . . O!" Sy storm by die voordeur uit.

Die tweeling se verbaasde oë volg haar, rek nog 'n bietjie wyer toe hul pa, met 'n aartappel in sy mond, by hulle verbystorm.

Op die boonste stoeptrappie gaan hy staan. Daar's baie tyd. Sy ontstelde gas sit in die wag-'n-bietjiebos vas. Tydsaam haal hy die aartappel uit sy mond en begin die skilletjie afskil.

By die voorhekkie ruk en pluk Lisbe ontsteld, maar hoe meer sy sukkel om los te kom, hoe meer dorings haak aan haar romp vas. Later is haar een mou ook vas.

Verblind deur die trane kyk sy oor haar skouer. Meneer Van der Merwe staan rustig op die trappie sy aartappel en eet!

Sy probeer haarself tot kalmte maan, maar sonder sukses. Hoekom laat sy toe dat dié man haar so ontstel? vra sy haarself af terwyl haar vingers dom en oorhaastig met 'n doring sukkel. Hy is dit nie werd nie! Hy is onbeskof, ongemanierd, ongepoleerd, ongeskik.

"Laat ek jou help, anders is jy môreoggend nog hier."

Sy kom orent, voel eerder lus om hom 'n taai klap te gee as om sy hulp te aanvaar, maar dan laat sy maar gedwee toe dat hy haar begin bevry.

"Ek weet nie hoekom jy nie die bos uithaal nie. Natuurlik te lui om dit te doen!"

"Los jy my wag-'n-bietjiebos uit. Vir my is dit 'n simbool van die lewe."

Net betyds keer sy die snork. Dis nie te sê as hierdie man nie sy maniere ken nie, dat sy hare moet vergeet nie! "Jy bedoel seker 'n simbool van kwaad wat uitgeroei moet word."

"O, nee! Dis 'n waarskuwing, en elke keer dat ek daarna kyk, onthou ek die waarskuwing van die digter."

"Digter?"

Hy staan op. Sy is vry. "Ja, juffrou Erwee, die digter wat gesê het dat bo al die ander, staan die wag-'n-bietjiebos vir hom uit. Jy moet dit tog ken. Die een of ander tyd leer almal daardie gediggie van Totius."

Sy weet sy moet loop. Hoekom sal sy nog verder met hierdie mansmens oor gedigte staan en ginnegaap? Tog vra sy: "Watter gedig?"

Sy wenkbroue lig. "Die gedig wat vertel van die wag-'n-bietjiebos," sê hy meerderwaardig en stap weg.

Met 'n verergde ruk van haar skouers, maar met 'n versigtige systap om die bos, gee Lisbe ook vinnig pad. Eers vergiftig hy haar hele sisteem met sy kos en dan hou hy sy lyf filosoof. Hy dink seker dat dit haar verslag oor vandag se gebeure sal beïnvloed.

By die huis gaan staan Lisbe voor haar boekrak. Êrens moet hier nog van die digbundels uit haar skooldae wees . . . Ja, hier is een van Totius . . .

Sy sit lank en peins nadat sy die gedig met aandag gelees het. Natuurlik onthou sy dit nou. Vir 'n skoolkind is dit maar net nog 'n gedig – vandag het dit dieper betekenis, besondere betekenis . . .

Sy onthou hoe sy voor Elsie Sieberhagen gestaan het met baie waaroms en hoekoms; sy wou die vrou sommer aan die skouers gryp. Maar soos Totius, het sy net in dorings vasgegryp . . .

So baiekeer in haar lewe en in die beroep waarin sy staan, het sy gevra, soms in woede, soms uit frustrasie, soms met trane: Hoekom, Here? Hoekom moet 'n intelligente vrou soos Elsie in die mag van 'n man soos Jan Sieberhagen val om vir die res van haar lewe geslaan te word, om kwalik bo die broodlyn 'n bestaan te moet voer?

Hoekom, Here, laat U toe dat daar kindertjies gebore word wat in hul weerloosheid met brandende sigaretstompies gemartel word? Hoekom is daar mense wat alles sal gee om ouerskap te smaak en dit waardig sal wees, en hulle bly kinderloos? Hoekom word 'n enigste kind van 'n ouerpaar gebreklik gebore en het Elsie Sieberhagen elke jaar 'n volmaak geskape mensie?

En hoekom moes 'n jong ma sterf en twee seuntjies wees agtergelaat word? En hoekom is daar soveel bitter, harde lyne op meneer Van der Merwe se gesig? Hoekom word so baie gelukkige huwelike deur die dood opgebreek, terwyl daar soveel duisende ongelukkiges is wat voortgaan? En hoekom . . . Hoekom? Hoekom!

Sy staan op, stap rusteloos na die venster toe, kyk in Keerboomstraat se rigting. Daar is so baie Keerboomstrate . . . en voor elke huis in elke Keerboomstraat behoort 'n wag-'n-bietjiebos te staan . . . Miskien . . . miskien moet sy vir haar ook een in 'n pot plant en hier op die balkon van haar woonstel neersit . . . om elke aand ná die dagtaak daarna te kyk en opnuut te besef dat dit vir jou as mens, in jou beperkinge en sondigheid, nie betaam om God se besluite te bevraagteken nie. Wie is jy om aan Hom te vra hoekom?

Sy sug saggies, draai terug en haar oë rus op die oop digbundel op die stoel. Nee, dis nie haar taak om vrae te vra nie; dis haar taak om te help . . . ook vir die Van der Merwes in Keerboomstraat. Een ding is seker – sy gaan hulle nie afskryf of uit haar liasseerkabinet haal nie. Sy gaan hulle nie die rug toekeer en op hul eie laat aansnork nie . . . nie voordat sy seker is dat daar niks meer is wat sy vir hulle kan doen nie; nie voordat die bitter uit hul pa se gestel is nie . . . en nie voordat sy hom 'n paar wenke oor die grondbeginsels van kookkuns gegee het nie . . .

Meneer Van der Merwe kyk sy twee seuns streng aan toe hy hulle in die gang betrap.

"Die tannie is nou vir mý kwaad omdat julle nie jul kos opgeëet het nie. Johannes! Daar is niks om oor te lag nie. Wat is so danig snaaks?"

"Nee, Pa . . . e . . ."

Dan, vir die tweede keer in 'n baie kort tyd, hoor hulle hul pa lag . . . hard en lekker . . . en sien hulle sy oë vonkel soos hulle glad nie kan onthou dat hulle dit al ooit sien vonkel het nie . . . en hulle staan en verluister en verkyk hulle totdat hulle byna baldadig meedoen. Pa lag!

Dan bedaar Pa, maar die glimlaggie bly om sy mond en sy oë bly vonkel. "Dit sal haar leer om haar neus in ons sake te steek! En pasop, julle twee! Julle beantwoord geen vrae nie, hoor?"

Maar toe hy wegstap, verdiep die glimlag weer. Hy hoop sy het haar les goed en deeglik geleer! Deur die venster flits die voorhekkie en die bos ook skielik in sy gesigsveld. Die glimlag verdwyn stadigaan. Lank rus sy oë op die groen bos.

Ja, juffrou Erwee, jy het nog baie te leer . . . Bid maar net dat jou eie lewe nie op 'n dag in 'n wag-'n-bietjiebos vasgevang word nie. 'n Mens het altyd raad vir ander; weet altyd so presies wat om voor te skryf . . . totdat jou eie lewe skielik in die dorings van hoekoms en waaroms verstrengel raak . . . en dan het jy nie raad vir jouself nie. Eens het ek ook op lêers aangeteken hoe ander mense moet lewe, wat hulle moet doen . . . hoe hulle behoort op te tree . . . totdat ek op 'n dag vir myself 'n voorskrif moes uitskryf . . . en die papier het kaal gebly. Daar was een ding wat ek vergeet het, die een ding wat jy nog moet leer: ons is en bly mens, onvolmaak, want as ons altyd so presies weet wat om te doen en dit doen, dan sal ons volmaak wees. En ons is nie, juffrou Erwee. Nee, ons is nie. Nie ek nie . . . ook nie jy nie.

Lisbe skryf dieselfde aand nog haar verslag.

    . . . *Ek het vandag vasgestel dat die ma oorlede is, waar-*

375

skynlik in 'n motorongeluk. Daar kan 'n verband wees tussen hierdie ongeluk en die feit dat die pa se bestuurslisensie ingetrek is oor dronkbestuur, soos hy self erken het. Die huis was netjies. Daar was gekookte kos, hoewel hulle, volgens die tweeling, meestal uit blikkies eet. Ek kon nie agterkom of hierdie geval finansieel behoewend is nie. Hulle het egter leiding en raad nodig ...

Sy laat na om in haar verslag te noem dat meneer Van der Merwe beslis nie te vinde gaan wees vir hulp van watter aard ook al nie. Dis môre se probleme.

"Môre" word egter 'n paar dae. Sy kry nie tyd om weer besoek by die huis met die wag-'n-bietjiebos af te lê nie. Sy troos haar aan die feit dat die huis goed skoongemaak was en dat die baas darem blikkies kan oopsny. Die kinders is dus op 'n manier versorg.

Ná 'n paar dae wil dit vir die Van der Merwes voorkom asof die bemoeisieke dame van die welsyn finaal die aftog geblaas het en hulle nou in vrede sal laat. Dit gaan dus goed met die Van der Merwes van Keerboomstraat, want niemand doen meer moeite om die huis netjies te hou en elke dag die tafeldoek uit te was nie. Wat maak dit ook saak as daar 'n paar kolle op die tafeldoek is? Waarvoor moet hy al die moeite doen as niemand kom kyk hoe dit hier gaan nie? Die tweeling gee nie om vir 'n pa met baardstoppels nie. En dis baie lekkerder om vuil rond te kerjakker as om gedurig gemaan te word om klere skoon te hou.

Aand vir aand sit hy alleen wanneer die tweeling met baie dreigemente eindelik bed toe gedwing is ... Deur die lang, maanlose swart nag lê hy op sy bed met oop oë ... staar na die dak totdat die slaap eindelik sy suwwe oë laat toeval ...

Baiekeer staan hy maar op, probeer wegkom van dit wat hom agtervolg, en luister na Keerboomstraat se geluide ... na 'n vrou wat soebat tussen vuishoue deur, na kinders wat huil en 'n maer hond wat sy vullisblik kom omkeer vir die bietjie sopperigheid wat in vandag se blikkies oorgebly het . . .

En dan begin hy dink: Sy is nooit geslaan soos daardie vrou wat nou stil geraak het nie . . . Die kinders het nooit van honger of koue gehuil nie. Sy het nie 'n huis in 'n Keerboomstraat gehad nie . . . Daar was altyd genoeg geld . . . Sy het alles gehad wat 'n vrou nodig het. Maar dit was nie genoeg nie, want sy is weg . . . en die vrou hier langsaan sal môre voos geslaan wees, maar nog hier bly . . . Hoekom? Hoekom het die een alles en dis nie genoeg nie? Hoekom het die ander niks, maar dis genoeg om haar jaarin en jaaruit te laat bly en te laat voortgaan?

Die eerste dorings het vasgehaak. Hy voel dit hierbinne, voel hoe dit indring en skeur waar dit reeds stukkend is. Watter sin is daar in die lewe?

Daar is nie net bitter lyne nie, maar ook pyngroewe op sy gesig toe hy die donker kamer uitstorm na die kas in die eetkamer.

In hierdie kas is die antwoord: Dit is nie die moeite werd dat jy swoeg en sweet en jou pad reg loop nie, want op die ou end is jy en die ander Keerboomstraters gelyk.

Hy tel die glas op, sluk die inhoud weg, gooi dit weer vol . . . en weer . . . en dit laat hom goed voel . . . gee hom 'n illusie van alwetendheid, van jy-kan-my-niks-meer-komvertel-nie, juffrou Welsyn! Dís die lewe hierdie, juffrou Erwee. Nie jou prentjie van wonderwerke en maanskyn en rose en viooltjies in die voorhuis nie! 'n Ou meisietjie met 'n universiteitsgraadjie met seker sielkunde as hoofvak wil my kom vertel dis my gemors en dis hoe ek dit moet skoonmaak en regmaak. Wees 'n man! Snaaks sy het dit nie vir hom gesê nie. Dis wat hulle gewoonlik sê: Wees 'n man en kyk jou probleme vierkant in die oë en doen iets daaromtrent! Bekende woorde daardie.

Maar weet jy wat, juffrou Welsyn? Laat ek jou vandag

377

iets vertel: As 'n vrou nie tevrede is met 'n mán nie, sal sy ook fout vind met 'n superman. Al jou gesukkel help dus niks nie. Los my maar liewer uit. Los jy en daardie bos my uit!

En hy lag, hy lag hulle uit, die juffrou van die welsyn en daardie doringbos, en hy haal die tweede bottel uit . . .

En in hul kamer lê die tweeling roerloos en luister . . . en hulle verstaan niks van die lewe nie . . . van die vrou wat netnou gegil het nie, van 'n pa wat lag nie . . . só lag dat dit amper na snikke klink . . .

Dis Maandagnamiddag toe Lisbe haar motor vinnig in die straat tot stilstand bring. Dis baie duidelik dat wat sy sien, 'n volskaalse straatbakleiery is. En sy eien twee van die besmeerde gesiggies.

Toe sy hulle eindelik uitmekaar het, kyk sy die groepie seuns streng aan. "Hoekom baklei julle?"

Stilte.

"Pietie, waaroor baklei jy en Hansie met hierdie seuns?"

Daar is 'n onverstaanbare gemompel, en sy vra streng: "Ekskuus?"

'n Opstandige, vuil gesiggie word manhaftig en uitdagend gelig. "Hierdie kind sê ons pa is 'n dronklap en toe slaan ek hom. Ek laat nie sulke goed van my pa sê nie!"

Haar blik gaan veroordelend na die groter seun. "Het jy so gesê?"

"Ek het nie, tannie! Ek het net gesê ek het hom Saterdagnag sien loop en hy het . . . het dronk gelyk. Ek het nie gesê hy is 'n dronklap nie."

"Jy lieg! Jy het hom 'n dronklap genoem!" spring Hansie tussenbeide.

Lisbe tree vinnig op. "Dis genoeg! Dis nie net skandalig om sulke goed van grootmense te sê nie, maar dis skandalig om in die straat te baklei! Hansie! Pietie! Kom klim in die motor!"

378

Twee ontevrede seuntjies volg haar gedwee, en Lisbe voel hoe haar hart in haar omkeer, enersyds uit simpatie met die tweeling wat so lojaal is, andersyds van woede teenoor 'n pa wat sy kinders in 'n posisie plaas dat hulle hom teen 'n groot boelie op straat moet verdedig.

By die huis is dit grafstil. Sy begin die huis dieper binne-stap. Haar gesig is strak; haar lippe pers saam. Soos sy gedink het! Nou die dag was alles net oëverblindery. Die oop kabinet met die leë bottels en 'n omgevalle, stukkende glas vertel hul eie verhaal . . .

"Gaan na jul kamer, trek uit jul skoolklere en kom help my om die plek in orde te kry." Sy stoot die deur van die ander slaapkamer oop, bly staan. Ook daar skitter die baas van die huis in sy afwesigheid. Die bed vertel ook 'n storie. Daar is nie verlede nag daarin geslaap nie. Waar sou hy wees?

Sy weier om aan die onrus in haar toe te gee. Hy is 'n groot man. Hy kan na homself kyk. Haar eerste plig lê by die kinders. Sy wonder wanneer laas hulle geëet het.

Met 'n sug buk sy en tel die glasstukke op, ook die twee leë bottels.

Om jou probleme met drank te probeer oplos . . . Wat 'n illusie! Wanneer sal mense besef dat dit net die probleme groter maak?

Die tweeling doen fluks mee en dis eers toe die huis aan die kant is en sy haar skrede kombuiswaarts wend, dat sy versigtig vra: "Waar is jul pa?"

Twee paar oë word afgewend. "Hy't gaan stap."

"Stap? Waarheen?"

Twee paar oë kyk eers vlugtig na mekaar. Pa het gesê geen antwoorde op vrae nie, maar die tannie het darem gehelp om die huis reg te kry . . .

"Hy gaan stap partykeer . . . sommer . . . veld toe, dink ek."

Sy begin die kombuiskaste deursoek. "Wanneer het julle

379

hom laas gesien? Eergisteraand?" Sy kyk oor haar skouer en lees die antwoord. "Is hy nog al die tyd weg?" Weer hoef hulle nie te antwoord nie.

Sy kom orent. "Luister, ek gaan gou na die winkel op die hoek. Ek is nou terug. Julle bly net hier, hoor?"

Sy is binne rekordtyd terug in die kombuis. "En nou gaan ons kos maak. Kom klits jy die eiers vir my, Hansie, asseblief, en jy, Pietie, kan die aartappels skil."

Vier groot stukke steak word uit die bruin papier te voorskyn gehaal. As hy terugkom, sal hy honger wees . . . Sy is nou verspot! Natuurlik sal hy terugkom!

Toe hulle eindelik aan tafel sit – die tafeldoek is omgekeer sodat die verkeerde kant bo lê – pyn haar hart toe sy sien hoe die tweeling wegval. Hoekom . . .? Sy sluit haar gedagtes vinnig.

"Al weer jy!"

Haar kop ruk omhoog . . . en sy kan net verslae sit en staar na die gesig in die deur. Hy lyk erger as wat sy hom die eerste dag gesien het!

3

Lisbe weet nie hoekom sy so geskok en ontsteld is nie. Ná vyf jaar in Keerboomstraat weet sy hoe 'n man lyk wanneer hy drie dae laas geskeer het, wanneer hy hom drie dae laas gewas en skoon aangetrek het, en wanneer hy 'n bul van 'n babelas het. Tog . . . dit maak seer om hom so te sien . . . en dat sy kinders hom so moet sien.

Sy kom stadig orent. "Kom eet. Ek gaan haal jou kos."

"Ek is nie honger nie."

"Jy sal beter voel as jy iets in jou maag het. Kom."

"Verstaan jy nie Afrikaans nie, vroumens? Ek sê ek is nie honger nie."

Sy kyk kalm terug. Hy gaan dit nie weer regkry dat sy haar selfbeheersing verloor nie. "Wat 'n mens sê en hoe jy werklik voel, is soms twee dinge, meneer Van der Merwe. Ek het jou verwag en vir jou ook 'n stuk steak gaargemaak. Ek gaan haal dit net." Sy stap kalm deur kombuis toe, kom terug met die vleis en slaaie, sit dit aan die hoof van die tafel neer, gee selfs 'n klein glimlaggie. "Ek verseker jou dis heel eetbaar, vra maar vir die tweeling."

Dis duidelik dat die wind uit sy seile is. Natuurlik het hy verwag sy gaan dadelik begin tier en raas en dreig om sy kinders weg te vat – en daar glimlag sy sowaar en bied hom die heerlikste stuk steak aan wat hy in 'n lang tyd gesien het. Daar skort iets met haar – dis nie hoe vroumense optree nie. Dis ook glad nie soos sy gewoonlik is nie. Dis sommer net 'n slenter waarmee sy hom wil vang. Sy sit en wag natuurlik net totdat sy mond vol kos is en hy nie kan terugpraat nie en dan sal sy begin.

Hy kom dreigend nader. "Kyk, juffrou, as jy lus voel om vir my kinders Kersvader te speel, doen dit dan, maar vir mý los jy uit! Ek glo nie meer aan fabels nie."

"Waaraan glo jy dan?"

"Aan niks nie! Niks en niemand nie . . . en die minste aan 'n vroumens. Bly uit my pad uit."

"Jou kos word koud." Sy tel haar mes en vurk op. Sy kan haar lus vir haar eie stuk vleis nie meer bedwing nie. Sy kyk skuins na die tweeling wat versadig agter hul leë borde sit. "Het julle genoeg gehad?"

"O ja! Ek is nou so dik soos . . ." 'n Stamp in sy ribbekas laat Hansie verleë glimlag. "Ja, dankie, tannie. Ek het nie meer plek nie!"

Lisbe glimlag teenoor Pietie. "Dis nou jammer, want daar is mos nog nagereg in die oond met vla."

"O nee, maar ek het daarvoor plek gehou! Nee, my vleisplek is vol, maar die nageregplek is nog oop, tannie!"

Sy lag, ignoreer die gestalte in die deur en staan op.

381

"Goed dan. Ek gaan skep solank jul nagereg, want julle moet by jul skoolwerk uitkom."

"Ons het omtrent niks skoolwerk nie. Ons moet vanmiddag gaan rugby oefen."

Almal hou hulle met hul eie bord besig toe 'n stoel aan die hoof van die tafel uitgetrek word.

Lisbe knik toe die tweeling se bakkies leeg is. "Goed. Julle kan maar gaan. Jul oudste klere vir die rugby, nè? En . . . Hansie . . . Pietie . . . daar moet nooit weer 'n herhaling wees van vanmiddag se dinge nie, nè? Belowe?"

Die twee lyk onseker, knik dan eindelik onwillig.

"Ja, maar dit was nie ons nie . . ." probeer Pietie.

"Goed, Pietie. Roer julle."

Dit word baie stil aan tafel toe die tweeling weg is. Lisbe eet stadig aan haar kos om hom kans te gee om by te kom. Een ding is seker: iemand geniet Kersvader se steak! Die pad na 'n man se hart loop dikwels deur sy maag! Sy frons liggies. Wat 'n verspotte gedagte! Sy het niks met meneer Van der Merwe se hart uit te waai nie. Sy hart is so bitter soos gal. Sy gee net om vir sy kinders . . . En die skreiende sonde dat 'n man wat klaarblyklik potensiaal besit, doelbewus sy eie lewe verwoes. Dis suiwer instink wat haar laat voel dat die man hier langs haar tot groter dinge in staat is as om hom dood te drink en die res van sy lewe in ledigheid en selfaftakeling te slyt. Sy het egter geen feite om haar vermoede te staaf nie.

"Wat het jou laat dink dat ek sal terugkeer?" Sy stem klink minder aggressief.

"Natuurlik moet jy terugkom. Jy het kinders," sê sy rustig.

Net vlugtig ontmoet sy oë hare, dan sak sy blik weer bord toe. "Ek is nie die naam Pa werd nie."

Sy swyg. Dit ken sy ook – die een oomblik drink hulle hulle beskonke, slaan hul vroue, verniel hul kinders, sleep hul eie selfrespek deur die modder . . . en wanneer hulle

382

weer nugter is, is daar die skreiende selfverwyt, die selfveroordeling, die selfveragting en die vergeefse boetedoening . . . want môre of oormôre gebeur dit maar net weer.

"Miskien het jy tog reg, juffrou Erwee. Miskien is dit beter as die kinders weggeneem word."

Haar kop ruk op. "Nee!"

Hy kyk haar vraend aan. "Nee?" Lank staar hy in haar ontstelde oë en dan smaal die bitter mond. "Jy slaan my heeltemal dronk, juffrou. Dis tog waarom alles gaan? Dis tog wat jy uiteindelik beoog met al hierdie besoeke en snuffelry van jou – om my kinders weg te gee aan mense wat beter ouers vir hulle sal wees."

"Nee." Haar stem het baie stil geword, en sy laat nie weer haar kop sak nie.

"Nie? Dan wil jy hulle in 'n weeshuis sit, of 'n kinderhuis soos dit deesdae genoem word . . .?" Hy kyk na sy leë bord. "Dis ook goed, juffrou. Hulle sal nog altyd beter daaraan toe wees as by hul beskonke pa. Hulle sal ten minste versorg wees, ordentlike kos kry, gereeld skoon klere dra."

"Selfbejammering pas jou nie, meneer Van der Merwe."

Iets van die ou aggressie klink op in sy stem: "Ek is nie bewus daarvan dat ek myself bejammer nie, juffrou Erwee. Ek doen my bes om nugter oor my kinders se toekoms te besin . . . en jou standpunt in te sien. As ek nie in ekstase daaroor is nie, moet jy my verskoon. Hulle is . . . en bly mý kinders . . . hoe sleg hul pa ook al geword het!"

Sy oë is skielik weer kliphard, so ook die groewe om sy mond. "Die probleem met julle mense is dat julle dink 'n kind is maar net soos 'n hondjie of 'n katjie – hulle kan sommer net weggevat word, weggegee word . . ."

"Wat is jou voornaam?" vra Lisbe toe sy die blink trane in sy oë sien.

Sy stem is gedemp. "Wat de duiwel maak dit saak?"

"My naam is Lisbe."

383

'n Oomblik lank is daar stilte, en sy vingers tas doelloos om die soutpotjie. "My naam is Helm."

"Goed, Helm, kom ons gesels. Jy kan my glo wanneer ek sê dat dit nié my doel is om jou kinders weg te vat of weg te gee nie."

Sy oë lyk moeg en hy blaas sy asem hoorbaar uit. "Dan is jy 'n swak maatskaplike werker. Dis jou werk om verwaarloosde kinders weg te vat en beter omstandighede vir hulle te soek."

"My werk is om ongelukkige mense gelukkig te maak . . . en 'n kind is gelukkig by die persoon wat hy liefhet . . . en jou kinders is baie lief vir jou, Helm." Hul oë ontmoet. "Só lief dat hulle seuns twee keer groter as hulle in die straat aandurf om hul pa se naam en eer te verdedig."

Sy blik rus op die mes waarmee hy in sy leë bord sirkels trek. "Was dít waaroor die waarskuwing netnou gegaan het?"

"Ja."

"Jy het hulle verbied om dit ooit weer te doen."

"Ooit weer in die straat te baklei, ja. Helm . . ."

"Dit sal nie help nie."

"Wat sal nie help nie?"

"Om vir my te sit en preek nie. Dink jy nie ek het alles wat jy wil sê, al oor en oor vir myself gesê nie?"

"Ek was nie van plan om vir jou te preek nie."

Sy blik keer terug na hare. "Goed dan, dan verstaan ons mekaar."

"In watter opsig?"

"Dat ek onrehabiliteerbaar is en dat my kinders beter daaraan toe is weg van my."

"Nee!"

"Juffrou, moenie my die duiwel in maak nie! Jy moet jou kans vandag benut. Môre jaag ek jou weer hier weg!"

"Ek is gewoond daaraan om weggejaag te word . . . en weer terug te kom."

"Luister hier, vroumens . . ."

"My naam is Lisbe."

Hy gee 'n hoorbare snork van veragting. Wat het dit met hom te doen wat haar naam is? Dit kan wees wat dit wil, maar sy moet vandag, nóú, verstaan dat hulle dinge moet uitpraat en klaar. Hy kan dalk net die besluit wat in ure van sielewroeging geneem is, omverwerp en haar hardhandig bo-oor die wag-'n-bietjiebos in die straat gooi. Verduiwels, watter man kon al ooit met 'n vroumens redeneer en logika verwag? Terwyl hy oor die grootste besluit van sy lewe wil praat, sukkel sy dat hy haar op die naam moet noem . . .

"Luister, juffrou Erwee," sê hy formeel en met nadruk, "laat ons twee mekaar nou vandag goed en duidelik en vir altyd verstaan. Wat vandag besluit word, is finaal. Van môre af kom lol jy nie weer met my nie, ek waarsku jou!"

"Ek luister . . . Helm."

"Dis nie voorstelle nie, dis besluite. Ek is 'n slegte pa en 'n slegte voorbeeld en het 'n slegte invloed op my twee seuns. So is dit ook in jou verslag oor die Van der Merwes aangeteken. Ek stem volkome saam dat die kinders van my af weggeneem moet word . . ."

"Stem jou hart saam?"

"Wat bedoel jy?"

"Ek vra of jou hart én verstand saamstem."

"Ja . . . a . . ."

"Moenie sit en jok nie, Helm. Die enigste pad is die eerlike pad."

"Man, na die duiwel met jou paaie!" Sy vuis slaan so hard tussen hulle dat die borde wip. "Ek stem saam dat my kinders van my behoort weggeneem te word. Gaan haal jou vorms en wat ook al, pak in hul goed en laai hulle by die rugbyveld op en kry koers! Kry net in hemelsnaam koers en los my uit! Wat wil jy meer hê? Ek het niks meer om te gee nie, net my kinders. Vat hulle!"

"En jou selfrespek?"

"Moenie vir my begin preek nie. Ek het jou gewaarsku!"

"Jy het baie dinge gesê, maar dis alles twak." Sy kyk kalm terug in sy bloedbelope oë. "Gaan soek iemand anders om jou met jou selfsug behulpsaam te wees, meneer Van der Merwe. Ek speel nie saam nie."

"Selfsug! Selfsug wanneer jy jou kinders afstaan?"

"Afstaan asof hulle sommer net hondjies of katjies is? Natuurlik! Jy dink net aan jouself."

"Dink ek net aan myself wanneer ek al wat ek nog het, my kinders, wil afgee?"

"Natuurlik dink jy net aan jouself! Jy wil geen verant-woordelikheid meer hê nie. Jy wil net hier sit," en sy wys om haar rond, "en dagin en daguit in ellende en selfbejam-mering en vuilgoed en stoppelbaard sit en vergaan . . . of liewer verdrink. Boonop gaan jy nog verwag dat, wanneer jou liggaam jou sieklike selfbejammering nie meer kan ver-dra nie en ingee, die welsyn jou ordentlik begrawe."

"As jy nog een keer van selfbejammering praat . . ."

"Dan wat? Gaan jy my vermoor omdat ek die waarheid praat? Gaan jy . . .? Helm! Helm, wat . . .?" Sy frons. Sy het nog nooit 'n mens se oë só sien lyk nie. Wat het sy gesê wat só erg is? Sy sluk. "Ek is jammer. Ek het dit nie regtig so bedoel nie . . . Helm . . . Helm!"

Maar haar stem hou hom nie terug nie. Hy strompel op sy voete, maak 'n afwerende gebaar wat haar hart vas-gryp. "Los maar, juffrou, dis nie nodig om verskoning te vra nie. 'n Mens raak gewoond aan alles . . . Dis water op 'n eend se rug."

Iets wat sy gesê het, het diep en seer geslaan, tot in die kern van sy menswees gedring soos 'n dolk. Sy is ook op haar voete, kyk pleitend na die geboë rug waar hy voor die venster staan, sy oë op die wag-'n-bietjiebos gerig.

"Asseblief, kan ons nie kalm gesels nie? Ek wíl nie jou

kinders van jou af wegneem nie, want ek wil nie 'n kind se hart breek nie, en dit sal hul harte breek, soos dit joune sal breek."

" 'n Hart kan net breek as dit daar is. Ek het nie een nie, ek wil nie een hê nie."

"Maar jy hét een . . . of jy dit nou wil weet of nie. Jy hét een, Helm. Jy is lief vir jou kinders . . . veel meer as wat jy wil erken. Dis net iemand met 'n hart wat kon besluit wat jy vandag besluit het. Ek gaan jou nie toelaat om jou kinders weg te gee nie. Jy het twee kinders, Helm, maar al wat hulle het, is een pa . . . hul eie pa. Ek gaan nie die enigste anker wat hulle het, van hulle af wegneem nie."

"Maar as dit 'n slegte pa is?" vra hy in daardie doodse stemtoon wat haar meer ontstel as sy ergste woedebui.

" 'n Slegte pa is beter as geen pa nie."

Hy draai stadig, soos 'n ou man, na haar toe. "Weet jy wat jy sê?"

Dis haar oë wat skielik blink. "Ja, Helm, want 'n slegte pa kan dalk 'n goeie pa word, maar geen pa . . . is géén pa." Skielik flits voor haar oë 'n maer vrouegesig, staan sy stom voor die verblindende lig van begrip wat skielik deur haar straal. Elsie . . . kan dit wees dat sy in haar verrinneweerde liggaam 'n groter wysheid dra?

Sy glimlag met blink oë vir hom. "Jy het my netnou vertel jy glo aan niks en niemand nie. Moet jouself nie langer sulke dinge wysmaak nie, Helm, want dis nie waar nie." Sy kyk na buite. "Elke mens wat die wag-'n-bietjie-bosgedig in sy eie lewe weerspieël sien, erken daarmee die bestaan van God wat beplan en bestuur en besluit . . . ook vir jou. En al kan jy nie altyd verstaan nie, weet jy, glo jy, in 'n God wat nooit iets anders as 'n volmaakte plan vir elke mens het nie."

Sy tel haar handsak op en begin aanstap voordeur toe. "Ek is bly jy het nie die wag-'n-bietjiebos uitgehaal nie. Laat dit daar bly . . . vir my ook. Tot siens, meneer Van

387

der Merwe. Onthou, daar is nog nagereg in die oond en in die yskas is 'n vispastei vir vanaand. Jy moet dit net warm maak. Die tweeling gaan rasend honger wees ná vanmiddag se oefening."

"Juffrou . . . juffrou Erwee! Lisbe!"

Maar sy stap aan, maak seker dat sy haar nie teen die bos by die voorhekkie vasloop nie, knipoog vir hom en klim in haar motor.

Die volgende twee dae is Lisbe verplig om aandag aan haar ander gevalle te skenk. Miskien is dit goed, want Helm het baie om oor na te dink . . . en sy ook.

Baie vroeg die oggend van die derde dag is daar 'n dringende klop aan haar woonsteldeur. Toe sy dit deur die slaap oopmaak, staan een van die Sieberhagentjies voor haar.

"Tannie, my ma sê tannie moet gou kom."

"Wat is dit, Betsie? Wat het gebeur?"

"Ek weet nie, tannie. Ma sê net tannie moet kom."

"Het jou . . .?" Sy sluk die woorde vinnig terug. Wat kon gebeur het? Het Jan Sieberhagen een keer te veel geslaan? Het Elsie . . .? Wat laat haar aan moord dink? "Is jou ma . . .? Is sy . . .?"

"Ma's orraait, tannie. Sy huil net."

Elsie Sieberhagen huil net, maar Elsie Sieberhagen is gewoond aan huil.

"Ek kom, Betsie. Wag vir my, dan ry jy sommer saam met my."

Dis 'n verwese groepie mense wat sy in Keerboomstraat aantref. Die kinders, soos orrelpypies in 'n ry, staan eenkant en beskou die ongewone prosedure.

Sedert gisteraand is alles anders. Die gewone prosedure is – veral naweekaande – dat hulle onder 'n bed of agter 'n kas of selfs agter die asboslaning in die agterplaas verdwyn wanneer hul pa huis toe kom. Dan luister hulle maar na

388

die gewone naweekgeluide: na vuishoue teen sagte vleis, na Ma se sagte snikke wanneer Pa lankal snork. Dan eers kruip hulle stilletjies uit hul wegkruipplek en gaan op hul gewone plek slaap.

Maar gisternag het dinge nie só verloop nie. Almal het tevergeefs gelê en wag op die alarmteken: Pa se onseker voetstappe op die tuinpaadjie. Dit was later 'n stryd om nie aan die slaap te val nie, maar die een ná die ander het hulle omgedop, net nie Ma nie. Ma het daar gesit en gewag vir die voetstappe . . . en toe hulle eindelik in die vroeë oggendure opgeklink het, het hulle 'n vreemde klank gehad. Nog nooit het Pa op 'n Vrydagaand met só 'n vaste tred huis toe gekom nie, wat nog te sê wanneer dit al vier-uur in die môre was.

Dit was natuurlik toe nie Pa nie, want hoekom sal Pa nou aan sy eie voordeur klop! Wanneer dit nie gou genoeg oopgaan nie, skop hy dit oop.

Dit was 'n polisieman wat in die deur gestaan het . . . en die kinders het wakker geword, want Ma het hierdie keer anders gehuil as ander nagte, nie gedemp om nie die kinders wakker te maak nie. Sy het gehuil, hard, sodat die hele buurt maar kon wakker word. En die kinders kon nie verstaan wat aan die gang is nie . . . Ma huil dan kliphard en Pa is nog nie eens by die huis nie!

Toe roep Ma die oudste, Betsie, maar sy kon skaars die woorde uitkry. Eindelik het Betsie verstaan wat Ma wil hê. Die tannie moet geroep word. Gelukkig weet sy waar die tannie bly. Sy het 'n paar keer al klere daar gaan haal. Die klere hou nie lank nie, want wat Pa nie verkoop vir drank nie, verkoop Ma om meel te koop wanneer Pa weer net die helfte van sy salaris huis toe bring. Dis skelm daardie, het Betsie haar pa hoor sê. Hulle kan nie salaris weerhou van 'n siek man nie. Hy kan mos nie help dat hy so siek is nie. Kan hy help as sy siekte hom veral op Maandae, Dinsdae en Vrydae beetpak?

389

Nou ja, hier is die tannie nou . . . en Ma huil nog een stryk deur.

"Elsie!"

"Ag, juffrou! Juffrou, hier het iets vreesliks gebeur!"

Lisbe kyk op haar horlosie. Dis net ná vyf in die oggend en die baas van die huis is klaarblyklik afwesig.

"Bedaar nou eers, Elsie. Vertel my nou wat dit is. Is Jan . . . siek?"

"Nee! Nee, hy is . . . dood!"

"Dood?" Dit skok tog. "Maar . . . wat het gebeur? Hoe weet jy dit?"

"Die polisie het kom sê . . . hy is . . . is doodgery. Hulle sê hy het voor 'n motor ingeloop en . . . hy is dood . . . morsdood! O, juffrou!"

Lisbe kyk vinnig oor haar skouer na die ry kinders wat sonder begrip na dié groot aankondiging staan en luister. Vier van die vyf verstaan niks daarvan nie. Iets het gisternag met Pa gebeur . . . en dis nie 'n gewone ding nie. Betsie verstaan wel. Sy ken dood. Oom Klaas Klappiestand wat altyd so met sy kunsgebit gesit en speel het, is anderdag dood en tant Meraai het gesê hy is reguit na die duiwel toe. En toe sê oom Fasie: "Nee, nig Meraai, Keerboomstraat se mense gaan almal reguit hemel toe. Hulle't klaar hul hel op aarde gehad." En toe sê tant Meraai: "Pas jy maar op, Fasie, moenie so seker wees nie. Die vroue van Keerboomstraat se plekke is definitief in die hemel bespreek, maar ek is nie so seker van julle mansmense nie. Dis júlle wat ons vroue hel op aarde gee." Ja, dit was haar presiese woorde.

Nou hoor sy Pa is ook dood, en as 'n mens dood is, gaan jy na óf die een óf die ander plek toe. En nou wonder sy oor Pa.

"Betsie, vat die kinders en gaan kombuis toe. Is daar iets vir die kinders om te drink of te eet, Elsie?"

"Daar is nog 'n brood, juffrou, maar die melk is op."

"Goed, Betsie. Gee vir elkeen 'n sny brood."

"Ja, tannie." Hoekom hulle nou juis vyfuur in die oggend elkeen 'n sny brood moet eet, weet sy nie. Maar, nou ja, sy het Ma al dikwels vir Pa hoor sê: Jan, wanneer sal jy leer om nie met juffrou te stry nie? 'n Mens stry nie met juffrou nie. As jy nie saamstem nie, hou jy net jou mond. Maar, nou ja, Pa was nooit een om sy mond te hou nie.

"Elsie . . . Ek is jammer," en Lisbe voel soos 'n huigelaar. Vir Keerboomstraat kan die gesegde gewysig word: Die een se dood is die ander se verlossing.

Elsie bedaar, sit nou net daar, haar moeë hande voor haar op die tafel. "Ja, juffrou." Ná 'n oomblik: "Hy was darem nie net sleg nie, juffrou."

Lisbe se blik sak, lig dan weer. "Dit is so, Elsie. Niemand . . . niemand is net sleg nie."

"Dis waar, juffrou." Die kop lig en haar oë is sag. "Dit het nie altyd nét sleg gegaan nie."

"Natuurlik nie, Elsie."

"Daar was tye . . . oomblikke . . . wat hy goed was . . . wat ons gelukkig was . . . Hy het goeie eienskappe ook gehad, juffrou."

"Natuurlik, Elsie."

"Hy het my nooit gekul nie, juffrou. Hy't nooit met ander vroue gelol soos . . . ander in hierdie straat nie."

"Ek weet, Elsie."

"En hy het altyd huis toe gekom . . . reguit huis toe van . . . reguit huis toe."

Met 'n slingerpad, maar hy het huis toe gekom, ja. "Dit is so, Elsie."

"Hy het elke oggend in sy eie huis wakker geword."

"Ja."

"Hy het baiekeer vir my gesê hy . . . hy wil nie . . . so wees nie, maar . . ."

'n Ander harde, baardbestoppelde gesig verskyn voor haar. "Ja, Elsie, niemand wil regtig so wees nie."

"Dit is so, juffrou, maar die groot ding . . ." Lisbe kyk op, luister. "Die groot ding, juffrou, is dat hy hiér was. Hoe ook al, maar hy was hiér. Die kinders het geweet hulle het 'n pa . . . nie soos klein Kosie van daardie meisiekind twee huise hiervandaan nie. Hy het niemand om voor Pa te sê nie; weet nie vir wie om Pa te sê nie, maar my kinders . . . hulle het geweet wie is hul pa."

Lisbe se hande vou om Elsie s'n. Hoe goed is God dat hy selfs aan 'n Elsie Sieberhagen mooi herinneringe laat. En wat 'n genade om in hierdie oomblikke ruimte vir dankbaarheid te vind. Haar hande vou styf om die ander twee, en haar stem is dik. "Elsie, ek is opreg jammer." En hierdie keer bedoel sy dit met haar hele hart. Hierdie keer verstaan sy hoekom Elsie kan huil oor Jan se dood, want dood is so finaal. Solank daar lewe is, is daar hoop . . . altyd hoop.

Haar gedagtes dwaal verder af met Keerboomstraat. Wie se las is die swaarste? Elsie Sieberhagen wie se man dood is? Of Helm van der Merwe wie se vrou dood is? Wie s'n sou sy wou hê? Sy laat haar kop sak en huil saam met Elsie oor Jan Sieberhagen wat so gou dood is . . .

Daar is 'n behoefte by Lisbe aan iemand met wie sy kan praat oor al die dinge wat in hierdie vroeë oggendure op haar gemoed rus toe sy van Elsie en haar vyf wesies afskeid neem. Sy verseker Elsie dat sy vir haar 'n swart rok vir die begrafnis sal bring en dat sy hulp sal kry met die kis en ander koste. Dit is vandag al omtrent net so duur om dood te gaan as om te lewe.

Dis nog nie behoorlik halfsewe in die oggend nie, maar sy gaan nie terug na haar woonstel nie. Sy hou stil by die huis met die wag-'n-bietjiebos sonder dat sy bewustelik besluit het om dit te doen.

Niemand kom lê besoek af op hierdie onmoontlike ure van die oggend nie.

Die man wat haar deur die venster sien stilhou, frons

skerp en stap vinnig voordeur toe. Sy sit nog in die motor toe hy langs haar by die venster buk.

"Jy is darem 'n bietjie té vroeg vanmôre, juffrou Welsyn. Jy moet 'n man darem eers kans gee om die huis aan die kant te kry." Hy sien haar glimlag bereik nie haar oë nie en hy frons weer skerp. "Is iets verkeerd?"

"Jan Sieberhagen is dood."

"Ek ken nie die naam nie. Wie was hy? 'n . . . Spesiale vriend?"

"Nee, 'n spesiale geval . . . 'n jare lange geval."

"Ek sien."

"Hy is gisternag doodgery toe hy van die kroeg op pad was huis toe." Haar blik gaan by sy skouer verby. "Hy was soos die wag-'n-bietjiebos . . . wanneer jy aan hom raak, het jy in dorings vasgeval."

"Kom drink koffie."

Sy kyk verbaas na hom. Nooi hy haar werklik binne?

Sy mondhoeke lig effens. "Solank jy belowe jy sal nie in vandag se verslag van die deurmekaar huis melding maak nie. En dit gaan lekker koffie wees – selfs ék kry dit nie reg om water te verbrand nie."

Toe bars Lisbe in trane uit.

Sy word uit die motortjie gehelp, die huis binnegelei en die tweeling word beveel om hul pap te eet en te gaan speel. "Hierdie werf moet nie 'n stukkie onkruid op hê teen vanmiddag nie, hoor? Maar julle los die wag-'n-bie-tjiebos uit."

Sy lyk verleë en uiters selfbewus toe die koffie voor haar neergesit word. "Ek is jammer."

"Ek is bly."

Sy kyk hom met rooigehuilde oë aan. "Waaroor?"

"Dat jy gehuil het."

"Hoekom?"

Hy neem 'n slukkie koffie, sê dan: "Sommer."

"Sommer is nie 'n antwoord nie."

Sy sien sy mondhoeke trek. "Jy klink nes die tweeling."

"Die tweeling het 'n punt beet."

"Ek weet. Hulle het my gisteraand gevra of ek nie gaan drink nie, en toe sê ek nee, ek drink nie meer nie. Toe wil hulle weet hoekom nie, en toe sê ek sommer nie, en toe sê hulle . . ."

"Sommer is nie 'n antwoord nie," vul sy aan. "Ek is só bly, Helm."

Sy frons lyk byna kwaai. "Moenie te gou bly voel nie. Sommer het nie rede nie en 'n skilpad het nie vere nie."

"Dit maak nie saak nie – die gedagte het êrens wortelgeskiet, anders sou jy nie so geantwoord het nie. Ek is so bly."

"Asseblief, Lisbe! Jy het nie hier kom stilhou om oor my te praat nie. Jy wou oor Jan Sieberhagen praat. Ek sal luister, maar jy moet in jou pasoppens wees."

"In my pasoppens? Hoekom?"

Hy glimlag skuins. "Sommer!" Dan sug hy en sy oë vernou. "Jy gaan nie nou hier sit en jouself verwyt dat jy nie genoeg vir Sieberhagen gedoen het nie, nie alles moontlik gedoen het om hom te rehabiliteer of sulke snert nie. Ek gaan nie daarna luister nie. Jy moet oppas, jy kan baie maklik misbruik word. Jy trek jou ander se probleme te ernstig aan. Dit word 'n persoonlike saak by jou."

Sy kyk hom ietwat verslae aan. Hy praat asof hy haar senior by die werk is!

"Is dit 'n kompliment, of 'n waarskuwing?" vra sy, en probeer dit aflag.

"Dit is albei. Jan Sieberhagen is doodgery terwyl hy besope was. Daarmee is dit die einde van Jan Sieberhagen en ook die einde van 'n jare lange probleem. Waarom huil jy?"

Haar blik ontmoet syne. Die vraag tref haar soos 'n hou tussen die oë. Hoekom ontstel Jan se dood haar so erg? Daar is mos al tevore van haar gevalle oorlede sonder dat sy daarin kon slaag om hom of haar weer op die regte pad te kry. Maar Jan se dood . . . Dis amper asof dit meteens iets persoonliks geword het . . . Een oomblik het sy haar nog so verwonder dat Elsie só kan huil oor sy dood. Die volgende oomblik het sy saam met Elsie gehuil.

Sy neem 'n slukkie van haar koffie, ontwyk sy oë. Het Jan Sieberhagen se dood skielik betekenis gekry die oomblik toe sy hoor hy is op pad van die kroeg af doodgery? Dáárdie oomblik toe dit skielik deur haar geflits het: Wat nou as dit Helm was? En weer lê die vraag swart en donker en ontstellend voor haar: Wat as so iets met Helm van der Merwe moet gebeur voordat . . . voordat hy weer rigting kry? En dit was toe dat sy opreg saam met Elsie kon voel . . . en saam met haar kon huil.

4

"Ek huil omdat daar geen hoop meer vir Jan is nie, omdat die dood so finaal is."

Helm knik, sy blik rus op haar. "Dit is so. Die dood is finaal."

"Solank daar lewe is, is daar altyd nog 'n kans . . . 'n kans om terug te draai na die plek waar jy die pad byster geraak het en om weer te begin, maar daar is geen terugdraai uit die dood nie."

Hy staar by die venster uit. "Soms is die pad waarop teruggeloop moet word net te ver."

"Maar dit kan net wees dat jy tog slaag, Helm . . ."

Hy staan vinnig op, gaan staan by die venster en kyk skuins na Lisbe. "Soms is dit net onmoontlik om om te draai. Die brûe het verbrand. Die pad het onbegaanbaar geword."

"Nee!" Sy sê dit driftig. "Dan swem jy deur as daar nie

'n brug is nie, en jy kruip hande-viervoet wanneer jy nie kan loop nie!"

Hy draai sy kop stadig na haar, kyk lank in haar oë. "En as jou terugpad jou verby 'n graf neem?" Hierdie keer het sy nie 'n antwoord gereed nie, en hy vervolg sag: "En vir elke nuwe begin moet daar 'n strewe wees . . . 'n strewe na iets, maar wanneer daar niks is om na te strewe nie, waarvoor dan al die moeite doen om weer te begin?"

"Daar kan nooit niks wees nie, Helm. Vir elke mens is daar iets om na te strewe, hoe gering ook al. Jan Sieberhagen moes net die moeite gedoen het om terug te stap en weer op die pad te kom – vir vyf oulike kinders en 'n goeie vrou. Maar hy wou nie, hy het nie . . . en die kans is verby . . . vir altyd. Helm van der Merwe het weer twee seuns . . . Is dit regtig nie die moeite werd om dit ter wille van hulle te doen nie?"

Hy is 'n rukkie stil. "Kinders . . . kinders is iets wat tydelik aan jou geleen word om groot te maak; dan gaan hulle hul eie pad. Baie dikwels is daardie pad vir jou as ouer vol skande en verdriet. Ek het al baie gewonder of dit regtig die moeite werd is dat 'n ouer sy alles so op die altaar neerlê vir 'n kind. Dis nie in die aard en opset van 'n kind om te waardeer en dankbaar te wees nie. 'n Kind is die selfsugtigste wese op aarde. Van geboorte af ontvang hy net en wanneer hy op 'n dag nie kan kry wat hy wil hê nie, dan verkwalik hy jou, want dis mos nie sý skuld dat hy daar is nie. Omdat jy hom verwek het, is jy vir ewig in die skuld by hom. So sien hy dit . . . en hy dink nie eens daaraan dat hy iets van die ouer ontvang het waarvoor hy nooit genoeg dankbaar kan wees nie en dit is om te kan lewe. My seuns is op die oomblik nog klein, maar eendag, sommer een van die dae, sal hulle groot wees . . . en dan gaan hulle my die rug toekeer – of ek nou teruggestap het of nie."

"Jy kan nie só seker daarvan wees nie, Helm. En dis in elk geval God wat lewe skenk."

"Ek is."

Sy weier om dié negatiewe siening te aanvaar, maar kies 'n ander argument. "Goed dan, dan nie ter wille van jou kinders nie. Maar daar bly nog iets oor . . . iets belangrik genoeg om dit die moeite werd te maak."

Sy oë spot liggies. "En dit is? Wat kan daar nog oorbly?"

Sy pen hom met haar oë vas. "Die belangrikste rede van almal. Jy, jy self, Helm van der Merwe!" Sy stap na hom. "Jy het van kinders se ondankbaarheid gepraat en dat dit nie die moeite werd is om dit vir hulle te doen nie, maar het jy dan nie ook ouers nie? En wat van jou Maker? Hy het jou goed genoeg geag om aan jou asem te gee, 'n verstand, 'n liggaam en 'n siel, en vir jou gesê: 'Jy is mens, Helm van der Merwe. Ek gee jou lewe.' Jy, Helm van der Merwe, is dit aan jou Skepper verskuldig omdat Hy Hom die moeite getroos het om jou mens te maak!" Sy stap deur toe, huiwer daar: "Ek kan aan geen beter motivering dink vir enigiemand wat die pad byster geraak het nie. Kan jy?"

In haar woonstel staan Lisbe haar hande en wring. Hy móét luister, liewe Heer, asseblief! Laat hom luister! Hy móét! Hy móét!

Hoewel dit selfbeheersing verg, vermy sy 'n paar dae lank die huis met die wag-'n-bietjiebos. Sy het Helm van der Merwe genoeg gegee om oor na te dink en sy weet ook dat sy niks met hom uitgevoer sal kry as sy hom probeer dryf nie. Tyd sal leer of dít wat sy vir hom gesê het, inslag gevind het. Intussen kan sy maar net hoop en bid, want Helm van der Merwe het 'n baie prominente plek in haar daaglikse gebede begin inneem.

Jan Sieberhagen word begrawe soos alle ander mense. 'n Kerkhof het nie strate nie. Dit is die één plek op hierdie aardbol waar almal regtig gelyk is.

Keerboomstraat is goed verteenwoordig by die begrafnis. Hoewel almal maar voel dat daar kwalik iets beters met Elsie kon gebeur het, het 'n mens darem respek vir die dood. Die dood laat nie met hom redeneer nie en hy laat hom nie bluf nie. Hy laat hom nie paai nie. Wanneer hy besluit dis nou jou beurt, kom haal hy jou, of jy nou nugter in jou kerkrok sit of smoordronk is soos oorlede Jan. Dis die een ding waarvoor Keerboomstraat se mense 'n heilige respek het – die dood.

Lisbe staan en kyk die klompie so deur en wonder of dit wat nou hier voor hulle gebeur het, nie sal deurdring en tref nie. Sal die mense om Jan Sieberhagen se oop graf nie besef hoe gevaarlik dit is om met tyd te speel nie?

Daar gaan 'n week verby, waarin Lisbe steeds wonder en wens. Dis 'n lang week. Sal hy nie eerste na haar toe kom en vir haar kom sê dat hy besluit het om terug te stap nie? Dat hy besluit het om 'n nuwe begin te maak nie?

Toe die telefoon skielik lui, skrik sy. Dis miskien hy wat van die openbare telefoonhokkie in Keerboomstraat skakel . . . Maar dit is nie. Dis Elsie wat van die telefoonhokkie af skakel en vra of dit juffrou is wat die klomp kruideniersware by haar laat aflewer het? Nee? Nou wie dan? As dit nie die welsyn of die kerk is nie, wie dan?

Juffrou gee goeie raad: Aanvaar dit met 'n dankbare hart. Dis 'n goeie mens wat met goeie bedoelinge gee sonder om erkenning daarvoor te verwag.

Later is daar 'n klop aan haar kantoordeur en toe hy eindelik voor haar staan, kom daar 'n vreemde stilte in haar. Hy lyk onvanpas daar. Hy is nie die soort man wat ooit in 'n welsynkantoor se deur behoort te staan nie.

"Kom sit, Helm. Dis 'n verrassing."

Hy lyk ongemaklik toe hy gaan sit. Hy glimlag skuins na haar: "Dis nou die plek waar jy jou verslae skryf."

Sy antwoord ongeërg: "Soms, maar meestal doen ek dit saans tuis."

"En wat doen jou vriend wanneer jy met sulke oninteressante dinge besig is?"

Dis die afwagting en spanning van die afgelope dae wat maak dat sy haar onmiddellik vererg. "Hy sit en speel met sy tone. Het jy hierheen gekom om my dít te kom vra?"

"Nee, ek het eintlik iets anders kom vra . . . maar nou is ek nie meer so seker nie."

Hy het haar iets kom vra, nie kom sê nie! Sy kan huil van teleurstelling, en haar stem is beslis 'n bietjie kil: "Ek kan self oordeel daaroor. Wat is dit?"

Hy kyk haar ondersoekend aan en 'n ligte frons begin tussen sy wenkbroue vorm. "Wat skort?"

"Daar skort niks nie." Haar stem verraai ongeduld. "Wat is dit, Helm? Waaroor gaan jou besoek?"

Hy staan vinnig op. "Die besoek was 'n fout. Ek is jammer. Tot siens."

"Helm!" Sy is ook op haar voete. "Staak nou hierdie liggeraaktheid van jou! Dis kinderagtig!"

"Hoor wie praat van liggeraaktheid! Waaroor het jy jou gewip? Dit was net 'n onskuldige vraag. Ek verseker jou ek stel geensins in jou persoonlike lewe belang nie, juffrou Erwee, maar as ek my perke oorskry het, vra ek jou om verskoning. Goeiedag!"

Dis waarvoor sy bevrees was; dat hy geensins in haar persoonlik belangstel nie. Vandaar sy ongeërgde vraag. Eintlik gaan dit hom glad nie aan of daar 'n vriend is of nie. En hoekom moet dit? Hoekom sit en grens sy nou? Sy snuif en soek na 'n sneesdoekie. Dis onnosel van haar om 'n week lank haar senuwees te laat uittorring en dit vir hierdie man. Dis dwaasheid om so teleurgesteld te voel. Dit is dom om die geval H.A. van der Merwe so emosioneel te hanteer. Sy is gek om Gawie se uitnodiging om saam met hom te gaan eet van die hand te wys net omdat sy bang is dat Helm van der Merwe na haar kan soek en sy dan uithuisig is.

Ja, dis dwaasheid, erken sy met inherente eerlikheid. Sy is as student al deur lektore en professors gewaarsku; ook later deur haar seniors: Dis dwaasheid om verlief te raak op een van jou gevalle en 'n nog groter dwaasheid om te dink dat jy en jou liefde hom sal hervorm.

Baie maatskaplike werkers het al daardie stel afgetrap en bedroë daarvan afgekom. Jy moet soos 'n dokter optree – alles in jou vermoë doen om te red wat daar te redde is met opregte belangstelling en begrip en toewyding, maar . . . behou afstand. Moet nooit persoonlik betrokke raak nie. Sy kan Madelyn Reynecke dit al hoor sê.

Sy snuit haar neus en droog haar oë af. Wel, daar is niks te vrese nie, al het sy die kluts kwytgeraak. Helm van der Merwe het duidelik getoon dat hy nie belangstel nie en hy sal sorg dat sy nie háár perke oorskry nie.

Dit kos nogal moed om die volgende dag uit haar motor te klim en dapper by die wag-'n-bietjiebos verby te stap. Sy weet nie watter soort ontvangs sy vandag hier gaan kry nie. Sy kan egter nie langer wegbly nie, al weet sy nie wat sy moet sê wanneer sy voor hom staan nie.

Die woorde kom sommer vanself toe dit gebeur: "Ek is jammer oor gister, Helm. Dit . . . was 'n moeilike week . . ." Sy sê nie hoekom dit so moeilik was nie; hoop maar dat hy dit aan haar werk koppel, soos hy genadiglik ook doen.

"Ons maak die lewe vir jou baie moeilik. Dit is daarom dat ek sê jy moet versigtig wees. Jy word misbruik."

Sy glimlag bewerig. "Goed, ek sal versigtig wees. Wat wou jy my gister vra?"

Hy frons. "Ek wou jou vra om 'n week lank na die tweeling om te sien. Ek moet weggaan."

"Maar natuurlik sal ek dit doen. Waarheen gaan jy, of mag ek nie vra nie?"

Hy glimlag daardie skuins glimlaggie van hom wat hom

so baie na sy seuns laat lyk, en sy voel haar hart 'n draai maak. "Dit was jou voorstel dat ek moet . . . terugstap."

Haar oë vertel hom hoe ingenome sy hieroor is. "Is dit nodig om weg te gaan daarvoor?"

"Ja, ek moet die plek gaan soek . . . waar dinge begin skeefloop het. Ek is self nie elke dag seker presies waar dit is nie."

"Dis goed so." Lisbe probeer haar opgewondenheid verberg, maar weet nie of sy regtig daarin slaag nie. "Is 'n week genoeg? Ek gee nie om om langer na die tweeling te kyk nie . . ."

"Juffrou Erwee, jy is gewaarsku en dit help alles niks nie!"

"Wat?"

"Ek het gesê jy word misbruik deur mense en nou deur my ook."

"Dis nie waar nie!"

Hy kyk haar ernstig aan. "Dis waar en ons albei weet dit. Dis verregaande van my om jou te vra om na my kinders om te sien terwyl ek . . ." Hy swyg, kyk vinnig weg. "Goed, dis dan afgespreek, baie dankie. Voordat jy dalk van plan verander en besluit dat daar wel misbruik van jou gemaak word en jy dit nie langer gaan toelaat nie . . . Daar is 'n trein wat oor twee uur vertrek."

"Ek sal jou stasie toe neem," bied sy spontaan aan.

Hy knik, die skewe glimlaggie weer om sy mond. "Dankie, ek het gehoop jy sou."

Daar is 'n lied in haar hart toe sy 'n ruk later weer by die huis met die wag-'n-bietjiebos stilhou en hom met 'n tas aangestap sien kom. Helm van der Merwe is besig om die eerste positiewe stap te neem op die pad wat teruglei na 'n beter lewe. As die wil net sterk genoeg is om dinge te wil verander, is die stryd halfpad gewonne. Sy is so dankbaar . . . só dankbaar . . .

Die lied in haar hart verdof effens op pad stasie toe. Daar

401

heers 'n ongemaklike stilte tussen hulle. Helm staar fronsend voor hom uit, sy gedagtes blykbaar baie ver. Angstig wonder sy skielik: Waarheen gaan hy? Wat gaan hy doen? Waarna of na wie gaan hy soek? En wanneer al die wonde weer oopgekrap is . . . sal hy dit kan verwerk?

Sy hou stil voor die stasiegebou, draai vinnig na hom. "Helm . . ." Sy wag dat hy hom uit daardie vreemde wêreld waar hy was, terugtrek en in haar oë kyk. "Jy sal terugkom, nè?"

"Ek sal terugkom." Tot haar verbasing buk hy skielik vooroor en raak haar lippe rakelings met syne aan. Sy stem is gedemp, swaar: "Dis mense soos jy wat maak dat 'n mens soms teen jou eie beterwete weer begin glo aan 'n mooier, beter wêreld . . . ook vir jouself."

Hy maak die deur vinnig oop, klim uit, haal sy tas van die agterste sitplek af en slaan die deur toe, buk en kyk vinnig by die venster in. "Tot siens, Lisbe, en . . . dankie."

Sy sien hom deur 'n newel van trane gaan en kan nie verstaan dat sy op dieselfde oomblik bly en hartseer kan wees nie.

Die tweeling is duidelik ingenome toe hulle die middag ná skool verneem dat sy die week wat Pa weg is, by hulle kom bly en vir hulle gaan huishou. Haar kookkuns sal beslis beter as Pa s'n wees; daarvan het die steak hulle oortuig.

Dit word 'n week om te onthou, vir die seuns en vir Lisbe. Die rol van huisvrou en ma is vir haar so lekker dat sy middae nie kan wag om huis toe te gaan en al die dinge te doen wat sy so graag wil doen nie, maar dit sal die speletjie te ver dryf. Tog . . . haar vorige woonstel se gordyne lê nog ongebruik in die gangkas en dit sal net die regte lengte hê. Dit kos haar mos niks nie. As dit daarop aankom, kan hy dit mos maar leen tot tyd en wyl hy weer verhuis.

Hierdie gedagte tref haar onverwags. Die feit dat Helm

besig is om op sy voetspore terug te loop, kan dalk net be-
teken dat hy en die tweeling weer gaan verhuis. Sy skram
weg van hierdie gedagte, maar dit bly vassteek. Dis maar
net dat sy dan altyd sal wonder of meneer Van der Merwe
hom wel gerehabiliteer het en of dit goed gaan met hom
en die tweeling . . .

Toe die huis na haar sin is, begin sy met die kaste. Sy
maak klere heel en lap en stop. Die tweeling het beslis 'n
paar goedjies nodig, want hulle groei so vinnig. Sy maak
'n paar notas om vir Helm te gee. Sy twyfel nie meer daar-
aan dat hy finansieel vir sy kinders kan sorg nie. Dis net
onbeholpenheid wat die tweeling se klerekas in so 'n toe-
stand het. Sy sal aanbied om self die nodige vir die kinders
te gaan koop, want sy vermoed dat Helm nie 'n man vir
inkopies is nie.

Sy staan die middag lank in sy kamer en wonder of sy
deur sy kaste moet gaan. Die tweeling maak die verdorde
grasperk voor die huis nat. Groen gras sal kleur aan die ou
huis gee. En miskien . . . miskien sal Helm kans sien om 'n
paar blikke verf te koop. Dit sal so 'n groot verskil maak
. . . dis nou te sê indien hulle nie ná hierdie week verhuis
nie, maan sy haarself weer.

Sy besluit uiteindelik om tog die klerekas oop te maak.
Anders as die tweeling se kas – wat soos 'n uitgeskropte
hoendernes gelyk het – is Helm se kas besonder netjies.
Daar is net 'n paar kledingstukke; die res het hy natuurlik
saam met hom geneem. Daar hang, heel eenkant wegge-
stoot, 'n paar pakke klere en . . . haar oë verstil . . . ook
'n aandpak. Sy draai weg. Haar vermoedens was dus reg.
Helm van der Merwe het 'n hoë lewenstandaard gehand-
haaf voordat hy in Keerboomstraat beland het.

Sy begin laaie ooptrek, kry hemde met knope wat af is,
sokkies met klein gaatjies in. Die derde laai bestaan uit 'n
klomp papiere en rommel – waaronder 'n naald en gare en
'n blikoopsnyer.

Sy begin die papiere sorteer, voel effens skuldig dat sy elke papiertjie nagaan, maar dit vertel haar ook nie veel nie. Daar is 'n paar kwitansies sonder besonderhede, ou pamflette – van dié soort wat 'n mens in die pos kry – en 'n paar skoolrapporte van die kinders. Sy stapel die papiere bymekaar om in die een hoek weg te pak, toe iets tussenin uitglip. Dis 'n foto. Sy voel haar hart ruk. Die afwesigheid van foto's in die huis het haar getref. Elke mens het tog foto's van jou troudag, of van jou kinders, van jou vrou of jou man of van julle as gesin. Tot dusver het sy op niks afgekom nie, en nou dit . . .

Sy kyk lank na die vrou in die treffende bont rok. Omdat die foto kleinerig is, kan Lisbe haar gesig nie mooi uitmaak nie, maar dis beslis Helm en die tweeling by haar; die tweeling was seker so drie jaar oud. Versigtig skuif sy dit weer tussen die papiere in en sien dat haar vingers bewe.

Vir die eerste keer word Helm se vrou vir haar 'n werklikheid – 'n mens van vlees en bloed wat bestaan het, iemand wat Helm liefgehad het, by wie hy twee kinders verwek het. Daar moes tye gewees het dat hulle gelukkig was. Toe het daar iets skeefgeloop.

Het Helm begin drink? Hoekom begin 'n man met 'n vrou en twee kinders drink? Wat laat hom iets doen wat noodwendig sy geluk en sy huwelik gaan vernietig? In Helm se geval was dit soveel meer – sy vrou is dood.

Is dit selfverwyt en skuld wat hom in Keerboomstraat laat beland het? Maar tog het sy nie die gevoel gekry dat die bitterheid in hom teen homself gemik is nie. Wat sy wel agtergekom het, is dat hy galbitter teenoor die vroulike geslag is. Voor haar dood moes Helm se vrou hom diep teleurgestel en ontnugter het. Maar hoe is sy dood? Hoe?

Daar is skielik 'n koudheid in haar en sy vlug byna die huis uit na buite. Daar is ander mense wat ook wonder of hy iets met sy vrou se dood te doen gehad het. Dit het hy self vir haar gesê. Hoe is Helm se vrou dood?

"Juffrou!"

Sy is dankbaar vir die onderbreking en stap Elsie tege-
moet.

"Dag, Elsie. Hoe gaan dit?"

"Darem goed, juffrou, maar ek sien juffrou hier staan
en toe dink ek ek moet dit vir juffrou vertel."

"Wat?"

"Daar het al wéér 'n pak goed by my huis aangekom.
Hierdie keer is daar glad klere ook by. Ek begin nou onge-
maklik voel, juffrou."

"Ek kan dit verstaan, Elsie. 'n Mens wil darem dankie
sê, nè?"

Daar is dankbaarheid in haar hart toe sy Elsie sien weg-
stap. Daar is so baie in Keerboomstraat wat maar net te
graag ontvang, dit net as vanselfsprekend beskou dat die
kerk en die welsyn moet help.

Baiekeer is daar nie eens 'n dankie nie, selfs kritiek en
ontevredenheid met wat ontvang is. Elsie is anders. As sy
'n goeie man kan kry . . .

Lisbe se eerste besoek die volgende oggend is aan die poli-
siekantoor, en 'n uur later hou haar motor op 'n plaaswerf
stil. Die plaashuis wek 'n netjiese indruk en sy klop aan.
Dis 'n ouerige man wat die deur oopmaak.

"Meneer Fritz Badenhorst? Ek is juffrou Erwee." Sy
word binnegenooi en merk dat alles binne blink en skoon
is.

Haar gasheer sien haar vlugtige blik. "U moet maar
verskoon as daar iets verkeerd is, juffrou. My vrou is al
ses jaar terug oorlede en dis net Siena wat nou hier aan die
kant maak."

Sy glimlag. "Alle eer dan aan Siena. U is gelukkig om
haar te hê."

"Ja, ek is, maar al is 'n mens ook hoe goed versorg,
eensaamheid bly 'n swak lewensmaat."

405

"U het gelyk. Het u nie kinders nie?"

"Ek het een seun gehad, maar hy is onlangs dood in 'n treinramp."

"Ek is jammer om dit te hoor. Was hy ongetroud?"

"Ja." Hy sug, kyk haar vraend aan. Hierdie vreemde dame het met 'n doel hierheen gekom. "Waarmee kan ek help, juffrou?"

"Meneer Badenhorst, ek gaan 'n saak aanroer wat ek weet nie vir u aangenaam gaan wees nie, maar . . . u is mos die persoon wat onlangs 'n voetganger doodgery het, nie waar nie?"

"Ja, juffrou, ongelukkig is dit ek, maar daar was genoeg getuies wat my onskuld bewys het. Ek kon dit nie vermy het nie. Hy het sommer blindelings oor die straat reg voor my motor ingeloop."

"Ek weet dit. Ek het ook nie gekom om u te kom beskuldig nie. Die saak is afgehandel en u onskuld is bewys. Ek is 'n maatskaplike werker en die Sieberhagen-geval is al jare onder ons aandag. 'n Vrou en vyf kinders het agtergebly. Hulpbehoewend."

Die man kyk weg en sê bedroef: "Ek weet dit, juffrou. Dis wat die hele aangeleentheid so tragies maak. My enigste seun sterf in 'n treinramp en ek ry 'n pa van vyf kinders dood."

"U moet u dit nie so aantrek nie. Dit was 'n ongeluk en nie u skuld nie."

"Hoekom gebeur sulke dinge, juffrou? Ek is laat in my lewe getroud en was nie meer so jonk nie toe my seun gebore is. Hy was maar veertien toe sy ma aan kanker oorlede is en ons twee alleen agtergebly het. Hy was 'n briljante leerling op skool; is toe weg vir sy universiteitsopleiding . . . maar nog voordat hy op die kampus aangekom het, voordat hy nog een klas bygewoon het, is hy dood. Hy het nog skaars begin lewe en hier sit ek alleen, met 'n plaas en 'n oordaad aan aardse goed . . . en ek wonder hoekom kon ek nie maar in my seun se plek gegaan het nie. Om die kroon te span ry ek 'n man dood wat nog alles het om voor te lewe – 'n vrou en vyf kinders. Hoekom, juffrou, is die lewe só?"

Sy kyk hom met deernis aan. So het elkeen maar 'n wag-'n-bietjiebos waarin hy of sy die een of ander tyd verstrengel raak.

"Hoe sal ek u daarop kan antwoord, meneer Badenhorst? Ons moet maar net bly glo dat daar 'n doel mee is."

Hy sug gelate. "Ja, juffrou, 'n mens moet maar net bly glo . . ."

"Meneer Badenhorst, ek het vandag hierheen gekom om baie dankie te sê vir die hulp wat u aan Elsie en haar kinders verleen."

"Elsie?"

"Ja. Dis haar naam – Jan Sieberhagen se weduwee."

"Ek weet van geen hulp nie . . ."

"Ook nie van die kruideniersware wat by haar huis in Keerboomstraat afgelewer word nie?"

Hy knik sy kop gelate, lig dan sy hande in 'n moedelose gebaar. "Wat beteken dit eintlik, juffrou? Dit kan nooit vergoed vir die verlies van 'n man en 'n pa nie. Ek het verneem dat die man nie ryk was nie en . . . ek het toe maar gedink die minste wat ek kan doen . . ."

"U sal nooit weet hoeveel goed u daardeur doen nie, meneer Badenhorst. Mense wat nog nooit honger gaan slaap het nie, weet nie wat dit vir 'n ma van vyf beteken om genoeg te hê nie. Die mens wat nog nooit gebrek gely het nie, sal nie kan glo dat 'n onverwagse pak kruidenierswarre die hoogtepunt van weelde kan wees nie."

Hy kyk haar verstom aan, draai dan sy kop weg. "Jy maak my skaam, juffrou. Ek sien nou . . . die selfsug van my lewe. Dagin en daguit sit en huil ek hier oor wat ek glo God my aangedoen het, bevraagteken ek sy weë, terwyl daar mense is wat moet spartel om liggaam en siel aan me-kaar te hou; terwyl daar kinders is wat broodgebrek ly."

"Meneer Badenhorst, dit is menslik om net in die klein sirkel om jouself te kyk, maar wanneer jy jouself toelaat om 'n bietjie verder te kyk, sal jy vind dat jy altyd kan sê: God is goed vir my."

"Maar hoekom, juffrou, moet ek dan eers 'n man dood-ry voordat ek hierdie waarheid leer?"

"Ons leer maar almal so. U is nie die enigste een nie."

"Maar dit is so sinloos. Al die jare kon ek maar dan en wan 'n pakkie by die een of ander hulpbehoewende gesin gaan aflaai het! Maar eers nadat ek 'n man doodgery het, weet ek om 'n pakkie kos by 'n deur te laat aflaai."

"Die belangrikste is dat u dit gedoen het, meneer Baden-horst, en Elsie is baie dankbaar. Sy wil dankie sê."

"Ek het haar man doodgery, juffrou . . ."

"Jan Sieberhagen se dood was 'n ongeluk. Meneer Ba-denhorst, sal u nie die volgende pakkie self gaan aflewer en vir Elsie kans gee om dankie te sê nie? U weet, dit is vir Elsie makliker om te gee as om te ontvang; haar lewe lank het sy nog net gegee. Sy is 'n goeie vrou." Lisbe glimlag. "Dit sal goed wees as julle mekaar kan ontmoet."

"Maar wat sê ek . . .? Miskien wil sy my nie sien nie!"

"Ek sal saam met u gaan. As u môreoggend om nege-uur by die welsynkantoor kan wees, sal ek bly wees."

Fritz Badenhorst is beslis senuweeagtig toe hy Lisbe die volgende oggend by die welsynkantoor ontmoet.

"Weet sy dat ek kom?"

"Nee. Ek het haar doelbewus nie laat weet nie. Ek wil hê u moet Elsie leer ken soos sy is."

"Maar as sy hoor ek is die man . . ."

"U is verniet bang. Elsie het al baie wyse lesse in haar lewe geleer. Sy het my ook 'n hele paar geleer."

Elsie is verbaas om Lisbe so gou weer te sien. En die

vreemde man by haar . . .? Seker 'n nuwe man by die kan-
toor . . . Sy nooi hulle vriendelik binne. Dis wel eenvoudig,
maar dis skoon.

"Elsie, meneer Badenhorst is die man wat bestuur het
toe Jan doodgery is." Sy sê dit pront en wag in spanning
op Elsie se reaksie . . . en Elsie stel haar nie teleur nie.

Sy kyk dadelik na die vreemde man en sê: "Ag, meneer,
ek is so jammer."

Fritz Badenhorst lyk totaal verslae. "U sê vir my . . . vir
mý u is jammer? Mevrou . . . dis ek wat dit moet sê . . . en
ek weet nie hoe nie."

Elsie gee haar hartseer glimlaggie. "Ek weet, meneer, ek
weet dat u jammer is al kon u dit nie verhoed het nie. Die
polisie het my gesê wat gebeur het. Ek is jammer dat die
lot nou op u moes val."

"Die lot, Elsie?" vra Lisbe verward.

Elsie swaai haar hande half hulpeloos. Jare lank al is sy
so vasgevang in die alledaagse behoeftes, in die daaglikse
stryd om te bestaan en te oorleef, dat sy afgestomp geraak
het vir die dieper dinge van die lewe.

Maar nou sê sy: "Ja, juffrou. Dit was so beskik . . . nes
met Judas."

Die man kyk haar belangstellend aan. "Judas? Wat van
hom?"

Elsie lag verleë. "Meneer, dis maar soos ek dit sien. Dit
was mos so beskik dat die liewe Heer aan 'n kruishout
moes hang om die wêreld se sondes af te was met sy bloed.
Dit kon nie gebeur het as daar nie 'n Judas was wat Hom
kon verraai het nie. Ek het al baie gewonder . . . was dit
nou rêrig Judas se slegtigheid, of was dit maar net dat die
lot op hom geval het om daardie daad te pleeg? Dan het sy
slegtigheid mos ook 'n doel gedien, nie waar nie?"

Soos Jan Sieberhagen se slegtigheid dalk ook 'n doel
gedien het – om ten spyte van vuishoue en armoede en
broodgebrek die goeie in Elsie al standvastiger te maak?

Fritz Badenhorst lyk amper bewoë. "Dis waar, Elsie. Ek het nog nie só daaraan gedink nie."

"Ja, meneer, die liewe Heer het gesê tot hiernatoe en nie verder nie, en toe gebruik Hy vir u om namens Hom die strepie vir Jan te trek. Dis nou maar soos ek dit sien, meneer. Meneer moenie sleg voel nie."

Lisbe kyk met mistige oë en 'n sagte glimlag na die man langs haar. Dan draai sy na Elsie. "Jy hoef seker nie nou meer te wonder wie die persoon is wat die pakkies so gereeld hier laat aflewer nie, nè, Elsie? Ek laat julle twee nou alleen. Tot siens."

Om die kombuistafel gaan twee mense sit om te gesels, hul paaie nog baie ver verwyder van mekaar, hul lewenstandaard pole uit mekaar. Fritz Badenhorst vertel haar van sy enigste kind wat so jonk gesterf het, en hy luister met eerbied wanneer Elsie hom vertroos en 'n verhaaltjie vertel: "Ag, meneer, dis 'n groot hartseer, maar u kan dankbaar wees dat dit liewer só gebeur het."

"Dankbaar? Dat my enigste kind in sy fleur gesterf het?" wil hy weet.

"Ja, meneer. Hy kon op 'n oneerbare manier sy dood gevind het. U weet, die predikant het eendag vir my so 'n kosbare verhaal vertel. Ek sal dit nooit vergeet nie. Wil meneer hoor?"

"Ek luister graag, Elsie."

" 'n Ou moeder het op 'n dorpie gewoon en sy was arm en het so swaar gekry. Sy het net een kind gehad, 'n seun, wat sy maar selde gesien het. Elke keer wanneer die predikant daar kom, dan was sy opgeruimd, en as hy vra hoe dit gaan, was haar antwoord altyd: 'Ag, die Here is so goed vir my.'

"Op 'n dag kry die predikant die tyding dat die ou moeder se seun in Johannesburg vermoor is. Dit was vir hom baie swaar om na die ou moeder se huis te gaan om die tyding te bring, want hy het geweet dat sy vir die eerste keer in haar lewe nie sal kan sê hoe goed die Here vir haar is nie. Haar enigste kind is vermoor!

"Nadat hy die tyding oorgedra het, was dit 'n oomblik lank stil. Toe sê sy: 'Ag dominee, hoe goed is die Here tog nie vir my nie.' Die man was verslae en het gevra. 'Ou moeder, hoe kan u dit vandag nog sê? U enigste kind is vermoor . . . en u sê God is goed vir u!' En toe sê sy: 'Hy is, dominee. Ek dank Hom vir sy goedheid, want, dominee, my seun kon die moordenaar gewees het.'"

Fritz Badenhorst laat sy kop sak, maar toe hy gaan, kyk hy byna pleitend na die tenger vrou van Keerboomstraat. "Elsie, mag ek weer kom, asseblief?"

"Maar natuurlik kan u weer kom, meneer. U sal altyd welkom wees."

"Dankie, Elsie, en my naam is Fritz."

"Tot siens, Fritz."

"Tot siens, Elsie, en . . . dankie."

Hoeveel meer as 'n pak kruideniersware neem hy vandag met hom saam terug plaas toe! dink hy bewoë.

5

Laer af in Keerboomstraat kyk Lisbe vinnig op toe sy daardie aand met 'n handwerkie sit nadat die tweeling reeds gaan slaap het. Dan staan hy in die deur . . . en sy kan 'n uitroep nie keer nie.

"Helm!"

Hy sit sy tas neer en sy hele houding hou haar op 'n afstand. Sy kyk na hom en haar hart pyn. Hy lyk slordig en daar is stoppelbaard op sy ken . . . en 'n leegheid in sy oë.

Sy kan haarself nie keer nie, sy moet nader gaan, maar sy stem bring haar halfpad tot stilstand: "Laat staan maar, juffrou Erwee, laat staan maar."

"Helm . . ."

Sy kop skud. "Dit het nie gewerk nie. Dit was net 'n illusie."

"Wat?"

"Drome . . . dit kom nooit weer terug nie."

In haar dam die snikke van teleurstelling en hartseer op, maar sy baklei daarteen: "Miskien nie oues nie, maar daar is altyd plek vir nuwes."

"Jy praat onsin." Sy stem is bruusk, bedoel om seer te maak en dit maak seer. "Dis omdat jy nog nooit drome moes inboet nie dat jy so maklik praat. Dis omdat jy nog nooit raadop was nie dat jy altyd raad het vir ander. Dis eers wanneer jy die dag nie meer raad vir jouself het nie, dat jy ophou om so vrylik raad aan ander uit te deel. Ek weet waarvan ek praat, juffrou Erwee. Ek verseker jou, ek weet waarvan ek praat!"

"Helm! Waarheen gaan jy?" Sy volg hom die gang af.

"Ek gaan stap."

"Maar jy het so pas tuis gekom en . . . en dis al nag!"

"Wat maak dit saak?"

Die res van hierdie nag word Lisbe een van die vroue van Keerboomstraat . . . een van die garde wat wakker sit en wag, wat huil en bid . . . en wonder wat die beste is . . . trane of gebede . . .

Dis in die vroeë oggendure dat sy die voetstappe hoor . . . swaar en moeg. Hy lyk tien keer slegter as die vorige aand en daar kom lê 'n matelose desperaatheid in Lisbe. Wat het daar gebeur wat hom weer in so 'n verskriklike toestand laat verval het? Sy het die gevoel dis erger as toe hy in Keerboomstraat kom bly het. Helm is 'n verslae man. En sy weet hoe gevaarlik dit is as 'n mens die dag die handdoek ingooi . . . Dan is daar geen keer aan die afdraande pad nie.

"Is jy nog altyd hier?" Sy antwoord nie en hy kom nader, so aggressief soos daardie eerste dag en net so ongeskik. "Loop! Los my uit! Trap uit my huis uit!"

412

"Helm, asseblief . . ."

"Ek sê loop! Kan jy 'n eenvoudige woordjie soos 'loop' nie verstaan nie? Gee pad voor my oë! Ek wil jou nie weer sien nie!"

Lisbe staan 'n oomblik lank wesenloos voor hierdie vreemdeling, draai dan in haar spore om en verdwyn in die rigting van haar kamer waar sy die week geslaap het terwyl sy 'n kamma-kamma speletjie gespeel het. Die speletjie is nou verby . . . en daar moet na die werklikheid teruggekeer word.

Geluidloos pak sy haar goedjies in, beweeg versigtig in die gang af en sien hom by die hoekkas sit. Dis vyfuur in die oggend en Helm is besig om hom beskonke te drink op 'n leë maag . . . en daar is niks wat sy daaraan kan doen nie. Niks nie.

Soos 'n dief sluip sy die huis uit en met die tuinpaadjie af.

Lisbe weet nie hoe sy deur die week wat volg, moet kom nie. Sy moet noodgedwonge aandag gee aan die ander gevalle, maar nog nooit was sy so halfhartig in haar werk nie. Dis asof daar 'n doodse leegheid in haar is. Dis asof Helm se wrede woorde 'n lamheid oor haar gebring het. Sy voel suf van dink en wonder. Hy sal tog sekerlik die een of ander tyd tot sy sinne kom. Dan sal hy haar tog seker om verskoning kom vra vir sy swak gedrag. Maar 'n swaar swye bly heers.

Sy moet in Keerboomstraat besoek aflê, maar sy draai liewer haar motor in die straat om as om by die huis met die wag-'n-bietjiebos verby te ry. Sy weet in watter gemoedstoestand die pa van die huis is en sy weet ook dis haar plig om te gaan kyk hoe dit met die tweeling gesteld is. Sy kry dit egter nie reg nie. Elke keer draai sy maar liewer om en gee pad.

Lisbe bly hoop dat Helm sal besef hy het hulp nodig,

iemand nodig, vir haar – maar sy hoor niks van hom nie.

Teen die end van die lang onheilsweek skakel sy die skoolhoof. Haar hart sak in haar skoene toe sy die skoolhoof hoor sê: "O, juffrou Erwee? Ek is bly om jou stem te hoor. Ek wou juis gedurende die dag met jou in verbinding getree het. Dis in verband met die Van der Merwe-tweeling. Daar moet groot fout by die huis wees. Die tweeling is skielik bot en aggressief en gedurig in 'n bakleiery op die skoolterrein betrokke. Gister het juffrou Van der Mescht hulle betrap dat hulle skooltake vir kos ruil. Dis 'n onrusbarende toestand. Ek het net begin dink dinge begin beter gaan, want 'n ruk lank was hulle netjies en skoon en het hulle geen probleme veroorsaak nie. Maar nou . . . Is dit nie miskien beter om die kinders by die pa weg te neem nie?"

Lisbe sluit haar oë. "Ek is jammer om te hoor van die tweeling, meneer. Ons gee aandag aan die geval. Resultate kom nie altyd dadelik nie, soos jy self weet."

"Ja, dit is so, juffrou, maar die kinders bly altyd die belangrikste, nie waar nie?"

Ja, meneer, hulle is die belangrikste, maar wat van die pa? Wat van 'n man met soveel potensiaal, met nog soveel jare voor hom? Wat van hóm? Is hy nie ook belangrik nie? Haar gedagtes is 'n maalkolk wat haar dieper en dieper insuig . . .

"Ja, meneer, dit is so. Ek verseker jou die saak geniet aandag. Ek sal ingaan op die kosstorie. Ek kan nie glo dat hulle honger ly nie. Ek het self die kaste nagegaan en daar was nog altyd 'n goeie voorraad kos."

"Ja, maar jy weet hoe dit gaan, juffrou Erwee. Die een dag is daar genoeg en die volgende dag is daar nie eens brood in die huis nie. Die pa drink kwaai, verstaan ek."

Sy sluk. Sy wil dit ontken, maar kan nie. O, Helm! "Ja, hy drink, maar ek sal hom nie 'n alkoholis noem nie."

"Dis in elk geval die oorsaak van die bakleiery. Niemand durf eens verwys na die pa se drankprobleem nie, of die tweeling klim met die vuiste in. Natuurlik is dit baie lojaal en prysenswaardig van die seuns, hul ouderdom in ag geneem, maar beslis nie goed te praat nie."

Nee, meneer, dit is nie. Dis nie goed as 'n seuntjie sy pa met sy vuisies moet verdedig nie. Dis tragies. Die maalkolk se suigkrag wurg om haar . . .

"Ja, meneer, dit is so. Ek sal dit waardeer as jy my dadelik sal laat weet indien daar weer 'n probleem opduik. Intussen sal ek kyk wat ek kan doen aan hierdie kant. Dankie, meneer. Tot siens."

Sy durf nie langer vir Helm wag om met haar in verbinding te tree nie. Die berg sal maar weer na Mohammed moet gaan, maar sy is bang om te gaan, bang vir wat sy daar sal aantref, bang vir die seerkry wat sy weet op haar wag.

Lisbe wag daardie middag weer by die skoolhek soos een keer tevore. En weer is dit twee paar uitdrukkinglose, starende ogies wat na haar kyk toe sy hulle roep.

"Dagsê! Hoe gaan dit?" Sy maak haar stem doelbewus vrolik en weet dadelik dis 'n fout. 'n Mens moet nooit 'n valse front voor 'n kind probeer handhaaf nie.

Sy probeer weer, want daar was nie 'n "Dag, tannie" nie. "Wat lyk julle twee so suur? Was julle in die moeilikheid? Was julle stout?" Stilte, en teen wil en dank begin haar glimlag verwater. Dis hopeloos.

"Kom, klim in," beveel sy. Hulle beweeg nie. Sy begin frons. Die tweeling moenie nou ook nog hardekwas raak nie. Die pa is erg genoeg! "Toe, kom, Hansie, Pietie! Ek het nie heeldag tyd nie. Kom ry saam. Ek gaan nou na jul huis toe – en geen roomys vandag nie, hoor?" Hulle roer nie. Haar oë flits vererg. Sulke twee klein parmante! 'n Aardjie na sy vaartjie, nè? "Nou goed dan, loop dan maar as julle so voel. Sien julle by die huis."

"Pa't gesê jy kom nie weer nie."

415

Sy sit weer terug teen die rugleuning. Daar is soveel ver-wyt in daardie stemmetjie dat sy die vinnige woorde keer wat wil uitglip. Dit sal miskien nie wys wees om hulle te vertel dat dít hul pa se woorde was en nie hare nie. "Jul pa het seker verkeerd verstaan."

"Is nie! Pa't gesê jy kom nie weer nie en jy het nie!"

"Liewe land, Hansie, maar ek kan mos nie heeldag by jul huis lê nie! Ek het mos werk om te doen! Ek kon nie gouer gekom het nie," jok sy en voel skuldig. 'n Mens jok nooit vir 'n kind nie.

"Pa't gesê jy hoef nie weer te kom nie. Jy kan in jou . . . e . . . peetjie vlieg."

"O? Baie dankie!"

"En Pa't gesê jy is ook maar nes ander vroumense."

"Ja?"

"Ja. Hy sê solank dit goed gaan, kom kuier jy, maar nes daar opdraandes kom, dan hol jy weg. Nes ander vrou-mense."

"O?"

"Ja. Hy sê geen vroumens kan 'n toets deurstaan nie. Nes jy nie wil dans soos hulle die toutjies trek nie, los hulle jou en gaan soek iemand wat na húl pype sal dans."

"O, ja?"

"Ja, en hy sê dit is maar seker 'good rittels'!" eindig Pietie.

"O, ja!" Sy weet sy moet liewer lag, maar haar humorsin laat haar totaal in die steek. Good riddance, nè? Sy leun deur die venster, kyk die twee stip in die oë: "Laat ek julle 'n geheimpie vertel: Daar wag 'n groot surprise op jul pa!"

Die tweeling kyk haar motortjie onseker agterna. "Wat is 'n surpraais?" wil Pietie weet.

"Ek weet nie. Wát beteken good rittels?" wil Hansie op sy beurt weet. Een ding is seker, dis nie iets lekkers nie. Tannie Lisbe se gesig het baie snaaks gelyk toe sy hoor wat Pa gesê het.

Die lig in Lisbe se oë voorspel niks goeds toe sy by die wag-'n-bietjiebos stilhou nie. Iemand gaan vandag sy moses teëkom. Hy ken nog nie vir Elizabeth Johanna Erwee nie. Van vandag af is H.A. van der Merwe, wat haar betref, net nog 'n geval. En as hy dan nie wil hoor nie, moet hy voel.

Sy vind meneer Van der Merwe in die kombuis en sy kyk misnoeg en teleurgesteld na die wese op die kombuisstoel wat met sy kop tussen sy hande sit.

"Helm van der Merwe, jy behoort jou te skaam!"

"Bly stil! My kop wil breek!"

"Dis goed so! Ek hoop jy breek in twee stukke sodat al die gif en gal wat jy in jou opgaar, kan uitloop."

"Bly stil, vroumens!"

"Ek hoor julle praat deesdae Engels!"

Met 'n gepynigde blik kyk hy sonder begrip na haar. Sy gesig is grys en sy skrik. Haar hart wil-wil net weer versag, maar dan verhard sy weer. O nee! Nie weer nie!

"Watse twak praat jy?" vra hy dof.

"Ek praat minder twak as dit waarmee jy die tweeling voer!" Sy is so kwaad dat sy kan slange vang. "Kan jy my dalk vertel wat beteken 'good rittels'? Moenie my sit en aankyk asof ek in 'n gestig hoort nie! Jy stuur mos boodskappe via die tweeling omdat jy nie mans genoeg is om dit self in my gesig te sê nie. Nou gee ek jou die kans om dit self vir my te sê. Toe! Vertaal of verduidelik vir my wat beteken 'good rittels' . . . Helm van der Merwe! Wát is so snaaks?"

Hy lag ingehoue, want met elke skud van sy skouers voel dit asof sy kop van sy lyf af skeur. Maar hy lag . . .

Woedend swaai Lisbe om. Sy moet padgee voordat sy haarself vergeet en môre van aanranding aangekla word. Die man sal nog maak dat sy in die tronk beland!

Haar stem is ysig: "Lag gerus, meneer Van der Merwe. Geniet dit maar. Onthou net, wie die laaste lag, lag die

417

lekkerste . . . en dit gaan nie jý wees nie. Ek gee jou jou laaste waarskuwing. Jy moet jou regruk . . . en vinnig . . . en góéd regruk . . . of ek neem jou kinders weg. Verstaan jy eenvoudige Afrikaans of moet ek dit vir jou in Engels vertaal?"

Hy kom stadig orent, druk swaar op die tafel voor hom, en daar is geen teken van 'n glimlag meer op sy gesig nie. "Toe ek hulle vir jou wou gee, wou jy hulle nie vat nie. Nou kan jy maan toe vlieg, juffrou Welsyn! Niemand vat my kinders weg nie, verstaan jý Afrikaans?"

"Deeglik, dankie, maar wanneer twee seuntjies vir kos by die skool begin bedel, het dinge te ver gevorder – te ver, meneer Van der Merwe. Hier trek ek nou die streep. As daar nie kos in 'n huis . . ."

"Jy praat deur jou nek!" skreeu hy onbeheers. "Hoe durf jy sê my kinders bedel om kos? Hier was nog altyd kos in hierdie huis en jy weet dit verdomp goed!"

"Jy het beslis 'n waardige bewoner van Keerboomstraat geword – nie net in jou gewoontes nie, maar ook in jou taalgebruik."

"Los jy die Keerboomstraters uit! Ons is ten minste nie skynheilig nie."

"Jy klink ook al nes hulle!"

"Verdomp! Ek sweer ek gaan 'n toeval kry!"

"Dit sal die beste ding wees wat met jou kan gebeur. Dan kan jy hospitaal toe gaan en 'n slag voel hoe skoon bloed in jou are pomp en jou tong kan ook sommer ontsmet word."

"Lisbe! Daar is perke aan alles! Staak dit!"

"Korrek, Helm. Daar is perke aan alles, en kinders wat honger ly, is my perk."

"Maar dis kaf dat my kinders honger ly! Kom! Kom kyk self! Oortuig jouself!" daag hy haar uit en pluk die kas oop.

Twee blikkies vleis staan voor hulle.

"Ek sien, ja, oorgenoeg!" Sy keer haar rug op die kombuiskas. Hierdie keer kan selfs haar hart nie aan 'n verskoning dink nie. Dis een ding om jouself te vernietig met alkohol, maar dis 'n ander ding om jou kinders te dwing om te bedel. Daarvoor kan geen mens 'n verskoning vind nie.

"Dis onmoontlik! Ek sê jou dis onmoontlik! Net gister . . ."

"Laat maar staan, Helm." Sy voel skielik intens moeg en so heeltemal aan die verloorkant – en nou wil hy nog vir haar jok ook!

"Ek sê jou ek het gister vir hulle geld gegee om . . ."

Haar mond is smalend, in haar oë lê naakte pyn. "Gister? Van watter gister praat jy? Weet jy hoeveel gisters is al verby sedert jy jou met drank probeer verdrink? Sewe! Sewe, Helm! 'n Week lank al doen jou seuntjies ander kinders se skooltake in ruil vir 'n stukkie brood!"

Hy lyk soos die dood. "Dis nie waar nie! Dis nie waar nie . . ."

"Dis waar." Sy ontwyk sy verstarde, verdwaasde blik. "Die skoolhoof het my vanoggend vertel. Ook van al die bakleiery waarin hulle betrokke is ter verdediging van hul pa se goeie naam. Jy moet besef dat die saak buite beheer is en dat dit buite my beheer ook raak. Ek kan net keer tot op 'n punt. Ek móét jou samewerking kry, anders . . ." Sy kyk onwillig op. "Dis jou laaste kans. Ek moet dit baie duidelik stel. Tot siens, Helm."

"Lisbe . . ."

Sy kom teësinnig tot stilstand. Wat help dit om verder te praat? 'n Gepraat bring jou nêrens nie.

"Glo jy my nie?"

"Wat moet ek glo, Helm?"

"As ek sê dat ek gister vir die kinders geld gegee het om kos te gaan koop."

"Nee, ek glo jou nie." Sy gee nie om dat hy haar betraande oë sien nie. Sy gee niks meer om nie! "Kyk net asseblief dat hulle vandag kos kry. Asseblief!"

Sy oë staan styf in sy kop. Dan knik hy, sy stem klink rou: "Ek belowe ek sal vir my kinders vandag nog gaan kos koop."

"Dankie."

Sy sien hoe die man langs die kombuistafel op 'n stoel neersak. Sy sien hoe hy, wat verklaar het dat hy aan niemand en niks meer glo nie, sy hande eerbiedig vou en dit lyk asof hy bid. Sy stap stil uit.

Hy sit nog daar toe die tweeling binnestap. Hulle beskou hom versigtig vanuit die kombuisdeur. Tannie Lisbe het klaar haar surpraais gebring, dit kan hulle sien . . . en dit was nie lekker vir Pa nie.

Hy kyk eindelik op na hulle, wink met sy kop en hulle gehoorsaam, kom weerskante van hom staan. Hy sit sy arms om die skraal gestaltetjies, vra stil: "Wat het julle met die geld gemaak wat ek gister vir julle gegee het om kos mee te koop?"

Bo-oor sy kop ontmoet twee paar oë vlugtig. Hulle het geweet hulle sou die een of ander dag met die hele sak patats moes uitkom, maar nie dat die oordeelsdag so gou sou aanbreek nie.

"Hier is net twee blikkies vleis in die kas. Waar is die ander kos?" Dis duidelik dat Pa hard moet konsentreer. Sy kop is seker weer baie seer. "Ek dink nou daaraan . . . Ál die kos kan nie op wees nie. Daar moet nog hier en daar iets oor wees."

'n Lang stilte volg.

"Ek wag, Hansie, Pietie."

Dis Pietie wat eerste begin bieg: "Pa sien, die kos wat nog in die kas was, Pa sien, Betsie van tannie Elsie het eendag toe haar pa nog geleef het – Pa weet mos hy is doodgery – maar toe hy nog geleef het, het Betsie vir ons gesê sy is so honger. Daar was daardie oggend net 'n stukkie brood in hul huis en dit het sy toe maar vir die kleintjies gelos. En toe't ons gedink . . . ons eet tog nie meer die blikkieskos nie . . ."

"Eet ons dit nie meer nie?" wil hul pa ernstig weet.

Pietie trap verleë rond, sê dan moedig: "Nee, Pa, Pa sê deesdae ons moet net 'n blikkie boeliebief vir Pa oopsny en ons . . . ons eet ander goed. Toe het ons maar gedink ons kan daardie kos vir tannie Elsie gaan gee. Sy het dit nodig."

"En toe gaan gee julle dit vir haar?"

"Ja, Pa. Sy het baie, baie dankie gesê."

Helm sukkel om te konsentreer. "Ek kan dit nie onthou nie."

"Nee, ons . . . ons het vergeet om Pa te sê."

Hy knik. "En die kos wat gister gekoop is?"

Pietie kyk sy broer verwytend aan. Nee, maggies, hy het mos ook 'n tong! Maar Hansie kyk ewe verwytend terug. Pietie sorg ook altyd dat hy die maklikste deel het!

"Dis . . . dis in die kas, Pa," sê Hansie uiteindelik.

"Daar staan dan net twee blikkies vleis."

"Ja . . . a . . . e . . ."

"Julle kon nie net twee blikkies van die geld gekoop het nie," sê hul pa besonder geduldig.

"Ons het dit vir Pa gekoop. Pa vra altyd net boeliebief."

Helm kry dit reg om sy kop te lig sodat hy sy seun in die oë kan kyk. Hoe smartvol dit is, weet net hy alleen. "Goed, die boeliebief is vir my gekoop. Wat het julle vir júlle gekoop?" Weer is daar stilte. "Johannes!"

"L . . . lekkers, Pa."

"Lekkers!" Hy dwing homself tot kalmte. Sy kop gaan in twee breek soos daardie klein snip wil hê! "Lekkers, sê jy? Van ál die geld?"

"Dis ook kos, Pa. Dis net nie in 'n blik nie, dis al!"

"En hoekom bedel julle dan by die ander kinders kos by die skool?"

Twee paar oë val byna uit van verontwaardiging.

"Is nie!"

"Ons het gewerk daarvoor!"

"Ons bedel nie!"

"Wie sê so?"

"Maar hoekom het julle dit gedoen? Omdat julle honger was?"

"Nee! Maar party kinders bring lekker eetgoed saam skool toe, soos koekies, koeksisters, en konfytrol en . . . ag, al sulke goed. Ons kyk eers wat in hul kosblikke is en net vir dié wat lekker kos het, het ons 'n bietjie gehelp."

"Met hul skoolwerk?"

"Ja, Pa."

"Kom wys my jul voorraad . . . e . . . kos."

Dis iets om te aanskou – twee laaie vol lekkernye! 'n Kind se droom! 'n Kind se kos!

Helm gril en stap kamer toe. Hy kom met 'n geldnoot terug. "Gaan koop vir ons by die slaghuis regte kos, seuns, vir al die geld. Sê vir die oom ons wil lekker vleis braai vanaand."

Dis te goed om waar te wees! In plaas van 'n pak slae gaan hulle braaivleis kry! Dis nie sleg nie!

"En wanneer julle terugkom, bring julle al daardie lekkers hierheen. Julle kan elke Saterdag daarvan kry. Die res van hierdie jaar hoef julle dus nie sakgeld te kry nie."

Dit klink nie so goed nie, maar . . . later gee hulle glad nie meer om nie. Die vleis smaak baie lekker. Amper lekkerder as lekkers . . .

Lank nadat die seuns versadig en tevrede gaan slaap het, sit hul pa nog langs die vuurtjie in die agterplaas, en kyk na die sterwende kole. So sterf alles maar, is sy somber gedagte.

Daar is die hoë vlam, dan die vaal as en môre waai die wind die as ook weg . . . en dan is daar niks nie. Hoekom vermoei die sterfling hom dan?

Omdat jy dit verskuldig is aan jou Maker – omdat Hy dit werd geag het om jou te maak . . .

Iemand het dit eendag vir hom gesê . . . Iemand wat glo dat hy sy kinders se kosgeld uitdrink . . . Iemand wat gewaarsku het: Dis jou laaste kans! Iemand wat die hoop wat weer in hom begin gloei het, met een sin, met een kyk tot vaal as laat verskroei het . . .

Hy staan eindelik op toe daar nie meer 'n gloeiende kool te sien is nie. Die ergste pyn in sy kop het bedaar. Dis nou net dof en suf, maar hy weet hy sal nie slaap nie; nie sonder hulp nie. Daardie wag-'n-bietjiebos sal hom rasend maak. Dis jou laaste kans, het sy gesê. Sy gaan sy kinders wegvat, dis sy laaste kans!

Dis eers toe sy die volgende oggend op kantoor kom en Madelyn Reynecke op die gebruiklike plek agter haar lessenaar aantref, dat Lisbe besef haar senior se vakansie is verby . . . en dat sy vanoggend deeglik verslag oor elke geval sal moet lewer.

Die herontmoeting is baie besadig en met haar kennersoog sien die ouer vrou dat iets nie pluis is nie; iets het in haar afwesigheid gebeur. Of verbeel sy haar maar dat haar kollega gespanne, selfs selfbewus, voorkom?

Op haar navraag na Lisbe se welstand, is die antwoord positief. Dan moet dit iets met die werk te doen hê.

Die een ná die ander geval word bespreek en toe Lisbe haar vertel van die nuwe vriendskap tussen Elsie Sieberhagen en Fritz Badenhorst, vra sy reguit: "Dink jy dié vriendskap is . . . e . . . verstandig, Lisbe? Hul agtergronde is só verskillend en hy klink ook heelwat ouer as sy, nie waar nie?"

Lisbe frons liggies. "Ja, hy is heelwat ouer as sy, ek skat goed vyftien jaar. Maar Elsie is self baie ouer as haar jare, mevrou."

Madelyn knik en Lisbe vervolg: "Hierdie twee mense

kan mekaar goed aanvul. Fritz Badenhorst is 'n eensame, welgestelde man. Elsie en haar kinders kan die leemte in Fritz Badenhorst se lewe vul, en hy kan hulle versorging, beskerming en waardering bied."

Madelyn frons. "Hoe ver het die vriendskap al gevorder?"

"Niks verder as 'n paar besoeke en gereelde bydraes in die vorm van kruideniersware nie. Elsie het my gister gesê dat hy haar en die kinders Saterdag plaas toe neem. Hulle is almal baie opgewonde daaroor." Sy glimlag. "Vir hulle is 'n dag op 'n plaas so goed soos 'n oorsese reis vir my."

Lisbe se senior sug. "Ja. Daar is mense wat met bitter min in die lewe tevrede moet wees." Sy glimlag. "Ons hoop die vriendskap gedy en dat daar eindelik vir Elsie iets beters in die toekoms wag. Dit sal baie vir die kinders beteken. Ek is net bekommerd dat die man op sy ouderdom die vyf kinders te woelig gaan vind."

"Dit sal natuurlik aanpassing van sy kant verg, maar as sake so ver vorder, sal die nuwe gesin sy leë lewe vul. Volgens hom het sy lewe doelloos en sinloos geword."

"Goed, die Sieberhagens is afgehandel en ek moet erken, vir die eerste keer in jare voel my hart lig by die noem van daardie naam. Nou, die Van der Merwes." Sy kyk op en Lisbe se blik is afgewend. Dus is H.A. van der Merwe die knelpunt . . .

"Ja, ek . . . ek het nog nie die lêer heeltemal op datum nie. Soos ek dit in die verslag gestel het, gaan dit . . . met rukke goed en dan weer sleg. Gister het die skoolhoof geskakel en my ingelig dat die tweeling deesdae heelwat probleme gee."

Madelyn frons liggies, hou die gesig voor haar fyn dop. "Watter soort probleme?"

"Hulle is gedurig in 'n bakleiery op die skoolterrein betrokke, is nie altyd baie netjies nie, en . . . en hulle doen ander kinders se skoolwerk in ruil vir toebroodjies."

424

Nou is mevrou Reynecke se frons skerp. "Beteken dit dat die kinders nie kos, of genoeg kos, by die huis kry nie? Het jy gaan ondersoek instel?"

"Ja, mevrou. Die pa . . . die pa is weer in een van sy periodieke drinkbuie . . ."

"Periodiek? Drink hy nie pal nie?"

"Nee. Hy het 'n ruk lank opgehou en toe het dit baie goed gegaan. Jy sal in die verslag lees dat hy selfs kos probeer kook het en nie net blikkies oopgesny het nie."

"Hoe lank het hy opgehou?"

"So . . . e . . . veertien dae. En toe . . . toe is hy weg en toe hy terugkom . . ."

"Weg waarheen?"

"Hy . . ." Sy is verplig om haar senior in die oë te kyk. "Hy het die plek gaan soek waar hy die pad byster geraak het."

"Ek verstaan. En het hy dit gekry?"

"Ek . . . weet nie. Dit . . . dit het in elk geval nie die positiewe resultate gelewer waarop ek gehoop het nie. Toe hy terugkom, was hy in 'n onstabiele emosionele toestand."

"Waar was die kinders terwyl hy weg was, en hoe lank was hy weg?"

Lisbe sug. "Ek het na hulle omgesien, en hy was 'n week lank weg."

Daar heers 'n takserende stilte. "Ek verstaan." Madelyn se stem is saaklik. "En toe jy ondersoek gaan instel het nadat jy met die skoolhoof gepraat het?"

Dis duidelik dat die woorde swaar uitkom: "Daar was net twee blikkies vleis in die kombuiskas. Verder was daar niks nie."

"Wat het meneer Van der Merwe te sê gehad?"

"Dat hy die kinders die vorige dag geld gegee het om te gaan kos koop. Dit was natuurlik 'n . . . leuen. Ek het hom toe gewaarsku dat hy sy laaste kans kry, anders word die kinders van hom weggeneem."

"Dan weet meneer Van der Merwe presies waar hy staan?"

"Ja, mevrou. Hy weet presies waar hy staan."

6

Madelyn Reynecke wil nie aan haarself erken dat sy bekommerd is toe sy later die dag self Keerboomstraat besoek nie.

Lisbe is 'n nugter, gebalanseerde mens – sy sal nie so dwaas wees om persoonlik by 'n geval betrokke te raak nie.

Toe sy die man beskou wat in die voordeur verskyn, troos sy haarself dat haar vrese ongegrond en belaglik is. Daar is niks aan hierdie ongeskeerde, bitter man voor haar wat 'n meisie soos Lisbe enigsins kan aantrek nie.

"Ek is mevrou Reynecke van die welsyn, meneer Van der Merwe. Ek was een keer tevore hier," en sy kyk stip terug in die kil oë. "Ek het met jou kom gesels." Haar stem is onverbiddelik. Wanneer daar sprake van kindermishandeling is, is sy genadeloos. Hierdie ongeskikte man gaan haar nie vandag weer summier wegjaag nie.

Hy bly egter vierkant in die deur staan. "Ek het die welsyn se waarskuwing reeds gister ontvang, mevrou Reynecke. Dis nie nodig om dit weer te herhaal nie."

"Jou houding maak dit baie moeilik, meneer Van der Merwe. Met die feite wat ek reeds tot my beskikking het, kan ek nóú die kinders hier verwyder."

"Probeer gerus, mevrou Reynecke – en ek sal julle in elke hof in hierdie land bestry."

"Dis my en juffrou Erwee se plig om op te tree wanneer kinders honger ly en om kos bedel, meneer Van der Merwe."

426

"Jy en juffrou Erwee en die hele welsyn kan na die dui-wel vlieg, mevrou Reynecke. Dis mý kinders en niemand vat hulle van my af weg nie."

"Meneer Van der Merwe . . ."

"Tot siens, mevrou Reynecke, en sit jy of juffrou Erwee of wie ook al net weer jul voete op hierdie erf, dan gooi ek julle binne-in daardie wag-'n-bietjiebos. Ek bedoel dit."

Die deur klap in haar gesig toe.

Baie ontstig, maar uiterlik selfbeheers, stap sy 'n paar mi-nute later by die Sieberhagens se voordeur in. Sy verwag om 'n stralende Elsie aan te tref ná alles wat sy van die vriendskap met die welgestelde boer verneem het, maar dis 'n huilende vrou wat sy in die kombuis opspoor.

"Ag, nee, Elsie, wat is dit dan?"

"Ag, mevrou, ek is jammer, maar daar kom dae . . ."

"Ek weet, Elsie, juffrou Erwee het my van Jan vertel. Ek is jammer om te hoor dat hy op só 'n manier moes gaan."

"Dankie, mevrou."

"Maar jy moet nou moedig wees, Elsie. Die kinders het nou net vir jou. En natuurlik sal ons jou nie vergeet nie."

"Ag, dankie, mevrou. Nee, dis nou nie dat ek mismoe-dig is of oor Jan sit en huil nie. Dis net . . ."

"Wat is dan die probleem?"

"Ag, mevrou, net voordat u hier gekom het, is ou Fênie van Fasie hier uit."

"Ek is in die straat by haar verby, ja. Wat is die moeilik-heid?"

"Ag, mevrou, sy het my vreeslik kom inklim oor my skandelike gedrag."

"Ag nee! Wanneer het jy jou dan skandalig gedra? Ek ken jou nie so nie."

"Nee, mevrou. Ek het nog altyd probeer om 'n voor-beeld vir my kinders te wees, en die liewe Heer alleen weet dit was nie altyd maklik nie. Ek is ook maar net 'n mens,

427

mevrou. Daar was dae dat ek ook sommer wou oorgee en sleg raak, maar dan het 'n stem hierbinne altyd vir my gesê: Elsie, wat gaan van jou kinders word as jý ook sleg word? En dan het ek maar weer aangegaan, mevrou."

Madelyn se oë is vol deernis. "Ek weet, Elsie. Sal ek dit dan nie weet nie? Ons stap mos darem al 'n paar jaar lank saam."

"Ja, mevrou, en om nóú daarvan beskuldig te word dat ek my so sleg gedra dat my kinders nog van my weggevat sal word . . ."

Madelyn se oë vernou. "Is dit die wyshede wat Fênie kwytraak?"

"Ja, mevrou. Die man wat Jan per ongeluk doodgery het, is ene meneer Badenhorst en hy . . ." Elsie lyk verleë. Dit klink nogal onbehoorlik dat sy 'n vriendskap gesluit het met die persoon wat haar man doodgery het.

Madelyn glimlag gerusstellend. "Ek weet van hom, Elsie. Juffrou Erwee het my vertel en sy is baie ingenome met hom én jul vriendskap, en ek kon nog altyd op haar oordeel vertrou."

"Ja, mevrou. Dis juis sý wat vir Fritz, dis nou meneer Badenhorst, die eerste keer hierheen gebring het. Nou sê Fênie vandag ek behoort my te skaam, want arme Jan is nog skaars onder die grond of ek kerjakker rond en dit nogal met sy moordenaar! Ja, mevrou, dis wat sy gesê het! En dit was sy wat die dag by Jan se graf in my gesig gesê het dat ek óf onnosel óf vals is toe ek daar staan en huil. Sy het gesê ek behoort die Halleluja van voor tot agter te sing uit dankbaarheid dat Jan begrawe word. Sy het ook gesê dat niemand moet verwag dat sy die dag by Fasie se graf sal huil nie. Sy sal ook nie blomblare op die kis strooi nie. Sy sal kluite gooi. Ja, mevrou, so oneerbiedig was sy daardie dag, en vandag kom kryt sy my uit vir al wat sleg is! Toe ek vir haar sê juffrou Erwee het self die man hierheen gebring en sy dink niks verkeerd daarvan nie, toe sê sy en wie is juffrou nou so danig om te weet wat ordentlik is of nie. Sy sê juffrou het self by 'n man in sy huis gaan bly en . . ."

"Elsie!"

"Ja, mevrou, sy sê dit sowaar! Toe ek vir haar sê maar nou praat sy darem groot dinge, toe sê sy sy weet waarvan sy praat! Sy sê sy woon nie verniet langs daardie dronklap Van der Merwe wat sy neus so vir almal in Keerboomstraat optrek nie. Sy het met haar eie oë gesien hoe juffrou soggens vroeg by die huis uitsluip. Sy sê sy wag net dat mevrou terugkom, dan sal ons sien. Dis tyd dat Keerboomstraat skoongemaak word van al die onheilige dinge en as ek nie in my pasoppens is nie, sal die welsyn my kinders vir 'n ma gee wat hulle die regte opvoeding kan gee. Toe raak ek kwaad. Laat sy van my sê wat sy wil, my gewete is skoon, maar toe sy darem vir juffrou begin beswadder en aan my kinders raak, toe sien ek rooi."

"Natuurlik, Elsie," antwoord Madelyn, te verslae om meer te sê.

En Elsie gaan voort; sy is soos 'n dam wat tot barstens toe vol was en waarvan die wal skielik meegegee het: "En toe sê ek vir haar, en ek het my vinger onder haar neus ingedruk, dat sy die laaste mens is wat moet praat van onheilige dinge. Sy moet eers voor haar eie deur vee. Sy ruk haar toe op en vra uit die hoogte wat ek daarmee bedoel. En toe . . . ag, mevrou, ek weet ek moes liewer stilgebly het, maar toe sê ek dat sy goed weet wat ek bedoel en dat sy eers vir haar ou man, wat hom so stuitig gedra, moet gaan preek voordat sy vir my kom preek. Sy wou toe weet wanneer Fasie hom miskien stuitig gedra het en toe vra ek haar hoekom dink sy het hy die lelike bynaam gekry wat hy het. Keerboomstraat se mense is nie blind nie en hulle sien waar ou Fasie oral gaan inkruip. Toe het sy opgespring en gesê dat sy my hof toe gaan vat vir laster! Nou, mevrou . . . Ek weet nie wat nou nie . . ."

Madelyn Reynecke skud haar kop. "Elsie," begin sy versigtig, "jy het seker genoeg ervaring van die lewe opgedoen om te weet aan wie jy jou moet steur en aan wie nie. Ek verkwalik jou nie dat jy jou humeur met Fênie verloor het nie, maar laat dit ook weer vir jou 'n les wees. Daar is 'n spreekwoord wat sê: Meng jou met die semels, dan vreet die varke jou. Dis waar, Elsie. Moenie toelaat dat die Fênies van hierdie lewe jou in die semels laat beland nie. Jy het so mooi kop gehou toe Jan geleef het. Nou moet jy aanhou kop hou.

"Daar is niks onbehoorliks aan jou vriendskap met Fritz Badenhorst nie. Jy is 'n weduwee. Al is dit ook die man onder wie se motor Jan beland het, dit maak nie saak nie. Almal weet meneer Badenhorst kon die ongeluk nie vermy het nie. Moenie toelaat dat 'n verbitterde, nydige, jaloerse vrou jou geluk bederf en verongeluk nie. Fênie is jaloers omdat jy 'n kans op 'n beter toekoms kry. Sy is verbitterd omdat sy weet van Fasie se dinge, en omdat sý ongelukkig is, kan sy nie sien dat 'n ander gelukkig is nie. 'n Mens kry baie sulke mense op hierdie aarde, Elsie, mense wat in hulself geen geluk en vrede ken nie, wat iets loop en uitsnuffel oor ander mense omdat hulle ongelukkig en minderwaardig voel. 'n Mens moet sulke mense jammer kry, Elsie."

"Dit is so, mevrou. Ek is nou só skaam. Arme ou Fênie het dit ook maar nie maklik nie."

"Ek weet. Vergeet nou van Fênie en gaan net jou gang. Ek is bly om te hoor dat jy en die kinders Saterdag 'n bietjie uitgaan plaas toe."

"Dink . . . dink mevrou ons moet nog gaan?" wil Elsie onseker weet.

Madelyn antwoord beslis: "Maar natuurlik moet julle gaan. Daar is niks onbehoorliks daaraan nie. Die beste manier om te leef is om met jou eie gewete saam te leef. Soos ek jou leer ken het, Elsie, sal jou gewete jou gou genoeg aankla as jy onbehoorlik begin raak!"

Daar is nie 'n glimlag op haar lippe toe sy 'n rukkie later by die huis langs die huis met die wag-'n-bietjiebos instap nie. Lelike en onverantwoordelike goed is gesê, en dit mag nie verder gaan nie. Dit is sy aan Lisbe verskuldig.

"Fênie, ek wil vandag baie ernstig met jou praat."

Fênie druk haar ken uit, die oë is uitdagend, maar tog ook onseker. Mevrou is nie iemand wat sommer met kaal hande gepak kan word nie, dit weet Fênie ook al teen hierdie tyd. "Ja, mevrou."

"Ek kom so pas van Elsie af. Jy het baie lelike, onwaar goed daar kwytgeraak. Dit is dinge wat jou nie aangaan nie en wat baie lelike gevolge kan hê, veral vir jouself."

"Soos wat, mevrou?" Haar oë begin weifel. Sy begin nou eers skrik oor wat sy alles gesê het!

"Soos die dinge wat jy oor juffrou Erwee kwytgeraak het, Fênie. Jy weet presies waarvan ek praat." Madelyn se stem is baie streng. "Juffrou het julle nog net altyd probeer help. Sy doen net goed. Is dit die manier waarop sy nou bedank word, deur beswadder te word? Is dit mooi, Fênie?"

Fênie sluk, probeer haarself verweer: "Maar, mevrou, sy hét 'n hele week lank hier langsaan gebly, sak en pak ingetrek! Ek het dit self gesien!"

Dis ietwat van 'n skok. Toe Lisbe haar vertel het dat sy na die tweeling omgesien het terwyl die pa weg was, het sy vanselfsprekend aanvaar dat sy die tweeling woonstel toe geneem het. Sy het blykbaar die verkeerde afleiding gemaak . . .

"Dis reg, Fênie, maar meneer Van der Merwe was vir daardie volle week weg. Dis hoekom juffrou daar ingetrek het, om na die twee seuntjies om te sien. Hulle kon tog nie die week alleen gebly het nie, kon hulle?"

Fênie se kop sak vinnig voor Madelyn Reynecke se reguit blik.

"Jy sien, Fênie, dis gevaarlik om sommer dinge kwyt te

raak voordat 'n mens seker is jy het al die feite. Dink jy werklik dat Elsie haar onwelvoeglik gedra? Jy weet hoe swaar sy dit onder Jan gehad het. Gun jy haar nie nou ook 'n bietjie vrede en geluk nie? Jy, wat swaarkry ken en weet . . ." Sy kyk na die vrou wat skielik voor haar breek, haar gesig in haar hande verberg en diep uit haar hart uit begin snik, en sy lê haar hand op die een skouer en haar stemtoon verander: "Wat is dit, Fênie? Is die lewe weer ondraaglik? Kan ek miskien help?"

"Ag, mevrou!"

Madelyn Reynecke kyk met deernis na die snikkende vrou. Ag, mevrou! Hoeveel keer in haar lewe het sy al daardie wanhoopskreet gehoor!

"Sê vir my, Fênie. Is dit weer . . . Fasie?"

"Ag, mevrou! Sal daar dan nooit 'n einde aan hierdie smart van my kom nie?"

"Is hy weer aan die rondloop?"

"Ja, mevrou! En hierdie keer nogal by die meisiekind met die buite-egtelike kind hier op die hoek van die straat! Weet mevrou wat sê hy vir my toe ek hom daaroor aanpraat? As Elsie kan gaan trou met 'n man wat haar pa kon gewees het, kan hy gaan trou met 'n vrou wat sy dogter kon gewees het! Ja, mevrou!"

"Trou?" Dis nie elke dag dat Madelyn twee keer ná mekaar onkant betrap word nie.

"Ja, mevrou! Hy praat van trou! Hy gaan nou oop en bloot soontoe en hy praat van my los en met haar trou!"

"Ag, nee, Fênie!" Aardetjie, kan 'n man so onnosel wees! Sy dogter se voet! Hy kon haar oupa gewees het! "Fênie, maar . . . en wat sê die meisie? Sy lag hom seker uit!"

"Nee, sy praat kliphard saam. Sy het vir Meraai gesê sy is moeg van alleen sukkel met 'n kind. Sy sal met Fasie trou. Hy is darem beter as niks!"

Wat het met Keerboomstraat gebeur terwyl sy vakansie gehou het? Dit lyk of die duiwel hier loshand rondloop! Of

dan Kupido – maar hy is besig om sy pyle baie onverant-
woordelik af te skiet en iemand sal hom moet hokslaan!

"Dis belaglik," sê sy met openlike ergernis.

"Ja, mevrou, maar Keerboomstraat se mense lag nie vir
hom of vir die meisiekind nie. Nee, dis vir mý wat gelag
word! O, kan die liewe Heer dit dan nie so beskik dat 'n
motor Fasie ook een aand trap nie?"

"Fênie!"

"Ja, mevrou! Ek sê so! Kyk hoe lekker laat Elsie vandag
vir Jan tussen die dooies lê! Van heinde en ver dra mans
net kos aan . . ."

"Stadig nou, Fênie! Dis nie mans nie, net een man."

"Aikôna! Dis wat sy vir mevrou vertel, maar ek was die
oggend daar toe daardie Van der Merwe-man ook 'n vrag
blikkieskos gestuur het."

"Wat praat jy nou, Fênie?" Madelyn se stem is streng
. . . en onrustig.

"Ek jok nie, mevrou!" verweer Fênie heftig. "Die twee-
ling het daar aangekom met 'n sak blikkieskos en gesê hul
pa stuur dit. En die boer dra ook net aan. Elsie en die kin-
ders leef in Kanaän deesdae. Dis net kos en vleis en melk,
alles! Toe het ek so gedink . . . Ag, kan Fasie nie ook maar
iets oorkom nie!"

"Fênie! Fênie!"

"Ja, mevrou," en Fênie begin weer snik, "hier moet ek
met die allerminste deurkom en Fasie dra net aan daar na
die hoek van die straat toe. Ek het saam met hom gewerk
en geswoeg en nou, op my oudag, moet ek terugstaan vir
'n kind . . . Ag, mevrou!"

Madelyn laat toe dat 'n diep sug uit haar bors ontsnap.
Hier bid Fênie kliphard dat sy ontslae moet raak van Fasie,
en wanneer dit lyk asof dit gaan gebeur, huil sy kliphard!

"Mevrou, ek is jammer oor wat ek vir Elsie gesê het. Ek
sal vir haar om verskoning gaan vra. Ek sal rêrig! Dis net
. . . Ag, ek wens ek was Elsie!"

433

Terug in haar motor, sê Madelyn hardop: "Ja, Fênie, ek wens ek was slimmer sodat ek die regte antwoord op elke vraag kon ken."

Sy hou weer voor Elsie se huis stil. "Ek kom nou van Fênie af. Sy is opreg spyt oor alles en het beloof om jou om verskoning te kom vra. Ek dink sy sal ook. Sy is 'n baie ongelukkige mens, Elsie. Vergewe haar maar."

"Natuurlik, mevrou. Ek is ook spyt en skaam. Ek sal haar ook om verskoning vra. Die Here is vir my so goed . . . en ek weet Fênie gaan deur 'n moeilike tyd."

"Dan weet jy ook van Fasie se jongste manewales?"

"Ja, mevrou, die hele Keerboomstraat praat daarvan en ek weet nie of dit hierdie keer net manewales is nie. Hulle sê hy is ernstig . . . en die meisiekind ook. Arme Fênie!"

"Ja." Sy draai deur toe. "Ek wil net nog iets vra, Elsie. Het meneer Van der Merwe al vir jou kos gestuur?"

Elsie frons, lyk verleë en tog ook ontstig. "Dis nou weer Fênie wat nie kon wag om dít vir mevrou te vertel nie, nè? Ai, sy maak dit darem moeilik vir 'n mens om vir haar naasteliefde te voel."

"Dan is dit waar?"

"Ja, mevrou. Die seuntjies het eendag hier met 'n spul blikkies aangekom. Maar dit was net een keer en ek dink nou eers weer daaraan. Ek het nog nooit eens die man persoonlik gaan bedank nie. Om die waarheid te sê, ek het hom nog nooit met 'n oog gesien nie. Ek weet nie hoe die man lyk nie. Ek het daardie dag vir die kinders baie dankie gesê, maar ek kan gerus . . ."

'n Verwarde Madelyn Reynecke is egter reeds op pad motor toe. Sy skud haar kop. Dis maar die begin van 'n nuwe werkjaar vir haar en haar verstand staan al klaar stil. Hoe rym 'n mens dit? Die kinders bedel kos by die skool en intussen gee Pa blikkieskos weg. Laat sy maar eers op kantoor kom en 'n koppie tee geniet. Dalk sal haar verstand dan weer nugter begin funksioneer. Op die oomblik voel sy so onbeholpe met Keerboomstraat se probleme soos 'n rou eerstejaar.

En dis nie net in Keerboomstraat waar daar probleme is nie. Sy het 'n probleem in haar eie kantoor. Sy hou haar stem saaklik toe sy Lisbe oor 'n welverdiende koppie tee van haar wedervaringe in Keerboomstraat inlig. Lisbe lyk verslae en selfs skuldig. Madelyn weet reeds op haar eerste dag terug by die werk meer van Keerboomstraat af as sy – en sy het geen verweer nie. Sy was só behep met een spesifieke geval dat die res van Keerboomstraat by haar verbygegaan het.

"Is Fênie se man dan nou verspot? Hy trek al by die sewentig en die meisie is skaars twintig!"

"Hoe dit ook al sy, dis soos sake staan. Ek dink ons moet by die jong dame besoek gaan aflê."

Lisbe sug. "Ons sal moet, hoewel ek nie resultate verwag nie. Ons het haar sonder ophou bearbei oor aanneming en ons kon niks uitrig nie. Ek sê daar moet 'n wet gemaak word dat 'n ongetroude ma moet bewýs dat sy wel vir haar kind 'n beter toekoms as aangenome ouers kan gee."

"Dit help nie om teen die prikkels te skop nie, Lisbe. Niemand kan 'n ongehude ma dwing om afstand van haar kind te doen nie."

Lisbe frons. "'n Saak het altyd twee kante."

"Ja!"

"Dan moet ons ook nie die reg hê om ander kinders van hul ouers af weg te neem nie."

"'n Kind wat geestelik of liggaamlik mishandel word, kan volgens wet van sy ouers weggeneem word. Martie Els het nog nooit haar kind mishandel of laat honger ly nie." Die ouer vrou se blik is stip. "Of praat jy nou eintlik van die Van der Merwe-tweeling?" vra sy op die man af.

Lisbe sluk eers, kyk dan peinsend op. "Ja. Ek dink eintlik aan hulle."

"Is jy in jou hart oortuig dat dit beter vir die kinders is om by die pa te bly as om weggevat te word?"

435

Lisbe aarsel. "Ek . . . ek weet nie, maar ek weet dit sal vir die pa die beste wees om die kinders te behou." Sy besef nie hoe haar oë pleit nie. "Mevrou, sonder hulle sal hy heeltemal tot niet gaan."

"Lisbe, ons eerste plig lê by die welsyn van die kinders."

"Ek weet." Sy sug diep en besef haar volgende woorde is seker tevergeefs: "Maar die pa moet ook in ag geneem word. Hy is tog ook belangrik. Hy is tog ook 'n mens."

"Daar is een groot verskil: Hy is 'n grootmens. 'n Intelligente grootmens, terwyl die kinders weerloos is. As hy dan geen verantwoordelikheidsin . . ."

"Maar hy het, mevrou! Wanneer hy . . . nugter is, haal hy alles uit om sy plek vol te staan."

"Maar nou is hy ongelukkig so min nugter, Lisbe." Dis nou die ouer vrou se beurt om hoorbaar te sug, agteroor te sit en haar kollega vas in die oë te kyk. "Sal jy my verskoon as ek jou iets baie direk vra?"

Lisbe weet wat gaan kom en sy kan maar net instemmend knik.

"Het ek en jy iets om oor te gesels, Lisbe?"

"Ek weet nie."

"Dan twyfel jy? Dan kan daar tog iets wees?"

Diep ongelukkig kyk sy op. "Of daar is of nie, maak nie eintlik saak nie. Ek weet waar ek staan. Enigiets meer as professionele belangstelling is taboe, maar . . ."

"En by daardie maar lê die knoop, Lisbe. Dit is nie vir jou net nog 'n geval nie."

"Nee," erken sy moedig. "Maar dit kan ook nooit iets meer wees nie. Dit weet ek ook." Haar mond trek skewerig. "Is dit 'n oortreding om hom te probeer help?"

"Nee, solank jy net nugter besin en beraadslaag. Ek weet nie of jy dit meer kan doen nie, my meisie." Sy sug. "Lisbe, ek het nie net 'n plig teenoor die tweeling en hul pa nie, ek het ook 'n plig teenoor jou."

436

"Ek weet, mevrou, en ek waardeer dit, maar jy is verniet bekommerd. Daar sal niks verder gebeur nie."

"Dis wat my hinder, Lisbe. Wat hét reeds gebeur?"

Lisbe frons, kyk haar senior ondersoekend aan. "As jy bedoel dat ek my aan onprofessionele gedrag skuldig gemaak het, ontken ek dit ten sterkste."

"Wat ek bedoel, liewe kind, is dat jou belangstelling niks met onprofessionele gedrag te doen het nie."

"Ek begryp nie," verweer Lisbe haarself – teen haar beterwete.

"Nie? Jy het my vertel dat jy na die tweeling omgesien het toe die pa weg was. Ek het aangeneem dat hulle by jou in jou woonstel gebly het. Maar jy het 'n week lank in Keerboomstraat gaan bly."

Lisbe sluk effens bleek. Dit klink nou amper na iets waaroor sy haar moet skaam! "Was dit 'n oortreding?"

"Nee, Lisbe. Dit was ook nie 'n oortreding om jou ou woonstelgordyne daar te gaan ophang nie. Asseblief, kind, moenie my so aankyk nie! Ek kon nie help om dit dadelik raak te sien nie, al het meneer Van der Merwe sy bes gedoen om die hele voordeur vol te staan. Lisbe, kind, kan jy nie verstaan dat ek opreg bekommerd en ontsteld is nie? Ek wil nie hê jy moet seerkry nie. En langs hierdie pad kan daar net seerkry wag! Glo my!"

Seerkry wat wag? Sy kry lankal seer. "Ek weet dit. Ek sal versigtig wees."

Madelyn sug. Ai, die koppigheid van die jeug! Speel met vuur en dan verseker hulle jou hulle sal versigtig wees! "Lisbe, ander maatskaplike werkers het al hierdie paadjie probeer stap . . . en dit het nie uitgewerk nie, my kind."

"Ek weet dit ook, mevrou. Asseblief, ek verseker jou dat ek geen illusie oor Helm het nie. Maar hoekom mag ek hom nie probeer help om weer die pad te vind nie? Dis al wat ek vra – om Helm te help om weer 'n man met selfrespek en 'n toekoms te word."

437

"Ten koste van sy kinders? Wat word intussen van hulle, Lisbe?"

Sy skud haar kop desperaat. In haar woede het sy teen hom uitgevaar, maar noudat sy kalmer is, weet sy dat sy nooit sal glo dat Helm sy kinders laat honger ly het nie, al drink hy ook hoe baie.

"Ek weet al die getuienis is teen hom, maar ek kan nie glo dat Helm sy kinders laat honger ly nie. Ek glo dit net nie! Dit het niks te doen met die feit dat . . . Dis nie waar nie, mevrou!"

Madelyn is in 'n hewige stryd gewikkel. Sy wil spontaan saamstem, haar vertel dat 'n man kwalik sy eie kinders laat honger ly terwyl hy kos vir vyf weeskinders stuur. Dan bedink sy haar – miskien is dit wyser om hierdie stukkie inligting voorlopig eers vir haarself te hou.

Lisbe vervolg met vurige oortuiging: "Hy is nie verslaaf aan drank nie. Hy is nié 'n alkoholis nie. Hy kan dit môre laat vaar as hy wil."

"Maar wil hy? Is hy dan nie al gewaarsku nie? Het hy dit al laat staan ter wille van sy kinders?"

"Ja, mevrou, hy het al. Hy het al twee weke lank niks gedrink nie."

"Maar toe begin hy weer. Ek aanvaar jy weet dat alkoholiste eers besef hulle is alkoholiste wanneer hulle reeds geruime tyd verslaaf is. Lisbe . . ." Sy trek haar asem diep in. Soms moet 'n mens wreed wees om goed te wees en sy wil net goed wees vir hierdie meisie. Sy wil vir haar net die beste hê. "Ek gaan jou seermaak en ek is jammer daaroor. Dis nie omdat ek nie vertroue in jou as werker en as mens het nie. Nog minder bedoel ek om jou te beledig, in jou eer te krenk of jou in enige opsig te na te kom, maar van vandag af is die Van der Merwe-geval uitsluitlik my aangeleentheid. Ek wil hê jy moet jou geheel en al onttrek."

Sy ontwyk die verslae oë en verwese gesiggie en sê saaklik terwyl sy 'n lêer uit die bondel trek: "Bepaal jou by

Martie Els se geval. Ek laat dit aan jou oor om daardie meisie tot besinning te bring. Dit sal al wees, dankie."

Met 'n swaar hart ry Lisbe 'n dag of twee later weer met Keerboomstraat af. Sy het doelbewus 'n draai gery om nie voor die huis met die wag-'n-bietjiebos verby te ry nie.

Sy kry Martie Els tuis en dié lyk asof sy al lankal 'n besoek van die maatskaplike werker verwag. Sy is ook dadelik op die aanval.

"Ek weet hoekom juffrou vandag hier is. Die spul skinderbekke in hierdie straat . . ."

Lisbe dwing haarself om al haar aandag by die probleem te bepaal. "As dit net skinderstories is, Martie, weet ek nie hoekom jy so heftig is nie. Die beste raad met 'n skinderstorie is om dit te ignoreer. As jy dit probeer wegpraat, gee jy 'n skyn van die waarheid daaraan."

Martie beskou haar stip en sê byna snedig: "Juffrou sal seker weet. Juffrou praat mos uit persoonlike ondervinding."

Lisbe frons verward. "Ek begryp nie . . . Wat bedoel jy?"

"Nee, soos juffrou sê . . . wanneer dit 'n skinderstorie is, maak jy net of jy dit nie hoor nie, soos jy met jóú skinderstorie gemaak het."

"Mý skinderstorie? Werklik, Martie . . ."

"Ag, toe nou maar, juffrou, soos ek vir die ou spul skinderbekke gesê het . . . Al is jy hoe geleerd en hoe heilig, mens bly maar mens. Wat maak dit saak as juffrou by Van der Merwe slaap? Dis julle saak. Juffrou is nie getroud nie en Van der Merwe se vrou is dood, of so sê hy altans."

"Martie! Waar kom jy . . . julle aan sulke infame leuens? Ek het nooit by . . . by . . ."

"Bedaar, juffrou . . . As 'n mens jou opruk oor 'n skinderstorie, lyk dit of dit die waarheid is." Martie lag guitig. "Kom ons praat oor mý skinderstorie. Dis mos waaroor

439

juffrou gekom het. Ek doen presies wat juffrou doen . . .
ek lag net daaroor. Laat hulle maar hul monde uitspoel as
hulle wil . . . dis mý lewe en dis ek wat gaan verantwoor-
ding doen. Een ding is egter seker – met daardie skeermes-
tong van haar gaan tant Fênie haar nog in groot moeilik-
heid inpraat."

Lisbe voel skielik mislik.

Martie kyk haar grootogig aan. "Wat makeer nou, juf-
frou?"

"Ek . . . ek sal weer . . . later kom."

"Dan loop juffrou sommer? Sonder om 'n woord met
my te praat? Juffrou lyk rêrig nie lekker nie." Agterdogtig
bekyk Martie haar op en af. Haar oë trek saam. Genade!
Kan dit dalk wees . . .?

Lisbe hou by die kafee op die hoek stil. Sy moet eenvoudig
iets te ete kry. Dis van 'n leë maag dat sy nou so naar voel.
Haar eetlus is deesdae weg.

Toe sy vir haar worsbroodjie betaal, laat die man agter
die toonbank aarselend hoor: "E . . . juffrou, sal jy my
verskoon . . . jy is mos 'n maatskaplike werker, is jy nie?"
Sy knik en wens sy kan liewer maar gaan. Sy het nie nou
die krag om te staan en luister na nog 'n klagte oor Keer-
boomstraat se mense nie. "Juffrou, ek is nie 'n mens wat
my neus in ander mense se sake steek nie, maar ek het net
gewonder . . ."

Lisbe kyk die winkelier sonder entoesiasme aan, hopen-
de dat hy sy storie vinnig sal praat.

"Die twee seuntjies vir wie jy eendag hier roomys ge-
koop het . . . Onthou jy nog?" Sy knik weer en ten spyte
van Madelyn Reynecke se woorde, is haar belangstelling
geprikkel. "Wel, juffrou, ek sê nie hulle het die geld gesteel
nie, ek sê maar net . . . dis darem ongewoon dat 'n kind
sommer vir honderd rand kom lekkers koop, of hoe?"

Iets ruk in Lisbe en sy kan net stom knik.

Die man vervolg: "Wel, daardie tweetjies het so 'n ruk-kie gelede vir 'n volle honderd rand net lekkers gekoop. Wat kon ek doen? Die kinders staan met die geld in die hand en wie is ek om te weier om hulle te bedien? Dit pla my nog al die tyd. Weet jy miskien of daar iewers geld ge-steel is?"

Sy sluk swaar en hard. "Nee, meneer. Niemand se geld is gesteel nie." Sy moet weer sluk. As jy in Keerboomstraat bly, moet jy noodwendig sleg wees. "Hul pa het dit vir hulle gegee."

"Honderd rand vir lekkers?"

"Ja, meneer, honderd rand vir lekkers. Ek weet daarvan. Tot siens."

Daar is 'n bewerigheid in haar toe sy by die wag-'n-biet-jiebos verbystap voordeur toe. Sy het 'n verskriklike fout begaan en sy durf nie toelaat dat die son nog 'n keer oor hierdie onreg ondergaan nie. Sy draai sommer die deur oop, stap binne . . . en kyk na die vreemde vrou voor haar asof sy 'n spook sien.

7

Die oë wat op Lisbe rus, is koel en sê duidelik dat dit as baie voorbarig beskou word dat sy sonder om te klop sommer die huis binnestap. Lisbe voel hoe verleentheid die plek van skok inneem. Sy voel soos 'n indringer! Dis hierdie vreemde vrou wat die indringer is! Waar kom sy so skielik vandaan? En sy lyk so tuis hier!

"Ja, dame? Kan ek iets vir jou doen?"

"Ek . . . ek soek na . . . na meneer Van der Merwe."

"Hy is nie nou tuis nie."

"E . . . wanneer . . . verwag jy hom terug?"

"Ek kan nie sê nie. Is daar 'n boodskap?"

"Nee . . . e . . . ek wou hom graag persoonlik gespreek het."

Die blik gly oor haar. "Wie sal ek sê was hier?"

"Juffrou Erwee . . . die maatskaplike werker."

"O."

Sy moet weet wie hierdie vrou is! "Wie . . . Mag ek weet wie jy is?"

Die oë vertel haar duidelik dat sy nie kan sien wat dit met Lisbe te doen het nie, maar sy antwoord tog: "Ek is Theresa Verhagen."

Lisbe sluk. "Is jy familie?"

"Ja. Ek is Helm se skoonsuster."

Lisbe probeer glimlag. "Dis gaaf. Dit sal goed wees as hier weer 'n slag 'n vrou in die huis is. Hoe lank kuier jy hier, mevrou?"

"Ek is juffrou Verhagen en my verblyf hier is onbepaald."

"O, ek . . . sien, ja."

"Juffrou Erwee, daar is geen nodigheid meer vir jou om jou oor Helm en sy kinders te vermoei nie. Ek sal sorg dat alles goed gaan. Jy kan nou maar jou besoeke en inmengery staak."

Lisbe sluk. "Ek is jammer dat jy die saak so sien, juffrou. Ons doen maar net ons plig. Veral waar daar kinders by betrokke is . . ."

"Prysenswaardig, maar heeltemal onnodig en oorbodig. Hier sal niks verkeerd gaan nie. Die twee kinders sal versorg wees."

"Ek is dankbaar om dit te hoor, juffrou Verhagen. Sê asseblief aan meneer Van der Merwe ek was hier en dat ek iets het waaroor ek met hom moet praat en dat ek weer sal kom."

Daar is skielik voetstappe in die gang en dan staan Helm in die deur met sy arms vol goed. Hy het duidelik inkopies gaan doen.

442

Hul oë ontmoet, en sy sê vinnig: "Mag ek jou asseblief 'n oomblik spreek – privaat?"

Hy stap by haar verby, sit die pakkies op die tafel neer, draai stadig terug. "Het mevrou Reynecke jou nie die boodskap gegee nie?"

"Boodskap? Nee . . . e . . . wat was dit?"

"Dat as een van julle twee dit weer hier waag, ek julle binne-in die wag-'n-bietjiebos sal gooi."

Die skoonsuster lag ingenome, maar Lisbe ignoreer haar totaal, hou haar oë stip op hom. "Ek móét met jou praat."

"Ons het niks vir mekaar te sê nie, juffrou Erwee. Sal jy asseblief gaan voordat ek my dreigement uitvoer? Ek is keelvol."

"Dan moet jy dit maar doen, maar ek gee nie hier pad voordat . . ."

"Verduiwels, Lisbe! Moet ek dit vir jou uitspel? Ek is siek en sat en keelvol vir jou en jou goeie bedoelings! Gee pad en los my in vrede! Ek het my skoonsuster laat kom om vir my en die kinders te kom huishou sodat ek van jou en jou welsyn ontslae kan raak. Wat de duiwel moet ek meer doen?"

Sy is merkbaar bleek, maar haar gesig is stil en strak. "Net 'n minuut lank na my luister, asseblief."

'n Kragwoord ontval sy lippe, en dan word sy aan die pols geneem en by die voordeur uitgemarsjeer die tuinpaadjie af, terwyl die glimlag om juffrou Verhagen se lippe verdwyn en sy hulle met vernoude oë agternakyk.

"Helm, asseblief, luister net hierdie een keer nog na my! Ek is jammer! Natuurlik het ek nie regtig geglo dat jy die kinders sal laat honger ly nie, maar . . ."

Hulle kom by die voorhekkie tot stilstand. "Wat maak dit saak? Dis geskiedenis."

"Dit maak saak! Ek was op daardie oomblik kwaad en . . . asseblief, vergewe my!"

443

Hulle is nou by haar motor en hy vra terwyl sy hand op die deur se handvatsel rus: "Wat moet ek vergewe?"

"Dat ek . . . dat ek nie in jou geglo het nie! Asseblief! Hier diep in my hart . . ."

"Die probleem, juffrou Erwee, is dat niemand diep in die hart van 'n ander kan sien nie. Wat by die mond uitkom, is waarop jy reageer."

"Dan gaan jy my nie vergewe nie?"

Hy kyk onseker na haar, pluk dan byna die deur oop. "Dis nie 'n kwessie van jóú vergewe nie; ek moet met myself vrede maak. Dis baie moeiliker, soms onmoontlik . . . om jouself te vergewe. Klim in jou motor en ry en vergeet van die Van der Merwes in Keerboomstraat."

Deur 'n waas van trane sien Lisbe hom terugstap huis toe en sy skakel haar motor verdwaas aan. Die soutsmaak van ongestorte trane is in haar mond toe sy stadig wegtrek, terloops oplet dat die saadjies wat sy en die tweeling gesaai het, al hul koppe bo die grond uitdruk.

Soos hy gesê het – die moeilikste ding op aarde is om jouself te vergewe. Sy het hom gefaal soos baie ander hom gefaal het. Sal sy haarself ooit daarvoor kan vergewe?

Die trane is weggesluk, en dis 'n besadigde meisie wat 'n ruk later haar hoof se kantoor binnestap. Madelyn Reynecke sien onmiddellik dat sy bleek en gespanne is.

"Mag ek 'n oomblik oor iets gesels, asseblief, mevrou?"

"Natuurlik, Lisbe. Sit."

"Verskoon my asseblief dat ek weer die saak ophaal, maar ek voel dis nie meer as reg nie dat ek jou daarvan vertel."

"Sekerlik, gaan voort."

"Ek was netnou by die kafee in Keerboomstraat . . ." Madelyn sit en luister stil totdat Lisbe afsluit: "Ek weet nou dat hy vir die kinders geld gegee het om kos te gaan koop en dat die twee karnallies toe besluit het om liewer

444

lekkers te koop." Sy kyk moedig op. "Ek kon nie anders as om vir . . . vir Helm om verskoning te gaan vra nie."

Die ouer vrou knik. "Dis heeltemal reg. Wat sê hy toe?"

"Hy . . . hy was nie te vinde vir my verskoning nie."

Madelyn frons. Sy bevind haar in 'n onbenydenswaardige posisie. Sy het die man ook so te sê direk beskuldig van kindermishandeling.

"Ja, Lisbe, dit wil lyk asof ons twee te haastig tot gevolgtrekkings gekom het. Ek is net so skuldig soos jy. Skuldiger, want ek moes eers seker gemaak het van my feite. Ek was by Elsie en dié vertel my toe . . ."

Sy vertel van die blikkieskos waarmee die tweeling 'n ruk gelede by haar aangekom het. "Die honger ly van die tweeling berus dus op 'n groot misverstand aan ons kant. Al wat ek dink wat by die skool gebeur het, is dat hulle agter die ander kinders se snoeperye aan was. Hulle moet verslaaf wees aan soetgoed."

Lisbe sug. "Toe ek netnou daar was, het hy weer met twee groot pakke kruideniersware en vleis van die dorp af gekom. Daar is beslis genoeg kos in die huis." Sy sluk en kyk weg. "Daar is nou 'n vrou in die huis."

" 'n Vrou?" Madelyn se oë lyk so ongelowig dat Lisbe moet glimlag.

"Ja. Sy skoonsuster, ene juffrou Theresa Verhagen. Sy kuier vir 'n onbepaalde tyd om dinge daar reg te ruk, soos sy my ingelig het. Helm het ook gesê dat hy haar laat kom het om vir hulle te kom huishou. Ek is baie pertinent ingelig dat die welsyn se belangstelling in die Van der Merwes dus van nou af onnodig en oorbodig sal wees."

"Wat natuurlik waar is indien daar nou 'n sorg is," laat Madelyn hoor en wys nie hoe bly sy oor hierdie stukkie nuus is nie. Hoe gouer die Van der Merwe-lêer gesluit kan word, hoe beter. Kalm sê sy: "Dis die beste ding wat kon gebeur het, dat 'n familielid haar oor die drie ontferm en vir hulle kom huishou. Jy sê dis ene juffrou Verhagen?"

445

"Ja. Ek skat haar so . . . e . . . in die dertig."

"Gaaf. Dus 'n volwasse vrou. Ons sal maar kyk hoe dit gaan, maar ek is seker ons kan die Van der Merwes nou maar aan hulself oorlaat," en sy stap vinnig van die onderwerp af. "Hoe ver het jy met Martie Els gevorder?"

Lisbe weet sy durf nie swyg oor die skokkende dinge wat Martie kwytgeraak het nie, maar dit kos moed om haar hoof hiervan te vertel. "Ek is jammer. Ek weet ek het dit seker oor myself gebring met my impulsiewe optrede. Ek ken mos darem al vir Keerboomstraat teen hierdie tyd."

Die ouer vrou knik. "Dit is so. Dit was impulsief. Die sukses van ons werk hang grootliks af van die respek wat die mense vir ons het."

Lisbe word weer bleek, haar oë is groot. "Bedoel jy . . . dat ek nie . . .?"

"Ek het niks bedoel nie, Lisbe. Ek het bloot 'n feit gestel."

"As ek nie meer Keerboomstraat se respek het nie, hoe kan ek langer daar werk?"

Madelyn frons hewig. Dinge begin hand uitruk. Hier sal sy vinnig moet wal gooi. Sy gaan nie toelaat dat 'n meisie soos Lisbe haar lewe weggooi vir 'n man wat dit nie werd is nie. Sy wens die man wil met sy skoonsuster trou en koers kry! Haar stem is uitermate streng: "Ek weet van niemand wat respek afdwing deur weg te hardloop nie! En weghardloop beteken bekentenis . . . en jy het niks om te beken nie. Jy het niks waarvoor jy hoef skaam te wees nie, nie waar nie?"

"Nee, mevrou." Sy kyk terug. "Daar is regtig niks waarvoor ek skaam hoef te wees nie."

"Jy gaan voort met jou werk asof daar niks gebeur het nie, want daar hét niks gebeur nie. Daarom gaan ek jou nie uit Keerboomstraat wegneem nie. Die grootste fout wat jy nou kan begaan, is om jou te onttrek."

"Maar Martie se geval . . . Ek sal daar geen hond haaraf maak nie. Sy dink ek en sy . . ."

Sy weet nie hoe om verder te gaan nie en haar senior vul aan: "Sy soek 'n maat, Lisbe. Dis met baie mense die geval – hulle verontskuldig hulself deur na iemand te wys en te sê: Ja, en wat van haar? Maar jy gaan nie toelaat dat sy 'n maat in jou kry nie, want jy is nie haar maat nie. Jy, Lisbe, het nie rede om Keerboomstraat te vermy nie. Jy gaan voort met jou werk daar en veral met die Martie Els-geval. Jy gaan 'n oplossing vind voordat 'n belaglike huwelik voltrek word. Jy kan dit doen."

Lisbe voel baie onseker van haarself. "Ek weet nie, mevrou. Dit begin vir my voel ek het die verkeerde beroep gekies. Iemand . . . iemand het eendag vir my gesê dis omdat ek nog nooit raadop met myself was nie dat ek so geredelik raad vir ander het. En . . . daardie persoon was reg."

Madelyn se oë vernou. Dit maak seer om te sien hoe die eens selfversekerde meisie in haar eie vermoëns begin twyfel. Sy het nie besef dat dit al só ver gevorder het nie. "En is jy raadop met jouself, Lisbe?"

Lisbe se kop sak en sy knik. "Ja, ek is redelik raadop."

"Dan is daar net een uitweg: Stap jou pad soos jy dit nog altyd gestap het. Die gevaarlikste ding wat 'n mens kan doen, is om oorhaastige besluite te neem wanneer jy raadop is. Dan is dit juis die tyd om agteroor te sit en tyd 'n kans te gee om die prentjie helderder te maak en miskien selfs die oplossing te bewerkstellig. Voordat al hierdie ontwrigting ingetree het, was jy 'n entoesiastiese, gemotiveerde, puik maatskaplike werker. Jy kan dit weer word. Probeer so min moontlik aan jouself dink en plaas die mense met wie jy werk en vir wie jy oplossings moet vind, eerste. So sal jy Martie Els kan help . . . en wie weet, miskien jouself ook."

Wyse en verstandige woorde van 'n ervare vrou, maar nie so maklik om na te volg nie.

Lisbe ry daardie volgende oggend weer na Martie Els se huurhuisie in Keerboomstraat.

"Goeiemôre, Martie. Pla ek?" vra sy toe sy binnestap en eersgenoemde met 'n verestoffertjie in die hand aantref.

Martie kyk haar wantrouig aan. Sy het regtig nie verwag om juffrou Erwee gou weer hier te sien nie. Sy het haar draad darem net te kort geknip. Maar hier is juffrou weer en sy kyk 'n mens so reguit in die oë . . . en Martie begin wonder of die storie wat Elsie aan die versprei is, nie dalkies die waarheid is nie. Elsie vertel nou mos dat juffrou nie by Van der Merwe gebly het nie, maar net die kinders vir hom opgepas het terwyl hy weg was. Tot ou Fênie, wat eerste met die storie rondgeloop het, sing nou 'n ander deuntjie. Miskien kom juffrou haar vandag net sê wanneer sy in die hof moet verskyn vir naamskending . . .

"Nee, ek is maar sommer net doenig. Juffrou pla my nie."

"Werk jy nie vandag in die kafee nie?"

"Nee, juffrou, ek kry een dag in 'n maand vry. Ek maak in elk geval die end van die maand klaar. Ek het ander werk gekry."

"O? Waar?"

Die oë is uitdagend. "Ek gaan in die nuwe hotel werk as kelnerin in die dameskroeg."

Lisbe frons. "As kelnerin in die dameskroeg?"

"Ja. Wat is verkeerd daarmee? Dit beteken nie dat 'n mens sleg is as jy . . ."

"Ek het dit nie gesê nie, Martie!"

"Nee, maar juffrou dink dit. Ek kan dit mos sien, maar ek sê nou vir juffrou, niemand gaan my keer om daar te werk nie. Daardie ander meisie vertel my haar fooitjies is party maande meer as haar salaris," sê Martie opgewerk.

"Ek verstaan, Martie. Die lewe het vandag baie duur geword en Kosie het al meer nodig."

Martie is duidelik onkant betrap. Sy het nie begrip verwag nie, eerder 'n lang preek oor die euwels van 'n dames-kroeg. "Juffrou verstaan?" stotter sy verbaas.

"Natuurlik, Martie. Jy doen dit vir jou kind."

Martie gaan oorwonne sit, kyk op en skielik is die ver-dedigende houding weg en Lisbe sien 'n ander Martie Els voor haar. "Dit is so, juffrou. Dis alles net vir Kosie. Ek wou hom destyds nie laat aanneem nie. Hy was myne. Noudat hy begin grootword, besef ek dat ek hom miskien 'n onreg aangedoen het. Maar een ding is seker, juffrou, hy gaan nie in Keerboomstraat vasval nie. Ek sal werk, ek sal nagte deur werk, maar Kosie gaan eendag sy geleerdheid kry en hy sal nie in Keerboomstraat vergete bly nie. Ek sweer dit! Baiekeer kom my kind huil-huil huis toe omdat kinders hom by die speelskool spot. Daarom gaan ek nou snags ook werk, want eendag gaan die Keerboomstraters hul woorde een vir een sluk."

Lisbe gaan sit ook by die tafel. "Is dit ook die rede hoe-kom jy met 'n ou man van amper sewentig wil trou?" vra sy met skielike insig en begrip en sy kan gerus huil. O, hoe maklik oordeel 'n mens! Ook sý is skuldig daaraan.

Martie kyk haar verbaas aan. "Juffrou verstaan?" sta-mel sy weer. "Ag, juffrou, ek is só raadop. Dit het na 'n uitweg gelyk. Ek wil nie eens daaraan dink nie, maar vir my kind sal ek enigiets doen, selfs met ou Fasie trou. Ek het só geredeneer . . . Fasie en Fênie leef tog soos kat en hond. As hy gewillig is om my te vat en saans hier by Kosie is wanneer ek moet gaan werk . . . Ek kan mos nie vir Kosie snags alleen hier los wanneer ek gaan werk nie! As ek 'n getroude vrou is, sal die mense dalk ook minder skinder oor my nuwe werk."

Lisbe skud haar kop. "Ai, Martie, hoekom het jy nie eers die saak met my bespreek nie? Ons kon dalk 'n plan gemaak het."

"Ag, juffrou, ek is so gewoond om maar alleen aan te sukkel en . . . en . . . Fênie wens tog vir Fasie dood. Dan

449

kan hy liewer snags vir Kosie kom oppas . . ." Haar oë pleit. "Ek wil nie met hom trou nie, juffrou, maar hoe moet ek maak? Daar is geen ander uitweg nie!"

Lisbe sluk. "Martie, beloof my jy sal niks doen voordat ek weer met jou gepraat het nie. Gee my kans tot oormôre, asseblief!"

"Waarvoor, juffrou?"

"Om aan 'n plan te dink om Kosie te versorg terwyl jy werk. Ek is seker ons sal 'n plan kan bedink sonder om oom Fasie te betrek."

Hoop vlam in haar oë op. "Juffrou dink . . . dink . . .?"

"Ek is seker ons sal 'n oplossing vind, Martie."

"O, juffrou! As jy maar net weet hoe ek al nagte deur gehuil het omdat Fasie al genade is!" en dan verkreukel haar gesig en sy bars in trane uit. Lisbe streel oor die geboë kop, haar eie oë ook blink. Arme mens! Soos iemand gesê het . . . as jy diep in die hart van 'n ander kon kyk, sou daar veel meer vrede in die wêreld gewees het! Dit was vir Keerboomstraat én vir haar so maklik om 'n vinger na Martie Els te wys.

Lisbe besef met nog dieper insig dat daar nie so 'n groot verskil tussen haar en Martie Els is nie: hulle het albei met die verkeerde man deurmekaar geraak.

Tot laat daardie aand lê en worstel Lisbe met Martie se probleem.

Wie kan sy tog vra om vir Martie te help? Daar is nog twyfel in haar hart toe sy die volgende oggend die huis oorkant Martie s'n binnestap.

Blêk Meraai, soos Keerboomstraat haar gedoop het, is 'n eensame ou vrou. Behalwe dat sy net so 'n giftige tong soos haar boesemvriendin Fênie het, is sy een van die staatmakers van Keerboomstraat wanneer daar hulp nodig is. By 'n siekbed is sy van onskatbare waarde, al beduiwel haar boererate dikwels die dokter se behandeling en weet jy nie aan wie dit nou te danke is dat jy bo of onder die grond beland het nie – die dokter se medisyne of tant Meraai se konkoksies. Sy is ook die nieamptelike lykbesorger van Keerboomstraat. Sy kan dood op 'n afstand ruik en jy kan maar weet dat wanneer Blêk Meraai met 'n swart sisrok by 'n huis instap waar siekte is, daar binnekort ook begrafnis gaan wees. Die swart sisrok word net vir sulke geleenthede gehou – dis nou vir die uitlê van die lyk.

Vanmôre het Meraai een van haar swart katoenrokke aan. Daar is dus nie 'n sterfgeval om die draai nie. Sy kyk Lisbe stip aan. Sy weet van geen siekte of ellende waarvoor juffrou haar hulp sal kom ontbied nie, want dis een ding wat juffrou én mevrou weet: hulle kan maar altyd op Meraai se nommer druk. Skielik voel sy so half kriewelrig. Dit kan ook wees dat juffrou oor die geskinder van Keerboomstraat kom praat. Sy het vir Fênie gewaarsku om haar mond te hou. Sy was maar net by toe die lasterlike dinge gesê is, maar so gaan dit mos in hierdie straat – jou mond was nie eens oop nie, dan hoor jy jý het dit gesê!

Juffrou lyk darem nie kwaad of ontsteld nie. Nee, dis nes juffrou altyd sê: Werp jou brood uit op die waters en ná vele dae . . . Net, haar jare stap aan. Dis tyd dat die waters begin terugdra, anders sal sy nie meer hier wees wanneer dit terugkom nie. Dit laat haar dink . . . Sy moet ou Fasie nog voor stok kry. Sy hoor mos hy het glo gesê sy werp haar korsies op die water en dan verwag sy boerbrode terug. Hoe sê juffrou nou?

"Tant Meraai, ek is baie verleë vandag en dis net tante wat my kan help."

Die klein ogies bekyk haar indringend. Laat sy sien . . . jy meng groenamara en lewensessens en bitterals en . . . Sy kyk weer. Stories is stories, maar waar 'n rokie is, brand 'n vuurtjie. "Is dit nou vir juffrou self?"

"Nee, dis nie vir myself nie. Dis vir 'n klein seuntjie wat sonder pa is."

451

"'n Wesie? Ag, foei tog, juffrou. Is hy siek?"

"Nee, tante, maar sy ma moet tot saans laat werk, want sy wil vir haar kind 'n geleerdheid gee."

"Ag, arme vrou! O, dis bitter om 'n kind sonder 'n pa groot te maak. Vra maar vir my, ek weet. Ek het drie so grootgemaak."

"Ek weet, tante, daarom glo ek tante sal 'n helpende hand uitsteek."

"O, ek weet wat dit is, juffrou! Natuurlik sal ek help. Wat wil juffrou hê moet ek doen?"

"Ek wil hoor of die ou seuntjie nie saans wanneer sy ma laat moet werk, maar by tante kan kom bly nie. Ek het gedink tante is ook maar alleen. Sê nou maar tante kom een nag iets oor, dan is hier darem iemand wat hulp kan gaan soek."

Tant Meraai sug diep. "Ja, juffrou, die alleenheid! 'n Mens raak nooit daaraan gewoond nie. Soos juffrou sê . . . hy sal tog 'n aanspraak vir my wees, iemand wat saam met my in die huis asemhaal."

Lisbe knik begrypend. Sy weet. Sy is ook alleen. Sy het dit maar eers die afgelope tyd begin agterkom. "Dan kan hy maar kom, tante?"

"Ja, juffrou. Hy kan maar kom."

"Dankie, tante. Ek sal vir Martie sê dis nie meer nodig dat sy met oom Fasie moet trou sodat daar saans iemand by Kosie is wanneer sy laat moet werk nie." Tant Meraai kyk haar behoorlik oopmond aan. "En," voeg sy sedig by, "dink net watter groot guns bewys tante aan tant Fênie. Sy is juis tante se beste vriendin. Nou kan tante haar ook sommer gerusstel. Oom Fasie gaan nie meer met Martie trou nie."

"Daardie vrou!" roep tant Meraai beskuldigend uit.

"Ja, tant Meraai. Ek praat van Martie Els, wat behalwe dat sy 'n sondaar soos ons almal is, ook 'n ma is. Tante is ook 'n ma en weet wat dit is om 'n kind alleen groot te maak. Daarom het ek sommer geweet dat tante se hart ruim genoeg sal wees om plek te maak vir 'n klein seuntjie en dat tante my nie teleur sal stel nie. Soos altyd het jy jou soos 'n Christenmens gedra. Ek wens daar was meer van tante se soort in Keerboomstraat. Dankie, tante."

Tant Meraai se wind is totaal uit haar seile, maar dan, soos juffrou sê, 'n Christen moet haar plig ken teenoor sondaars ook.

"Nee, dis reg, juffrou. Ek voel ook so. As ons nie 'n helpende hand uitsteek na hulle wat geval het nie, hoe moet hulle dan weer opkom?"

Martie Els staar die meisie voor haar ongelowig aan. "Juffrou, het ek jou reg gehoor? Tant Meraai, Blêk Meraai, sal na Kosie omsien?"

Lisbe moet lag. Dit klink regtig te vergesog om waar te wees. Tant Meraai is, behalwe die helpende hand en die lykbesorger van Keerboomstraat, ook een van die getrouste bewakers van die moraliteit van Keerboomstraat.

Toe Martie 'n jaar gelede met haar seuntjie hier ingetrek het, was tant Meraai een van dié wat uiters geskok was dat só 'n meisie tussen hulle kan kom bly. Soos 'n wakende engel het sy dan ook vroeg en laat Martie se huisie dopgehou om al die onheilighede wat daar moet aangaan, aan juffrou en mevrou te rapporteer. Eienaardig genoeg, was daar nie veel te rapporteer nie en die gesittery by die kantgordyntjies van die voorhuis het vervelig begin word. Een ding was egter seker – Martie sou nooit deur die mense van Keerboomstraat aanvaar word nie; veral nie deur die ordentlike mense nie, onder wie tant Meraai haarself beslis getel het.

"Jy het reg gehoor, Martie. Blêk Meraai sal na Kosie omsien, en ek verseker jou jy hoef jou nie een oomblik oor jou kind te bekommer terwyl hy by haar is nie."

"Hoe het juffrou dit reggekry?" vra Martie, steeds bedwelm van verbasing.

"Dit maak nie saak nie. Wat saak maak, Martie, is dat daar onder tant Meraai se giftige tong 'n goeie hart skuil. Ek weet sy het jou in die verlede baie seergemaak met haar kritiek, maar vergewe en vergeet dit nou. Ons doen dit maar almal die een of ander tyd, nie waar nie? Jy het weer vir tant Fênie bitter seergemaak. Ek weet sy wens oom Fasie heeldag dood, maar die oomblik toe die gevaar bestaan dat sy hom gaan verloor, was haar hart gebreek. Ons is maar almal mens, Martie."

"Ja, juffrou." Sy sluk. "Dit is wat dit vir my so swaar maak. Ons is almal mens en ek . . . ek het ook my foute gemaak. My grootste fout was om die verkeerde man lief te kry, die verkeerde man te bly glo. Moet ek dan nou vir die res van my lewe vir daardie fout boet en my kind saam met my?"

Lisbe se oë verteder. "Martie, die enigste manier om dit te hanteer is om dit weg te lewe."

"Hoe bedoel juffrou nou?"

"Deur só te lewe dat jy aan almal kan bewys dat, al het jy 'n menslike fout begaan, dit nie beteken dat jy sleg is nie. Jy gaan volgende maand agter 'n kroegtoonbank werk en sommige aande sal jy tot baie laat moet werk. Jy het my vertel van die fooitjies wat jy gaan kry. Martie, wees net versigtig vir daardie fooitjies. Baie mans het bybedoelings, dit verseker ek jou."

"Ek weet, juffrou. As Keerboomstraat moet hoor ek gaan agter 'n kroegtoonbank werk . . ."

" 'n Mens kan enige plek op hierdie aarde werk en sleg wees as jy sleg wil wees. Jy kan ook enige plek op aarde werk en 'n goeie invloed uitoefen as jy wil. Die keuse is joune. Ek erken ek was aan die begin nie baie ingenome met jou nuwe werk nie, maar ek vertrou jou, Martie."

Vir die tweede keer sien Lisbe die meisie, wat altyd so 'n harde front vir haar medemens voorhou, se oë met trane vul. "Juffrou . . . vertrou my?" vra sy sag.

Lisbe knik. "Ek vertrou jou. Ek verstaan hoekom jy daar gaan werk. Die gedagte tref my nou . . . miskien is dit so beplan. Miskien wil die Here hê jy moet daar gaan werk. Miskien is daar iemand wat jy moet help."

Martie laat haar kop sak. "Juffrou weet dat ek destyds uit die huis gejaag is toe ek in die moeilikheid beland het. My pa was baie bitter. Juffrou is die eerste een wat weer vertroue in my het."

"Ek gaan nie die laaste een wees nie. Jy gaan vir almal, die hele Keerboomstraat, maar ook vir jouself, bewys dat jy 'n goeie mens is."

Dis met haar ou selfvertroue dat Lisbe later vir Madelyn Reynecke inlig oor die nuwe verwikkelinge in Keerboomstraat.

"Dis ongelooflik! Jy het 'n wonderwerk reggekry, Lisbe!" glimlag sy ingenome en sê dan skalks: "Maar jy het mos nou die dag van wonderwerke gepraat, dan nie?"

Lisbe glimlag. Ja, maar toe het sy nie vir Martie in gedagte gehad nie. "Ek glo dat dit net 'n week sal neem en dan sal niemand dit waag om sy hand vir Kosie te lig of met 'n vinger na Martie te wys nie. Tant Meraai raak soos 'n broeis hen oor die mense onder haar sorg."

"Ja, sy is tog 'n baie lojale ou siel wanneer sy aan jou kant is. Wel, dan is nog 'n probleem van Keerboomstraat opgelos. Ons vorder!"

Madelyn Reynecke het egter te gou gepraat, want daardie aand word daar aan Lisbe se woonsteldeur geklop. Dis die tweeling wat voor Lisbe staan toe sy haar deur oopmaak.

"Hansie! Pietie! Hoe kom julle hier?"

"Betsie het vir ons beduie waar tannie bly," verduidelik Pietie.

Hansie val sommer met die deur in die huis. "Ons wil graag hier by tannie kom bly. Kan ons maar?"

"Kom bly? By mý? Maar, Pietie, wat . . . wat dan van jou pa en . . . Julle het mos jul eie huis, nie waar nie?"

"Dis nie meer lekker daar nie, tannie. Dit was lekkerder toe tannie by ons gebly het."

"Maar . . . maar julle kan mos nie sommer jul pa alleen wil los nie!"

"Pa bly ook nie meer lekker daar nie, tannie. Hy lag nooit meer nie."

Sy sluk. Sy moet dit vra. "Drink hy weer, Pietie?"

"Nee, tannie. Hy drink nie, maar . . . hy is anders. Ek dink hy verlang na tannie."

"Na mý?" Sy lag sommer.

Maar Hansie hou vol: "Dit ís so. Hy verlang én ons verlang. Hy't net gister gesê hy wonder wanneer juffrou met die wipneus weer daar kom snuffel. Hy hét so gesê. Vra vir Pietie!"

"Dit is, ja! Hy't gister die wag-'n-bietjiebos heeltemal teruggesnoei. Hy't gesê party mense is bang hulle word daar ingegooi, nou sny hy dit maar terug."

"O, ja!" Sy maan haarself om die tweeling nie te ernstig op te neem nie. "En tannie Theresa? Is sy nog daar en sorg sy goed vir julle?"

Die gesiggies word geslote. "Ja."

"Ja, wat?"

"Ja, sy . . . is nog daar."

Lisbe frons. "Sorg sy goed vir julle?"

"Ja." Dit kom openlik, onwillig uit.

"Wat presies skort dan, Pietie? Sy kook vir julle kos en sy hou die huis skoon en sy kyk na jul klere, nie waar nie?"

Die koppies knik net en die gesiggies bly bot en Lisbe kyk hulle 'n bietjie radeloos aan. "Weet jul pa julle is hier?"

"Nee! Ons het weggeloop."

"Deur die venster geklim," wei Hansie uit.

"Dit was baie stout! Kom, ek neem julle terug."

456

Hulle kyk haar ongelowig aan. "Wil tannie ons nie hê nie?"

"Dis nie 'n geval van nie wil hê nie!" Haar stem klink ongeduldig en streng. "Julle kan nie van jul pa af wegloop nie! Hy is dan so lief vir julle!"

"Hy is nie meer lief vir ons nie."

"Pietie, hoe kan jy so iets sê! Natuurlik is hy lief vir julle! Hoekom sê jy hy is nie meer lief vir julle nie?"

"Hy is nou lief vir tannie Theresa."

Lisbe probeer die ruk van haar hartspiere ignoreer. Dan is dít die probleem! Die tweeling is jaloers. Hulle is gewoond om hul pa net vir hulleself te hê. Nou is sy aandag verdeel.

"Luister, tweeling, die feit dat jul pa nou vir tannie Theresa lief is, beteken nie dat hy nie meer vir júlle lief is nie. 'n Mens kan 'n paar mense tegelyk liefhê, elkeen op 'n ander manier. Ek dink julle is sommer nou net lelik. Kom, ek neem julle terug."

Sy laai hulle op die hoek van die straat af. Vir geen geld ter wêreld gaan sy nou by daardie huis in nie. "Toe! Weg is julle en kruip suutjies terug deur die venster en gaan slaap."

8

"Fênie, ek gaan die meisiekind help deur na haar kind te kyk. Moenie so geskok lyk nie! Ek doen jou 'n groot guns, want juffrou sê dit was al rede hoekom sy met ou Fasie deurmekaar geraak het. Sy het maar net 'n kinderwagter gesoek."

"Dat jy, wat jou voorgee as 'n vriendin, die meisiekind wil help wat my huwelik opgebreek het!"

"Maar, mens, is jy dan onnosel? Hoor jy dan nie wat

457

ek vir jou sê nie? Ek sê mos sy wou net met ou Fasie trou sodat daar iemand snags by die kind kan wees wanneer sy moet werk. Dink jy dan regtig dat 'n ander vrou haar kop oor ou Fasie sal verloor?"

"Los jy vir Fasie uit, Meraai! Hy is nog sommer fiks en wakker vir sy jare en seker een van die aantreklikste mans in Keerboomstraat! Dat jy nou die meisie wat ons huwelik wou opbreek . . ."

"Ag, hou tog op met jou gesanik. Wat is daar in jul huwelik om op te breek? Die bietjie wat oor is, het jy heeldag doodgewens. Laat dit nou vir jou 'n les wees, Fênie. Al is ou Fasie ook hoe armsalig, hy was darem nog altyd daar, nè? Laat ek nou vir jou goeie raad gee . . ."

"Hou jy jou rade vir jouself! Ek is diep geskok in jou!"

"Ag, twak met jou, Fênie. Jy behoort my voete te soen. Ek het as 't ware jou huwelik gered, en dis nou jou dankbaarheid. Dit kan weer gebeur, onthou, nè! Jy sê self hy is nog so fiks en wakker. Laat hom dan werk! 'n Fikse en 'n wakker man wat ledig is, is net 'n ryperd vir die duiwel! Ja, Satan loop sit wydsbeen oor hom en ry hom bloots. Jy moet dat ou Fasie werk."

"Jy weet goed Fasie kan nie meer werk nie; hy kry ongeskiktheidspensioen!"

"Ja, ek het nog altyd gewonder aan watter kwaal hy kamtig ly. Fênie, jy praat nou vir Fasie voor, maar jy moenie weer by my kom huil nie. Ek het hierdie keer uitgehelp, maar ek kan nie na die hele Keerboomstraat se kinders kyk net om jou danige huwelik te red nie. Allemintig, ek is mos nie meer vandag se kind nie!"

Terwyl die hele Keerboomstraat weer gons oor Blêk Meraai wat na Martie Els se kind gaan kyk terwyl Martie in 'n kroeg werk en oor die jare lange vriendskap tussen die twee ou dames wat daardeur daarmee heen is, gee ou Fasie se hart skielik in.

Natuurlik is dit toevallig dat sy pensioenhart gaan staan net toe Fênie die sakie van werk aanroer. Hy het soos 'n os net daar langs die kombuistafel neergeslaan, vertel Fênie vir Meraai. Eers dog sy dis net weer 'n slim plan van hom. Was die eiers nie klaar in die pan nie, sou sy hom sommer 'n paar houe gegee het. Maar toe sien sy Fasie lyk rêrig half snaaks en die volgende oomblik is haar dierbare man sommer net dood.

"Eet daardie eiers, Fênie, terwyl ek vir Fasie gaan inspeld. Ja, toe, eet dit! Fasie gaan nooit weer eiers nodig hê nie en jy het nou al jou kragte nodig. Jy het mos gesê die grootste kluit wat jy in die hande kan kry, gooi jy op sy kis!"

"O, Meraai! Meraai! Jy is in die teenwoordigheid van die dood en so ydel!"

"Ja, Fênie, nou is dit ydel, maar toe jy so gesê het . . . Nou, toe maar, eet jy jou eiers en ek sal met my werk aangaan."

Soos sy later aan mevrou en juffrou vertel, het sy haar verwonder aan Fênie wat dan nou so verdrietig is.

Twee dae later staan Keerboomstraat en toekyk hoe Fênie, al hangende aan Meraai se arm – die dood het die vriendskap herenig – hande vol roosblare oor Fasie se kis strooi.

'n Week later laat Madelyn Reynecke vir Lisbe roep. Sy sit fronsend agter haar lessenaar en tokkel met haar vingerpunte op die blad. "Die skoolhoof het so pas gebel. Hy sê hy was tevore met jou in verbinding en dat hy onderneem het om jou te laat weet indien daar nuwe probleme met die Van der Merwe-tweeling opduik."

Lisbe knik, haar hart sak in haar skoene. "Nuwe probleme?"

"Blykbaar. 'n Tyd lank het dit redelik goed gegaan. Die kinders is deesdae goed versorg, maar hulle doen nie meer hul skoolwerk nie en is heeltemal antisosiaal. Glo weer ge-reeld in 'n bakleiery betrokke. Volgens hom is dit die twee-ling wat gedurig die bakleiery uitlok." Lisbe swyg en Ma-delyn vra fronsend: "Sou die pa weer begin drink het?"

"Nee!" Sy sluk, vertel dan van die kinders se besoek. "Ek lei af meneer Van der Merwe het 'n verhouding met sy skoonsuster en die tweeling is net jaloers."

Madelyn slaak innerlik 'n dankbare suggie. Dis nou me-neer Van der Merwe en nie meer Helm nie. Lisbe het die feit dat hy 'n verhouding met 'n ander vrou aangeknoop het, baie kalm en bedaard gestel. Lisbe is dus oor die ergste. Indien daar wel nog iets in haar hart agtergebly het, is dit nou die ideale geleentheid om dit heeltemal dood te smoor. Weer besef sy dat sy wreed moet wees om goed te wees.

"Ek wonder of jy nie tog weer 'n slag daar moet gaan oë wys nie, Lisbe. Dit kan wees dat dit doodgewone stoutig-heid is, of uit jaloesie spruit, maar laat ons net seker maak. Sien jy kans?"

Lisbe kyk reguit terug. "Ja, mevrou. Ek sal vandag nog gaan."

Sy weet sy klink baie selfversekerd, maar toe haar motor voor die hek met die wag-'n-bietjiebos stilhou, stuur sy 'n skietgebedjie op. Sy moet nou professioneel optree. Dis net 'n geval hierdie. Dit is al.

Dis met weemoed dat sy sien hoe die wag-'n-bietjiebos teruggesnoei is. Wanneer 'n mens 'n nuwe lewe saam met iemand anders begin, snoei jy al die hoekoms en waaroms van gister weg, soos H.A. van der Merwe gedoen het. Daar is nie plek vir gister se hartseer in 'n nuwe lewe nie.

Sy weet nie of sy bly of jammer moet wees toe sy van Theresa verneem dat die baas van die huis nie tuis is nie.

Sy doen haar bes om die ander vrou objektief en beleef te benader. "Mag ek dan met jou praat, asseblief?"

Tot haar verbasing word sy vriendelik binnegenooi. "Ja, seker. Kom gerus binne."

Die indruk wat sy kry, is dat die huis goed versorg is en sy is dankbaar, maar sy kyk nie na die vensters waar haar ou woonstelgordyne nog hang nie. Óf die baas van die huis het dit nog nie eens opgemerk nie, óf hy het besluit hy kan dit maar van die welsyn erf vir al die ergernis en snuffelry wat hy van hulle moes verduur.

"Woon jy lekker hier?"

"Ja en nee. Dis lekker by Helm en die kinders, maar verskoon my as ek eerlik erken dat die omgewing my nie aanstaan nie. Helm is juis vandag weg om te gaan soek na 'n huis in 'n beter woonbuurt."

"Ek verstaan. Kom jy en die kinders darem goed oor die weg? Dit moes 'n aanpassing gewees het om skielik na twee sulke woelwaters om te sien."

"O, ja. Dit gaan baie goed met ons. Hulle is soos my eie."

"Hul ma was jou suster, nie waar nie?"

"Ja."

"Sy is in 'n motorongeluk oorlede, as ek reg onthou?"

"Ja."

Die vrou voor haar het skielik toegeklap en Lisbe tas in die duister. Hoekom is sy skielik so waaksaam? Sy het heel spontaan oor die kinders gesels. Dan moet sy maar oor die kinders praat.

"Jy sê dat jy geen probleme met die tweeling ondervind nie?"

"Nee, hoekom sou ek?" Daar het nou weer vyandigheid ingesluip.

"Omdat daar probleme by die skool is. Gewoonlik word probleme daar veroorsaak deur die probleme tuis. Daar was in die verlede al probleme, en gewoonlik was dit wanneer . . . wanneer hul pa gedrink het."

"Helm drink nie, juffrou. As hy daardie probleem gehad het, is hy beslis nou genees." Haar oë is uitdagend.

"Ek dink nie jy hoef jou verder oor die Van der Merwes te

461

bekommer nie, juffrou. Ek en Helm . . . ons twee sal elke probleem wat opduik, die hoof bied."

"Ek wil dit graag so aanvaar, maar die kinders . . ."

"Ook die kinders kan jy maar aan ons oorlaat. Die probleme wat daar mag wees, is van verbygaande aard, dit verseker ek jou. Sodra sake gefinaliseer is, sal dit vanself verdwyn."

"Dan is jy bewus van die tweeling se gevoelens?"

"Watter gevoelens?"

"Ek neem aan jy is bewus daarvan dat die tweeling op die oomblik ietwat ontwrig is oor die verhouding tussen jou en meneer Van der Merwe. Jy moet begryp dat hulle nog altyd hul pa net vir hulself gehad het. Nou moet hulle hom, soos hulle dit sien, met jou deel. Solank jy daarvan weet en dit begryp, glo ek jy sal ook weet hoe om dit te hanteer."

En skielik glimlag die vrou weer. "Natuurlik, juffrou! Dit sal 'n tydjie duur om daaraan gewoond te word om weer 'n ma te hê. Maar 'n mens moet maar net geduldig en taktvol wees, nè? Wat van 'n koppie tee?"

Lisbe staan op. Haar taak is afgehandel. "Dankie, maar ek het nog 'n ander besoek wat ek moet aflê. Tot siens, juffrou Verhagen, en alle sukses met die toekomsplanne."

Theresa Verhagen glimlag van oor tot oor. "Baie dankie, juffrou. Dis baie gaaf van jou . . . en kom drink gerus eendag 'n koppie tee."

"Dankie. Tot siens."

Lisbe dwing haarself om nie verder te dink nie en ry dadelik na tant Fênie se huis langsaan.

Toe sy by die voordeur instap, tref sy die twee vriendinne in die kombuis aan.

"Ek sê nou reguit vir jou, Fênie, dis nou pure valsheid van jou om so droewig oor Fasie te sit en huil. Nee, jong, vee af jou trane en hou op toneelspeel." Sy sien Lisbe in

462

die deur en sê energiek: "O, dag, juffrou! Kom binne. Ek sê nou net vir Fênie sy moet haar krokodiltrane bêre. Kyk nou net daar! Kan jy meer? En dit nou oor 'n man wat sy doodgewens het!"

"Ja, Meraai, maar hierdie alleenheid vreet my op! Ou Fasie was nou wel baie uithuisig, maar die een of ander tyd moes hy darem huis toe kom! Dié dat hy nou glad nie meer huis toe kom nie . . . Dag, juffrou!"

"Dag, tant Meraai, tant Fênie. Ag nee, tante moenie so hartseer wees nie."

"Sê haar, juffrou! As ek ou Fasie is, kom spook ek by haar! Pleks jy jou oë afdroog en begin rondkyk vir 'n ordentlike man. Jy is nog jonk genoeg daarvoor."

"Ag, hou op met jou stuitigheid, Meraai! Wat wil ek met 'n man maak? Ek sal tog nooit weer my dierbare Fasie terugkry nie."

"Hoor net daar! Ek dink jy kan baie beter doen. Juffrou, ek stap nou terug na my huis en los Fênie om haar in haar eie trane te verdrink. Stap juffrou saam?"

"Ek sal 'n bietjie later by tante 'n draai maak. Ek wil net so 'n paar oomblikke by tant Fênie sit."

"Goed dan, juffrou, maar juffrou moet met haar praat. Sy het haar mond vol oor Elsie wat met daardie boer gaan trou; sy sê dis skandelik met Jan wat nog nie eens 'n halwe jaar dood is nie. Laat ek vir jou vertel, die eerste die beste mansmens wat Fênie kan kry, sal sy vat, al is dit oor 'n maand. Ek sien juffrou dan netnou. Tot siens, Fênie!"

'n Rukkie later ontvang Lisbe haar koppie tee van tant Meraai. "Dan gaan Elsie trou? Waar hoor tante dit?"

"Elsie het my dit self gesê. Sy sê dis die wewenaar wat so haastig is."

"Ek is baie bly vir Elsie se onthalwe, tante. Dit lyk my die troukoors is 'n epidemie hier in Keerboomstraat!"

"O?" Die ogies knip. "Wie gaan nog trou?"

Lisbe is jammer dat sy so vinnig gepraat het, maar dis nou

te laat. Doelbewus draai sy die dolk in haar eie hart: "Ek verstaan meneer Van der Merwe en sy skoonsuster het ook sulke planne. Tante moet ook nou maar weer man vat."

"Om wat mee te maak? Ag nee, ek sal dit maar vir Fênie los. Die eerste man wat in haar rigting loer, laat droog daardie trane van haar net daar op." Dan raak die ou gesig ernstig. "Maar dis waar wat Fênie sê, die alleenheid vreet 'n mens op. Ek kan nie dink wat ek altyd sonder klein Kosie gemaak het nie. Die aande wat hy by sy ma slaap, verlang ek só na die kind. Die arme Martie werk ook so hard. Ag, dis nou 'n liewe kind daardie! Sy is altyd so dankbaar!"

Met 'n besadigde, amper emosielose stem doen Lisbe later aan Madelyn Reynecke verslag: "Theresa Verhagen het my binnegenooi en heel spontaan op vrae geantwoord. Helm van der Merwe was nie daar nie. Hy het 'n beter huis in 'n beter woonbuurt gaan soek. Theresa het te kenne gegee dat sy en die tweeling se pa trouplanne het, en toe ek noem van die probleme by die skool, was sy dieselfde mening toegedaan as ons: dat dit 'n aanpassingstyd vir die kinders is. Sy was vol selfvertroue dat dit wel mettertyd sal opklaar. Sy het my verseker dat hulle vir haar soos haar eie is."

Dan glimlag sy: "Tant Fênie huil nog steeds droewig oor haar dierbare man en tant Meraai is versot op Kosie en vind Martie 'n liewe, dankbare meisie!" Haar oë blink bly. "En die wonderlikste nuus is dat, volgens tant Meraai, Elsie en haar boer nou gaan trou."

"Werklik? Ag, ek is só bly vir Elsie se onthalwe! Dan kan ons eindelik die Sieberhagens uit ons lêers haal."

"Ja." Daar is 'n sagte lig in Lisbe se oë. "Ek weet dis teenstrydig, maar ek gaan hulle mis."

"Ek weet. 'n Mens deel so lank in hul lief en leed dat hulle naderhand soos familie voel," beaam haar senior met begrip.

464

Daar word niks verder oor die Van der Merwes gepraat nie en Madelyn besluit om self met die skoolhoof in verbinding te tree en hom van hul bevinding te vertel. Hulle moet maar 'n bietjie geduld en takt met die tweeling aan die dag lê. Dit sal alles mettertyd oorwaai.

In die weke wat volg, gaan die lewe sy normale gang. Dit wil lyk asof Keerboomstraat skielik 'n modelstraat geword het. Die beskermengele van die welsyn besoek dit al minder en begin hul aandag op ander probleemgevalle toespits, want probleme hou nooit op nie. Vir elke Sieberhagen-probleem wat opgelos word, kom daar twee ander gevalle in 'n ander straat by.

Toe Lisbe die tweeling se klasonderwyseres heel toevallig eendag by die poskantoor raakloop, verneem sy terloops na hulle, menende dat alles weer goed gaan. Teen hierdie tyd behoort die tweeling al gewoond te wees aan die idee van 'n nuwe ma.

Dis egter ontstellende nuus wat sy hoor: Daar is nog steeds sporadiese uitbarstings van ongehoorsaamheid en juffrou Van der Mescht erken sommer rondborstig dat sy desperaat begin raak. Straf van watter aard ook al maak blykbaar geen indruk nie; dis of die tweeling 'n al sterker weerstand opbou. Ten einde raad het die skoolhoof hulle geskei en in twee aparte klasse gesit, maar toe was die duiwel behoorlik los.

Bekommerd klim Lisbe in haar motor. Wat sou met die tweeling aangaan? Is dit blote stoutigheid? Hulle kort 'n goeie pak slae, maar daardie metode is blykbaar uit die mode. Sy ry in Keerboomstraat af, kyk vir die eerste keer direk na die huis met die wag-'n-bietjiebos. Hulle bly nog daar. Hy kon seker nog nie 'n ander huis kry nie.

Haar hart maak 'n snaakse draai toe sy sien hoe die saad wat sy en die tweeling gesaai het, nou in volle blom staan en 'n vrolikheid aan die erf verleen. Sy wonder of dit binne ook so vrolik gaan. As die tweeling so onhebbelik is, moet die nuwe ma seker ook maar hare op haar tande hê. Haar simpatie behoort by die nuwe ma te lê . . . Sy neem maar aan dat hulle teen hierdie tyd al getroud is. Dis meer as 'n maand gelede dat sy die gesprek met Theresa Verhagen gehad het . . . Nee, hulle is seker al getroud.

Sy hou stil by Elsie se huisie. Sy kan gerus hoor hoe ver haar trouplanne is en of sy nie van hulp kan wees nie.

Elsie is bly om haar te sien en verwyt dadelik: "Juffrou-hulle word mos nou vreemdelinge in ons straat. Julle skeep ons sleg af."

Lisbe glimlag maar net en skud haar kop: "Gesonde mense het nie 'n dokter nodig nie, Elsie. Jy lyk beslis blakend gesond – na die liggaam én na die hart."

Elsie glimlag. "Dit is so, juffrou. Dit voel vir my my lewe begin nou eers. O, juffrou, ek kry 'n goeie man. Ek is net so bang ek sal Fritz teleurstel, of dat my kinders hom dalk kan seermaak."

"Dit sal nie gebeur nie, Elsie, nie solank jý daar is nie. Laat ek nou vir jou een ding vertel: Fritz Badenhorst kry 'n goeie vrou, van die beste, en ek hoop hy besef dit."

Elsie glimlag, lyk vir die eerste keer sedert Lisbe met haar kennis gemaak het, haar ware ouderdom. "Hy dra my op die hande, juffrou, en vir my is dit 'n aardigheid, soos juffrou wel sal verstaan. Ons het wedersydse respek en waardering vir mekaar, en dan kan daar mos niks skeefloop nie."

"Ja, Elsie. Solank daar waardering en respek tussen man en vrou is, sal die moeilikheid wegbly. Hou dit net so."

"Ons sal, juffrou. Ons albei ken die moeilike pad, die hartseer pad. Van die os op die esel, juffrou, ek is baie bly juffrou het gekom. Ek wou nog vir juffrou op kantoor kom spreek het. Daar is 'n sakie waaroor ek baie sleg voel."

"Ag nee, Elsie. Wat is dit?"

"Dis oor meneer Van der Merwe. Juffrou weet mos, die Van der Merwe hoër op in die straat?"

Lisbe voel iets in haar verstil. "Ja, Elsie?"

"Wel, juffrou weet mos dat hy eenkeer vir my 'n klompie blikkieskos gestuur het?"

"Ja. Mevrou het my daarvan vertel."

"Wel, dis skandelik, maar ek het hom nog nooit persoonlik daarvoor bedank nie. Ek het net daardie dag vir die tweeling gesê hulle moet vir hul pa baie dankie sê. Die hele ding het my later totaal ontgaan. Eergister is ek toevallig buite toe ek hom die straat afgestap sien kom, en ek roep hom toe en sê toe ek is jammer ek doen dit nou eers, maar baie, baie dankie vir die goed wat hy destyds vir my gestuur het. Hy sê toe nee, dis reg, hy hoop ek kon dit gebruik. En toe, juffrou, ek het rêrig nie bedoel om my neus in sy sake te steek nie, toe sê ek so terloops en ewe vriendelik dat ek hoor hy gaan ook trou, nes ek. Maar waar vererg die man hom bloedig daar op die plek! Ek het my byna boeglam geskrik! Hy vra toe waar kom ek aan daardie snert! Ek sê toe ek het maar so 'n voëltjie hoor fluit. Hy wou daar en dan weet wie sulke kaf praat! En, juffrou, ek is glad nie seker hy het kaf gesê nie. En toe moet ek maar sê dat ek dit by Meraai gehoor het. Hy vra toe wie Meraai is en toe moes ek hom mooi beduie waar sy bly en hy is soos 'n stoomroller hier af en sê toe nog oor sy skouer dat ons ons neuse uit sy sake moet hou! Hy sê ons moet dink hy is mal om weer te gaan trou! En weg is hy."

Lisbe staan verslae, maar por dan aan: "En toe, Elsie?"

"Toe is hy na Meraai toe en hy het haar glo uitgetrap van 'n kant af! Hy wou by haar ook weet waar sy daaraan kom en sy sê toe vir hom dat sy dit uit juffrou se eie mond gehoor het."

"Elsie!"

"Ja, juffrou, sy sê sy het so gesê! Het juffrou dit nie gesê nie?"

"Ja, ek het . . . En toe, Elsie?"

"Toe vra hy wat de dinges juffrou met sy sake uit te waai

het. Meraai sê toe vererg sy haar ook bloedig, want waar kom hy vandaan om so op haar te kom skree en boonop nog vir juffrou te beledig? Sy vra toe reguit vir hom of hy nou beweer dat juffrou lieg. Sy het nog nooit 'n leuen uit juffrou se mond gehoor nie! En toe sê hy . . . Ag, juffrou, nee, dit was sommer 'n lelike spul."

"Wat sê hy toe, Elsie? Jy kan maar sê. Ek ken meneer Van der Merwe. Ek weet hoe ongeskik hy kan raak. Sê maar!"

"Hy sê toe Meraai kan hom niks van juffrou vertel nie! Juffrou is die grootste leuenaar wat rondloop en dat Meraai vir juffrou moet sê dat hy nie verleë is nie. As juffrou verleë is, moet juffrou gaan trou!"

Elsie skram liewer weg van die geskokte oë wat haar stom aanstaar. Dit was glad nie die woord wat meneer Van der Merwe gebruik het nie, maar sy is te skaam om dit vir juffrou te sê!

Lisbe sluk en sluk, kry die woorde gekeer, maar nie die woede nie. Om haar 'n leuenaar en verleë oor 'n man te noem! "Ek dink ek moet 'n draai by tant Meraai ook maak. Tot siens, Elsie."

"Juffrou, ek is rêrig jammer oor alles."

"Dis alles reg, Elsie. Jy het niks verkeerds gedoen nie. Vergeet daarvan. Dis die enigste manier om sulke mense te hanteer . . . om hulle net te ignoreer."

Tant Meraai versluk haar byna in haar verontwaardiging en Lisbe moet weer na die hele relaas luister. Hierdie keer word daar nie plaasvervangers vir sekere woorde gebruik nie. O nee, daarvoor is Meraai te kwaad. Lisbe kry eindelik 'n woord in, uiterlik baie koel, maar binne kook sy.

"Ek is baie jammer dat ek tante in so 'n moles laat beland het."

"Maar waar het juffrou dit gehoor, van die trouery bedoel ek?"

468

"Ek het dit vir 'n feit gehoor, tante, maar ek gaan nie nog name noem en nog meer mense hierby betrek nie. Ons laat dit nou maar daar. Die saak is hiermee afgehandel . . . hoop ek." Sy lyk ongemaklik. "Ek dink ook nie ons moet mevrou met hierdie onsinnigheid ontstel nie. Dis nie nodig dat sy hiervan vertel word nie, asseblief, tante!"

"Nee, goed, ek sal nie, maar jy behoort iets aan die saak te doen, juffrou! As hy dan regtig nie van plan is om met die vrou te trou nie, is dit nie 'n gesonde toestand van sake daar nie."

"Dis sy skoonsuster, tante."

"Nou wat maak skoon of vuil haar anders as 'n ander vrou? Mens is mens, al sê hy hy is nie verleë nie!"

Sy staan vinnig op. "O, tante, asseblief, laat ons nou maar ander mense met rus laat. Hulle gaan in elk geval nie meer lank in Keerboomstraat wees nie."

"Waarheen gaan hulle?"

Lisbe kan haar tong afbyt. Ag, aardetjie, daar het sy al weer iets gesê wat liewer ongesê moes gebly het. Net môre, as dit nie al vandag is nie, sal Meraai meneer Van der Merwe trompop loop en sê sy is so bly om te hoor hy gaan trek! En dan is die gort van voor af gaar. "Nee, tante, ek dink maar so. Ek dink nie hulle is baie gelukkig hier nie. Laat ons maar liewer vir meneer Van der Merwe uitlos."

"Juis, juffrou! Ek bly ook in Keerboomstraat, maar ek weet met wie ek my moet meng."

Dis 'n verwese juffrou Erwee wat eindelik so vinnig as wat die snelheidsperk dit toelaat, uit Keerboomstraat padgee. Vir niks onder die son wil sy haar nou teen 'n sekere meneer vasloop nie, want haar gesonde verstand vertel haar dat sy net die hele bohaai moet ignoreer en meneer Van der Merwe doodstil moet uitlos . . .

Maar dis een ding om jou iets voor te neem en 'n ander om dit uit te voer.

469

Lisbe sit later daardie aand die televisiestel geïrriteerd af en gee oor. Wat is die posisie nou in die lig van vandag se verwikkelinge? Wat is feite en wat is onwaar?

Helm se skoonsuster beweer, of suggereer, dat sy en Helm gaan trou. Helm hoor die storie op straat en is baie ontsteld daaroor en ontken dit ten sterkste. Wat moet 'n mens daarvan aflei? Dat daar wel sulke sprake was, maar dat dit om die een of ander rede skipbreuk gely het? Dis die enigste afleiding waartoe sy kan kom. En die tweeling se stoutigheid? Wat skuil daaragter? Is dit net stoutigheid of is daar 'n rede daarvoor?

En wat kan sy daaraan doen? Niks, net mooi niks nie. Al was daar ook iets wat sy kon doen, gaan sy haar nie weer by hierdie man se sake inlaat nie – vir geen geld ter wêreld nie.

Sy wip toe iemand skielik aan haar voordeur klop. Haar hart ruk. Moenie verspot wees nie! Dis natuurlik Gawie wat kom hoor of dit reg is vir Saterdagaand se toneelopvoering. En hierdie keer gaan sy ja sê. Dis nog net arme ou Gawie wat knaend volhou. Die ander het lankal die aftog geblaas. As sy nie pasop nie, sit sy nog op die rak. Dan sal sy regtig 'n oujongnooi wees wat haar neus insteek waar dit nie hoort nie. Sy gaan vir Gawie vanaand ja sê en basta.

Dis nie Gawie wat voor haar staan nie. Dis die één mansmens wat sy gehoop het sy nooit weer sou sien nie.

"Naand, juffrou Erwee."

"Naand, meneer Van der Merwe."

"Waar is my kinders?"

"Jou . . . jou kinders?"

"Ja, die tweeling. Waar is hulle . . . en moenie probeer om slimstories te verkoop nie!"

"Ek weet niks van jou kinders af nie!"

"Hulle was al voorheen hier by jou. Jy is die waarskyn-likste persoon na wie hulle sal wegloop."

"Hoe . . . hoe weet jy?"

"Ek het by Elsie gaan navraag doen toe ek hulle vermis het. Hulle is maats met haar dogtertjie en toe sê Betsie sy dink hulle is hier. Hulle het al tevore na jou toe weg-geloop."

Sy sluk. "Dis reg. Hulle was een aand hier, maar ek het hulle onmiddellik teruggeneem huis toe. Sedertdien het ek hulle nog nie weer met 'n oog gesien nie. Eerlikwaar, Helm, ek weet niks van die kinders af nie!"

Eindelik kyk hy weg, kyk desperaat om hom rond. "My kinders is weg, Lisbe."

Teen alle voornemens in word haar hart week. Laat dit wees soos dit wil, maar een ding weet sy: Helm is baie lief vir sy kinders. "Is hulle nie miskien maar net by iemand anders nie? Het jy verder rondgevra in Keerboomstraat?"

"Nee. Ek het sommer reguit hierheen gekom. Ek kan nie dink by wie hulle kan wees nie . . . Hoekom sou hulle nie huis toe kom nie?"

Lisbe aarsel, maar besluit dan tog om dit te waag. Mis-kien is dit juis nou die regte oomblik om die saak aan te roer, terwyl sy kommer hom vatbaar maak vir redenasie. "Miskien wíl hulle nie huis toe kom nie." Haar oë kyk verskonend terug toe hy haar oorbluf aankyk. "Ek is jam-mer, Helm, maar die tweeling is nie baie gelukkig by die huis nie. Hulle vind dit blykbaar moeilik om . . . om hulle by die nuwe verwikkelinge aan te pas."

"Nuwe verwikkelinge? Watse nuwe verwikkelinge?"

Sy kyk weg. "Jy weet waarvan ek praat. Jy het nou wel in die helfte van Keerboomstraat se kele daaroor afge-klim . . ."

"Lisbe, ek is nie vanaand in 'n bui vir kaf nie. As jy verwys na daardie storie van my trouery, sê ek weer dis twak, en wat het dit in elk geval met die tweeling se verdwyning te doen?"

Sy wil-wil haar net begin vererg. Sal hy dit sowaar in hierdie kritieke oomblikke nog ontken? En hoekom?

"Die tweeling weet jy gaan trou en dis hoekom . . . dis miskien hoekom hulle besluit het om weg te loop."

"O, die tweeling weet ek gaan trou? En jy ook! En Keerboomstraat ook! Net nie ek nie!"

"Dis nie nodig om te skree nie!"

"Juffrou Erwee . . ." en hy trek sy asem swaar en diep in, wend 'n daadwerklike poging aan om sy stem laag te hou . . . onheilspellend laag: "Juffrou Erwee, sal jy my asseblief sê met wie ek gaan trou? En wie dit vir die tweeling vertel het? En wie . . .?"

Kyk, wat genoeg is, is genoeg. Haar senuwees is aan rafels.

"Met jou skoonsuster, natuurlik. Trou, bedoel ek," antwoord sy driftig en half deurmekaar. "En jy hoef nie so na my te kyk nie! Dis nie ék wat dit vir die tweeling vertel het nie. Ek sê mos ek het hulle weke laas gesien!"

"En wie't besluit ek gaan met my skoonsuster trou? Jý?"

Dis haar beurt om haar asem diep in te trek. As sy haar sonde nie ontsien nie . . . en as dit nie was dat die tweeling weg is nie, sou sy . . . ja, sy sou hom uit haar woonstel gejaag het!

"Jou skoonsuster het dit besluit, meneer Van der Merwe. Wat traak dit my met wie jy trou? Ek kry net die arme vrou jammer wat . . ." Hierdie keer trek sy nie haar asem in nie. Sy kners op haar tande. "Ek weet jy dink ek is die grootste leuenaar, maar hierdie keer jok ek nie! Sy het my self laat verstaan dat julle gaan trou . . . Helm, dis die waarheid!"

Hy gaan ongenooid sit soos hy ongenooid binnegestap

472

het, vee met sy vingers deur sy kuif en prewel teenoor homself: "Dis 'n malhuis! Die hele wêreld is mal!"

Sy staan onseker na hom en kyk. Wat as hý die waarheid praat . . .? Sy voel soos 'n geprikte ballon . . . en net so nutteloos ook. "Gaan julle dan nie trou nie?" Haar stemmetjie klink skielik baie flou.

Dis asof hy haar eers nie hoor nie, maar dan lig hy tog sy kop en kyk haar vas in die oë. "Nee, juffrou Erwee, ek gaan nie met my skoonsuster trou nie. Ek gaan met geen vroumens trou nie . . . nooit nie! Wanneer ek dít doen, moet ek kranksinnig verklaar en in 'n gestig opgeneem word, hoor jy my? Dit is nou as ek nie nog vóór daardie tyd daar beland nie!"

Haar bene knak sommer vanself en sy bevind haar in 'n stoel skuins langs hom . . . en sy kan niks anders doen as om hom net aan te kyk nie.

"Jy sê die tweeling dink ook ek gaan met . . . ek gaan trou?"

Sy knik net stom.

"Hoe kan hulle dit dink as jy dit nie vir hulle gesê het nie?"

Haar bloed begin weer normaal sirkuleer, eintlik effens vinniger, te oordeel na die gloed op haar wange. 'n Mens sou sweer sy is al een wat 'n tong het! "Ek het nooit 'n woord in daardie rigting met hulle gepraat nie! Dis húlle wat daardie aand vir my kom vertel het dat jy nou vir . . . vir tannie Theresa liefhet en dis nie meer lekker vir hulle by die huis nie."

Daar is openlike ongeloof in sy blik. "Ek kan nie dink waar hulle aan iets so vergesog kon kom nie!"

Skielik word haar hart so lig in haar binneste dat dit by haar mond wil uitspring, en skielik is sy haar ou gemoedelike self, kan sy selfs skerts: "Wel, meneer Van der Merwe, kinders is fyn waarnemers. Jy was seker maar 'n bietjie onversigtig . . ."

"Se voet!" bulder dit in haar ore.

"Helm, ek dink die tweeling het die idee by haar gekry, soos sy dit aan my ook gesuggereer het." Sonder doekies omdraai vertel sy hom van die gesprek tussen haar en sy skoonsuster en wat daartoe aanleiding gegee het. "Jy was die dag nie tuis nie. Volgens haar het jy na 'n beter huis in 'n beter buurt gaan soek."

Hy knik, lyk soos 'n verslae seuntjie. "Ja, maar ek wil nie 'n verandering maak omdat ek wil gaan trou nie. Dis ver van my . . ."

"Om ooit weer te trou? Ja, so het jy al gesê, maar jou skoonsuster het 'n ander interpretasie aan die huissoekery gegee. Kom ons laat haar nou voorlopig eers uit die gesprek. Wat van die tweeling? Waar sal ons begin soek?"

"Ons?"

Sy stoot haar ken uit. "Natuurlik! Jy dink tog nie ek gaan nou rustig lê en slaap terwyl daardie twee bloedjies êrens . . ."

"Daardie twee bloedjies, juffrou Erwee, moet bid dat hul pa hulle nie te gou vind nie, want daardie twee bloedjies sal 'n dag of wat nie kan sit nie, staan of lê nie, en geen maatskaplike werker sal dit kan verhoed nie!"

"Helm, jy gaan hulle nie . . ."

"Vermoor nie, nee, net tugtig sodat hulle nóóit weer so onnosel sal wees om van die huis af weg te loop nie en nóóit weer sal glo dat hul pa gaan trou nie. Nee, juffrou, jy gaan my nie help om na my kinders te soek nie."

Lisbe se gesig lyk só afgehaal dat hy haar peinsend aankyk en dan vervolg: "Maar daar ís iets wat jy vir my kan doen – vanaand nog."

"Wat is dit?"

"Jy kan my skoonsuster gaan help inpak en kyk dat sy op die eerste die beste trein na Siberië vertrek, asseblief." Ten spyte van die kommer in sy oë trek sy een mondhoek skeef. "Ek dink jy moet sommer saam met haar gaan."

474

"Wie, ek? Siberië toe? Wat moet ek daar gaan maak? Daar is nie 'n Keerboomstraat nie, meneer Van der Merwe."

"Die hele Siberië is 'n Keerboomstraat, juffrou Erwee. Daar sal daardie snuffelrige wipneus van jou binne 'n week stomp afgewerk wees!"

Lisbe hoor haarself hartlik lag. "O, maar ek is nie van plan om my neus stomp af te werk nie! Ek wil nog eendag trou." Dan draai sy die deurknop en sê vinnig: "Kom, ons het albei werk om te doen."

'n Stem begroet hulle vanuit die sitkamer toe hulle binne-stap: "O, Helm, het jy hulle toe gekry?" Dan sien sy vir Lisbe in die gangdeur verskyn, en sy frons skerp: "Waar-voor moes jy nou weer die welsyn hierby gaan betrek, Helm? Die kinders is maar hier iewers. Dis nie nodig om 'n drama daarvan te maak nie!"

"Gaaf, niemand gaan dus 'n drama maak nie. Jy ook nie."

"Wat bedoel jy?"

"Gaan pak jou goed in. Juffrou Erwee sal jou help. Daar is môreoggend om vieruur 'n trein Noorde toe. Juffrou Erwee sal jou daarop besorg."

"Helm! Wat gaan met jou aan?"

"Onthou? Jy het gesê geen drama nie. Ek het genoeg geld vir jou treinkaartjie. Ek sal dit aan juffrou Erwee gee. Ongelukkig het ek nie genoeg om jou te vergoed vir jou dienste nie. Dit sal ek aanstuur sodra ek by 'n bank kan uitkom. Laat asseblief die adres by juffrou Erwee. Lisbe, kom saam dat ek jou die geld kan gee."

Lisbe volg hom gedwee na sy slaapkamer terwyl sy wonder hoe op aarde sy haar laat ompraat het om weer vir hom die kastaiings uit die vuur te krap. Dit gaan baie makliker wees om na die tweeling te soek as om hierdie dame te help inpak. Ag nee, sal sy dan nooit leer nie?

Helm tel die note in haar palm af. "Dit behoort genoeg vir 'n enkelkaartjie te wees."

"Siberië toe?"

Sy strak gesig verlig 'n oomblik. "Halfpad soontoe. Die ander helfte word op 'n kolewa afgelê en kos glo niks nie!"

Vanuit die deur klink 'n stem: "Helm! Wat gaan hier aan? Wat makeer jou om my sommerso . . ."

"Geen drama nie, Theresa. Dankie vir jou hulp en dienste, maar dis nie meer nodig nie, dankie. Verskoon my, ek gaan na my kinders soek."

Ietwat onbeholpe bly Lisbe in die middel van die kamer met die hand vol note staan.

"Dis jou werk hierdie!" tier die woedende vrou van die deur af.

"Juffrou Verhagen . . ."

"Bly stil! Ek het reg van die begin af gesien dat jy hom vir jouself wil hê, jou onderkruiper!"

"Jy is nou belaglik!" Maar die kleur in haar wange ontneem haar stem van die nodige oortuiging. "Niemand kan 'n mens dwing om te trou as hy nie wil nie. Ek verseker jou hy wil nie met jou trou nie en baie beslis ook nie met my nie. Dus het jy geen rede tot ontsteltenis nie. Helm van der Merwe sal nooit weer trou nie. Hy het dit self vir my gesê. Sal ons nou maar asseblief jou goed gaan inpak en 'n drama vermy? Dit is net so onaangenaam vir my as wat dit vir jou is."

"Dink jy ek sluk die spul kaf wat jy so pas kwytgeraak het? Hoekom sal hy nie weer wil trou nie? Omdat hy sy vrou so vreeslik liefgehad het?"

Lisbe se oë sak. "Dit kan wees, juffrou. Dit kan dalk die rede wees."

'n Harde, lelike lag klink op. "Dit wys maar net hoeveel jy weet van Helm van der Merwe, juffrou Welsyn! As hy haar regtig so vreeslik liefgehad het, sou hy haar nie vermoor het nie, sou hy?" Haar oë blink oorwinnend. "Dít het jy nie geweet nie, nè? Dít het hy jou nie vertel nie, nè?"

476

Lisbe kan die ander vrou net aanstaar. "Dit is nie waar nie!"

"Dan lieg al die koerante natuurlik."

Dit voel skielik vir haar of sy haar in die middel van 'n nagmerrie bevind. Dit kan nie waar wees nie! "Watter koerante?"

"Dié van 'n paar jaar gelede – vier jaar gelede om presies te wees."

Sy sluit haar oë, maak hulle dan weer oop. "Ek gee nie om wat jy sê of wat die koerante te sê het nie, juffrou Verhagen. Helm kan nie 'n moord pleeg nie."

Weer lag Theresa daardie lelike, smalende lag. "Jy het die skoot hoog deur, nè, juffrou? Ek sal jou die koerantknipsels gee om self te lees."

"Ek stel nie belang nie."

"En ook nie om te hoor hoe sy vrou dood is nie? Verkool in 'n motor waarvan die handrem losgemaak en toe oor die afgrond gestoot is? En weet jy hoekom?"

"Ek wil dit nie hoor nie!"

"Maar jy gaan dit hoor! Jy sal dit hoor! Omdat hy Elmien betrap het met 'n ander man! Kom sê nou weer vir my Helm van der Merwe is nie in staat om moord te pleeg nie!"

"Nee, hy . . ." O, dis 'n aaklige nagmerrie! Dis 'n verskriklike nagmerrie! Helm sal nie . . . "Nee, hy sal dan nóg nie moor nie, juffrou Verhagen."

"Jou klein gek!" gil Theresa dit uit.

"Die hof het hom onskuldig bevind, anders sou hy nou in die tronk gesit het. Hy is egter 'n vry man, juffrou Verhagen," sê Lisbe, nou 'n bietjie kalmer.

Theresa se stem is skor. "Nee, daar was nie genoeg bewyse teen hom nie, maar almal weet dat hy dit gedoen het!"

"Jy ook? Was jy dan by?"

"Moenie met slenterpraatjies by my kom nie! Ek weet net

hy is skuldig soos almal dit weet wat die saak gevolg het."

"Jy verstom my, juffrou Verhagen. Jy weet dat Helm sy eie vrou vermoor het en tog wil jy met hom trou. Ek wonder hoekom?" Lisbe kyk terug in die groot oë voor haar. "Jy wil met die man trou wat 'n grusame moord gepleeg het – en dit op jou eie suster. Daar moet 'n rede voor wees." Sy gooi blindelings 'n klip in die bos: "Kan dit wees dat jy dalk skuldig voel?"

Lisbe sien hoe die vrou voor haar skrik. Sy ruk haar byna dadelik weer reg. "Skuldig? Waaroor sal ek skuldig voel? Pleeg 'n mens 'n misdryf deur lief te hê? Dan is jy besig om dieselfde misdryf te pleeg. Jy is ook verlief op 'n ander vrou se man, juffrou Welsyn!"

"Ek begryp nie jou logika nie, juffrou Verhagen. Ek is nie verlief op 'n ander vrou se man nie. Helm se vrou is dood. Daar is 'n verskil, weet jy?"

Theresa lag skel en dis amper vir Lisbe of sy waansin daarin kan hoor. "Daar is geen verskil nie! As jy hom dan kan liefhê, hoekom kan ek nie ook nie?"

"Dan het jy hom lief?" vra Lisbe.

"Natuurlik het ek! Waarvoor dink jy dan het ek . . .?"

"Van wanneer af? Van voor jou suster se dood?"

'n Doodse stilte volg op haar vraag. Dan sis Theresa dit uit: "Jy dink jy is baie slim, nè? Maar slim vang sy eie baas."

"Maar jy het nog nie my vraag beantwoord nie. Is jy bang?"

"Hoekom sal ek bang wees?"

"Ek wonder self. Hoekom is jy bang om te erken dat jy op Helm verlief was nog voordat sy vrou vermoor is?" Die vreemde stilte wat so skielik oor haar neergedaal het, is byna onheilspellend, onnatuurlik.

"Is dit hoekom jy 'n oujongnooi geword het, juffrou Verhagen? Omdat jy al die jare verlief was op jou suster se man?"

"Jy is verspot!" gil Theresa dit histeries uit. "Jy weet nie waarvan jy praat nie!"

"Ek begin twee en twee bymekaar sit . . . en ek kry vier. Ek begin myself afvra of Helm nie al jare lank gebuk gaan onder 'n skuld en agterdog wat voor iemand anders se deur gelê moet word nie. Is my slotsom reg, juffrou? Helm is onskuldig aan die grusame dood van sy vrou, en jy weet dit!"

Theresa se lippe vertrek in 'n uitdagende smaal: "Miskien, juffrou Welsyn, maar hoe sal jy ooit regtig kan seker wees? Bewyse sal jy nooit vind nie!"

"En dan het jy die vermetelheid om vir my te sê jy het Helm lief!"

"Ja, ek het, op my manier, en dis nie jou manier nie."

Lisbe se stem is skor: "Nee, dis nie my manier nie. Dis ook nie die liefde se manier nie. Want liefde gee alles, verdra alles. Vra niks nie." Haar stem kraak skielik. "Daar is nie woorde waarmee 'n mens jou kan beskryf nie! Jy is net een bol skreiende selfsug!"

Dan verkrummel die vrou voor haar skielik, en sy roep huilend uit: "Wat weet jy? Wat weet jy van my hel?" Sy druk haar gesig in die palms van haar hande en roep uit: · "Help my! Help my, asseblief!"

Lisbe tree vinnig nader en skielik het haar stem alle veragting en veroordeling verloor. As Helm al hierdie jare onskuldig deur hel gegaan het, dan moet die skuldige deur 'n dubbele hel gegaan het. 'n Mens se kwaaiste regter bly ten slotte jou eie gewete. Sy plaas haar arms om die snikkende vrou. "Kom, kom ons gaan pak jou klere in."

Theresa Verhagen laat toe dat Lisbe haar na haar kamer lei waar sy op die bed neerval en troosteloos huil. Lisbe laat haar maar die ergste spanning uithuil. Miskien sal sy daarna bereid wees om te gesels, want hierdie saak kan nie so gelaat word nie. Lisbe besef dat sy nie 'n oomblik van sielerus sal ken solank sy weet dat Helm waarskynlik steeds onskuldig ly nie.

Sy maak die kasdeure oop, begin in 'n dwaal die klere opvou en inpak, haar gedagtes by die skokkende ontdekking wat sy vanaand gedoen het. Daar bestaan by haar geen twyfel meer dat Theresa Verhagen self verantwoordelik was vir die dood van haar suster nie. Natuurlik spruit dit alles uit jaloesie. Theresa was al die jare op Helm verlief, maar hy was haar suster se man. Haar suster was die ma van sy kinders.

Op 'n dag het jaloesie die oorhand gekry. Die prentjie is nog nie heeltemal duidelik nie, maar Lisbe dink dat Theresa haar suster op die een of ander manier oorrompel het, agter die stuur van haar motor ingeskuif en toe die rem losgemaak het sodat die motor met sy passasier die afgrond kon aftuimel. Die motor het aan die brand geslaan en Helm se vrou is verkool. In die polisieondersoek daarna het dit aan die lig gekom dat dit nie 'n ongeluk was nie, maar moord, en dit het ook bekend geword dat Helm se vrou ten tyde van haar aaklige einde 'n verhouding met 'n ander man gehad het. Vanselfsprekend het almal besluit die ontroue vrou se man is die moordenaar.

Daar was egter nie genoeg bewyse teen hom nie, en hoewel almal, van die regter tot die koerantlesers, oortuig was dat hy die moord gepleeg het, moes hy vrygespreek word. Die swaard van agterdog het egter bo sy kop bly hang . . . Nou verstaan Lisbe so baie dinge en voel sy skaam dat sy ook so maklik veroordeel het. In watter hel leef Helm van der Merwe nie al die jare nie! Hy lewe in die skadu van 'n moord wat hy weet hy nie gepleeg het nie; hy leef saam met die ontnugtering in die vrou wat hy liefgehad het, wat die ma van sy kinders was. Geen wonder dat hy in die wag-'n-bietjiebos die simbool van sy lewe gesien het nie . . . sy lewe wat so verstrengel en vasgehaak geraak het.

In hierdie oomblikke verstaan Lisbe eers werklik daardie kyk in sy oë. Dit was nie net blote marteling wat sy gesien het nie; dit was hel.

480

Haar hande bewe toe sy die laaste rok uit die kas haal en begin opvou. Die huilende vrou agter haar kan hom uit daardie hel verlos, maar sy sal nie. Sy sal liewer die res van haar lewe met haar eie gewete saamleef as om . . .

Lisbe frons. Sy kan nie dink wat haar gedagtes onderbreek het nie. Sy kyk oor haar skouer na die bed. Theresa lê nog steeds en snik, maar nou sagter. Sy kyk terug na die rok in haar hande. Weer is dit asof iets in haar vassteek, asof iets vanuit haar onderbewussyn haar tot stilte roep. Die rok . . . Iets aan die rok . . . Dan verstyf Lisbe tot 'n versteende beeld.

Sy vertel haarself sy is besig om van haar kop af te raak. Dis nie moontlik nie! Dit kan nie wees nie! Skielik wéét Lisbe net: Die vrou hier agter haar is nie Helm se skoonsuster nie, dit is sy eie vrou!

10

Lisbe weet nie hoe lank sy so bewegingloos bly staan het nie. Toe sy haar kom kry, stap sy na die aangrensende kamer met die rok nog in haar hande en trek sy die laaitjie van die kassie oop. Dis al weer net so deurmekaar en vol allerhande goed soos daardie dag toe sy dit reggepak het. Haar hande soek dringend tussen die rommel na die foto. Sy móét net die foto kry.

Dan vind sy dit en vergelyk die rok met die een in haar hand. Dis ongetwyfeld dieselfde rok, of dit is twee identiese rokke. Sy maan haarself tot kalmte. Sy moet nou baie nugter dink. Dis nie onmoontlik dat daar twee, selfs meer, van hierdie rokke bestaan nie. Dis ook nie onmoontlik dat twee susters twee identiese rokke kon hê nie.

Sy dop die rok om, voel dan ontsteld en opgewonde tegelyk. Dis nie 'n rok wat in 'n winkel gekoop is nie.

Sy kan baie duidelik aan die afwerking aan die binne-kant sien dat hierdie rok tuisgemaak is. Sy redeneer weer: Twee susters kon twee identiese rokke laat maak het. Die feit dat Helm se vrou op die foto presies dieselfde rok aanhet as wat in haar suster se kas hang, beteken nog nie . . .

Daar is net een manier om sekerheid hieroor te kry. Sy neem die foto en die rok en sluip daarmee na die tweeling se kamer en gaan bêre dit diep agter in 'n kas weg. Dan stap sy na die kamer waarin die vrou nou 'n bietjie tot be-daring gekom het en regop op die kant van die bed haar oë sit en afvee. Lisbe kom in die deur tot stilstand.

"Elmien!"

Die vrou kyk op. "Ja?"

Dan is albei 'n oomblik versteen, kan hulle net na me-kaar staar in ongeloof en ontsetting. Lisbe stap nader. Elke mens reageer spontaan op sy eie naam. Dis ook wat nou gebeur het.

"Dan is jy eintlik Elmien, Helm se vrou."

"Natuurlik nie! Waar kom jy aan iets so vergesog?"

Lisbe skud haar op. "Laat maar staan, Elmien. Jy het jouself so pas verraai, maar ek het ook bewyse in my besit wat onomstootlik sal aantoon dat jy nie jou suster Theresa is, soos wat jy wil voorgee nie, maar wel Helm se eie vrou, Elmien."

"Watter bewyse kan jy hê?" word die vraag uitdagend gestel, maar Lisbe sien die vrees in haar oë . . . en die er-kenning.

" 'n Foto waarop jy en Helm en die tweeling verskyn. Daarop dra jy 'n unieke, herkenbare rok." Sy sien hoe Elmien wasbleek word. "Ek kan sien jy verstaan wat ek bedoel."

Elmien spring na die kas, maar Lisbe skud weer haar kop. "Jammer, maar die rok wat in daardie kas gehang het, is nou in mý besit, asook die foto. Ek erken ek is nog te oorbluf en geskok om die prentjie in sy geheel te sien, maar dít weet ek: jy is Elmien, en die verkoolde lyk was jou suster, Theresa. Hoekom jy haar vermoor het, weet ek nog nie."

"Ek het haar nie vermoor nie! Dit was 'n ongeluk! Ek sweer . . ." Sy swyg, druk haar hande vinnig voor haar mond, maar besef dan dis te laat.

"As dit dan 'n ongeluk was, hoekom het jy haar laat verkool . . . jou éie suster!"

"Sy was 'n verfoeilike vroumens! Sy wou my huwelik vernietig!"

"Hoe kon sy? Jy was Helm se vrou."

"Sy het uitgevind van . . . van . . ."

"Jou verhouding met 'n ander man? Toe het sy gedreig om Helm daarvan te vertel," vul Lisbe kalm aan, maar binne-in haar sidder dit. Helm! Arme Helm!

Sy gaan sit op die bed. "Kom sit hier, Elmien. Vertel my liewer alles van die begin af. Hoe het dit gebeur dat jy, wat Helm se vrou was en die ma van sy kinders, 'n verhouding met 'n ander man aangeknoop het?" Dis iets wat sy baie graag wil weet. Sy kan nie verstaan hoe so iets kon gebeur het nie.

"Dis waar die moeilikheid begin het," begin Elmien bot, "by die kinders."

"Hoekom?"

"Ek wou nooit kinders gehad het nie. Ek dink hulle is lastig! Veral babatjies met vuil doeke en kwylmonde en . . . Maar Helm wou kinders hê en ek het toe maar ingestem. Dit was vir my 'n verskriklike skok toe ek moes hoor dat ek nie net een baba nie, maar twéé babas verwag! Ek het gedink ek gaan gek word! My mooi figuur was daarmee heen. Ek was altyd so trots op my figuur, en in die tyd wat ek swanger was, het ek nooit in die spieël gekyk nie. Ek het geglo ek lyk aaklig. Toe die tweeling gebore is . . . ek kon net nie weer my vorige figuur terugkry nie."

483

Lisbe luister stil. Sy onthou dat die vrou op die foto nie vet nie, maar wel mollig was.

"Toe verskyn Ivan en laat my weer soos 'n vrou voel – aantreklik en begeerlik. Natuurlik het ek dit aan die begin net as 'n flirtasie beskou, maar soos die verhouding tussen my en Helm verswak het, en tussen my en die kinders, het Ivan al belangriker geword. Toe beëindig Ivan dit, en ek was rasend. Ek was skielik weer terug waar ek was: 'n vet, lelike vrou met twee stout kinders. Juis toe kry ek die brief van Theresa waarin sy sê sy wil vir my op 'n vakansieplaas net buite die stad spreek."

" 'n Brief? Het julle nie naby mekaar gebly nie?"

"Nee, ons was nie danig lief vir mekaar nie. Sy was maar 'n jaar ouer as ek en 'n oujongnooi, maar sy was heimlik verlief op Helm. Sy het in Pretoria gebly en ons het mekaar baie selde gesien. Ek het geweet sy het gedink ek is 'n slegte vrou vir Helm."

"Waaroor wou sy jou sien?"

"Sy het nie gesê nie, maar ek het dadelik geweet waaroor dit gaan. Een dag toe ek en Ivan mekaar in die stad ontmoet het, het ons ons teen haar beste vriendin vasgeloop. Ek het geen keuse gehad nie; ek moes Theresa gaan ontmoet. Sy het my dadelik trompop daarvan beskuldig dat ek agter Helm se rug 'n verhouding met 'n ander man het en dat sy van plan is om Helm daarvan te gaan vertel. Sy het my uitgekryt vir al wat sleg is en dat ek hom en die kinders nie verdien nie. Sy wou my nie glo toe ek haar vertel dat die verhouding tussen my en Ivan tot niet is en dat hy reeds oorsee is nie."

Elmien staar strak voor haar op die vloer. "Ek het kwaad geword en haar gesê dat sy Helm wil gaan vertel omdat sy Helm vir haarself wil hê. Sy was nie bekommerd oor my verhouding met 'n ander man nie, sy het net daarin 'n geleentheid gesien om Helm in die hande te kry. Sy het my deur my gesig geklap en ek het haar bespring. Haar voet het geswik en sy het met haar kop teen 'n klip geval. Sy was dood." Elmien kyk op. "Ek het nie bedoel om haar te vermoor nie."

Lisbe knik. Sy moet dit so aanvaar. "Hoekom het jy toe iets so dwaas gaan doen soos wat jy wel gedoen het?"

"Ek was paniekbevange. Ek kon nie teruggaan en vertel wat gebeur het nie. Ek het toe gedink ek sal dit na 'n ongeluk laat lyk – asof die motor die pad byster geraak het."

Lisbe frons. "Maar jy het dan nie haar motor gebruik nie, maar wel jou eie."

Elmien is eers stil. Dan gee sy toe: "Goed, ek erken dit. Ek het skielik 'n kans gesien om weg te breek. Ek was siek vir Helm se gesanik. Dan was die huis nie skoon genoeg nie; dan was die tweeling nie na behore versorg nie; dan skort daar iets met die kos . . . Ek het besluit ek wil agter Ivan aan buiteland toe. Dis toe dat ek aan die plan gedink het om . . . om die motor, my motor, te laat uitbrand sodat almal sal dink dis ek wat verkool het."

Lisbe voel hoe haar maag 'n draai maak. Elmien is 'n koelbloedige moordenares. "Het jy nooit daaraan gedink wat so iets vir jou man kan inhou nie?"

"Nee, ek het nie gedink sake sou die wending neem wat dit later wel geneem het nie."

Lisbe wil dit nie hoor nie, maar moet tog vra: "Wat . . . wat het jy toe gedoen?"

"Ek het Theresa na my motor gesleep en agter die wiel ingedruk. Toe het ek haar motor deursoek, 'n kannetjie met 'n bietjie petrol daarin gekry en dit binne-in die motor gesprinkel. Ek het die rem losgemaak, die motor 'n stootjie gegee nadat ek eers die wiele in die rigting van die afgrond gedraai het en toe vinnig 'n vuurhoutjie binne-in gegooi. Nog voordat die motor grondgevat het, was dit reeds in vlamme gehul."

Sy frons. "O ja, ek het ook onthou om my ringe af te

haal en dit aan Theresa se vinger te sit. Later het hulle die
. . . die lyk net daaraan uitgeken. Die res was alles verkool."

Lisbe staan vinnig op, draai haar gesig weg. As sy 'n oomblik langer na die vrou moet kyk, sal sy naar word. "Wat het jy toe gedoen?" vra sy gedemp.

"Ek het in Theresa se motor geklim en gery."

"Sommer net so?" Lisbe is verplig om weer terug te draai. "Hoe kon jy jouself so suksesvol voordoen as jou suster? Sy moet tog 'n betrekking gehad het, mense wat haar geken het . . ."

Elmien glimlag. "O, dit was eintlik makliker as wat ek gedink het dit sou wees. Die omstandighede het mooi saamgespeel. Ek en Theresa het baie na mekaar gelyk. Baie mense het ons, toe ons jonger was, vir 'n tweeling aangesien. Sy was 'n onderwyseres en op daardie tydstip met langverlof. Sy het toe pas na 'n ander woonstel in 'n nuwe voorstad getrek. Haar beste vriendin was in die Kaap, ook met verlof, en toe sy bel, het sy gehoor dat my stem vreemd klink, maar ek het gesê ek het griep. Toe het ek begin reëlings tref om alles te verkoop en oorsee te vertrek. Daar was genoeg geld. Theresa het 'n mooi klompie bymekaargemaak en ek het daarop beslag gelê."

Lisbe is verstom. "Maar hoe het jy dit in die hande gekry? Jy moes tog teken daarvoor."

"Natuurlik, ek het haar handtekening geoefen. Ons het baie na mekaar gelyk, en al groot verskil tussen ons was dat sy blonder was as ek. Dis maklik om hare te bleik. Ek het dit toe laat sny en stileer soos sy dit altyd gedra het en net Helm sou die verskil kon agterkom, het ek geglo. Toe is ek oorsee met haar paspoort en geld en identiteit."

"Is jy weg voordat Helm vir moord op sy vrou aangekla is?"

"Nee, maar ek kon nie wag vir die uitspraak nie. My plek was toe reeds bespreek. Ek was egter nie bekommerd nie. Hy het dit mos nie gedoen nie, daarom sou hulle nie bewyse teen hom kon vind nie."

Weer moet Lisbe sluk om die mislike gevoel in haar onder beheer te kry. "Hoe het dit dan gebeur dat jy toe vir Helm en die tweeling kom huishou het? Wat het van Ivan geword?"

"Ivan het soos mis voor die son verdwyn. Ek het oral na hom gesoek, navraag gedoen, maar hy het net spoorloos verdwyn."

Lisbe knik. Sy sou ook, as sy hy was.

"My geld het later min geraak en dit het begin moeilik gaan." Sy kyk na Lisbe. "Jy moenie dink dit was altyd vir my maklik nie. Ek het ook deur swaar tye gegaan, veral toe my geld begin opraak het. Toe ek eindelik weer terug was in die land, het dit nog swaarder gegaan. Ek het wel Theresa se getuigskrifte en diplomas in my besit gehad, maar ek kon daarmee natuurlik niks doen nie."

Lisbe se mond trek wrang. Hulle sê mos 'n mens se geleerdheid is die een ding wat niemand van jou kan steel nie!

"Toe het ek begin besef dat ek Helm moet opspoor. Hy was my enigste uitweg. Ek is nie opgelei vir enigiets nie en ek haat dit om van die hand in die tand te lewe. Ek was beter gewoond. Dit het nogal sukkel gekos om hom op te spoor, maar toe ek dit wel reggekry het, het ek 'n briefie vir hom geskryf, natuurlik nou as Theresa – ek het die brief getik – om te hoor hoe dit met hom en die tweeling gaan en dat ek so bekommerd oor hulle is. 'n Week of wat later het ek 'n brief van Helm ontvang waarin hy my nooi om te kom kuier. Ek het natuurlik baie gou agtergekom hoekom hy wou hê ek moes kom kuier. Hy het net 'n huishoudster gesoek om dinge skoon en reg te hou sodat julle welsyndames ophou om hier te kom snuffel. Ek was natuurlik nie daarmee gedien nie. Ek het hom goed laat verstaan dat ek my goeie naam ook in ag moet neem," en weer glimlag

487

sy. "Hy kon byna nie anders as om my te vra om met hom te trou nie."

"En het hy?"

"Nee, maar hy sou die een of ander tyd. Hy het nie 'n keuse gehad nie."

"Sal jy werklik met Helm trou as Theresa?"

"Hoekom nie? Dit sal nie saak maak nie, ek is tog reeds sy wettige vrou. Toe begin die tweeling met hul nukke . . ."

"Hoekom het hulle vanaand weggeloop?"

"Ek het hulle vertel dat ek en hul pa gaan trou."

"Soos jy hulle vertel het dat hul pa jou liefhet?"

"Ja, hoekom nie? Ek moes hulle voorberei. En wat nou? Wat gaan jy maak met die kennis wat jy het, juffrou Welsyn?"

Lisbe kyk haar onseker aan. Dis 'n moeilike vraag. Sal dit enigsins baat om met hierdie ongelooflike storie na die polisie te gaan? Die donker wolk van agterdog sal van Helm gelig word, maar iets veel erger sal die plek daarvan inneem: die wete dat sy vrou, behalwe ontrou, ook 'n gewetenlose moordenares is. Die kinders is nou al groot genoeg om te verstaan. Hoe bitter sal dit vir Helm wees om te weet dat sy kinders ook alles verstaan! Sal dit nie net tot groter ellende en hartseer lei nie? Sal dit nie miskien die laaste strooi wees, die laaste klein stampie wat Helm vir altyd oor die afgrond sal laat tuimel nie? Maar hoekom moet hierdie vrou skotvry gaan?

"Hoekom sou jy my verraai?" wil Elmien weet. "Wat kan jy daarby baat? Helm sal nie met jou trou nie en jy weet dit. As hy weer trou, sal dit met mý wees. Wat meer is, juffrou Erwee, Helm kán nie met jou trou nie. Hy is wettig nog 'n getroude man. Besef jy dit?"

Lisbe is weer stil. Dit is soos Elmien sê – Helm is nie 'n wewenaar nie, nie regtig nie. Sy wettige vrou sit hier voor haar, blakend gesond. Dis asof haar verstand nie hierdie feit kan verwerk nie. "Hoe is dit moontlik dat Helm jou nie onmiddellik herken het nie? En wat van die tweeling – jy is tog hul eie ma?"

"O, dis te verstane. Sy vrou is, wat hom betref, dood. Hy het haar self uitgeken aan die ringe aan die verkoolde lyk. Wanneer iemand dood is, is sy dood. Jy verwag nie om hom of haar 'n paar jaar later skielik weer in vlees en bloed voor jou te sien staan nie. 'n Paar jaar het ook al verloop. Hy kan nie meer elke trekkie op my gesig so helder onthou nie. Ek moet dit erken – die afgelope jare het ook sy spore op my gelaat. Ek het ook deur moeilike tye gegaan. Toe ek voor hom gestaan het, het hy maar net gesien wat hy geglo het hy gaan sien – sy oorlede vrou se suster. My hare is blond, ek is weer slank, ek is ouer, en ek en my suster het baie na mekaar gelyk. Wat die kinders betref – ons was nooit na aan mekaar nie. Vir my was hulle net 'n dubbele laspos wat ek sover moontlik vermy het. Daar was nooit sprake van enige soort binding nie. Die huishulp en Helm het hulle grootgemaak. Ek was vir hulle seker maar net 'n soort skim op die agtergrond. Ek weet ek het baie gewaag, maar soos al my ander planne, het ook hierdie een geslaag. Dis net jý wat die vlieg in die apteker se salf is."

"Ek en die tweeling, want jy het nie tyd vir hulle nie."

"Nee, ek het nie. Ek het jou gesê ek hou nie van kinders nie. O, wel, Helm kan hulle altyd in 'n koshuis sit, of julle welmenende welsyndames kan hulle kom wegvat. Ek gaan nie te hard baklei om hulle te behou nie, ek belowe."

Lisbe besef dat Elmien haar in 'n hoek het. Wat moet sy doen? Dan besef sy dat sy net na haar nugter verstand moet luister. Haar hart en gevoelens durf vanaand geen rol in haar oordeel speel nie. Sy probeer om haar in Madelyn Reynecke se plek te stel. As Madelyn vanaand moes besluit, wat sou sy besluit het?

Lisbe weet sy speel wegkruipertjie met haarself. Sy weet presies wat sy sou gedoen het. Sy sou reguit polisie toe gegaan het. Sy sou die situasie koelkop beoordeel het en haar net deur gesonde verstand laat lei het, en nie deur 'n hart wat na hoeveel kante toe skeur soos in die geval van haar junior nie.

Sy kyk na die vrou voor haar. Bly sy stil, gaan hierdie vrou voort met haar bedrieëry. Sy gaan dit dalk nog regkry om Helm eendag te oortuig sy is die vrou vir hom. Dit skreeu ten hemele.

Maar as sy met die hele verhaal gaan uitkom soos sy dit uit Elmien se eie mond gehoor het, skep sy dalk 'n nog groter hel vir Helm en sy kinders. Sy kan haar indink watter geweldige skok dit vir hom sal wees om te moet hoor die "gas" in sy huis is sy eie, wettige, doodgewaande vrou!

Maar sy kan haar glad nie die skok voorstel as hy te wete moet kom dat sy haar eie suster vermoor het, én haar bedrog daarna om haar suster se identiteit aan te neem, én toe nog oorsee gevlug agter 'n ander man aan en hom agtergelaat het met die onus op hom. Sy kán dit nie aan hom doen nie! Hy sal dit nooit kan hanteer nie. Hy vind nou maar eers stadigaan weer sy voete ná die hofsaak waarin hy as 'n moordenaar tereggestaan het.

En die tweeling . . . Hulle moes al so baie hul vuisies gebruik om hul pa teen soms selfs geregverdigde beskuldigings te verdedig. Wat gaan van hulle oorbly as daar 'n hofsaak kom waarin hul ma uitgewys word as 'n moordenaar en bedrieër? 'n Ma wat hulle nooit regtig geken het nie, wat geen tyd vir hulle gehad het nie . . . nog steeds nie het nie.

Nee! Sy durf nie praat nie!

Elmien se stem dring tot haar deur: "Hoekom vergeet jy nie maar liewer van vanaand se storietjies nie, juffrou Erwee? Los my en Helm om ons sake uit te werk en kry koers. Wat sal jy wen as jy met die waarheid gaan uitkom? Absoluut niks. Al sou ek ook gevonnis word, is ek nog altyd Helm se wettige vrou en die tweeling se ma. Hulle sal my die voordeel van die twyfel moet gee. Daar is geen werklike bewys dat ek haar koelbloedig vermoor het nie. En ek het ook nie! Ek sê jou ons het handgemeen geraak en ek het haar gestamp en haar kop het 'n klip getref en sy was dood."

Lisbe kyk haar openlik skepties aan. "Hoekom haar dan die afgrond laat afstort in 'n brandende motor?"

"Ek het nie op daardie oomblik nugter gedink nie. Ek het paniekerig geword. Dan het ek hier ook 'n kans gesien om weg te kom."

Lisbe voel mislik. "Van jou man en kinders af om agter 'n ander man aan te gaan, ja."

Elmien se oë is uitdagend. "Ja. Maar dis nog nie moord nie. Die doodstraf is in elk geval afgeskaf. Hulle sal my miskien 'n paar jaar laat sit en dan weer loslaat."

"Maar as jy as Theresa gaan erken . . ." Sy skrik vir haar eie stem. Wat sê sy!

Elmien kyk haar verbysterd aan en dan lag sy, hard, le-lik. "Jy is ongelooflik! Hoekom as Theresa?"

Dit voel vir Lisbe dis net 'n klein stukkie van haar ge-skokte verstand wat nog redeneer: "Dis beter . . . sal mak-liker vir hulle wees om te hoor dis Theresa wat dit gedoen het as om te hoor dis jou eie vrou en jou eie ma." Haar stem word driftig: "Het jy geen gevoel in jou nie? Het jy nie jou man en kinders al genoeg laat ly nie?"

Die ander vrou se oë kyk diep en sy skud haar kop heen en weer. "Jy wil hulle tot elke prys beskerm. Het jy hom regtig so vreeslik lief?"

Die antwoord kom reguit: "Ja, ek het."

Elmien lag weer verstom. "Maar, onnosel, besef jy dan nie daarmee gaan die doodsklok oor jou groot liefde lui nie? Al vonnis hulle my as Theresa vir lewenslank agter tralies, en al sou die hele wêreld, Helm inkluis, dink hy is 'n wewenaar, sal jý weet hy is nie. Jý sal weet sy wettige vrou lewe nog. Of . . . is jy nie regtig so heilig as wat jy wil voorgee nie? Sal jy met hom gaan trou, wetende dat sy wettige vrou nog lewe? En as julle mag kinders hê . . . Jý sal weet hy is nie wettig hul pa nie."

Lisbe voel weer siek, naar. "Nee, ek sal nie onder sulke omstandighede met hom trou nie."

"Regtig nie? Al dink jy die waarheid sal nooit uitkom nie?"

"Nee, Elmien. Ek sal nie, want ek het nog iets in my wat in jou al lankal dood is: 'n gewete. En ek moet en wil sover dit in my vermoë is die res van my lewe met 'n skoon gewete saamlewe. Kom. Laat ons klaar inpak dat ek jou stasie toe kan neem."

"Ja. Lisbe . . . juffrou Erwee . . . jy . . . jy gaan dus vir niemand vertel . . . niks sê nie . . ."

Lisbe sluit haar oë 'n oomblik. Sy voel so ontsettend moeg. "Nee. Voorlopig nie. Ek dink ons albei moet eers 'n rukkie oor alles nadink voordat ons besluite neem. Ek wil jou adres hê."

Daar word niks op pad stasie toe gepraat nie. Albei vroue besef daar het niks oorgebly om te sê nie. Dan staan hulle voor mekaar en Lisbe verbreek die lang stilte: "Ek sal jou 'n paar dae tyd gee om oor alles na te dink. Maar moenie te lank wag nie. Hierdie saak moet nou na die een of ander kant toe."

Sonder om te groet draai sy om en stap terug motor toe.

Sy keer terug na die huis in Keerboomstraat om daar te wag dat Helm en die tweeling moet terugkom. Maar toe hy 'n ruk later in die sitkamer verskyn, is hy alleen.

Hy skud sy kop op die vraag in haar oë. "Nee, maar ek het skielik 'n vermoede gekry waar ek moet soek. Ek het net kom seker maak dat hulle nie intussen hier opgedaag het nie. Theresa . . .?"

"Sy is op die trein . . . weg . . ."

Sy blik verskerp. "Het iets gebeur? Jy lyk . . ."

Sy beduie afwerend met die hand, sê vinnig: "Ek is maar net vreeslik bekommerd oor die tweeling. Dis al nag . . ."

"Ja. Dit het al soms . . . rof gegaan, maar die seuns het nog nooit van my af weggeloop nie. Hierdie geweldige antipatie teenoor Theresa is onverklaarbaar vir my."

Hóé onverklaarbaar sal jy nooit raai nie! antwoord Lisbe stil in haar hart. Dis nie natuurlik dat 'n kind 'n instinktiewe antagonisme teenoor sy eie bloedma sal voel nie. Dit druis teen alle natuurwette in. Maar soos Elmien tereg erken het, vir hulle was sy bloot 'n vae skim op die agtergrond van hul lewe – reg van die begin af. Het blote instink hulle gewaarsku dat daardie vrou seerkry en gevaar inhou? Het hulle dadelik geweet, soos net 'n kind kan weet, dat hulle 'n liefdelose, selfsugtige en lewensbedreigende vrou voor hulle sien?

"Daar is iets aan haar wat ek ook nie kan plaas nie. Sy het 'n onverklaarbare en diep onrustigheid by my wakker gemaak. En my kinders het dit blykbaar ook aangevoel. Wel, sy is weg en dis die laaste sien. Ek gaan nou." Hy stap deur toe, draai terug asof iets hom byval. "Ek het haar nie genooi om te kom kuier om met haar te trou nie. Maar ek het maar net gedink miskien kan sy meer lig op 'n saak werp waarvan ek niks verstaan nie, niks van begryp nie. Dis al. Nou maak dit nie meer saak nie."

"Wat maak nie meer saak nie?"

"Gister se dinge." Hy vee moeg oor sy oë, leun met sy voorkop teen die deurkosyn aan. "Ek . . . en my seuns sal regkom. Hiervandaan vorentoe is dit net ons drie . . . en ons gaan deurkom . . . anderkant uitkom."

Hy kyk terug na haar. "Skeur maar die Van der Merwe-lêer môre in jou kantoor op, juffrou Erwee. Ons is nie meer 'n geval nie." Hy knik, sy stem styf: "Dankie . . . vir alles. Trek maar net die voordeur agter jou toe. Jy kan maar gaan."

493

"Helm! Vat my motor . . ."

"Dankie. Nee. Dis nie nodig nie. Die polisie gaan my help soek . . . en ek sweer vanaand voor die Vader dat my kinders nooit weer rede sal hê om van my af weg te loop nie."

Lisbe sak weer terug in die stoel. Sy is weggejaag, maar sy kan nie gaan nie, nie voordat sy weet Helm en die tweeling is veilig tuis nie. Dan sal sy gaan en die Van der Merwe-lêer opskeur, want sy het geen ander keuse nie.

Dis kale, koue, rou vrees vir jou en jou kinders wat my dwing om stom te wees, Helm! Ek sal dit nooit oor my hart kry om jou te vertel dis jou eie vrou wat jou deur so-veel jare van hel laat gaan het nie! En hoe kan ek dit aan twee onskuldige seuntjies doen dat hulle moet uitvind wie en wat die vrou is wat aan hulle die lewe geskenk het?

11

Toe Helm teen die vroeë oggendure terugkeer met twee moeë en honger seuntjies, is Lisbe steeds op haar pos in die stoel onder die staanlamp.

Die tweeling storm vorentoe toe hulle haar gewaar en die laaste manhaftigheid verdwyn toe hulle hulle in haar arms werp. Net baie vlugtig ontmoet die twee grootmense se oë. Hy lyk asof hy in sy spore kan neersak! Dan kyk sy af op die twee nie-te-skoon gesiggies.

"Dadelik in 'n warm bad, dan kom eet julle en daarna reguit bed toe."

Hulle word badkamer toe gemarsjeer en hul pa sak in die naaste stoel neer. Wat 'n nagmerrienag! En, soos 'n antiklimaks, kom hulle tuis en sy is nog daar al het hy haar weggejaag. 'n Soort hulpelose glimlaggie trek in sy een mondhoek. Teen hierdie tyd behoort hy mos al te weet dat juffrou Welsyn haar nie laat wegjaag nie. Sy het soos 'n engel van rustigheid en vrede in die gloed van die lamplig gelyk. Vrede . . . Sal hy ooit weer vrede ken?

Toe Lisbe 'n rukkie later terugkom, kyk sy met deernis op Helm af. Dit lyk asof hy net daar in die stoel aan die slaap geraak het. Bitter lyne van uitputting en kommer staan skerp op hom afgeëts.

Skielik gaan sy oë oop en ontmoet haar blik. "Sy het jou alles vertel, het sy nie? Ek kan dit in jou oë lees. Jy weet . . . weet ek is 'n moordenaar . . ."

"Nee!"

"Ek het dit vroeër vannag in jou oë gelees, Lisbe. Sy het jou alles vertel."

"Is dit hoekom jy my toe weggejaag het?"

"Ja. Ek is so moeg daarvan om my te verdedig . . ."

"Jy hoef jou nie te verdedig nie, Helm. Ons weet albei jy het dit nie gedoen nie."

Hy lag skielik krakerig. "Hoe kan jy so seker wees? Jy het my in die verlede van so baie ander dinge verdink . . . soos dat ek my kinders laat honger ly en . . ."

"Staak dit, Helm!" Haar hande sprei pleitend na hom oop. "Dit was 'n growwe en seker onvergeeflike oordeelsfout aan my kant. Ek is so jammer! Hier diep in my hart het ek geweet jy is nie daardie soort man nie. Daarom het ek gekeer toe hulle jou kinders wou wegvat."

Dis asof iets eindelik in hom knak en meegee. Hy trek haar op sy skoot en druk sy gesig teen haar bors. Sy hou hom vas, hierdie man wat sy so diep liefgekry het, nou nog met groter intensiteit. Haar hande sirkel om sy kop, koester dit teen die warmte van haar bors en sê sag: "Moenie dat ons nou oor hierdie dinge praat nie. Jy is gedaan. Kom eet eers iets. Kom."

Hy laat toe dat sy hom na die tafel lei, neem die mes en vurk gehoorsaam en sy gaan sit teenoor hom. "Waar het jy die tweeling gekry?"

"Op die grootpad . . . op pad na Ouma en Oupa toe."
Hy sug. "Ek en my ouers was vervreemd van mekaar se-
dert die dinge met Elmien gebeur het, maar die tweeling
het onthou van 'n ouma en 'n oupa êrens op 'n plaas."

Lisbe se hart pyn vir die twee seuntjies. Liewer wegloop
na 'n vreemde ouma en oupa toe . . . na vrede en sekuriteit
toe . . . wegloop van 'n grootmenswêreld waarvan hulle
niks verstaan nie . . . Dis gemartelde oë wat na haar kyk.

"As my kinders vannag iets moes oorgekom het . . ."

"Maar hulle het nie. Hulle is veilig terug. En jy gaan
hulle nie straf oor die weglopery nie, Helm. Hulle sal nie
weer nie. Hulle het my belowe."

Sy pleit soos 'n ma vir hulle en sy oë versag. "Natuurlik
nie. As kinders wegloop van 'n huis, is daar 'n goeie rede,
en my twee kinders het meer as genoeg rede in hul kort
lewetjies gehad daarvoor. Hulle kan nie meer nie. Hulle
kan niks meer verwerk nie. Ek was 'n mislukking as pa
. . ." Weer die diep, wrang kepe om sy mond. ". . . as man
ook, as eggenoot. My vrou het 'n verhouding met 'n ander
man gehad. Het Theresa jou dit ook vertel of was sy nie
bewus daarvan nie?"

Lisbe kyk hom geskok aan. Dan het hy al die tyd geweet
sy vrou het 'n verhouding met 'n ander man! "Soveel vir
die wonderlike doktor Van der Merwe wat ander mense
moes help om weer hul lewens bymekaar te kry! Wat an-
der moet help om hul huwelike te red. Wat ander mense
moet vertel hoe mense mekaar weer moet vind. Maar in-
tussen gaan dieselfde dinge in my eie huwelik aan . . . en ek
het vir myself nie raad nie. Dis ironies, nè? Ek moet ander
mense se gemors vir hulle uitpluis en orden, maar ek kan
niks aan my eie gemors doen nie."

Haar oë is grootgerek. "Jy is . . . 'n doktor . . .?"

"Het jy nooit gewonder wat my nering is nie?"

"Nee, ek . . . Die tweeling het gesê jy het 'n wit jas ge-
dra . . ."

496

Hy glimlag effens. "En wat dink jy toe? Dat ek 'n blok-man in 'n slaghuis was?"

"Ek het nie geweet wat om te dink nie." Sy glimlag ook nou effens. "Ek was baie seker dat jy nie 'n hoofsjef in 'n hotel was nie." Sy hoor hom saggies lag en dis vir haar die wonderlikste geluid. "Die wit jas . .."

"Ek het ook 'n mediese graad, maar ek het die laaste ruk as psigiater gepraktiseer." Hy sit sy mes en vurk neer. "Ek het amper my lewe weggegooi. Ek het toegelaat dat 'n vrou my lewe byna verwoes. Maar ek het my vannag voorgeneem: tot hiertoe en nie verder nie. Veral my kin-ders gaan nie langer ly oor dinge van gister nie. Ek begin vandag 'n nuwe blaadjie en gister se boek is finaal toege-maak."

Hy staan op. "Ons moet gaan slaap. Ons is albei ge-daan." Hul oë hou mekaar 'n oomblik gevange, dan sê hy net sag: "Dankie, Lisbe."

Later in haar bed bly staan die vraag voor Lisbe: Wat, Helm, wat as die verlede nie gaan toelaat dat gister se boek finaal gesluit word nie?

Daar is ook nog 'n ander moontlikheid wat haar nou eers tref. Wat as Elmien soos een keer tevore oorsee vlug? Sy kan totaal van die aardbol verdwyn as sy wil. Wat dan? Na watter kant toe Elmien ook al besluit, bly Helm buite haar, Lisbe, se bereik. Die doodstraf is afgeskaf. Op 'n dag sal sy weer vrygelaat word en Helm se wettige vrou sal weer buite rondloop, 'n vry mens.

Sy gryp na die enigste vertroostende strooihalm wat sy kan sien. As Elmien as Theresa gevonnis word, sal Helm van alle blaam vrygespreek wees. Sy naam en integriteit sal volkome herstel word. Niemand sal hom weer van moord verdink nie. Sy ouers, die hele wêreld sal weet dat hy on-skuldig is.

Op kantoor is daar ook probleme toe sy later as gewoonlik daar opdaag. En haar senior se geduld met die geval Van der Merwe is duidelik op.

"Ek verstaan van die polisie dat die Van der Merwe-tweeling verlede nag weggeloop het van die huis af." Lisbe kan net weerloos knik en sy vervolg: "Twee klein seuntjies in die nag op die grootpad. Dit kan nie so aangaan nie. Ek gaan die kinders vandag wegvat . . ."

"Nee! Nee, o, nee, asseblief! Dit sal nie weer gebeur nie, ek verseker mevrou dit. Hulle het my belowe . . ."

Madelyn Reynecke se oë is skerp. "Dan was jy verlede nag daar?"

"Ja, ek was."

"Lisbe . . ."

"Dis nie soos dit voorkom nie."

"So? En hoe lyk dit, Lisbe? Dat jy reeds te intiem betrokke is by hierdie geval?"

Sy swaai haar hande in 'n wanhopige halfsirkel. "Asseblief, gee my . . . 'n paar dae, net 'n paar dae . . ."

"Vir wat?" Madelyn wys dit nie uiterlik nie, maar haar kommer neem vinnig toe.

"Dan . . . sal alles opgelos wees."

"Wat is dié alles? Jy steek mos vir my goed weg, Lisbe! Die kinders . . ."

"Dit het eintlik niks met die kinders te doen nie. Die kinders is veilig en ek verseker mevrou van nou af baie goed versorg. Helm . . . Helm het homself gevind. Gee hom nou net 'n kans om dit te bewys, asseblief."

"Dis vir jou baie belangrik?"

"Ja, dit is."

Sy sug. Lisbe het in dieselfde slaggat getrap waarin baie welsynwerkers hulle al bevind het. Sy het verlief geraak op een van haar "gevalle", en hierdie ervare vrou weet dat niks wat sy nou kan sê enigsins indruk sal maak nie. Daarom sê sy net berustend: "Gaan terug woonstel toe en gaan slaap. En, kind, wanneer jy môreoggend wakker word, probeer nugter en onpersoonlik na hierdie situasie kyk."

Sy volg haar eie raad toe sy 'n rukkie later besoek ontvang. Hy lyk skielik heeltemal anders as die man wat sy leer ken het. Dis 'n netjies geklede en, ten spyte van duidelike spore wat die lewe en 'n so te sê slapelose nag op hom gelaat het, ook 'n aantreklike man wat voor haar staan, en ondanks sy geskiedenis in een van haar lêers, ook imponerend.

H.A. van der Merwe is geen hierjy nie, besef sy. Hoewel teësinnig beïndruk, verhard sy haar hart. Die arme Lisbe! Geen wonder dat die kind kop en hart verloor het nie!

"Ek het na Lis . . . juffrou Erwee kom soek."

"Sy is nie hier nie, sal die hele dag nie hier wees nie. Ek het haar weggestuur na . . . 'n geval," voeg sy by en voeg dadelik verskonend aan haar gewete by: haar eie geval.

"Dan kan ek maar . . ."

"Nie so vinnig nie, meneer Van der Merwe. Jou kinders het verlede nag weggeloop en die polisie moes na hulle gaan soek. Ek . . ." Sy swyg 'n oomblik. Iets in sy oë waarsku haar om versigtig te trap. Hierdie man, soos hy nou voor haar staan, is geen gewone welsyngeval nie. "Jy moet verstaan dat ek dit nie net kan ignoreer nie."

Daar speel skielik 'n fyn glimlaggie om sy mondhoeke en Madelyn Reynecke voel hoe al die ander dinge wat sy wou sê skielik opdroog.

"Dit begryp ek heeltemal, mevrou. Dis hoekom ek na juffrou Erwee kom soek het. Om vir haar, en natuurlik ook u, gerus te stel. Ek neem my kinders plaas toe vandag. Ek het klaar met die skoolhoof gereël. Die skole sluit tog oor 'n week. Hulle sal vir die vakansie by Ouma en Oupa kuier."

Die vraag glip vinnig uit: "Kom jy terug?"

"Ja, mevrou, maar net om alles hier af te handel. Ek en my kinders gaan verhuis."

Sy kry dit nie reg om die verligting in haar weg te steek

nie. As hy eers weg is, sal Lisbe tot haar sinne kom . . .

"Het jy 'n vaste bestemming voor oë?"

"Ja. Stad toe."

Sy knik. "Ja, 'n mens kry daar seker makliker werk. Dis nie volop op hierdie plattelandse dorpies nie . . . Jy . . . jy is van plan om vir jou werk te kry?"

Sy gesig bly uitdrukkingloos. "Ja, mevrou. Beslis. Ek verseker jou my kinders sal nooit weer honger ly nie."

"Ek is bly om dit te hoor, meneer Van der Merwe. Mag ek jou 'n bietjie raad gee?"

"Sekerlik." Die dwars, hardkoppige man van die verlede is skielik baie inskiklik.

"Wanneer jy in die stad kom . . . Jou kinders, en ek neem aan jy ook, is deur 'n moeilike tydjie. Gaan vir berading. Kry sielkundige hulp." Sy voel skielik verleë onder sy reguit blik. "Ek wil maar net help," eindig sy verskonend en wonder terselfdertyd hoekom.

"Ek waardeer dit, mevrou. Julle wou maar net van die begin af help, en ek kry vandag skaam vir my gedrag teenoor julle, veral teenoor juffrou Erwee. Ek vra om verskoning daarvoor. Dra dit asseblief ook aan haar oor. Ek moet vandag erken as dit nie vir haar was nie, haar deursettingsvermoë en," met 'n fyn glimlaggie, "soos ek dit gesien het, haar aanhoudende neusinstekery in my sake, sou hierdie dag miskien nie vir my aangebreek het nie. Ek sal haar ewig dankbaar bly."

Haar hand word vasgevat in 'n stewige greep. "Tot siens, mevrou. Ek weet nie of ons mekaar weer sien nie."

"Maar jy het gesê jy kom eers weer terug."

"Dis nie doodseker nie. Miskien reël ek sommer dat 'n afslaer alles hier op 'n vendusie van die hand sit. Daar is niks hier wat ek met my die toekoms in wil saamvat nie."

Toe Lisbe die middag op kantoor verskyn, lyk sy beter as die oggend. Sy voel ook beter. Ná 'n paar uur se slaap, voel sy meer positief. Die belangrikste is dat Helm homself weer gevind het. Dinge sal reg uitwerk, verseker sy haarself oor en oor. Maar die nuus wat haar senior vir haar het, is nie so positief nie.

"Meneer Van der Merwe van Keerboomstraat was vanoggend hier," en die ouer vrou laat na om te sê dat hy spesifiek na haar junior kom soek het.

Lisbe doen haar bes om ongeërg te klink, maar sonder veel sukses. "Wat wou hy hê?"

"Hy het my net in kennis kom stel dat hy die tweeling vanoggend plaas toe neem na sy ouers toe."

"Waar is die plaas?"

Mevrou Reynecke frons. "Hy het nie gesê nie. Maar aangesien hy blykbaar gaan verhuis, maak dit seker nie saak nie."

Sy sien die skok in die ander se oë en sy vervolg vinnig: "Blykbaar stad toe. Hy het gesê hy is van plan om alles hier op 'n vendusie van die hand te laat sit."

Dis eers 'n lang oomblik stil terwyl Lisbe hierdie nuwe inligting probeer verwerk. Hy moes vanoggend tot hierdie nuwe besluite gekom het. Hy het nog nie tyd gehad om haar daarvan te vertel nie. En dis goed dat hy die kinders na sy ouers toe neem. Hulle kan verder praat wanneer hy terug is . . .

Die ander se stem dring tot haar deur: ". . . waarskynlik nie terugkom hierheen nie. Hy het gepraat van alles sommer aan 'n prokureur oorgee om te hanteer . . ."

"Hy kom nie terug nie? Hy kom nie . . . ?"

Die ouer vrou se hart trek saam. Maar dis beter so. Lisbe moet liewer besef die Van der Merwe-geval is iets van die verlede . . . in meer as een opsig.

"Nie soos ek van hom verstaan het nie. Hy het my gegroet en gesê ons sien mekaar seker nie weer nie. Hy het sy waardering uitgespreek vir wat ons vir hom, en veral sy kinders, probeer doen het en plegtig om verskoning gevra

501

vir sy vroeëre gedrag. Hy het gevra ek moet dit asseblief ook aan jou oordra." Sy sien Lisbe in 'n stoel neersak en sy staan vinnig op. "Lisbe . . ."

Maar dan is daar 'n onderbreking. Sersant Van Wyk, baie bekend in die welsynkantoor, kom binnegestap. "Ek soek na doktor Van der Merwe van Keerboomstraat." Hy sien die verwarring in Madelyn Reynecke se oë. "Die man wie se kinders verlede nag weggeloop het. Ek het jou mos vanoggend . . ."

"Doktor Van der Merwe? Was . . . is hy 'n dokter . . . of, hoe sê jy, doktor?" wil sy verdwaas weet.

"Wel, ja, hy is seker, want so het die navraag gelui. Hulle soek hom in verband met ene mejuffrou Theresa Ver-"

Lisbe spring soos 'n losgelate staalveer op. "Wat in verband met haar?"

"Sy was glo sy skoonsuster. Sy was in 'n ongeluk."

"Was?"

"Ja. Ek bedoel, sy is sy skoonsuster. Sy is blykbaar baie ernstig beseer."

Madelyn loer vlugtig na die wasbleek gesiggie en sê vinnig: "Ons kan jou nie help nie. Hy het vanoggend hier kom groet en is weg met sy kinders na sy ouers toe iewers op 'n plaas. Ons weet nie waar nie."

Toe die sersant uit is, draai sy bekommerd na die jonger vrou. "Lisbe . . ."

"Asseblief, kan ek maar die res van die dag afkry?"

"Natuurlik. Kind . . . As ek kan help, Lisbe . . ."

Die koppie skud ontkennend. "Nee wat, dis . . . alles is reg. Dankie."

In haar woonstel aangekom, sak sy verwese op haar bed neer. Jy het al die tekens verkeerd gelees, vertel sy haarself. Die feit dat 'n man ná 'n nag van hel sy kop teen jou bors druk vir 'n bietjie vertroosting, beteken nie dat hy soos jy voel nie! En dan was daar ander tekens wat jy verkies het om nie raak te sien nie. Hy het baie duidelik en onom-

502

wonde verlede nag gesê hiervandaan is dit net hulle drie
. . . hy en sy seuns . . . Hy het dit duidelik gestel hy sluit die
boek van die verlede finaal toe . . . en die verlede hou ook
'n snuffelrige, neusinstekerige maatskaplike werker in. Hy
het sy rug finaal op alles van gister gekeer.

Maar om sommer net pad te gee sonder groet? Sy pro-
beer verby haar persoonlike seer kyk na 'n ander deel van
die prentjie. Wat het met Elmien gebeur . . . en hoekom
soek die polisie na Helm? Haar hand reik spontaan na
die telefoon en bly dan so in die lug hang. Dit sal nie help
om Elmien se nommer te skakel nie. Sy lê in die hospitaal,
is miskien reeds dood. Here, help! bid sy. Helm se naam
moet eers skoongemaak word!

Twee dae van doodse swye volg, dae wat Lisbe nie weet
hoe sy deur hulle kom nie. Die enigste inligting in verband
met die Van der Merwe-knelvraag wat vorendag kom, is
dat hulle nou weet waar die grootouers se plaas is. Volgens
sersant Van Wyk het die skoolhoof onthou Helm het dit
teenoor hom genoem toe hy verlof gevra het om die kin-
ders vroegtydig uit die skool te haal. Maar hierdie stukkie
inligting beteken niks nie. Vir Lisbe kon die plaas net so-
wel in Siberië gelê het . . . en net so onbereikbaar.

Hoewel Madelyn nie graag weer melding van die Van
der Merwes wil maak nie, kry haar nuuskierigheid tog die
oorhand. "Het jy geweet dat Helm van der Merwe 'n dok-
ter – of 'n doktor, ek is nie seker nie – is?"

Lisbe se gesig is geslote. "Ja, maar dit het hy my eers
vertel die aand toe sy kinders weggeloop het. Hy is eintlik
'n dubbeldoor. Hy het 'n mediese en psigiatriese graad. Hy
het as psigiater gepraktiseer."

"Goeie genugtig!"

Lisbe knik en haar glimlaggie ruk aan die hart. "Ja. En
ek probeer hom met my ou bietjie sielkundige kennis be-
arbei! Hoe ironies kan die lewe raak?"

"Ek voel nou die grootste gek op aarde! Toe hy kom

503

groet het, gee ek hom ongevraag raad . . . sê hy moet hulp kry, 'n sielkundige gaan spreek . . ." Dan frons sy. "Maar hoe is dit dan moontlik dat hý van alle mense die pad so byster geraak het?"

Maar Lisbe skud net haar kop, sê stil: "Hooggeleerd of ongeleerd, ons bly maar almal net mense. As die lewe hard en lank genoeg onverdiende slae uitdeel, kan enige mens knak."

Die ander knik. "Ja. Dis waar. Al wat 'n professie is, kry jy onder die boemelaars. Mense wat eers daarbo was, wat nou heel onder lê. Maar hierdie doktor Van der Merwe, glo ek, gaan weer bo kom."

"Ek hoop so, mevrou. Ek wil graag so glo."

En toe tref die donderslag Keerboomstraat se mense en hul juffrou. Die koerante is vol daarvan. 'n Ou hofsaak en vonnisuitspraak word weer aangehaal. Daar is foto's van vroeër met onderskrifte: *Dr. Helm van der Merwe voor die hofgebou.* En 'n foto van 'n vrou, 'n paar jaar gelede. En 'n foto van 'n motorwrak.

Verbysterde oë lees die verhaal van die man wat tussen hulle geleef het en, soos hulle nou moet vasstel, van wie hulle niks geweet het nie.

Ook Lisbe lees dit . . . lees van die vrou wat, sterwend in die hospitaal ná die motorongeluk, 'n bekentenis gedoen het. Sy, Theresa Verhagen, het erken dat sý verantwoordelik was vir haar suster, Elmien, se dood en nie haar suster se man, doktor Helm van der Merwe, nie.

Lisbe het haar oë gesluit en diep uit haar hart het dit gekom: Dankie, Elmien. Die goeie wat in die slegste van ons skuil, het op die sterfbed na vore gekom en 'n bekentenis – wat 'n leuen was – van haar lippe gedwing . . . 'n bekentenis wat haar skuld aan haar man en kinders ten volle vereffen het. As Theresa is sy graf toe. Net een mens op aarde – sy, Lisbe – weet dat die twee susters in mekaar se grafte lê . . . en niemand anders sal dit ooit weet nie.

Die lewe gaan voort, ook in Keerboomstraat. Die juffrou van die welsyn moet steeds haar gereelde besoeke daar doen.

"En ek sê nou net vir Fênie, juffrou," gaan tant Meraai voort toe Lisbe haar kombuis binnestap. "Ek sê nou net vir haar: om te dink ons het al die tyd 'n man in ons midde wat onder so 'n sware las gebuk gaan. Ag, ja, niemand ken ook die hart van 'n ander nie, nè? Maar wee' jy, juffrou, waaraan dink ek nou almelee? Hy is so 'n ver geleerde man, 'n soort sieledoktor. Toe dink ek dit sal darem goed wees as ons so 'n slim man hier in Keerboomstraat het. Juffrou het hoeka heeldag soveel sonde met ons ou klomp siele hier. Hy kan juffrou mos met raad en daad bystaan. Julle twee sal twee goeie karperde uitmaak. En dink 'n bietjie, jy kry sommer 'n ready-made tweeling by!"

Lisbe skud haar kop. "Nee, tante. Hy is te ver geleerd vir Keerboomstraat. Ek verstaan hy gaan hom weer in die stad vestig. Ek sal maar alleen soos altyd aan julle klomp se siele moet arbei." Sy stuur die gesprek in 'n ander rigting. "En hoe gaan dit met Martie en klein Kosie?"

"O, dáár is nou 'n ding aan die gang! Martie het juffrou mos vertel van die man wat elke aand daar by die dames-kroeg kom sit en drink en hoe sy toe vir hom begin preek het en vertel het dat dit niks help om 'n mens se probleme met drank te probeer verdrink nie. Nou, sy vertel hy kom nog elke aand, maar hy drink net een of twee drankies en dan sit hy maar daar en wag totdat sy kan huis toe gaan en dan bring hy haar huis toe. Gisteraand het sy hom aan my voorgestel, en maak hy 'n goeie indruk! Hy vertel my toe Martie het hom gehelp om oor sy egskeiding te kom en sy het hom gewys die lewe kan nog altyd mooi wees en dat dit nooit die einde van die wêreld is nie. Hy is 'n werktuigkundige. Ek sê vir juffrou, hulle trou een van die dae!"

"Dit sal wonderlik wees as Martie 'n goeie man kan kry,

tante. Ek hoop dinge werk vir haar net so mooi uit as vir Elsie en haar Fritz."

"Ag, ja, juffrou, was die troue nie aandoenlik nie, nè? Ek kon myself net nie keer nie; ek het die hele pad gesit en huil. Ag, ja, langs watter bitter weë bring die lieven Heer 'n mens tog eindelik by die gelukpunt, nè?"

Sy sit 'n oomblik stil agter die stuurwiel toe sy weer verder gaan. Ja, tant Meraai. Soms moet 'n mens se pad langs bitter weë gaan voordat hy jou by die gelukpunt bring . . . en partymaal bly die gelukpunt buite bereik.

Sonder dat sy dit doelbewus doen, bring Lisbe die motor voor die huis met die wag-'n-bietjiebos tot stilstand. Dis nou al veertien dae sedert hy weg is en al wat sy weet, is wat sy in die koerante gelees het. Daar was verder geen oproep, geen brief, geen . . . niks.

Sy klim uit, stoot die tuinhekkie oop, stap verby die wag-'n-bietjiebos. Hy het seker nou al die plek in die hande van 'n prokureur oorgegee. Die Van der Merwes is vir altyd weg. Hoekom sal sy die ou paar blommetjies natgooi, wonder sy, maar draai tog die kraan oop.

Later stap sy om die huis hoewel sy haarself vertel dis die prokureur se plig om te kyk of alles nog reg is, daar nie ingebreek is nie en so meer, totdat die vendusie plaasvind. Toe sy weer om die hoek voorkant toe kom, sien sy 'n motor agter haar enetjie staan. Die voordeur is oop en die gordyne van die woonvertrek is oopgetrek. Seker maar die prokureur wat kom inventaris doen . . .

"Kom binne, Lisbe." Sy bly roerloos staan en kan hom net aankyk toe hy in die voordeur verskyn, die bekende fyn glimlaggie om sy lippe. "Ek kan jou nie kwalik neem dat jy nou nie jou eie ore kan glo nie, want jy was in die verlede gewoond om hier weggejaag te word. Maar hierdie keer bedoel ek werklik kom binne."

Sy gehoorsaam soos 'n slaapwandelaar, sê steeds niks en

sy oë is ondersoekend. "Ek weet dit wemel van vrae binne-in jou. Vra enige vraag, Lisbe. Moenie bang wees nie. Ek weet ek het jou in die verlede beskuldig dat jy jou neus insteek waar dit nie hoort nie, maar vandag . . . vandag kan jy daardie wipneus insteek net waar jy wil."

Sy tas na iets om te sê. "Die tweeling . . ."

"Stuur baie groete. So ook my ouers. Dit gaan goed met al die Van der Merwes."

Sy ontwyk sy oë. "Die ongeluk . . . Wat het dan gebeur?"

"Niemand sal ooit regtig weet nie. Haar ou motortjie was maar baie gedaan, maar die polisieondersoek het getoon daar was nie fout met die remstelsel nie en daar het ook nie 'n band gebars nie. Die ongeluk het op 'n gelyk stuk pad gebeur en daar was nie 'n ander voertuig betrokke nie. Maar sy is reguit op die kant af die afgrond in. Miskien het sy vir iets in die pad uitgeswaai en toe beheer verloor. Niemand weet nie."

Lisbe skram weg van sy reguit blik, staar na buite, stip teen die wag-'n-bietjiebos vas sonder om dit regtig raak te sien. Nog iets wat niemand ooit sal weet nie. Was dit 'n selfmoordpoging? Het Elmien se gewete haar eindelik ingehaal? Maar toe is sy nie dadelik dood nie. Daar was nog tyd vir 'n bekentenis . . .

"Nog vrae, Lisbe?"

"Nee. Niks meer nie."

"Nie eens een enkele vragie meer nie? Wil jy nie weet hoekom jy niks van my gehoor het nie?"

Sy lek senuweeagtig oor haar lippe, probeer die woorde selfs met 'n glimlaggie sê: "Jy is mos nie meer 'n welsyngeval nie, doktor Van der Merwe. Jy het self gesê ek moet die lêer opskeur." Toe hy net na haar staan en kyk, kom dit hakkelend: "Jy . . . jy kon darem net gegroet het voordat . . ."

"Ek het kom groet, na jou by die kantoor kom soek,

507

maar mevrou Reynecke het gesê jy is uit na 'n geval vir die dag."

Sy weier om na hom te kyk. "Ek sien. Maar jy kon darem net een keer gebel het . . . al was dit net om te sê hoe . . . hoe dit met die tweeling gaan."

"As jy maar net weet hoeveel kere ek op die punt was om jou nommer te skakel . . ."

"Hoekom het jy nie, Helm?" Sy weet haar selfbeheersing is aan die verbrokkel en sy moet liewer dadelik gaan. Maar sy moet eers weet . . .

"Ek en my ouers het skaars tyd gehad om die lug tussen ons te suiwer toe die polisie my van Theresa se ongeluk verwittig het en dat sy na my vra. Ek moes dadelik stad toe. Eers was daar haar bekentenis en al die vrae van die polisie en toe moes ek reëlings tref vir haar begrafnis en nog reëlings vir haar woonstel en motor en ander besittings. Terloops, sy het alles wat sy besit aan die tweeling bemaak. Dis nie veel nie, maar dit sal in 'n trust gehou word vir hulle totdat hulle mondig is en dan sal dit deur die jare tot 'n redelike bedrag opgebou het. Ek was 'n hele week in die stad voordat ek weer kon terugkeer plaas toe."

"En nou het jy net teruggekom om alles hier te verkoop . . ."

"Nee. Ek sal wel verhuis stad toe, want dit is waar my werk is, maar ek gaan hierdie huis behou as 'n soort vakansiehuis vir ons." Hy sien die verstomming in haar oë en glimlag. "Dit het hoog mode geraak vir stedelinge om vakansiehuise op die platteland aan te hou. Hoekom kan die Van der Merwes nie ook in die mode wees nie? En dan . . . ek het lief geraak vir hierdie . . . mense."

Sy kyk vinnig weg, en hy vervolg sag: "Lisbe, ek moes eers 'n paar dae hê om myself uit te pluis. Daar langs Theresa se sterfbed het ek skielik ervaar dat al die bitterheid en gal van die verlede uit my uitgeloop het. En toe ek haar vergewe, het ek 'n grootse bevryding ondervind. Daar het

508

geen hoekoms en waaroms in my oorgebly nie. Maar nog-
tans het ek gewag om met jou kontak te maak. As 'n man
so 'n huwelikservaring soos ek gehad het, stap jy nie som-
mer maklik en gou sonder diepe nadenke en selfondersoek
in 'n volgende verhouding in nie. Jy raak versigtig, selfs
bang."

Stadig lig haar oë na syne op. "Ek moes eers weer ver-
troue in myself kry, as man en as eggenoot. Daar was vir
jare 'n wag-'n-bietjiebos hierbinne wat eers uitgeroei moes
word."

"En is dit?"

"Dit is. Dit het totaal verdwyn ... met wortel en tak." Sy
blik dwaal na buite en hare volg syne. "Die enigste wag-'n-
bietjiebos wat oorgebly het, is daardie een by die voorhek-
kie." Sy sagte laggie klink soos musiek in haar ore. "Ek
onthou ek het eenkeer gedreig om 'n sekere dame daarin te
gooi as sy weer haar neus in my sake steek, maar ..."

"Maar?"

"Maar intussen het ek tot die gevolgtrekking gekom dat
ek mal daaroor is as sy haar neus in my sake steek, soveel
so dat ek liewer die wag-'n-bietjiebos gaan uithaal." Hy
neem haar gesig tussen sy hande. "Sal jy my daarmee help,
Lisbe? Jy het my gehelp om die een hierbinne uit te roei.
Sal jy my weer help met daardie een?"

Trane van vreugde, dankbaarheid en liefde verdonker die
twee oë wat met soveel vertroue en oorgawe na hom opkyk
tot twee poele. Hy voel hoe hy homself aan daardie sagte
dieptes oorgee, inspring om een te word met hierdie vrou
wat hom weer na sy lewe, sy hart en sy wil, teruggelei het.

"Natuurlik sal ek, Helm. Ek is nie van plan om die Van
der Merwe-geval ooit weer uit te los nie."

Ena vertel waar dit alles begin het . . .

Die meeste van ons kyk gewoonlik bo-oor die ellelange lyste van name in tydskrifte en koerante waar daar gesoek word na korrespondente – meestal met die oog op iets meer as penvriende. Dit is nou ook reeds algemeen op die internet. Op 'n dag het ek met meer as gewone aandag daarna gekyk, en so het *Eensaam op Wegdraai* ontstaan – en het ek dit geniet om dié verhaal te skryf!

Verworpe silwer is gegrond op 'n tragiese gebeurtenis wat in 1981 op Laingsburg in die Karoo afgespeel het. Op die 25ste Januarie van daardie jaar het 'n watervloed hierdie dorp getref en 103 mense het hul lewens verloor. Mense wat ek geken het, se ouma was daar in die ouetehuis. Hulle het my vertel dat al wat hulle daarna ooit van haar kon vind, was 'n stukkie lap aan 'n bos wat hulle as deel van een van haar rokke kon eien.

Dit klink ongelooflik dat 'n vloed in die Karoo, daardie amperse semiwoestyn, so te sê 'n hele dorp tot hoër as nekhoogte kan tref en huise kan begrawe, sodat jy agterna bo-op 'n huis se dak kon staan en dit nie weet nie. Al bogenoemde is egter tragiese feite wat vasgevang is in foto's wat by die munisipale kantore op Laingsburg te sien is. Die agtergrond van hierdie verhaal is dus op suiwer feite gegrond, die verhaal self is uit my verbeelding.

Hoewel hierdie verhaal met hartseerfeite te doen het, is dit ook inspirerend en vertel van moed en geloof en vergiffenis wat alleen in krisistye gekweek kan word.

Wag-'n-bietjie-bos van die liefde het oorspronklik met eerste publikasie die titel *Die mense van Keerboomstraat* gehad. Later, by herdruk, is die titel op versoek van die uitgewer verander. Blykbaar was daar toe al net te veel titels van ander skrywers wat soortgelyk geklink het. Ek het niks van die idee gehou nie, maar ek kon die punt insien. Moet dus asseblief nie dink ek het net die een boek geskryf en verander dan elke keer net die titel nie!

Die simboliek van die bekende gedig van Totius staan hier sentraal en een waarvoor ek van kindsbeen af baie lief was. Want wie van ons beland nie die een of ander tyd in daardie wag-'n-bietjiebos van die lewe nie?

Ena Murray

512

www.ingramcontent.com/pod-product-compliance
Lightning Source LLC
Chambersburg PA
CBHW071939030726
47501CB00014B/1787